Honoré de Balzac

La Peau de chagrin

Dossier réalisé par
Guillaume Kichenin

Lecture d'image par
Alain Jaubert

suivi de

Ces objets qui nous envahissent…
Objets cultes, culte des objets

Anthologie élaborée et commentée par
Marjolaine Forest

Guillaume Kichenin est agrégé de lettres modernes et enseigne en lycée à Coulommiers. Il prépare parallèlement une thèse de littérature médiévale sur le nom propre. Passionné par l'image (peinture et cinéma) et pianiste à ses heures, il recherche les correspondances entre peinture et musique.

Alain Jaubert est écrivain et réalisateur. Après avoir été enseignant dans des écoles d'art et journaliste, il est devenu aussi documentaliste. Il est l'auteur de nombreux portraits d'écrivains ou de peintres contemporains pour la télévision. Il est également l'auteur-réalisateur de *Palettes*, une série de films que diffusait la chaîne Arte et consacrée à la lecture de grands tableaux de l'histoire de la peinture.

Marjolaine Forest est universitaire. Ses travaux et publications concernent les représentations mentales, sociales et culturelles du romantisme, en particulier à travers le théâtre et la musique. Elle prépare actuellement un essai sur la symbolique du corps dans le théâtre et l'opéra romantiques.

Sommaire

La Peau de chagrin

STERNE (*Tristram Shandy*, ch. CCCXXII [1])

1. Réappropriation d'un épisode de ce roman du XVIIIe siècle par Balzac. Devient le symbole de son écriture, qui serpente. Sterne et Rabelais sont les deux modèles du romancier dans *La Peau de chagrin*.

À Monsieur Savary

Membre de l'Académie des Sciences

Le talisman

Vers la fin du mois d'octobre dernier[1], un jeune homme entra dans le Palais-Royal au moment où les maisons de jeu s'ouvraient, conformément à la loi qui protège une passion essentiellement imposable. Sans trop hésiter, il monta l'escalier du tripot désigné sous le nom de numéro 36.

— Monsieur, votre chapeau, s'il vous plaît ? lui cria d'une voix sèche et grondeuse un petit vieillard blême, accroupi dans l'ombre, protégé par une barricade, et qui se leva soudain en montrant une figure moulée sur un type ignoble.

Quand vous entrez dans une maison de jeu, la loi commence par vous dépouiller de votre chapeau. Est-ce une parabole évangélique et providentielle ? N'est-ce pas plutôt une manière de conclure un contrat infernal avec vous en exigeant je ne sais quel gage ? Serait-ce pour vous obliger à garder un maintien respectueux devant ceux qui vont gagner votre argent ? Est-ce la police tapie dans tous les égouts sociaux qui tient à savoir le nom de votre chapelier ou le vôtre, si vous l'avez inscrit sur la coiffe ? Est-ce enfin pour prendre la mesure de votre crâne et dresser une statistique instructive sur la capacité cérébrale des joueurs ? Sur ce point

1. 1830.

l'administration garde un silence complet. Mais, sachez-le bien, à peine avez-vous fait un pas vers le tapis vert, déjà votre chapeau ne vous appartient pas plus que vous ne vous appartenez à vous-même : vous êtes au jeu, vous, votre fortune, votre coiffe, votre canne et votre manteau. À votre sortie, le JEU vous démontrera, par une atroce épigramme en action, qu'il vous laisse encore quelque chose en vous rendant votre bagage. Si toutefois vous avez une coiffure neuve, vous apprendrez à vos dépens qu'il faut se faire un costume de joueur.

L'étonnement manifesté par le jeune homme en recevant une fiche numérotée en échange de son chapeau, dont heureusement les bords étaient légèrement pelés, indiquait assez une âme encore innocente ; aussi le petit vieillard, qui sans doute avait croupi dès son jeune âge dans les bouillants plaisirs de la vie des joueurs, lui jeta-t-il un coup d'œil terne et sans chaleur, dans lequel un philosophe aurait vu les misères de l'hôpital, les vagabondages des gens ruinés, les procès-verbaux d'une foule d'asphyxies, les travaux forcés à perpétuité, les expatriations au Guazacoalco[1]. Cet homme, dont la longue face blanche n'était plus nourrie que par les soupes gélatineuses de d'Arcet[2], présentait la pâle image de la passion réduite à son terme le plus simple. Dans ses rides il y avait trace de vieilles tortures, il devait jouer ses maigres appointements le jour même où il les recevait. Semblable aux rosses sur qui les coups de fouet n'ont plus de prise, rien ne le faisait tressaillir ; les sourds gémissements des joueurs qui sortaient ruinés, leurs muettes imprécations, leurs regards hébétés, le trouvaient toujours insensible. C'était le JEU incarné. Si le jeune homme avait contemplé ce triste

1. Allusion à une tentative de colonisation en 1823 au sud du Mexique (Guazacoalco).

2. Chimiste qui chercha à faire de la gélatine extraite des os un aliment pour les pauvres.

Cerbère, peut-être se serait-il dit : Il n'y a plus qu'un jeu de cartes dans ce cœur-là ! L'inconnu n'écouta pas ce conseil vivant, placé là sans doute par la Providence, comme elle a mis le dégoût à la porte de tous les mauvais lieux. Il entra résolument dans la salle où le son de l'or exerçait une éblouissante fascination sur les sens en pleine convoitise. Ce jeune homme était probablement poussé là par la plus logique de toutes les éloquentes phrases de J.-J. Rousseau[1], et dont voici, je crois, la triste pensée : *Oui, je conçois qu'un homme aille au Jeu ; mais c'est lorsque entre lui et la mort il ne reste plus que son dernier écu.*

Le soir, les maisons de jeu n'ont qu'une poésie vulgaire, mais dont l'effet est assuré comme celui d'un drame sanguinolent. Les salles sont garnies de spectateurs et de joueurs, de vieillards indigents qui s'y traînent pour s'y réchauffer, de faces agitées, d'orgies commencées dans le vin et décidées à finir dans la Seine. Si la passion y abonde, le trop grand nombre d'acteurs vous empêche de contempler face à face le démon du jeu. La soirée est un véritable morceau d'ensemble où la troupe entière crie, où chaque instrument de l'orchestre module sa phrase. Vous verriez là beaucoup de gens honorables qui viennent y chercher des distractions et les payent comme ils payeraient le plaisir du spectacle, de la gourmandise, ou comme ils iraient dans une mansarde acheter à bas prix de cuisants regrets pour trois mois. Mais comprenez-vous tout ce que doit avoir de délire et de vigueur dans l'âme un homme qui attend avec impatience l'ouverture d'un tripot ? Entre le joueur du matin et le joueur du soir il existe la différence qui distingue le mari nonchalant de l'amant pâmé sous les fenêtres de sa belle. Le matin seulement arrivent la passion palpitante et le besoin dans sa franche horreur. En ce moment vous pourrez admirer un

1. Dans *Émile ou De l'éducation* de Rousseau.

véritable joueur, un joueur qui n'a pas mangé, dormi, vécu, pensé, tant il était rudement flagellé par le fouet de sa martingale, tant il souffrait travaillé par le prurit d'un coup de *trente et quarante*. À cette heure maudite, vous rencontrerez des yeux dont le calme effraie, des visages qui vous fascinent, des regards qui soulèvent les cartes et les dévorent. Aussi les maisons de jeu ne sont-elles sublimes qu'à l'ouverture de leurs séances. Si l'Espagne a ses combats de taureaux, si Rome a eu ses gladiateurs, Paris s'enorgueillit de son Palais-Royal dont les agaçantes roulettes donnent le plaisir de voir couler le sang à flots, sans que les pieds du parterre risquent d'y glisser. Essayez de jeter un regard furtif sur cette arène, entrez... Quelle nudité ! Les murs couverts d'un papier gras à hauteur d'homme n'offrent pas une seule image qui puisse rafraîchir l'âme. Il ne s'y trouve même pas un clou pour faciliter le suicide. Le parquet est usé, malpropre. Une table oblongue occupe le centre de la salle. La simplicité des chaises de paille pressées autour de ce tapis usé par l'or annonce une curieuse indifférence du luxe chez ces hommes qui viennent périr là pour la fortune et pour le luxe. Cette antithèse humaine se découvre partout où l'âme réagit puissamment sur elle-même. L'amoureux veut mettre sa maîtresse dans la soie, la revêtir d'un moelleux tissu d'Orient, et la plupart du temps il la possède sur un grabat. L'ambitieux se rêve au faîte du pouvoir, tout en s'aplatissant dans la boue du servilisme. Le marchand végète au fond d'une boutique humide et malsaine, en élevant un vaste hôtel, d'où son fils, héritier précoce, sera chassé par une licitation fraternelle. Enfin, existe-t-il chose plus déplaisante qu'une maison de plaisir ? Singulier problème ! Toujours en opposition avec lui-même, trompant ses espérances par ses maux présents, et ses maux par un avenir qui ne lui appartient pas, l'homme imprime à tous ses actes le caractère de l'inconséquence et de la faiblesse. Ici-bas rien n'est complet que le malheur.

Au moment où le jeune homme entra dans le salon, quelques joueurs s'y trouvaient déjà. Trois vieillards à têtes chauves étaient nonchalamment assis autour du tapis vert ; leurs visages de plâtre, impassibles comme ceux des diplomates, révélaient des âmes blasées, des cœurs qui depuis longtemps avaient désappris de palpiter, même en risquant les biens paraphernaux d'une femme. Un jeune Italien aux cheveux noirs, au teint olivâtre, était accoudé tranquillement au bout de la table, et paraissait écouter ces pressentiments secrets qui crient fatalement à un joueur : — Oui. — Non ! Cette tête méridionale respirait l'or et le feu. Sept ou huit spectateurs, debout, rangés de manière à former une galerie, attendaient les scènes que leur préparaient les coups du sort, les figures des acteurs, le mouvement de l'argent et celui des râteaux. Ces désœuvrés étaient là, silencieux, immobiles, attentifs comme l'est le peuple à la Grève quand le bourreau tranche une tête. Un grand homme sec, en habit râpé, tenait un registre d'une main, et de l'autre une épingle pour marquer les passes de la Rouge ou de la Noire. C'était un de ces Tantales modernes qui vivent en marge de toutes les jouissances de leur siècle, un de ces avares sans trésor qui jouent une mise imaginaire ; espèce de fou raisonnable qui se consolait de ses misères en caressant une chimère, qui agissait enfin avec le vice et le danger comme les jeunes prêtres avec l'Eucharistie, quand ils disent des messes blanches. En face de la banque, un ou deux de ces fins spéculateurs, experts des chances du jeu, et semblables à d'anciens forçats qui ne s'effraient plus des galères, étaient venus là pour hasarder trois coups et remporter immédiatement le gain probable duquel ils vivaient. Deux vieux garçons de salle se promenaient nonchalamment les bras croisés, et de temps en temps regardaient le jardin par les fenêtres, comme pour montrer aux passants leurs plates figures, en guise d'enseigne. Le *tailleur* et le *banquier* venaient de jeter sur les ponteurs ce regard blême qui les tue, et disaient d'une voix grêle : — « Faites le jeu ! » quand le jeune homme ouvrit la porte. Le silence devint en quelque sorte plus profond, et les têtes se tournèrent vers le nouveau venu par curiosité. Chose inouïe ! les vieillards émoussés, les employés pétrifiés, les spectateurs, et jusqu'au fanatique Italien, tous en voyant l'inconnu éprouvèrent je ne sais quel sentiment épouvantable. Ne faut-il pas être bien malheureux pour obtenir de la pitié, bien faible pour exciter une sympathie, ou d'un bien sinistre aspect pour faire frissonner les âmes dans cette salle où les douleurs doivent être muettes, où la misère est gaie, et le désespoir décent ? Eh bien, il y avait de tout cela dans la sensation neuve qui remua ces cœurs glacés quand le jeune homme entra. Mais les bourreaux n'ont-ils pas quelquefois pleuré sur les vierges dont les blondes têtes devaient être coupées à un signal de la Révolution ?

Au premier coup d'œil les joueurs lurent sur le visage du novice quelque horrible mystère, ses jeunes traits étaient empreints d'une grâce nébuleuse, son regard attestait des efforts trahis, mille espérances trompées ! La morne impassibilité du suicide donnait à ce front une pâleur mate et maladive, un sourire amer dessinait de légers plis dans les coins de la bouche, et la physionomie exprimait une résignation qui faisait mal à voir. Quelque secret génie scintillait au fond de ces yeux voilés peut-être par les fatigues du plaisir. Était-ce la débauche qui marquait de son sale cachet cette noble figure jadis pure et brûlante, maintenant dégradée ? Les médecins auraient sans doute attribué à des lésions au cœur ou à la poitrine le cercle jaune qui encadrait les paupières, et la rougeur qui marquait les joues, tandis que les poètes eussent voulu reconnaître à ces signes les ravages de la science, les traces de nuits passées à la lueur d'une lampe studieuse. Mais une passion plus mortelle que la maladie, une maladie plus impitoyable que l'étude et le génie, altéraient cette jeune tête, contractaient ces muscles vivaces, tordaient ce cœur qu'avaient seulement effleuré les orgies, l'étude et la maladie. Comme, lorsqu'un célèbre criminel arrive au bagne, les condamnés l'accueillent avec respect, ainsi tous ces démons humains, experts en tortures, saluèrent une douleur inouïe, une blessure profonde que sondait leur regard, et reconnurent un de leurs princes à la majesté de sa muette ironie, à l'élégante misère de ses vêtements. Le jeune homme avait bien un frac de bon goût, mais la jonction de son gilet et de sa cravate était trop savamment maintenue pour qu'on lui supposât du linge. Ses mains, jolies comme des mains de femme, étaient d'une douteuse propreté ; enfin depuis deux jours il ne portait plus de gants ! Si le tailleur et les garçons de salle eux-mêmes frissonnèrent, c'est que les enchantements de l'innocence florissaient par vestiges dans ces formes grêles et fines, dans ces cheveux blonds et rares, naturellement bouclés. Cette figure avait encore vingt-cinq ans, et le vice paraissait n'y être qu'un accident. La verte vie de la jeunesse y luttait encore avec les ravages d'une impuissante lubricité. Les ténèbres et la lumière, le néant et l'existence s'y combattaient en produisant tout à la fois de la grâce et de l'horreur. Le jeune homme se présentait là comme un ange sans rayons, égaré dans sa route. Aussi tous ces professeurs émérites de vices et d'infamie, semblables à une vieille femme édentée prise de pitié à l'aspect d'une belle fille qui s'offre à la corruption, furent-ils près de crier au novice : — Sortez ! Celui-ci marcha droit à la table, s'y tint debout, jeta sans calcul sur le tapis une pièce d'or qu'il avait à la main, et qui roula sur Noir ; puis, comme les âmes fortes, abhorrant de chicanières incertitudes, il lança sur le tailleur un regard tout à la fois turbulent et calme. L'intérêt de ce coup était si grand que les vieillards ne firent pas de mise ; mais l'Italien saisit avec le fanatisme de la passion une idée qui vint lui sourire, et ponta sa masse d'or en opposition au jeu de l'inconnu. Le banquier oublia de dire ces phrases qui se sont à la longue converties en un cri rauque et inintelligible : « Faites le jeu ! — Le jeu est fait ! — Rien ne va plus. » Le tailleur étala les cartes, et sembla souhaiter bonne chance au dernier venu, indifférent qu'il était à la perte ou au gain fait par les entrepreneurs de ces sombres plaisirs. Chacun des spectateurs voulut voir un drame et la dernière scène d'une noble vie dans le sort de cette pièce d'or ; leurs yeux arrêtés sur les cartons fatidiques étincelèrent ; mais, malgré l'attention avec laquelle ils regardèrent alternativement et le jeune homme et les cartes, ils ne purent apercevoir aucun symptôme d'émotion sur sa figure froide et résignée. — « Rouge, pair, passe », dit officiellement le tailleur. Une espèce de râle sourd sortit de la poitrine de l'Italien lorsqu'il vit tomber un à un les billets pliés que lui lança le banquier. Quant au jeune homme, il ne comprit sa ruine qu'au moment où le râteau s'allongea pour ramasser son dernier napoléon. L'ivoire fit rendre un bruit sec à la pièce qui, rapide comme une flèche, alla se réunir au tas d'or étalé devant la caisse. L'inconnu ferma les yeux doucement, ses lèvres blanchirent ; mais il releva bientôt ses paupières, sa bouche reprit une rougeur de corail, il affecta l'air d'un Anglais pour qui la vie n'a plus de mystères, et disparut sans mendier une consolation par un de ces regards déchirants que les joueurs au désespoir lancent assez souvent sur la galerie. Combien d'événements se pressent dans l'espace d'une seconde, et que de choses dans un coup de dé !

— Voilà sans doute sa dernière cartouche, dit en souriant le croupier après un moment de silence pendant lequel il tint cette pièce d'or entre le pouce et l'index pour la montrer aux assistants.

— C'est un cerveau brûlé qui va se jeter à l'eau, répondit un habitué en regardant autour de lui les joueurs qui se connaissaient tous.

— Bah ! s'écria le garçon de chambre en prenant une prise de tabac.

— Si nous avions imité monsieur ? dit un des vieillards à ses collègues en désignant l'Italien.

Tout le monde regarda l'heureux joueur dont les mains tremblaient en comptant ses billets de banque.

— J'ai entendu, dit-il, une voix qui me criait dans l'oreille : Le Jeu aura raison contre le désespoir de ce jeune homme.

— Ce n'est pas un joueur, reprit le banquier, autrement il aurait groupé son argent en trois masses pour se donner plus de chances.

Le jeune homme passait sans réclamer son chapeau ; mais le vieux molosse, ayant remarqué le mauvais état de cette guenille, la lui rendit sans proférer une parole ; le joueur restitua la fiche par un mouvement machinal, et descendit les escaliers en sifflant *di tanti palpiti*[1] d'un souffle si faible, qu'il en entendit à peine lui-même les notes délicieuses.

Il se trouva bientôt sous les galeries du Palais-Royal, alla jusqu'à la rue Saint-Honoré, prit le chemin des Tuileries et traversa le jardin d'un pas indécis. Il marchait comme au milieu d'un désert, coudoyé par des hommes qu'il ne voyait pas, n'écoutant à travers les clameurs populaires qu'une seule voix, celle de la mort ; enfin perdu dans une engourdissante méditation, semblable à celle dont jadis étaient saisis les criminels qu'une charrette conduisait du Palais à la

1. « De tant de battements de cœur », air de *Tancrède*, opéra de Rossini, 1813.

Grève, vers cet échafaud, rouge de tout le sang versé depuis 1793.

Il existe je ne sais quoi de grand et d'épouvantable dans le suicide. Les chutes d'une multitude de gens sont sans danger, comme celles des enfants qui tombent de trop bas pour se blesser ; mais quand un grand homme se brise, il doit venir de bien haut, s'être élevé jusqu'aux cieux, avoir entrevu quelque paradis inaccessible. Implacables doivent être les ouragans qui le forcent à demander la paix de l'âme à la bouche d'un pistolet. Combien de jeunes talents confinés dans une mansarde s'étiolent et périssent faute d'un ami, faute d'une femme consolatrice, au sein d'un million d'êtres, en présence d'une foule lassée d'or et qui s'ennuie. À cette pensée, le suicide prend des proportions gigantesques. Entre une mort volontaire et la féconde espérance dont la voix appelait un jeune homme à Paris, Dieu seul sait combien se heurtent de conceptions, de poésies abandonnées, de désespoirs et de cris étouffés, de tentatives inutiles et de chefs-d'œuvre avortés. Chaque suicide est un poème sublime de mélancolie. Où trouverez-vous, dans l'océan des littératures, un livre surnageant qui puisse lutter de génie avec cet entrefilet :

Hier, à quatre heures, une jeune femme s'est jetée dans la Seine du haut du Pont des Arts.

Devant ce laconisme parisien, les drames, les romans, tout pâlit, même ce vieux frontispice : *Les lamentations du glorieux roi de Kaërnavan, mis en prison par ses enfants* ; dernier fragment d'un livre perdu, dont la seule lecture faisait pleurer ce Sterne qui lui-même délaissait sa femme et ses enfants.

L'inconnu fut assailli par mille pensées semblables, qui passaient en lambeaux dans son âme, comme des drapeaux déchirés voltigent au milieu d'une bataille. S'il déposait pendant un moment le fardeau de son intelligence et de ses souvenirs pour s'arrêter devant quelques fleurs dont les têtes étaient mollement balancées par la brise parmi les massifs de verdure, bientôt saisi par une convulsion de la vie qui regimbait encore sous la pesante idée du suicide, il levait les yeux au ciel ; là, des nuages gris, des bouffées de vent chargées de tristesse, une atmosphère lourde, lui conseillaient encore de mourir. Il s'achemina vers le pont Royal en songeant aux dernières fantaisies de ses prédécesseurs. Il souriait en se rappelant que lord Castlereagh avait satisfait le plus humble de nos besoins avant de se couper la gorge, et que l'académicien Auger était allé chercher sa tabatière pour priser tout en marchant à la mort. Il analysait ces bizarreries et s'interrogeait lui-même, quand, en se serrant contre le parapet du pont pour laisser passer un fort de la halle, celui-ci ayant légèrement blanchi la manche de son habit, il se surprit à en secouer soigneusement la poussière. Arrivé au point culminant de la voûte, il regarda l'eau d'un air sinistre.

— Mauvais temps pour se noyer, lui dit en riant une vieille femme vêtue de haillons. Est-elle sale et froide, la Seine !

Il répondit par un sourire plein de naïveté qui attestait le délire de son courage ; mais il frissonna tout à coup en voyant de loin, sur le port des Tuileries, la baraque surmontée d'un écriteau où ces paroles sont tracées en lettres hautes d'un pied : SECOURS AUX ASPHYXIÉS. M. Dacheux lui apparut armé de sa philanthropie, réveillant et faisant mouvoir ces vertueux avirons qui cassent la tête aux noyés, quand malheureusement ils remontent sur l'eau ; il l'aperçut ameutant les curieux, quêtant un médecin, apprêtant des fumigations ; il lut les doléances des journalistes écrites entre les joies d'un festin et le sourire d'une danseuse ; il entendit sonner les écus comptés à des bateliers pour sa tête par le préfet de la Seine. Mort, il valait cinquante francs, mais vivant il n'était qu'un homme de talent sans protecteurs, sans amis, sans paillasse, sans tambour, un véritable zéro social, inutile à l'État, qui n'en avait aucun souci. Un mort en plein jour lui parut ignoble, il résolut de mourir pendant la nuit, afin de livrer un cadavre indéchiffrable à cette Société qui méconnaissait la grandeur de sa vie. Il continua donc son chemin, et se dirigea vers le quai Voltaire en prenant la démarche indolente d'un désœuvré qui veut tuer le temps. Quand il descendit les marches qui terminent le trottoir du pont, à l'angle du quai, son attention fut excitée par les bouquins étalés sur le parapet ; peu s'en fallut qu'il n'en marchandât quelques-uns. Il se prit à sourire, remit philosophiquement les mains dans ses goussets, et allait reprendre son allure d'insouciance où perçait un froid dédain, quand il entendit avec surprise quelques pièces retentir d'une manière véritablement fantastique au fond de sa poche. Un sourire d'espérance illumina son visage, glissa de ses lèvres sur ses traits, sur son front, fit briller de joie ses yeux et ses joues sombres. Cette étincelle de bonheur ressemblait à ces feux qui courent dans les vestiges d'un papier déjà consumé par la flamme ; mais le visage eut le sort des cendres noires, il redevint triste quand l'inconnu, après avoir vivement retiré la main de son gousset, aperçut trois gros sous.

— Ah ! mon bon monsieur, *la carita ! la carita ! catarina !* Un petit sou pour avoir du pain !

Un jeune ramoneur dont la figure bouffie était noire, le corps brun de suie, les vêtements déguenillés, tendit la main à cet homme pour lui arracher ses derniers sous.

À deux pas du petit Savoyard, un vieux pauvre honteux, maladif, souffreteux, ignoblement vêtu d'une tapisserie trouée, lui dit d'une grosse voix sourde : — Monsieur, donnez-moi *ce que vous voudrez*, je prierai Dieu pour vous... Mais quand l'homme jeune eut regardé le vieillard, celui-ci se tut et ne demanda plus rien, reconnaissant peut-être sur ce visage funèbre la livrée d'une misère plus âpre que n'était la sienne.

— *La carita ! la carita !*

L'inconnu jeta sa monnaie à l'enfant et au vieux pauvre en quittant le trottoir pour aller vers les maisons, il ne pouvait plus supporter le poignant aspect de la Seine.

— Nous prierons Dieu pour la conservation de vos jours, lui dirent les deux mendiants.

En arrivant à l'étalage d'un marchand d'estampes, cet homme presque mort rencontra une jeune femme qui descendait d'un brillant équipage. Il contempla délicieusement cette charmante personne dont la blanche figure était harmonieusement encadrée dans le satin d'un élégant chapeau. Il fut séduit par une taille svelte, par de jolis mouvements. La robe, légèrement relevée par le marchepied, lui laissa voir une jambe dont les fins contours étaient dessinés par un bas blanc et bien tiré. La jeune femme entra dans le magasin, y marchanda des albums, des collections de lithographies ; elle en acheta pour plusieurs pièces d'or qui étincelèrent et sonnèrent sur le comptoir. Le jeune homme, en apparence occupé sur le seuil de la porte à regarder les gravures exposées dans la montre, échangea vivement avec la belle inconnue l'œillade la plus perçante que puisse lancer un homme, contre un de ces coups d'œil insouciants jetés au hasard sur les passants. C'était, de sa part, un adieu à l'amour, à la femme ! Mais cette dernière et puissante interrogation ne fut pas comprise, ne remua pas ce cœur de femme frivole, ne la fit pas rougir, ne lui fit pas baisser les yeux. Qu'était-ce pour elle ? Une admiration de plus, un désir inspiré qui le soir lui suggérerait cette douce parole : J'étais *bien* aujourd'hui. Le jeune homme passa promptement à un autre cadre, et ne se retourna point quand l'inconnue remonta dans sa voiture. Les chevaux partirent, cette dernière image du luxe et de l'élégance s'éclipsa comme allait s'éclipser sa vie. Il marcha d'un pas mélancolique le long des magasins, en examinant sans beaucoup d'intérêt les échantillons de marchandises. Quand les boutiques lui manquèrent, il étudia le Louvre, l'Institut, les tours de Notre-Dame, celles du Palais, le Pont des Arts. Ces monuments paraissaient prendre une physionomie triste en reflétant les teintes grises du ciel dont les rares clartés prêtaient un air menaçant à Paris qui, pareil à une jolie femme, est soumis à d'inexplicables caprices de laideur et de beauté. Ainsi, la nature elle-même conspirait à plonger le mourant dans une extase douloureuse. En proie à cette puissance malfaisante dont l'action dissolvante trouve un véhicule dans le fluide qui circule en nos nerfs, il sentait son organisme arriver insensiblement aux phénomènes de la fluidité. Les tourmentes de cette agonie lui imprimaient un mouvement semblable à celui des vagues, et lui faisaient voir les bâtiments, les hommes, à travers un brouillard où tout ondoyait. Il voulut se soustraire aux titillations que produisaient sur son âme les réactions de la nature physique, et se dirigea vers un magasin d'antiquités dans l'intention de donner une pâture à ses sens, ou d'y attendre la nuit en marchandant des objets d'art. C'était, pour ainsi dire, quêter du courage et demander un cordial, comme les criminels qui se défient de leurs forces en allant à l'échafaud ; mais la conscience de sa prochaine mort rendit pour un moment au jeune homme l'assurance d'une duchesse qui a deux amants, et il entra chez le marchand de curiosités d'un air dégagé, laissant voir sur ses lèvres un sourire fixe comme celui d'un ivrogne. N'était-il pas ivre de la vie, ou peut-être de la mort ? Il retomba bientôt dans ses vertiges, et continua d'apercevoir les choses sous d'étranges couleurs, ou animées d'un léger mouvement dont le principe était sans doute dans une irrégulière circulation de son sang, tantôt bouillonnant comme une cascade, tantôt tranquille et fade comme l'eau tiède. Il demanda simplement à visiter les magasins pour chercher s'ils ne renfermaient pas quelques singularités à sa convenance. Un jeune garçon à figure fraîche et joufflue, à chevelure rousse, et coiffé d'une casquette de loutre, commit la garde de la boutique à une vieille paysanne, espèce de *Caliban* femelle occupée à nettoyer un poêle dont les merveilles étaient dues au génie de Bernard de Palissy ; puis il dit à l'étranger d'un air insouciant : — Voyez, monsieur, voyez ! Nous n'avons en bas que des choses assez ordinaires ; mais si vous voulez prendre la peine de monter au premier étage, je pourrai vous montrer de fort belles momies du Caire, plusieurs poteries incrustées, quelques ébènes sculptés, *vraie renaissance*, récemment arrivés, et qui sont de toute beauté.

Dans l'horrible situation où se trouvait l'inconnu, ce babil de cicérone, ces phrases sottement mercantiles furent pour lui comme les taquineries mesquines par lesquelles des esprits étroits assassinent un homme de génie. Portant sa croix jusqu'au bout, il parut écouter son conducteur et lui répondit par gestes ou par monosyllabes ; mais insensiblement il sut conquérir le droit d'être silencieux, et put se livrer sans crainte à ses dernières méditations, qui furent terribles. Il était poète, et son âme rencontra fortuitement une immense pâture : il devait voir par avance les ossements de vingt mondes.

Au premier coup d'œil, les magasins lui offrirent un tableau confus, dans lequel toutes les œuvres humaines et divines se heurtaient. Des crocodiles, des singes, des boas empaillés souriaient à des vitraux d'église, semblaient vouloir mordre des bustes, courir après des laques, ou grimper sur des lustres. Un vase de Sèvres, où madame Jacotot avait peint Napoléon, se trouvait auprès d'un sphinx dédié à Sésostris. Le commencement du monde et les événements d'hier se mariaient avec une grotesque bonhomie. Un tournebroche était posé sur un ostensoir, un sabre républicain sur une hacquebute du Moyen

Âge. Madame Dubarry peinte au pastel par Latour, une étoile sur la tête, nue et dans un nuage, paraissait contempler avec concupiscence une chibouque indienne, en cherchant à deviner l'utilité des spirales qui serpentaient vers elle. Les instruments de mort, poignards, pistolets curieux, armes à secret, étaient jetés pêle-mêle avec des instruments de vie : soupières en porcelaine, assiettes de Saxe, tasses diaphanes venues de Chine, salières antiques, drageoirs féodaux. Un vaisseau d'ivoire voguait à pleines voiles sur le dos d'une immobile tortue. Une machine pneumatique éborgnait l'empereur Auguste, majestueusement impassible. Plusieurs portraits d'échevins français, de bourgmestres hollandais, insensibles alors comme pendant leur vie, s'élevaient au-dessus de ce chaos d'antiquités, en y lançant un regard pâle et froid. Tous les pays de la terre semblaient avoir apporté là quelque débris de leurs sciences, un échantillon de leurs arts. C'était une espèce de fumier philosophique auquel rien ne manquait, ni le calumet du sauvage, ni la pantoufle vert et or du sérail, ni le yatagan du Maure, ni l'idole des Tartares. Il y avait jusqu'à la blague à tabac du soldat, jusqu'au ciboire du prêtre, jusqu'aux plumes d'un trône. Ces monstrueux tableaux étaient encore assujettis à mille accidents de lumière par la bizarrerie d'une multitude de reflets dus à la confusion des nuances, à la brusque opposition des jours et des noirs. L'oreille croyait entendre des cris interrompus, l'esprit saisir des drames inachevés, l'œil apercevoir des lueurs mal étouffées. Enfin une poussière obstinée avait jeté son léger voile sur tous ces objets, dont les angles multipliés et les sinuosités nombreuses produisaient les effets les plus pittoresques.

L'inconnu compara d'abord ces trois salles gorgées de civilisation, de cultes, de divinités, de chefs-d'œuvre, de royautés, de débauches, de raison et de folie, à un miroir plein de facettes dont chacune représentait un monde. Après cette impression brumeuse, il voulut choisir ses jouissances ; mais à force de regarder, de penser, de rêver, il tomba sous la puissance d'une fièvre due peut-être à la faim qui rugissait dans ses entrailles. La vue de tant d'existences nationales ou individuelles, attestées par ces gages humains qui leur survivaient, acheva d'engourdir les sens du jeune homme ; le désir qui l'avait poussé dans le magasin fut exaucé ; il sortit de la vie réelle, monta par degrés vers un monde idéal, arriva dans les palais enchantés de l'Extase où l'univers lui apparut par bribes et en traits de feu, comme l'avenir passa jadis flamboyant aux yeux de saint Jean dans Patmos.

Une multitude de figures endolories, gracieuses et terribles, obscures et lucides, lointaines et rapprochées, se leva par masses, par myriades, par générations. L'Égypte, roide, mystérieuse, se dressa de ses sables, représentée par une momie qu'enveloppaient des bandelettes noires ; puis ce fut les Pharaons ensevelissant des peuples pour se construire une tombe et Moïse, et les Hébreux, et le désert, il entrevit tout un monde antique et solennel. Fraîche et suave une statue de marbre assise sur une colonne torse et rayonnant de blancheur lui parla des mythes voluptueux de la Grèce et de l'Ionie. Ah ! qui n'aurait souri comme lui de voir sur un fond rouge la jeune fille brune dansant dans la fine argile d'un vase étrusque devant le dieu Priape qu'elle saluait d'un air joyeux ? En regard, une reine latine caressait sa chimère avec amour ! Les caprices de la Rome impériale respiraient là tout entiers et révélaient le bain, la couche, la toilette d'une Julie indolente, songeuse, attendant son Tibulle. Armée du pouvoir des talismans arabes, la tête de Cicéron évoquait les souvenirs de la Rome libre et lui déroulait les pages de Tite-Live. Le jeune homme contempla *Senatus Populusque romanus* : le consul, les licteurs, les toges bordées de pourpre, les luttes du Forum, le peuple courroucé défilaient lentement devant lui comme les vaporeuses figures d'un rêve. Enfin la Rome chrétienne dominait ces images. Une peinture ouvrait les cieux, il y voyait la Vierge Marie plongée dans un nuage d'or, au sein des anges, éclipsant la gloire du soleil, écoutant les plaintes des malheureux auxquels cette Ève régénérée souriait d'un air doux. En touchant une mosaïque faite avec les différentes laves du Vésuve et de l'Etna, son âme s'élançait dans la chaude et fauve Italie : il assistait aux orgies des Borgia, courait dans les Abruzzes, aspirait aux amours italiennes, se passionnait pour les blancs visages aux longs yeux noirs. Il frémissait aux dénouements nocturnes interrompus par la froide épée d'un mari, en apercevant une dague du Moyen Âge dont la poignée était travaillée comme l'est une dentelle, et dont la rouille ressemblait à des taches de sang. L'Inde et ses religions revivaient dans une idole coiffée de son chapeau pointu, à losanges relevés, parée de clochettes, vêtue d'or et de soie. Près du magot, une natte, jolie comme la bayadère qui s'y était roulée, exhalait encore les odeurs du sandal. Un monstre de la Chine dont les yeux restaient tordus, la bouche contournée, les membres torturés, réveillait l'âme par les inventions d'un peuple qui, fatigué du beau toujours unitaire, trouve d'ineffables plaisirs dans la fécondité des laideurs. Une salière sortie des ateliers de Benvenuto Cellini le reportait au sein de la Renaissance, au temps où les arts et la licence fleurissaient, où les souverains se divertissaient à des supplices, où les conciles couchés dans les bras des courtisanes décrétaient la chasteté pour les simples prêtres. Il vit les conquêtes d'Alexandre sur un camée, les massacres de Pizarre dans une arquebuse à mèche, les guerres de religion échevelées, bouillantes, cruelles, au fond d'un casque. Puis, les riantes images de la chevalerie sourdirent d'une armure de Milan supérieurement damasquinée, bien fourbie, et sous la visière de laquelle brillaient encore les yeux d'un paladin.

Cet océan de meubles, d'inventions, de modes, d'œuvres, de ruines, lui composait un poème sans fin. Formes, couleurs, pensée, tout revivait là ; mais rien de complet ne s'offrait à l'âme. Le poète devait achever les croquis du grand peintre qui avait fait cette immense palette où les innombrables accidents de la vie humaine étaient jetés à profusion, avec dédain. Après s'être emparé du monde, après avoir contemplé des pays, des âges, des règnes, le jeune homme revint à des existences individuelles. Il se personnifia de nouveau, s'empara des détails en repoussant la vie des nations comme trop accablante pour un seul homme.

Là dormait un enfant en cire, sauvé du cabinet de Ruysch[1], et cette ravissante créature lui rappelait les joies de son jeune âge. Au prestigieux aspect du pagne virginal de quelque jeune fille d'Otaïti, sa brûlante imagination lui peignait la vie simple de la nature, la chaste nudité de la vraie pudeur, les délices de la paresse si naturelle à l'homme, toute une destinée calme au bord d'un ruisseau frais et rêveur, sous un bananier qui dispensait une manne savoureuse, sans culture. Mais tout à coup il devenait corsaire, et revêtait la terrible poésie empreinte dans le rôle de Lara[2], vivement inspiré par les couleurs nacrées de mille coquillages, exalté par la vue de quelques madrépores qui sentaient le varech, les algues et les ouragans atlantiques. Admirant plus loin les délicates miniatures, les arabesques d'azur et d'or qui enrichissaient quelque précieux missel manuscrit, il oubliait les tumultes de la mer. Mollement balancé dans une pensée de paix, il épousait de nouveau l'étude et la science, souhaitait la grasse vie des moines exempte de chagrins, exempte de plaisirs, et se couchait au fond d'une cellule, en contemplant par sa fenêtre en ogive les prairies, les bois, les vignobles de son monastère. Devant quelques Teniers, il endossait la casaque d'un

---

1. Cadavres en réalité dont la décomposition était ralentie par une série d'injections que l'anatomiste hollandais Frederik Ruysch (1638-1731) présentait dans son cabinet.

2. Personnage principal de *Lara*, poème de lord Byron.

soldat ou la misère d'un ouvrier; il désirait porter le bonnet sale et enfumé des Flamands, s'enivrait de bière, jouait aux cartes avec eux, et souriait à une grosse paysanne d'un attrayant embonpoint. Il grelottait en voyant une tombée de neige de Mieris, ou se battait en regardant un combat de Salvator Rosa. Il caressait un tomahawk d'Illinois, et sentait le scalpel d'un Chérokée qui lui enlevait la peau du crâne. Émerveillé à l'aspect d'un rebec, il le confiait à la main d'une châtelaine en en savourant la romance mélodieuse et lui déclarant son amour, le soir, auprès d'une cheminée gothique, dans la pénombre où se perdait un regard de consentement. Il s'accrochait à toutes les joies, saisissait toutes les douleurs, s'emparait de toutes les formules d'existence en éparpillant si généreusement sa vie et ses sentiments sur les simulacres de cette nature plastique et vide, que le bruit de ses pas retentissait dans son âme comme le son lointain d'un autre monde, comme la rumeur de Paris arrive sur les tours de Notre-Dame.

En montant l'escalier intérieur qui conduisait aux salles situées au premier étage, il vit des boucliers votifs, des panoplies, des tabernacles sculptés, des figures en bois pendues aux murs, posées sur chaque marche. Poursuivi par les formes les plus étranges, par des créations merveilleuses assises sur les confins de la mort et de la vie, il marchait dans les enchantements d'un songe. Enfin, doutant de son existence, il était comme ces objets curieux, ni tout à fait mort, ni tout à fait vivant. Quand il entra dans les nouveaux magasins, le jour commençait à pâlir; mais la lumière semblait inutile aux richesses resplendissant d'or et d'argent qui s'y trouvaient entassées. Les plus coûteux caprices de dissipateurs morts sous des mansardes après avoir possédé plusieurs millions, étaient dans ce vaste bazar des folies humaines. Une écritoire payée cent mille francs et rachetée pour cent sous, gisait auprès d'une serrure à secret dont le prix aurait suffi jadis à la rançon d'un roi. Là, le génie humain apparaissait dans toutes les pompes de sa misère, dans toute la gloire de ses gigantesques petitesses. Une table d'ébène, véritable idole d'artiste, sculptée d'après les dessins de Jean Goujon et qui coûta jadis plusieurs années de travail, avait été peut-être acquise au prix du bois à brûler. Des coffrets précieux, des meubles faits par la main des fées, y étaient dédaigneusement amoncelés.

— Vous avez des millions ici, s'écria le jeune homme en arrivant à la pièce qui terminait une immense enfilade d'appartements dorés et sculptés par des artistes du siècle dernier.

— Dites des milliards, répondit le gros garçon joufflu. Mais ce n'est rien encore, montez au troisième étage, et vous verrez !

L'inconnu suivit son conducteur et parvint à une quatrième galerie où successivement passèrent devant ses yeux fatigués plusieurs tableaux du Poussin, une sublime statue de Michel-Ange, quelques ravissants paysages de Claude Lorrain, un Gérard Dow qui ressemblait à une page de Sterne, des Rembrandt, des Murillo, des Velasquez sombres et colorés comme un poème de lord Byron ; puis des bas-reliefs antiques, des coupes d'agate, des onyx merveilleux ! Enfin c'était des travaux à dégoûter du travail, des chefs-d'œuvre accumulés à faire prendre en haine les arts et à tuer l'enthousiasme. Il arriva devant une vierge de Raphaël, mais il était las de Raphaël. Une figure de Corrège qui voulait un regard ne l'obtint même pas. Un vase inestimable en porphyre antique et dont les sculptures circulaires représentaient de toutes les priapées romaines la plus grotesquement licencieuse, délice de quelque Corinne[1], eut à peine un sourire. Il étouffait sous les débris de cinquante siècles

1. Poétesse grecque du ve siècle avant J.-C.

évanouis, il était malade de toutes ces pensées humaines, assassiné par le luxe et les arts, oppressé sous ces formes renaissant qui, pareilles à des monstres enfantés sous ses pieds par quelque malin génie, lui livraient un combat sans fin.

Semblable en ses caprices à la chimie moderne qui résume la création par un gaz, l'âme ne compose-t-elle pas de terribles poisons par la rapide concentration de ses jouissances, de ses forces ou de ses idées ? Beaucoup d'hommes ne périssent-ils pas sous le foudroiement de quelque acide moral soudainement épandu dans leur être intérieur ?

— Que contient cette boîte ? demanda-t-il en arrivant à un grand cabinet, dernier monceau de gloire, d'efforts humains, d'originalités, de richesses parmi lesquelles il montra du doigt une grande caisse carrée construite en acajou, suspendue à un clou par une chaîne d'argent.

— Ah ! Monsieur en a la clef, dit le gros garçon avec un air de mystère. Si vous désirez voir ce portrait, je me hasarderai volontiers à prévenir Monsieur.

— Vous hasarder ! reprit le jeune homme. Votre maître est-il un prince ?

— Mais, je ne sais pas, répondit le garçon.

Ils se regardèrent pendant un moment aussi étonnés l'un que l'autre. Après avoir interprété le silence de l'inconnu comme un souhait, l'apprenti le laissa seul dans le cabinet.

Vous êtes-vous jamais lancé dans l'immensité de l'espace et du temps, en lisant les œuvres géologiques de Cuvier ? Emporté par son génie, avez-vous plané sur l'abîme sans bornes du passé comme soutenu par la main d'un enchanteur ? En découvrant de tranche en tranche, de couche en couche, sous les carrières de Montmartre ou dans les schistes de l'Oural, ces animaux dont les dépouilles fossilisées appartiennent à des civilisations antédiluviennes, l'âme est effrayée d'entrevoir des milliards d'années, des millions de peuples que la faible mémoire humaine, que l'indestructible tradition divine ont oubliés et dont la cendre entassée à la surface de notre globe y forme les deux pieds de terre qui nous donnent du pain et des fleurs. Cuvier n'est-il pas le plus grand poète de notre siècle ? Lord Byron a bien reproduit par des mots quelques agitations morales ; mais notre immortel naturaliste a reconstruit des mondes avec des os blanchis, a rebâti comme Cadmus des cités avec des dents, a repeuplé mille forêts de tous les mystères de la zoologie avec quelques fragments de houille, a retrouvé des populations de géants dans le pied d'un mammouth. Ces figures se dressent, grandissent et meublent des régions en harmonie avec leurs statures colossales. Il est poète avec des chiffres, il est sublime en posant un zéro près d'un sept. Il réveille le néant sans prononcer des paroles artificiellement magiques, il fouille une parcelle de gypse, y aperçoit une empreinte et vous crie : Voyez ! Soudain les marbres s'animalisent, la mort se vivifie, le monde se déroule ! Après d'innombrables dynasties de créatures gigantesques, après des races de poissons et des clans de mollusques, arrive enfin le genre humain, produit dégénéré d'un type grandiose, brisé peut-être par le Créateur. Échauffés par son regard rétrospectif, ces hommes chétifs, nés d'hier, peuvent franchir le chaos, entonner un hymne sans fin et se configurer le passé de l'univers dans une sorte d'Apocalypse rétrograde. En présence de cette épouvantable résurrection due à la voix d'un seul homme, la miette dont l'usufruit nous est concédé dans cet infini sans nom, commun à toutes les sphères et que nous avons nommé LE TEMPS, cette minute de vie nous fait pitié. Nous nous demandons, écrasés que nous sommes sous tant d'univers en ruine, à quoi bon nos gloires, nos haines, nos amours : et si, pour devenir un point intangible dans l'avenir, la peine de vivre doit s'accepter ? Déracinés du présent, nous sommes morts jusqu'à ce que notre valet de chambre entre et vienne nous dire : « Madame la comtesse a répondu qu'elle attendait Monsieur ! »

Les merveilles dont l'aspect venait de présenter au jeune homme toute la création connue mirent dans son âme l'abattement que produit chez le philosophe la vue scientifique des créations inconnues, il souhaita plus vivement que jamais de mourir, et tomba sur une chaise curule en laissant errer ses regards à travers les fantasmagories de ce panorama du passé. Les tableaux s'illuminèrent, les têtes de vierge lui sourirent, et les statues se colorèrent d'une vie trompeuse. À la faveur de l'ombre, et mises en danse par la fiévreuse tourmente qui fermentait dans son cerveau brisé, ces œuvres s'agitèrent et tourbillonnèrent devant lui ; chaque magot lui jeta sa grimace, les paupières des personnages représentés dans les tableaux s'abaissèrent sur leurs yeux pour les rafraîchir. Chacune de ces formes frémit, sautilla, se détacha de sa place gravement, légèrement, avec grâce ou brusquerie, selon ses mœurs, son caractère et sa contexture. Ce fut un mystérieux sabbat digne des fantaisies entrevues par le docteur Faust sur le *Brocken*[1]. Mais ces phénomènes d'optique enfantés par la fatigue, par la tension des forces oculaires ou par les caprices du crépuscule, ne pouvaient effrayer l'inconnu. Les terreurs de la vie étaient impuissantes sur une âme familiarisée avec les terreurs de la mort. Il favorisa même par une sorte de complicité railleuse les bizarreries de ce galvanisme moral dont les prodiges s'accouplaient aux dernières pensées qui lui donnaient encore le sentiment de l'existence. Le silence régnait si profondément autour de lui que bientôt il s'aventura dans une douce rêverie dont les impressions graduellement noires suivirent, de nuance en nuance et comme par magie, les lentes dégra-

1. Montagne où les sorciers se réunissent pour leur sabbat. Méphisto y emmène Faust.

dations de la lumière. Une lueur en quittant le ciel fit reluire un dernier reflet rouge en luttant contre la nuit, il leva la tête, vit un squelette à peine éclairé qui pencha dubitativement son crâne de droite à gauche, comme pour lui dire : Les morts ne veulent pas encore de toi ! En passant la main sur son front pour en chasser le sommeil, le jeune homme sentit distinctement un vent frais produit par je ne sais quoi de velu qui lui effleura les joues et il frissonna. Les vitres ayant retenti d'un claquement sourd, il pensa que cette froide caresse digne des mystères de la tombe venait de quelque chauve-souris. Pendant un moment encore, les vagues reflets du couchant lui permirent d'apercevoir indistinctement les fantômes par lesquels il était entouré ; puis toute cette nature morte s'abolit dans une même teinte noire. La nuit, l'heure de mourir était subitement venue. Il s'écoula, dès ce moment, un certain laps de temps pendant lequel il n'eut aucune perception claire des choses terrestres, soit qu'il se fût enseveli dans une rêverie profonde, soit qu'il eût cédé à la somnolence provoquée par ses fatigues et par la multitude des pensées qui lui déchiraient le cœur. Tout à coup il crut avoir été appelé par une voix terrible, et il tressaillit comme lorsqu'au milieu d'un brûlant cauchemar nous sommes précipités d'un seul bond dans les profondeurs d'un abîme. Il ferma les yeux, les rayons d'une vive lumière l'éblouissaient ; il voyait briller au sein des ténèbres une sphère rougeâtre dont le centre était occupé par un petit vieillard qui se tenait debout et dirigeait sur lui la clarté d'une lampe. Il ne l'avait entendu ni venir, ni parler, ni se mouvoir. Cette apparition eut quelque chose de magique. L'homme le plus intrépide, surpris ainsi dans son sommeil, aurait sans doute tremblé devant ce personnage qui semblait être sorti d'un sarcophage voisin. La singulière jeunesse qui animait les yeux immobiles de cette espèce de fantôme empêchait l'inconnu de croire à des effets surnaturels ; néanmoins, pendant le rapide intervalle qui sépara sa vie somnambulique de sa vie réelle, il demeura dans le doute philosophique recommandé par Descartes, et fut alors, malgré lui, sous la puissance de ces inexplicables hallucinations dont les mystères sont condamnés par notre fierté ou que notre science impuissante tâche en vain d'analyser.

Figurez-vous un petit vieillard sec et maigre, vêtu d'une robe en velours noir, serrée autour de ses reins par un gros cordon de soie. Sur sa tête, une calotte en velours également noir laissait passer, de chaque côté de la figure, les longues mèches de ses cheveux blancs et s'appliquait sur le crâne de manière à rigidement encadrer le front. La robe ensevelissait le corps comme dans un vaste linceul, et ne permettait de voir d'autre forme humaine qu'un visage étroit et pâle. Sans le bras décharné, qui ressemblait à un bâton sur lequel on aurait posé une étoffe et que le vieillard tenait en l'air pour faire porter sur le jeune homme toute la clarté de la lampe, ce visage aurait paru suspendu dans les airs. Une barbe grise et taillée en pointe cachait le menton de cet être bizarre, et lui donnait l'apparence de ces têtes judaïques qui servent de types aux artistes quand ils veulent représenter Moïse. Les lèvres de cet homme étaient si décolorées, si minces, qu'il fallait une attention particulière pour deviner la ligne tracée par la bouche dans son blanc visage. Son large front ridé, ses joues blêmes et creuses, la rigueur implacable de ses petits yeux verts dénués de cils et de sourcils, pouvaient faire croire à l'inconnu que le Peseur d'or[1] de Gérard Dow était sorti de son cadre. Une finesse d'inquisiteur trahie par les sinuosités de ses rides et par les plis circulaires dessinés sur ses tempes, accusait une science profonde des choses de la vie. Il était impossible de tromper cet homme qui semblait avoir le don de surprendre les

1. Tableau conservé au musée du Louvre.

pensées au fond des cœurs les plus discrets. Les mœurs de toutes les nations du globe et leurs sagesses se réunissaient sur sa face froide, comme les productions du monde entier se trouvaient accumulées dans ses magasins poudreux. Vous y auriez lu la tranquillité lucide d'un Dieu qui voit tout, ou la force orgueilleuse d'un homme qui a tout vu. Un peintre aurait, avec deux expressions différentes et en deux coups de pinceau, fait de cette figure une belle image du Père Éternel ou le masque ricaneur du Méphistophélès, car il se trouvait tout ensemble une suprême puissance dans le front et de sinistres railleries sur la bouche. En broyant toutes les peines humaines sous un pouvoir immense, cet homme devait avoir tué les joies terrestres. Le moribond frémit en pressentant que ce vieux génie habitait une sphère étrangère au monde et où il vivait seul, sans jouissances parce qu'il n'avait plus d'illusions, sans douleur parce qu'il ne connaissait plus de plaisirs. Le vieillard se tenait debout, immobile, inébranlable comme une étoile au milieu d'un nuage de lumière. Ses yeux verts, pleins de je ne sais quelle malice calme, semblaient éclairer le monde moral comme sa lampe illuminait ce cabinet mystérieux.

Tel fut le spectacle étrange qui surprit le jeune homme au moment où il ouvrit les yeux, après avoir été bercé par des pensées de mort et de fantasques images. S'il demeura comme étourdi, s'il se laissa momentanément dominer par une croyance digne d'enfants qui écoutent les contes de leurs nourrices, il faut attribuer cette erreur au voile étendu sur sa vie et sur son entendement par ses méditations, à l'agacement de ses nerfs irrités, au drame violent dont les scènes venaient de lui prodiguer les atroces délices contenues dans un morceau d'opium. Cette vision avait lieu dans Paris, sur le quai Voltaire, au dix-neuvième siècle, temps et lieux où la magie devait être impossible. Voisin de la maison où le dieu de l'incrédulité française avait expiré, disciple de

Gay-Lussac et d'Arago, contempteur des tours de gobelets que font les hommes du pouvoir, l'inconnu n'obéissait sans doute qu'à ces fascinations poétiques auxquelles nous nous prêtons souvent comme pour fuir de désespérantes vérités, comme pour tenter la puissance de Dieu. Il trembla donc devant cette lumière et ce vieillard, agité par l'inexplicable pressentiment de quelque pouvoir étrange ; mais cette émotion était semblable à celle que nous avons tous éprouvée devant Napoléon, ou en présence de quelque grand homme brillant de génie et revêtu de gloire.

— Monsieur désire voir le portrait de Jésus-Christ peint par Raphaël ? lui dit courtoisement le vieillard d'une voix dont la sonorité claire et brève avait quelque chose de métallique.

Et il posa la lampe sur le fût d'une colonne brisée, de manière à ce que la boîte brune reçût toute la clarté.

Aux noms religieux de Jésus-Christ et de Raphaël, il échappa au jeune homme un geste de curiosité, sans doute attendu par le marchand qui fit jouer un ressort. Soudain le panneau d'acajou glissa dans une rainure, tomba sans bruit et livra la toile à l'admiration de l'inconnu. À l'aspect de cette immortelle création, il oublia les fantaisies du magasin, les caprices de son sommeil, redevint homme, reconnut dans le vieillard une créature de chair, bien vivante, nullement fantasmagorique, et revécut dans le monde réel. La tendre sollicitude, la douce sérénité du divin visage influèrent aussitôt sur lui. Quelque parfum épanché des cieux dissipa les tortures infernales qui lui brûlaient la moelle des os. La tête du Sauveur des hommes paraissait sortir des ténèbres figurées par un fond noir ; une auréole de rayons étincelait vivement autour de sa chevelure d'où cette lumière voulait sortir ; sur le front, sous les chairs, il y avait une éloquente conviction qui s'échappait de chaque trait par de pénétrants effluves. Les lèvres vermeilles venaient de faire entendre la parole de vie, et le spectateur en cherchait le retentissement sacré dans les airs, il en demandait les ravissantes paraboles au silence, il l'écoutait dans l'avenir, la retrouvait dans les enseignements du passé. L'Évangile était traduit par la simplicité calme de ces adorables yeux où se réfugiaient les âmes troublées. Enfin la religion catholique se lisait tout entière en un suave et magnifique sourire qui semblait exprimer ce précepte où elle se résume : *Aimez-vous les uns les autres !* Cette peinture inspirait une prière, recommandait le pardon, étouffait l'égoïsme, réveillait toutes les vertus endormies. Partageant le privilège des enchantements de la musique, l'œuvre de Raphaël vous jetait sous le charme impérieux des souvenirs, et son triomphe était complet, on oubliait le peintre. Le prestige de la lumière agissait encore sur cette merveille ; par moments il semblait que la tête s'agitât dans le lointain, au sein de quelque nuage.

— J'ai couvert cette toile de pièces d'or, dit froidement le marchand.

— Eh ! bien, il va falloir mourir, s'écria le jeune homme qui sortait d'une rêverie dont la dernière pensée l'avait ramené vers sa fatale destinée en le faisant descendre par d'insensibles déductions d'une dernière espérance à laquelle il s'était attaché.

— Ah ! ah ! j'avais donc raison de me méfier de toi, répondit le vieillard en saisissant les deux mains du jeune homme qu'il serra par les poignets dans l'une des siennes, comme dans un étau.

L'inconnu sourit tristement de cette méprise et dit d'une voix douce : — Hé ! monsieur, ne craignez rien, il s'agit de ma vie et non de la vôtre. Pourquoi n'avouerais-je pas une innocente supercherie, reprit-il après avoir regardé le vieillard inquiet. En attendant la nuit, afin de pouvoir me noyer sans esclandre, je suis venu voir vos richesses. Qui ne pardonnerait ce dernier plaisir à un homme de science et de poésie !

Le soupçonneux marchand examina d'un œil sagace le morne visage de son faux chaland tout en l'écoutant parler. Rassuré bientôt par l'accent de cette voix douloureuse, ou lisant peut-être dans ces traits décolorés les sinistres destinées qui naguère avaient fait frémir les joueurs, il lâcha les mains ; mais par un reste de suspicion qui révéla une expérience au moins centenaire, il étendit nonchalamment le bras vers un buffet comme pour s'appuyer, et dit en y prenant un stylet : — Êtes-vous depuis trois ans surnuméraire au trésor, sans y avoir touché de gratification ?

L'inconnu ne put s'empêcher de sourire en faisant un geste négatif.

— Votre père vous a-t-il trop vivement reproché d'être venu au monde, ou bien êtes-vous déshonoré ?

— Si je voulais me déshonorer, je vivrais.

— Avez-vous été sifflé aux Funambules, ou vous trouvez-vous obligé de composer des flonflons pour payer le convoi de votre maîtresse ? N'auriez-vous pas plutôt la maladie de l'or ? Voulez-vous détrôner l'ennui ? Enfin, quelle erreur vous engage à mourir ?

— Ne cherchez pas le principe de ma mort dans les raisons vulgaires qui commandent la plupart des suicides. Pour me dispenser de vous dévoiler des souffrances inouïes et qu'il est difficile d'exprimer en langage humain, je vous dirai que je suis dans la plus profonde, la plus ignoble, la plus perçante de toutes les misères. Et, ajouta-t-il d'un ton de voix dont la fierté sauvage démentait ses paroles précédentes, je ne veux mendier ni secours ni consolations.

— Eh ! eh ! Ces deux syllabes que d'abord le vieillard fit entendre pour toute réponse ressemblèrent au cri d'une crécelle. Puis il reprit ainsi : — Sans vous forcer à m'implorer, sans vous faire rougir, et sans vous donner un centime de France, un para du Levant, un tarin de Sicile, un heller d'Allemagne, un kopeck de Russie, un farthing d'Écosse, une seule des sesterces ou des oboles de l'ancien monde, ni une piastre du nouveau, sans vous offrir quoi que ce soit en or, argent, billon, papier, billet, je veux vous faire plus riche, plus puissant et plus considéré que ne peut l'être un roi constitutionnel[1].

Le jeune homme crut le vieillard en enfance, et resta comme engourdi, sans oser répondre.

— Retournez-vous, dit le marchand en saisissant tout à coup la lampe pour en diriger la lumière sur le mur qui faisait face au portrait, et regardez cette PEAU DE CHAGRIN, ajouta-t-il.

Le jeune homme se leva brusquement et témoigna quelque surprise en apercevant au-dessus du siège où il s'était assis un morceau de *chagrin* accroché sur le mur, et dont la dimension n'excédait pas celle d'une peau de renard ; mais, par un phénomène inexplicable au premier abord, cette peau projetait au sein de la profonde obscurité qui régnait dans le magasin des rayons si lumineux que vous eussiez dit d'une petite comète. Le jeune incrédule s'approcha de ce prétendu talisman qui devait le préserver du malheur, et s'en moqua par une phrase mentale. Cependant, animé d'une curiosité bien légitime, il se pencha pour regarder alternativement la Peau sous toutes les faces, et découvrit bientôt une cause naturelle à cette singulière lucidité. Les grains noirs du chagrin étaient si soigneusement polis et si bien brunis, les rayures capricieuses en étaient si propres et si nettes que, pareilles à des facettes de grenat, les aspérités de ce cuir oriental formaient autant de petits foyers qui réfléchissaient vivement la lumière. Il démontra mathématiquement la raison de ce phénomène au vieillard, qui, pour toute réponse, sourit avec malice. Ce sourire de supériorité

1. Louis-Philippe, auquel Balzac fait allusion, avait une fortune considérable.

fit croire au jeune savant qu'il était la dupe en ce moment de quelque charlatanisme. Il ne voulut pas emporter une énigme de plus dans la tombe, et retourna promptement la Peau comme un enfant pressé de connaître les secrets de son jouet nouveau.

— Ah ! ah ! s'écria-t-il, voici l'empreinte du sceau que les Orientaux nomment le cachet de Salomon[1].

— Vous le connaissez donc ? demanda le marchand dont les narines laissèrent passer deux ou trois bouffées d'air qui peignirent plus d'idées que n'en auraient exprimé les plus énergiques paroles.

— Existe-t-il au monde un homme assez simple pour croire à cette chimère ? s'écria le jeune homme piqué d'entendre ce rire muet et plein d'amères dérisions. Ne savez-vous pas, ajouta-t-il, que les superstitions de l'Orient ont consacré la forme mystique et les caractères mensongers de cet emblème qui représente une puissance fabuleuse ? Je ne crois pas devoir être plus taxé de niaiserie dans cette circonstance que si je parlais des Sphinx ou des Griffons, dont l'existence est en quelque sorte mythologiquement admise.

— Puisque vous êtes un orientaliste, reprit le vieillard, peut-être lirez-vous cette sentence ?

Il apporta la lampe près du talisman que le jeune homme tenait à l'envers, et lui fit apercevoir des caractères incrustés dans le tissu cellulaire de cette Peau merveilleuse, comme s'ils eussent été produits par l'animal auquel elle avait jadis appartenu.

— J'avoue, s'écria l'inconnu, que je ne devine guère le procédé dont on se sera servi pour graver si profondément ces lettres sur la peau d'un onagre.

Et, se retournant avec vivacité vers les tables chargées de curiosités, ses yeux parurent y chercher quelque chose.

---

1. Étoile à six branches que Salomon portait sur une bague contenant le nom de Dieu écrit en lettres secrètes.

— Que voulez-vous ? demanda le vieillard.

— Un instrument pour trancher le chagrin, afin de voir si les lettres y sont empreintes ou incrustées.

Le vieillard présenta son stylet à l'inconnu, qui le prit et tenta d'entamer la Peau à l'endroit où les paroles se trouvaient écrites ; mais, quand il eut enlevé une légère couche de cuir, les lettres y reparurent si nettes et tellement conformes à celles qui étaient imprimées sur la surface, que, pendant un moment, il crut n'en avoir rien ôté.

— L'industrie du Levant a des secrets qui lui sont réellement particuliers, dit-il en regardant la sentence orientale avec une sorte d'inquiétude.

— Oui, répondit le vieillard, il vaut mieux s'en prendre aux hommes qu'à Dieu !

Les paroles mystérieuses étaient disposées de la manière suivante :

او ملكتني ملكت الكل
ولكن عمرك ملكي
واراد الله هكذا
اطلب وستنال مطالبك
ولكن قس مطالبك على عمرك
وهي هاهنا
فبكل مرامك ستنزل ايامك
أتريد فى
الله مجيبك
آمين

Ce qui voulait dire en français :

SI TU ME POSSÈDES, TU POSSÉDERAS TOUT,
MAIS TA VIE M'APPARTIENDRA. DIEU L'A
VOULU AINSI. DÉSIRE, ET TES DÉSIRS
SERONT ACCOMPLIS. MAIS RÈGLE
TES SOUHAITS SUR TA VIE.
ELLE EST LÀ. À CHAQUE
VOULOIR JE DÉCROÎTRAI
COMME TES JOURS.
ME VEUX-TU ?
PRENDS. DIEU
T'EXAUCERA.
SOIT !

— Ah ! vous lisez couramment le sanscrit[1], dit le vieillard. Peut-être avez-vous voyagé en Perse ou dans le Bengale ?

— Non, monsieur, répondit le jeune homme en tâtant avec curiosité cette Peau symbolique, assez semblable à une feuille de métal pour son peu de flexibilité.

Le vieux marchand remit la lampe sur la colonne où il l'avait prise, en lançant au jeune homme un regard empreint d'une froide ironie qui semblait dire : Il ne pense déjà plus à mourir.

— Est-ce une plaisanterie, est-ce un mystère ? demanda le jeune inconnu.

Le vieillard hocha la tête et dit gravement :

— Je ne saurais vous répondre. J'ai offert le terrible pouvoir que donne ce talisman à des hommes doués de plus d'énergie que vous ne paraissez en avoir ; mais, tout en se moquant de la problématique influence qu'il devait exercer sur leurs destinées futures, aucun n'a voulu se risquer à conclure ce contrat si fatalement proposé par je ne sais

1. De l'arabe en réalité.

quelle puissance. Je pense comme eux, j'ai douté, je me suis abstenu, et...

— Et vous n'avez pas même essayé ? dit le jeune homme en l'interrompant.

— Essayer ! dit le vieillard. Si vous étiez sur la colonne de la place Vendôme, essaieriez-vous de vous jeter dans les airs ? Peut-on arrêter le cours de la vie ? L'homme a-t-il jamais pu scinder la mort ? Avant d'entrer dans ce cabinet, vous aviez résolu de vous suicider ; mais tout à coup un secret vous occupe et vous distrait de mourir. Enfant ! Chacun de vos jours ne vous offrira-t-il pas une énigme plus intéressante que ne l'est celle-ci ? Écoutez-moi. J'ai vu la cour licencieuse du régent. Comme vous, j'étais alors dans la misère, j'ai mendié mon pain ; néanmoins j'ai atteint l'âge de cent deux ans, et je suis devenu millionnaire : le malheur m'a donné la fortune, l'ignorance m'a instruit. Je vais vous révéler en peu de mots un grand mystère de la vie humaine. L'homme s'épuise par deux actes instinctivement accomplis qui tarissent les sources de son existence. Deux verbes expriment toutes les formes que prennent ces deux causes de mort : VOULOIR et POUVOIR. Entre ces deux termes de l'action humaine, il est une autre formule dont s'emparent les sages, et je lui dois le bonheur et ma longévité. *Vouloir* nous brûle et *Pouvoir* nous détruit ; mais SAVOIR laisse notre faible organisation dans un perpétuel état de calme. Ainsi le désir ou le vouloir est mort en moi, tué par la pensée ; le mouvement ou le pouvoir s'est résolu par le jeu naturel de mes organes. En deux mots, j'ai placé ma vie, non dans le cœur qui se brise, non dans les sens qui s'émoussent, mais dans le cerveau qui ne s'use pas et qui survit à tout. Rien d'excessif n'a froissé ni mon âme ni mon corps. Cependant j'ai vu le monde entier. Mes pieds ont foulé les plus hautes montagnes de l'Asie et de l'Amérique, j'ai appris tous les langages humains, et j'ai vécu sous tous les régimes. J'ai prêté mon argent à un Chinois en prenant pour gage le corps de son père, j'ai dormi sous la tente de l'Arabe sur la foi de sa parole, j'ai signé des contrats dans toutes les capitales européennes, et j'ai laissé sans crainte mon or dans le wigwam des sauvages, enfin j'ai tout obtenu parce que j'ai tout su dédaigner. Ma seule ambition a été de voir. Voir n'est-ce pas savoir ? Oh ! savoir, jeune homme, n'est-ce pas jouir intuitivement ? N'est-ce pas découvrir la substance même du fait et s'en emparer essentiellement ? Que reste-t-il d'une possession matérielle ? Une idée. Jugez alors combien doit être belle la vie d'un homme qui, pouvant empreindre toutes les réalités dans sa pensée, transporte en son âme les sources du bonheur, en extrait mille voluptés idéales dépouillées des souillures terrestres. La pensée est la clef de tous les trésors, elle procure les joies de l'avare sans en donner les soucis. Aussi ai-je plané sur le monde, où mes plaisirs ont toujours été des jouissances intellectuelles. Mes débauches étaient la contemplation des mers, des peuples, des forêts, des montagnes ! J'ai tout vu, mais tranquillement, sans fatigue ; je n'ai jamais rien désiré, j'ai tout attendu. Je me suis promené dans l'univers comme dans le jardin d'une habitation qui m'appartenait. Ce que les hommes appellent chagrins, amours, ambitions, revers, tristesse, sont pour moi des idées que je change en rêveries ; au lieu de les sentir, je les exprime, je les traduis ; au lieu de leur laisser dévorer ma vie, je les dramatise, je les développe, je m'en amuse comme de romans que je lirais par une vision intérieure. N'ayant jamais lassé mes organes, je jouis encore d'une santé robuste. Mon âme ayant hérité de toute la force dont je n'abusais pas, cette tête est encore mieux meublée que ne le sont mes magasins. Là, dit-il en se frappant le front, là sont les vrais millions. Je passe des journées délicieuses en jetant un regard intelligent dans le passé, j'évoque des pays entiers, des sites, des vues de l'Océan, des figures historiquement belles ! J'ai un sérail imaginaire où je possède toutes les femmes que je n'ai pas eues. Je revois souvent vos guerres, vos révolutions, et je les juge. Oh ! comment préférer de fébriles, de légères admirations pour quelques chairs plus ou moins colorées, pour des formes plus ou moins rondes ! comment préférer tous les désastres de vos volontés trompées à la faculté sublime de faire comparaître en soi l'univers, au plaisir immense de se mouvoir sans être garrotté par les liens du temps ni par les entraves de l'espace, au plaisir de tout embrasser, de tout voir, de se pencher sur le bord du monde pour interroger les autres sphères, pour écouter Dieu ! Ceci, dit-il d'une voix éclatante en montrant la Peau de chagrin, est le *pouvoir* et le *vouloir* réunis. Là sont vos idées sociales, vos désirs excessifs, vos intempérances, vos joies qui tuent, vos douleurs qui font trop vivre ; car le mal n'est peut-être qu'un violent plaisir. Qui pourrait déterminer le point où la volupté devient un mal et celui où le mal est encore la volupté ? Les plus vives lumières du monde idéal ne caressent-elles pas la vue, tandis que les plus douces ténèbres du monde physique la blessent toujours ? Le mot de Sagesse ne vient-il pas de savoir ? et qu'est-ce que la folie, sinon l'excès d'un vouloir ou d'un pouvoir ?

— Eh ! bien, oui, je veux vivre avec excès, dit l'inconnu en saisissant la Peau de chagrin.

— Jeune homme, prenez garde, s'écria le vieillard avec une incroyable vivacité.

— J'avais résolu ma vie par l'étude et par la pensée ; mais elles ne m'ont même pas nourri, répliqua l'inconnu. Je ne veux être la dupe ni d'une prédication digne de Swedenborg, ni de votre amulette oriental[1], ni des charitables efforts que vous faites, monsieur, pour me retenir dans un monde où

1. À l'origine, amulette est un mot masculin.

mon existence est désormais impossible. Voyons ! ajouta-t-il en serrant le talisman d'une main convulsive et regardant le vieillard. Je veux un dîner royalement splendide, quelque bacchanale digne du siècle où tout s'est, dit-on, perfectionné ! Que mes convives soient jeunes, spirituels et sans préjugés, joyeux jusqu'à la folie ! Que les vins se succèdent toujours plus incisifs, plus pétillants, et soient de force à nous enivrer pour trois jours ! Que cette nuit soit parée de femmes ardentes ! Je veux que la Débauche en délire et rugissant nous emporte dans son char à quatre chevaux, par-delà les bornes du monde, pour nous verser sur des plages inconnues : que les âmes montent dans les cieux ou se plongent dans la boue, je ne sais si alors elles s'élèvent ou s'abaissent, peu m'importe ! Donc je commande à ce pouvoir sinistre de me fondre toutes les joies dans une joie. Oui, j'ai besoin d'embrasser les plaisirs du ciel et de la terre dans une dernière étreinte pour en mourir. Aussi souhaité-je et des priapées antiques après boire, et des chants à réveiller les morts, et de triples baisers, des baisers sans fin dont la clameur passe sur Paris comme un craquement d'incendie, y réveille les époux et leur inspire une ardeur cuisante qui les rajeunisse tous, même les septuagénaires !

Un éclat de rire, parti de la bouche du petit vieillard, retentit dans les oreilles du jeune fou comme un bruissement de l'enfer, et l'interdit si despotiquement qu'il se tut.

— Croyez-vous, dit le marchand, que mes planchers vont s'ouvrir tout à coup pour donner passage à des tables somptueusement servies et à des convives de l'autre monde ? Non, non, jeune étourdi. Vous avez signé le pacte, tout est dit. Maintenant vos volontés seront scrupuleusement satisfaites, mais aux dépens de votre vie. Le cercle de vos jours, figuré par cette Peau, se resserrera suivant la force et le nombre de vos souhaits, depuis le plus léger jusqu'au plus exorbitant. Le bramine auquel je dois ce talisman m'a jadis expliqué qu'il s'opérerait un mystérieux accord entre les destinées et les souhaits du possesseur. Votre premier désir est vulgaire, je pourrais le réaliser ; mais j'en laisse le soin aux événements de votre nouvelle existence. Après tout, vous vouliez mourir ? Hé bien, votre suicide n'est que retardé.

L'inconnu, surpris et presque irrité de se voir toujours plaisanté par ce singulier vieillard dont l'intention demi-philanthropique lui parut clairement démontrée dans cette dernière raillerie, s'écria : — Je verrai bien, monsieur, si ma fortune changera pendant le temps que je vais mettre à franchir la largeur du quai. Mais, si vous ne vous moquez pas d'un malheureux, je désire, pour me venger d'un si fatal service, que vous tombiez amoureux d'une danseuse ! Vous comprendrez alors le bonheur d'une débauche, et peut-être deviendrez-vous prodigue de tous les biens que vous avez si philosophiquement ménagés.

Il sortit sans entendre un grand soupir que poussa le vieillard, traversa les salles et descendit les escaliers de cette maison, suivi par le gros garçon joufflu qui voulut vainement l'éclairer ; il courait avec la prestesse d'un voleur pris en flagrant délit. Aveuglé par une sorte de délire, il ne s'aperçut même pas de l'incroyable ductilité de la Peau de chagrin, qui, devenue souple comme un gant, se roula sous ses doigts frénétiques et put entrer dans la poche de son habit où il la mit presque machinalement. En s'élançant de la porte du magasin sur la chaussée, il heurta trois jeunes gens qui se tenaient bras dessus bras dessous.

— Animal !

— Imbécile !

Telles furent les gracieuses interpellations qu'ils échangèrent.

— Eh ! c'est Raphaël.

— Ah ! bien, nous te cherchions.

— Quoi ! C'est vous ?

Ces trois phrases amicales succédèrent à l'injure aussitôt que la clarté d'un réverbère balancé par le vent frappa les visages de ce groupe étonné.

— Mon cher ami, dit à Raphaël le jeune homme qu'il avait failli renverser, tu vas venir avec nous.

— De quoi s'agit-il donc ?

— Avance toujours, je te conterai l'affaire en marchant.

De force ou de bonne volonté, Raphaël fut entouré de ses amis, qui, l'ayant enchaîné par les bras dans leur joyeuse bande, l'entraînèrent vers le Pont des Arts.

— Mon cher, dit l'orateur en continuant, nous sommes à ta poursuite depuis une semaine environ. À ton respectable hôtel Saint-Quentin, dont par parenthèse l'enseigne inamovible offre des lettres toujours alternativement noires et rouges comme au temps de J.-J. Rousseau[1], ta Léonarde[2] nous a dit que tu étais parti pour la campagne. Cependant nous n'avions certes pas l'air de gens d'argent, huissiers, créanciers, gardes du commerce, etc. N'importe ! Rastignac t'avait aperçu la veille aux Bouffons, nous avons repris courage, et nous avons mis de l'amour-propre à découvrir si tu te perchais sur les arbres des Champs-Élysées, si tu allais coucher pour deux sous dans ces maisons philanthropiques où les mendiants dorment appuyés sur des cordes tendues, ou si, plus heureux, ton bivouac n'était pas établi dans quelque boudoir. Nous ne t'avons rencontré nulle part, ni sur les écrous de Sainte-Pélagie, ni sur ceux de la Force ! Les ministères, l'Opéra, les maisons conventuelles, cafés, bibliothèques, listes de préfets, bureaux de journalistes, restaurants, foyers de théâtre, bref, tout ce qu'il y a dans Paris de bons et de mauvais lieux ayant été savamment explorés, nous gémissions sur la perte d'un homme doué d'assez de génie pour

1. D'après les *Confessions*, livre VII.
2. Logeuse.

se faire également chercher à la cour et dans les prisons. Nous parlions de te canoniser comme un héros de Juillet! et, ma parole d'honneur, nous te regrettions.

En ce moment, Raphaël passait avec ses amis sur le Pont des Arts, d'où, sans les écouter, il regardait la Seine dont les eaux mugissantes répétaient les lumières de Paris. Au-dessus de ce fleuve, dans lequel il voulait se précipiter naguère, les prédictions du vieillard étaient accomplies, l'heure de sa mort se trouvait déjà fatalement retardée.

— Et nous te regrettions vraiment! dit son ami poursuivant toujours sa thèse. Il s'agit d'une combinaison dans laquelle nous te comprenions en ta qualité d'homme supérieur, c'est-à-dire d'homme qui sait se mettre au-dessus de tout. L'escamotage de la muscade constitutionnelle sous le gobelet royal se fait aujourd'hui, mon cher, plus gravement que jamais. L'infâme Monarchie renversée par l'héroïsme populaire était une femme de mauvaise vie avec laquelle on pouvait rire et banqueter; mais la Patrie est une épouse acariâtre et vertueuse, il nous faut accepter, bon gré, mal gré, ses caresses compassées. Or donc, le pouvoir s'est transporté, comme tu sais, des Tuileries chez les journalistes, de même que le budget a changé de quartier, en passant du faubourg Saint-Germain à la Chaussée-d'Antin. Mais voici ce que tu ne sais peut-être pas! Le gouvernement, c'est-à-dire l'aristocratie de banquiers et d'avocats qui font aujourd'hui de la patrie comme les prêtres faisaient jadis de la monarchie, a senti la nécessité de mystifier le bon peuple de France avec des mots nouveaux et de vieilles idées, à l'instar des philosophes de toutes les écoles et des hommes forts de tous les temps. Il s'agit donc de nous inculquer une opinion royalement nationale, en nous prouvant qu'il est bien plus heureux de payer douze cents millions trente-trois centimes à la patrie représentée par messieurs tels et tels, que onze cents millions neuf centimes à un roi qui disait *moi* au lieu de dire *nous*. En un mot, un journal armé de deux ou trois cents bons mille francs vient d'être fondé dans le but de faire une opposition qui contente les mécontents, sans nuire au gouvernement national du roi-citoyen. Or, comme nous nous moquons de la liberté autant que du despotisme, de la religion aussi bien que de l'incrédulité ; que pour nous la patrie est une capitale où les idées s'échangent et se vendent à tant la ligne, où tous les jours amènent de succulents dîners, de nombreux spectacles ; où fourmillent de licencieuses prostituées, où les soupers ne finissent que le lendemain, où les amours vont à l'heure comme les citadines ; que Paris sera toujours la plus adorable de toutes les patries ! la patrie de la joie, de la liberté, de l'esprit, des jolies femmes, des mauvais sujets, du bon vin, et où le bâton du pouvoir ne se fera jamais trop sentir, puisque l'on est près de ceux qui le tiennent... Nous, véritables sectateurs du lieu Méphistophélès, avons entrepris de badigeonner l'esprit public, de rhabiller les acteurs, de clouer de nouvelles planches à la baraque gouvernementale, de médicamenter les doctrinaires, de recuire les vieux républicains, de réchampir les bonapartistes et de ravitailler le centre, pourvu qu'il nous soit permis de rire *in petto* des rois et des peuples, de ne pas être le soir de notre opinion du matin, et de passer une joyeuse vie à la Panurge ou *more orientali*, couchés sur de moelleux coussins. Nous te destinions les rênes de cet empire macaronique et burlesque, ainsi nous t'emmenons de ce pas au dîner donné par le fondateur dudit journal, un banquier retiré qui, ne sachant que faire de son or, veut le changer en esprit. Tu y seras accueilli comme un frère, nous t'y saluerons roi de ces esprits frondeurs que rien n'épouvante, dont la perspicacité découvre les intentions de l'Autriche, de l'Angleterre ou de la Russie, avant que la Russie, l'Angleterre ou l'Autriche n'aient des intentions ! Oui, nous t'instituerons le souverain de ces puissances intelligentes qui fournissent au monde les Mirabeau, les Talleyrand, les Pitt, les Metternich, enfin tous ces hardis Crispins qui jouent entre eux les destinées d'un empire comme les hommes vulgaires jouent leur *kirchenwasser*[1] aux dominos. Nous t'avons donné pour le plus intrépide compagnon qui jamais ait étreint corps à corps la Débauche, ce monstre admirable avec lequel veulent lutter tous les esprits forts ; nous avons même affirmé qu'il ne t'a pas encore vaincu. J'espère que tu ne feras pas mentir nos éloges. Taillefer, notre amphitryon, nous a promis de surpasser les étroites saturnales de nos petits Lucullus modernes. Il est assez riche pour mettre de la grandeur dans les petitesses, de l'élégance et de la grâce dans le vice. Entends-tu, Raphaël ? lui demanda l'orateur en s'interrompant.

— Oui, répondit le jeune homme moins étonné de l'accomplissement de ses souhaits que surpris de la manière naturelle par laquelle les événements s'enchaînaient.

Quoiqu'il lui fût impossible de croire à une influence magique, il admirait les hasards de la destinée humaine.

— Mais tu nous dis oui, comme si tu pensais à la mort de ton grand-père, lui répliqua l'un de ses voisins.

— Ah ! reprit Raphaël avec un accent de naïveté qui fit rire ces écrivains, l'espoir de la jeune France, je pensais, mes amis, que nous voilà près de devenir de bien grands coquins ! Jusqu'à présent nous avons fait de l'impiété entre deux vins, nous avons pesé la vie étant ivres, nous avons prisé les hommes et les choses en digérant. Vierges du fait, nous étions hardis en parole ; mais marqués maintenant par le fer chaud de la politique, nous allons entrer dans ce grand bagne et y perdre nos illusions. Quand on ne croit plus qu'au diable, il est permis de regretter le paradis de la jeunesse, le temps d'innocence où nous tendions dévotement la langue

1. Plutôt *kirschwasser*, eau-de-vie de cerise.

à un bon prêtre, pour recevoir le sacré corps de Notre-Seigneur Jésus-Christ ! Ah ! mes bons amis, si nous avons eu tant de plaisir à commettre nos premiers péchés, c'est que nous avions des remords pour les embellir et leur donner du piquant, de la saveur ; tandis que maintenant...

— Oh ! maintenant, reprit le premier interlocuteur, il nous reste...

— Quoi ? dit un autre.

— Le crime...

— Voilà un mot qui a toute la hauteur d'une potence et toute la profondeur de la Seine, répliqua Raphaël.

— Oh ! tu ne m'entends pas. Je parle des crimes politiques. Depuis ce matin je n'envie qu'une existence, celle des conspirateurs. Demain, je ne sais si ma fantaisie durera toujours ; mais ce soir la vie pâle de notre civilisation, unie comme la rainure[1] d'un chemin de fer, fait bondir mon cœur de dégoût ! Je suis épris de passion pour les malheurs de la déroute de Moscou, pour les émotions du Corsaire rouge[2] et pour l'existence des contrebandiers. Puisqu'il n'y a plus de Chartreux en France, je voudrais au moins un Botany-Bay[3], une espèce d'infirmerie destinée aux petits lords Byrons, qui, après avoir chiffonné la vie comme une serviette après dîner, n'ont plus rien à faire qu'à incendier leur pays, se brûler la cervelle, conspirer pour la république, ou demander la guerre...

— Émile, dit avec feu le voisin de Raphaël à l'interlocuteur, foi d'homme, sans la révolution de Juillet je me faisais prêtre pour aller mener une vie animale au fond de quelque campagne, et...

— Et tu aurais lu le bréviaire tous les jours ?

---

1. Rail.
2. Roman de Fenimore Cooper.
3. Lieu de déportation en Australie en 1787.

— Oui.

— Tu es un fat.

— Nous lisons bien les journaux.

— Pas mal ! pour un journaliste. Mais, tais-toi, nous marchons au milieu d'une masse d'abonnés. Le journalisme, vois-tu, c'est la religion des sociétés modernes, et il y a progrès.

— Comment ?

— Les pontifes ne sont pas tenus de croire, ni le peuple non plus...

En devisant ainsi, comme de braves gens qui savaient le *De Viris illustribus* depuis de longues années, ils arrivèrent à un hôtel de la rue Joubert.

Émile était un journaliste qui avait conquis plus de gloire à ne rien faire que les autres n'en recueillent de leurs succès. Critique hardi, plein de verve et de mordant, il possédait toutes les qualités que comportaient ses défauts. Franc et rieur, il disait en face mille épigrammes à un ami qu'absent il défendait avec courage et loyauté. Il se moquait de tout, même de son avenir. Toujours dépourvu d'argent, il restait, comme tous les hommes de quelque portée, plongé dans une inexprimable paresse, jetant un livre dans un mot au nez de gens qui ne savaient pas mettre un mot dans leurs livres. Prodigue de promesses qu'il ne réalisait jamais, il s'était fait de sa fortune et de sa gloire un coussin pour dormir, courant ainsi la chance de se réveiller vieux à l'hôpital. D'ailleurs, ami jusqu'à l'échafaud, fanfaron de cynisme et simple comme un enfant, il ne travaillait que par boutade ou par nécessité.

— Nous allons faire, suivant l'expression de maître Alcofribas[1], un fameux *tronçon de chiere lie*, dit-il à Raphaël en lui montrant les caisses de fleurs qui embaumaient et verdissaient les escaliers.

1. Personnage de Rabelais.

— J'aime les porches bien chauffés et garnis de riches tapis, répondit Raphaël. Le luxe dès le péristyle est rare en France. Ici, je me sens renaître.

— Et là-haut nous allons boire et rire encore une fois, mon pauvre Raphaël. Ah çà ! reprit-il, j'espère que nous serons les vainqueurs et que nous marcherons sur toutes ces têtes-là.

Puis, d'un geste moqueur, il montra les convives en entrant dans un salon qui resplendissait de dorures, de lumières, et où ils furent aussitôt accueillis par les jeunes gens les plus remarquables de Paris. L'un venait de révéler un talent neuf, et de rivaliser par son premier tableau avec les gloires de la peinture impériale. L'autre avait hasardé la veille un livre plein de verdeur, empreint d'une sorte de dédain littéraire, et qui découvrait à l'école moderne de nouvelles routes. Plus loin, un statuaire dont la figure pleine de rudesse accusait quelque vigoureux génie, causait avec un de ces froids railleurs qui, selon l'occurrence, tantôt ne veulent voir de supériorité nulle part, et tantôt en reconnaissent partout. Ici, le plus spirituel de nos caricaturistes, à l'œil malin, à la bouche mordante, guettait les épigrammes pour les traduire à coups de crayon. Là, ce jeune et audacieux écrivain, qui mieux que personne distillait la quintessence des pensées politiques, ou condensait en se jouant l'esprit d'un écrivain fécond, s'entretenait avec ce poète dont les écrits écraseraient toutes les œuvres du temps présent, si son talent avait la puissance de sa haine. Tous deux essayaient de ne pas dire la vérité et de ne pas mentir, en s'adressant de douces flatteries. Un musicien célèbre consolait en *si bémol*, et d'une voix moqueuse, un jeune homme politique récemment tombé de la tribune sans se faire aucun mal. De jeunes auteurs sans style étaient auprès de jeunes auteurs sans idées, des prosateurs pleins de poésie près de poètes prosaïques. Voyant ces êtres incomplets, un pauvre saint-simonien, assez naïf pour croire à sa doctrine, les accouplait avec charité, voulant sans doute les transformer en religieux de son ordre. Enfin il s'y trouvait deux ou trois de ces savants destinés à mettre de l'azote dans la conversation, et plusieurs vaudevillistes prêts à y jeter de ces lueurs éphémères qui, semblables aux étincelles du diamant, ne donnent ni chaleur ni lumière. Quelques hommes à paradoxes, riant sous cape des gens qui épousent leurs admirations ou leurs mépris pour les hommes et les choses, faisaient déjà de cette politique à double tranchant avec laquelle ils conspirent contre tous les systèmes, sans prendre parti pour aucun. Le *jugeur* qui ne s'étonne de rien, qui se mouche au milieu d'une cavatine aux Bouffons, y crie *brava* avant tout le monde, et contredit ceux qui préviennent son avis, était là cherchant à s'attribuer les mots des gens d'esprit. Parmi ces convives, cinq avaient de l'avenir, une dizaine devaient obtenir quelque gloire viagère ; quant aux autres, ils pouvaient comme toutes les médiocrités se dire le fameux mensonge de Louis XVIII : *Union et oubli*[1]. L'amphitryon avait la gaieté soucieuse d'un homme qui dépense deux mille écus. De temps en temps ses yeux se dirigeaient avec impatience vers la porte du salon, en appelant celui des convives qui se faisait attendre. Bientôt apparut un gros petit homme qui fut accueilli par une flatteuse rumeur, c'était le notaire qui, le matin même, avait achevé de créer le journal. Un valet de chambre vêtu de noir vint ouvrir les portes d'une vaste salle à manger, où chacun alla sans cérémonie reconnaître sa place autour d'une table immense. Avant de quitter les salons, Raphaël y jeta un dernier coup d'œil. Son souhait était certes bien complètement réalisé. La soie et l'or tapissaient les appartements. De riches candélabres supportant d'innombrables bougies faisaient briller les plus légers détails des frises

1. Oubli des luttes antérieures à la Restauration.

dorées, les délicates ciselures du bronze et les somptueuses couleurs de l'ameublement. Les fleurs rares de quelques jardinières artistement construites avec des bambous, répandaient de doux parfums. Tout jusqu'aux draperies respirait une élégance sans prétention ; enfin il y avait en tout je ne sais quelle grâce poétique dont le prestige devait agir sur l'imagination d'un homme sans argent.

— Cent mille livres de rente sont un bien joli commentaire du catéchisme, et nous aident merveilleusement à mettre *la morale en actions* ! dit-il en soupirant. Oh ! oui, ma vertu ne va guère à pied. Pour moi, le vice c'est une mansarde, un habit râpé, un chapeau gris en hiver, et des dettes chez le portier. Ah ! je veux vivre au sein de ce luxe un an, six mois, n'importe ! Et puis après mourir. J'aurai du moins épuisé, connu, dévoré mille existences.

— Oh ! lui dit Émile qui l'écoutait, tu prends le coupé d'un agent de change pour le bonheur. Va, tu serais bientôt ennuyé de la fortune en t'apercevant qu'elle te ravirait la chance d'être un homme supérieur. Entre les pauvretés de la richesse et les richesses de la pauvreté, l'artiste a-t-il jamais balancé ? Ne nous faut-il pas toujours des luttes, à nous autres ? Aussi, prépare ton estomac, vois, dit-il en lui montrant par un geste héroïque le majestueux, le trois fois saint et rassurant aspect que présentait la salle à manger du benoît capitaliste. Cet homme-là, reprit-il, ne s'est vraiment donné la peine d'amasser son argent que pour nous. N'est-ce pas une espèce d'éponge oubliée par les naturalistes dans l'ordre des polypiers, et qu'il s'agit de presser avec délicatesse, avant de la laisser sucer par des héritiers ? Ne trouves-tu pas du style aux bas-reliefs qui décorent les murs ? Et les lustres, et les tableaux, quel luxe bien entendu ! S'il faut croire les envieux et ceux qui tiennent à voir les ressorts de la vie, cet homme aurait tué, pendant la Révolution, un Allemand et quelques autres personnes qui seraient, dit-on, son meilleur ami et la mère de cet ami. Peux-tu donner place à des crimes sous les cheveux grisonnants de ce vénérable Taillefer ? Il a l'air d'un bien bon homme. Vois donc comme l'argenterie étincelle, et chacun de ces rayons brillants serait pour lui un coup de poignard ?... Allons donc ! Autant vaudrait croire en Mahomet. Si le public avait raison, voici trente hommes de cœur et de talent qui s'apprêteraient à manger les entrailles, à boire le sang d'une famille. Et nous deux, jeunes gens pleins de candeur, d'enthousiasme, nous serions complices du forfait ! J'ai envie de demander à notre capitaliste s'il est honnête homme.

— Non pas maintenant ! s'écria Raphaël, mais quand il sera ivre-mort, nous aurons dîné.

Les deux amis s'assirent en riant. D'abord et par un regard plus rapide que la parole, chaque convive paya son tribut d'admiration au somptueux coup d'œil qu'offrait une longue table, blanche comme une couche de neige fraîchement tombée, et sur laquelle s'élevaient symétriquement les couverts couronnés de petits pains blonds. Les cristaux répétaient les couleurs de l'iris dans leurs reflets étoilés, les bougies traçaient des feux croisés à l'infini, les mets placés sous les dômes d'argent aiguisaient l'appétit et la curiosité. Les paroles furent assez rares. Les voisins se regardèrent. Le vin de Madère circula. Puis le premier service apparut dans toute sa gloire, il aurait fait honneur à feu Cambacérès, et Brillat-Savarin l'eût célébré. Les vins de Bordeaux et de Bourgogne, blancs et rouges, furent servis avec une profusion royale. Cette première partie du festin était comparable, en tout point, à l'exposition d'une tragédie classique. Le second acte devint quelque peu bavard. Chaque convive avait bu raisonnablement en changeant de crus suivant ses caprices, en sorte qu'au moment où l'on emporta les restes de ce magnifique service, de tempétueuses discussions s'étaient établies ; quelques fronts pâles rougissaient, plusieurs nez commençaient à s'empourprer, les visages s'allumaient, les yeux pétillaient. Pendant cette aurore de l'ivresse, le discours ne sortit pas encore des bornes de la civilité ; mais les railleries, les bons mots s'échappèrent peu à peu de toutes les bouches ; puis la calomnie éleva tout doucement sa petite tête de serpent et parla d'une voix flûtée ; çà et là, quelques sournois écoutèrent attentivement, espérant garder leur raison. Le second service trouva donc les esprits tout à fait échauffés. Chacun mangea en parlant, parla en mangeant, but sans prendre garde à l'affluence des liquides, tant ils étaient lampants et parfumés, tant l'exemple fut contagieux. Taillefer se piqua d'animer ses convives, et fit avancer les terribles vins du Rhône, le chaud Tokay, le vieux Roussillon capiteux. Déchaînés comme les chevaux d'une malle-poste qui part d'un relais, ces hommes fouettés par les flammèches du vin de Champagne impatiemment attendu, mais abondamment versé, laissèrent alors galoper leur esprit dans le vide de ces raisonnements que personne n'écoute, se mirent à raconter ces histoires qui n'ont pas d'auditeur, recommencèrent cent fois ces interpellations qui restent sans réponse. L'orgie seule déploya sa grande voix, sa voix composée de cent clameurs confuses qui grossissent comme les crescendo de Rossini. Puis arrivèrent les toasts insidieux, les forfanteries, les défis. Tous renonçaient à se glorifier de leur capacité intellectuelle pour revendiquer celle des tonneaux, des foudres, des cuves. Il semblait que chacun eût deux voix. Il vint un moment où les maîtres parlèrent tous à la fois, et où les valets sourirent. Mais cette mêlée de paroles où les paradoxes douteusement lumineux, les vérités grotesquement habillées se heurtèrent à travers les cris, les jugements interlocutoires, les arrêts souverains et les niaiseries, comme au milieu d'un combat se croisent les boulets, les balles et la mitraille, eût sans doute intéressé quelque philosophe par la singularité des pensées, ou surpris un politique par la bizarrerie des systèmes. C'était tout à la fois un livre et un tableau. Les philosophies, les religions, les morales, si différentes d'une latitude à l'autre, les gouvernements, enfin tous les grands actes de l'intelligence humaine tombèrent sous une faux aussi longue que celle du Temps, et peut-être eussiez-vous pu difficilement décider si elle était maniée par la Sagesse ivre, ou par l'Ivresse devenue sage et clairvoyante. Emportés par une espèce de tempête, ces esprits semblaient, comme la mer irritée contre ses falaises, vouloir ébranler toutes les lois entre lesquelles flottent les civilisations, satisfaisant ainsi sans le savoir à la volonté de Dieu, qui laisse dans la nature le bien et le mal en gardant pour lui seul le secret de leur lutte perpétuelle. Furieuse et burlesque, la discussion fut en quelque sorte un sabbat des intelligences. Entre les tristes plaisanteries dites par ces enfants de la Révolution à la naissance d'un journal, et les propos tenus par de joyeux buveurs à la naissance de Gargantua, se trouvait tout l'abîme qui sépare le dix-neuvième siècle du seizième. Celui-ci apprêtait une destruction en riant, le nôtre riait au milieu des ruines.

— Comment appelez-vous le jeune homme que je vois là-bas ? dit le notaire en montrant Raphaël. J'ai cru l'entendre nommer Valentin.

— Que chantez-vous avec votre Valentin tout court ? s'écria Émile en riant. Raphaël de Valentin, s'il vous plaît ! *Nous portons un aigle d'or en champ de sable couronné d'argent becqué et onglé de gueules*, avec une belle devise : NON CECIDIT ANIMUS ! Nous ne sommes pas un enfant trouvé, mais le descendant de l'empereur *Valens*, souche des *Valentinois*, fondateur des villes de Valence en Espagne et en France, héritier légitime de l'empire d'Orient. Si nous laissons trôner Mahmoud à Constantinople, c'est par pure bonne volonté, et faute d'argent ou de soldats.

Émile décrivit en l'air, avec sa fourchette, une couronne

au-dessus de la tête de Raphaël. Le notaire se recueillit pendant un moment et se remit bientôt à boire en laissant échapper un geste authentique, par lequel il semblait avouer qu'il lui était impossible de rattacher à sa clientèle les villes de Valence, de Constantinople, Mahmoud, l'empereur Valens et la famille des Valentinois.

— La destruction de ces fourmilières nommées Babylone, Tyr, Carthage, ou Venise, toujours écrasées sous les pieds d'un géant qui passe, ne serait-elle pas un avertissement donné à l'homme par une puissance moqueuse ? dit Claude Vignon, espèce d'esclave acheté pour faire du Bossuet à dix sous la ligne.

— Moïse, Sylla, Louis XI, Richelieu, Robespierre et Napoléon sont peut-être un même homme qui reparaît à travers les civilisations comme une comète dans le ciel ! répondit un ballanchiste.

— Pourquoi sonder la Providence ? dit Canalis le fabricant de ballades.

— Allons, voilà la Providence, s'écria le jugeur en l'interrompant. Je ne connais rien au monde de plus élastique.

— Mais, monsieur, Louis XIV a fait périr plus d'hommes pour creuser les aqueducs de Maintenon que la Convention pour asseoir justement l'impôt, pour mettre de l'unité dans la loi, nationaliser la France et faire également partager les héritages, disait Massol, un jeune homme devenu républicain faute d'une syllabe devant son nom.

— Monsieur, lui répondit Moreau de l'Oise, bon propriétaire, vous qui prenez le sang pour du vin, cette fois-ci laisserez-vous à chacun sa tête sur ses épaules ?

— À quoi bon, monsieur ? Les principes de l'ordre social ne valent-ils donc pas quelques sacrifices ?

— Bixiou ! Hé ! Chose-le-républicain prétend que la tête de ce propriétaire serait un sacrifice, dit un jeune homme à son voisin.

— Les hommes et les événements ne sont rien, disait le républicain en continuant sa théorie à travers les hoquets, il n'y a en politique et en philosophie que des principes et des idées.

— Quelle horreur ! Vous n'auriez nul chagrin de tuer vos amis pour un *si*...

— Hé ! monsieur, l'homme qui a des remords est le vrai scélérat, car il a quelque idée de la vertu ; tandis que Pierre le Grand, le duc d'Albe, étaient des systèmes, et le corsaire Monbard, une organisation.

— Mais la société ne peut-elle pas se priver de vos systèmes et de vos organisations ? dit Canalis.

— Oh ! d'accord, s'écria le républicain.

— Eh ! votre stupide république me donne des nausées ! nous ne saurions découper tranquillement un chapon sans y trouver la loi agraire.

— Tes principes sont excellents, mon petit Brutus farci de truffes ! Mais tu ressembles à mon valet de chambre, le drôle est si cruellement possédé par la manie de la propreté, que si je lui laissais brosser mes habits à sa fantaisie, j'irais tout nu.

— Vous êtes des brutes ! Vous voulez nettoyer une nation avec des cure-dents, répliqua l'homme à la république. Selon vous la justice serait plus dangereuse que les voleurs.

— Hé ! hé ! fit l'avoué Desroches.

— Sont-ils ennuyeux avec leur politique ! dit Cardot le notaire. Fermez la porte. Il n'y a pas de science ou de vertu qui vaille une goutte de sang. Si nous voulions faire la liquidation de la vérité, nous la trouverions peut-être en faillite.

— Ah ! il en aurait sans doute moins coûté de nous amuser dans le mal que de nous disputer dans le bien. Aussi donnerais-je tous les discours prononcés à la tribune depuis quarante ans pour une truite, pour un conte de Perrault ou une croquade[1] de Charlet.

— Vous avez bien raison ! Passez-moi des asperges. Car, après tout, la liberté enfante l'anarchie, l'anarchie conduit au despotisme, et le despotisme ramène à la liberté. Des millions d'êtres ont péri sans avoir pu faire triompher aucun de ces systèmes. N'est-ce pas le cercle vicieux dans lequel tournera toujours le monde moral ? Quand l'homme croit avoir perfectionné, il n'a fait que déplacer les choses.

— Oh ! oh ! s'écria Cursy le vaudevilliste, alors, messieurs, je porte un toast à Charles X, père de la liberté !

— Pourquoi pas ? dit Émile. Quand le despotisme est dans les lois, la liberté se trouve dans les mœurs, et *vice versa*.

— Buvons donc à l'imbécillité du pouvoir qui nous donne tant de pouvoir sur les imbéciles ! dit le banquier.

— Hé ! mon cher, au moins Napoléon nous a-t-il laissé de la gloire ! criait un officier de marine qui n'était jamais sorti de Brest.

— Ah ! la gloire, triste denrée. Elle se paye cher et ne se garde pas. Ne serait-elle point l'égoïsme des grands hommes, comme le bonheur est celui des sots ?

— Monsieur, vous êtes bien heureux.

— Le premier qui inventa les fossés était sans doute un homme faible, car la société ne profite qu'aux gens chétifs. Placés aux deux extrémités du monde moral, le sauvage et le penseur ont également horreur de la propriété.

— Joli ! s'écria Cardot. S'il n'y avait pas de propriétés, comment pourrions-nous faire des actes ?

— Voilà des petits pois délicieusement fantastiques !

— Et le curé fut trouvé mort dans son lit, le lendemain...

— Qui parle de mort ? Ne badinez pas ! J'ai un oncle.

---

1. Mot-valise formé sur croquis et pochade. Nicolas Charlet (1792-1845) est un des illustrateurs de la légende napoléonienne.

— Vous vous résigneriez sans doute à le perdre.

— Ce n'est pas une question.

— Écoutez-moi, messieurs ! MANIÈRE DE TUER SON ONCLE. Chut ! (Écoutez ! Écoutez !) Ayez d'abord un oncle gros et gras, septuagénaire au moins, ce sont les meilleurs oncles. (Sensation.) Faites-lui manger, sous un prétexte quelconque, un pâté de foie gras...

— Hé ! mon oncle est un grand homme sec, avare et sobre.

— Ah ! ces oncles-là sont des monstres qui abusent de la vie.

— Et, dit l'homme aux oncles en continuant, annoncez-lui, pendant sa digestion, la faillite de son banquier.

— S'il résiste ?

— Lâchez-lui une jolie fille !

— S'il est... dit-il en faisant un geste négatif.

— Alors, ce n'est pas un oncle, l'oncle est essentiellement égrillard.

— La voix de la Malibran a perdu deux notes.

— Non, monsieur.

— Si, monsieur.

— Oh ! oh ! Oui et non, n'est-ce pas l'histoire de toutes les dissertations religieuses, politiques et littéraires ? L'homme est un bouffon qui danse sur des précipices !

— À vous entendre, je suis un sot.

— Au contraire, c'est parce que vous ne m'entendez pas.

— L'instruction, belle niaiserie ! Monsieur Heineffettermach[1] porte le nombre des volumes imprimés à plus d'un milliard, et la vie d'un homme ne permet pas d'en lire cent cinquante mille. Alors expliquez-moi ce que signifie le mot *instruction* ? pour les uns, elle consiste à savoir les noms du

1. Invention de Balzac.

cheval d'Alexandre, du dogue Bérécillo, du seigneur des Accords[1], et d'ignorer celui de l'homme auquel nous devons le flottage des bois ou la porcelaine. Pour les autres, être instruit, c'est savoir brûler un testament et vivre en honnêtes gens, aimés, considérés, au lieu de voler une montre en récidive, avec les cinq circonstances aggravantes, et d'aller mourir en place de Grève, haïs et déshonorés.

— Nathan restera-t-il ?

— Ah ! ses collaborateurs, monsieur, ont bien de l'esprit.

— Et Canalis ?

— C'est un grand homme, n'en parlons plus.

— Vous êtes ivres !

— La conséquence immédiate d'une constitution est l'aplatissement des intelligences. Arts, sciences, monuments, tout est dévoré par un effroyable sentiment d'égoïsme, notre lèpre actuelle. Vos trois cents bourgeois, assis sur des banquettes, ne penseront qu'à planter des peupliers. Le despotisme fait illégalement de grandes choses, la liberté ne se donne même pas la peine d'en faire légalement de très petites.

— Votre enseignement mutuel fabrique des pièces de cent sous en chair humaine, dit un absolutiste en interrompant. Les individualités disparaissent chez un peuple nivelé par l'instruction.

— Cependant le but de la société n'est-il pas de procurer à chacun le bien-être ? demanda le saint-simonien.

— Si vous aviez cinquante mille livres de rente, vous ne penseriez guère au peuple. Êtes-vous épris de belle passion pour l'humanité, allez à Madagascar : vous y trouverez un joli petit peuple tout neuf à saint-simoniser, à classer, à mettre

1. Bérézillo est le nom d'un dogue utilisé par les Espagnols pour effrayer les Indiens d'Amérique. Le seigneur des Accords se nomme en réalité Étienne Tabourot (1549-1590).

en bocal ; mais ici, chacun entre tout naturellement dans son alvéole, comme une cheville dans son trou. Les portiers sont portiers, et les niais sont des bêtes sans avoir besoin d'être promus par un collège de Pères. Ah ! ah !

— Vous êtes un carliste !

— Pourquoi pas ! J'aime le despotisme, il annonce un certain mépris pour la race humaine. Je ne hais pas les rois. Ils sont si amusants ! Trôner dans une chambre, à trente millions de lieues du soleil, n'est-ce donc rien ?

— Mais résumons cette large vue de la civilisation, disait le savant qui pour l'instruction du sculpteur inattentif avait entrepris une discussion sur le commencement des sociétés et sur les peuples autochtones. À l'origine des nations la force fut en quelque sorte matérielle, une, grossière ; puis avec l'accroissement des agrégations, les gouvernements ont procédé par des décompositions plus ou moins habiles du pouvoir primitif. Ainsi, dans la haute antiquité, la force était dans la théocratie ; le prêtre tenait le glaive et l'encensoir. Plus tard, il y eut deux sacerdoces : le pontife et le roi. Aujourd'hui, notre société, dernier terme de la civilisation, a distribué la puissance suivant le nombre des combinaisons, et nous sommes arrivés aux forces nommées industrie, pensée, argent, parole. Le pouvoir n'ayant plus alors d'unité marche sans cesse vers une dissolution sociale qui n'a plus d'autre barrière que l'intérêt. Aussi ne nous appuyons-nous ni sur la religion, ni sur la force matérielle, mais sur l'intelligence. Le livre vaut-il le glaive, la discussion vaut-elle l'action ? Voilà le problème.

— L'intelligence a tout tué, s'écria le carliste. Allez, la liberté absolue mène les nations au suicide, elles s'ennuient dans le triomphe, comme un Anglais millionnaire.

— Que nous direz-vous de neuf ? Aujourd'hui vous avez ridiculisé tous les pouvoirs, et c'est même chose vulgaire que de nier Dieu ! Vous n'avez plus de croyance. Aussi le siècle est-il comme un vieux sultan perdu de débauche ! Enfin, votre lord Byron, en dernier désespoir de poésie, a chanté les passions du crime.

— Savez-vous, lui répondit Bianchon complètement ivre, qu'une dose de phosphore de plus ou de moins fait l'homme de génie ou le scélérat, l'homme d'esprit ou l'idiot, l'homme vertueux ou le criminel ?

— Peut-on traiter ainsi la vertu ! s'écria de Cursy. La vertu, sujet de toutes les pièces de théâtre, dénouement de tous les drames, base de tous les tribunaux.

— Hé ! tais-toi donc, animal. Ta vertu, c'est Achille sans talon ! dit Bixiou.

— À boire !

— Veux-tu parier que je bois une bouteille de vin de Champagne d'un seul trait ?

— Quel trait d'esprit ! s'écria Bixiou.

— Ils sont gris comme des charretiers, dit un jeune homme qui donnait sérieusement à boire à son gilet.

— Oui, monsieur, le gouvernement actuel est l'art de faire régner l'opinion publique.

— L'opinion ? Mais c'est la plus vicieuse de toutes les prostituées ! À vous entendre, hommes de morale et de politique, il faudrait sans cesse préférer vos lois à la nature, l'opinion à la conscience. Allez, tout est vrai, tout est faux ! Si la société nous a donné le duvet des oreillers, elle a certes compensé le bienfait par la goutte, comme elle a mis la procédure pour tempérer la justice, et les rhumes à la suite des châles de Cachemire.

— Monstre ! dit Émile en interrompant le misanthrope, comment peux-tu médire de la civilisation en présence de vins, de mets si délicieux, et à table jusqu'au menton ? Mords ce chevreuil aux pieds et aux cornes dorés, mais ne mords pas ta mère.

— Est-ce ma faute, à moi, si le catholicisme arrive à

mettre un million de dieux dans un sac de farine, si la république aboutit toujours à quelque Napoléon, si la royauté se trouve entre l'assassinat de Henri IV et le jugement de Louis XVI, si le libéralisme devient La Fayette ?

— L'avez-vous embrassé en juillet ?

— Non.

— Alors taisez-vous, sceptique.

— Les sceptiques sont les hommes les plus consciencieux.

— Ils n'ont pas de conscience.

— Que dites-vous ? Ils en ont au moins deux.

— Escompter le ciel ! Monsieur, voilà une idée vraiment commerciale. Les religions antiques n'étaient qu'un heureux développement du plaisir physique ; mais nous autres nous avons développé l'âme et l'espérance, il y a eu progrès.

— Hé ! mes bons amis, que pouvez-vous attendre d'un siècle repu de politique ? dit Nathan. Quel a été le sort du Roi de Bohême et de ses sept châteaux[1], la plus ravissante conception…

— Ça ? cria le jugeur d'un bout de la table à l'autre. C'est des phrases tirées au hasard dans un chapeau, véritable ouvrage écrit pour Charenton.

— Vous êtes un sot !

— Vous êtes un drôle !

— Oh ! oh !

— Ah ! ah !

— Ils se battront.

— Non.

— À demain, monsieur.

— À l'instant, répondit Nathan.

— Allons ! allons ! Vous êtes deux braves.

— Vous en êtes un autre ! dit le provocateur.

---

1. Roman de Charles Nodier paru en 1830.

— Ils ne peuvent seulement pas se mettre debout.

— Ah ! je ne me tiens pas droit, peut-être ! reprit le belliqueux Nathan en se dressant comme un cerf-volant indécis.

Il jeta sur la table un regard hébété, puis, comme exténué par cet effort, il retomba sur sa chaise, pencha la tête et resta muet.

— Ne serait-il pas plaisant, dit le jugeur à son voisin, de me battre pour un ouvrage que je n'ai jamais vu ni lu !

— Émile, prends garde à ton habit, ton voisin pâlit, dit Bixiou.

— Kant, monsieur. Encore un ballon lancé pour amuser les niais ! Le matérialisme et le spiritualisme sont deux jolies raquettes avec lesquelles des charlatans en robe font aller le même volant. Que Dieu soit en tout selon Spinoza, ou que tout vienne de Dieu selon saint Paul… Imbéciles ! Ouvrir ou fermer une porte, n'est-il pas le même mouvement ? L'œuf vient-il de la poule ou la poule de l'œuf ? (Passez-moi du canard !) Voilà toute la science.

— Nigaud, lui cria le savant, la question que tu poses est tranchée par un fait.

— Et lequel ?

— Les chaires de professeurs n'ont pas été faites pour la philosophie, mais bien la philosophie pour les chaires ! Mets des lunettes et lis le budget.

— Voleurs !

— Imbéciles !

— Fripons !

— Dupes !

— Où trouverez-vous ailleurs qu'à Paris un échange aussi vif, aussi rapide entre les pensées, s'écria Bixiou en prenant une voix de basse-taille.

— Allons, Bixiou, fais-nous quelque farce classique ! Voyons, une charge !

— Voulez-vous que je vous fasse le dix-neuvième siècle ?

— Écoutez !
— Silence !
— Mettez des sourdines à vos mufles !
— Te tairas-tu, chinois !
— Donnez-lui du vin, et qu'il se taise, cet enfant !
— À toi, Bixiou !

L'artiste boutonna son habit noir jusqu'au col, mit ses gants jaunes, et se grima de manière à singer la *Revue des Deux Mondes* en louchant ; mais le bruit couvrit sa voix, et il fut impossible de saisir un seul mot de sa moquerie. S'il ne représenta pas le siècle, au moins représenta-t-il la *Revue*, car il ne s'entendit pas lui-même.

Le dessert se trouva servi comme par enchantement. La table fut couverte d'un vaste surtout en bronze doré sorti des ateliers de Thomire. De hautes figures douées par un célèbre artiste des formes convenues en Europe pour la beauté idéale, soutenaient et portaient des buissons de fraises, des ananas, des dattes fraîches, des raisins jaunes, de blondes pêches, des oranges arrivées de Sétubal par un paquebot, des grenades, des fruits de la Chine, enfin toutes les surprises du luxe, les miracles du petit four, les délicatesses les plus friandes, les friandises les plus séductrices. Les couleurs de ces tableaux gastronomiques étaient rehaussées par l'éclat de la porcelaine, par des lignes étincelantes d'or, par les découpures des vases. Gracieuse comme les liquides franges de l'Océan, verte et légère, la mousse couronnait les paysages du Poussin, copiés à Sèvres. Le territoire d'un prince allemand n'aurait pas payé cette richesse insolente. L'argent, la nacre, l'or, les cristaux furent de nouveau prodigués sous de nouvelles formes ; mais les yeux engourdis et la verbeuse fièvre de l'ivresse permirent à peine aux convives d'avoir une intuition vague de cette féerie digne d'un conte oriental. Les vins de dessert apportèrent leurs parfums et leurs flammes, philtres puissants, vapeurs enchanteresses qui engendrent une espèce de mirage intellectuel et dont les liens puissants enchaînent les pieds, alourdissent les mains. Les pyramides de fruits furent pillées, les voix grossirent, le tumulte grandit. Il n'y eut plus alors de paroles distinctes, les verres volèrent en éclats, et des rires atroces partirent comme des fusées. Cursy saisit un cor et se mit à sonner une fanfare. Ce fut comme un signal donné par le diable. Cette assemblée en délire hurla, siffla, chanta, cria, rugit, gronda. Vous eussiez souri de voir des gens naturellement gais, devenus sombres comme les dénouements de Crébillon, ou rêveurs comme des marins en voiture. Les hommes fins disaient leurs secrets à des curieux qui n'écoutaient pas. Les mélancoliques souriaient comme des danseuses qui achèvent leurs pirouettes. Claude Vignon se dandinait à la manière des ours en cage. Des amis intimes se battaient. Les ressemblances animales inscrites sur les figures humaines, et si curieusement démontrées par les physiologistes, reparaissaient vaguement dans les gestes, dans les habitudes du corps. Il y avait un livre tout fait pour quelque Bichat qui se serait trouvé là froid et à jeun. Le maître du logis, se sentant ivre, n'osait se lever, mais il approuvait les extravagances de ses convives par une grimace fixe, en tâchant de conserver un air décent et hospitalier. Sa large figure, devenue rouge et bleue, presque violacée, terrible à voir, s'associait au mouvement général par des efforts semblables au roulis et au tangage d'un brick.

— Les avez-vous assassinés ? lui demanda Émile.

— La peine de mort va, dit-on, être abolie en faveur de la révolution de Juillet, répondit Taillefer qui haussa les sourcils d'un air tout à la fois plein de finesse et de bêtise.

— Mais ne les voyez-vous pas quelquefois en songe ? reprit Raphaël.

— Il y a prescription ! dit le meurtrier plein d'or.

— Et sur sa tombe, s'écria Émile d'un ton sardonique,

l'entrepreneur du cimetière gravera : *Passants, accordez une larme à sa mémoire !* Oh ! reprit-il, je donnerais bien cent sous au mathématicien qui me démontrerait par une équation algébrique l'existence de l'enfer.

Il jeta une pièce en l'air en criant : — Face pour Dieu !

— Ne regarde pas, dit Raphaël en saisissant la pièce, que sait-on ? le hasard est si plaisant.

— Hélas ! reprit Émile d'un air tristement bouffon, je ne vois pas où poser les pieds entre la géométrie de l'incrédule et le *Pater noster* du pape. Bah ! buvons ! *Trinc* est, je crois, l'oracle de la divine bouteille et sert de conclusion au *Pantagruel*.

— Nous devons au *Pater noster*, répondit Raphaël, nos arts, nos monuments, nos sciences peut-être ; et, bienfait plus grand encore, nos gouvernements modernes, dans lesquels une société vaste et féconde est merveilleusement représentée par cinq cents intelligences, où les forces opposées les unes aux autres se neutralisent en laissant tout pouvoir à la CIVILISATION, reine gigantesque qui remplace le ROI, cette ancienne et terrible figure, espèce de faux destin créé par l'homme entre le ciel et lui. En présence de tant d'œuvres accomplies, l'athéisme apparaît comme un squelette qui n'engendre pas. Qu'en dis-tu ?

— Je songe aux flots de sang répandus par le catholicisme, dit froidement Émile. Il a pris nos veines et nos cœurs pour faire une contrefaçon du déluge. Mais n'importe ! Tout homme qui pense doit marcher sous la bannière du Christ. Lui seul a consacré le triomphe de l'esprit sur la matière, lui seul nous a poétiquement révélé le monde intermédiaire qui nous sépare de Dieu.

— Tu crois ? reprit Raphaël en lui jetant un indéfinissable sourire d'ivresse. Eh ! bien, pour ne pas nous compromettre, portons le fameux toast : *Diis ignotis*[1] !

---

1. « Aux dieux inconnus ! »

Et ils vidèrent leurs calices de science, de gaz carbonique, de parfums, de poésie et d'incrédulité.

— Si ces messieurs veulent passer dans le salon, le café les y attend, dit le maître d'hôtel.

En ce moment presque tous les convives se roulaient au sein de ces limbes délicieux où les lumières de l'esprit s'éteignent, où le corps délivré de son tyran s'abandonne aux joies délirantes de la liberté. Les uns, arrivés à l'apogée de l'ivresse, restaient mornes et péniblement occupés à saisir une pensée qui leur attestât leur propre existence, les autres, plongés dans le marasme produit par une digestion alourdissante, niaient le mouvement. D'intrépides orateurs disaient encore de vagues paroles dont le sens leur échappait à eux-mêmes. Quelques refrains retentissaient comme le bruit d'une mécanique obligée d'accomplir sa vie factice et sans âme. Le silence et le tumulte s'étaient bizarrement accouplés. Néanmoins, en entendant la voix sonore du valet qui, à défaut d'un maître, leur annonçait des joies nouvelles, les convives se levèrent entraînés, soutenus ou portés les uns par les autres. La troupe entière resta pendant un moment immobile et charmée sur le seuil de la porte. Les jouissances excessives du festin pâlirent devant le chatouillant spectacle que l'amphitryon offrait au plus voluptueux de leurs sens. Sous les étincelantes bougies d'un lustre d'or, autour d'une table chargée de vermeil, un groupe de femmes se présenta soudain aux convives hébétés dont les yeux s'allumèrent comme autant de diamants. Riches étaient les parures, mais plus riches encore étaient ces beautés éblouissantes devant lesquelles disparaissaient toutes les merveilles de ce palais. Les yeux passionnés de ces filles, prestigieuses comme des fées, avaient encore plus de vivacité que les torrents de lumière qui faisaient resplendir les reflets satinés des tentures, la blancheur des marbres et les saillies délicates des bronzes. Le cœur brûlait à voir les contrastes de leurs coiffures agitées et de leurs attitudes, toutes diverses d'attraits et de caractère. C'était une haie de fleurs mêlées de rubis, de saphirs et de corail ; une ceinture de colliers noirs sur des cous de neige, des écharpes légères flottant comme les flammes d'un phare, des turbans orgueilleux, des tuniques modestement provocantes. Ce sérail offrait des séductions pour tous les yeux, des voluptés pour tous les caprices. Posée à ravir, une danseuse semblait être sans voile sous les plis onduleux du cachemire. Là une gaze diaphane, ici la soie chatoyante cachaient ou révélaient des perfections mystérieuses. De petits pieds étroits parlaient d'amour, des bouches fraîches et rouges se taisaient. De frêles et décentes jeunes filles, vierges factices dont les jolis cheveux respiraient une religieuse innocence, se présentaient aux regards comme des apparitions qu'un souffle pouvait dissiper. Puis des beautés aristocratiques au regard fier, mais indolentes, mais fluettes, maigres, gracieuses, penchaient la tête comme si elles avaient encore de royales protections à faire acheter. Une Anglaise, blanche et chaste figure aérienne, descendue des nuages d'Ossian, ressemblait à un ange de mélancolie, à un remords fuyant le crime. La Parisienne dont toute la beauté gît dans une grâce indescriptible, vaine de sa toilette et de son esprit, armée de sa toute-puissante faiblesse, souple et dure, sirène sans cœur et sans passion, mais qui sait artificieusement créer les trésors de la passion et contrefaire les accents du cœur, ne manquait pas à cette périlleuse assemblée où brillaient encore des Italiennes tranquilles en apparence et consciencieuses dans leur félicité, de riches Normandes aux formes magnifiques, des femmes méridionales aux cheveux noirs, aux yeux bien fendus. Vous eussiez dit des beautés de Versailles convoquées par Lebel, ayant dès le matin dressé tous leurs pièges, arrivant comme une troupe d'esclaves orientales réveillées par la voix du marchand pour partir à l'aurore. Elles restaient interdites, honteuses, et s'empressaient autour de la table comme des abeilles qui bourdonnent dans l'intérieur d'une ruche. Cet embarras craintif, reproche et coquetterie tout ensemble, était ou quelque séduction calculée ou de la pudeur involontaire. Peut-être un sentiment que la femme ne dépouille jamais complètement leur ordonnait-il de s'envelopper dans le manteau de la vertu pour donner plus de charme et de piquant aux prodigalités du vice. Aussi la conspiration ourdie par le vieux Taillefer sembla-t-elle devoir échouer. Ces hommes sans frein furent subjugués tout d'abord par la puissance majestueuse dont est investie la femme. Un murmure d'admiration résonna comme la plus douce musique. L'amour n'avait pas voyagé de compagnie avec l'ivresse ; au lieu d'un ouragan de passions, les convives surpris dans un moment de faiblesse s'abandonnèrent aux délices d'une voluptueuse extase. À la voix de la poésie qui les domine toujours, les artistes étudièrent avec bonheur les nuances délicates qui distinguaient ces beautés choisies. Réveillé par une pensée, due peut-être à quelque émanation d'acide carbonique dégagé du vin de Champagne, un philosophe frissonna en songeant aux malheurs qui amenaient là ces femmes, dignes peut-être jadis des plus purs hommages. Chacune d'elles avait sans doute un drame sanglant à raconter. Presque toutes apportaient d'infernales tortures, et traînaient après elles des hommes sans foi, des promesses trahies, des joies rançonnées par la misère. Les convives s'approchèrent d'elles avec politesse, et des conversations aussi diverses que les caractères s'établirent. Des groupes se formèrent. Vous eussiez dit d'un salon de bonne compagnie où les jeunes filles et les femmes vont offrant aux convives, après le dîner, les secours que le café, les liqueurs et le sucre prêtent aux gourmands embarrassés dans les travaux d'une digestion récalcitrante. Mais bientôt quelques rires éclatèrent, le murmure augmenta, les voix s'élevèrent. L'orgie, domptée pendant un moment, menaça par intervalles de se réveiller. Ces alternatives de silence et de bruit eurent une vague ressemblance avec une symphonie de Beethoven.

Assis sur un moelleux divan, les deux amis virent d'abord arriver près d'eux une grande fille bien proportionnée, superbe en son maintien, de physionomie assez irrégulière, mais perçante, mais impétueuse, et qui saisissait l'âme par de vigoureux contrastes. Sa chevelure noire, lascivement bouclée, semblait avoir déjà subi les combats de l'amour, et retombait en flocons légers sur ses larges épaules qui offraient des perspectives attrayantes à voir. De longs rouleaux bruns enveloppaient à demi un cou majestueux sur lequel la lumière glissait par intervalles en révélant la finesse des plus jolis contours. La peau, d'un blanc mat, faisait ressortir les tons chauds et animés de ses vives couleurs. L'œil, armé de longs cils, lançait des flammes hardies, étincelles d'amour. La bouche, rouge, humide, entrouverte, appelait le baiser. Cette fille avait une taille forte, mais amoureusement élastique ; son sein, ses bras étaient largement développés, comme ceux des belles figures du Carrache ; néanmoins, elle paraissait leste, souple, et sa vigueur supposait l'agilité d'une panthère, comme la mâle élégance de ses formes en promettait les voluptés dévorantes. Quoique cette fille dût savoir rire et folâtrer, ses yeux et son sourire effrayaient la pensée. Semblable à ces prophétesses agitées par un démon, elle étonnait plutôt qu'elle ne plaisait. Toutes les expressions passaient par masses et comme des éclairs sur sa figure mobile. Peut-être eût-elle ravi des gens blasés, mais un jeune homme l'eût redoutée. C'était une statue colossale tombée du haut de quelque temple grec, sublime à distance, mais grossière à voir de près. Néanmoins, sa foudroyante beauté devait réveiller les impuissants, sa voix charmer les sourds, ses regards ranimer de vieux ossements ; aussi Émile la compara-t-il vaguement à une tragédie de Shakespeare, espèce d'arabesque admirable où la joie hurle, où l'amour a je ne sais quoi de sauvage, où la magie de la grâce et le feu du bonheur succèdent aux sanglants tumultes de la colère; monstre qui sait mordre et caresser, rire comme un démon, pleurer comme les anges, improviser dans une seule étreinte toutes les séductions de la femme, excepté les soupirs de la mélancolie et les enchanteresses modesties d'une vierge; puis en un moment rugir, se déchirer les flancs, briser sa passion, son amant; enfin, se détruire elle-même comme fait un peuple insurgé. Vêtue d'une robe en velours rouge, elle foulait d'un pied insouciant quelques fleurs déjà tombées de la tête de ses compagnes, et d'une main dédaigneuse tendait aux deux amis un plateau d'argent. Fière de sa beauté, fière de ses vices peut-être, elle montrait un bras blanc, qui se détachait vivement sur le velours. Elle était là comme la reine du plaisir, comme une image de la joie humaine, de cette joie qui dissipe les trésors amassés par trois générations, qui rit sur des cadavres, se moque des aïeux, dissout des perles et des trônes, transforme les jeunes gens en vieillards, et souvent les vieillards en jeunes gens; de cette joie permise seulement aux géants fatigués du pouvoir, éprouvés par la pensée, ou pour lesquels la guerre est devenue comme un jouet.

— Comment te nommes-tu? lui dit Raphaël.

— Aquilina.

— Oh! oh! tu viens de *Venise sauvée*[1], s'écria Émile.

— Oui, répondit-elle. De même que les papes se donnent de nouveaux noms en montant au-dessus des hommes, j'en ai pris un autre en m'élevant au-dessus de toutes les femmes.

— As-tu donc, comme ta patronne, un noble et terrible conspirateur qui t'aime et sache mourir pour toi? dit vivement Émile, réveillé par cette apparence de poésie.

1. Allusion à la tragédie de Thomas Otway (1682).

— Je l'ai eu, répondit-elle. Mais la guillotine a été ma rivale. Aussi metté-je toujours quelques chiffons rouges dans ma parure pour que ma joie n'aille jamais trop loin.

— Oh ! si vous lui laissez raconter l'histoire des quatre jeunes gens de La Rochelle, elle n'en finira pas. Tais-toi donc, Aquilina ! Les femmes n'ont-elles pas toutes un amant à pleurer ; mais toutes n'ont pas, comme toi, le bonheur de l'avoir perdu sur un échafaud. Ah ! j'aimerais bien mieux savoir le mien couché dans une fosse, à Clamart, que dans le lit d'une rivale.

Ces phrases furent prononcées d'une voix douce et mélodieuse par la plus innocente, la plus jolie et la plus gentille petite créature qui sous la baguette d'une fée fût jamais sortie d'un œuf enchanté. Elle était arrivée à pas muets, et montrait une figure délicate, une taille grêle, des yeux bleus ravissants de modestie, des tempes fraîches et pures. Une naïade ingénue qui s'échappe de sa source n'est pas plus timide, plus blanche ni plus naïve que cette jeune fille qui paraissait avoir seize ans, ignorer le mal, ignorer l'amour, ne pas connaître les orages de la vie, et venir d'une église où elle aurait prié les anges d'obtenir avant le temps son rappel dans les cieux. À Paris seulement se rencontrent ces créatures au visage candide qui cachent la dépravation la plus profonde, les vices les plus raffinés, sous un front aussi doux, aussi tendre que la fleur d'une marguerite. Trompés d'abord par les célestes promesses écrites dans les suaves attraits de cette jeune fille, Émile et Raphaël acceptèrent le café qu'elle leur versa dans les tasses présentées par Aquilina, et se mirent à la questionner. Elle acheva de transfigurer aux yeux des deux poètes, par une sinistre allégorie, je ne sais quelle face de la vie humaine, en opposant à l'expression rude et passionnée de son imposante compagne le portrait de cette corruption froide, voluptueusement cruelle, assez étourdie pour commettre un crime, assez forte pour en rire ; espèce de démon sans cœur, qui punit les âmes riches et tendres de ressentir les émotions dont il est privé, qui trouve toujours une grimace d'amour à vendre, des larmes pour le convoi de sa victime, et de la joie le soir pour en lire le testament. Un poète eût admiré la belle Aquilina ; le monde entier devait fuir la touchante Euphrasie : l'une était l'âme du vice, l'autre le vice sans âme.

— Je voudrais bien savoir, dit Émile à cette jolie créature, si parfois tu songes à l'avenir.

— L'avenir ? répondit-elle en riant. Qu'appelez-vous l'avenir ? Pourquoi penserais-je à ce qui n'existe pas encore ? Je ne regarde jamais ni en arrière ni en avant de moi. N'est-ce pas déjà trop que de m'occuper d'une journée à la fois ? D'ailleurs, l'avenir, nous le connaissons, c'est l'hôpital.

— Comment peux-tu voir d'ici l'hôpital et ne pas éviter d'y aller ? s'écria Raphaël.

— Qu'a donc l'hôpital de si effrayant ? demanda la terrible Aquilina. Quand nous ne sommes ni mères ni épouses, quand la vieillesse nous met des bas noirs aux jambes et des rides au front, flétrit tout ce qu'il y a de femme en nous et sèche la joie dans les regards de nos amis, de quoi pourrions-nous avoir besoin ? Vous ne voyez plus alors en nous, de notre parure, que sa fange primitive qui marche sur deux pattes, froide, sèche, décomposée, et va produisant un bruissement de feuilles mortes. Les plus jolis chiffons nous deviennent des haillons, l'ambre qui réjouissait le boudoir prend une odeur de mort et sent le squelette ; puis, s'il se trouve un cœur dans cette boue, vous y insultez tous, vous ne nous permettez même pas un souvenir. Ainsi, que nous soyons, à cette époque de la vie, dans un riche hôtel à soigner des chiens, ou dans un hôpital à trier des guenilles, notre existence n'est-elle pas exactement la même ? Cacher nos cheveux blancs sous un mouchoir à carreaux rouges et bleus ou sous des dentelles, balayer les rues avec du bouleau ou les marches des Tuileries avec du satin, être assises à des foyers dorés ou nous chauffer à des cendres dans un pot de terre rouge, assister au spectacle de la Grève ou aller à l'Opéra, y a-t-il donc tant de différence ?

— *Aquilina mia*, jamais tu n'as eu tant de raison au milieu de tes désespoirs, reprit Euphrasie. Oui, les cachemires, les vélins, les parfums, l'or, la soie, le luxe, tout ce qui brille, tout ce qui plaît ne va bien qu'à la jeunesse. Le temps seul pourrait avoir raison contre nos folies, mais le bonheur nous absout. Vous riez de ce que je dis, s'écria-t-elle en lançant un sourire venimeux aux deux amis ; n'ai-je pas raison ? J'aime mieux mourir de plaisir que de maladie. Je n'ai ni la manie de la perpétuité ni grand respect pour l'espèce humaine, à voir ce que Dieu en fait ! Donnez-moi des millions, je les mangerai ; je ne voudrais pas garder un centime pour l'année prochaine. Vivre pour plaire et régner, tel est l'arrêt que prononce chaque battement de mon cœur. La société m'approuve ; ne fournit-elle pas sans cesse à mes dissipations ? Pourquoi le bon Dieu me fait-il tous les matins la rente de ce que je dépense tous les soirs ? Pourquoi nous bâtissez-vous des hôpitaux ? Comme il ne nous a pas mis entre le bien et le mal pour choisir ce qui nous blesse ou nous ennuie, je serais bien sotte de ne pas m'amuser.

— Et les autres ? dit Émile.

— Les autres ? Eh bien, qu'ils s'arrangent ! J'aime mieux rire de leurs souffrances que d'avoir à pleurer sur les miennes. Je défie un homme de me causer la moindre peine.

— Qu'as-tu donc souffert pour penser ainsi ? demanda Raphaël.

— J'ai été quittée pour un héritage, moi ! dit-elle en prenant une pose qui fit ressortir toutes ses séductions. Et cependant j'avais passé les nuits et les jours à travailler pour nourrir mon amant. Je ne veux plus être la dupe d'aucun sourire, d'aucune promesse, et je prétends faire de mon existence une longue partie de plaisir.

— Mais, s'écria Raphaël, le bonheur ne vient-il donc pas de l'âme ?

— Eh bien, reprit Aquilina, n'est-ce rien que de se voir admirée, flattée, de triompher de toutes les femmes, même des plus vertueuses, en les écrasant par notre beauté, par notre richesse ? D'ailleurs nous vivons plus en un jour qu'une bonne bourgeoise en dix ans, et alors tout est jugé.

— Une femme sans vertu n'est-elle pas odieuse ? dit Émile à Raphaël.

Euphrasie leur lança un regard de vipère, et répondit avec un inimitable accent d'ironie :

— La vertu ! Nous la laissons aux laides et aux bossues. Que seraient-elles sans cela, les pauvres femmes ?

— Allons, tais-toi, s'écria Émile, ne parle point de ce que tu ne connais pas.

— Ah ! je ne la connais pas ! reprit Euphrasie. Se donner pendant toute la vie à un être détesté, savoir élever des enfants qui vous abandonnent, et leur dire : Merci ! quand ils vous frappent au cœur ; voilà les vertus que vous ordonnez à la femme ; et encore, pour la récompenser de son abnégation, venez-vous lui imposer des souffrances en cherchant à la séduire ; si elle résiste, vous la compromettez. Jolie vie ! Autant rester libres, aimer ceux qui nous plaisent et mourir jeunes.

— Ne crains-tu pas de payer tout cela un jour ?

— Eh bien, répondit-elle, au lieu d'entremêler mes plaisirs de chagrins, ma vie sera coupée en deux parts : une jeunesse certainement joyeuse, et je ne sais quelle vieillesse incertaine pendant laquelle je souffrirai tout à mon aise.

— Elle n'a pas aimé, dit Aquilina d'un son de voix profond. Elle n'a jamais fait cent lieues pour aller dévorer avec mille délices un regard et un refus ; elle n'a point attaché sa vie à un cheveu, ni essayé de poignarder plusieurs hommes pour sauver son souverain, son seigneur, son dieu. Pour elle, l'amour était un joli colonel.

— Hé ! hé ! *La Rochelle*, répondit Euphrasie, l'amour est comme le vent, nous ne savons d'où il vient. D'ailleurs, si tu avais été bien aimée par une bête, tu prendrais les gens d'esprit en horreur.

— Le Code nous défend d'aimer les bêtes, répliqua la grande Aquilina d'un accent ironique.

— Je te croyais plus indulgente pour les militaires, s'écria Euphrasie en riant.

— Sont-elles heureuses de pouvoir abdiquer ainsi leur raison ! s'écria Raphaël.

— Heureuses ! dit Aquilina souriant de pitié, de terreur, en jetant aux deux amis un horrible regard. Ah ! vous ignorez ce que c'est que d'être condamnée au plaisir avec un mort dans le cœur.

Contempler en ce moment les salons, c'était avoir une vue anticipée du Pandémonium de Milton. Les flammes bleues du punch coloraient d'une teinte infernale les visages de ceux qui pouvaient boire encore. Des danses folles, animées par une sauvage énergie, excitaient des rires et des cris qui éclataient comme les détonations d'un feu d'artifice. Jonchés de morts et de mourants, le boudoir et un petit salon offraient l'image d'un champ de bataille. L'atmosphère était chaude de vin, de plaisirs et de paroles. L'ivresse, l'amour, le délire, l'oubli du monde étaient dans les cœurs, sur les visages, écrits sur les tapis, exprimés par le désordre, et jetaient sur tous les regards de légers voiles qui faisaient voir dans l'air des vapeurs enivrantes. Il s'était ému, comme dans les bandes lumineuses tracées par un rayon de soleil, une poussière brillante, à travers laquelle se jouaient les formes les plus capricieuses, les luttes les plus grotesques. Çà et là, des groupes de figures enlacées se confondaient

avec les marbres blancs, nobles chefs-d'œuvre de la sculpture qui ornaient les appartements. Quoique les deux amis conservassent encore une sorte de lucidité trompeuse dans les idées et dans leurs organes, un dernier frémissement, simulacre imparfait de la vie, il leur était impossible de reconnaître ce qu'il y avait de réel dans les fantaisies bizarres, de possible dans les tableaux surnaturels qui passaient incessamment devant leurs yeux lassés. Le ciel étouffant de nos rêves, l'ardente suavité que contractent les figures dans nos visions, surtout je ne sais quelle agilité chargée de chaînes, enfin les phénomènes les plus inaccoutumés du sommeil les assaillaient si vivement qu'ils prirent les jeux de cette débauche pour un cauchemar où le mouvement est sans bruit, où les cris sont perdus pour l'oreille. En ce moment le valet de chambre de confiance réussit, non sans peine, à attirer son maître dans l'antichambre, et lui dit à l'oreille :
— Monsieur, tous les voisins sont aux fenêtres et se plaignent du tapage.

— S'ils ont peur du bruit, ne peuvent-ils pas faire mettre de la paille devant leurs portes ? s'écria Taillefer.

Raphaël laissa tout à coup échapper un éclat de rire si brusquement intempestif, que son ami lui demanda compte de cette joie brutale.

— Tu me comprendrais difficilement, répondit-il. D'abord, il faudrait t'avouer que vous m'avez arrêté sur le quai Voltaire au moment où j'allais me jeter dans la Seine, et tu voudrais sans doute connaître les motifs de ma mort. Mais quand j'ajouterais que, par un hasard presque fabuleux, les ruines les plus poétiques du monde matériel venaient alors de se résumer à mes yeux par une traduction symbolique de la sagesse humaine ; tandis qu'en ce moment les débris de tous les trésors intellectuels que nous avons saccagés à table aboutissent à ces deux femmes, images vives et originales de la folie, et que notre profonde insouciance des hommes et des choses a servi de transition aux tableaux fortement colorés de deux systèmes d'existence si diamétralement opposés, en seras-tu plus instruit ? Si tu n'étais pas ivre, tu y verrais peut-être un traité de philosophie.

— Si tu n'avais pas les deux pieds sur cette ravissante Aquilina dont les ronflements ont je ne sais quelle analogie avec le rugissement d'un orage près d'éclater, reprit Émile qui lui-même s'amusait à rouler et à dérouler les cheveux d'Euphrasie sans trop avoir la conscience de cette innocente occupation, tu rougirais de ton ivresse et de ton bavardage. Tes deux systèmes peuvent entrer dans une seule phrase et se réduisent à une pensée. La vie simple et mécanique conduit à quelque sagesse insensée en étouffant notre intelligence par le travail ; tandis que la vie passée dans le vide des abstractions ou dans les abîmes du monde moral mène à quelque folle sagesse. En un mot, tuer les sentiments pour vivre vieux, ou mourir jeune en acceptant le martyre des passions, voilà notre arrêt. Encore cette sentence lutte-t-elle avec les tempéraments que nous a donnés le rude goguenard à qui nous devons le patron de toutes les créatures.

— Imbécile ! s'écria Raphaël en l'interrompant. Continue à t'abréger toi-même ainsi, tu feras des volumes ! Si j'avais eu la prétention de formuler proprement ces deux idées, je t'aurais dit que l'homme se corrompt par l'exercice de la raison et se purifie par l'ignorance. C'est faire le procès aux sociétés ! Mais que nous vivions avec les sages ou que nous périssions avec les fous, le résultat n'est-il pas tôt ou tard le même ? Aussi, le grand abstracteur de quintessence a-t-il jadis exprimé ces deux systèmes en deux mots : CARYMARY, CARYMARA [1].

— Tu me fais douter de la puissance de Dieu, car tu es plus bête qu'il n'est puissant, répliqua Émile. Notre cher

1. Dans le *Gargantua* de Rabelais.

Rabelais a résolu cette philosophie par un mot plus bref que *Carymary, Carymara* ; c'est *peut-être*, d'où Montaigne a pris son *Que sais-je ?* Encore ces derniers mots de la science morale ne sont-ils guère que l'exclamation de Pyrrhon restant entre le bien et le mal, comme l'âne de Buridan entre deux mesures d'avoine. Mais laissons là cette éternelle discussion qui aboutit aujourd'hui à *oui et non*. Quelle expérience voulais-tu donc faire en te jetant dans la Seine ? Étais-tu jaloux de la machine hydraulique du pont Notre-Dame ?

— Ah ! si tu connaissais ma vie.

— Ah ! s'écria Émile, je ne te croyais pas si vulgaire, la phrase est usée. Ne sais-tu pas que nous avons tous la prétention de souffrir beaucoup plus que les autres ?

— Ah ! s'écria Raphaël.

— Mais tu es bouffon avec ton *ah !* Voyons ! Une maladie d'âme ou de corps t'oblige-t-elle de ramener tous les matins, par une contraction de tes muscles, les chevaux qui le soir doivent t'écarteler, comme jadis le fit Damiens ? As-tu mangé ton chien tout cru, sans sel, dans ta mansarde ? Tes enfants t'ont-ils jamais dit : J'ai faim ? As-tu vendu les cheveux de ta maîtresse pour aller au jeu ? Es-tu jamais allé payer à un faux domicile une fausse lettre de change, tirée sur un faux oncle, avec la crainte d'arriver trop tard ? Voyons, j'écoute. Si tu te jetais à l'eau pour une femme, pour un protêt, ou par ennui, je te renie. Confesse-toi, ne mens pas ; je ne te demande point de mémoires historiques. Surtout, sois aussi bref que ton ivresse te le permettra ; je suis exigeant comme un lecteur et près de dormir comme une femme qui lit ses vêpres.

— Pauvre sot ! dit Raphaël. Depuis quand les douleurs ne sont-elles plus en raison de la sensibilité ? Lorsque nous arriverons au degré de science qui nous permettra de faire une histoire naturelle des cœurs, de les nommer, de les classer en genres, en sous-genres, en familles, en crustacés, en fossiles, en sauriens, en microscopiques, en… que sais-je ? alors, mon bon ami, ce sera chose prouvée qu'il en existe de tendres, de délicats, comme des fleurs, et qui doivent se briser comme elles par de légers froissements auxquels certains cœurs minéraux ne sont même pas sensibles.

— Oh ! de grâce, épargne-moi ta préface, dit Émile d'un air moitié riant moitié piteux, en prenant la main de Raphaël.

La femme sans cœur

Après être resté silencieux pendant un moment, Raphaël dit en laissant échapper un geste d'insouciance :

— Je ne sais en vérité s'il ne faut pas attribuer aux fumées du vin et du punch l'espèce de lucidité qui me permet d'embrasser en cet instant toute ma vie comme un même tableau où les figures, les couleurs, les ombres, les lumières, les demi-teintes sont fidèlement rendues. Ce jeu poétique de mon imagination ne m'étonnerait pas, s'il n'était accompagné d'une sorte de dédain pour mes souffrances et pour mes joies passées. Vue à distance, ma vie est comme rétrécie par un phénomène moral. Cette longue et lente douleur qui a duré dix ans peut aujourd'hui se reproduire par quelques phrases dans lesquelles la douleur ne sera plus qu'une pensée, et le plaisir une réflexion philosophique. Je juge au lieu de sentir…

— Tu es ennuyeux comme un amendement qui se développe, s'écria Émile.

— C'est possible, reprit Raphaël sans murmurer. Aussi, pour ne pas abuser de tes oreilles, te ferai-je grâce des dix-sept premières années de ma vie. Jusque-là, j'ai vécu comme toi, comme mille autres, de cette vie de collège ou de lycée dont les malheurs fictifs et les joies réelles sont les délices de notre souvenir, à laquelle notre gastronomie blasée redemande les légumes du vendredi, tant que nous ne les avons pas goûtés de nouveau : belle vie dont les travaux nous semblent méprisables et qui cependant nous ont appris le travail…

— Arrive au drame, dit Émile d'un air moitié comique et moitié plaintif.

— Quand je sortis du collège, reprit Raphaël en réclamant par un geste le droit de continuer, mon père m'astreignit à une discipline sévère, il me logea dans une chambre contiguë à son cabinet ; je me couchais dès neuf heures du soir et me levais à cinq heures du matin ; il voulait que je fisse mon Droit en conscience, j'allais en même temps à l'École et chez un avoué ; mais les lois du temps et de l'espace étaient si sévèrement appliquées à mes courses, à mes travaux, et mon père me demandait en dînant un compte si rigoureux de…

— Qu'est-ce que cela me fait ? dit Émile.

— Eh ! que le diable t'emporte, répondit Raphaël. Comment pourras-tu concevoir mes sentiments si je ne te raconte les faits imperceptibles qui influèrent sur mon âme, la façonnèrent à la crainte et me laissèrent longtemps dans la naïveté primitive du jeune homme ? Ainsi, jusqu'à vingt et un ans, j'ai été courbé sous un despotisme aussi froid que celui d'une règle monacale. Pour te révéler les tristesses de ma vie, il suffira peut-être de te dépeindre mon père : un grand homme sec et mince, le visage en lame de couteau, le teint pâle, à parole brève, taquin comme une vieille fille, méticuleux comme un chef de bureau. Sa paternité planait au-dessus de mes lutines et joyeuses pensées, et les enfermait comme sous un dôme de plomb ; si je voulais lui manifester un sentiment doux et tendre, il me recevait en enfant qui va dire une sottise, je le redoutais bien plus que nous ne craignions naguère nos maîtres d'étude, j'avais toujours huit ans pour lui. Je crois encore le voir devant moi. Dans sa redingote marron, où il se tenait droit comme un cierge pascal, il avait l'air d'un hareng saur enveloppé dans la couverture rougeâtre d'un pamphlet. Cependant j'aimais mon père, au fond il était juste. Peut-être ne haïssons-nous pas la sévérité quand elle est justifiée par un grand caractère, par des mœurs pures, et qu'elle est adroitement entremêlée de bonté. Si mon père ne me quitta jamais, si jusqu'à l'âge de vingt ans, il ne laissa pas dix francs à ma disposition, dix coquins, dix libertins de francs, trésor immense dont la possession vainement enviée me faisait rêver d'ineffables délices, il cherchait du moins à me procurer quelques distractions. Après m'avoir promis un plaisir pendant des mois entiers, il me conduisait aux Bouffons, à un concert, à un bal où j'espérais rencontrer une maîtresse. Une maîtresse ! c'était pour moi l'indépendance. Mais honteux et timide, ne sachant point l'idiome des salons et n'y connaissant personne, j'en revenais le cœur toujours aussi neuf et tout aussi gonflé de désirs. Puis le lendemain, bridé comme un cheval d'escadron par mon père, dès le matin je retournais chez un avoué, au Droit, au Palais. Vouloir m'écarter de la route uniforme que mon père m'avait tracée, c'eût été m'exposer à sa colère ; il m'avait menacé de m'embarquer à ma première faute, en qualité de mousse, pour les Antilles. Aussi me prenait-il un horrible frisson quand par hasard j'osais m'aventurer, pendant une heure ou deux, dans quelque partie de plaisir. Figure-toi l'imagination la plus vagabonde, le cœur le plus amoureux, l'âme la plus tendre, l'esprit le plus poétique, sans cesse en présence de l'homme le plus caillouteux, le plus atrabilaire, le plus froid du monde ; enfin marie une jeune fille à un squelette, et tu comprendras l'existence dont les scènes curieuses ne peuvent que t'être dites : projets de fuite évanouis à l'aspect de mon père, désespoirs calmés par le sommeil, désirs comprimés, sombres mélancolies dissipées par la musique. J'exhalais mon malheur en mélodies. Beethoven ou Mozart furent souvent mes discrets confidents. Aujourd'hui je souris en me souvenant de tous les préjugés qui troublaient ma conscience à cette époque d'innocence et de vertu : si j'avais mis le pied chez un restaurateur, je me serais cru ruiné ; mon imagination me faisait considérer un café comme un lieu de débauche, où les hommes se perdaient d'honneur et engageaient leur fortune ; quant à risquer de l'argent au jeu, il aurait fallu en avoir. Oh ! quand je devrais t'endormir, je veux te raconter l'une des plus terribles joies de ma vie, une de ces joies armées de griffes et qui s'enfoncent dans notre cœur comme un fer chaud sur l'épaule d'un forçat. J'étais au bal chez le duc de Navarreins, cousin de mon père. Mais pour que tu puisses parfaitement comprendre ma position, apprends que j'avais un habit râpé, des souliers mal faits, une cravate de cocher et des gants déjà portés. Je me mis dans un coin afin de pouvoir tout à mon aise prendre des glaces et contempler les jolies femmes. Mon père m'aperçut. Par une raison que je n'ai jamais devinée, tant cet acte de confiance m'abasourdit, il me donna sa bourse et ses clefs à garder. À dix pas de moi quelques hommes jouaient. J'entendais frétiller l'or. J'avais vingt ans, je souhaitais passer une journée entière plongé dans les crimes de mon âge. C'était un libertinage d'esprit dont l'analogue ne se trouverait ni dans les caprices de courtisane, ni dans les songes des jeunes filles. Depuis un an je me rêvais bien mis, en voiture, ayant une belle femme à mes côtés, tranchant du seigneur, dînant chez Véry[1], allant le soir au spectacle, décidé à ne revenir que le lendemain chez mon père, mais armé contre lui d'une aventure plus intriguée que ne l'est le *Mariage de Figaro*, et de laquelle il lui aurait été impossible de se dépêtrer. J'avais estimé toute cette joie cinquante écus. N'étais-je pas encore sous le charme naïf de l'*école buissonnière* ? J'allai donc dans

1. Temple de la gastronomie parisienne de 1808 à 1845.

un boudoir où, seul, les yeux cuisants, les doigts tremblants, je comptai l'argent de mon père : cent écus ! Évoquées par cette somme, les joies de mon escapade apparurent devant moi, dansant comme les sorcières de Macbeth autour de leur chaudière, mais alléchantes, frémissantes, délicieuses ! Je devins un coquin déterminé. Sans écouter ni les tintements de mon oreille, ni les battements précipités de mon cœur, je pris deux pièces de vingt francs que je vois encore ! Leurs millésimes étaient effacés et la figure de Bonaparte y grimaçait. Après avoir mis la bourse dans ma poche, je revins vers une table de jeu en tenant les deux pièces d'or dans la paume humide de ma main, et je rôdai autour des joueurs comme un émouchet au-dessus d'un poulailler. En proie à des angoisses inexprimables, je jetai soudain un regard translucide[1] autour de moi. Certain de n'être aperçu par aucune personne de connaissance, je pariai pour un petit homme gras et réjoui, sur la tête duquel j'accumulai plus de prières et de vœux qu'il ne s'en fait en mer pendant trois tempêtes. Puis avec un instinct de scélératesse ou de machiavélisme surprenant à mon âge, j'allai me planter près d'une porte, regardant à travers les salons sans y rien voir. Mon âme et mes yeux voltigeaient autour du fatal tapis vert. De cette soirée date la première observation physiologique à laquelle j'ai dû cette espèce de pénétration qui m'a permis de saisir quelques mystères de notre double nature. Je tournais le dos à la table où se disputait mon futur bonheur, bonheur d'autant plus profond peut-être qu'il était criminel ; entre les deux joueurs et moi, il se trouvait une haie d'hommes, épaisse de quatre ou cinq rangées de causeurs ; le bourdonnement des voix empêchait de distinguer le son de l'or qui se mêlait au bruit de l'orchestre ; malgré tous ces obstacles, par un privilège accordé aux passions qui leur donne le pouvoir

1. Extralucide.

d'anéantir l'espace et le temps, j'entendais distinctement les paroles des deux joueurs, je connaissais leurs points, je savais celui des deux qui retournait le roi comme si j'eusse vu les cartes ; enfin à dix pas du jeu, je pâlissais de ses caprices. Mon père passa devant moi tout à coup, je compris alors cette parole de l'Écriture : L'esprit de Dieu passa devant sa face ! J'avais gagné. À travers le tourbillon d'hommes qui gravitait autour des joueurs, j'accourus à la table en m'y glissant avec la dextérité d'une anguille qui s'échappe par la maille rompue d'un filet. De douloureuses, mes fibres devinrent joyeuses. J'étais comme un condamné qui, marchant au supplice, a rencontré le roi. Par hasard, un homme décoré réclama quarante francs qui manquaient. Je fus soupçonné par des yeux inquiets, je pâlis et des gouttes de sueur sillonnèrent mon front. Le crime d'avoir volé mon père me parut bien vengé. Le bon gros petit homme dit alors d'une voix certainement angélique : « Tous ces messieurs avaient mis », et paya les quarante francs. Je relevai mon front et jetai des regards triomphants sur les joueurs. Après avoir réintégré dans la bourse de mon père l'or que j'y avais pris, je laissais mon gain à ce digne et honnête monsieur qui continua de gagner. Dès que je me vis possesseur de cent soixante francs, je les enveloppai dans mon mouchoir de manière à ce qu'ils ne pussent ni remuer ni sonner pendant notre retour au logis, et ne jouai plus. — « Que faisiez-vous au jeu ? me dit mon père en entrant dans le fiacre. — Je regardais, répondis-je en tremblant. — Mais, reprit mon père, il n'y aurait eu rien d'extraordinaire à ce que vous eussiez été forcé par amour-propre à mettre quelque argent sur le tapis. Aux yeux des gens du monde, vous paraissez assez âgé pour avoir le droit de commettre des sottises. Aussi vous excuserais-je, Raphaël, si vous vous étiez servi de ma bourse… » Je ne répondis rien. Quand nous fûmes de retour, je rendis à mon père ses clefs et son argent. En rentrant dans sa chambre, il vida la bourse sur sa cheminée, compta l'or, se tourna vers moi d'un air assez gracieux, et me dit en séparant chaque phrase par une pause plus ou moins longue et significative : — « Mon fils, vous avez bientôt vingt ans. Je suis content de vous. Il vous faut une pension, ne fût-ce que pour vous apprendre à économiser, à connaître les choses de la vie. Dès ce soir, je vous donnerai cent francs par mois. Vous disposerez de votre argent comme il vous plaira. Voici le premier trimestre de cette année », ajouta-t-il en caressant une pile d'or, comme pour vérifier la somme. J'avoue que je fus près de me jeter à ses pieds, de lui déclarer que je n'étais qu'un brigand, un infâme, et... pis que cela, un menteur ! La honte me retint, j'allais l'embrasser, il me repoussa faiblement. — « Maintenant, tu es un homme, *mon enfant*, me dit-il. Ce que je fais est une chose simple et juste dont tu ne dois pas me remercier. Si j'ai droit à votre reconnaissance, Raphaël, reprit-il d'un ton doux mais plein de dignité, c'est pour avoir préservé votre jeunesse des malheurs qui dévorent tous les jeunes gens, à Paris. Désormais, nous serons deux amis. Vous deviendrez, dans un an, docteur en droit. Vous avez, non sans quelques déplaisirs et certaines privations, acquis les connaissances solides et l'amour du travail si nécessaires aux hommes appelés à manier les affaires. Apprenez, Raphaël, à me connaître. Je ne veux faire de vous ni un avocat, ni un notaire, mais un homme d'État qui puisse devenir la gloire de notre pauvre maison. À demain ! » ajouta-t-il en me renvoyant par un geste mystérieux. Dès ce jour, mon père m'initia franchement à ses projets. J'étais fils unique et j'avais perdu ma mère depuis dix ans. Autrefois, peu flatté d'avoir le droit de labourer la terre l'épée au côté, mon père, chef d'une maison historique à peu près oubliée en Auvergne, vint à Paris pour y lutter avec le diable. Doué de cette finesse qui rend les hommes du midi de la France si supérieurs quand elle se trouve accompagnée d'énergie, il était parvenu sans grand appui à prendre position au cœur même du pouvoir. La Révolution renversa bientôt sa fortune ; mais il avait su épouser l'héritière d'une grande maison, et s'était vu sous l'Empire au moment de restituer à notre famille son ancienne splendeur. La Restauration, qui rendit à ma mère des biens considérables, ruina mon père. Ayant jadis acheté plusieurs terres données par l'empereur à ses généraux et situées en pays étranger, il se battait depuis dix ans avec des liquidateurs et des diplomates, avec les tribunaux prussiens et bavarois pour se maintenir dans la possession contestée de ces malheureuses dotations. Mon père me jeta dans le labyrinthe inextricable de ce vaste procès d'où dépendait notre avenir. Nous pouvions être condamnés à restituer les revenus, ainsi que le prix de certaines coupes de bois faites de 1814 à 1816 ; dans ce cas, le bien de ma mère suffisait à peine pour sauver l'honneur de notre nom. Ainsi, le jour où mon père parut en quelque sorte m'avoir émancipé, je tombai sous le joug le plus odieux. Je dus combattre comme sur un champ de bataille, travailler nuit et jour, aller voir des hommes d'État, tâcher de surprendre leur religion, tenter de les intéresser à notre affaire, les séduire, eux, leurs femmes, leurs valets, leurs chiens, et déguiser cet horrible métier sous des formes élégantes, sous d'agréables plaisanteries. Je compris tous les chagrins dont l'empreinte flétrissait la figure de mon père. Pendant une année environ, je menai donc en apparence la vie d'un homme du monde, mais cette dissipation et mon empressement à me lier avec des parents en faveur ou avec des gens qui pouvaient nous être utiles, cachaient d'immenses travaux. Mes divertissements étaient encore des plaidoiries, et mes conversations des mémoires. Jusque-là, j'avais été vertueux par l'impossibilité de me livrer à mes passions de jeune homme ; mais craignant alors de causer la ruine de mon père ou la mienne par une négligence, je devins mon propre despote, et n'osai me permettre ni un plaisir, ni une dépense. Lorsque nous sommes jeunes, quand, à force de froissements, les hommes et les choses ne nous ont point encore enlevé cette délicate fleur de sentiment, cette verdeur de pensée, cette noble pureté de conscience qui ne nous laisse jamais transiger avec le mal, nous sentons vivement nos devoirs ; notre honneur parle haut et se fait écouter ; nous sommes francs et sans détour : ainsi étais-je alors. Je voulus justifier la confiance de mon père ; naguère, je lui aurais dérobé délicieusement une chétive somme ; mais portant avec lui le fardeau de ses affaires, de son nom, de sa maison, je lui eusse donné secrètement mes biens, mes espérances, comme je lui sacrifiais mes plaisirs, heureux même de mon sacrifice ! Aussi, quand monsieur de Villèle exhuma, tout exprès pour nous, un décret impérial sur les déchéances, et nous eut ruinés, signai-je la vente de mes propriétés, n'en gardant qu'une île sans valeur, située au milieu de la Loire, et où se trouvait le tombeau de ma mère. Aujourd'hui, peut-être, les arguments, les détours, les discussions philosophiques, philanthropiques et politiques ne me manqueraient pas pour me dispenser de faire ce que mon avoué nommait une *bêtise*. Mais à vingt et un ans, nous sommes, je le répète, toute générosité, toute chaleur, tout amour. Les larmes que je vis dans les yeux de mon père furent alors pour moi la plus belle des fortunes, et le souvenir de ces larmes a souvent consolé ma misère. Dix mois après avoir payé ses créanciers, mon père mourut de chagrin, il m'adorait et m'avait ruiné ; cette idée le tua. En 1826, à l'âge de vingt-deux ans, vers la fin de l'automne, je suivis tout seul le convoi de mon premier ami, de mon père. Peu de jeunes gens se sont trouvés, seuls avec leurs pensées, derrière un corbillard, perdus dans Paris, sans avenir, sans fortune. Les orphelins recueillis par la charité publique ont au moins pour avenir le champ de bataille, pour père le gouvernement ou le procureur du roi, pour refuge un hospice.

Moi, je n'avais rien ! Trois mois après, un commissaire-priseur me remit onze cent douze francs, produit net et liquide de la succession paternelle. Des créanciers m'avaient obligé à vendre notre mobilier. Accoutumé dès ma jeunesse à donner une grande valeur aux objets de luxe dont j'étais entouré, je ne pus m'empêcher de marquer une sorte d'étonnement à l'aspect de ce reliquat exigu. — « Oh ! me dit le commissaire-priseur, tout cela était bien *rococo.* » Mot épouvantable qui flétrissait toutes les religions de mon enfance et me dépouillait de mes premières illusions, les plus chères de toutes. Ma fortune se résumait par un bordereau de vente, mon avenir gisait dans un sac de toile qui contenait onze cent douze francs, la Société m'apparaissait en la personne d'un huissier-priseur qui me parlait le chapeau sur la tête. Un valet de chambre qui me chérissait, et à qui ma mère avait jadis constitué quatre cents francs de rente viagère, Jonathas, me dit en quittant la maison d'où j'étais si souvent sorti joyeusement en voiture pendant mon enfance : — « Soyez bien économe, monsieur Raphaël ! » Il pleurait, le bon homme.

« Tels sont, mon cher Émile, les événements qui maîtrisèrent ma destinée, modifièrent mon âme, et me placèrent jeune encore dans la plus fausse de toutes les situations sociales, dit Raphaël, après avoir fait une pause. Des liens de famille, mais faibles, m'attachaient à quelques maisons riches dont l'accès m'eût été interdit par ma fierté, si le mépris et l'indifférence ne m'en eussent déjà fermé les portes. Quoique parent de personnes très influentes et prodigues de leur protection pour des étrangers, je n'avais ni parents ni protecteurs. Sans cesse arrêtée dans ses expansions, mon âme s'était repliée sur elle-même. Plein de franchise et de naturel, je devais paraître froid, dissimulé ; le despotisme de mon père m'avait ôté toute confiance en moi ; j'étais timide et gauche, je ne croyais pas que ma voix pût exercer le moindre empire, je me déplaisais, je me trouvais laid, j'avais honte de mon regard. Malgré la voix intérieure qui doit soutenir les hommes de talent dans leurs luttes, et qui me criait : Courage ! marche ! malgré les révélations soudaines de ma puissance dans la solitude, malgré l'espoir dont j'étais animé en comparant les ouvrages nouveaux admirés du public à ceux qui voltigeaient dans ma pensée, je doutais de moi comme un enfant. J'étais la proie d'une excessive ambition, je me croyais destiné à de grandes choses, et je me sentais dans le néant. J'avais besoin des hommes, et je me trouvais sans amis. Je devais me frayer une route dans le monde, et j'y restais seul, moins craintif que honteux. Pendant l'année où je fus jeté par mon père dans le tourbillon de la grande société, j'y vins avec un cœur neuf, avec une âme fraîche. Comme tous les grands enfants, j'aspirai secrètement à de belles amours. Je rencontrai parmi les jeunes gens de mon âge une secte de fanfarons qui allaient tête levée, disant des riens, s'asseyant sans trembler près des femmes qui me semblaient les plus imposantes, débitant des impertinences, mâchant le bout de leurs cannes, minaudant, se prostituant à eux-mêmes les plus jolies personnes, mettant ou prétendant avoir mis leurs têtes sur tous les oreillers, ayant l'air d'être au refus du plaisir, considérant les plus vertueuses, les plus prudes comme de prise facile et pouvant être conquises à la simple parole, au moindre geste hardi, par le premier regard insolent ! Je te le déclare, en mon âme et conscience, la conquête du pouvoir ou d'une grande renommée littéraire me paraissait un triomphe moins difficile à obtenir qu'un succès auprès d'une femme de haut rang, jeune, spirituelle et gracieuse. Je trouvai donc les troubles de mon cœur, mes sentiments, mes cultes en désaccord avec les maximes de la société. J'avais de la hardiesse, mais dans l'âme seulement, et non dans les manières. J'ai su plus tard que les femmes ne voulaient pas être mendiées ; j'en ai beaucoup vu que j'adorais de loin, auxquelles je livrais un cœur à toute épreuve, une âme à déchirer, une énergie qui ne s'effrayait ni des sacrifices, ni des tortures ; elles appartenaient à des sots de qui je n'aurais pas voulu pour portiers. Combien de fois, muet, immobile, n'ai-je pas admiré la femme de mes rêves, surgissant dans un bal ; dévouant alors en pensée mon existence à des caresses éternelles, j'imprimais toutes mes espérances en un regard, et lui offrais dans mon extase un amour de jeune homme qui courait au-devant des tromperies. En certains moments, j'aurais donné ma vie pour une seule nuit. Eh bien, n'ayant jamais trouvé d'oreilles où jeter mes propos passionnés, de regards où reposer les miens, de cœur pour mon cœur, j'ai vécu dans tous les tourments d'une impuissante énergie qui se dévorait elle-même, soit faute de hardiesse ou d'occasions, soit inexpérience. Peut-être ai-je désespéré de me faire comprendre, ou tremblé d'être trop compris. Et cependant j'avais un orage tout prêt à chaque regard poli que l'on pouvait m'adresser. Malgré ma promptitude à prendre ce regard ou des mots en apparence affectueux comme de tendres engagements, je n'ai jamais osé ni parler ni me taire à propos. À force de sentiment ma parole était insignifiante, et mon silence devenait stupide. J'avais sans doute trop de naïveté pour une société factice qui vit aux lumières, qui rend toutes ses pensées par des phrases convenues, ou par des mots que dicte la mode. Puis je ne savais point parler en me taisant, ni me taire en parlant. Enfin, gardant en moi des feux qui me brûlaient, ayant une âme semblable à celle que les femmes souhaitent de rencontrer, en proie à cette exaltation dont elles sont avides, possédant l'énergie dont se vantent les sots, toutes les femmes m'ont été traîtreusement cruelles. Aussi admirais-je naïvement les héros de coterie quand ils célébraient leurs triomphes, sans les soupçonner de mensonge. J'avais sans doute le tort de désirer un amour sur parole, de vouloir trouver grande et forte dans un cœur de femme frivole et légère, affamée de luxe, ivre de vanité, cette passion large, cet océan qui battait tempétueusement dans mon cœur. Oh ! se sentir né pour aimer, pour rendre une femme bien heureuse, et n'avoir trouvé personne, pas même une courageuse et noble Marceline[1] ou quelque vieille marquise ! Porter des trésors dans une besace et ne pouvoir rencontrer une enfant, quelque jeune fille curieuse pour les lui faire admirer ! J'ai souvent voulu me tuer de désespoir.

— Joliment tragique ce soir ! s'écria Émile.

— Eh ! laisse-moi condamner ma vie, répondit Raphaël. Si ton amitié n'a pas la force d'écouter mes élégies, si tu ne peux me faire crédit d'une demi-heure d'ennui, dors ! Mais ne me demande plus alors compte de mon suicide qui gronde, qui se dresse, qui m'appelle et que je salue. Pour juger un homme, au moins faut-il être dans le secret de sa pensée, de ses malheurs, de ses émotions ; ne vouloir connaître de sa vie que les événements matériels, c'est faire de la chronologie, l'histoire des sots ! »

Le ton amer avec lequel ces paroles furent prononcées frappa si vivement Émile que, dès ce moment, il prêta toute son attention à Raphaël en le regardant d'un air hébété.

— Mais, reprit le narrateur, maintenant la lueur qui colore ces accidents leur prête un nouvel aspect. L'ordre des choses que je considérais jadis comme un malheur a peut-être engendré les belles facultés dont plus tard je me suis enorgueilli. La curiosité philosophique, les travaux excessifs, l'amour de la lecture qui, depuis l'âge de sept ans jusqu'à mon entrée dans le monde, ont constamment occupé ma vie, ne m'auraient-ils pas doué de la facile puissance avec laquelle, s'il faut vous en croire, je sais rendre mes idées et marcher en avant dans le vaste champ des connaissances

---

1. Personnage du *Mariage de Figaro* de Beaumarchais.

humaines ? L'abandon auquel j'étais condamné, l'habitude de refouler mes sentiments et de vivre dans mon cœur ne m'ont-ils pas investi du pouvoir de comparer, de méditer ? En ne se perdant pas au service des irritations mondaines qui rapetissent la plus belle âme et la réduisent à l'état de guenille, ma sensibilité ne s'est-elle pas concentrée pour devenir l'organe perfectionné d'une volonté plus haute que le vouloir de la passion ? Méconnu par les femmes, je me souviens de les avoir observées avec la sagacité de l'amour dédaigné. Maintenant, je le vois, la sincérité de mon caractère a dû déplaire ! Peut-être les femmes veulent-elles un peu d'hypocrisie ? Moi qui suis tour à tour, dans la même heure, homme et enfant, futile et penseur, sans préjugés et plein de superstitions, souvent femme comme elles, n'ont-elles pas dû prendre ma naïveté pour du cynisme, et la pureté même de ma pensée pour du libertinage ? La science leur était ennui, la langueur féminine faiblesse. Cette excessive mobilité d'imagination, le malheur des poètes, me faisait sans doute juger comme un être incapable d'amour, sans constance dans les idées, sans énergie. Idiot quand je me taisais, je les effarouchais peut-être quand j'essayais de leur plaire, et les femmes m'ont condamné. J'ai accepté, dans les larmes et le chagrin, l'arrêt porté par le monde. Cette peine a produit son fruit. Je voulus me venger de la société, je voulus posséder l'âme de toutes les femmes en me soumettant les intelligences, et voir tous les regards fixés sur moi quand mon nom serait prononcé par un valet à la porte d'un salon. Je m'instituai grand homme. Dès mon enfance, je m'étais frappé le front en me disant comme André de Chénier : « Il y a quelque chose là[1] ! » Je croyais sentir en moi une pensée à exprimer, un système à établir, une science à

1. « J'avais pourtant quelque chose là ! » Paroles de Chénier avant de monter sur l'échafaud.

expliquer. Ô mon cher Émile ! Aujourd'hui que j'ai vingt-six ans à peine, que je suis sûr de mourir inconnu, sans avoir jamais été l'amant de la femme que j'ai rêvé de posséder, laisse-moi te conter mes folies ! N'avons-nous pas tous, plus ou moins, pris nos désirs pour des réalités ? Ah ! je ne voudrais point pour ami d'un jeune homme qui dans ses rêves ne se serait pas tressé des couronnes, construit quelque piédestal ou donné de complaisantes maîtresses. Moi, j'ai souvent été général, empereur ; j'ai été Byron, puis rien. Après avoir joué sur le faîte des choses humaines, je m'apercevais que toutes les montagnes, toutes les difficultés restaient à gravir. Cet immense amour-propre qui bouillonnait en moi, cette croyance sublime à une destinée, et qui devient du génie peut-être, quand un homme ne se laisse pas déchiqueter l'âme par le contact des affaires aussi facilement qu'un mouton abandonne sa laine aux épines des halliers où il passe, tout cela me sauva. Je voulus me couvrir de gloire et travailler dans le silence pour la maîtresse que j'espérais avoir un jour. Toutes les femmes se résumaient par une seule, et cette femme je croyais la rencontrer dans la première qui s'offrait à mes regards ; mais, voyant une reine dans chacune d'elles, toutes devaient, comme les reines qui sont obligées de faire des avances à leurs amants, venir au-devant de moi, souffreteux, pauvre et timide. Ah ! pour celle qui m'eût plaint, j'avais dans le cœur tant de reconnaissance outre l'amour, que je l'eusse adorée pendant toute sa vie. Plus tard, mes observations m'ont appris de cruelles vérités. Ainsi, mon cher Émile, je risquais de vivre éternellement seul. Les femmes sont habituées, par je ne sais quelle pente de leur esprit, à ne voir dans un homme de talent que ses défauts, et dans un sot que ses qualités ; elles éprouvent de grandes sympathies pour les qualités du sot qui sont une flatterie perpétuelle de leurs propres défauts, tandis que l'homme supérieur ne leur offre pas assez de jouissances pour compenser ses imperfections. Le talent est une fièvre intermittente, nulle femme n'est jalouse d'en partager seulement les malaises ; toutes elles veulent trouver dans leurs amants des motifs de satisfaire leur vanité. C'est elles encore qu'elles aiment en nous ! Un homme pauvre, fier, artiste, doué du pouvoir de créer, n'est-il pas armé d'un blessant égoïsme ? Il existe autour de lui je ne sais quel tourbillon de pensées dans lequel il enveloppe tout, même sa maîtresse, qui doit en suivre le mouvement. Une femme adulée peut-elle croire à l'amour d'un tel homme ? Ira-t-elle le chercher ? Cet amant n'a pas le loisir de s'abandonner autour d'un divan à ces petites singeries de sensibilité auxquelles les femmes tiennent tant et qui sont le triomphe des gens faux et insensibles. Le temps manque à ses travaux, comment en dépenserait-il à se rapetisser, à se chamarrer ? Prêt à donner ma vie d'un coup, je ne l'aurais pas avilie en détail. Enfin il existe, dans le manège d'un agent de change qui fait les commissions d'une femme pâle et minaudière, je ne sais quoi de mesquin dont a horreur l'artiste. L'amour abstrait ne suffit pas à un homme pauvre et grand, il en veut tous les dévouements. Les petites créatures qui passent leur vie à essayer des cachemires ou qui se font les portemanteaux de la mode n'ont pas de dévouement, elles en exigent et voient dans l'amour le plaisir de commander, non celui d'obéir. La véritable épouse en cœur, en chair et en os, se laisse traîner là où va celui en qui résident sa vie, sa force, sa gloire, son bonheur. Aux hommes supérieurs il faut des femmes orientales dont l'unique pensée soit l'étude de leurs besoins ; car pour eux, le malheur est dans le désaccord de leurs désirs et des moyens. Moi, qui me croyais homme de génie, j'aimais précisément ces petites-maîtresses ! Nourrissant des idées si contraires aux idées reçues, ayant la prétention d'escalader le ciel sans échelle, possédant des trésors qui n'avaient pas cours, armé de connaissances étendues qui surchargeaient ma mémoire et que je n'avais pas encore classées, que je ne m'étais point assimilées ; me trouvant sans parents, sans amis, seul au milieu du plus affreux désert, un désert pavé, un désert animé, pensant, vivant, où tout vous est bien plus qu'ennemi, indifférent ! la résolution que je pris était naturelle, quoique folle ; elle comportait je ne sais quoi d'impossible qui me donna du courage. Ce fut comme un parti[1] fait avec moi-même, et où j'étais le joueur et l'enjeu. Voici mon plan. Mes onze cents francs devaient suffire à ma vie pendant trois ans, et je m'accordais ce temps pour mettre au jour un ouvrage qui pût attirer l'attention publique sur moi, me faire une fortune ou un nom. Je me réjouissais en pensant que j'allais vivre de pain et de lait, comme un solitaire de la Thébaïde, plongé dans le monde des livres et des idées, dans une sphère inaccessible au milieu de ce Paris si tumultueux, sphère de travail et de silence où, comme les chrysalides, je me bâtissais une tombe pour renaître brillant et glorieux. J'allais risquer de mourir pour vivre. En réduisant l'existence à ses vrais besoins, au strict nécessaire, je trouvais que trois cent soixante-cinq francs par an devaient suffire à ma pauvreté. En effet, cette maigre somme a satisfait à ma vie, tant que j'ai voulu subir ma propre discipline claustrale...

— C'est impossible, s'écria Émile.

— J'ai vécu près de trois ans ainsi, répondit Raphaël avec une sorte de fierté. Comptons ! reprit-il. Trois sous de pain, deux sous de lait, trois sous de charcuterie m'empêchaient de mourir de faim et tenaient mon esprit dans un état de lucidité singulière. J'ai observé, tu le sais, de merveilleux effets produits par la diète sur l'imagination. Mon logement me coûtait trois sous par jour, je brûlais pour trois sous d'huile par nuit, je faisais moi-même ma chambre, je portais des chemises de flanelle pour ne dépenser que deux sous

1. Calcul de probabilités.

de blanchissage par jour. Je me chauffais avec du charbon de terre, dont le prix divisé par les jours de l'année n'a jamais donné plus de deux sous pour chacun. J'avais des habits, du linge, des chaussures pour trois années, je ne voulais m'habiller que pour aller à certains cours publics et aux bibliothèques. Ces dépenses réunies ne faisaient que dix-huit sous, il me restait deux sous pour les choses imprévues. Je ne me souviens pas d'avoir, pendant cette longue période de travail, passé le Pont des Arts[1], ni d'avoir jamais acheté d'eau ; j'allais en chercher le matin à la fontaine de la place Saint-Michel, au coin de la rue des Grès. Oh ! je portais ma pauvreté fièrement. Un homme qui pressent un bel avenir marche dans sa vie de misère comme un innocent conduit au supplice, il n'a point honte. Je n'avais pas voulu prévoir la maladie. Comme Aquilina, j'envisageais l'hôpital sans terreur. Je n'ai pas douté un moment de ma bonne santé. D'ailleurs, le pauvre ne doit se coucher que pour mourir. Je me coupai les cheveux, jusqu'au moment où un ange d'amour ou de bonté... Mais je ne veux pas anticiper sur la situation à laquelle j'arrive. Apprends seulement, mon cher ami, qu'à défaut de maîtresse, je vécus avec une grande pensée, avec un rêve, un mensonge auquel nous commençons tous par croire plus ou moins. Aujourd'hui je ris de moi, de ce *moi* peut-être saint et sublime qui n'existe plus. La société, le monde, nos usages, nos mœurs, vus de près, m'ont révélé le danger de ma croyance innocente et la superfluité de mes fervents travaux. Ces approvisionnements sont inutiles à l'ambitieux. Que léger soit le bagage de qui poursuit la fortune ! La faute des hommes supérieurs est de dépenser leurs jeunes années à se rendre dignes de la faveur. Pendant que les pauvres gens thésaurisent et leur force et la science pour porter sans effort le poids d'une puissance qui les fuit,

1. Pont à péage.

les intrigants riches de mots et dépourvus d'idées vont et viennent, surprennent les sots, et se logent dans la confiance des demi-niais ; les uns étudient, les autres marchent, les uns sont modestes, les autres hardis ; l'homme de génie tait son orgueil, l'intrigant arbore le sien, il doit arriver nécessairement. Les hommes du pouvoir ont si fort besoin de croire au mérite tout fait, au talent effronté, qu'il y a chez le vrai savant de l'enfantillage à espérer les récompenses humaines. Je ne cherche certes pas à paraphraser les lieux communs de la vertu, le Cantique des Cantiques éternellement chanté par les génies méconnus ; je veux déduire logiquement la raison des fréquents succès obtenus par les hommes médiocres. Hélas ! l'étude est si maternellement bonne qu'il y a peut-être crime à lui demander des récompenses autres que les pures et douces joies dont elle nourrit ses enfants. Je me souviens d'avoir quelquefois trempé gaiement mon pain dans mon lait, assis auprès de ma fenêtre en y respirant l'air, en laissant planer mes yeux sur un paysage de toits bruns, grisâtres, rouges, en ardoises, en tuiles, couverts de mousses jaunes ou vertes. Si d'abord cette vue me parut monotone, j'y découvris bientôt de singulières beautés. Tantôt le soir des raies lumineuses, parties des volets mal fermés, nuançaient et animaient les noires profondeurs de ce pays original. Tantôt les lueurs pâles des réverbères projetaient d'en bas des reflets jaunâtres à travers le brouillard, et accusaient faiblement dans les rues les ondulations de ces toits pressés, océan de vagues immobiles. Enfin parfois de rares figures apparaissaient au milieu de ce morne désert, parmi les fleurs de quelque jardin aérien, j'entrevoyais le profil anguleux et crochu d'une vieille femme arrosant des capucines, ou dans le cadre d'une lucarne pourrie quelque jeune fille faisant sa toilette, se croyant seule, et de qui je ne pouvais apercevoir que le beau front et les longs cheveux élevés en l'air par un joli bras blanc. J'admirais dans les gouttières quelques végétations éphémères, pauvres herbes bientôt emportées par un orage ! J'étudiais les mousses, leurs couleurs ravivées par la pluie, et qui sous le soleil se changeaient en un velours sec et brun à reflets capricieux. Enfin les poétiques et fugitifs effets du jour, les tristesses du brouillard, les soudains pétillements du soleil, le silence et les magies de la nuit, les mystères de l'aurore, les fumées de chaque cheminée, tous les accidents de cette singulière nature devenus familiers pour moi, me divertissaient. J'aimais ma prison, elle était volontaire. Ces savanes de Paris formées par des toits nivelés comme une plaine, mais qui couvraient des abîmes peuplés, allaient à mon âme et s'harmoniaient avec mes pensées. Il est fatigant de retrouver brusquement le monde quand nous descendons des hauteurs célestes où nous entraînent les méditations scientifiques ; aussi ai-je alors parfaitement conçu la nudité des monastères. Quand je fus bien résolu à suivre mon nouveau plan de vie, je cherchai mon logis dans les quartiers les plus déserts de Paris. Un soir, en revenant de l'Estrapade, je passais par la rue des Cordiers pour retourner chez moi. À l'angle de la rue de Cluny, je vis une petite fille d'environ quatorze ans qui jouait au volant avec une de ses camarades, et dont les rires et les espiègleries amusaient les voisins. Il faisait beau, la soirée était chaude, le mois de septembre durait encore. Devant chaque porte, des femmes assises devisaient comme dans une ville de province par un jour de fête. J'observai d'abord la jeune fille, dont la physionomie était d'une admirable expression, et le corps tout posé pour un peintre. C'était une scène ravissante. Je cherchai la cause de cette bonhomie au milieu de Paris, je remarquai que la rue n'aboutissait à rien, et ne devait pas être très passante. En me rappelant le séjour de J.-J. Rousseau dans ce lieu, je trouvai l'hôtel Saint-Quentin, le délabrement dans lequel il était me fit espérer d'y rencontrer un gîte peu coûteux, et je voulus le visiter.

En entrant dans une chambre basse, je vis les classiques flambeaux de cuivre garnis de leurs chandelles, méthodiquement rangés au-dessus de chaque clef, et fus frappé de la propreté qui régnait dans cette salle ordinairement assez mal tenue dans les autres hôtels et que je trouvai là peignée comme un tableau de genre ; son lit bleu, les ustensiles, les meubles avaient la coquetterie d'une nature de convention. La maîtresse de l'hôtel, femme de quarante ans environ, dont les traits exprimaient des malheurs, dont le regard était comme terni par des pleurs, se leva, vint à moi ; je lui soumis humblement le tarif de mon loyer ; mais, sans en paraître étonnée, elle chercha une clef parmi toutes les autres, et me conduisit dans les mansardes où elle me montra une chambre qui avait vue sur les toits, sur les cours des maisons voisines, par les fenêtres desquelles passaient de longues perches chargées de linge. Rien n'était plus horrible que cette mansarde aux murs jaunes et sales, qui sentait la misère et appelait son savant. La toiture s'y abaissait régulièrement et les tuiles disjointes laissaient voir le ciel. Il y avait place pour un lit, une table, quelques chaises, et sous l'angle aigu du toit je pouvais loger mon piano. N'étant pas assez riche pour meubler cette cage digne des *plombs* de Venise[1], la pauvre femme n'avait jamais pu la louer. Ayant précisément excepté de la vente mobilière que je venais de faire les objets qui m'étaient en quelque sorte personnels, je fus bientôt d'accord avec mon hôtesse, et m'installai le lendemain chez elle. Je vécus dans ce sépulcre aérien pendant près de trois ans, travaillant nuit et jour sans relâche, avec tant de plaisir que l'étude me semblait être le plus beau thème, la plus heureuse solution de la vie humaine. Le calme et le silence nécessaires au savant ont je ne sais quoi de doux, d'enivrant comme l'amour. L'exercice de la pensée, la

1. Prisons placées sous les toits de plomb du palais.

recherche des idées, les contemplations tranquilles de la Science nous prodiguent d'ineffables délices, indescriptibles comme tout ce qui participe de l'intelligence dont les phénomènes sont invisibles à nos sens extérieurs. Aussi sommes-nous toujours forcés d'expliquer les mystères de l'esprit par des comparaisons matérielles. Le plaisir de nager dans un lac d'eau pure, au milieu des rochers, des bois et des fleurs, seul et caressé par une brise tiède, donnerait aux ignorants une bien faible image du bonheur que j'éprouvais quand mon âme se baignait dans les lueurs de je ne sais quelle lumière, quand j'écoutais les voix terribles et confuses de l'inspiration, quand d'une source inconnue les images ruisselaient dans mon cerveau palpitant. Voir une idée qui point dans le champ des abstractions humaines comme le soleil au matin et s'élève comme lui, qui, mieux encore, grandit comme un enfant, arrive à la puberté, se fait lentement virile, est une joie supérieure aux autres joies terrestres, ou plutôt c'est un divin plaisir. L'étude prête une sorte de magie à tout ce qui nous environne. Le bureau chétif sur lequel j'écrivais, et la basane brune qui le couvrait, mon piano, mon lit, mon fauteuil, les bizarreries de mon papier de tenture, mes meubles, toutes ces choses s'animèrent et devinrent pour moi d'humbles amis, les complices silencieux de mon avenir ; combien de fois ne leur ai-je pas communiqué mon âme, en les regardant ? Souvent, en laissant voyager mes yeux sur une moulure déjetée, je rencontrais des développements nouveaux, une preuve frappante de mon système ou des mots que je croyais heureux pour rendre des pensées presque intraduisibles. À force de contempler les objets qui m'entouraient, je trouvais à chacun sa physionomie, son caractère ; souvent ils me parlaient : si, par-dessus les toits, le soleil couchant jetait à travers mon étroite fenêtre quelque lueur furtive, ils se coloraient, pâlissaient, brillaient, s'attristaient ou s'égayaient en me surprenant toujours par des effets nouveaux. Ces menus accidents de la vie solitaire, qui échappent aux préoccupations du monde, sont la consolation des prisonniers. N'étais-je pas captivé par une idée, emprisonné dans un système, mais soutenu par la perspective d'une vie glorieuse ? À chaque difficulté vaincue, je baisais les mains douces de la femme aux beaux yeux, élégante et riche qui devait un jour caresser mes cheveux en me disant avec attendrissement : Tu as bien souffert, pauvre ange ! J'avais entrepris deux grandes œuvres. Une comédie devait en peu de jours me donner une renommée, une fortune, et l'entrée de ce monde, où je voulais reparaître en y exerçant les droits régaliens de l'homme de génie. Vous avez tous vu dans ce chef-d'œuvre la première erreur d'un jeune homme qui sort du collège, une véritable niaiserie d'enfant. Vos plaisanteries ont coupé les ailes à de fécondes illusions qui depuis ne se sont plus réveillées. Toi seul, mon cher Émile, as calmé la plaie profonde que d'autres firent à mon cœur ! Toi seul admiras ma *Théorie de la volonté*, ce long ouvrage pour lequel j'avais appris les langues orientales, l'anatomie, la physiologie, auquel j'avais consacré la plus grande partie de mon temps. Cette œuvre, si je ne me trompe, complétera les travaux de Mesmer, de Lavater, de Gall, de Bichat, en ouvrant une nouvelle route à la science humaine. Là s'arrête ma belle vie, ce sacrifice de tous les jours, ce travail de ver à soie inconnu au monde et dont la seule récompense est peut-être dans le travail même. Depuis l'âge de raison jusqu'au jour où j'eus terminé ma théorie, j'ai observé, appris, écrit, lu sans relâche, et ma vie fut comme un long pensum. Amant efféminé de la paresse orientale, amoureux de mes rêves, sensuel, j'ai toujours travaillé, me refusant à goûter les jouissances de la vie parisienne. Gourmand, j'ai été sobre ; aimant et la marche et les voyages maritimes, désirant visiter plusieurs pays, trouvant encore du plaisir à faire, comme un enfant, ricocher des cailloux sur l'eau, je suis resté constamment assis, une plume à la main ; bavard, j'allais écouter en silence les professeurs aux cours publics de la Bibliothèque et du Muséum ; j'ai dormi sur mon grabat solitaire comme un religieux de l'ordre de saint Benoît, et la femme était cependant ma seule chimère, une chimère que je caressais et qui me fuyait toujours ! Enfin ma vie a été une cruelle antithèse, un perpétuel mensonge. Puis jugez donc les hommes ! Parfois mes goûts naturels se réveillaient comme un incendie longtemps couvé. Par une sorte de mirage ou de calenture[1], moi, veuf de toutes les femmes que je désirais, dénué de tout et logé dans une mansarde d'artiste, je me voyais alors entouré de maîtresses ravissantes ! Je courais à travers les rues de Paris, couché sur les moelleux coussins d'un brillant équipage ! J'étais rongé de vices, plongé dans la débauche, voulant tout, ayant tout ; enfin ivre à jeun, comme saint Antoine dans sa tentation. Heureusement le sommeil finissait par éteindre ces visions dévorantes ; le lendemain la science m'appelait en souriant, et je lui étais fidèle. J'imagine que les femmes dites vertueuses doivent être souvent la proie de ces tourbillons de folie, de désirs et de passions, qui s'élèvent en nous, malgré nous. De tels rêves ne sont pas sans charmes, ne ressemblent-ils pas à ces causeries du soir, en hiver, où l'on part de son foyer pour aller en Chine ? Mais que devient la vertu, pendant ces délicieux voyages où la pensée a franchi tous les obstacles ? Pendant les dix premiers mois de ma réclusion, je menai la vie pauvre et solitaire que je t'ai dépeinte ; j'allais chercher moi-même, dès le matin et sans être vu, mes provisions pour la journée ; je faisais ma chambre, j'étais tout ensemble le maître et le serviteur, je diogénisais avec une incroyable fierté. Mais après ce temps, pendant lequel l'hôtesse et sa fille espionnèrent mes mœurs et mes habitudes, examinèrent ma per-

1. Délire des navigateurs sous la zone torride.

sonne et comprirent ma misère, peut-être parce qu'elles étaient elles-mêmes fort malheureuses, il s'établit d'inévitables liens entre elles et moi. Pauline, cette charmante créature dont les grâces naïves et secrètes m'avaient en quelque sorte amené là, me rendit plusieurs services qu'il me fut impossible de refuser. Toutes les infortunes sont sœurs, elles ont le même langage, la même générosité, la générosité de ceux qui, ne possédant rien, sont prodigues de sentiment, paient de leur temps et de leur personne. Insensiblement Pauline s'impatronisa chez moi, voulut me servir et sa mère ne s'y opposa point. Je vis la mère elle-même raccommodant mon linge et rougissant d'être surprise à cette charitable occupation. Devenu malgré moi leur protégé, j'acceptai leurs services. Pour comprendre cette singulière affection, il faut connaître l'emportement du travail, la tyrannie des idées et cette répugnance instinctive qu'éprouve pour les détails de la vie matérielle l'homme qui vit par la pensée. Pouvais-je résister à la délicate attention avec laquelle Pauline m'apportait à pas muets mon repas frugal, quand elle s'apercevait que, depuis sept ou huit heures, je n'avais rien pris ? Avec les grâces de la femme et l'ingénuité de l'enfance, elle me souriait en me faisant un signe pour me dire que je ne devais pas la voir. C'était Ariel se glissant comme un sylphe sous mon toit, et prévoyant mes besoins. Un soir, Pauline me raconta son histoire avec une touchante ingénuité. Son père était chef d'escadron dans les grenadiers à cheval de la garde impériale. Au passage de la Bérézina, il avait été fait prisonnier par les Cosaques ; plus tard, quand Napoléon proposa de l'échanger, les autorités russes le firent vainement chercher en Sibérie ; au dire des autres prisonniers, il s'était échappé avec le projet d'aller aux Indes. Depuis ce temps, madame Gaudin, mon hôtesse, n'avait pu obtenir aucune nouvelle de son mari, les désastres de 1814 et 1815 étaient arrivés, seule, sans ressources et sans secours, elle avait pris le parti de tenir un hôtel garni pour faire vivre sa fille. Elle espérait toujours revoir son mari. Son plus cruel chagrin était de laisser Pauline sans éducation, sa Pauline, filleule de la princesse Borghèse, et qui n'aurait pas dû mentir aux belles destinées promises par son impériale protectrice. Quand madame Gaudin me confia cette amère douleur qui la tuait, et me dit avec un accent déchirant : « Je donnerais bien et le chiffon de papier qui crée Gaudin baron de l'empire, et le droit que nous avons à la dotation de Wistchnau, pour savoir Pauline élevée à Saint-Denis ! » tout à coup je tressaillis, et pour reconnaître les soins que me prodiguaient ces deux femmes, j'eus l'idée de m'offrir à finir l'éducation de Pauline. La candeur avec laquelle ces deux femmes acceptèrent ma proposition fut égale à la naïveté qui la dictait. J'eus ainsi des heures de récréation. La petite avait les plus heureuses dispositions, elle apprit avec tant de facilité qu'elle devint bientôt plus forte que je ne l'étais sur le piano. En s'accoutumant à penser tout haut près de moi, elle déployait les mille gentillesses d'un cœur qui s'ouvre à la vie comme le calice d'une fleur lentement dépliée par le soleil, elle m'écoutait avec recueillement et plaisir en arrêtant sur moi ses yeux noirs et veloutés qui semblaient sourire, elle répétait ses leçons d'un accent doux et caressant en témoignant une joie enfantine quand j'étais content d'elle. Sa mère, chaque jour plus inquiète d'avoir à préserver de tout danger une jeune fille qui développait en croissant toutes les promesses faites par les grâces de son enfance, la vit avec plaisir s'enfermant pendant toute la journée pour étudier. Mon piano étant le seul dont elle pût se servir, elle profitait de mes absences pour s'exercer. Quand je rentrais, je trouvais Pauline chez moi, dans la toilette la plus modeste ; mais au moindre mouvement, sa taille souple et les attraits de sa personne se révélaient sous l'étoffe grossière. Comme l'héroïne du conte de Peau d'Âne elle laissait voir un pied mignon dans d'ignobles souliers. Mais ces jolis trésors, cette richesse de jeune fille, tout ce luxe de beauté fut comme perdu pour moi. Je m'étais ordonné à moi-même de ne voir qu'une sœur en Pauline, j'aurais eu horreur de tromper la confiance de sa mère, j'admirais cette charmante fille comme un tableau, comme le portrait d'une maîtresse morte. Enfin, c'était mon enfant, ma statue. Pygmalion nouveau[1], je voulais faire d'une vierge vivante et colorée, sensible et parlante, un marbre ; j'étais très sévère avec elle, mais plus je lui faisais éprouver les effets de mon despotisme magistral, plus elle devenait douce et soumise. Si je fus encouragé dans ma retenue et dans ma continence par des sentiments nobles, néanmoins les raisons de procureur ne me manquèrent pas. Je ne comprends point la probité des écus sans la probité de la pensée. Tromper une femme ou faire faillite a toujours été même chose pour moi. Aimer une jeune fille ou se laisser aimer par elle constitue un vrai contrat dont les conditions doivent être bien entendues. Nous sommes maîtres d'abandonner la femme qui se vend, mais non pas la jeune fille qui se donne, car elle ignore l'étendue de son sacrifice. J'aurais donc épousé Pauline, et c'eût été une folie. N'était-ce pas livrer une âme douce et vierge à d'effroyables malheurs ? Mon indigence parlait son langage égoïste, et venait toujours mettre sa main de fer entre cette bonne créature et moi. Puis, je l'avoue à ma honte, je ne conçois pas l'amour dans la misère. Peut-être est-ce en moi une dépravation due à cette maladie humaine que nous nommons la civilisation ; mais une femme, fût-elle attrayante autant que la belle Hélène, la Galatée d'Homère, n'a plus aucun pouvoir sur mes sens pour peu qu'elle soit crottée. Ah ! vive l'amour dans la soie, sur le cachemire, entouré des merveilles du luxe qui le

1. Pygmalion tombe amoureux de sa sculpture dans la mythologie grecque.

parent merveilleusement bien, parce que lui-même est un luxe peut-être. J'aime à froisser sous mes désirs de pimpantes toilettes, à briser des fleurs, à porter une main dévastatrice dans les élégants édifices d'une coiffure embaumée. Des yeux brûlants, cachés par un voile de dentelle que les regards percent comme la flamme déchire la fumée du canon, m'offrent de fantastiques attraits. Mon amour veut des échelles de soie escaladées en silence, par une nuit d'hiver. Quel plaisir d'arriver couvert de neige dans une chambre éclairée par des parfums, tapissée de soies peintes et d'y trouver une femme qui, elle aussi, secoue de la neige, car quel autre nom donner à ces voiles de voluptueuses mousselines à travers lesquels elle se dessine vaguement comme un ange dans son nuage, et d'où elle va sortir ? Puis il me faut encore un craintif bonheur, une audacieuse sécurité. Enfin je veux revoir cette mystérieuse femme, mais éclatante, mais au milieu du monde, mais vertueuse, environnée d'hommages, vêtue de dentelles, de diamants, donnant ses ordres à la ville, et si haut placée et si imposante que nul n'ose lui adresser des vœux. Au milieu de sa cour, elle me jette un regard à la dérobée, un regard qui dément ces artifices, un regard qui me sacrifie le monde et les hommes ! Certes, je me suis cent fois trouvé ridicule d'aimer quelques aunes de blonde[1], du velours, de fines batistes, les tours de force d'un coiffeur, des bougies, un carrosse, un titre, d'héraldiques couronnes peintes par des vitriers ou fabriquées par un orfèvre, enfin tout ce qu'il y a de factice et de moins femme dans la femme ; je me suis moqué de moi, je me suis raisonné, tout a été vain. Une femme aristocratique et son sourire fin, la distinction de ses manières et son respect d'elle-même m'enchantent ; quand elle met une barrière entre elle et le monde, elle flatte en moi toutes les vanités, qui

1. Dentelle de soie.

sont la moitié de l'amour. Enviée par tous, ma félicité me paraît avoir plus de saveur. En ne faisant rien de ce que font les autres femmes, en ne marchant pas, ne vivant pas comme elles, en s'enveloppant dans un manteau qu'elles ne peuvent avoir, en respirant des parfums à elle, ma maîtresse me semble être bien mieux à moi ; plus elle s'éloigne de la terre, même dans ce que l'amour a de terrestre, plus elle s'embellit à mes yeux. En France, heureusement pour moi, nous sommes depuis vingt ans sans reine, j'eusse aimé la reine ! Pour avoir les façons d'une princesse, une femme doit être riche. En présence de mes romanesques fantaisies, qu'était Pauline ? Pouvait-elle me vendre des nuits qui coûtent la vie, un amour qui tue et met en jeu toutes les facultés humaines ? Nous ne mourons guère pour de pauvres filles qui se donnent ! Je n'ai jamais pu détruire ces sentiments ni ces rêveries de poète. J'étais né pour l'amour impossible, et le hasard a voulu que je fusse servi par-delà mes souhaits. Combien de fois n'ai-je pas vêtu de satin les pieds mignons de Pauline, emprisonné sa taille svelte comme un jeune peuplier dans une robe de gaze, jeté sur son sein une légère écharpe en lui faisant fouler les tapis de son hôtel et la conduisant à une voiture élégante ? Je l'eusse adorée ainsi, je lui donnais une fierté qu'elle n'avait pas, je la dépouillais de toutes ses vertus, de ses grâces naïves, de son délicieux naturel, de son sourire ingénu pour la plonger dans le Styx de nos vices et lui rendre le cœur invulnérable, pour la farder de nos crimes, pour en faire la poupée fantasque de nos salons, une femme fluette qui se couche au matin pour renaître le soir, à l'aurore des bougies. Pauline était tout sentiment, tout fraîcheur, je la voulais sèche et froide. Dans les derniers jours de ma folie, le souvenir m'a montré Pauline, comme il nous peint les scènes de notre enfance. Plus d'une fois, je suis resté attendri, songeant à de délicieux moments : soit que je revisse cette délicieuse fille assise près de ma table, occupée à coudre, paisible, silencieuse, recueillie et faiblement éclairée par le jour qui, descendant de ma lucarne, dessinait de légers reflets argentés sur sa belle chevelure noire ; soit que j'entendisse son rire jeune, ou sa voix au timbre riche chanter les gracieuses cantilènes qu'elle composait sans efforts. Souvent ma Pauline s'exaltait en faisant de la musique, sa figure ressemblait alors d'une manière frappante à la noble tête par laquelle Carlo Dolci a voulu représenter l'Italie. Ma cruelle mémoire me jetait cette jeune fille à travers les excès de mon existence comme un remords, comme une image de la vertu ! Mais laissons la pauvre enfant à sa destinée ! Quelque malheureuse qu'elle puisse être, au moins l'aurai-je mise à l'abri d'un effroyable orage en évitant de la traîner dans mon enfer. Jusqu'à l'hiver dernier, ma vie fut la vie tranquille et studieuse de laquelle j'ai tâché de te donner une faible image. Dans les premiers jours de décembre 1829, je rencontrai Rastignac qui, malgré le misérable état de mes vêtements, me donna le bras et s'enquit de ma fortune avec un intérêt vraiment fraternel ; pris à la glu de ses manières, je lui racontai brièvement ma vie et mes espérances ; il se mit à rire, me traita tout à la fois d'homme de génie et de sot, sa voix gasconne, son expérience du monde, l'opulence qu'il devait à son savoir-faire, agirent sur moi d'une manière irrésistible. Rastignac me fit mourir à l'hôpital, méconnu comme un niais, conduisit mon propre convoi, me jeta dans le trou des pauvres. Il me parla de charlatanisme. Avec cette verve aimable qui le rend si séduisant, il me montra tous les hommes de génie comme des charlatans. Il me déclara que j'avais un sens de moins, une cause de mort, si je restais seul, rue des Cordiers. Selon lui, je devais aller dans le monde, habituer les gens à prononcer mon nom et me dépouiller moi-même de l'humble *monsieur* qui messeyait à un grand homme de son vivant. — « Les imbéciles, s'écria-t-il, nomment ce métier-là *intriguer*, les gens à morale le proscrivent sous le mot de *vie dissipée* ; ne nous arrêtons pas aux hommes, interrogeons les résultats. Toi, tu travailles ? Eh bien, tu ne feras jamais rien. Moi, je suis propre à tout et bon à rien, paresseux comme un homard ? Eh bien, j'arriverai à tout. Je me répands, je me pousse, l'on me fait place ; je me vante, l'on me croit ; je fais des dettes, on les paie ! La dissipation, mon cher, est un système politique. La vie d'un homme occupé à manger sa fortune devient souvent une spéculation ; il place ses capitaux en amis, en plaisirs, en protecteurs, en connaissances. Un négociant risque-t-il un million ? Pendant vingt ans il ne dort ni ne boit, ni ne s'amuse ; il couve son million, il le fait trotter par toute l'Europe ; il s'ennuie, se donne à tous les démons que l'homme a inventés ; puis une liquidation, comme j'en ai vu faire, le laisse souvent sans un sou, sans un nom, sans un ami. Le dissipateur, lui, s'amuse à vivre, à faire courir ses chevaux. Si par hasard il perd ses capitaux, il a la chance d'être nommé receveur général, de se bien marier, d'être attaché à un ministre, à un ambassadeur. Il a encore des amis, une réputation et toujours de l'argent. Connaissant les ressorts du monde, il les manœuvre à son profit. Ce système est-il logique, ou ne suis-je qu'un fou ? N'est-ce pas là la moralité de la comédie qui se joue tous les jours dans le monde ? Ton ouvrage est achevé, reprit-il après une pause, tu as un talent immense ! Eh bien, tu arrives à mon point de départ. Il faut maintenant faire ton succès toi-même, c'est plus sûr. Tu iras conclure des alliances avec les coteries, conquérir des prôneurs. Moi, je veux me mettre de moitié dans ta gloire, je serai le bijoutier qui aura monté les diamants de ta couronne. Pour commencer, dit-il, sois ici demain soir. Je te présenterai dans une maison où va tout Paris, notre Paris à nous, celui des beaux, des gens à millions, des célébrités, enfin des hommes qui parlent d'or comme Chrysostome. Quand ces gens ont adopté un livre, le livre devient à la mode ; s'il est réellement bon, ils ont donné quelque brevet de génie sans le savoir. Si tu as de l'esprit, mon cher enfant, tu feras toi-même la fortune de ta théorie en comprenant mieux la théorie de la fortune. Demain soir tu verras la belle comtesse Fœdora, la femme à la mode. — Je n'en ai jamais entendu parler. — Tu es un Cafre, dit Rastignac en riant. Ne pas connaître Fœdora ! Une femme à marier qui possède près de quatre-vingt mille livres de rentes, qui ne veut de personne ou de qui personne ne veut ! Espèce de problème féminin, une Parisienne à moitié Russe, une Russe à moitié Parisienne ! Une femme chez laquelle s'éditent toutes les productions romantiques qui ne paraissent pas, la plus belle femme de Paris, la plus gracieuse ! Tu n'es même pas un Cafre, tu es la bête intermédiaire qui joint le Cafre à l'animal. Adieu, à demain ! » Il fit une pirouette et disparut sans attendre ma réponse, n'admettant pas qu'un homme raisonnable pût refuser d'être présenté à Fœdora. Comment expliquer la fascination d'un nom ? FŒDORA me poursuivit comme une mauvaise pensée avec laquelle on cherche à transiger. Une voix me disait : Tu iras chez Fœdora. J'avais beau me débattre avec cette voix et lui crier qu'elle mentait, elle écrasait tous mes raisonnements avec ce nom : Fœdora. Mais ce nom, cette femme n'étaient-ils pas le symbole de tous mes désirs et le thème de ma vie ? Le nom réveillait les poésies artificielles du monde, faisait briller les fêtes du haut Paris et les clinquants de la vanité. La femme m'apparaissait avec tous les problèmes de passion dont je m'étais affolé. Ce n'était peut-être ni la femme ni le nom, mais tous mes vices qui se dressaient debout dans mon âme pour me tenter de nouveau. La comtesse Fœdora, riche et sans amant, résistant à des séductions parisiennes, n'était-ce pas l'incarnation de mes espérances, de mes visions ? Je me créai une femme, je la dessinai dans ma pensée, je la rêvai. Pendant la nuit je ne dormis pas, je devins son amant, je fis tenir en peu d'heures une vie entière, une vie d'amour, et j'en savourai les fécondes, les brûlantes délices. Le lendemain, incapable de soutenir le supplice d'attendre longuement la soirée, j'allai louer un roman, et passai la journée à le lire, me mettant ainsi dans l'impossibilité de penser ni de mesurer le temps. Pendant ma lecture le nom de Fœdora retentissait en moi comme un son que l'on entend dans le lointain, qui ne vous trouble pas, mais qui se fait écouter. Je possédais heureusement encore un habit noir et un gilet blanc assez honorables ; puis de toute ma fortune il me restait environ trente francs, que j'avais semés dans mes hardes, dans mes tiroirs, afin de mettre entre une pièce de cent sous et mes fantaisies la barrière épineuse d'une recherche et les hasards d'une circumnavigation dans ma chambre. Au moment de m'habiller, je poursuivis mon trésor à travers un océan de papier. La rareté du numéraire peut te faire concevoir ce que mes gants et mon fiacre emportèrent de richesses, ils mangèrent le pain de tout un mois. Hélas ! nous ne manquons jamais d'argent pour nos caprices, nous ne discutons que le prix des choses utiles ou nécessaires. Nous jetons l'or avec insouciance à des danseuses, et nous marchandons un ouvrier dont la famille affamée attend le payement d'un mémoire. Combien de gens ont un habit de cent francs, un diamant à la pomme de leur canne, et qui dînent à vingt-cinq sous ! Il semble que nous n'achetions jamais assez chèrement les plaisirs de la vanité. Rastignac, fidèle au rendez-vous, sourit de ma métamorphose et m'en plaisanta ; mais, tout en allant chez la comtesse, il me donna de charitables conseils sur la manière de me conduire avec elle ; il me la peignit avare, vaine et défiante ; mais avare avec faste, vaine avec simplicité, défiante avec bonhomie. — « Tu connais mes engagements, me dit-il, et tu sais combien je perdrais à changer d'amour. En observant Fœdora j'étais désintéressé, de sang-froid, mes remarques doivent être justes. En pensant à te présenter chez elle, je songeais à ta fortune ; ainsi prends garde à tout ce que tu lui diras, elle a une mémoire cruelle, elle a une adresse à désespérer un diplomate, elle saurait deviner le moment où il dit vrai ; entre nous, je crois que son mariage n'est pas reconnu par l'empereur, car l'ambassadeur de Russie s'est mis à rire quand je lui ai parlé d'elle. Il ne la reçoit pas, et la salue fort légèrement quand il la rencontre au bois. Néanmoins elle est de la société de madame de Sérisy, va chez mesdames de Nucingen et de Restaud. En France sa réputation est intacte ; la duchesse de Carigliano, la maréchale la plus *collet-monté* de toute la coterie bonapartiste, va souvent passer avec elle la belle saison à sa terre. Beaucoup de jeunes fats, le fils d'un pair de France, lui ont offert un nom en échange de sa fortune ; elle les a tous poliment éconduits. Peut-être sa sensibilité ne commence-t-elle qu'au titre de comte ! N'es-tu pas marquis ? Marche en avant si elle te plaît ! Voilà ce que j'appelle donner des instructions. » Cette plaisanterie me fit croire que Rastignac voulait rire et piquer ma curiosité, en sorte que ma passion improvisée était arrivée à son paroxysme quand nous nous arrêtâmes devant un péristyle orné de fleurs. En montant un vaste escalier à tapis, où je remarquai toutes les recherches du *comfort* anglais, le cœur me battit ; j'en rougissais, je démentais mon origine, mes sentiments, ma fierté, j'étais sottement bourgeois. Hélas ! je sortais d'une mansarde, après trois années de pauvreté, sans savoir encore mettre au-dessus des bagatelles de la vie ces trésors acquis, ces immenses capitaux intellectuels qui vous enrichissent en un moment quand le pouvoir tombe entre vos mains sans vous écraser, parce que l'étude vous a formé d'avance aux luttes politiques. J'aperçus une femme d'environ vingt-deux ans, de moyenne taille, vêtue de blanc, entourée d'un cercle d'hommes, et tenant à la main un écran de plumes. En voyant entrer Rastignac, elle se leva, vint à nous, sourit avec grâce, me fit d'une voix mélodieuse un compliment sans doute apprêté ; notre ami m'avait annoncé comme un homme de talent, et son adresse, son emphase gasconne me procurèrent un accueil flatteur. Je fus l'objet d'une attention particulière qui me rendit confus ; mais Rastignac avait heureusement parlé de ma modestie. Je rencontrai là des savants, des gens de lettres, d'anciens ministres, des pairs de France. La conversation reprit son cours quelque temps après mon arrivée, et, sentant que j'avais une réputation à soutenir, je me rassurai ; puis, sans abuser de la parole quand elle m'était accordée, je tâchai de résumer les discussions par des mots plus ou moins incisifs, profonds ou spirituels. Je produisis quelque sensation. Pour la millième fois de sa vie Rastignac fut prophète. Quand il y eut assez de monde pour que chacun retrouvât sa liberté, mon introducteur me donna le bras, et nous nous promenâmes dans les appartements. — « N'aie pas l'air d'être trop émerveillé de la princesse, me dit-il, elle devinerait le motif de ta visite. » Les salons étaient meublés avec un goût exquis. J'y vis des tableaux de choix. Chaque pièce avait, comme chez les Anglais les plus opulents, son caractère particulier, et la tenture de soie, les agréments, la forme des meubles, le moindre décor s'harmoniaient avec une pensée première. Dans un boudoir gothique dont les portes étaient cachées par des rideaux en tapisserie, les encadrements de l'étoffe, la pendule, les dessins du tapis étaient gothiques ; le plafond formé de solives brunes sculptées présentait à l'œil des caissons pleins de grâce et d'originalité, les boiseries étaient artistement travaillées, rien ne détruisait l'ensemble de cette jolie décoration, pas même les croisées dont les vitraux étaient coloriés et précieux. Je fus surpris à l'aspect d'un petit salon moderne où je ne sais quel artiste avait épuisé la science de notre décor si léger, si frais, si suave, sans éclat, sobre de dorures. C'était amoureux et vague comme une ballade allemande, un vrai réduit taillé pour une passion de 1827, embaumé par des jardinières pleines de fleurs rares. Après ce salon, j'aperçus en enfilade une pièce dorée où revivait le goût du siècle de Louis XIV qui, opposé à nos peintures actuelles, produisait un bizarre mais agréable contraste. — « Tu seras assez bien logé, me dit Rastignac avec un sourire où perçait une légère ironie. N'est-ce pas séduisant ? » ajouta-t-il en s'asseyant. Tout à coup il se leva, me prit par la main, me conduisit à la chambre à coucher, et me montra sous un dais de mousseline et de moire blanches un lit voluptueux doucement éclairé, le vrai lit d'une jeune fée fiancée à un génie. — « N'y a-t-il pas, s'écria-t-il à voix basse, de l'impudeur, de l'insolence et de la coquetterie outre mesure, à nous laisser contempler ce trône de l'amour ? Ne se donner à personne, et permettre à tout le monde de mettre là sa carte ! Si j'étais libre, je voudrais voir cette femme soumise et pleurant à ma porte. — Es-tu donc si certain de sa vertu ? — Les plus audacieux de nos maîtres, et même les plus habiles, avouent avoir échoué près d'elle, l'aiment encore et sont ses amis dévoués. Cette femme n'est-elle pas une énigme ? » Ces paroles excitèrent en moi une sorte d'ivresse, ma jalousie craignait déjà le passé. Tressaillant d'aise, je revins précipitamment dans le salon où j'avais laissé la comtesse que je rencontrai dans le boudoir gothique. Elle m'arrêta par un sourire, me fit asseoir près d'elle, me questionna sur mes travaux, et sembla s'y intéresser vivement, surtout quand je lui traduisis mon système en plaisanteries au lieu de prendre le langage d'un professeur pour le lui développer doctoralement. Elle parut s'amuser beaucoup en apprenant que la volonté humaine était une force matérielle semblable à la vapeur ; que, dans le monde moral, rien ne résistait à cette puissance quand un homme s'habituait à la concentrer, à en manier la somme, à diriger constamment sur les âmes la projection de cette masse fluide ; que cet homme pouvait à son gré tout modifier relativement à l'humanité, même les lois de la nature. Les objections de Fœdora me révélèrent en elle une certaine finesse d'esprit, je me complus à lui donner raison pendant quelques moments pour la flatter, et je détruisis ses raisonnements de femme par un mot, en attirant son attention sur un fait journalier dans la vie, le sommeil, fait vulgaire en apparence, mais au fond plein de problèmes insolubles pour le savant, et je piquai sa curiosité. La comtesse resta même un instant silencieuse quand je lui dis que nos idées étaient des êtres organisés, complets qui vivaient dans un monde invisible et influaient sur nos destinées, en lui citant pour preuves les pensées de Descartes, de Diderot, de Napoléon qui avaient conduit, qui conduisaient encore tout un siècle. J'eus l'honneur d'amuser cette femme, elle me quitta en m'invitant à la venir voir ; en style de cour, elle me donna les grandes entrées. Soit que je prisse, selon ma louable habitude, des formules polies pour des paroles de cœur, soit que Fœdora vît en moi quelque célébrité prochaine, et voulût augmenter sa ménagerie de savants, je crus lui plaire. J'évoquai toutes mes connaissances physiologiques et mes études antérieures sur la femme pour examiner minutieusement pendant cette soirée cette singulière personne et ses manières ; caché dans l'embrasure d'une fenêtre, j'espionnai ses pensées en les cherchant dans son maintien, en étudiant ce manège d'une maîtresse de maison qui va et vient, s'assied et cause, appelle un homme, l'interroge, et s'appuie pour l'écouter sur un chambranle de porte ; je remarquai dans sa démarche un mouvement brisé si doux, une ondulation de robe si gracieuse, elle excitait si puissamment le désir que je devins alors très incrédule sur sa vertu. Si Fœdora méconnaissait aujourd'hui l'amour, elle avait dû jadis être fort passionnée ; car une volupté savante se peignait jusque dans la manière dont elle se posait devant son interlocuteur, elle se soutenait sur la boiserie avec coquetterie, comme une femme près de tomber, mais aussi près de s'enfuir si quelque regard trop vif l'intimide. Les bras mollement croisés, paraissant respirer les paroles, les écoutant même du regard et avec bienveillance, elle exhalait le sentiment. Ses lèvres fraîches et rouges tranchaient sur un teint d'une vive blancheur. Ses cheveux bruns faisaient assez bien valoir la couleur orangée de ses yeux mêlés de veines comme une pierre de Florence, et dont l'expression semblait ajouter de la finesse à ses paroles. Enfin son corsage était paré des grâces les plus attrayantes. Une rivale aurait peut-être accusé de dureté d'épais sourcils qui paraissaient se rejoindre, et blâmé l'imperceptible duvet qui ornait les contours du visage. Je trouvai la passion empreinte en tout. L'amour était écrit sur les paupières italiennes de cette femme, sur ses belles épaules dignes de la Vénus de Milo, dans ses traits, sur sa lèvre inférieure un peu forte et légèrement ombragée. C'était plus qu'une femme, c'était un roman. Oui, ces richesses féminines, l'ensemble harmonieux des lignes, les promesses que cette riche structure faisait à la passion, étaient tempérés par une réserve constante, par une modestie extraordinaire, qui contrastaient avec l'expression de toute la personne. Il fallait une observation aussi sagace que la mienne pour découvrir dans cette nature les signes d'une destinée de volupté. Pour expliquer plus clairement ma pensée, il y avait en Fœdora deux femmes séparées par le buste peut-être ; l'une était froide, la tête seule semblait être amoureuse ; avant d'arrêter ses yeux sur un homme, elle préparait son regard, comme s'il se passait je ne sais quoi de mystérieux en elle-même, vous eussiez dit d'une convulsion dans ses yeux si brillants. Enfin, ou ma science était imparfaite, et j'avais encore bien des secrets à découvrir dans le monde moral, ou la comtesse possédait une belle âme dont les sentiments et les émanations communiquaient à sa physionomie ce charme qui nous subjugue et nous fascine, ascendant tout moral et d'autant plus puissant qu'il s'accorde avec les sympathies du désir. Je sortis ravi, séduit par cette femme, enivré par son luxe, chatouillé dans tout ce que mon cœur avait de noble, de vicieux, de bon, de mauvais. En me sentant si ému, si vivant, si exalté, je crus comprendre l'attrait qui amenait là ces artistes, ces diplomates, ces hommes du pouvoir, ces agioteurs doublés de tôle comme leurs caisses; sans doute ils venaient chercher près d'elle l'émotion délirante qui faisait vibrer en moi toutes les forces de mon être, fouettait mon sang dans la moindre veine, agaçait le plus petit nerf et tressaillait dans mon cerveau! Elle ne s'était donnée à aucun pour les garder tous. Une femme est coquette tant qu'elle n'aime pas. — « Puis, dis-je à Rastignac, elle a peut-être été mariée ou vendue à quelque vieillard, et le souvenir de ses premières noces lui donne de l'horreur pour l'amour. » Je revins à pied du faubourg Saint-Honoré, où Fœdora demeure. Entre son hôtel et la rue des Cordiers il y a presque tout Paris; le chemin me parut court, et cependant il faisait froid. Entreprendre la conquête de Fœdora dans l'hiver, un rude hiver, quand je n'avais pas trente francs en ma possession, quand la distance qui nous séparait était si grande! Un jeune homme pauvre peut seul savoir ce qu'une passion coûte en voitures, en gants, en habits, linge, etc. Si l'amour reste un peu trop de temps platonique, il devient ruineux. Vraiment, il y a des Lauzun de l'École de Droit auxquels il est impossible d'approcher d'une passion logée à un premier étage. Et comment pouvais-je lutter, moi, faible, grêle, mis simplement, pâle et hâve comme un artiste en convalescence d'un ouvrage, avec des jeunes gens bien frisés, jolis, pimpants, cravatés à désespérer toute la Croatie[1], riches, armés de tilburys et vêtus d'impertinence? — « Bah! Fœdora ou la mort! criai-je au détour d'un pont. Fœdora, c'est la fortune! » Le beau bou-

1. La cravate vient de Croatie.

doir gothique et le salon à la Louis XIV passèrent devant mes yeux, je revis la comtesse avec sa robe blanche, ses grandes manches gracieuses, et sa séduisante démarche, et son corsage tentateur. Quand j'arrivai dans ma mansarde nue, froide, aussi mal peignée que la perruque d'un naturaliste, j'étais encore environné par les images du luxe de Fœdora. Ce contraste était un mauvais conseiller, les crimes doivent naître ainsi. Je maudis alors, en frissonnant de rage, ma décente et honnête misère, ma mansarde féconde où tant de pensées avaient surgi. Je demandai compte à Dieu, au diable, à l'État social, à mon père, à l'univers entier, de ma destinée, de mon malheur ; je me couchai tout affamé, grommelant de risibles imprécations, mais bien résolu de séduire Fœdora. Ce cœur de femme était un dernier billet de loterie chargé de ma fortune. Je te ferai grâce de mes premières visites chez Fœdora, pour arriver promptement au drame. Tout en tâchant de m'adresser à l'âme de cette femme, j'essayai de gagner son esprit, d'avoir sa vanité pour moi ; afin d'être sûrement aimé, je lui donnai mille raisons de mieux s'aimer elle-même, jamais je ne la laissai dans un état d'indifférence ; les femmes veulent des émotions à tout prix, je les lui prodiguai ; je l'eusse mise en colère plutôt que de la voir insouciante avec moi. Si d'abord, animé d'une volonté ferme et du désir de me faire aimer, je pris un peu d'ascendant sur elle, bientôt ma passion grandit, je ne fus plus maître de moi, je tombai dans le vrai, je me perdis et devins éperdument amoureux. Je ne sais pas bien ce que nous appelons, en poésie ou dans la conversation, *amour* ; mais le sentiment qui se développa tout à coup dans ma double nature, je ne l'ai trouvé peint nulle part, ni dans les phrases rhétoriques et apprêtées de J.-J. Rousseau de qui j'occupais peut-être le logis, ni dans les froides conceptions de nos deux siècles littéraires, ni dans les tableaux de l'Italie. La vue du lac de Bienne, quelques motifs de Rossini, la Madone de Murillo que possède le maréchal Soult, les lettres de la Lescombat[1], certains mots épars dans les recueils d'anecdotes, mais surtout les prières des extatiques et quelques passages de nos fabliaux, ont pu seuls me transporter dans les divines régions de mon premier amour. Rien dans les langages humains, aucune traduction de la pensée faite à l'aide des couleurs, des marbres, des mots ou des sons, ne saurait rendre le nerf, la vérité, le fini, la soudaineté du sentiment dans l'âme ! Oui ! Qui dit art, dit mensonge. L'amour passe par des transformations infinies avant de se mêler pour toujours à notre vie et de la teindre à jamais de sa couleur de flamme. Le secret de cette infusion imperceptible échappe à l'analyse de l'artiste. La vraie passion s'exprime par des cris, par des soupirs ennuyeux pour un homme froid. Il faut aimer sincèrement pour être de moitié dans les rugissements de Lovelace, en lisant Clarisse Harlowe. L'amour est une source naïve, partie de son lit de cresson, de fleurs, de gravier, qui rivière, qui fleuve, change de nature et d'aspect à chaque flot, et se jette dans un incommensurable océan où les esprits incomplets voient la monotonie, où les grandes âmes s'abîment en de perpétuelles contemplations. Comment oser décrire ces teintes transitoires du sentiment, ces riens qui ont tant de prix, ces mots dont l'accent épuise les trésors du langage, ces regards plus féconds que les plus riches poèmes ? Dans chacune des scènes mystiques par lesquelles nous nous éprenons insensiblement d'une femme, s'ouvre un abîme à engloutir toutes les poésies humaines. Eh ! Comment pourrions-nous reproduire par des gloses les vives et mystérieuses agitations de l'âme, quand les paroles nous manquent pour peindre les mystères visibles de la beauté ? Quelles fascinations ! Combien d'heures ne suis-je pas resté

1. Lettres de Marie-Catherine Lescombat à son amant, qui ont poussé ce dernier à assassiner son mari.

plongé dans une extase ineffable occupé à *la* voir ! Heureux, de quoi ? je ne sais. Dans ces moments, si son visage était inondé de lumière, il s'y opérait je ne sais quel phénomène qui le faisait resplendir ; l'imperceptible duvet qui dore sa peau délicate et fine en dessinait mollement les contours avec la grâce que nous admirons dans les lignes lointaines de l'horizon quand elles se perdent dans le soleil. Il semblait que le jour la caressât en s'unissant à elle, ou qu'il s'échappât de sa rayonnante figure une lumière plus vive que la lumière même ; puis une ombre passant sur cette douce figure y produisait une sorte de couleur qui en variait les expressions en en changeant les teintes. Souvent une pensée semblait se peindre sur son front de marbre ; son œil paraissait rougir, sa paupière vacillait, ses traits ondulaient agités par un sourire ; le corail intelligent de ses lèvres s'animait, se dépliait, se repliait ; je ne sais quel reflet de ses cheveux jetait des tons bruns sur ses tempes fraîches ; à chaque accident, elle avait parlé. Chaque nuance de beauté donnait des fêtes nouvelles à mes yeux, révélait des grâces inconnues à mon cœur. Je voulais lire un sentiment, un espoir, dans toutes ces phases du visage. Ces discours muets pénétraient d'âme à âme comme un son dans l'écho, et me prodiguaient des joies passagères qui me laissaient des impressions profondes. Sa voix me causait un délire que j'avais peine à comprimer. Imitant je ne sais quel prince de Lorraine, j'aurais pu ne pas sentir un charbon ardent au creux de ma main pendant qu'elle aurait passé dans ma chevelure ses doigts chatouilleux. Ce n'était plus une admiration, un désir, mais un charme, une fatalité. Souvent, rentré sous mon toit, je voyais indistinctement Fœdora chez elle, et participais vaguement à sa vie ; si elle souffrait, je souffrais, et je lui disais le lendemain : — « Vous avez souffert ! » Combien de fois n'est-elle pas venue au milieu des silences de la nuit, évoquée par la puissance de mon extase ! Tantôt, soudaine comme une lumière qui jaillit, elle abattait ma plume, elle effarouchait la Science et l'Étude, qui s'enfuyaient désolées ; elle me forçait à l'admirer en reprenant la pose attrayante où je l'avais vue naguère. Tantôt j'allais moi-même au-devant d'elle dans le monde des apparitions, et la saluais comme une espérance en lui demandant de me faire entendre sa voix argentine ; puis je me réveillais en pleurant. Un jour, après m'avoir promis de venir au spectacle avec moi, tout à coup elle refusa capricieusement de sortir, et me pria de la laisser seule. Désespéré d'une contradiction qui me coûtait une journée de travail, et, le dirai-je ? mon dernier écu, je me rendis là où elle aurait dû être, voulant voir la pièce qu'elle avait désiré voir. À peine placé, je reçus un coup électrique dans le cœur. Une voix me dit : — Elle est là ! Je me retourne, j'aperçois la comtesse au fond de sa loge, cachée dans l'ombre, au rez-de-chaussée. Mon regard n'hésita pas, mes yeux la trouvèrent tout d'abord avec une lucidité fabuleuse, mon âme avait volé vers sa vie comme un insecte vole à sa fleur. Par quoi mes sens avaient-ils été avertis ? Il est de ces tressaillements intimes qui peuvent surprendre les gens superficiels, mais ces effets de notre nature intérieure sont aussi simples que les phénomènes habituels de notre vision extérieure ; aussi ne fus-je pas étonné, mais fâché. Mes études sur notre puissance morale, si peu connue, servaient au moins à me faire rencontrer dans ma passion quelques preuves vivantes de mon système. Cette alliance du savant et de l'amoureux, d'une véritable idolâtrie et d'un amour scientifique, avait je ne sais quoi de bizarre. La Science était souvent contente de ce qui désespérait l'amant, et, quand il croyait triompher, l'amant chassait loin de lui la Science avec bonheur. Fœdora me vit et devint sérieuse, je la gênais. Au premier entracte, j'allai lui rendre une visite ; elle était seule, je restai. Quoique nous n'eussions jamais parlé d'amour, je pressentis une explication. Je ne lui avais point encore dit mon secret, et cependant il existait entre nous une sorte d'entente : elle me confiait ses projets d'amusement, et me demandait la veille avec une sorte d'inquiétude amicale si je viendrais le lendemain ; elle me consultait par un regard quand elle disait un mot spirituel, comme si elle eût voulu me plaire exclusivement ; si je boudais, elle devenait caressante ; si elle faisait la fâchée, j'avais en quelque sorte le droit de l'interroger ; si je me rendais coupable d'une faute, elle se laissait longtemps supplier avant de me pardonner. Ces querelles auxquelles nous avions pris goût, étaient pleines d'amour. Elle y déployait tant de grâce et de coquetterie, et moi j'y trouvais tant de bonheur ! En ce moment notre intimité fut tout à fait suspendue, et nous restâmes l'un devant l'autre comme deux étrangers. La comtesse était glaciale ; moi, j'appréhendais un malheur. — « Vous allez m'accompagner », me dit-elle quand la pièce fut finie. Le temps avait changé subitement. Lorsque nous sortîmes il tombait une neige mêlée de pluie. La voiture de Fœdora ne put arriver jusqu'à la porte du théâtre. En voyant une femme bien mise obligée de traverser le boulevard, un commissionnaire étendit son parapluie au-dessus de nos têtes, et réclama le prix de son service quand nous fûmes montés. Je n'avais rien, j'eusse alors vendu dix ans de ma vie pour avoir deux sous. Tout ce qui fait l'homme et ses mille vanités furent écrasés en moi par une douleur infernale. Ces mots : Je n'ai pas de monnaie, mon cher ! furent dits d'un ton dur qui parut venir de ma passion contrariée, dits par moi, frère de cet homme, moi qui connaissais si bien le malheur ! moi qui jadis avais donné sept cent mille francs avec tant de facilité ! Le valet repoussa le commissionnaire, et les chevaux fendirent l'air. En revenant à son hôtel, Fœdora, distraite, ou affectant d'être préoccupée, répondit par de dédaigneux monosyllabes à mes questions. Je gardai le silence. Ce fut un horrible moment. Arrivés chez elle, nous nous assîmes devant la cheminée.

Quand le valet de chambre se fut retiré après avoir attisé le feu, la comtesse se tourna vers moi d'un air indéfinissable et me dit avec une sorte de solennité : — « Depuis mon retour en France, ma fortune a tenté quelques jeunes gens, j'ai reçu des déclarations d'amour qui auraient pu satisfaire mon orgueil, j'ai rencontré des hommes dont l'attachement était si sincère et si profond qu'ils m'eussent encore épousée, même quand ils n'auraient trouvé en moi qu'une fille pauvre comme je l'étais jadis. Enfin sachez, monsieur de Valentin, que de nouvelles richesses et des titres nouveaux m'ont été offerts ; mais apprenez aussi que je n'ai jamais revu les personnes assez mal inspirées pour me parler d'amour. Si mon affection pour vous était légère, je ne vous donnerais pas un avertissement dans lequel il entre plus d'amitié que d'orgueil. Une femme s'expose à recevoir une sorte d'affront lorsque, en se supposant aimée, elle se refuse par avance à un sentiment toujours flatteur. Je connais les scènes d'Arsinoé, d'Araminte[1], ainsi je me suis familiarisée avec les réponses que je puis entendre en pareille circonstance ; mais j'espère aujourd'hui ne pas être mal jugée par un homme supérieur pour lui avoir montré franchement mon âme. » Elle s'exprimait avec le sang-froid d'un avoué, d'un notaire, expliquant à leurs clients les moyens d'un procès ou les articles d'un contrat. Le timbre clair et séducteur de sa voix n'accusait pas la moindre émotion ; seulement sa figure et son maintien, toujours nobles et décents, me semblèrent avoir une froideur, une sécheresse diplomatiques. Elle avait sans doute médité ses paroles et fait le programme de cette scène. Oh ! mon cher ami, quand certaines femmes trouvent du plaisir à nous déchirer le cœur, quand elles se sont promis d'y enfoncer un poignard et de le retourner dans la plaie, ces femmes-là sont adorables, elles aiment ou veulent être

1. Personnages du *Misanthrope* et des *Femmes savantes* de Molière.

aimées ! Un jour elles nous récompenseront de nos douleurs, comme Dieu doit, dit-on, rémunérer nos bonnes œuvres ; elles nous rendront en plaisirs le centuple du mal dont la violence est appréciée par elles : leur méchanceté n'est-elle pas pleine de passion ? Mais être torturé par une femme qui nous tue avec indifférence, n'est-ce pas un atroce supplice ? En ce moment Fœdora marchait, sans le savoir, sur toutes mes espérances, brisait ma vie et détruisait mon avenir avec la froide insouciance et l'innocente cruauté d'un enfant qui, par curiosité, déchire les ailes d'un papillon. — « Plus tard, ajouta Fœdora, vous reconnaîtrez, je l'espère, la solidité de l'affection que j'offre à mes amis. Pour eux, vous me trouverez toujours bonne et dévouée. Je saurais leur donner ma vie, mais vous me mépriseriez si je subissais leur amour sans le partager. Je m'arrête. Vous êtes le seul homme auquel j'aie encore dit ces derniers mots. » D'abord les paroles me manquèrent, et j'eus peine à maîtriser l'ouragan qui s'élevait en moi ; mais bientôt je refoulai mes sensations au fond de mon âme, et me mis à sourire : — « Si je vous dis que je vous aime, répondis-je, vous me bannirez ; si je m'accuse d'indifférence, vous m'en punirez. Les prêtres, les magistrats et les femmes ne dépouillent jamais leur robe entièrement. Le silence ne préjuge rien ; trouvez bon, madame, que je me taise. Pour m'avoir adressé de si fraternels avertissements, il faut que vous ayez craint de me perdre, cette pensée pourrait satisfaire mon orgueil. Mais laissons la personnalité loin de nous. Vous êtes peut-être la seule femme avec laquelle je puisse discuter en philosophe une résolution si contraire aux lois de la nature. Relativement aux autres sujets de votre espèce, vous êtes un phénomène. Eh bien, cherchons ensemble, de bonne foi, la cause de cette anomalie psychologique. Existe-t-il en vous, comme chez beaucoup de femmes fières d'elles-mêmes, amoureuses de leurs perfections, un sentiment d'égoïsme raffiné qui vous fasse prendre en horreur l'idée d'appartenir à un homme, d'abdiquer votre vouloir et d'être soumise à une supériorité de convention qui vous offense ? Vous me sembleriez mille fois plus belle. Auriez-vous été maltraitée une première fois par l'amour ? Peut-être le prix que vous devez attacher à l'élégance de votre taille, à votre délicieux corsage, vous fait-il craindre les dégâts de la maternité : ne serait-ce pas une de vos meilleures raisons secrètes pour vous refuser à être trop bien aimée ? Avez-vous des imperfections qui vous rendent vertueuse malgré vous ? Ne vous fâchez pas, je discute, j'étudie, je suis à mille lieues de la passion. La nature, qui fait des aveugles de naissance, peut bien créer des femmes sourdes, muettes et aveugles en amour. Vraiment vous êtes un sujet précieux pour l'observation médicale ! Vous ne savez pas tout ce que vous valez. Vous pouvez avoir un dégoût fort légitime pour les hommes, je vous approuve, ils me paraissent tous laids et odieux. Mais vous avez raison, ajoutai-je en sentant mon cœur se gonfler, vous devez nous mépriser, il n'existe pas d'homme qui soit digne de vous ! » Je ne te dirai pas tous les sarcasmes que je lui débitai en riant. Eh bien, la parole la plus acérée, l'ironie la plus aiguë, ne lui arrachèrent ni un mouvement ni un geste de dépit. Elle m'écoutait en gardant sur ses lèvres, dans ses yeux, son sourire d'habitude, ce sourire qu'elle prenait comme un vêtement, et toujours le même pour ses amis, pour ses simples connaissances, pour les étrangers. — « Ne suis-je pas bien bonne de me laisser mettre ainsi sur un amphithéâtre ? dit-elle en saisissant un moment pendant lequel je la regardais en silence. Vous le voyez, continua-t-elle en riant, je n'ai pas de sottes susceptibilités en amitié ! Beaucoup de femmes puniraient votre impertinence en vous faisant fermer leur porte. — Vous pouvez me bannir de chez vous sans être tenue de donner la raison de vos sévérités. En disant cela je me sentais prêt à la tuer si elle m'avait congédié. — Vous êtes fou, s'écria-t-elle en souriant. — Avez-vous jamais songé, repris-je, aux effets d'un violent amour ? Un homme au désespoir a souvent assassiné sa maîtresse. — Il vaut mieux être morte que malheureuse, répondit-elle froidement. Un homme si passionné doit un jour abandonner sa femme et la laisser sur la paille après lui avoir mangé sa fortune. » Cette arithmétique m'abasourdit. Je vis clairement un abîme entre cette femme et moi. Nous ne pouvions jamais nous comprendre. — « Adieu, lui dis-je froidement. — Adieu, répondit-elle en inclinant la tête d'un air amical. À demain. » Je la regardai pendant un moment en lui dardant tout l'amour auquel je renonçais. Elle était debout, et me jetait son sourire banal, le détestable sourire d'une statue de marbre, paraissant exprimer l'amour, mais froid. Concevras-tu bien, mon cher, toutes les douleurs qui m'assaillirent en revenant chez moi par la pluie et la neige, en marchant sur le verglas des quais pendant une lieue, ayant tout perdu ? Oh ! savoir qu'elle ne pensait seulement pas à ma misère et me croyait, comme elle, riche et doucement voituré ! Combien de ruines et de déceptions ! Il ne s'agissait plus d'argent, mais de toutes les fortunes de mon âme. J'allais au hasard, en discutant avec moi-même les mots de cette étrange conversation, je m'égarais si bien dans mes commentaires que je finissais par douter de la valeur nominale des paroles et des idées ! Et j'aimais toujours, j'aimais cette femme froide dont le cœur voulait être conquis à tout moment, et qui, en effaçant toujours les promesses de la veille, se produisait le lendemain comme une maîtresse nouvelle. En tournant sous les guichets de l'Institut, un mouvement fiévreux me saisit. Je me souvins alors que j'étais à jeun. Je ne possédais pas un denier. Pour comble de malheur, la pluie déformait mon chapeau. Comment pouvoir aborder désormais une femme élégante et me présenter dans un salon sans un chapeau mettable ! Grâce à des soins extrêmes, et tout en maudissant la mode niaise et sotte qui nous condamne à exhiber la coiffe de nos chapeaux en les gardant constamment à la main, j'avais maintenu le mien jusque-là dans un état douteux. Sans être curieusement neuf ou sèchement vieux, dénué de barbe ou très soyeux, il pouvait passer pour le chapeau d'un homme soigneux ; mais son existence artificielle arrivait à son dernier période, il était blessé, déjeté, fini, véritable haillon, digne représentant de son maître. Faute de trente sous, je perdais mon industrieuse élégance. Ah ! combien de sacrifices ignorés n'avais-je pas faits à Fœdora depuis trois mois ! Souvent je consacrais l'argent nécessaire au pain d'une semaine pour aller la voir un moment. Quitter mes travaux et jeûner, ce n'était rien ! Mais traverser les rues de Paris sans se laisser éclabousser, courir pour éviter la pluie, arriver chez elle aussi bien mis que les fats qui l'entouraient, ah ! pour un poète amoureux et distrait, cette tâche avait d'innombrables difficultés. Mon bonheur, mon amour, dépendait d'une moucheture de fange sur mon seul gilet blanc ! Renoncer à la voir si je me crottais, si je me mouillais ! Ne pas posséder cinq sous pour faire effacer par un décrotteur la plus légère tache de boue sur ma botte ! Ma passion s'était augmentée de tous ces petits supplices inconnus, immenses chez un homme irritable. Les malheureux ont des dévouements desquels il ne leur est point permis de parler aux femmes qui vivent dans une sphère de luxe et d'élégance ; elles voient le monde à travers un prisme qui teint en or les hommes et les choses. Optimistes par égoïsme, cruelles par bon ton, ces femmes s'exemptent de réfléchir au nom de leurs jouissances, et s'absolvent de leur indifférence au malheur par l'entraînement du plaisir. Pour elles un denier n'est jamais un million, c'est le million qui leur semble être un denier. Si l'amour doit plaider sa cause par de grands sacrifices, il doit aussi les couvrir délicatement d'un voile, les ensevelir dans le silence ; mais, en pro-

diguant leur fortune et leur vie, en se dévouant, les hommes riches profitent des préjugés mondains qui donnent toujours un certain éclat à leurs amoureuses folies ; pour eux le silence parle et le voile est une grâce, tandis que mon affreuse détresse me condamnait à d'épouvantables souffrances sans qu'il me fût permis de dire : J'aime ! ou : Je meurs ! Était-ce du dévouement, après tout ? N'étais-je pas richement récompensé par le plaisir que j'éprouvais à tout immoler pour elle ? La comtesse avait donné d'extrêmes valeurs, attaché d'excessives jouissances aux accidents les plus vulgaires de ma vie. Naguère insouciant en fait de toilette, je respectais maintenant mon habit comme un autre moi-même. Entre une blessure à recevoir et la déchirure de mon frac, je n'aurais pas hésité ! Tu dois alors épouser ma situation et comprendre les rages de pensées, la frénésie croissante qui m'agitaient en marchant, et que peut-être la marche animait encore ! J'éprouvais je ne sais quelle joie infernale à me trouver au faîte du malheur. Je voulais voir un présage de fortune dans cette dernière crise ; mais le mal a des trésors sans fond. La porte de mon hôtel était entrouverte. À travers les découpures en forme de cœur pratiquées dans le volet, j'aperçus une lumière projetée dans la rue. Pauline et sa mère causaient en m'attendant. J'entendis prononcer mon nom, j'écoutai : — « Raphaël, disait Pauline, est bien mieux que l'étudiant du numéro sept ! Ses cheveux blonds sont d'une si jolie couleur ! Ne trouves-tu pas quelque chose dans sa voix, je ne sais, mais quelque chose qui vous remue le cœur ? Et puis, quoiqu'il ait un peu l'air fier, il est si bon, il a des manières si distinguées ! Oh ! il est vraiment très bien ! Je suis sûre que toutes les femmes doivent être folles de lui.
— Tu en parles comme si tu l'aimais, reprit madame Gaudin.
— Oh ! je l'aime comme un frère, répondit-elle en riant. Je serais joliment ingrate si je n'avais pas de l'amitié pour lui ! Ne m'a-t-il pas appris la musique, le dessin, la grammaire,

enfin tout ce que je sais ? Tu ne fais pas grande attention à mes progrès, ma bonne mère ; mais je deviens si instruite que dans quelque temps je serai assez forte pour donner des leçons, et alors nous pourrons avoir un domestique. » Je me retirai doucement ; et, après avoir fait quelque bruit, j'entrai dans la salle pour y prendre ma lampe que Pauline voulut allumer. La pauvre enfant venait de jeter un baume délicieux sur mes plaies. Ce naïf éloge de ma personne me rendit un peu de courage. J'avais besoin de croire en moi-même et de recueillir un jugement impartial sur la véritable valeur de mes avantages. Mes espérances, ainsi ranimées, se reflétèrent peut-être sur les choses que je voyais. Peut-être aussi n'avais-je point encore bien sérieusement examiné la scène assez souvent offerte à mes regards par ces deux femmes au milieu de cette salle ; mais alors j'admirai dans sa réalité le plus délicieux tableau de cette nature modeste si naïvement reproduite par les peintres flamands. La mère, assise au coin d'un foyer à demi éteint, tricotait des bas, et laissait errer sur ses lèvres un bon sourire. Pauline coloriait des écrans, ses couleurs, ses pinceaux étalés sur une petite table parlaient aux yeux par de piquants effets ; mais, ayant quitté sa place et se tenant debout pour allumer ma lampe, sa blanche figure en recevait toute la lumière ; il fallait être subjugué par une bien terrible passion pour ne pas admirer ses mains transparentes et roses, l'idéal de sa tête et sa virginale attitude ! La nuit et le silence prêtaient leur charme à cette laborieuse veillée, à ce paisible intérieur. Ces travaux continus et gaiement supportés attestaient une résignation religieuse pleine de sentiments élevés. Une indéfinissable harmonie existait là entre les choses et les personnes. Chez Fœdora le luxe était sec, il réveillait en moi de mauvaises pensées ; tandis que cette humble misère et ce bon naturel me rafraîchissaient l'âme. Peut-être étais-je humilié en présence du luxe ; près de ces deux femmes, au milieu de cette salle brune où la vie simplifiée semblait se réfugier dans les émotions du cœur, peut-être me réconciliais-je avec moi-même en trouvant à exercer la protection que l'homme est si jaloux de faire sentir. Quand je fus près de Pauline, elle me jeta un regard presque maternel, et s'écria, les mains tremblantes, en posant vivement la lampe : — « Dieu ! Comme vous êtes pâle ! Ah ! il est tout mouillé ! Ma mère va vous essuyer. Monsieur Raphaël, reprit-elle après une légère pause, vous êtes friand de lait : nous avons eu ce soir de la crème, tenez, voulez-vous y goûter ? » Elle sauta comme un petit chat sur un bol de porcelaine plein de lait, et me le présenta si vivement, me le mit sous le nez d'une si gentille façon, que j'hésitai : — « Vous me refuseriez ? » dit-elle d'une voix altérée. Nos deux fiertés se comprenaient : Pauline paraissait souffrir de sa pauvreté, et me reprocher ma hauteur. Je fus attendri. Cette crème était peut-être son déjeuner du lendemain, j'acceptai cependant. La pauvre fille essaya de cacher sa joie, mais elle pétillait dans ses yeux. — « J'en avais besoin, lui dis-je en m'asseyant. (Une expression soucieuse passa sur son front.) Vous souvenez-vous, Pauline, de ce passage où Bossuet nous peint Dieu récompensant un verre d'eau plus richement qu'une victoire ? — Oui, dit-elle. Et son sein battait comme celui d'une jeune fauvette entre les mains d'un enfant. — Eh bien, comme nous nous quitterons bientôt, ajoutai-je d'une voix mal assurée, laissez-moi vous témoigner ma reconnaissance pour tous les soins que vous et votre mère vous avez eus de moi. — Oh ! ne comptons pas, dit-elle en riant. Son rire cachait une émotion qui me fit mal. — Mon piano, repris-je sans paraître avoir entendu ses paroles, est un des meilleurs instruments d'Érard : acceptez-le. Prenez-le sans scrupule, je ne saurais vraiment l'emporter dans le voyage que je compte entreprendre. » Éclairées peut-être par l'accent de mélancolie avec lequel je prononçai ces mots, les deux femmes semblèrent m'avoir compris et me regardèrent avec une curiosité mêlée d'effroi. L'affection que je cherchais au milieu des froides régions du grand monde, était donc là, vraie, sans faste, mais onctueuse et peut-être durable. — « Il ne faut pas prendre tant de souci, me dit la mère. Restez ici. Mon mari est en route à cette heure, reprit-elle. Ce soir, j'ai lu l'Évangile de saint Jean pendant que Pauline tenait suspendue entre ses doigts notre clef attachée dans une Bible, la clef a tourné. Ce présage annonce que Gaudin se porte bien et prospère. Pauline a recommencé pour vous et pour le jeune homme du numéro sept ; mais la clef n'a tourné que pour vous, Nous serons tous riches, Gaudin reviendra millionnaire. Je l'ai vu en rêve sur un vaisseau plein de serpents ; heureusement l'eau était trouble, ce qui signifie or et pierreries d'outre-mer. » Ces paroles amicales et vides, semblables aux vagues chansons avec lesquelles une mère endort les douleurs de son enfant, me rendirent une sorte de calme. L'accent et le regard de la bonne femme exhalaient cette douce cordialité qui n'efface pas le chagrin, mais qui l'apaise, qui le berce et l'émousse. Plus perspicace que sa mère, Pauline m'examinait avec inquiétude, ses yeux intelligents semblaient deviner ma vie et mon avenir. Je remerciai par une inclination de tête la mère et la fille ; puis je me sauvai, craignant de m'attendrir. Quand je me trouvai seul sous mon toit, je me couchai dans mon malheur. Ma fatale imagination me dessina mille projets sans base et me dicta des résolutions impossibles. Quand un homme se traîne dans les décombres de sa fortune, il y rencontre encore quelques ressources ; mais j'étais dans le néant. Ah ! mon cher, nous accusons trop facilement la misère. Soyons indulgents pour les effets du plus actif de tous les dissolvants sociaux. Là où règne la misère, il n'existe plus ni pudeur, ni crimes, ni vertus, ni esprit. J'étais alors sans idées, sans force, comme une jeune fille tombée à genoux devant un tigre. Un homme sans passion et sans argent reste maître de sa personne ; mais un malheureux qui aime ne s'appartient plus et ne peut pas se tuer. L'amour nous donne une sorte de religion pour nous-mêmes, nous respectons en nous une autre vie ; il devient alors le plus horrible des malheurs, le malheur avec une espérance, une espérance qui vous fait accepter des tortures. Je m'endormis avec l'idée d'aller le lendemain confier à Rastignac la singulière détermination de Fœdora. — « Ah ! ah ! me dit Rastignac en me voyant entrer chez lui dès neuf heures du matin, je sais ce qui t'amène, tu dois être congédié par Fœdora. Quelques bonnes âmes jalouses de ton empire sur la comtesse ont annoncé votre mariage. Dieu sait les folies que tes rivaux t'ont prêtées et les calomnies dont tu as été l'objet ! — Tout s'explique ! » m'écriai-je. Je me souvins de toutes mes impertinences et trouvai la comtesse sublime. À mon gré, j'étais un infâme qui n'avait pas encore assez souffert, et je ne vis plus dans son indulgence que la patiente charité de l'amour. — « N'allons pas si vite, me dit le prudent Gascon. Fœdora possède la pénétration naturelle aux femmes profondément égoïstes, elle t'aura jugé peut-être au moment où tu ne voyais encore en elle que sa fortune et son luxe ; en dépit de ton adresse, elle aura lu dans ton âme. Elle est assez dissimulée pour qu'aucune dissimulation ne trouve grâce devant elle. Je crois, ajouta-t-il, t'avoir mis dans une mauvaise voie. Malgré la finesse de son esprit et de ses manières, cette créature me semble impérieuse comme toutes les femmes qui ne prennent de plaisir que par la tête. Pour elle le bonheur gît tout entier dans le bien-être de la vie, dans les jouissances sociales ; chez elle, le sentiment est un rôle, elle te rendrait malheureux, et ferait de toi son premier valet ! » Rastignac parlait à un sourd. Je l'interrompis, en lui exposant avec une apparente gaieté ma situation financière. — « Hier au soir, me répondit-il, une veine contraire m'a emporté tout l'argent dont je pouvais disposer. Sans cette vulgaire infortune, j'eusse partagé volontiers ma bourse avec toi. Mais, allons déjeuner au cabaret, les huîtres nous donneront peut-être un bon conseil. » Il s'habilla, fit atteler son tilbury ; puis semblables à deux millionnaires, nous arrivâmes au Café de Paris avec l'impertinence de ces audacieux spéculateurs qui vivent sur des capitaux imaginaires. Ce diable de Gascon me confondait par l'aisance de ses manières et par son aplomb imperturbable. Au moment où nous prenions le café, après avoir fini un repas fort délicat et très bien entendu, Rastignac, qui distribuait des coups de tête à une foule de jeunes gens également recommandables par les grâces de leur personne et par l'élégance de leur mise, me dit en voyant entrer un de ces *dandys* : — « Voici ton affaire ! » Et il fit signe à un gentilhomme bien cravaté, qui semblait chercher une table à sa convenance, de venir lui parler. — « Ce gaillard-là, me dit Rastignac à l'oreille, est décoré pour avoir publié des ouvrages qu'il ne comprend pas ; il est chimiste, historien, romancier, publiciste ; il possède des quarts, des tiers, des moitiés, dans je ne sais combien de pièces de théâtre, et il est ignorant comme la mule de don Miguel. Ce n'est pas un homme, c'est un nom, une étiquette familière au public. Aussi se garderait-il bien d'entrer dans ces cabinets sur lesquels il y a cette inscription : *Ici l'on peut écrire soi-même*. Il est fin à jouer tout un congrès. En deux mots, c'est un métis en morale, ni tout à fait probe, ni complètement fripon. Mais chut ! il s'est déjà battu, le monde n'en demande pas davantage et dit de lui : C'est un homme honorable. — Eh bien, mon excellent ami, mon honorable ami, comment se porte Votre Intelligence ? lui dit Rastignac au moment où l'inconnu s'assit à la table voisine. — Mais ni bien, ni mal. Je suis accablé de travail. J'ai entre les mains tous les matériaux nécessaires pour faire des mémoires historiques très curieux, et je ne sais à qui les attribuer. Cela me tourmente, il faut se hâter, les mémoires vont passer de mode. — Sont-ce des mémoires contemporains, anciens, sur la cour, sur quoi ? — Sur l'affaire du Collier. — N'est-ce pas un miracle ? me dit Rastignac en riant. Puis se retournant vers le spéculateur : — Monsieur de Valentin, reprit-il en me désignant, est un de mes amis que je vous présente comme l'une de nos futures célébrités littéraires. Il avait jadis une tante fort bien en cour, marquise, et depuis deux ans il travaille à une histoire royaliste de la révolution. Puis, se penchant à l'oreille de ce singulier négociant, il lui dit : — C'est un homme de talent ; mais un niais qui peut vous faire vos mémoires, au nom de sa tante, pour cent écus par volume. — Le marché me va, répondit l'autre en haussant sa cravate. Garçon, mes huîtres, donc ! — Oui, mais vous me donnerez vingt-cinq louis de commission et lui paierez un volume d'avance, reprit Rastignac. — Non, non. Je n'avancerai que cinquante écus pour être plus sûr d'avoir promptement mon manuscrit. » Rastignac me répéta cette conversation mercantile à voix basse. Puis sans me consulter : — « Nous sommes d'accord, lui répondit-il. Quand pouvons-nous aller vous voir pour terminer cette affaire ? Eh bien, venez dîner ici, demain soir, à sept heures. » Nous nous levâmes, Rastignac jeta de la monnaie au garçon, mit la carte à payer dans sa poche, et nous sortîmes. J'étais stupéfait de la légèreté, de l'insouciance avec laquelle il avait vendu ma respectable tante, la marquise de Montbauron. — « J'aime mieux m'embarquer pour le Brésil, et y enseigner aux Indiens l'algèbre, que je ne sais pas, que de salir le nom de ma famille ! » Rastignac m'interrompit par un éclat de rire. — « Es-tu bête ! Prends d'abord les cinquante écus et fais les mémoires. Quand ils seront achevés, tu refuseras de les mettre sous le nom de ta tante, imbécile ! Madame de Montbauron, morte sur l'échafaud, ses paniers, ses considérations, sa beauté, son fard, ses mules valent bien plus de six cents francs. Si le libraire ne veut pas alors payer ta tante ce qu'elle vaut, il trouvera quelque vieux chevalier d'industrie, ou je ne sais quelle fangeuse comtesse pour signer les mémoires. — Oh ! m'écriai-je, pourquoi suis-je sorti de ma vertueuse mansarde ! Le monde a des envers bien salement ignobles. — Bon, répondit Rastignac, voilà de la poésie, et il s'agit d'affaires. Tu es un enfant. Écoute : quant aux mémoires, le public les jugera ; quant à mon proxénète littéraire, n'a-t-il pas dépensé huit ans de sa vie, et payé ses relations avec la librairie par de cruelles expériences ? En partageant inégalement avec lui le travail du livre, ta part d'argent n'est-elle pas aussi la plus belle ? Vingt-cinq louis sont une bien plus grande somme pour toi que mille francs pour lui. Va, tu peux écrire des mémoires historiques, œuvres d'art si jamais il en fut, quand Diderot a fait six sermons pour cent écus. — Enfin, lui dis-je tout ému, c'est pour moi une nécessité : ainsi, mon pauvre ami, je te dois des remerciements. Vingt-cinq louis me rendront bien riche. — Et plus riche que tu ne penses, reprit-il en riant. Si Finot me donne une commission dans l'affaire, ne devines-tu pas qu'elle sera pour toi ? Allons au bois de Boulogne, dit-il ; nous y verrons ta comtesse, et je te montrerai la jolie petite veuve que je dois épouser, une charmante personne, Alsacienne un peu grasse. Elle lit Kant, Schiller, Jean-Paul, et une foule de livres hydrauliques. Elle a la manie de toujours me demander mon opinion, je suis obligé d'avoir l'air de comprendre toute cette sensiblerie allemande, de connaître un tas de ballades, toutes drogues qui me sont défendues par le médecin. Je n'ai pas encore pu la déshabituer de son enthousiasme littéraire, elle pleure des averses à la lecture de Goethe, et je suis obligé de pleurer un peu, par complaisance, car il y a cinquante mille livres de rentes, mon cher, et le plus joli petit pied, la plus jolie petite main de la terre ! Ah ! si elle ne disait pas *mon anche*, et *proulier* pour mon *ange* et *brouiller*, ce serait une femme accomplie. » Nous vîmes la comtesse, brillante dans un brillant équipage. La coquette nous salua fort affectueusement en me jetant un sourire qui me parut alors divin et plein d'amour. Ah ! j'étais bien heureux, je me croyais aimé, j'avais de l'argent et des trésors de passion, plus de misère. Léger, gai, content de tout, je trouvai la maîtresse de mon ami charmante. Les arbres, l'air, le ciel, toute la nature semblait me répéter le sourire de Fœdora. En revenant des Champs-Élysées, nous allâmes chez le chapelier et chez le tailleur de Rastignac. L'affaire du Collier me permit de quitter mon misérable pied de paix, pour passer à un formidable pied de guerre. Désormais je pouvais sans crainte lutter de grâce et d'élégance avec les jeunes gens qui tourbillonnaient autour de Fœdora. Je revins chez lui. Je m'y enfermai, restant tranquille en apparence, près de ma lucarne ; mais disant d'éternels adieux à mes toits, vivant dans l'avenir, dramatisant ma vie, escomptant l'amour et ses joies. Ah ! comme une existence peut devenir orageuse entre les quatre murs d'une mansarde ! L'âme humaine est une fée, elle métamorphose une paille en diamants ; sous sa baguette les palais enchantés éclosent comme les fleurs des champs sous les chaudes inspirations du soleil. Le lendemain, vers midi, Pauline frappa doucement à ma porte et m'apporta, devine quoi ? une lettre de Fœdora. La comtesse me priait de venir la prendre au Luxembourg pour aller, de là, voir ensemble le Muséum et le Jardin des Plantes. — « Un commissionnaire attend la réponse », me dit-elle après un moment de silence. Je griffonnai promptement une lettre de remerciement que Pauline emporta. Je m'habillai. Au moment où, assez content de moi-même, j'achevais ma toilette, un frisson glacial me saisit à cette pensée : Fœdora est-elle venue en voiture ou à pied ? Pleuvra-t-il, fera-t-il beau ? Mais, me dis-je, qu'elle soit à pied ou en voiture, est-on jamais certain de l'esprit fantasque d'une femme ? Elle sera sans argent et voudra donner cent sous à un petit Savoyard parce qu'il aura de jolies guenilles. J'étais sans un rouge liard et ne devais avoir de l'argent que le soir. Oh ! combien, dans ces crises de notre jeunesse, un poète paie cher la puissance intellectuelle dont il est investi par le régime et par le travail ! En un instant, mille pensées vives et douloureuses me piquèrent comme autant de dards. Je regardai le ciel par ma lucarne, le temps était fort incertain. En cas de malheur, je pouvais bien prendre une voiture pour la journée ; mais aussi ne tremblerais-je pas à tout moment, au milieu de mon bonheur, de ne pas rencontrer Finot le soir ? Je ne me sentis pas assez fort pour supporter tant de craintes au sein de ma joie. Malgré la certitude de ne rien trouver, j'entrepris une grande exploration à travers ma chambre, je cherchai des écus imaginaires jusque dans la profondeur de ma paillasse, je fouillai tout, je secouai même de vieilles bottes. En proie à une fièvre nerveuse, je regardais mes meubles d'un œil hagard après les avoir renversés tous. Comprendras-tu le délire qui m'anima, lorsqu'en ouvrant pour la septième fois le tiroir de ma table à écrire que je visitais avec cette espèce d'indolence dans laquelle nous plonge le désespoir, j'aperçus, collée contre une planche latérale, tapie sournoisement, mais propre, brillante, lucide comme une étoile à son lever, une belle et noble pièce de cent sous ? Ne lui demandant compte ni de son silence ni de la cruauté dont elle était coupable en se tenant ainsi cachée, je la baisai comme un ami fidèle au malheur et la saluai par un cri qui trouva de l'écho. Je me retournai brusquement et vis Pauline devenue pâle. — « J'ai cru, dit-elle d'une voix émue, que vous vous faisiez mal. Le commissionnaire... Elle s'interrompit comme si elle étouffait. Mais ma mère l'a payé », ajouta-t-elle. Puis elle s'enfuit, enfantine et follette comme un caprice. Pauvre petite ! je lui souhaitai mon bonheur. En ce moment, il me semblait avoir dans l'âme tout le plaisir de la terre, et j'aurais voulu restituer aux malheureux la part que je croyais leur voler. Nous avons presque toujours raison dans nos pressentiments d'adversité, la comtesse avait renvoyé sa voiture. Par un de ces caprices que les jolies femmes ne s'expliquent pas toujours à elles-mêmes, elle voulait aller au Jardin des Plantes par les boulevards et à pied. — « Mais il va pleuvoir », lui dis-je. Elle prit plaisir à me contredire. Par hasard, il fit beau pendant tout le temps que nous marchâmes dans le Luxembourg. Quand nous en sortîmes, un gros nuage dont la marche excitait mon inquiétude ayant laissé tomber quelques gouttes d'eau, nous montâmes dans un fiacre. Lorsque nous eûmes atteint les boulevards, la pluie cessa, le ciel reprit sa sérénité. En arrivant au Muséum, je voulus renvoyer la voiture, Fœdora me pria de la garder. Que de tortures ! Mais causer avec elle en comprimant un secret délire qui sans doute se formulait sur mon visage par quelque sourire niais et arrêté, errer dans le Jardin des Plantes, en parcourir les allées bocagères et sentir son bras appuyé sur le mien, il y eut dans tout cela je ne sais quoi de fantastique : c'était un rêve en plein jour. Cependant ses mouvements, soit en marchant, soit en nous arrêtant, n'avaient rien de doux ni d'amoureux, malgré leur apparente volupté. Quand je cherchais à m'associer en quelque sorte à l'action de sa vie, je rencontrais en elle une intime et secrète vivacité, je ne sais quoi de saccadé, d'excentrique. Les femmes sans âme n'ont rien de moelleux dans leurs gestes. Aussi n'étions-nous unis ni par une même volonté ni par un même pas. Il n'existe point de mots pour rendre ce désaccord matériel de deux êtres, car nous ne sommes pas encore habitués à reconnaître une pensée dans le mouvement. Ce phénomène de notre nature se sent instinctivement, il ne s'exprime pas.

« Pendant ces violents paroxysmes de ma passion, reprit Raphaël après un moment de silence, et comme s'il répondait à une objection qu'il se fût adressée à lui-même, je n'ai pas disséqué mes sensations, analysé mes plaisirs, ni supputé les battements de mon cœur, comme un avare examine et pèse ses pièces d'or. Oh ! non, l'expérience jette aujourd'hui sa triste lumière sur les événements passés, et le souvenir m'apporte ces images, comme par un beau temps les flots de la mer amènent brin à brin les débris d'un naufrage sur la grève. — « Vous pouvez me rendre un service assez important, me dit la comtesse en me regardant d'un air confus. Après vous avoir confié mon antipathie pour l'amour, je me sens plus libre en réclamant de vous un bon office au nom de l'amitié. N'aurez-vous pas, reprit-elle en riant, beaucoup plus de mérite à m'obliger aujourd'hui ? » Je la regardais avec douleur. N'éprouvant rien près de moi, elle était pateline et non pas affectueuse ; elle me paraissait jouer un rôle en actrice consommée ; puis tout à coup son accent, un regard, un mot réveillaient mes espérances ; mais si mon amour ranimé se peignait alors dans mes yeux, elle en soutenait les rayons sans que la clarté des siens s'en altérât, car ils semblaient, comme ceux des tigres, être doublés par une feuille de métal. En ces moments-là, je la détestais. — « La protection du duc de Navarreins, dit-elle en continuant avec des inflexions de voix pleines de câlinerie, me serait très utile auprès d'une personne toute-puissante en Russie, et dont l'intervention est nécessaire pour me faire rendre justice dans une affaire qui concerne à la fois ma fortune et mon état dans le monde, la reconnaissance de mon mariage par l'empereur. Le duc de Navarreins n'est-il pas votre cousin ? Une lettre de lui déciderait tout. — Je vous appartiens, lui répondis-je, ordonnez. — Vous êtes bien aimable, reprit-elle en me serrant la main. Venez dîner avec moi, je vous dirai tout comme à un confesseur. » Cette femme si méfiante, si discrète, et à laquelle personne n'avait entendu dire un mot sur ses intérêts, allait donc me consulter. — « Oh ! combien j'aime maintenant le silence que vous m'avez imposé !

m'écriai-je. Mais j'aurais voulu quelque épreuve plus rude encore. » En ce moment, elle accueillit l'ivresse de mes regards et ne se refusa point à mon admiration, elle m'aimait donc ! Nous arrivâmes chez elle. Fort heureusement, le fond de ma bourse put satisfaire le cocher. Je passai délicieusement la journée, seul avec elle, chez elle ; c'était la première fois que je pouvais la voir ainsi. Jusqu'à ce jour, le monde, sa gênante politesse et ses façons froides nous avaient toujours séparés, même pendant ses somptueux dîners ; mais alors j'étais chez elle comme si j'eusse vécu sous son toit, je la possédais pour ainsi dire. Ma vagabonde imagination brisait les entraves, arrangeait les événements de la vie à ma guise, et me plongeait dans les délices d'un amour heureux. Me croyant son mari, je l'admirais occupée de petits détails ; j'éprouvais même du bonheur à lui voir ôter son schall et son chapeau. Elle me laissa seul un moment, et revint les cheveux arrangés, charmante. Cette jolie toilette avait été faite pour moi ! Pendant le dîner, elle me prodigua ses attentions et déploya des grâces infinies dans mille choses qui semblent des riens et qui cependant sont la moitié de la vie. Quand nous fûmes tous deux devant un feu pétillant, assis sur la soie, environnés des plus désirables créations d'un luxe oriental ; quand je vis si près de moi cette femme dont la beauté célèbre faisait palpiter tant de cœurs, cette femme si difficile à conquérir, me parlant, me rendant l'objet de toutes ses coquetteries, ma voluptueuse félicité devint presque de la souffrance. Pour mon malheur, je me souvins de l'importante affaire que je devais conclure, et voulus aller au rendez-vous qui m'avait été donné la veille. — « Quoi ! déjà ! » dit-elle en me voyant prendre mon chapeau. Elle m'aimait ! Je le crus du moins, en l'entendant prononcer ces deux mots d'une voix caressante. Pour prolonger mon extase, j'aurais alors volontiers troqué deux années de ma vie contre chacune des heures qu'elle voulait bien m'accorder. Mon bonheur s'augmenta de tout l'argent que je perdais ! Il était minuit quand elle me renvoya. Néanmoins le lendemain mon héroïsme me coûta bien des remords, je craignis d'avoir manqué l'affaire des mémoires, devenue si capitale pour moi ; je courus chez Rastignac, et nous allâmes surprendre à son lever le titulaire de mes travaux futurs. Finot me lut un petit acte où il n'était point question de ma tante, et après la signature duquel il me compta cinquante écus. Nous déjeunâmes tous les trois. Quand j'eus payé mon nouveau chapeau, soixante cachets[1] à trente sous et mes dettes, il ne me resta plus que trente francs ; mais toutes les difficultés de la vie s'étaient aplanies pour quelques jours. Si j'avais voulu écouter Rastignac, je pouvais avoir des trésors en adoptant avec franchise le *système anglais*. Il voulait absolument m'établir un crédit et me faire faire des emprunts, en prétendant que les emprunts soutiendraient le crédit. Selon lui, l'avenir était de tous les capitaux du monde le plus considérable et le plus solide. En hypothéquant ainsi mes dettes sur de futurs contingents, il donna ma pratique à son tailleur, un artiste qui comprenait *le jeune homme* et devait me laisser tranquille jusqu'à mon mariage. Dès ce jour, je rompis avec la vie monastique et studieuse que j'avais menée pendant trois ans. J'allai fort assidûment chez Fœdora, où je tâchai de surpasser en apparence les impertinents ou les héros de coterie qui s'y trouvaient. En croyant avoir échappé pour toujours à la misère, je recouvrai ma liberté d'esprit, j'écrasai mes rivaux, et passai pour un homme plein de séductions, prestigieux, irrésistible. Cependant les gens habiles disaient en parlant de moi : « Un garçon aussi spirituel ne doit avoir de passions que dans la tête ! » Ils vantaient charitablement mon esprit aux dépens de ma sensibilité. « Est-il heureux de ne pas aimer !

1. Sorte de tickets repas.

s'écriaient-ils. S'il aimait, aurait-il autant de gaieté, de verve ? » J'étais cependant bien amoureusement stupide en présence de Fœdora ! Seul avec elle, je ne savais rien lui dire, ou si je parlais, je médisais de l'amour ; j'étais tristement gai comme un courtisan qui veut cacher un cruel dépit. Enfin, j'essayai de me rendre indispensable à sa vie, à son bonheur, à sa vanité : tous les jours près d'elle, j'étais un esclave, un jouet sans cesse à ses ordres. Après avoir ainsi dissipé ma journée, je revenais chez moi pour y travailler pendant les nuits, ne dormant guère que deux ou trois heures de la matinée. Mais n'ayant pas, comme Rastignac, l'habitude du système anglais, je me vis bientôt sans un sou. Dès lors, mon cher ami, fat sans bonnes fortunes, élégant sans argent, amoureux anonyme, je retombai dans cette vie précaire, dans ce froid et profond malheur soigneusement caché sous les trompeuses apparences du luxe. Je ressentis alors mes souffrances premières, mais moins aiguës ; je m'étais familiarisé sans doute avec leurs terribles crises. Souvent les gâteaux et le thé, si parcimonieusement offerts dans les salons, étaient ma seule nourriture. Quelquefois, les somptueux dîners de la comtesse me substantaient pendant deux jours. J'employai tout mon temps, mes efforts et ma science d'observation à pénétrer plus avant dans l'impénétrable caractère de Fœdora. Jusqu'alors, l'espérance ou le désespoir avaient influencé mon opinion, je voyais en elle tour à tour la femme la plus aimante ou la plus insensible de son sexe ; mais ces alternatives de joie et de tristesse devinrent intolérables : je voulus chercher un dénouement à cette lutte affreuse, en tuant mon amour. De sinistres lueurs brillaient parfois dans mon âme et me faisaient entrevoir des abîmes entre nous. La comtesse justifiait toutes mes craintes, je n'avais pas encore surpris de larmes dans ses yeux ; au théâtre une scène attendrissante la trouvait froide et rieuse, elle réservait toute sa finesse pour elle, et ne devinait ni le malheur ni le bonheur d'autrui. Enfin elle m'avait joué ! Heureux de lui faire un sacrifice, je m'étais presque avili pour elle en allant voir mon parent le duc de Navarreins, homme égoïste qui rougissait de ma misère et qui avait de trop grands torts envers moi pour ne pas me haïr ; il me reçut donc avec une froide politesse qui donne aux gestes et aux paroles l'apparence de l'insulte, son regard inquiet excita ma pitié. J'eus honte pour lui de sa petitesse au milieu de tant de grandeur, de sa pauvreté au milieu de tant de luxe. Il me parla des pertes considérables que lui occasionnait le trois pour cent, je lui dis alors quel était l'objet de ma visite. Le changement de ses manières, qui de glaciales devinrent insensiblement affectueuses, me dégoûta. Eh bien, mon ami, il vint chez la comtesse, il m'y écrasa. Fœdora trouva pour lui des enchantements, des prestiges inconnus ; elle le séduisit, traita sans moi cette affaire mystérieuse de laquelle je ne sus pas un mot : j'avais été pour elle un moyen !... Elle paraissait ne plus m'apercevoir quand mon cousin était chez elle, elle m'acceptait alors avec moins de plaisir peut-être que le jour où je lui fus présenté. Un soir, elle m'humilia devant le duc par un de ces gestes et par un de ces regards qu'aucune parole ne saurait peindre. Je sortis pleurant, formant mille projets de vengeance, combinant d'épouvantables viols. Souvent je l'accompagnais aux Bouffons ; là, près d'elle, tout entier à mon amour, je la contemplais en me livrant au charme d'écouter la musique, épuisant mon âme dans la double jouissance d'aimer et de retrouver les mouvements de mon cœur bien rendus par les phrases du musicien. Ma passion était dans l'air, sur la scène ; elle triomphait partout, excepté chez ma maîtresse. Je prenais alors la main de Fœdora, j'étudiais ses traits et ses yeux en sollicitant une fusion de nos sentiments, une de ces soudaines harmonies qui, réveillées par les notes, font vibrer les âmes à l'unisson ; mais sa main était muette et ses yeux ne disaient rien. Quand le feu de mon cœur émané de tous mes traits la frappait trop fortement au visage, elle me jetait ce sourire cherché, phrase convenue qui se reproduit au salon sur les lèvres de tous les portraits. Elle n'écoutait pas la musique. Les divines pages de Rossini, de Cimarosa, de Zingarelli[1] ne lui rappelaient aucun sentiment, ne lui traduisaient aucune poésie de sa vie, son âme était aride. Fœdora se produisait là comme un spectacle dans le spectacle. Sa lorgnette voyageait incessamment de loge en loge : inquiète, quoique tranquille, elle était victime de la mode ; sa loge, son bonnet, sa voiture, sa personne étaient tout pour elle. Vous rencontrez souvent des gens de colossale apparence de qui le cœur est tendre et délicat sous un corps de bronze ; mais elle cachait un cœur de bronze sous sa frêle et gracieuse enveloppe. Ma fatale science me déchirait bien des voiles. Si le bon ton consiste à s'oublier pour autrui, à mettre dans sa voix et dans ses gestes une constante douceur, à plaire aux autres en les rendant contents d'eux-mêmes, malgré sa finesse, Fœdora n'avait pas effacé tout vestige de sa plébéienne origine : son oubli d'elle-même était fausseté ; ses manières, au lieu d'être innées, avaient été laborieusement conquises ; enfin sa politesse sentait la servitude. Eh bien, ses paroles emmiellées étaient pour ses favoris l'expression de la bonté, sa prétentieuse exagération était un noble enthousiasme. Moi seul avais étudié ses grimaces, j'avais dépouillé son être intérieur de la mince écorce qui suffit au monde, et n'étais plus la dupe de ses singeries ; je connaissais à fond son âme de chatte. Quand un niais la complimentait, la vantait, j'avais honte pour elle. Et je l'aimais toujours ! J'espérais fondre ses glaces sous les ailes d'un amour de poète. Si je pouvais une fois ouvrir son cœur aux tendresses de la femme, si je l'initiais à la sublimité des dévouements, je la voyais alors par-

1. Nicola Antonio Zingarelli (1752-1837), compositeur italien.

faite ; elle devenait un ange. Je l'aimais en homme, en amant, en artiste, quand il aurait fallu ne pas l'aimer pour l'obtenir ; un fat bien gourmé, un froid calculateur, en aurait triomphé peut-être. Vaine, artificieuse, elle eût sans doute entendu le langage de la vanité, se serait laissé entortiller dans les pièges d'une intrigue ; elle eût été dominée par un homme sec et glacé. Des douleurs acérées entraient jusqu'au vif dans mon âme quand elle me révélait naïvement son égoïsme. Je l'apercevais avec douleur seule un jour dans la vie et ne sachant à qui tendre la main, ne rencontrant pas de regards amis où reposer les siens. Un soir, j'eus le courage de lui peindre, sous des couleurs animées, sa vieillesse déserte, vide et triste. À l'aspect de cette épouvantable vengeance de la nature trompée, elle dit un mot atroce. — « J'aurai toujours de la fortune, me répondit-elle. Eh bien, avec de l'or nous pouvons toujours créer autour de nous les sentiments qui sont nécessaires à notre bien-être. » Je sortis foudroyé par la logique de ce luxe, de cette femme, de ce monde, en me blâmant d'en être si sottement idolâtre. Je n'aimais pas Pauline pauvre, Fœdora riche n'avait-elle pas le droit de repousser Raphaël ? Notre conscience est un juge infaillible, quand nous ne l'avons pas encore assassinée. « Fœdora, me criait une voix sophistique, n'aime ni ne repousse personne ; elle est libre, mais elle s'est autrefois donnée pour de l'or. Amant ou époux, le comte russe l'a possédée. Elle aura bien une tentation dans sa vie ! Attends-la. » Ni vertueuse, ni fautive, cette femme vivait loin de l'humanité, dans une sphère à elle, enfer ou paradis. Ce mystère femelle vêtu de cachemire et de broderies mettait en jeu dans mon cœur tous les sentiments humains, orgueil, ambition, amour, curiosité. Un caprice de la mode, ou cette envie de paraître original qui nous poursuit tous, avait amené la manie de vanter un petit spectacle du boulevard. La comtesse témoigna le désir de voir la figure enfarinée d'un acteur qui faisait les délices de quelques gens d'esprit, et j'obtins l'honneur de la conduire à la première représentation de je ne sais quelle mauvaise farce. La loge coûtait à peine cent sous, je ne possédais pas un traître liard. Ayant encore un demi-volume de mémoires à écrire, je n'osais pas aller mendier un secours à Finot, et Rastignac, ma providence, était absent. Cette gêne constante maléficiait toute ma vie. Une fois, au sortir des Bouffons, par une horrible pluie, Fœdora m'avait fait avancer une voiture sans que je pusse me soustraire à son obligeance de parade : elle n'admit aucune de mes excuses, ni mon goût pour la pluie, ni mon envie d'aller au jeu. Elle ne devinait mon indigence ni dans l'embarras de mon maintien, ni dans mes paroles tristement plaisantes. Mes yeux rougissaient, mais comprenait-elle un regard ? La vie des jeunes gens est soumise à de singuliers caprices ! Pendant le voyage, chaque tour de roue réveilla des pensées qui me brûlèrent le cœur ; j'essayai de détacher une planche au fond de la voiture en espérant glisser sur le pavé ; mais rencontrant des obstacles invincibles, je me pris à rire convulsivement et demeurai dans un calme morne, hébété comme un homme au carcan. À mon arrivée au logis, aux premiers mots que je balbutiai, Pauline m'interrompit en disant : — « Si vous n'avez pas de monnaie… » Ah ! la musique de Rossini n'était rien auprès de ces paroles. Mais revenons aux Funambules. Pour pouvoir y conduire la comtesse, je pensai à mettre en gage le cercle d'or qui entourait le portrait de ma mère. Quoique le Mont-de-Piété se fût toujours dessiné dans ma pensée comme une des portes du bagne, il valait encore mieux y porter mon lit moi-même que de solliciter une aumône. Le regard d'un homme à qui vous demandez de l'argent fait tant de mal ! Certains emprunts nous coûtent notre honneur, comme certains refus prononcés par une bouche amie nous enlèvent une dernière illusion. Pauline travaillait, sa mère était couchée. Jetant un regard furtif sur le lit dont les rideaux étaient légèrement relevés, je crus madame Gaudin profondément endormie, en apercevant au milieu de l'ombre son profil calme et jaune imprimé sur l'oreiller. — « Vous avez du chagrin, me dit Pauline qui posa son pinceau sur son coloriage. — Ma pauvre enfant, vous pouvez me rendre un grand service », lui répondis-je. Elle me regarda d'un air si heureux que je tressaillis. — M'aimerait-elle ? pensai-je. — « Pauline ? » repris-je. Et je m'assis près d'elle pour la bien étudier. Elle me devina, tant mon accent était interrogateur ; elle baissa les yeux, et je l'examinai, croyant pouvoir lire dans son cœur comme dans le mien, tant sa physionomie était naïve et pure. — « Vous m'aimez ? lui dis-je. — Un peu, passionnément, pas du tout ! » s'écria-t-elle. Elle ne m'aimait pas. Son accent moqueur et la gentillesse du geste qui lui échappa peignaient seulement une folâtre reconnaissance de jeune fille. Je lui avouai donc ma détresse, l'embarras dans lequel je me trouvais, et la priai de m'aider. — « Comment, monsieur Raphaël, dit-elle, vous ne voulez pas aller au Mont-de-Piété, et vous m'y envoyez ! » Je rougis, confondu par la logique d'un enfant. Elle me prit alors la main comme si elle eût voulu compenser par une caresse la vérité de son exclamation. — « Oh ! j'irais bien, dit-elle, mais la course est inutile. Ce matin, j'ai trouvé derrière le piano deux pièces de cent sous qui s'étaient glissées à votre insu entre le mur et la barre, et je les ai mises sur votre table. — Vous devez bientôt recevoir de l'argent, monsieur Raphaël, me dit la bonne mère qui montra sa tête entre les rideaux, je puis bien vous prêter quelques écus en attendant. — Oh ! Pauline, m'écriai-je en lui serrant la main, je voudrais être riche. — Bah ! pourquoi ? » dit-elle d'un air mutin. Sa main tremblant dans la mienne répondait à tous les battements de mon cœur ; elle retira vivement ses doigts, examina les miens : — « Vous épouserez une femme riche ! dit-elle, mais elle vous donnera bien du chagrin. Ah ! Dieu ! elle vous tuera.

J'en suis sûre ! » Il y avait dans son cri une sorte de croyance aux folles superstitions de sa mère. — « Vous êtes bien crédule, Pauline ! — Oh ! bien certainement ! dit-elle en me regardant avec terreur, la femme que vous aimerez vous tuera. » Elle reprit son pinceau, le trempa dans la couleur en laissant paraître une vive émotion, et ne me regarda plus. En ce moment, j'aurais bien voulu croire à des chimères. Un homme n'est pas tout à fait misérable quand il est superstitieux. Une superstition, c'est souvent une espérance. Retiré dans ma chambre, je vis en effet deux nobles écus dont la présence me parut inexplicable. Au sein des pensées confuses du premier sommeil, je tâchai de vérifier mes dépenses pour me justifier cette trouvaille inespérée, mais je m'endormis perdu dans d'inutiles calculs. Le lendemain, Pauline vint me voir au moment où je sortais pour aller louer une loge. — « Vous n'avez peut-être pas assez de dix francs, me dit en rougissant cette bonne et aimable fille, ma mère m'a chargée de vous offrir cet argent. Prenez, prenez ! » Elle jeta trois écus sur ma table et voulut se sauver ; mais je la retins. L'admiration sécha les larmes qui roulaient dans mes yeux : — « Pauline, lui dis-je, vous êtes un ange ! Ce prêt me touche bien moins que la pudeur de sentiment avec laquelle vous me l'offrez. Je désirais une femme riche, élégante, titrée ; hélas ! maintenant je voudrais posséder des millions et rencontrer une jeune fille pauvre comme vous et comme vous riche de cœur, je renoncerais à une passion fatale qui me tuera. Vous aurez peut-être raison. — Assez ! » dit-elle. Elle s'enfuit, et sa voix de rossignol, ses roulades fraîches retentirent dans l'escalier. — Elle est bien heureuse de ne pas aimer encore ! me dis-je en pensant aux tortures que je souffrais depuis plusieurs mois. Les quinze francs de Pauline me furent bien précieux. Fœdora, songeant aux émanations populacières de la salle où nous devions rester pendant quelques heures, regretta de ne pas avoir un bouquet, j'allai lui chercher des fleurs, je lui apportai ma vie et ma fortune. J'eus à la fois des remords et des plaisirs en lui donnant un bouquet dont le prix me révéla tout ce que la galanterie superficielle en usage dans le monde avait de dispendieux. Bientôt elle se plaignit de l'odeur un peu trop forte d'un jasmin du Mexique, elle éprouva un intolérable dégoût en voyant la salle, en se trouvant assise sur de dures banquettes, elle me reprocha de l'avoir amenée là. Quoiqu'elle fût près de moi, elle voulut s'en aller ; elle s'en alla. M'imposer des nuits sans sommeil, avoir dissipé deux mois de mon existence, et ne pas lui plaire ! Jamais ce démon ne fut ni plus gracieux ni plus insensible. Pendant la route, assis près d'elle dans un étroit coupé, je respirais son souffle, je touchais son gant parfumé, je voyais distinctement les trésors de sa beauté, je sentais une vapeur douce comme l'iris : toute la femme et point de femme. En ce moment, un trait de lumière me permit de voir les profondeurs de cette vie mystérieuse. Je pensai tout à coup au livre récemment publié par un poète, une vraie conception d'artiste taillée dans la statue de Polyclès[1]. Je croyais voir ce monstre qui, tantôt officier, dompte un cheval fougueux, tantôt jeune fille, se met à sa toilette et désespère ses amants, amant, désespère une vierge douce et modeste. Ne pouvant plus résoudre autrement Fœdora, je lui racontai cette histoire fantastique ; mais rien ne décela sa ressemblance avec cette poésie de l'impossible, elle s'en amusa de bonne foi, comme un enfant d'une fable prise aux *Mille et une Nuits*. Pour résister à l'amour d'un homme de mon âge, à la chaleur communicative de cette belle contagion de l'âme, Fœdora doit être gardée par quelque mystère, me dis-je en revenant chez moi. Peut-

1. Référence à Polyclète. Sculpteur grec auteur d'un *Hermaphrodite*. Balzac fait allusion à *Mademoiselle de Maupin* de Théophile Gautier, paru en 1835.

être, semblable à lady Delacour, est-elle dévorée par un cancer ? Sa vie est sans doute une vie artificielle. À cette pensée, j'eus froid. Puis je formai le projet le plus extravagant et le plus raisonnable en même temps auquel un amant puisse jamais songer. Pour examiner cette femme corporellement comme je l'avais étudiée intellectuellement, pour la connaître enfin tout entière, je résolus de passer une nuit chez elle, dans sa chambre, à son insu. Voici comment j'exécutai cette entreprise, qui me dévorait l'âme comme un désir de vengeance mord le cœur d'un moine corse. Aux jours de réception, Fœdora réunissait une assemblée trop nombreuse pour qu'il fût possible au portier d'établir une balance exacte entre les entrées et les sorties. Sûr de pouvoir rester dans la maison sans y causer de scandale, j'attendis impatiemment la prochaine soirée de la comtesse. En m'habillant, je mis dans la poche de mon gilet un petit canif anglais, à défaut de poignard. Trouvé sur moi, cet instrument littéraire[1] n'aurait rien de suspect, et ne sachant jusqu'où me conduirait ma résolution romanesque, je voulais être armé. Lorsque les salons commencèrent à se remplir, j'allai dans la chambre à coucher y examiner les choses, et trouvai les persiennes et les volets fermés, ce fut un premier bonheur ; comme la femme de chambre pourrait venir pour détacher les rideaux drapés aux fenêtres, je lâchai leurs embrasses ; je risquais beaucoup en me hasardant ainsi à faire le ménage par avance, mais je m'étais soumis aux périls de ma situation et les avais froidement calculés. Vers minuit, je vins me cacher dans l'embrasure d'une fenêtre. Afin de ne pas laisser voir mes pieds, j'essayai de grimper sur la plinthe de la boiserie, le dos appuyé contre le mur, en me cramponnant à l'espagnolette. Après avoir étudié mon équilibre, mes points d'appui, mesuré l'espace qui me séparait des rideaux, je

1. Servait à tailler les plumes d'oie pour écrire.

parvins à me familiariser avec les difficultés de ma position, de manière à demeurer là sans être découvert, si les crampes, la toux et les éternuements me laissaient tranquille. Pour ne pas me fatiguer inutilement, je me tins debout en attendant le moment critique pendant lequel je devais rester suspendu comme une araignée dans sa toile. La moire blanche et la mousseline des rideaux formaient devant moi de gros plis semblables à des tuyaux d'orgue, où je pratiquai des trous avec mon canif afin de tout voir par ces espèces de meurtrières. J'entendis vaguement le murmure des salons, les rires des causeurs, leurs éclats de voix. Ce tumulte vaporeux, cette sourde agitation diminua par degrés. Quelques hommes vinrent prendre leurs chapeaux placés près de moi, sur la commode de la comtesse. Quand ils froissaient les rideaux, je frissonnais en pensant aux distractions, aux hasards de ces recherches faites pour des gens pressés de partir et qui furettent alors partout. J'augurai bien de mon entreprise en n'éprouvant aucun de ces malheurs. Le dernier chapeau fut emporté par un vieil amoureux de Fœdora, qui, se croyant seul, regarda le lit, et poussa un gros soupir suivi de je ne sais quelle exclamation assez énergique. La comtesse, qui n'avait plus autour d'elle, dans le boudoir voisin de sa chambre, que cinq ou six personnes intimes, leur proposa d'y prendre le thé. Les calomnies, pour lesquelles la société actuelle a réservé le peu de croyance qui lui reste, se mêlèrent alors à des épigrammes, à des jugements spirituels, au bruit des tasses et des cuillers. Sans pitié pour mes rivaux, Rastignac excitait un rire fou par de mordantes saillies. — « Monsieur de Rastignac est un homme avec lequel il ne faut pas se brouiller, dit la comtesse en riant. — Je le crois, répondit-il naïvement. J'ai toujours eu raison dans mes haines. Et dans mes amitiés, ajouta-t-il. Mes ennemis me servent autant que mes amis peut-être. J'ai fait une étude assez spéciale de l'idiome moderne et des artifices naturels dont on se sert pour tout attaquer ou pour tout défendre. L'éloquence ministérielle est un perfectionnement social. Un de vos amis est-il sans esprit ? Vous parlez de sa probité, de sa franchise. L'ouvrage d'un autre est-il lourd ? Vous le présentez comme un travail consciencieux. Si le livre est mal écrit, vous en vantez les idées. Tel homme est sans foi, sans constance, vous échappe à tout moment ? Bah ! il est séduisant, prestigieux, il charme. S'agit-il de vos ennemis ? Vous leur jetez à la tête les morts et les vivants ; vous renversez pour eux les termes de votre langage, et vous êtes aussi perspicace à découvrir leurs défauts que vous étiez habile à mettre en relief les vertus de vos amis. Cette application de la lorgnette à la vue morale est le secret de nos conversations et tout l'art du courtisan. N'en pas user, c'est vouloir combattre sans armes des gens bardés de fer comme des chevaliers bannerets. Et j'en use ! J'en abuse même quelquefois. Aussi me respecte-t-on, moi et mes amis, car, d'ailleurs, mon épée vaut ma langue. » Un des plus fervents admirateurs de Fœdora, jeune homme dont l'impertinence était célèbre, et qui s'en faisait même un moyen de parvenir, releva le gant si dédaigneusement jeté par Rastignac. Il se mit, en parlant de moi, à vanter outre mesure mes talents et ma personne. Rastignac avait oublié ce genre de médisance. Cet éloge sardonique trompa la comtesse qui m'immola sans pitié ; pour amuser ses amis, elle abusa de mes secrets, de mes prétentions et de mes espérances. — « Il a de l'avenir, dit Rastignac. Peut-être sera-t-il un jour homme à prendre de cruelles revanches, ses talents égalent au moins son courage ; aussi regardé-je comme bien hardis ceux qui s'attaquent à lui, car il a de la mémoire... — Et fait des mémoires, dit la comtesse, à qui parut déplaire le profond silence qui régna. — Des mémoires de fausse comtesse, madame, répliqua Rastignac. Pour les écrire, il faut avoir une autre sorte de courage. — Je lui crois beaucoup de courage, reprit-elle, il m'est fidèle. » Il me prit une vive tentation de me montrer soudain aux rieurs comme l'ombre de Banquo dans *Macbeth*. Je perdais une maîtresse, mais j'avais un ami ! Cependant l'amour me souffla tout à coup un de ces lâches et subtils paradoxes avec lesquels il sait endormir toutes nos douleurs. Si Fœdora m'aime, pensé-je, ne doit-elle pas dissimuler son affection sous une plaisanterie malicieuse ? Combien de fois le cœur n'a-t-il pas démenti les mensonges de la bouche ? Enfin bientôt mon impertinent rival, resté seul avec la comtesse, voulut partir. — « Eh ! quoi, déjà ? lui dit-elle avec un son de voix plein de câlineries et qui me fit palpiter. Ne me donnerez-vous pas encore un moment ? N'avez-vous donc plus rien à me dire, et ne me sacrifierez-vous point quelques-uns de vos plaisirs ? » Il s'en alla. — « Ah ! s'écria-t-elle en bâillant, ils sont tous bien ennuyeux ! » Et tirant avec force un cordon, le bruit d'une sonnette retentit dans les appartements. La comtesse rentra dans sa chambre en fredonnant une phrase du *Pria che spunti*[1]. Jamais personne ne l'avait entendue chanter, et ce mutisme donnait lieu à de bizarres interprétations. Elle avait, dit-on, promis à son premier amant, charmé de ses talents et jaloux d'elle par-delà le tombeau, de ne donner à personne un bonheur qu'il voulait avoir goûté seul. Je tendis les forces de mon âme pour aspirer les sons. De note en note la voix s'éleva, Fœdora sembla s'animer, les richesses de son gosier se déployèrent, et cette mélodie prit alors quelque chose de divin. La comtesse avait dans l'organe une clarté vive, une justesse de ton, je ne sais quoi d'harmonique et de vibrant qui pénétrait, remuait et chatouillait le cœur. Les musiciennes sont presque toujours amoureuses. Celle qui chantait ainsi devait savoir bien aimer. La beauté

1. « Avant que dans le ciel n'apparaisse l'aurore. » Air du compositeur Cimarosa.

de cette voix fut donc un mystère de plus dans une femme déjà si mystérieuse. Je la voyais alors comme je te vois, elle paraissait s'écouter elle-même et ressentir une volupté qui lui fût particulière ; elle éprouvait comme une jouissance d'amour. Elle vint devant la cheminée en achevant le principal motif de ce rondo ; mais quand elle se tut, sa physionomie changea, ses traits se décomposèrent, et sa figure exprima la fatigue. Elle venait d'ôter un masque ; actrice, son rôle était fini. Cependant l'espèce de flétrissure imprimée à sa beauté par son travail d'artiste, ou par la lassitude de la soirée, n'était pas sans charme. La voilà vraie, me dis-je. Elle mit, comme pour se chauffer, un pied sur la barre de bronze qui surmontait le garde-cendre, ôta ses gants, détacha ses bracelets, et enleva par-dessus sa tête une chaîne d'or au bout de laquelle était suspendue sa cassolette ornée de pierres précieuses. J'éprouvais un plaisir indicible à voir ses mouvements empreints de la gentillesse dont les chattes font preuve en se toilettant au soleil. Elle se regarda dans la glace, et dit tout haut d'un air de mauvaise humeur : « Je n'étais pas jolie ce soir, mon teint se fane avec une effrayante rapidité. Je devrais peut-être me coucher plus tôt, renoncer à cette vie dissipée. Mais Justine se moque-t-elle de moi ? » Elle sonna de nouveau, la femme de chambre accourut. Où logeait-elle ? Je ne sais. Elle arriva par un escalier dérobé. J'étais curieux de l'examiner. Mon imagination de poète avait souvent incriminé cette invisible servante, grande fille brune, bien faite. — « Madame a sonné ? — Deux fois, répondit Fœdora. Vas-tu donc maintenant devenir sourde ? — J'étais à faire le lait d'amandes de madame. » Justine s'agenouilla, défit les cothurnes des souliers, déchaussa sa maîtresse, qui nonchalamment étendue sur un fauteuil à ressorts, au coin du feu, bâillait en se grattant la tête. Il n'y avait rien que de très naturel dans tous ses mouvements, et nul symptôme ne me révéla ni les souffrances secrètes, ni les passions que j'avais supposées. — « Georges est amoureux, dit-elle, je le renverrai. N'a-t-il pas encore défait les rideaux ce soir ? À quoi pense-t-il ? » À cette observation, tout mon sang reflua vers mon cœur, mais il ne fut plus question des rideaux. — « L'existence est bien vide, reprit la comtesse. Ah çà ! prends garde de m'égratigner comme hier. Tiens, vois-tu, dit-elle en lui montrant un petit genou satiné, je porte encore la marque de tes griffes. » Elle mit ses pieds nus dans des pantoufles de velours fourrées de cygne, et détacha sa robe pendant que Justine prit un peigne pour lui arranger les cheveux. — « Il faut vous marier, madame, avoir des enfants. — Des enfants ! Il ne me manquerait plus que cela pour m'achever, s'écria-t-elle. Un mari ? Quel est l'homme auquel je pourrais me… Étais-je bien coiffée ce soir ? — Mais, pas très bien. — Tu es une sotte. — Rien ne vous va plus mal que de trop crêper vos cheveux, reprit Justine. Les grosses boucles bien lisses vous sont plus avantageuses. — Vraiment ? — Mais oui, madame, les cheveux crêpés clair ne vont bien qu'aux blondes. — Me marier ? non, non. Le mariage est un trafic pour lequel je ne suis pas née. » Quelle épouvantable scène pour un amant ! Cette femme solitaire, sans parents, sans amis, athée en amour, ne croyant à aucun sentiment ; et quelque faible que fût en elle ce besoin d'épanchement cordial, naturel à toute créature humaine, réduite pour le satisfaire à causer avec sa femme de chambre, à dire des phrases sèches ou des riens ! J'en eus pitié. Justine la délaça. Je la contemplai curieusement au moment où le dernier voile s'enleva. Elle avait un corsage de vierge qui m'éblouit ; à travers sa chemise et à la lueur des bougies, son corps blanc et rose étincela comme une statue d'argent qui brille sous son enveloppe de gaze. Non, nulle imperfection ne devait lui faire redouter les yeux furtifs de l'amour. Hélas ! un beau corps triomphera toujours des résolutions les plus martiales. La maîtresse s'assit devant le feu, muette et pensive, pendant que la femme de chambre allumait la bougie de la lampe d'albâtre suspendue devant le lit. Justine alla chercher une bassinoire, prépara le lit, aida sa maîtresse à se coucher ; puis, après un temps assez long employé par de minutieux services qui accusaient la profonde vénération de Fœdora pour elle-même, cette fille partit. La comtesse se retourna plusieurs fois, elle était agitée, elle soupirait ; ses lèvres laissaient échapper un léger bruit perceptible à l'ouïe et qui indiquait des mouvements d'impatience ; elle avança la main vers la table, y prit une fiole, versa dans son lait avant de le boire quelques gouttes d'une liqueur brune ; enfin, après quelques soupirs pénibles, elle s'écria : — « Mon Dieu ! » Cette exclamation, et surtout l'accent qu'elle y mit, me brisa le cœur. Insensiblement elle resta sans mouvement. J'eus peur, mais bientôt j'entendis retentir la respiration égale et forte d'une personne endormie ; j'écartai la soie criarde des rideaux, quittai ma position et vins me placer au pied de son lit, en la regardant avec un sentiment indéfinissable. Elle était ravissante ainsi. Elle avait la tête sous le bras comme un enfant ; son tranquille et joli visage enveloppé de dentelles exprimait une suavité qui m'enflamma. Présumant trop de moi-même, je n'avais pas compris mon supplice : être si près et si loin d'elle. Je fus obligé de subir toutes les tortures que je m'étais préparées. *Mon Dieu !* ce lambeau d'une pensée inconnue, que je devais remporter pour toute lumière, avait tout à coup changé mes idées sur Fœdora. Ce mot insignifiant ou profond, sans substance ou plein de réalités, pouvait s'interpréter également par le bonheur ou par la souffrance, par une douleur de corps ou par des peines. Était-ce imprécation ou prière, souvenir ou avenir, regret ou crainte ? Il y avait toute une vie dans cette parole, vie d'indigence ou de richesse ; il y tenait même un crime ! L'énigme cachée dans ce beau semblant de femme renaissait, Fœdora pouvait être expliquée de tant de manières qu'elle devenait inexplicable.

Les fantaisies du souffle qui passait entre ses dents, tantôt faible, tantôt accentué, grave ou léger, formaient une sorte de langage auquel j'attachais des pensées et des sentiments. Je rêvais avec elle, j'espérais m'initier à ses secrets en pénétrant dans son sommeil, je flottais entre mille partis contraires, entre mille jugements. À voir ce beau visage, calme et pur, il me fut impossible de refuser un cœur à cette femme. Je résolus de faire encore une tentative. En lui racontant ma vie, mon amour, mes sacrifices, peut-être pourrais-je réveiller en elle la pitié, lui arracher une larme, à elle qui ne pleurait jamais. J'avais placé toutes mes espérances dans cette dernière épreuve, quand le tapage de la rue m'annonça le jour. Il y eut un moment où je me représentai Fœdora se réveillant dans mes bras. Je pouvais me mettre tout doucement à ses côtés, m'y glisser, et l'étreindre. Cette idée me tyrannisa si cruellement, que, voulant y résister, je me sauvai dans le salon sans prendre aucune précaution pour éviter le bruit ; mais j'arrivai heureusement à une porte dérobée qui donnait sur un petit escalier. Ainsi que je le présumai, la clef se trouvait à la serrure ; je tirai la porte avec force, je descendis hardiment dans la cour, et sans regarder si j'étais vu, je sautai vers la rue en trois bonds. Deux jours après, un auteur devait lire une comédie chez la comtesse, j'y allai dans l'intention de rester le dernier pour lui présenter une requête assez singulière ; je voulais la prier de m'accorder la soirée du lendemain, et de me la consacrer tout entière, en faisant fermer sa porte. Quand je me trouvai seul avec elle, le cœur me faillit. Chaque battement de la pendule m'épouvantait. Il était minuit moins un quart. — « Si je ne lui parle pas, me dis-je, il faut me briser le crâne sur l'angle de la cheminée. » Je m'accordai trois minutes de délai, les trois minutes se passèrent, je ne me brisai pas le crâne sur le marbre, mon cœur s'était alourdi comme une éponge dans l'eau. — « Vous êtes extrêmement aimable, me dit-elle. — Ah ! madame, répondis-je, si vous pouviez me comprendre ! — Qu'avez-vous ? reprit-elle, vous pâlissez. — J'hésite à réclamer de vous une grâce. Elle m'encouragea par un geste, et je lui demandai le rendez-vous. — Volontiers, dit-elle. Mais pourquoi ne me parleriez-vous pas en ce moment ? — Pour ne pas vous tromper, je dois vous montrer l'étendue de votre engagement, je désire passer cette soirée près de vous, comme si nous étions frère et sœur. Soyez sans crainte, je connais vos antipathies ; vous avez pu m'apprécier assez pour être certaine que je ne veux rien de vous qui puisse vous déplaire ; d'ailleurs, les audacieux ne procèdent pas ainsi. Vous m'avez témoigné de l'amitié, vous êtes bonne, pleine d'indulgence. Eh bien, sachez que je dois vous dire adieu demain. Ne vous rétractez pas ! » m'écriai-je en la voyant près de parler, et je disparus. En mai dernier, vers huit heures du soir, je me trouvai seul avec Fœdora, dans son boudoir gothique. Je ne tremblai pas alors, j'étais sûr d'être heureux. Ma maîtresse devait m'appartenir, ou je me réfugiais dans les bras de la mort. J'avais condamné mon lâche amour. Un homme est bien fort quand il s'avoue sa faiblesse. Vêtue d'une robe de cachemire bleu, la comtesse était étendue sur un divan, les pieds sur un coussin. Un béret oriental, coiffure que les peintres attribuent aux premiers Hébreux, avait ajouté je ne sais quel piquant attrait d'étrangeté à ses séductions. Sa figure était empreinte d'un charme fugitif, qui semblait prouver que nous sommes à chaque instant des êtres nouveaux, uniques, sans aucune similitude avec le *nous* de l'avenir et le *nous* du passé. Je ne l'avais jamais vue aussi éclatante. — « Savez-vous, dit-elle en riant, que vous avez piqué ma curiosité ? — Je ne la tromperai pas, répondis-je froidement, en m'asseyant près d'elle et lui prenant une main qu'elle m'abandonna. Vous avez une bien belle voix ! — Vous ne m'avez jamais entendue, s'écria-t-elle en laissant échapper un mouvement de surprise. — Je vous prouverai le contraire quand cela sera nécessaire. Votre chant délicieux serait-il donc encore un mystère ? Rassurez-vous, je ne veux pas le pénétrer. » Nous restâmes environ une heure à causer familièrement. Si je pris le ton, les manières et les gestes d'un homme auquel Fœdora ne devait rien refuser, j'eus aussi tout le respect d'un amant. En jouant ainsi, j'obtins la faveur de lui baiser la main ; elle se déganta par un mouvement mignon, et j'étais alors si voluptueusement enfoncé dans l'illusion à laquelle j'essayais de croire, que mon âme se fondit et s'épancha dans ce baiser. Fœdora se laissa flatter, caresser avec un incroyable abandon. Mais ne m'accuse pas de niaiserie ; si j'avais voulu faire un pas de plus au-delà de cette câlinerie fraternelle, j'eusse senti les griffes de la chatte. Nous restâmes dix minutes environ, plongés dans un profond silence. Je l'admirais, lui prêtant des charmes auxquels elle mentait. En ce moment, elle était à moi, à moi seul. Je possédais cette ravissante créature, comme il était permis de la posséder, intuitivement ; je l'enveloppai dans mon désir, la tins, la serrai, mon imagination l'épousa. Je vainquis alors la comtesse de la puissance d'une fascination magnétique. Aussi ai-je toujours regretté de ne pas m'être entièrement soumis cette femme ; mais, en ce moment, je n'en voulais pas à son corps, je souhaitais une âme, une vie, ce bonheur idéal et complet, beau rêve auquel nous ne croyons pas longtemps. — « Madame, lui dis-je enfin, sentant que la dernière heure de mon ivresse était arrivée, écoutez-moi. Je vous aime, vous le savez, je vous l'ai dit mille fois, vous auriez dû m'entendre. Ne voulant devoir votre amour ni à des grâces de fat, ni à des flatteries ou à des importunités de niais, je n'ai pas été compris. Combien de maux n'ai-je pas soufferts pour vous, et dont cependant vous êtes innocente ! Mais dans quelques moments vous me jugerez. Il y a deux misères, madame : celle qui va par les rues effrontément en haillons, qui, sans le savoir, recommence Diogène, se nourrissant de peu, réduisant la vie au simple ; heureuse plus que la richesse peut-être, insouciante du moins, elle prend le monde là où les puissants n'en veulent plus. Puis la misère du luxe, une misère espagnole, qui cache la mendicité sous un titre ; fière, emplumée, cette misère en gilet blanc, en gants jaunes, a des carrosses, et perd une fortune faute d'un centime. L'une est la misère du peuple ; l'autre, celle des escrocs, des rois et des gens de talent. Je ne suis ni peuple, ni roi, ni escroc ; peut-être n'ai-je pas de talent : je suis une exception. Mon nom m'ordonne de mourir plutôt que de mendier. Rassurez-vous, madame, je suis riche aujourd'hui, je possède de la terre tout ce qu'il m'en faut, lui dis-je en voyant sa physionomie prendre la froide expression qui se peint dans nos traits quand nous sommes surpris par des quêteuses de bonne compagnie. Vous souvenez-vous du jour où vous avez voulu venir au Gymnase sans moi, croyant que je ne m'y trouverais point ? » Elle fit un signe de tête affirmatif. — « J'avais employé mon dernier écu pour aller vous y voir. Vous rappelez-vous la promenade que nous fîmes au Jardin des Plantes ? Votre voiture me coûta toute ma fortune. » Je lui racontai mes sacrifices, je lui peignis ma vie, non pas comme je te la raconte aujourd'hui, dans l'ivresse du vin, mais dans la noble ivresse du cœur. Ma passion déborda par des mots flamboyants, par des traits de sentiment oubliés depuis, et que ni l'art, ni le souvenir ne sauraient reproduire. Ce ne fut pas la narration sans chaleur d'un amour détesté, mon amour dans sa force et dans la beauté de son espérance m'inspira ces paroles qui projettent toute une vie en répétant les cris d'une âme déchirée. Mon accent fut celui des dernières prières faites par un mourant sur le champ de bataille. Elle pleura. Je m'arrêtai. Grand Dieu ! Ses larmes étaient le fruit de cette émotion factice achetée cent sous à la porte d'un théâtre, j'avais eu le succès d'un bon acteur. — « Si j'avais su, dit-elle. — N'achevez pas, m'écriai-je. Je vous aime encore assez en ce moment pour vous tuer... » Elle voulut saisir le cordon de la sonnette. J'éclatai de rire. « N'appelez pas, repris-je. Je vous laisserai paisiblement achever votre vie. Ce serait mal entendre la haine que de vous tuer ! Ne craignez aucune violence ; j'ai passé toute une nuit au pied de votre lit, sans...

— Monsieur, dit-elle en rougissant ; mais après ce premier mouvement donné à la pudeur que doit posséder toute femme, même la plus insensible, elle me jeta un regard méprisant et me dit : Vous avez dû avoir bien froid ! — Croyez-vous, madame, que votre beauté me soit si précieuse ? lui répondis-je en devinant les pensées qui l'agitaient. Votre figure est pour moi la promesse d'une âme plus belle encore que vous n'êtes belle. Eh ! madame, les hommes qui ne voient que la femme dans une femme peuvent acheter tous les soirs des odalisques dignes du sérail et se rendre heureux à bas prix ! Mais j'étais ambitieux, je voulais vivre cœur à cœur avec vous, avec vous qui n'avez pas de cœur. Je le sais maintenant. Si vous deviez être à un homme, je l'assassinerais. Mais non, vous l'aimeriez, et sa mort vous ferait peut-être de la peine. Combien je souffre ! m'écriai-je. — Si cette promesse peut vous consoler, dit-elle en riant, je puis vous assurer que je n'appartiendrai à personne. — Eh bien, repris-je en l'interrompant, vous insultez à Dieu même, et vous en serez punie ! Un jour, couchée sur un divan, ne pouvant supporter ni le bruit ni la lumière, condamnée à vivre dans une sorte de tombe, vous souffrirez des maux inouïs. Quand vous chercherez la cause de ces lentes et vengeresses douleurs, souvenez-vous alors des malheurs que vous avez si largement jetés sur votre passage ! Ayant semé partout des imprécations, vous trouverez la haine au retour. Nous sommes les propres juges, les bourreaux d'une justice qui règne ici-bas, et marche au-dessus de celle des hommes, au-dessous de celle de Dieu. — Ah ! dit-elle en riant, je suis sans doute bien criminelle de ne pas vous aimer ? Est-ce ma faute ? Non, je ne vous aime pas ; vous êtes un homme, cela suffit. Je me trouve heureuse d'être seule, pourquoi changerais-je ma vie, égoïste si vous voulez, contre les caprices d'un maître ? Le mariage est un sacrement en vertu duquel nous ne nous communiquons que des chagrins. D'ailleurs, les enfants m'ennuient. Ne vous ai-je pas loyalement prévenu de mon caractère ? Pourquoi ne vous êtes-vous pas contenté de mon amitié ? Je voudrais pouvoir consoler les peines que je vous ai causées en ne devinant pas le compte de vos petits écus, j'apprécie l'étendue de vos sacrifices ; mais l'amour peut seul payer votre dévouement, vos délicatesses, et je vous aime si peu, que cette scène m'affecte désagréablement. — Je sens combien je suis ridicule, pardonnez-moi, lui dis-je avec douceur sans pouvoir retenir mes larmes. Je vous aime assez, repris-je, pour écouter avec délices les cruelles paroles que vous prononcez. Oh ! je voudrais pouvoir signer mon amour de tout mon sang. — Tous les hommes nous disent plus ou moins bien ces phrases classiques, reprit-elle en riant. Mais il paraît qu'il est très difficile de mourir à nos pieds, car je rencontre de ces morts-là partout. Il est minuit, permettez-moi de me coucher. — Et dans deux heures vous vous écrierez : *Mon Dieu !* lui dis-je. — Avant-hier ! Oui, dit-elle en riant, je pensais à mon agent de change, j'avais oublié de lui faire convertir mes rentes de *cinq* en *trois*, et dans la journée le *trois* avait baissé. » Je la contemplais d'un œil étincelant de rage. Ah ! quelquefois un crime doit être tout un poème, je l'ai compris. Familiarisée sans doute avec les déclarations les plus passionnées, elle avait déjà oublié mes larmes et mes paroles. — « Épouseriez-vous un pair de France ? lui demandais-je froidement. — Peut-être, s'il était duc. » Je pris mon chapeau, je la saluai. — « Permettez-moi de vous accompagner jusqu'à la porte de mon appartement, dit-elle en mettant une ironie perçante dans son geste, dans la pose de sa tête et dans son accent. — Madame. — Monsieur. — Je ne vous verrai plus. — Je l'espère, répondit-elle en inclinant la tête avec une impertinente expression. — Vous voulez être duchesse ? repris-je animé par une sorte de frénésie que son geste alluma dans mon cœur. Vous êtes folle de titres et d'honneurs ? Eh bien, laissez-vous seulement aimer par moi, dites à ma plume de ne parler, à ma voix de ne retentir que pour vous, soyez le principe secret de ma vie, soyez mon étoile ! Puis ne m'acceptez pour époux que ministre, pair de France, duc. Je me ferai tout ce que vous voudrez que je sois ! — Vous avez, dit-elle en souriant, assez bien employé votre temps chez l'avoué, vos plaidoyers ont de la chaleur. — Tu as le présent, m'écriai-je, et moi l'avenir. Je ne perds qu'une femme, et tu perds un nom, une famille. Le temps est gros de ma vengeance, il t'apportera la laideur et une mort solitaire, à moi la gloire ! — Merci de la péroraison ! » dit-elle en retenant un bâillement et témoignant par son attitude le désir de ne plus me voir. Ce mot m'imposa silence. Je lui jetai ma haine dans un regard et je m'enfuis. Il fallait oublier Fœdora, me guérir de ma folie, reprendre ma studieuse solitude ou mourir. Je m'imposai donc des travaux exorbitants, je voulus achever mes ouvrages. Pendant quinze jours, je ne sortis pas de ma mansarde, et consumai toutes mes nuits en de pâles études. Malgré mon courage et les inspirations de mon désespoir, je travaillais difficilement et par saccades. La muse avait fui. Je ne pouvais chasser le fantôme brillant et moqueur de Fœdora. Chacune de mes pensées couvait une autre pensée maladive, je ne sais quel désir, terrible comme un remords. J'imitai les anachorètes de la Thébaïde. Sans prier comme eux, comme eux je vivais dans un désert, creusant mon âme au lieu de creuser des rochers. Je me serais au besoin serré les reins avec une ceinture armée de pointes, pour dompter la douleur morale par la douleur physique. Un soir, Pauline pénétra dans ma chambre. — « Vous vous tuez, me dit-elle d'une voix suppliante ; vous devriez sortir, allez voir vos amis. — Ah ! Pauline ! votre prédiction était vraie. Fœdora me tue, je veux mourir. La vie m'est insupportable. — Il n'y a donc qu'une femme dans le monde ? dit-elle en souriant. Pourquoi mettez-vous des peines infinies dans une vie si courte ? » Je regardai Pauline avec stupeur. Elle me laissa seul. Je ne m'étais pas aperçu de sa retraite, j'avais entendu sa voix, sans comprendre le sens de ses paroles. Bientôt je fus obligé de porter le manuscrit de mes mémoires à mon entrepreneur de littérature. Préoccupé par ma passion, j'ignorais comment j'avais pu vivre sans argent, je savais seulement que les quatre cent cinquante francs qui m'étaient dus suffiraient à payer mes dettes ; j'allai donc chercher mon salaire, et je rencontrai Rastignac, qui me trouva changé, maigri. — « De quel hôpital sors-tu ? me dit-il. — Cette femme me tue, répondis-je. Je ne puis ni la mépriser ni l'oublier. — Il vaut mieux la tuer, tu n'y songeras peut-être plus, s'écria-t-il en riant. — J'y ai bien pensé, répondis-je. Mais si parfois je rafraîchis mon âme par l'idée d'un crime, viol ou assassinat, et les deux ensemble, je me trouve incapable de le commettre en réalité. La comtesse est un admirable monstre qui demanderait grâce, et n'est pas Othello qui veut ! — Elle est comme toutes les femmes que nous ne pouvons avoir, dit Rastignac en m'interrompant. — Je suis fou, m'écriai-je. Je sens la folie rugir par moments dans mon cerveau. Mes idées sont comme des fantômes, elles dansent devant moi sans que je puisse les saisir. Je préfère la mort à cette vie. Aussi cherché-je avec conscience le meilleur moyen de terminer cette lutte. Il ne s'agit plus de la Fœdora vivante, de la Fœdora du faubourg Saint-Honoré, mais de ma Fœdora, de celle qui est là, dis-je en me frappant le front. Que penses-tu de l'opium ? — Bah ! des souffrances atroces, répondit Rastignac. — L'asphyxie ? — Canaille ! — La Seine ? — Les filets et la Morgue sont bien sales. — Un coup de pistolet ? — Et si tu te manques, tu restes défiguré. Écoute, reprit-il, j'ai comme tous les jeunes gens médité sur les suicides. Qui de nous, à trente ans, ne s'est pas tué deux ou trois fois ? Je n'ai rien trouvé de mieux que d'user l'existence par le plaisir. Plonge-toi dans une dissolution profonde, ta passion ou toi, vous y périrez. L'intempérance, mon cher, est la reine de toutes les morts. Ne commande-t-elle pas à l'apoplexie foudroyante ? L'apoplexie est un coup de pistolet qui ne nous manque point. Les orgies nous prodiguent tous les plaisirs physiques, n'est-ce pas l'opium en petite monnaie ? En nous forçant de boire à outrance, la débauche porte de mortels défis au vin. Le tonneau de malvoisie du duc de Clarence[1] n'a-t-il pas meilleur goût que les bourbes de la Seine ? Quand nous tombons noblement sous la table, n'est-ce pas une petite asphyxie périodique ? Si la patrouille nous ramasse, en restant étendus sur les lits froids des corps de garde, ne jouissons-nous pas des plaisirs de la Morgue, moins les ventres enflés, turgides, bleus, verts, plus l'intelligence de la crise ? Ah ! reprit-il, ce long suicide n'est pas une mort d'épicier en faillite. Les négociants ont déshonoré la rivière, ils se jettent à l'eau pour attendrir leurs créanciers. À ta place, je tâcherais de mourir avec élégance. Si tu veux créer un nouveau genre de mort en te débattant ainsi contre la vie, je suis ton second. Je m'ennuie, je suis désappointé. L'Alsacienne qu'on m'a proposée pour femme a six doigts au pied gauche, je ne puis pas vivre avec une femme qui a six doigts ! Cela se saurait, je deviendrais ridicule. Elle n'a que dix-huit mille francs de rente, sa fortune diminue et ses doigts augmentent. Au diable ! En menant une vie enragée, peut-être trouverons-nous le bonheur par hasard ! » Rastignac m'en-

1. Neveu du roi d'Angleterre Édouard IV, qui passe pour s'être noyé dans un tonneau de vin grec de Malvoisie.

traîna. Ce projet faisait briller de trop fortes séductions, il rallumait trop d'espérances, enfin il avait une couleur trop poétique pour ne pas plaire à un poète. — « Et de l'argent ? lui dis-je. — N'as-tu pas quatre cent cinquante francs ? — Oui, mais je dois à mon tailleur, à mon hôtesse. — Tu paies ton tailleur ? Tu ne seras jamais rien, pas même ministre. — Mais que pouvons-nous avec vingt louis ? — Aller au jeu. Je frissonnai. — Ah ! reprit-il en s'apercevant de ma pruderie, tu veux te lancer dans ce que je nomme le *Système dissipationnel*, et tu as peur d'un tapis vert ! — Écoute, lui répondis-je, j'ai promis à mon père de ne jamais mettre le pied dans une maison de jeu. Non seulement cette promesse est sacrée, mais encore j'éprouve une horreur invincible en passant devant un tripot ; prends mes cent écus, et vas-y seul. Pendant que tu risqueras notre fortune j'irai mettre mes affaires en ordre, et reviendrai t'attendre chez toi. » Voilà, mon cher, comment je me perdis. Il suffit à un jeune homme de rencontrer une femme qui ne l'aime pas, ou une femme qui l'aime trop, pour que toute sa vie soit dérangée. Le bonheur engloutit nos forces, comme le malheur éteint nos vertus. Revenu à mon hôtel Saint-Quentin, je contemplai longtemps la mansarde où j'avais mené la chaste vie d'un savant, une vie qui peut-être aurait été honorable, longue, et que je n'aurais pas dû quitter pour la vie passionnée qui m'entraînait dans un gouffre. Pauline me surprit dans une attitude mélancolique. — « Eh bien, qu'avez-vous ? » dit-elle. Je me levai froidement et comptai l'argent que je devais à sa mère en y ajoutant le prix de mon loyer pour six mois. Elle m'examina avec une sorte de terreur. — « Je vous quitte, ma chère Pauline. — Je l'ai deviné, s'écria-t-elle. — Écoutez, mon enfant, je ne renonce pas à venir ici. Gardez-moi ma cellule pendant une demi-année. Si je ne suis pas de retour vers le quinze novembre, vous hériterez de moi. Ce manuscrit cacheté, dis-je en lui montrant un paquet de papiers, est la copie de mon grand ouvrage sur *la Volonté*, vous le déposerez à la Bibliothèque du Roi. Quant à tout ce que je laisse ici, vous en ferez ce que vous voudrez. Elle me jetait des regards qui pesaient sur mon cœur. Pauline était là comme une conscience vivante. — Je n'aurai plus de leçons, dit-elle en me montrant le piano. Je ne répondis pas. — M'écrirez-vous ? — Adieu, Pauline. » Je l'attirai doucement à moi, puis sur son front d'amour, vierge comme la neige qui n'a pas touché terre, je mis un baiser de frère, un baiser de vieillard. Elle se sauva. Je ne voulus pas voir madame Gaudin. Je mis ma clef à sa place habituelle et partis. En quittant la rue de Cluny, j'entendis derrière moi le pas léger d'une femme. — « Je vous avais brodé cette bourse, la refuserez-vous aussi ? » me dit Pauline. Je crus apercevoir à la lueur du réverbère une larme dans les yeux de Pauline, et je soupirai. Poussés tous deux par la même pensée peut-être, nous nous séparâmes avec l'empressement de gens qui auraient voulu fuir la peste. La vie de dissipation à laquelle je me vouais apparut devant moi bizarrement exprimée par la chambre où j'attendais avec une noble insouciance le retour de Rastignac. Au milieu de la cheminée s'élevait une pendule surmontée d'une Vénus accroupie sur sa tortue, et qui tenait entre ses bras un cigare à demi consumé. Des meubles élégants, présents de l'amour, étaient épars. Des vieilles chaussettes traînaient sur un voluptueux divan. Le confortable fauteuil à ressorts dans lequel j'étais plongé portait des cicatrices comme un vieux soldat, il offrait au regard ses bras déchirés, et montrait incrustées sur son dossier la pommade et l'huile antique apportées par toutes les têtes d'amis. L'opulence et la misère s'accouplaient naïvement dans le lit, sur les murs, partout. Vous eussiez dit les palais de Naples bordés de lazzaroni. C'était une chambre de joueur ou de mauvais sujet dont le luxe est tout personnel, qui vit de sensations, et des incohérences ne se soucie guère. Ce tableau ne manquait pas d'ailleurs de poésie. La vie s'y dressait avec ses paillettes et ses haillons, soudaine, incomplète comme elle est réellement, mais vive, mais fantasque comme dans une halte où le maraudeur a pillé tout ce qui fait sa joie. Un Byron auquel manquaient des pages avait allumé la falourde du jeune homme qui risque au jeu mille francs et n'a pas une bûche, qui court en tilbury sans posséder une chemise saine et valide. Le lendemain, une comtesse, une actrice ou l'écarté lui donnent un trousseau de roi. Ici la bougie était fichée dans le fourreau vert d'un briquet phosphorique ; là gisait un portrait de femme dépouillé de sa monture d'or ciselé. Comment un jeune homme naturellement avide d'émotions renoncerait-il aux attraits d'une vie aussi riche d'oppositions et qui lui donne les plaisirs de la guerre en temps de paix ? J'étais presque assoupi quand, d'un coup de pied, Rastignac enfonça la porte de sa chambre, et s'écria : — « Victoire ! nous pourrons mourir à notre aise ! » Il me montra son chapeau plein d'or, le mit sur la table, et nous dansâmes autour comme deux cannibales ayant une proie à manger, hurlant, trépignant, sautant, nous donnant des coups de poing à tuer un rhinocéros, et chantant à l'aspect de tous les plaisirs du monde contenus pour nous dans ce chapeau. — « Vingt-sept mille francs, répétait Rastignac en ajoutant quelques billets de banque au tas d'or. À d'autres cet argent suffirait pour vivre, mais nous suffira-t-il pour mourir ? Oh ! oui, nous expirerons dans un bain d'or. Hourra ! » Et nous cabriolâmes derechef. Nous partageâmes en héritiers, pièce à pièce, commençant par les doubles napoléons, allant des grosses pièces aux petites, et distillant notre joie en disant longtemps : À toi. À moi. — « Nous ne dormirons pas, s'écria Rastignac. Joseph, du punch ! » Il jeta de l'or à son fidèle domestique. — « Voilà ta part, dit-il, enterre-toi si tu peux. » Le lendemain, j'achetai des meubles chez Lesage, je louai l'appartement où tu m'as connu, rue Taitbout, et chargeai le meilleur tapissier de le décorer. J'eus des chevaux. Je me lançai dans un tourbillon de plaisirs creux et réels tout à la fois. Je jouais, gagnais et perdais tour à tour d'énormes sommes, mais au bal, chez nos amis ; jamais dans les maisons de jeu pour lesquelles je conservai ma sainte et primitive horreur. Insensiblement je me fis des amis. Je dus leur attachement à des querelles ou à cette facilité confiante avec laquelle nous nous livrons nos secrets en nous avilissant de compagnie ; mais peut-être aussi ne nous accrochons-nous bien que par nos vices ? Je hasardai quelques compositions littéraires qui me valurent des compliments. Les grands hommes de la littérature marchande, ne voyant point en moi de rival à craindre, me vantèrent, moins sans doute pour mon mérite personnel que pour chagriner celui de leurs camarades. Je devins un *viveur*, pour me servir de l'expression pittoresque consacrée par votre langage d'orgie. Je mettais de l'amour-propre à me tuer promptement, à écraser les plus gais compagnons par ma verve et par ma puissance. J'étais toujours frais, élégant. Je passais pour spirituel. Rien ne trahissait en moi cette épouvantable existence qui fait d'un homme un entonnoir, un appareil à chyle, un cheval de luxe. Bientôt la Débauche m'apparut dans toute la majesté de son horreur, et je la compris ! Certes les hommes sages et rangés qui étiquettent des bouteilles pour leurs héritiers ne peuvent guère concevoir ni la théorie de cette large vie, ni son état normal ; en inculquerez-vous la poésie aux gens de province pour qui l'opium et le thé, si prodigues de délices, ne sont encore que deux médicaments ? À Paris même, dans cette capitale de la pensée, ne se rencontre-t-il pas des sybarites incomplets ? Inhabiles à supporter l'excès du plaisir, ne s'en vont-ils pas fatigués après une orgie, comme le sont ces bons bourgeois qui, après avoir entendu quelque nouvel opéra de Rossini, condamnent la musique ?

Ne renoncent-ils pas à cette vie, comme un homme sobre ne veut plus manger de pâtés de Ruffec, parce que le premier lui a donné une indigestion ? La débauche est certainement un art comme la poésie, et veut des âmes fortes. Pour en saisir les mystères, pour en savourer les beautés, un homme doit en quelque sorte s'adonner à de consciencieuses études. Comme toutes les sciences, elle est d'abord repoussante, épineuse. D'immenses obstacles environnent les grands plaisirs de l'homme, non ses jouissances de détail, mais les systèmes qui érigent en habitude ses sensations les plus rares, les résument, les lui fertilisent en lui créant une vie dramatique dans sa vie, en nécessitant une exorbitante, une prompte dissipation de ses forces. La Guerre, le Pouvoir, les Arts sont des corruptions mises aussi loin de la portée humaine, aussi profondes que l'est la débauche, et toutes sont de difficile accès. Mais quand une fois l'homme est monté à l'assaut de ces grands mystères, ne marche-t-il pas dans un monde nouveau ? Les généraux, les ministres, les artistes sont tous plus ou moins portés vers la dissolution par le besoin d'opposer de violentes distractions à leur existence si fort en dehors de la vie commune. Après tout, la guerre est la débauche du sang, comme la politique est celle des intérêts. Tous les excès sont frères. Ces monstruosités sociales possèdent la puissance des abîmes, elles nous attirent comme Sainte-Hélène appelait Napoléon ; elles donnent des vertiges, elles fascinent, et nous voulons en voir le fond sans savoir pourquoi. La pensée de l'infini existe peut-être dans ces précipices, peut-être renferment-ils quelque grande flatterie pour l'homme ; n'intéresse-t-il pas alors tout à lui-même ? Pour contraster avec le paradis de ses heures studieuses, avec les délices de la conception, l'artiste fatigué demande, soit comme Dieu le repos du dimanche, soit comme le diable les voluptés de l'enfer, afin d'opposer le travail des sens au travail de ses facultés. Le délassement de lord Byron ne pouvait pas être le boston babillard qui charme un rentier ; poète, il voulait la Grèce à jouer contre Mahmoud[1]. En guerre, l'homme ne devient-il pas un ange exterminateur, une espèce de bourreau, mais gigantesque ? Ne faut-il pas des enchantements bien extraordinaires pour nous faire accepter ces atroces douleurs, ennemies de notre frêle enveloppe, qui entourent les passions comme d'une enceinte épineuse ? S'il se roule convulsivement et souffre une sorte d'agonie après avoir abusé du tabac, le fumeur n'a-t-il pas assisté je ne sais en quelles régions à de délicieuses fêtes ? Sans se donner le temps d'essuyer ses pieds qui trempent dans le sang jusqu'à la cheville, l'Europe n'a-t-elle pas sans cesse recommencé la guerre ? L'homme en masse a-t-il donc aussi son ivresse, comme la nature a ses accès d'amour ? Pour l'homme privé, pour le Mirabeau qui végète sous un règne paisible et rêve des tempêtes, la débauche comprend tout ; elle est une perpétuelle étreinte de toute la vie, ou mieux, un duel avec une puissance inconnue, avec un monstre : d'abord le monstre épouvante, il faut l'attaquer par les cornes, c'est des fatigues inouïes ; la nature vous a donné je ne sais quel estomac étroit ou paresseux ? vous le domptez, vous l'élargissez, vous apprenez à porter le vin, vous apprivoisez l'ivresse, vous passez les nuits sans sommeil, vous vous faites enfin un tempérament de colonel de cuirassiers, en vous créant vous-même une seconde fois, comme pour fronder Dieu ! Quand l'homme s'est ainsi métamorphosé, quand, vieux soldat, le néophyte a façonné son âme à l'artillerie, ses jambes à la marche, sans encore appartenir au monstre, mais sans savoir entre eux quel est le maître, ils se roulent l'un sur l'autre, tantôt vainqueurs, tantôt vaincus, dans une sphère où tout est merveilleux, où s'endorment les douleurs de l'âme, où revivent seulement des fantômes

1. Sultan en Turquie au moment de l'indépendance grecque.

d'idées. Déjà cette lutte atroce est devenue nécessaire. Réalisant ces fabuleux personnages qui, selon les légendes, ont vendu leur âme au diable pour en obtenir la puissance de mal faire, le dissipateur a troqué sa mort contre toutes les jouissances de la vie, mais abondantes, mais fécondes ! Au lieu de couler longtemps entre deux rives monotones, au fond d'un Comptoir ou d'une Étude, l'existence bouillonne et fuit comme un torrent. Enfin la débauche est sans doute au corps ce que sont à l'âme les plaisirs mystiques. L'ivresse vous plonge en des rêves dont les fantasmagories sont aussi curieuses que peuvent l'être celles de l'extase. Vous avez des heures ravissantes comme les caprices d'une jeune fille, des causeries délicieuses avec des amis, des mots qui peignent toute une vie, des joies franches et sans arrière-pensée, des voyages sans fatigue, des poèmes déroulés en quelques phrases. La brutale satisfaction de la bête au fond de laquelle la science a été chercher une âme, est suivie de torpeurs enchanteresses après lesquelles soupirent les hommes ennuyés de leur intelligence. Ne sentent-ils pas tous la nécessité d'un repos complet, et la débauche n'est-elle pas une sorte d'impôt que le génie paie au mal ? Vois tous les grands hommes : s'ils ne sont pas voluptueux, la nature les crée chétifs. Moqueuse ou jalouse, une puissance leur vicie l'âme ou le corps pour neutraliser les efforts de leurs talents. Pendant ces heures avinées, les hommes et les choses comparaissent devant vous, vêtus de vos livrées. Roi de la création, vous la transformez à vos souhaits. À travers ce délire perpétuel, le jeu vous verse, à votre gré, son plomb fondu dans les veines. Un jour, vous appartenez au monstre, vous avez alors, comme je l'eus, un réveil enragé : l'impuissance est assise à votre chevet. Vieux guerrier, une phtisie vous dévore ; diplomate, un anévrisme suspend dans votre cœur la mort à un fil ; moi, peut-être une pulmonie va me dire : « Partons ! » comme elle a dit jadis à Raphaël d'Urbin, tué par un excès d'amour. Voilà comment j'ai vécu ! J'arrivais ou trop tôt ou trop tard dans la vie du monde ; sans doute ma force y eût été dangereuse si je ne l'avais amortie ainsi ; l'univers n'a-t-il pas été guéri d'Alexandre par la coupe d'Hercule, à la fin d'une orgie ! Enfin à certaines destinées trompées il faut le ciel ou l'enfer, la débauche ou l'hospice du mont Saint-Bernard. Tout à l'heure je n'avais pas le courage de moraliser ces deux créatures, dit-il en montrant Euphrasie et Aquilina. N'étaient-elles pas mon histoire personnifiée, une image de ma vie ! Je ne pouvais guère les accuser, elles m'apparaissaient comme des juges. Au milieu de ce poème vivant, au sein de cette étourdissante maladie, j'eus cependant deux crises bien fertiles en âcres douleurs. D'abord quelques jours après m'être jeté comme Sardanapale dans mon bûcher, je rencontrai Fœdora sous le péristyle des Bouffons. Nous attendions nos voitures. — Ah ! je vous retrouve encore en vie. Ce mot était la traduction de son sourire, des malicieuses et sourdes paroles qu'elle dit à son sigisbée en lui racontant sans doute mon histoire, et jugeant mon amour comme un amour vulgaire. Elle applaudissait à sa fausse perspicacité. Oh ! mourir pour elle, l'adorer encore, la voir dans mes excès, dans mes ivresses, dans le lit des courtisanes, et me sentir victime de sa plaisanterie ! Ne pouvoir déchirer ma poitrine et y fouiller mon amour pour le jeter à ses pieds ! Enfin, j'épuisai facilement mon trésor ; mais trois années de régime m'avaient constitué la plus robuste de toutes les santés, et le jour où je me trouvai sans argent, je me portais à merveille. Pour continuer de mourir, je signai des lettres de change à courte échéance, et le jour du payement arriva. Cruelles émotions ! et comme elles font vivre de jeunes cœurs ! Je n'étais pas fait pour vieillir encore ; mon âme était toujours jeune, vivace et verte. Ma première dette ranima toutes mes vertus qui vinrent à pas lents et m'apparurent désolées. Je sus transiger avec elles comme avec ces vieilles tantes qui commencent par nous gronder et finissent en nous donnant des larmes et de l'argent. Plus sévère, mon imagination me montrait mon nom voyageant, de ville en ville, dans les places de l'Europe. *Notre nom, c'est nous-mêmes*, a dit Eusèbe Salverte[1]. Après des courses vagabondes, j'allais, comme le double d'un Allemand, revenir à mon logis d'où je n'étais pas sorti, pour me réveiller moi-même en sursaut. Ces hommes de la banque, ces remords commerciaux, vêtus de gris, portant la livrée de leur maître, une plaque d'argent, jadis je les voyais avec indifférence quand ils allaient par les rues de Paris ; mais aujourd'hui, je les haïssais par avance. Un matin, l'un d'eux ne viendrait-il pas me demander raison des onze lettres de change que j'avais griffonnées ? Ma signature valait trois mille francs, je ne les valais pas moi-même ! Les huissiers aux faces insouciantes à tous les désespoirs, même à la mort, se levaient devant moi, comme les bourreaux qui disent à un condamné : — Voici trois heures et demie qui sonnent. Leurs clercs avaient le droit de s'emparer de moi, de griffonner mon nom, de le salir, de s'en moquer. JE DEVAIS ! Devoir, est-ce donc s'appartenir ? D'autres hommes ne pouvaient-ils pas me demander compte de ma vie ? pourquoi j'avais mangé des puddings à la *chipolata*[2], pourquoi je buvais à la glace ? pourquoi je dormais, marchais, pensais, m'amusais sans les payer ? Au milieu d'une poésie, au sein d'une idée, ou à déjeuner, entouré d'amis, de joie, de douces railleries, je pouvais voir entrer un monsieur en habit marron, tenant à la main un chapeau râpé. Ce monsieur sera ma dette, ce sera ma lettre de change, un spectre qui flétrira ma joie, me forcera de quitter la table pour lui parler ; il

1. Auteur d'un *Essai historique et philosophique sur les noms d'hommes, de peuples et de lieux*, paru en 1823.
2. Ragoût d'oignons.

m'enlèvera ma gaieté, ma maîtresse, tout jusqu'à mon lit. Le remords est plus tolérable ; il ne nous met ni dans la rue ni à Sainte-Pélagie, il ne nous plonge pas dans cette exécrable sentine du vice, il ne nous jette qu'à l'échafaud où le bourreau anoblit : au moment de notre supplice, tout le monde croit à notre innocence ; tandis que la société ne laisse pas une vertu au débauché sans argent. Puis ces dettes à deux pattes, habillées de drap vert, portant des lunettes bleues ou des parapluies multicolores ; ces dettes incarnées avec lesquelles nous nous trouvons face à face au coin d'une rue, au moment où nous sourions, ces gens allaient avoir l'horrible privilège de dire : — « Monsieur de Valentin me doit et ne me paie pas. Je le tiens. Ah ! qu'il n'ait pas l'air de me faire mauvaise mine ! » Il faut saluer nos créanciers, les saluer avec grâce. « Quand me paierez-vous ? » disent-ils. Et nous sommes dans l'obligation de mentir, d'implorer un autre homme pour de l'argent, de nous courber devant un sot assis sur sa caisse, de recevoir son froid regard, son regard de sangsue plus odieux qu'un soufflet, de subir sa morale de Barême et sa crasse ignorance. Une dette est une œuvre d'imagination qu'ils ne comprennent pas. Des élans de l'âme entraînent, subjuguent souvent un emprunteur, tandis que rien de grand ne subjugue, rien de généreux ne guide ceux qui vivent dans l'argent et ne connaissent que l'argent. J'avais horreur de l'argent. Enfin la lettre de change peut se métamorphoser en vieillard chargé de famille, flanqué de vertus. Je devrais peut-être à un vivant tableau de Greuze, à un paralytique environné d'enfants, à la veuve d'un soldat, qui tous me tendront des mains suppliantes. Terribles créanciers avec lesquels il faut pleurer, et quand nous les avons payés, nous leur devons encore des secours. La veille de l'échéance, je m'étais couché dans ce calme faux des gens qui dorment avant leur exécution, avant un duel, ils se laissent toujours bercer par une menteuse espérance. Mais en me réveillant, quand je fus de sang-froid, quand je sentis mon âme emprisonnée dans le portefeuille d'un banquier, couchée sur des états, écrite à l'encre rouge, mes dettes jaillirent partout comme des sauterelles ; elles étaient dans ma pendule, sur mes fauteuils, ou incrustées dans les meubles desquels je me servais avec le plus de plaisir. Devenus la proie des harpies du Châtelet, ces doux esclaves matériels allaient donc être enlevés par des recors, et brutalement jetés sur la place. Ah ! ma dépouille était encore moi-même. La sonnette de mon appartement retentissait dans mon cœur, elle me frappait où l'on doit frapper les rois, à la tête. C'était un martyre, sans le ciel pour récompense. Oui, pour un homme généreux, une dette est l'enfer, mais l'enfer avec des huissiers et des agents d'affaires. Une dette impayée est la bassesse, un commencement de friponnerie, et pis que tout cela, un mensonge ! Elle ébauche des crimes, elle assemble les madriers de l'échafaud. Mes lettres de change furent protestées. Trois jours après je les payai ; voici comment. Un spéculateur vint me proposer de lui vendre l'île que je possédais dans la Loire et où était le tombeau de ma mère. J'acceptai. En signant le contrat chez le notaire de mon acquéreur, je sentis au fond de l'étude obscure une fraîcheur semblable à celle d'une cave. Je frissonnai en reconnaissant le même froid humide qui m'avait saisi sur le bord de la fosse où gisait mon père. J'accueillis ce hasard comme un funeste présage. Il me semblait entendre la voix de ma mère et voir son ombre ; je ne sais quelle puissance faisait retentir vaguement mon propre nom dans mon oreille, au milieu d'un bruit de cloches ! Le prix de mon île me laissa, toutes dettes payées, deux mille francs. Certes, j'eusse pu revenir à la paisible existence du savant, retourner à ma mansarde après avoir expérimenté la vie, y revenir la tête pleine d'observations immenses et jouissant déjà d'une espèce de réputation. Mais Fœdora n'avait pas lâché sa proie. Nous nous étions souvent trouvés en présence. Je lui faisais corner mon nom aux oreilles par ses amants étonnés de mon esprit, de mes chevaux, de mes succès, de mes équipages. Elle restait froide et insensible à tout, même à cette horrible phrase : Il se tue pour vous ! dite par Rastignac. Je chargeais le monde entier de ma vengeance, mais je n'étais pas heureux ! En creusant ainsi la vie jusqu'à la fange, j'avais toujours senti davantage les délices d'un amour partagé, j'en poursuivais le fantôme à travers les hasards de mes dissipations, au sein des orgies. Pour mon malheur, j'étais trompé dans mes belles croyances, j'étais puni de mes bienfaits par l'ingratitude, récompensé de mes fautes par mille plaisirs. Sinistre philosophie, mais vraie pour la débauche ! Enfin Fœdora m'avait communiqué la lèpre de sa vanité. En sondant mon âme, je la trouvais gangrenée, pourrie. Le démon m'avait imprimé son ergot au front. Il m'était désormais impossible de me passer des tressaillements continuels d'une vie à tout moment risquée, et des exécrables raffinements de la richesse. Riche à millions, j'aurais toujours joué, mangé, couru. Je ne voulais plus rester seul avec moi-même. J'avais besoin de courtisanes, de faux amis, de vin, de bonne chère pour m'étourdir. Les liens qui attachent un homme à la famille étaient brisés en moi pour toujours. Galérien du plaisir, je devais accomplir ma destinée de suicide. Pendant les derniers jours de ma fortune, je fis chaque jour des excès incroyables ; mais, chaque matin, la mort me rejetait dans la vie. Semblable à un rentier viager, j'aurais pu passer tranquillement dans un incendie. Enfin je me trouvai seul avec une pièce de vingt francs, je me souvins alors du bonheur de Rastignac... — « Hé ! hé ! » s'écria-t-il en pensant tout à coup à son talisman qu'il tira de sa poche.

Soit que, fatigué des luttes de cette longue journée, il n'eût plus la force de gouverner son intelligence dans les flots de vin et de punch, soit qu'exaspéré par l'image de sa vie, il se fût insensiblement enivré par le torrent de ses paroles, Raphaël s'anima, s'exalta comme un homme complètement privé de raison. — « Au diable la mort ! s'écria-t-il en brandissant la Peau. Je veux vivre maintenant ! Je suis riche, j'ai toutes les vertus. Rien ne me résistera. Qui ne serait pas bon quand il peut tout ? Hé ! hé ! Ohé ! J'ai souhaité deux cent mille livres de rentes, je les aurai. Saluez-moi, pourceaux qui vous vautrez sur ces tapis comme sur du fumier ! Vous m'appartenez, fameuse propriété ! Je suis riche, je peux vous acheter tous, même le député qui ronfle là. Allons, canaille de la haute société, bénissez-moi ! Je suis pape. »

En ce moment les exclamations de Raphaël, jusque-là couvertes par la basse continue des ronflements, furent entendues soudain. La plupart des dormeurs se réveillèrent en criant, ils virent l'interrupteur mal assuré sur ses jambes, et maudirent sa bruyante ivresse par un concert de jurements.

— Taisez-vous ! reprit Raphaël. Chiens, à vos niches ! Émile, j'ai des trésors, je te donnerai des cigares de La Havane.

— Je t'entends, répondit, le poète, *Fœdora ou la mort !* Va ton train ! Cette sucrée de Fœdora t'a trompé. Toutes les femmes sont filles d'Ève. Ton histoire n'est pas du tout dramatique.

— Ah ! tu dormais, sournois ?

— Non ! Fœdora ou la mort, j'y suis.

— Réveille-toi, s'écria Raphaël en frappant Émile avec la Peau de chagrin comme s'il voulait en tirer du fluide électrique.

— Tonnerre ! dit Émile en se levant et en saisissant Raphaël à bras-le-corps, mon ami, songe donc que tu es avec des femmes de mauvaise vie.

— Je suis millionnaire.

— Si tu n'es pas millionnaire, tu es bien certainement ivre.

— Ivre du pouvoir. Je peux te tuer ! Silence, je suis Néron ! je suis Nabuchodonosor.

— Mais, Raphaël, nous sommes en méchante compagnie, tu devrais rester silencieux, par dignité.

— Ma vie a été un trop long silence. Maintenant, je vais me venger du monde entier. Je ne m'amuserai pas à dissiper de vils écus, j'imiterai, je résumerai mon époque en consommant des vies humaines, et des intelligences, des âmes. Voilà un luxe qui n'est pas mesquin, n'est-ce pas l'opulence de la peste ! Je lutterai avec la fièvre jaune, bleue, verte, avec les armées, avec les échafauds. Je puis avoir Fœdora. Mais non, je ne veux pas de Fœdora, c'est ma maladie, je meurs de Fœdora ! Je veux oublier Fœdora.

— Si tu continues à crier, je t'emporte dans la salle à manger.

— Vois-tu cette Peau ? c'est le testament de Salomon. Il est à moi, Salomon, ce petit cuistre de roi ! J'ai l'Arabie, Pétrée encore. L'univers à moi. Tu es à moi, si je veux. Ah ! si je veux, prends garde ! Je peux acheter toute ta boutique de journaliste, tu seras mon valet. Tu me feras des couplets, tu régleras mon papier. Valet ! *Valet*, cela veut dire : Il se porte bien, parce qu'il ne pense à rien.

À ce mot, Émile emporta Raphaël dans la salle à manger.

— Eh bien, oui, mon ami, lui dit-il, je suis ton valet. Mais tu vas être rédacteur en chef d'un journal, tais-toi ! Sois décent, par considération pour moi ! M'aimes-tu ?

— Si je t'aime ! Tu auras des cigares de La Havane, avec cette Peau. Toujours la Peau, mon ami, la Peau souveraine ! Excellent topique, je peux guérir les cors. As-tu des cors ? Je te les ôte.

— Jamais je ne l'ai vu si stupide.

— Stupide, mon ami ? Non. Cette peau se rétrécit quand j'ai un désir… c'est une antiphrase. Le brachmane, il se trouve un brachmane là-dessous ! le brachmane donc était un goguenard, parce que les désirs, vois-tu, doivent étendre....

— Eh bien, oui.

— Je te dis...

— Oui, cela est très vrai, je pense comme toi. Le désir étend...

— Je te dis, la Peau...

— Oui.

— Tu ne me crois pas. Je te connais, mon ami, tu es menteur comme un nouveau roi.

— Comment veux-tu que j'adopte les divagations de ton ivresse ?

— Je te parie, je peux te le prouver. Prenons la mesure.

— Allons, il ne s'endormira pas, s'écria Émile en voyant Raphaël occupé à fureter dans la salle à manger.

Valentin animé d'une adresse de singe, grâce à cette singulière lucidité dont les phénomènes contrastent parfois chez les ivrognes avec les obtuses visions de l'ivresse, sut trouver une écritoire et une serviette, en répétant toujours : Prenons la mesure ! Prenons la mesure !

— Eh bien, oui, reprit Émile, prenons la mesure !

Les deux amis étendirent la serviette et y superposèrent la Peau de chagrin. Émile, dont la main semblait être plus assurée que celle de Raphaël, décrivit à la plume, par une ligne d'encre, les contours du talisman, pendant que son ami lui disait : — J'ai souhaité deux cent mille livres de rentes, n'est-il pas vrai ? Eh bien quand je les aurai, tu verras la diminution de tout mon chagrin.

— Oui, maintenant dors. Veux-tu que je t'arrange sur ce canapé ? Allons, es-tu bien ?

— Oui, mon nourrisson de la Presse. Tu m'amuseras, tu chasseras mes mouches. L'ami du malheur a droit d'être l'ami du pouvoir. Aussi, te donnerai-je des ci... ga... res... de La Hav...

— Allons, cuve ton or, millionnaire.

— Toi, cuve tes articles. Bonsoir. Dis donc bonsoir à Nabuchodonosor ! Amour ! À boire ! France… gloire et riche… Riche…

Bientôt les deux amis unirent leurs ronflements à la musique qui retentissait dans les salons. Concert inutile ! Les bougies s'éteignirent une à une faisant éclater leurs bobèches de cristal. La nuit enveloppa d'un crêpe cette longue orgie dans laquelle le récit de Raphaël avait été comme une orgie de paroles, de mots sans idées, et d'idées auxquelles les expressions avaient souvent manqué.

Le lendemain, vers midi, la belle Aquilina se leva, bâillant, fatiguée, et les joues marbrées par les empreintes du tabouret en velours peint sur lequel sa tête avait reposé. Euphrasie, réveillée par le mouvement de sa compagne, se dressa tout à coup en jetant un cri rauque ; sa jolie figure, si blanche, si fraîche la veille, était jaune et pâle comme celle d'une fille allant à l'hôpital. Insensiblement les convives se remuèrent en poussant des gémissements sinistres, ils se sentirent les bras et les jambes raidis, mille fatigues diverses les accablèrent à leur réveil. Un valet vint ouvrir les persiennes et les fenêtres des salons. L'assemblée se trouva sur pied, rappelée à la vie par les chauds rayons du soleil qui pétilla sur les têtes des dormeurs. Les mouvements du sommeil ayant brisé l'élégant édifice de leurs coiffures et fané leurs toilettes, les femmes frappées par l'éclat du jour présentèrent un hideux spectacle : leurs cheveux pendaient sans grâce, leurs physionomies avaient changé d'expression, leurs yeux si brillants étaient ternis par la lassitude. Les teints bilieux qui jettent tant d'éclat aux lumières faisaient horreur, les figures lymphatiques, si blanches, si molles quand elles sont reposées, étaient devenues vertes ; les bouches naguère délicieuses et rouges, maintenant sèches et blanches, portaient les honteux stigmates de l'ivresse. Les hommes reniaient leurs maîtresses nocturnes à les voir ainsi décolorées, cadavéreuses comme des fleurs écrasées dans une rue après le passage des processions. Ces hommes dédaigneux étaient plus horribles encore. Vous eussiez frémi de voir ces faces humaines, aux yeux caves et cernés qui semblaient ne rien voir, engourdies par le vin, hébétées par un sommeil gêné, plus fatigant que réparateur. Ces visages hâves où paraissaient à nu les appétits physiques sans la poésie dont les décore notre âme, avaient je ne sais quoi de féroce et de froidement bestial. Ce réveil du vice sans vêtements ni fard, ce squelette du mal déguenillé, froid, vide et privé des sophismes de l'esprit ou des enchantements du luxe, épouvanta ces intrépides athlètes, quelque habitués qu'ils fussent à lutter avec la débauche. Artistes et courtisanes gardèrent le silence en examinant d'un œil hagard le désordre de l'appartement où tout avait été dévasté, ravagé par le feu des passions. Un rire satanique s'éleva tout à coup lorsque Taillefer, entendant le râle sourd de ses hôtes, essaya de les saluer par une grimace; son visage en sueur et sanguinolent fit planer sur cette scène infernale l'image du crime sans remords. (Voir *l'Auberge rouge*.) Le tableau fut complet. C'était la vie fangeuse au sein du luxe, un horrible mélange des pompes et des misères humaines, le réveil de la débauche, quand de ses mains fortes, elle a pressé tous les fruits de la vie, pour ne laisser autour d'elle que d'ignobles débris ou des mensonges auxquels elle ne croit plus. Vous eussiez dit la Mort souriant au milieu d'une famille pestiférée: plus de parfums ni de lumières étourdissantes, plus de gaieté ni de désirs; mais le dégoût avec ses odeurs nauséabondes et sa poignante philosophie, mais le soleil éclatant comme la vérité, mais un air pur comme la vertu, qui contrastaient avec une atmosphère chaude, chargée de miasmes, les miasmes d'une orgie! Malgré leur habitude du vice, plusieurs de ces jeunes filles pensèrent à leur réveil d'autrefois, quand, innocentes et pures, elles entrevoyaient par leurs croisées champêtres ornées de chèvrefeuilles et de roses un frais paysage enchanté par les joyeuses roulades de l'alouette, vaporeusement illuminé par les lueurs de l'aurore et paré des fantaisies de la rosée. D'autres se peignirent le déjeuner de la famille, la table autour de laquelle riaient innocemment les enfants et le père, où tout respirait un charme indéfinissable, où les mets étaient simples comme les cœurs. Un artiste songeait à la paix de son atelier, à sa chaste statue, au gracieux modèle qui l'attendait. Un jeune homme, se souvenant du procès d'où dépendait le sort d'une famille, pensait à la transaction importante qui réclamait sa présence. Le savant regrettait son cabinet où l'appelait un noble ouvrage. Presque tous se plaignaient d'eux-mêmes. En ce moment, Émile, frais et rose comme le plus joli des commis-marchands d'une boutique en vogue, apparut en riant.

— Vous êtes plus laids que des recors, s'écria-t-il. Vous ne pourrez rien faire aujourd'hui ; la journée est perdue, m'est avis de déjeuner.

À ces mots, Taillefer sortit pour donner des ordres. Les femmes allèrent languissamment rétablir le désordre de leurs toilettes devant les glaces. Chacun se secoua. Les plus vicieux prêchèrent les plus sages. Les courtisanes se moquèrent de ceux qui paraissaient ne pas se trouver de force à continuer ce rude festin. En un moment, ces spectres s'animèrent, formèrent des groupes, s'interrogèrent et sourirent. Quelques valets habiles et lestes remirent promptement les meubles et chaque chose à sa place. Un déjeuner splendide fut servi. Les convives se ruèrent alors dans la salle à manger. Là, si tout porta l'empreinte ineffaçable des excès de la veille, au moins y eut-il trace d'existence et de pensée comme dans les dernières convulsions d'un mourant. Semblable au convoi du mardi-gras, la saturnale était enterrée par des masques fatigués de leurs danses, ivres de l'ivresse, et voulant convaincre le plaisir d'impuissance pour ne pas s'avouer la leur. Au moment où cette intrépide assemblée borda la table du capitaliste, Cardot, qui, la veille, avait disparu prudemment après le dîner, pour finir son orgie dans le lit conjugal, montra sa figure officieuse sur laquelle errait un doux sourire. Il semblait avoir deviné quelque succession, à déguster, à partager, à inventorier, à grossoyer, une succession pleine d'actes à faire, grosse d'honoraires, aussi juteuse que le filet tremblant dans lequel l'amphitryon plongeait alors son couteau.

— Oh ! oh ! nous allons déjeuner par-devant notaire, s'écria de Cursy.

— Vous arrivez à propos pour coter et parapher toutes ces pièces, lui dit le banquier en lui montrant le festin.

— Il n'y a pas de testament à faire, mais pour des contrats de mariage, peut-être ! dit le savant qui pour la première fois depuis un an s'était supérieurement marié.

— Oh ! oh !

— Ah ! ah !

— Un instant, répliqua Cardot assourdi par un chœur de mauvaises plaisanteries, je viens ici pour affaire sérieuse. J'apporte six millions à l'un de vous. (Silence profond.) Monsieur, dit-il en s'adressant à Raphaël qui, dans ce moment, s'occupait sans cérémonie à s'essuyer les yeux avec un coin de sa serviette, madame votre mère n'était-elle pas une demoiselle O'Flaharty ?

— Oui, répondit Raphaël assez machinalement, *Barbe-Marie*.

— Avez-vous ici, reprit Cardot, votre acte de naissance et celui de madame de Valentin ?

— Je le crois.

— Eh bien, monsieur, vous êtes seul et unique héritier du major O'Flaharty, décédé en août 1828, à Calcutta.

— C'est une fortune *incalculable* ! s'écria le jugeur.

— Le major ayant disposé par son testament de plusieurs sommes en faveur de quelques établissements publics, sa succession a été réclamée à la Compagnie des Indes par le gouvernement français, reprit le notaire. Elle est en ce moment liquide et palpable. Depuis quinze jours je cherchais infructueusement les ayants cause de la demoiselle Barbe-Marie O'Flaharty, lorsque hier à table…

En ce moment, Raphaël se leva soudain en laissant échapper le mouvement brusque d'un homme qui reçoit une blessure. Il se fit comme une acclamation silencieuse, le premier sentiment des convives fut dicté par une sourde envie, tous les yeux se tournèrent vers lui comme autant de flammes. Puis un murmure, semblable à celui d'un parterre qui se courrouce, une rumeur d'émeute commença, grossit, et chacun dit un mot pour saluer cette fortune immense apportée par le notaire. Rendu à toute sa raison par la brusque obéissance du sort, Raphaël étendit promptement sur la table la serviette avec laquelle il avait mesuré naguère la Peau de chagrin. Sans rien écouter, il y superposa le talisman, et frissonna violemment en voyant une petite distance entre le contour tracé sur le linge et celui de la Peau.

— Hé bien ! qu'a-t-il donc ? s'écria Taillefer, il a sa fortune à bon compte.

— *Soutiens-le, Châtillon*[1], dit Bixiou à Émile, la joie va le tuer.

Une horrible pâleur dessina tous les muscles de la figure flétrie de cet héritier, ses traits se contractèrent, les saillies de son visage blanchirent, les creux devinrent sombres, le masque fut livide, et les yeux se fixèrent. Il voyait la MORT. Ce banquier splendide entouré de courtisanes fanées, de visages rassasiés, cette agonie de la joie, était une vivante image de sa vie. Raphaël regarda trois fois le talisman qui

1. Écho à une phrase de *Zaïre* de Voltaire.

jouait à l'aise dans les impitoyables lignes imprimées sur la serviette, il essayait de douter ; mais un clair pressentiment anéantissait son incrédulité. Le monde lui appartenait, il pouvait tout et ne voulait plus rien. Comme un voyageur au milieu du désert, il avait un peu d'eau pour la soif et devait mesurer sa vie au nombre des gorgées. Il voyait ce que chaque désir devait lui coûter de jours. Puis il croyait à la Peau de chagrin, il s'écoutait respirer, il se sentait déjà malade, il se demandait : Ne suis-je pas pulmonique ? Ma mère n'est-elle pas morte de la poitrine ?

— Ah ! ah ! Raphaël, vous allez bien vous amuser ! Que me donnerez-vous ? disait Aquilina.

— Buvons à la mort de son oncle, le major Martin O'Flaharty ! Voilà un homme.

— Il sera pair de France.

— Bah ! qu'est-ce qu'un pair de France après Juillet ? dit le jugeur.

— Auras-tu loge aux Bouffons ?

— J'espère que vous nous régalerez tous, dit Bixiou.

— Un homme comme lui sait faire grandement les choses, dit Émile.

Le hourra de cette assemblée rieuse résonnait aux oreilles de Valentin sans qu'il pût saisir le sens d'un seul mot ; il pensait vaguement à l'existence mécanique et sans désirs d'un paysan de Bretagne, chargé d'enfants, labourant son champ, mangeant du sarrasin, buvant du cidre à même son *piché*, croyant à la Vierge et au roi, communiant à Pâques, dansant le dimanche sur une pelouse verte et ne comprenant pas le sermon de son *recteur*. Le spectacle offert en ce moment à ses regards, ces lambris dorés, ces courtisanes, ce repas, ce luxe, le prenaient à la gorge et le faisaient tousser.

— Désirez-vous des asperges ? lui cria le banquier.

— *Je ne désire rien*, lui répondit Raphaël d'une voix tonnante.

— Bravo ! répliqua Taillefer. Vous comprenez la fortune, elle est un brevet d'impertinence. Vous êtes des nôtres ! Messieurs, buvons à la puissance de l'or. Monsieur de Valentin devenu six fois millionnaire arrive au pouvoir. Il est roi, il peut tout, il est au-dessus de tout, comme sont tous les riches. Pour lui désormais, LES FRANÇAIS SONT ÉGAUX DEVANT LA LOI est un mensonge inscrit en tête de la Charte. Il n'obéira pas aux lois, les lois lui obéiront. Il n'y a pas d'échafaud, pas de bourreaux pour les millionnaires !

— Oui, répliqua Raphaël, ils sont eux-mêmes leurs bourreaux !

— Encore un préjugé ! cria le banquier.

— Buvons, dit Raphaël en mettant le talisman dans sa poche.

— Que fais-tu là ? dit Émile en lui arrêtant la main. Messieurs, ajouta-t-il en s'adressant à l'assemblée assez surprise des manières de Raphaël, apprenez que notre ami de Valentin, que dis-je ? MONSIEUR LE MARQUIS DE VALENTIN, possède un secret pour faire fortune. Ses souhaits sont accomplis au moment même où il les forme. À moins de passer pour un laquais, pour un homme sans cœur, il va nous enrichir tous.

— Ah ! mon petit Raphaël, je veux une parure de perles, s'écria Euphrasie.

— S'il est reconnaissant, il me donnera deux voitures attelées de beaux chevaux et qui aillent vite ! dit Aquilina.

— Souhaitez cent mille livres de rente pour moi.

— Des cachemires !

— Payez mes dettes !

— Envoie une apoplexie à mon oncle, le grand sec !

— Raphaël, je te tiens quitte à dix mille livres de rente.

— Voilà bien des donations ! s'écria le notaire.

— Il devrait bien me guérir de la goutte.

— Faites baisser les rentes, s'écria le banquier.

Toutes ces phrases partirent comme les gerbes du

bouquet qui termine un feu d'artifice. Ces furieux désirs étaient peut-être plus sérieux que plaisants.

— Mon cher ami, dit Émile d'un air grave, je me contenterai de deux cent mille livres de rente, exécute-toi de bonne grâce, allons !

— Émile, dit Raphaël, tu ne sais donc pas à quel prix ?

— Belle excuse ! s'écria le poète. Ne devons-nous pas nous sacrifier pour nos amis ?

— J'ai presque envie de souhaiter votre mort à tous, répondit Valentin en jetant un regard sombre et profond sur les convives.

— Les mourants sont furieusement cruels, dit Émile en riant. Te voilà riche, ajouta-t-il sérieusement, eh bien, je ne te donne pas deux mois pour devenir fangeusement égoïste. Tu es déjà stupide, tu ne comprends pas une plaisanterie. Il ne te manque plus que de croire à ta Peau de chagrin.

Raphaël, qui craignit les moqueries de cette assemblée, garda le silence, but outre mesure et s'enivra pour oublier un moment sa funeste puissance.

L'agonie

Dans les premiers jours du mois de décembre, un vieillard septuagénaire allait, malgré la pluie, par la rue de Varenne en levant le nez à la porte de chaque hôtel, et cherchant l'adresse de monsieur le marquis de Valentin, avec la naïveté d'un enfant et l'air absorbé des philosophes. L'empreinte d'un violent chagrin aux prises avec un caractère despotique éclatait sur cette figure accompagnée de longs cheveux gris en désordre, desséchée comme un vieux parchemin qui se tord dans le feu. Si quelque peintre eût rencontré ce singulier personnage, vêtu de noir, maigre et ossu, sans doute il l'aurait, de retour à l'atelier, transfiguré sur son album, en inscrivant au-dessous du portrait : *Poète classique en quête d'une rime.* Après avoir vérifié le numéro qui lui avait été indiqué, cette vivante palingénésie de Rollin frappa doucement à la porte d'un magnifique hôtel.

— Monsieur Raphaël y est-il ? demanda le bonhomme à un suisse en livrée.

— Monsieur le marquis ne reçoit personne, répondit le valet en avalant une énorme mouillette qu'il retirait d'un large bol de café.

— Sa voiture est là, répondit le vieil inconnu en montrant un brillant équipage arrêté sous le dais de bois qui représentait une tente de coutil et par lequel les marches du perron étaient abritées. Il va sortir, je l'attendrai.

— Ah ! mon ancien, vous pourriez bien rester ici jusqu'à demain matin, reprit le suisse. Il y a toujours une voiture prête pour monsieur. Mais sortez, je vous prie, je perdrais six cents francs de rente viagère si je laissais une seule fois entrer sans ordre une personne étrangère à l'hôtel.

En ce moment, un grand vieillard dont le costume ressemblait assez à celui d'un huissier ministériel sortit du vestibule et descendit précipitamment quelques marches en examinant le vieux solliciteur ébahi.

— Au surplus, voici monsieur Jonathas, dit le suisse. Parlez-lui.

Les deux vieillards, attirés l'un vers l'autre par une sympathie ou par une curiosité mutuelle, se rencontrèrent au milieu de la vaste cour d'honneur, à un rond-point où croissaient quelques touffes d'herbes entre les pavés. Un silence effrayant régnait dans cet hôtel. En voyant Jonathas, vous eussiez voulu pénétrer le mystère qui planait sur sa figure, et dont parlaient les moindres choses dans cette maison morne. Le premier soin de Raphaël, en recueillant l'immense succession de son oncle, avait été de découvrir où vivait le vieux serviteur dévoué sur l'affection duquel il pouvait compter. Jonathas pleura de joie en revoyant son jeune maître auquel il croyait avoir dit un éternel adieu ; mais rien n'égala son bonheur quand le marquis le promut aux éminentes fonctions d'intendant. Le vieux Jonathas devint une puissance intermédiaire placée entre Raphaël et le monde entier. Ordonnateur suprême de la fortune de son maître, exécuteur aveugle d'une pensée inconnue, il était comme un sixième sens à travers lequel les émotions de la vie arrivaient à Raphaël.

— Monsieur, je désirerais parler à monsieur Raphaël, dit

le vieillard à Jonathas en montant quelques marches du perron pour se mettre à l'abri de la pluie.

— Parler à monsieur le marquis ! s'écria l'intendant. À peine m'adresse-t-il la parole, à moi son père nourricier.

— Mais je suis aussi son père nourricier, s'écria le vieil homme. Si votre femme l'a jadis allaité, je lui ai fait sucer moi-même le sein des muses. Il est mon nourrisson, mon enfant, *carus alumnus !* J'ai façonné sa cervelle, cultivé son entendement, développé son génie, et, j'ose le dire, à mon honneur et gloire. N'est-il pas un des hommes les plus remarquables de notre époque ? Je l'ai eu, sous moi, en sixième, en troisième et en rhétorique. Je suis son professeur.

— Ah ! monsieur est monsieur Porriquet.

— Précisément. Mais monsieur...

— Chut, chut ! fit Jonathas à deux marmitons dont les voix rompaient le silence claustral dans lequel la maison était ensevelie.

— Mais, monsieur, reprit le professeur, monsieur le marquis serait-il malade ?

— Mon cher monsieur, répondit Jonathas, Dieu sait ce qui tient mon maître. Voyez-vous, il n'existe pas à Paris deux maisons semblables à la nôtre. Entendez-vous ? deux maisons. Ma foi, non. Monsieur le marquis a fait acheter cet hôtel qui appartenait précédemment à un duc et pair. Il a dépensé trois cent mille francs pour le meubler. Voyez-vous ? c'est une somme, trois cent mille francs. Mais chaque pièce de notre maison est un vrai miracle. Bon ! me suis-je dit en voyant cette magnificence, c'est comme chez défunt monsieur son grand-père ! Le jeune marquis va recevoir la ville et la cour ! Point. Monsieur n'a voulu voir personne. Il mène une drôle de vie, monsieur Porriquet, entendez-vous ? une vie inconciliable. Monsieur se lève tous les jours à la même heure. Il n'y a que moi, moi seul, voyez-vous ? qui puisse entrer dans sa chambre. J'ouvre à sept heures, été comme hiver. Cela est convenu singulièrement. Étant entré, je lui dis : Monsieur le marquis, il faut vous réveiller et vous habiller. Il se réveille et s'habille. Je dois lui donner sa robe de chambre, toujours faite de la même façon et de la même étoffe. Je suis obligé de la remplacer quand elle ne pourra plus servir, rien que pour lui éviter la peine d'en demander une neuve. C'te imagination ! Au fait, il a mille francs à manger par jour, il fait ce qu'il veut, ce cher enfant. D'ailleurs, je l'aime tant, qu'il me donnerait un soufflet sur la joue droite, je lui tendrais la gauche ! Il me dirait de faire des choses plus difficiles, je les ferais encore, entendez-vous ? Au reste, il m'a chargé de tant de vétilles, que j'ai de quoi m'occuper. Il lit les journaux, pas vrai ? Ordre de les mettre au même endroit, sur la même table. Je viens aussi, à la même heure, lui faire moi-même la barbe et je ne tremble pas. Le cuisinier perdrait mille écus de rente viagère qui l'attendent après la mort de monsieur, si le déjeuner ne se trouvait pas inconciliablement servi devant monsieur, à dix heures, tous les matins, et le dîner à cinq heures précises. Le menu est dressé pour l'année entière, jour par jour. Monsieur le marquis n'a rien à souhaiter. Il a des fraises quand il y a des fraises, et le premier maquereau qui arrive à Paris, il le mange. Le programme est imprimé, il sait le matin son dîner par cœur. Pour lors, il s'habille à la même heure avec les mêmes habits, le même linge, posés toujours par moi, entendez-vous ? sur le même fauteuil. Je dois encore veiller à ce qu'il ait toujours le même drap ; en cas de besoin, si sa redingote s'abîme, une supposition, la remplacer par une autre, sans lui en dire un mot. S'il fait beau, j'entre et je dis à mon maître : Vous devriez sortir, monsieur ! Il me répond oui, ou non. S'il a idée de se promener, il n'attend pas ses chevaux, ils sont toujours attelés ; le cocher reste inconciliablement, fouet en main, comme vous le voyez là. Le soir, après le dîner, monsieur va un jour à l'Opéra et l'autre aux Ital… mais non, il n'est pas encore allé aux Italiens, je n'ai pu me procurer une loge qu'hier. Puis, il rentre à onze heures précises pour se coucher. Pendant les intervalles de la journée où il ne fait rien, il lit, il lit toujours, voyez-vous ? une idée qu'il a. J'ai ordre de lire avant lui le *Journal de la librairie*, afin d'acheter des livres nouveaux, afin qu'il les trouve le jour même de leur vente sur sa cheminée. J'ai la consigne d'entrer d'heure en heure chez lui, pour veiller au feu, à tout, pour voir à ce que rien ne lui manque ; il m'a donné, monsieur, un petit livre à apprendre par cœur, et où sont écrits tous mes devoirs, un vrai catéchisme. En été, je dois, avec des tas de glace, maintenir la température au même degré de fraîcheur, et mettre en tout temps des fleurs nouvelles partout. Il est riche ! Il a mille francs à manger par jour, il peut faire ses fantaisies. Il a été privé assez longtemps du nécessaire, le pauvre enfant ! Il ne tourmente personne, il est bon comme le bon pain, jamais il ne dit mot, mais, par exemple, silence complet à l'hôtel et dans le jardin ! Enfin, mon maître n'a pas un seul désir à former, tout marche au doigt et à l'œil, et *recta !* Et il a raison, si l'on ne tient pas les domestiques, tout va à la débandade. Je lui dis tout ce qu'il doit faire, et il m'écoute. Vous ne sauriez croire à quel point il a poussé la chose. Ses appartements sont… en… en comment donc ? ah ! en enfilade. Eh bien, il ouvre, une supposition, la porte de sa chambre ou de son cabinet, crac ! toutes les portes s'ouvrent d'elles-mêmes par un mécanisme. Pour lors, il peut aller d'un bout à l'autre de sa maison sans trouver une seule porte fermée. C'est gentil et commode et agréable pour nous autres ! Ça nous a coûté gros par exemple ! Enfin, finalement, monsieur Porriquet, il m'a dit : « Jonathas, tu auras soin de moi comme d'un enfant au maillot. Au maillot, oui, monsieur, au maillot qu'il a dit. Tu penseras à mes besoins, pour moi. » Je suis le maître, entendez-vous ? et il est quasiment le domestique. Le pourquoi ? Ah ! par exemple, voilà ce que personne au monde ne sait que lui et le bon Dieu. C'est inconciliable !

— Il fait un poème, s'écria le vieux professeur.

— Vous croyez, monsieur, qu'il fait un poème ? C'est donc bien assujettissant, ça ! Mais, voyez-vous, je ne crois pas. Il me répète souvent qu'il veut vivre comme une vergétation, en vergétant. Et pas plus tard qu'hier, monsieur Porriquet, il regardait une tulipe, et il disait en s'habillant : « Voilà ma vie. Je vergète, mon pauvre Jonathas. » À cette heure, d'autres prétendent qu'il est *monomane*. C'est inconciliable !

— Tout me prouve, Jonathas, reprit le professeur avec une gravité magistrale qui imprima un profond respect au vieux valet de chambre, que votre maître s'occupe d'un grand ouvrage. Il est plongé dans de vastes méditations, et ne veut pas en être distrait par les préoccupations de la vie vulgaire. Au milieu de ses travaux intellectuels, un homme de génie oublie tout. Un jour le célèbre Newton…

— Ah ! Newton, bien, dit Jonathas. Je ne le connais pas.

— Newton, un grand géomètre, reprit Porriquet, passa vingt-quatre heures, le coude appuyé sur une table ; quand il sortit de sa rêverie, il croyait le lendemain être encore à la veille, comme s'il eût dormi. Je vais aller le voir, ce cher enfant, je peux lui être utile.

— Minute, s'écria Jonathas. Vous seriez le roi de France, l'ancien, s'entend ! que vous n'entreriez pas à moins de forcer les portes et de me marcher sur le corps. Mais, monsieur Porriquet, je cours lui dire que vous êtes là, et je lui demanderai comme ça : Faut-il le faire monter ? Il répondra *oui* ou *non*. Jamais je ne lui dis : *Souhaitez-vous ? voulez-vous ? désirez-vous ?* Ces mots-là sont rayés de la conversation. Une fois il m'en est échappé un. — Veux-tu me faire mourir ? m'a-t-il dit, tout en colère.

Jonathas laissa le vieux professeur dans le vestibule, en lui faisant signe de ne pas avancer ; mais il revint promptement avec une réponse favorable, et conduisit le vieil émérite[1] à travers de somptueux appartements dont toutes les portes étaient ouvertes. Porriquet aperçut de loin son élève au coin d'une cheminée. Enveloppé d'une robe de chambre à grands dessins, et plongé dans un fauteuil à ressorts, Raphaël lisait le journal. L'extrême mélancolie à laquelle il paraissait être en proie était exprimée par l'attitude maladive de son corps affaissé ; elle était peinte sur son front, sur son visage pâle comme une fleur étiolée. Une sorte de grâce efféminée et les bizarreries particulières aux malades riches distinguaient sa personne. Ses mains, semblables à celles d'une jolie femme, avaient une blancheur molle et délicate. Ses cheveux blonds, devenus rares, se bouclaient autour de ses tempes par une coquetterie recherchée. Une calotte grecque, entraînée par un gland trop lourd pour le léger cachemire dont elle était faite, pendait sur un côté de sa tête. Il avait laissé tomber à ses pieds le couteau de malachite enrichi d'or dont il s'était servi pour couper les feuillets d'un livre. Sur ses genoux était le bec d'ambre d'un magnifique houka de l'Inde dont les spirales émaillées gisaient comme un serpent dans sa chambre, et il oubliait d'en sucer les frais parfums. Cependant la faiblesse générale de son jeune corps était démentie par des yeux bleus où toute la vie semblait s'être retirée, où brillait un sentiment extraordinaire qui saisissait tout d'abord. Ce regard faisait mal à voir. Les uns pouvaient y lire du désespoir ; d'autres y deviner un combat intérieur, aussi terrible qu'un remords. C'était le coup d'œil profond de l'impuissant qui refoule ses désirs au fond de son cœur, ou celui de l'avare jouissant par la pensée de tous les plaisirs que son argent pourrait lui procurer, et s'y refusant pour ne pas amoindrir son trésor ; ou le regard du Prométhée enchaîné, de Napoléon déchu qui apprend à l'Élysée, en

1. Professeur à la retraite.

1815, la faute stratégique commise par ses ennemis, qui demande le commandement pour vingt-quatre heures et ne l'obtient pas. Véritable regard de conquérant et de damné ! et, mieux encore, le regard que plusieurs mois auparavant Raphaël avait jeté sur la Seine ou sur sa dernière pièce d'or mise au jeu. Il soumettait sa volonté, son intelligence, au grossier bon sens d'un vieux paysan à peine civilisé par une domesticité de cinquante années. Presque joyeux de devenir une sorte d'automate, il abdiquait la vie pour vivre, et dépouillait son âme de toutes les poésies du désir. Pour mieux lutter avec la cruelle puissance dont il avait accepté le défi, il s'était fait chaste à la manière d'Origène, en châtrant son imagination. Le lendemain du jour où, soudainement enrichi par un testament, il avait vu décroître la Peau de chagrin, il s'était trouvé chez son notaire. Là, un médecin assez en vogue avait raconté sérieusement, au dessert, la manière dont un Suisse attaqué de pulmonie s'en était guéri. Cet homme n'avait pas dit un mot pendant dix ans, et s'était soumis à ne respirer que six fois par minute dans l'air épais d'une vacherie, en suivant un régime alimentaire extrêmement doux. Je serai cet homme ! se dit en lui-même Raphaël, qui voulait vivre à tout prix. Au sein du luxe, il mena la vie d'une machine à vapeur. Quand le vieux professeur envisagea ce jeune cadavre, il tressaillit ; tout lui semblait artificiel dans ce corps fluet et débile. En apercevant le marquis à l'œil dévorant, au front chargé de pensées, il ne put reconnaître l'élève au teint frais et rose, aux membres juvéniles, dont il avait gardé le souvenir. Si le classique bonhomme, critique sagace et conservateur du bon goût, avait lu lord Byron, il aurait cru voir Manfred là où il eût voulu voir Childe Harold.

— Bonjour, père Porriquet, dit Raphaël à son professeur en pressant les doigts glacés du vieillard dans une main brûlante et moite. Comment vous portez-vous ?

— Mais moi je vais bien, répondit le vieillard effrayé par le contact de cette main fiévreuse. Et vous ?

— Oh ! j'espère me maintenir en bonne santé.

— Vous travaillez sans doute à quelque bel ouvrage ?

— Non, répondit Raphaël. *Exegi monumentum*[1], père Porriquet, j'ai achevé une grande page, et j'ai dit adieu pour toujours à la Science. À peine sais-je où se trouve mon manuscrit.

— Le style en est pur, sans doute ? demanda le professeur. Vous n'aurez pas, j'espère, adopté le langage barbare de cette nouvelle école qui croit faire merveille en inventant Ronsard.

— Mon ouvrage est une œuvre purement physiologique.

— Oh ! tout est dit, reprit le professeur. Dans les sciences, la grammaire doit se prêter aux exigences des découvertes. Néanmoins, mon enfant, un style clair, harmonieux, la langue de Massillon, de M. de Buffon, du grand Racine, un style classique, enfin, ne gâte jamais rien. Mais, mon ami, reprit le professeur en s'interrompant, j'oubliais l'objet de ma visite. C'est une visite intéressée.

Se rappelant trop tard la verbeuse élégance et les éloquentes périphrases auxquelles un long professorat avait habitué son maître, Raphaël se repentit presque de l'avoir reçu ; mais au moment où il allait souhaiter de le voir dehors, il comprima promptement son secret désir en jetant un furtif coup d'œil à la Peau de chagrin, suspendue devant lui et appliquée sur une étoffe blanche où ses contours fatidiques étaient soigneusement dessinés par une ligne rouge qui l'encadrait exactement. Depuis la fatale orgie, Raphaël étouffait le plus léger de ses caprices, et vivait de manière à ne pas causer le moindre tressaillement à ce terrible

1. Citation d'Horace, *Odes* : « J'ai achevé un monument plus durable que l'airain. »

talisman. La Peau de chagrin était comme un tigre avec qui il lui fallait vivre, sans en réveiller la férocité. Il écouta donc patiemment les amplifications du vieux professeur, le père Porriquet mit une heure à lui raconter les persécutions dont il était devenu l'objet depuis la révolution de Juillet. Le bonhomme, voulant un gouvernement fort, avait émis le vœu patriotique de laisser les épiciers à leurs comptoirs, les hommes d'État au maniement des affaires publiques, les avocats au Palais, les pairs de France au Luxembourg ; mais un des ministres populaires du roi-citoyen l'avait banni de sa chaire en l'accusant de carlisme. Le vieillard se trouvait sans place, sans retraite et sans pain. Étant la providence d'un pauvre neveu dont il payait la pension au séminaire de Saint-Sulpice, il venait, moins pour lui-même que pour son enfant adoptif, prier son ancien élève de réclamer auprès du nouveau ministre, non sa réintégration, mais l'emploi de proviseur dans quelque collège de province. Raphaël était en proie à une somnolence invincible, lorsque la voix monotone du bonhomme cessa de retentir à ses oreilles. Obligé par politesse de regarder les yeux blancs et presque immobiles de ce vieillard au débit lent et lourd, il avait été stupéfié, magnétisé par une inexplicable force d'inertie.

— Eh bien, mon bon père Porriquet, répliqua-t-il sans savoir précisément à quelle interrogation il répondait, je n'y puis rien du tout. *Je souhaite bien vivement* que vous réussissiez…

En ce moment, sans apercevoir l'effet que produisirent sur le front jaune et ridé du vieillard ces banales paroles, pleines d'égoïsme et d'insouciance, Raphaël se dressa comme un jeune chevreuil effrayé. Il vit une légère ligne blanche entre le bord de la peau noire et le dessin rouge ; il poussa un cri si terrible que le pauvre professeur en fut épouvanté.

— Allez, vieille bête ! s'écria-t-il, vous serez nommé proviseur ! Ne pouviez-vous pas me demander une rente viagère de mille écus plutôt qu'un souhait homicide ? Votre visite ne m'aurait rien coûté. Il y a cent mille emplois en France, et je n'ai qu'une vie ! Une vie d'homme vaut plus que tous les emplois du monde. Jonathas !

Jonathas parut.

— Voilà de tes œuvres, triple sot, pourquoi m'as-tu proposé de recevoir monsieur ? dit-il en lui montrant le vieillard pétrifié. T'ai-je remis mon âme entre les mains pour la déchirer ? Tu m'arraches en ce moment dix années d'existence ! Encore une faute comme celle-ci, et tu me conduiras à la demeure où j'ai conduit mon père. N'aurais-je pas mieux aimé posséder la belle Fœdora que d'obliger cette vieille carcasse, espèce de haillon humain ? J'ai de l'or pour lui. D'ailleurs quand tous les Porriquet du monde mourraient de faim, qu'est-ce que cela me ferait ?

La colère avait blanchi le visage de Raphaël ; une légère écume sillonnait ses lèvres tremblantes, et l'expression de ses yeux était sanguinaire. À cet aspect, les deux vieillards furent saisis d'un tressaillement convulsif, comme deux enfants en présence d'un serpent. Le jeune homme tomba sur son fauteuil ; il se fit une sorte de réaction dans son âme, des larmes coulèrent abondamment de ses yeux flamboyants.

— Oh ! ma vie ! ma belle vie ! dit-il. Plus de bienfaisantes pensées ! plus d'amour ! plus rien ! Il se tourna vers le professeur. Le mal est fait, mon vieil ami, reprit-il d'une voix douce. Je vous aurai largement récompensé de vos soins. Et mon malheur aura, du moins, produit le bien d'un bon et digne homme.

Il y avait tant d'âme dans l'accent qui nuança ces paroles presque inintelligibles, que les deux vieillards pleurèrent comme on pleure en entendant un air attendrissant chanté dans une langue étrangère.

— Il est épileptique, dit Porriquet à voix basse.

— Je reconnais votre bonté, mon ami, reprit doucement

Raphaël, vous voulez m'excuser. La maladie est un accident, l'inhumanité serait un vice. Laissez-moi maintenant, ajouta-t-il. Vous recevrez demain ou après-demain, peut-être même ce soir, votre nomination, car la *résistance* a triomphé du *mouvement*. Adieu.

Le vieillard se retira, pénétré d'horreur et en proie à de vives inquiétudes sur la santé morale de Valentin. Cette scène avait eu pour lui quelque chose de surnaturel. Il doutait de lui-même et s'interrogeait comme s'il se fût réveillé, après un songe pénible.

— Écoute, Jonathas, reprit le jeune homme en s'adressant à son vieux serviteur. Tâche de comprendre la mission que je t'ai confiée !

— Oui, monsieur le marquis.

— Je suis comme un homme mis hors la loi commune.

— Oui, monsieur le marquis.

— Toutes les jouissances de la vie se jouent autour de mon lit de mort et dansent comme de belles femmes devant moi ; si je les appelle, je meurs. Toujours la mort ! Tu dois être une barrière entre le monde et moi.

— Oui, monsieur le marquis, dit le vieux valet en essuyant les gouttes de sueur qui chargeaient son front ridé. Mais, si vous ne voulez pas voir de belles femmes, comment ferez-vous ce soir aux Italiens ? Une famille anglaise qui repart pour Londres m'a cédé le reste de son abonnement, et vous avez une belle loge. Oh ! une loge superbe, aux premières.

Tombé dans une profonde rêverie, Raphaël n'écoutait plus.

Voyez-vous cette fastueuse voiture, ce coupé simple en dehors, de couleur brune, mais sur les panneaux duquel brille l'écusson d'une antique et noble famille ? Quand ce coupé passe rapidement, les grisettes l'admirent, en convoitent le satin jaune, le tapis de la Savonnerie, la passementerie fraîche comme une paille de riz, les moelleux coussins, et les glaces muettes. Deux laquais en livrée se tiennent derrière cette voiture aristocratique ; mais au fond, sur la soie, gît une tête brûlante aux yeux cernés, la tête de Raphaël, triste et pensif. Fatale image de la richesse ! Il court à travers Paris comme une fusée, arrive au péristyle du théâtre Favart, le marchepied se déploie, ses deux valets le soutiennent, une foule envieuse le regarde. — Qu'a-t-il fait, celui-là, pour être si riche ? dit un pauvre étudiant en droit, qui, faute d'un écu, ne pouvait entendre les magiques accords de Rossini. Raphaël marchait lentement dans les corridors de la salle, il ne se promettait aucune jouissance de ces plaisirs si fort enviés jadis. En attendant le second acte de la *Semiramide*[1], il se promenait au foyer, errait à travers les galeries, insouciant de sa loge dans laquelle il n'était pas encore entré. Le sentiment de la propriété n'existait déjà plus au fond de son cœur. Semblable à tous les malades, il ne songeait qu'à son mal. Appuyé sur le manteau de la cheminée, autour de laquelle abondaient, au milieu du foyer, les jeunes et vieux élégants, d'anciens et de nouveaux ministres, des pairs sans pairie, et des pairies sans pair, telles que les a faites la révolution de Juillet, enfin tout un monde de spéculateurs et de journalistes, Raphaël vit à quelques pas de lui, parmi toutes les têtes, une figure étrange et surnaturelle. Il s'avança en clignant les yeux fort insolemment vers cet être bizarre, afin de le contempler de plus près. Quelle admirable peinture ! se dit-il. Les sourcils, les cheveux, la virgule à la Mazarin que montrait vaniteusement l'inconnu, étaient teints en noir ; mais, appliqué sur une chevelure sans doute trop blanche, le cosmétique avait produit une couleur violâtre et fausse dont les teintes changeaient suivant les reflets plus ou moins vifs des lumières. Son visage étroit et plat, dont les rides étaient comblées par d'épaisses couches de rouge et de

1. Opéra de Rossini créé en 1823 à Venise.

blanc, exprimait à la fois la ruse et l'inquiétude. Cette enluminure manquait à quelques endroits de la face et faisait singulièrement ressortir sa décrépitude et son teint plombé ; aussi était-il impossible de ne pas rire en voyant cette tête au menton pointu, au front proéminent, assez semblable à ces grotesques figures de bois sculptées en Allemagne par les bergers pendant leurs loisirs. En examinant tour à tour ce vieil Adonis et Raphaël, un observateur aurait cru reconnaître dans le marquis les yeux d'un jeune homme sous le masque d'un vieillard, et dans l'inconnu les yeux ternes d'un vieillard sous le masque d'un jeune homme. Valentin cherchait à se rappeler en quelle circonstance il avait vu ce petit vieux sec, bien cravaté, botté en adulte, qui faisait sonner ses éperons et se croisait les bras comme s'il avait toutes les forces d'une pétulante jeunesse à dépenser. Sa démarche n'accusait rien de gêné, ni d'artificiel. Son élégant habit, soigneusement boutonné, déguisait une antique et forte charpente, en lui donnant la tournure d'un vieux fat qui suit encore les modes. Cette espèce de poupée pleine de vie avait pour Raphaël tous les charmes d'une apparition, et il le contemplait comme un vieux Rembrandt enfumé, récemment restauré, verni, mis dans un cadre neuf. Cette comparaison lui fit retrouver la trace de la vérité dans ses confus souvenirs : il reconnut le marchand de curiosités, l'homme auquel il devait son malheur. En ce moment, un rire muet échappait à ce fantastique personnage, et se dessinait sur ses lèvres froides, tendues par un faux râtelier. À ce rire la vive imagination de Raphaël lui montra dans cet homme de frappantes ressemblances avec la tête idéale que les peintres ont donnée au Méphistophélès de Goethe. Mille superstitions s'emparèrent de l'âme forte de Raphaël, il crut alors à la puissance du démon, à tous les sortilèges rapportés dans les légendes du Moyen Âge et mises en œuvre par les poètes. Se refusant avec horreur au rôle de Faust, il invoqua soudain le ciel, ayant, comme les mourants, une foi fervente en Dieu, en la vierge Marie. Une radieuse et fraîche lumière lui permit d'apercevoir le ciel de Michel-Ange et de Sanzio d'Urbin : des nuages, un vieillard à la barbe blanche, des têtes ailées, une belle femme assise dans une auréole. Maintenant il comprenait, il adoptait ces admirables créations dont les fantaisies presque humaines lui expliquaient son aventure et lui permettaient encore un espoir. Mais quand ses yeux retombèrent sur le foyer des Italiens, au lieu de la Vierge il vit une ravissante fille, la détestable Euphrasie, cette danseuse au corps souple et léger, qui, vêtue d'une robe éclatante, couverte de perles orientales, arrivait impatiente de son vieillard impatient, et venait se montrer, insolente, le front hardi, les yeux pétillants, à ce monde envieux et spéculateur pour témoigner de la richesse sans bornes du marchand dont elle dissipait les trésors. Raphaël se souvint du souhait goguenard par lequel il avait accueilli le fatal présent du vieux homme, et savoura tous les plaisirs de la vengeance en contemplant l'humiliation profonde de cette sagesse sublime, dont naguère la chute semblait impossible. Le funèbre sourire du centenaire s'adressait à Euphrasie qui répondit par un mot d'amour ; il lui offrit son bras desséché, fit deux ou trois fois le tour du foyer, recueillit avec délices les regards de passion et les compliments jetés par la foule à sa maîtresse, sans voir les rires dédaigneux, sans entendre les railleries mordantes dont il était l'objet.

— Dans quel cimetière cette jeune goule a-t-elle déterré ce cadavre ? s'écria le plus élégant de tous les romantiques.

Euphrasie se prit à sourire. Le railleur était un jeune homme aux cheveux blonds, aux yeux bleus et brillants, svelte, portant moustache, ayant un frac écourté, le chapeau sur l'oreille, la repartie vive, tout le langage du genre.

— Combien de vieillards, se dit Raphaël en lui-même,

couronnent une vie de probité, de travail, de vertu, par une folie. Celui-ci a les pieds froids et fait l'amour.

— Hé bien, monsieur, s'écria Valentin en arrêtant le marchand et lançant une œillade à Euphrasie, ne vous souvenez-vous plus des sévères maximes de votre philosophie ?

— Ah ! répondit le marchand d'une voix déjà cassée, je suis maintenant heureux comme un jeune homme. J'avais pris l'existence au rebours. Il y a toute une vie dans une heure d'amour.

En ce moment, les spectateurs entendirent la sonnette de rappel et quittèrent le foyer pour se rendre à leurs places. Le vieillard et Raphaël se séparèrent. En entrant dans sa loge, le marquis aperçut Fœdora, placée à l'autre côté de la salle précisément en face de lui. Sans doute arrivée depuis peu, la comtesse rejetait son écharpe en arrière, se découvrait le cou, faisait les petits mouvements indescriptibles d'une coquette occupée à se poser : tous les regards étaient concentrés sur elle. Un jeune pair de France l'accompagnait, elle lui demanda la lorgnette qu'elle lui avait donnée à porter. À son geste, à la manière dont elle regarda ce nouveau partenaire, Raphaël devina la tyrannie à laquelle son successeur était soumis. Fasciné sans doute comme il l'avait été jadis, dupé comme lui, comme lui luttant avec toute la puissance d'un amour vrai contre les froids calculs de cette femme, ce jeune homme devait souffrir les tourments auxquels Valentin avait heureusement renoncé. Une joie inexprimable anima la figure de Fœdora, quand, après avoir braqué sa lorgnette sur toutes les loges, et rapidement examiné les toilettes, elle eut la conscience d'écraser par sa parure et par sa beauté les plus jolies, les plus élégantes femmes de Paris ; elle se mit à rire pour montrer ses dents blanches, agita sa tête ornée de fleurs pour se faire admirer, son regard alla de loge en loge, se moquant d'un béret gauchement posé sur le front d'une princesse russe ou d'un chapeau manqué qui coiffait horriblement mal la fille d'un banquier. Tout à coup elle pâlit en rencontrant les yeux fixes de Raphaël, son amant dédaigné la foudroya par un intolérable coup d'œil de mépris. Quand aucun de ses amants bannis ne méconnaissait sa puissance, Valentin, seul dans le monde, était à l'abri de ses séductions. Un pouvoir impunément bravé touche à sa ruine. Cette maxime est gravée plus profondément au cœur d'une femme qu'à la tête des rois. Aussi Fœdora voyait-elle en Raphaël la mort de ses prestiges et de sa coquetterie. Un mot, dit par lui la veille à l'Opéra, était déjà devenu célèbre dans les salons de Paris. Le tranchant de cette terrible épigramme avait fait à la comtesse une blessure incurable. En France, nous savons cautériser une plaie, mais nous n'y connaissons pas encore de remède au mal que produit une phrase. Au moment où toutes les femmes regardèrent alternativement le marquis et la comtesse, Fœdora aurait voulu l'abîmer dans les oubliettes de quelque Bastille, car malgré son talent pour la dissimulation, ses rivales devinèrent sa souffrance. Enfin sa dernière consolation lui échappa. Ces mots délicieux : Je suis la plus belle ! cette phrase éternelle qui calmait tous les chagrins de sa vanité, devint un mensonge. À l'ouverture du second acte, une femme vint se placer près de Raphaël, dans une loge qui jusqu'alors était restée vide. Le parterre entier laissa échapper un murmure d'admiration. Cette mer de faces humaines agita ses lames intelligentes et tous les yeux regardèrent l'inconnue. Jeunes et vieux firent un tumulte si prolongé que, pendant le lever du rideau, les musiciens de l'orchestre se tournèrent d'abord pour réclamer le silence ; mais ils s'unirent aux applaudissements et en accrurent les confuses rumeurs. Des conversations animées s'établirent dans chaque loge. Les femmes s'étaient toutes armées de leurs jumelles, les vieillards rajeunis nettoyaient avec la peau de leurs gants le verre de leurs lorgnettes. L'enthousiasme se calma par degrés, les chants retentirent sur la scène, tout rentra dans l'ordre. La bonne compagnie, honteuse d'avoir cédé à un mouvement naturel, reprit la froideur aristocratique de ses manières polies. Les riches veulent ne s'étonner de rien, ils doivent reconnaître au premier aspect d'une belle œuvre le défaut qui les dispensera de l'admiration, sentiment vulgaire. Cependant quelques hommes restèrent immobiles sans écouter la musique, perdus dans un ravissement naïf, occupés à contempler la voisine de Raphaël. Valentin aperçut dans une baignoire, et près d'Aquilina, l'ignoble et sanglante figure de Taillefer, qui lui adressait une grimace approbative. Puis il vit Émile, qui, debout à l'orchestre, semblait lui dire : — Mais regarde donc la belle créature qui est près de toi ! Enfin Rastignac, assis près de madame de Nucingen et de sa fille, tortillait ses gants comme un homme au désespoir d'être enchaîné là, sans pouvoir aller près de la divine inconnue. La vie de Raphaël dépendait d'un pacte encore inviolé qu'il avait fait lui-même, il s'était promis de ne jamais regarder attentivement aucune femme et pour se mettre à l'abri d'une tentation, il portait un lorgnon dont le verre microscopique, artistement disposé, détruisait l'harmonie des plus beaux traits, en leur donnant un hideux aspect. Encore en proie à la terreur qui l'avait saisi le matin, quand pour un simple vœu de politesse le talisman s'était si promptement resserré, Raphaël résolut fermement de ne pas se retourner vers sa voisine. Assis comme une duchesse, il présentait le dos au coin de sa loge, et dérobait avec impertinence la moitié de la scène à l'inconnue, ayant l'air de la mépriser, d'ignorer même qu'une jolie femme se trouvât derrière lui. La voisine copiait avec exactitude la posture de Valentin. Elle avait appuyé son coude sur le bord de la loge, et se mettait la tête de trois quarts, en regardant les chanteurs, comme si elle se fût posée devant un peintre. Ces deux personnes ressemblaient à deux amants brouillés qui se boudent, se tournent le dos et vont s'embrasser au premier mot d'amour. Par moments, les légers marabouts ou les cheveux de l'inconnue effleuraient la tête de Raphaël et lui causaient une sensation voluptueuse contre laquelle il luttait courageusement ; bientôt il sentit le doux contact des ruches de blonde qui garnissaient le tour de la robe, la robe elle-même fit entendre le murmure efféminé de ses plis, frissonnement plein de molles sorcelleries ; enfin le mouvement imperceptible imprimé par la respiration à la poitrine, au dos, aux vêtements de cette jolie femme, toute sa vie suave se communiqua soudain à Raphaël comme une étincelle électrique ; le tulle et la dentelle transmirent fidèlement à son épaule chatouillée la délicieuse chaleur de ce dos blanc et nu. Par un caprice de la nature, ces deux êtres, désunis par le bon ton, séparés par les abîmes de la mort, respirèrent ensemble et pensèrent peut-être l'un à l'autre. Les pénétrants parfums de l'aloès achevèrent d'enivrer Raphaël. Son imagination irritée par un obstacle, et que les entraves rendaient encore plus fantasque, lui dessina rapidement une femme en traits de feu. Il se retourna brusquement. Choquée sans doute de se trouver en contact avec un étranger, l'inconnue fit un mouvement semblable ; leurs visages, animés par la même pensée, restèrent en présence.

— Pauline !

— Monsieur Raphaël !

Pétrifiés l'un et l'autre, ils se regardèrent un instant en silence. Raphaël voyait Pauline dans une toilette simple et de bon goût. À travers la gaze qui couvrait chastement son corsage, des yeux habiles pouvaient apercevoir une blancheur de lis et deviner des formes qu'une femme eût admirées. Puis c'était toujours sa modestie virginale, sa céleste candeur, sa gracieuse attitude. L'étoffe de sa manche accusait le tremblement qui faisait palpiter le corps comme palpitait le cœur.

— Oh ! venez demain, dit-elle, venez à l'hôtel Saint-Quentin, y reprendre vos papiers. J'y serai à midi. Soyez exact.

Elle se leva précipitamment et disparut. Raphaël voulut suivre Pauline, il craignit de la compromettre, resta, regarda Fœdora, la trouva laide ; mais ne pouvant comprendre une seule phrase de musique, étouffant dans cette salle, le cœur plein, il sortit et revint chez lui.

— Jonathas, dit-il à son vieux domestique au moment où il fut dans son lit, donne-moi une demi-goutte de laudanum sur un morceau de sucre, et demain ne me réveille qu'à midi moins vingt minutes.

— Je veux être aimé de Pauline, s'écria-t-il le lendemain en regardant le talisman avec une indéfinissable angoisse.

La Peau ne fit aucun mouvement, elle semblait avoir perdu sa force contractile, elle ne pouvait sans doute pas réaliser un désir accompli déjà.

— Ah ! s'écria Raphaël en se sentant délivré comme d'un manteau de plomb qu'il avait porté depuis le jour où le talisman lui avait été donné, tu mens, tu ne m'obéis donc pas, le pacte est rompu ! Je suis libre, je vivrai. C'était donc une mauvaise plaisanterie.

En disant ces paroles, il n'osait pas croire à sa propre pensée. Il se mit aussi simplement qu'il l'était jadis, et voulut aller à pied à son ancienne demeure, en essayant de se reporter en idée à ces jours heureux où il se livrait sans danger à la furie de ses désirs, où il n'avait point encore jugé toutes les jouissances humaines. Il marchait, voyant, non plus la Pauline de l'hôtel Saint-Quentin, mais la Pauline de la veille, cette maîtresse accomplie, si souvent rêvée, jeune fille spirituelle, aimante, artiste, comprenant les poètes, comprenant la poésie et vivant au sein du luxe ; en un mot Fœdora douée d'une belle âme, ou Pauline comtesse et deux fois millionnaire comme l'était Fœdora. Quand il se trouva sur le seuil usé, sur la dalle cassée de cette porte, où tant de fois il avait eu des pensées de désespoir, une vieille femme sortit de la salle et lui dit :

— N'êtes-vous pas monsieur Raphaël de Valentin ?

— Oui, ma bonne mère, répondit-il.

— Vous connaissez votre ancien logement, reprit-elle, vous y êtes attendu.

— Cet hôtel est-il toujours tenu par madame Gaudin ? demanda-t-il.

— Oh ! non, monsieur. Maintenant madame Gaudin est baronne. Elle est dans une belle maison à elle, de l'autre côté de l'eau. Son mari est revenu. Dame ! Il a rapporté des mille et des cents. L'on dit qu'elle pourrait acheter tout le quartier Saint-Jacques, si elle le voulait. Elle m'a donné *gratis* son fonds et son restant de bail. Ah ! c'est une bonne femme tout de même ! Elle n'est pas plus fière aujourd'hui qu'elle ne l'était hier.

Raphaël monta lestement à sa mansarde, et quand il atteignit les dernières marches de l'escalier, il entendit les sons du piano. Pauline était là, modestement vêtue d'une robe de percaline ; mais la façon de la robe, les gants, le chapeau, le châle, négligemment jetés sur le lit, révélaient toute une fortune.

— Ah ! vous voilà donc ! s'écria Pauline en tournant la tête et se levant par un naïf mouvement de joie.

Raphaël vint s'asseoir près d'elle, rougissant, honteux, heureux ; il la regarda sans rien dire.

— Pourquoi nous avez-vous quittées ? reprit-elle en baissant les yeux au moment où son visage s'empourpra. Qu'êtes-vous devenu ?

— Ah ! Pauline, j'ai été, je suis bien malheureux encore !

— Là ! s'écria-t-elle tout attendrie. J'ai deviné votre sort hier en vous voyant bien mis, riche en apparence, mais en réalité, hein ! monsieur Raphaël, est-ce toujours comme autrefois ?

Valentin ne put retenir quelques larmes, elles roulèrent dans ses yeux, il s'écria : — Pauline !... Je... Il n'acheva pas, ses yeux étincelèrent d'amour, et son cœur déborda dans son regard.

— Oh ! il m'aime, il m'aime, s'écria Pauline.

Raphaël fit un signe de tête, car il se sentit hors d'état de prononcer une seule parole. À ce geste, la jeune fille lui prit la main, la serra, et lui dit tantôt riant, tantôt sanglotant : — Riches, riches, heureux, riches, ta Pauline est riche. Mais moi, je devrais être bien pauvre aujourd'hui. J'ai mille fois dit que je paierais ce mot : *Il m'aime*, de tous les trésors de la terre. Ô mon Raphaël ! J'ai des millions. Tu aimes le luxe, tu seras content ; mais tu dois aimer mon cœur aussi, il y a tant d'amour pour toi dans ce cœur ! Tu ne sais pas ? Mon père est revenu. Je suis une riche héritière. Ma mère et lui me laissent entièrement maîtresse de mon sort ; je suis libre, comprends-tu ?

En proie à une sorte de délire, Raphaël tenait les mains de Pauline, et les baisait si ardemment, si avidement, que son baiser semblait être une sorte de convulsion. Pauline se dégagea les mains, les jeta sur les épaules de Raphaël et le saisit ; ils se comprirent, se serrèrent et s'embrassèrent avec cette sainte et délicieuse ferveur, dégagée de toute arrière-pensée, dont se trouve empreint un seul baiser, le premier baiser par lequel deux âmes prennent possession d'elles-mêmes.

— Ah ! s'écria Pauline en retombant sur la chaise, je ne veux plus te quitter. Je ne sais d'où me vient tant de hardiesse ! reprit-elle en rougissant.

— De la hardiesse, ma Pauline ? Oh ! ne crains rien, c'est de l'amour, de l'amour vrai, profond, éternel comme le mien, n'est-ce pas ?

— Oh ! parle, parle, dit-elle. Ta bouche a été si longtemps muette pour moi !

— Tu m'aimais donc ?

— Oh ! Dieu, si je t'aimais ! Combien de fois j'ai pleuré, là, tiens, en faisant ta chambre, déplorant ta misère et la mienne. Je me serais vendue au démon pour t'éviter un chagrin ! Aujourd'hui, *mon* Raphaël, car tu es bien à moi : à moi cette belle tête, à moi ton cœur ! Oh ! oui, ton cœur, surtout, éternelle richesse ! Eh bien, où en suis-je ? reprit-elle après une pause. Ah ! m'y voici : nous avons trois, quatre, cinq millions, je crois. Si j'étais pauvre, je tiendrais peut-être à porter ton nom, à être nommée ta femme, mais, en ce moment, je voudrais te sacrifier le monde entier, je voudrais être encore et toujours ta servante. Va, Raphaël, en t'offrant mon cœur, ma personne, ma fortune, je ne te donnerai rien de plus aujourd'hui que le jour où j'ai mis là, dit-elle en montrant le tiroir de la table, certaine pièce de cent sous. Oh ! comme alors ta joie m'a fait mal.

— Pourquoi es-tu riche, s'écria Raphaël, pourquoi n'as-tu pas de vanité ? Je ne puis rien pour toi.

Il se tordit les mains de bonheur, de désespoir, d'amour.

— Quand tu seras madame la marquise de Valentin, je te connais, âme céleste, ce titre et ma fortune ne vaudront pas…

— Un seul de tes cheveux, s'écria-t-elle.

— Moi aussi, j'ai des millions ; mais que sont maintenant les richesses pour nous ? Ah ! j'ai ma vie, je puis te l'offrir, prends-la.

— Oh ! ton amour, Raphaël, ton amour vaut le monde. Comment, ta pensée est à moi ? Mais je suis la plus heureuse des heureuses.

— L'on va nous entendre, dit Raphaël.

— Hé ! il n'y a personne, répondit-elle en laissant échapper un geste mutin.

— Hé bien, viens, s'écria Valentin en lui tendant les bras.

Elle sauta sur ses genoux et joignit ses mains autour du cou de Raphaël : — Embrassez-moi, dit-elle, pour tous les chagrins que vous m'avez donnés, pour effacer la peine que vos joies m'ont faite, pour toutes les nuits que j'ai passées à peindre mes écrans.

— Tes écrans !

— Puisque nous sommes riches, mon trésor, je puis te dire tout. Pauvre enfant ! Combien il est facile de tromper les hommes d'esprit ! Est-ce que tu pouvais avoir des gilets blancs et des chemises propres deux fois par semaine, pour trois francs de blanchissage par mois ? Mais tu buvais deux fois plus de lait qu'il ne t'en revenait pour ton argent. Je t'attrapais sur tout : le feu, l'huile, et l'argent donc ! Oh ! mon Raphaël, ne me prends pas pour femme, dit-elle en riant, je suis une personne trop astucieuse.

— Mais comment faisais-tu donc ?

— Je travaillais jusqu'à deux heures du matin, répondit-elle, et je donnais à ma mère une moitié du prix de mes écrans, à toi l'autre.

Ils se regardèrent pendant un moment, tous deux hébétés de joie et d'amour.

— Oh ! s'écria Raphaël, nous paierons sans doute, un jour, ce bonheur par quelque effroyable chagrin.

— Serais-tu marié ? cria Pauline. Ah ! je ne veux te céder à aucune femme.

— Je suis libre, ma chérie.

— Libre, répéta-t-elle. Libre, et à moi !

Elle se laissa glisser sur ses genoux, joignit les mains, et regarda Raphaël avec une dévotieuse ardeur.

— J'ai peur de devenir folle. Comme tu es gentil ! reprit-elle en passant une main dans la blonde chevelure de son amant. Est-elle bête, ta comtesse Fœdora ! Quel plaisir j'ai ressenti hier en me voyant saluée par tous ces hommes. Elle n'a jamais été applaudie, elle ! Dis, cher, quand mon dos a touché ton bras, j'ai entendu en moi je ne sais quelle voix qui m'a crié : Il est là. Je me suis retournée, et je t'ai vu. Oh ! je me suis sauvée, je me sentais l'envie de te sauter au cou devant tout le monde.

— Tu es bien heureuse de pouvoir parler, s'écria Raphaël. Moi, j'ai le cœur serré. Je voudrais pleurer, je ne puis. Ne me retire pas ta main. Il me semble que je resterais, pendant toute ma vie, à te regarder ainsi, heureux, content.

— Oh ! répète-moi cela, mon amour !

— Et que sont les paroles, reprit Valentin en laissant tomber une larme chaude sur les mains de Pauline. Plus tard, j'essaierai de te dire mon amour, en ce moment je ne puis que le sentir…

— Oh ! s'écria-t-elle, cette belle âme, ce beau génie, ce cœur que je connais si bien, tout est à moi, comme je suis à toi.

— Pour toujours, ma douce créature, dit Raphaël d'une voix émue. Tu seras ma femme, mon bon génie. Ta présence a toujours dissipé mes chagrins et rafraîchi mon âme ; en ce moment, ton sourire angélique m'a pour ainsi dire purifié. Je crois commencer une nouvelle vie. Le passé cruel et mes tristes folies me semblent n'être plus que de mauvais songes. Je suis pur, près de toi. Je sens l'air du bonheur. Oh ! sois là toujours, ajouta-t-il en la pressant saintement sur son cœur palpitant.

— Vienne la mort quand elle voudra, s'écria Pauline en extase, j'ai vécu.

Heureux qui devinera leurs joies, il les aura connues !

— Oh ! mon Raphaël, dit Pauline après quelques heures de silence, je voudrais qu'à l'avenir personne n'entrât dans cette chère mansarde.

— Il faut murer la porte, mettre une grille à la lucarne et acheter la maison, répondit le marquis.

— C'est cela, dit-elle. Puis, après un moment de silence : Nous avons un peu oublié de chercher tes manuscrits !

Ils se prirent à rire avec une douce innocence.

— Bah ! je me moque de toutes les sciences, dit Raphaël.

— Ah ! monsieur, et la gloire ?

— Tu es ma seule gloire.

— Tu étais bien malheureux en faisant ces petits pieds de mouche, dit-elle en feuilletant les papiers.

— Ma Pauline…

— Oh ! oui, je suis ta Pauline. Eh bien ?

— Où demeures-tu donc ?

— Rue Saint-Lazare. Et toi ?

— Rue de Varenne.

— Comme nous serons loin l'un de l'autre, jusqu'à ce que… Elle s'arrêta en regardant son ami d'un air coquet et malicieux.

— Mais, répondit Raphaël, nous avons tout au plus une quinzaine de jours à rester séparés.

— Vrai ! Dans quinze jours nous serons mariés ! Elle sauta comme un enfant. Oh ! je suis une fille dénaturée, reprit-elle, je ne pense plus ni à père, ni à mère, ni à rien dans le monde ! Tu ne sais pas, pauvre chéri ? Mon père est bien malade. Il est revenu des Indes, bien souffrant. Il a manqué mourir au Havre, où nous sommes allées le chercher. Ah ! Dieu, s'écria-t-elle en regardant l'heure à sa montre, déjà trois heures. Je dois me trouver à son réveil, à quatre heures. Je suis la maîtresse au logis : ma mère fait toutes mes volontés, mon père m'adore, mais je ne veux pas abuser de leur bonté, ce serait mal ! Le pauvre père, c'est lui qui m'a envoyée aux Italiens hier, tu viendras le voir demain, n'est-ce pas ?

— Madame la marquise de Valentin veut-elle me faire l'honneur d'accepter mon bras ?

— Ah ! je vais emporter la clef de cette chambre, reprit-elle. N'est-ce pas un palais, notre trésor ?

— Pauline, encore un baiser ?

— Mille ! Mon Dieu, dit-elle en regardant Raphaël, ce sera toujours ainsi, je crois rêver.

Ils descendirent lentement l'escalier ; puis, bien unis, marchant du même pas, tressaillant ensemble sous le poids du même bonheur, se serrant comme deux colombes, ils arrivèrent sur la place de la Sorbonne, où la voiture de Pauline attendait.

— Je veux aller chez toi, s'écria-t-elle. Je veux voir ta chambre, ton cabinet, et m'asseoir à la table sur laquelle tu travailles. Ce sera comme autrefois, ajouta-t-elle en rougissant. — Joseph, dit-elle à un valet, je vais rue de Varenne avant de retourner à la maison. Il est trois heures un quart, et je dois être revenue à quatre. Georges pressera les chevaux.

Et les deux amants furent en peu d'instants menés à l'hôtel de Valentin.

— Oh ! je suis contente d'avoir examiné tout cela, s'écria Pauline en chiffonnant la soie des rideaux qui drapaient le lit de Raphaël. Quand je m'endormirai, je serai là, en pensée. Je me figurerai ta chère tête sur cet oreiller. Dis-moi, Raphaël, tu n'as pris conseil de personne pour meubler ton hôtel ?

— De personne.

— Bien vrai ? Ce n'est pas une femme qui…

— Pauline !

— Oh ! je me sens une affreuse jalousie. Tu as bon goût. Je veux avoir demain un lit pareil au tien.

Raphaël, ivre de bonheur, saisit Pauline.

— Oh ! mon père, mon père, dit-elle.

— Je vais donc te reconduire, car je veux te quitter le moins possible, s'écria Valentin.

— Combien tu es aimant ! Je n'osais pas te le proposer…

— N'es-tu donc pas ma vie ?

Il serait fastidieux de consigner fidèlement ces adorables bavardages de l'amour auxquels l'accent, le regard, un geste intraduisible donnent seuls du prix. Valentin reconduisit Pauline jusque chez elle, et revint ayant au cœur autant de plaisir que l'homme peut en ressentir et en porter ici-bas. Quand il fut assis dans son fauteuil, près de son feu, pensant à la soudaine et complète réalisation de toutes ses espérances, une idée froide lui traversa l'âme comme l'acier d'un poignard perce une poitrine, il regarda la Peau de chagrin, elle s'était légèrement rétrécie. Il prononça le grand juron français, sans y mettre les jésuitiques réticences de l'abbesse des Andouillettes[1], pencha la tête sur son fauteuil et resta sans mouvement les yeux arrêtés sur une patère, sans la voir.

— Grand Dieu ! s'écria-t-il. Quoi ! Tous mes désirs, tous ! Pauvre Pauline !

Il prit un compas, mesura ce que la matinée lui avait coûté d'existence : — Je n'en ai pas pour deux mois, dit-il.

Une sueur glacée sortit de ses pores, tout à coup il obéit à un inexprimable mouvement de rage, et saisit la Peau de chagrin en s'écriant : — Je suis bien bête ! Il sortit, courut, traversa les jardins et jeta le talisman au fond d'un puits : Vogue la galère, dit-il. Au diable toutes ces sottises !

Raphaël se laissa donc aller au bonheur d'aimer, et vécut cœur à cœur avec Pauline. Leur mariage, retardé par des difficultés peu intéressantes à raconter, devait se célébrer dans les premiers jours de mars. Ils s'étaient éprouvés, ne doutaient point d'eux-mêmes, et le bonheur leur ayant révélé toute la puissance de leur affection, jamais deux âmes, deux caractères ne s'étaient aussi parfaitement unis qu'ils le furent par la passion ; en s'étudiant ils s'aimèrent davantage : de part et d'autre même délicatesse, même pudeur, même volupté,

1. Dans le *Tristram Shandy* de Sterne (1713-1768).

la plus douce de toutes les voluptés, celle des anges ; point de nuages dans leur ciel ; tour à tour les désirs de l'un faisaient la loi de l'autre. Riches tous deux, ils ne connaissaient point de caprices qu'ils ne pussent satisfaire, et partant n'avaient point de caprices. Un goût exquis, le sentiment du beau, une vraie poésie animait l'âme de l'épouse ; dédaignant les colifichets de la finance, un sourire de son ami lui semblait plus beau que toutes les perles d'Ormus[1], la mousseline ou les fleurs formaient ses plus riches parures. Pauline et Raphaël fuyaient d'ailleurs le monde, la solitude leur était si belle, si féconde ! Les oisifs voyaient exactement tous les soirs ce joli ménage de contrebande aux Italiens ou à l'Opéra. Si d'abord quelques médisances égayèrent les salons, bientôt le torrent d'événements qui passa sur Paris fit oublier deux amants inoffensifs ; enfin, espèce d'excuse auprès des prudes, leur mariage était annoncé, et par hasard leurs gens se trouvaient discrets ; aucune méchanceté trop vive ne les punit de leur bonheur.

Vers la fin du mois de février, époque à laquelle d'assez beaux jours firent croire aux joies du printemps, un matin, Pauline et Raphaël déjeunaient ensemble dans une petite serre, espèce de salon rempli de fleurs, et de plain-pied avec le jardin. Le doux et pâle soleil de l'hiver, dont les rayons se brisaient à travers des arbustes rares, tiédissait alors la température. Les yeux étaient égayés par les vigoureux contrastes des divers feuillages, par les couleurs des touffes fleuries et par toutes les fantaisies de la lumière et de l'ombre. Quand tout Paris se chauffait encore devant les tristes foyers, les deux jeunes époux riaient sous un berceau de camélias, de lilas, de bruyères. Leurs têtes joyeuses s'élevaient au-dessus des narcisses, des muguets et des roses du Bengale. Dans cette serre voluptueuse et riche, les pieds foulaient une

1. Île du golfe Persique.

natte africaine colorée comme un tapis. Les parois tendues en coutil vert n'offraient pas la moindre trace d'humidité. L'ameublement était de bois en apparence grossier, mais dont l'écorce polie brillait de propreté. Un jeune chat accroupi sur la table où l'avait attiré l'odeur du lait se laissait barbouiller de café par Pauline; elle folâtrait avec lui, défendait la crème qu'elle lui permettait à peine de flairer afin d'exercer sa patience et d'entretenir le combat; elle éclatait de rire à chacune de ses grimaces, et débitait mille plaisanteries pour empêcher Raphaël de lire le journal, qui, dix fois déjà, lui était tombé des mains. Il abondait dans cette scène matinale un bonheur inexprimable comme tout ce qui est naturel et vrai. Raphaël feignait toujours de lire sa feuille, et contemplait à la dérobée Pauline aux prises avec le chat, sa Pauline enveloppée d'un long peignoir qui la lui voilait imparfaitement, sa Pauline les cheveux en désordre et montrant un petit pied blanc veiné de bleu dans une pantoufle de velours noir. Charmante à voir en déshabillé, délicieuse comme les fantastiques figures de Westhall[1], elle semblait être tout à la fois jeune fille et femme; peut-être plus jeune fille que femme, elle jouissait d'une félicité sans mélange, et ne connaissait de l'amour que ses premières joies. Au moment où, tout à fait absorbé par sa douce rêverie, Raphaël avait oublié son journal, Pauline le saisit, le chiffonna, en fit une boule, le lança dans le jardin, et le chat courut après la politique qui tournait comme toujours sur elle-même. Quand Raphaël, distrait par cette scène enfantine, voulut continuer à lire et fit le geste de lever la feuille qu'il n'avait plus, éclatèrent des rires francs, joyeux, renaissant d'eux-mêmes comme les chants d'un oiseau.

— Je suis jalouse du journal, dit-elle en s'essuyant les

1. Aquarelliste anglais (1765-1836) illustrateur de Milton et Shakespeare.

larmes que son rire d'enfant avait fait couler. N'est-ce pas une félonie, reprit-elle redevenant femme tout à coup, que de lire des proclamations russes en ma présence, et de préférer la prose de l'empereur Nicolas[1] à des paroles, à des regards d'amour ?

— Je ne lisais pas, mon ange aimé, je te regardais.

En ce moment le pas lourd du jardinier dont les souliers ferrés faisaient crier le sable des allées retentit près de la serre.

— Excusez, monsieur le marquis, si je vous interromps ainsi que madame, mais je vous apporte une curiosité comme je n'en ai jamais vu. En tirant tout à l'heure, sous votre respect, un seau d'eau, j'ai amené cette singulière plante marine ! La voilà ! Faut, tout de même, que ce soit bien accoutumé à l'eau, car ce n'était point mouillé, ni humide. C'était sec comme du bois, et point gras du tout. Comme monsieur le marquis est plus savant que moi certainement, j'ai pensé qu'il fallait la lui apporter, et que ça l'intéresserait.

Et le jardinier montrait à Raphaël l'inexorable Peau de chagrin qui n'avait pas six pouces carrés de superficie.

— Merci, Vanière, dit Raphaël. Cette chose est très curieuse.

— Qu'as-tu, mon ange ? Tu pâlis ! s'écria Pauline.

— Laissez-nous, Vanière.

— Ta voix m'effraie, reprit la jeune fille, elle est singulièrement altérée. Qu'as-tu ? Que te sens-tu ? Où as-tu mal ? Tu as mal ! Un médecin, cria-t-elle. Jonathas, au secours !

— Ma Pauline, tais-toi, répondit Raphaël qui recouvra son sang-froid. Sortons. Il y a près de moi une fleur dont le parfum m'incommode. Peut-être est-ce cette verveine.

Pauline s'élança sur l'innocent arbuste, le saisit par la tige et le jeta dans le jardin.

---

1. Proclamations répondant à l'insurrection polonaise.

— Oh ! ange, s'écria-t-elle en serrant Raphaël par une étreinte aussi forte que leur amour et en lui apportant avec une langoureuse coquetterie ses lèvres vermeilles à baiser, en te voyant pâlir, j'ai compris que je ne te survivrais pas : ta vie est ma vie. Mon Raphaël, passe-moi ta main sur le dos ! J'y sens encore *la petite mort*, j'y ai froid. Tes lèvres sont brûlantes. Et ta main ?... Elle est glacée, ajouta-t-elle.

— Folle ! s'écria Raphaël.

— Pourquoi cette larme ? dit-elle. Laisse-la-moi boire.

— Oh ! Pauline, Pauline, tu m'aimes trop.

— Il se passe en toi quelque chose d'extraordinaire, Raphaël. Sois vrai, je saurai bientôt ton secret. Donne-moi cela, dit-elle en prenant la Peau de chagrin.

— Tu es mon bourreau, cria le jeune homme en jetant un regard d'horreur sur le talisman.

— Quel changement de voix ! répondit Pauline qui laissa tomber le fatal symbole du destin.

— M'aimes-tu ? reprit-il.

— Si je t'aime, est-ce une question ?

— Eh bien, laisse-moi, va-t'en !

La pauvre petite sortit.

— Quoi ! s'écria Raphaël quand il fut seul, dans un siècle de lumières où nous avons appris que les diamants sont les cristaux du carbone, à une époque où tout s'explique, où la police traduirait un nouveau Messie devant les tribunaux et soumettrait ses miracles à l'Académie des Sciences, dans un temps où nous ne croyons plus qu'aux paraphes des notaires, je croirais, moi ! à une espèce de *Mané, Thekel, Pharès* ? Non, de par Dieu ! je ne penserai pas que l'Être Suprême puisse trouver du plaisir à tourmenter une honnête créature. Allons voir les savants.

Il arriva bientôt, entre la Halle aux vins, immense recueil de tonneaux, et la Salpêtrière, immense séminaire d'ivrognerie, devant une petite mare où s'ébaudissaient des canards remarquables par la rareté des espèces et dont les ondoyantes couleurs, semblables aux vitraux d'une cathédrale, pétillaient sous les rayons du soleil. Tous les canards du monde étaient là, criant, barbotant, grouillant, et formant une espèce de chambre canarde rassemblée contre son gré, mais heureusement sans charte ni principes politiques, et vivant sans rencontrer de chasseurs, sous l'œil des naturalistes qui les regardaient par hasard.

— Voilà monsieur Lavrille, dit un porte-clefs à Raphaël qui avait demandé ce grand pontife de la zoologie.

Le marquis vit un petit homme profondément enfoncé dans quelques sages méditations à l'aspect de deux canards. Ce savant, entre deux âges, avait une physionomie douce, encore adoucie par un air obligeant ; mais il régnait dans toute sa personne une préoccupation scientifique : sa perruque incessamment grattée et fantasquement retroussée laissait voir une ligne de cheveux blancs et accusait la fureur des découvertes qui, semblable à toutes les passions, nous arrache si puissamment aux choses de ce monde que nous perdons la conscience du *moi.* Raphaël, homme de science et d'étude, admira ce naturaliste dont les veilles étaient consacrées à l'agrandissement des connaissances humaines, dont les erreurs servaient encore la gloire de la France ; mais une petite maîtresse aurait ri sans doute de la solution de continuité qui se trouvait entre la culotte et le gilet rayé du savant, interstice d'ailleurs chastement rempli par une chemise qu'il avait copieusement froncée en se baissant et se levant tour à tour au gré de ses observations zoogénésiques.

Après quelques premières phrases de politesse, Raphaël crut nécessaire d'adresser à monsieur Lavrille un compliment banal sur ses canards.

— Oh ! nous sommes riches en canards, répondit le naturaliste. Ce genre est d'ailleurs, comme vous le savez sans doute, le plus fécond de l'ordre des palmipèdes. Il commence au *cygne*, et finit au *canard zinzin*, en comprenant cent trente-sept variétés d'individus bien distincts, ayant leurs noms, leurs mœurs, leur patrie, leur physionomie, et qui ne se ressemblent pas plus entre eux qu'un blanc ne ressemble à un nègre. En vérité, monsieur, quand nous mangeons un canard, la plupart du temps nous ne nous doutons guère de l'étendue… Il s'interrompit à l'aspect d'un joli petit canard qui remontait le talus de la mare. — Vous voyez là le cygne à cravate, pauvre enfant du Canada, venu de bien loin pour nous montrer son plumage brun et gris, sa petite cravate noire ! Tenez, il se gratte. Voici la fameuse oie à duvet ou canard *Eider*, sous l'édredon de laquelle dorment nos petites maîtresses ; est-elle jolie ! Qui n'admirerait ce petit ventre d'un blanc rougeâtre, ce bec vert ? Je viens, monsieur, reprit-il, d'être témoin d'un accouplement dont j'avais jusqu'alors désespéré. Le mariage s'est fait assez heureusement, et j'en attendrai fort impatiemment le résultat. Je me flatte d'obtenir une cent trente-huitième espèce à laquelle peut-être mon nom sera donné ! Voici les nouveaux époux, dit-il en montrant deux canards. C'est d'une part une oie rieuse (*anas albifrons*), de l'autre le grand canard siffleur (*anas ruffina* de Buffon). J'avais longtemps hésité entre le canard siffleur, le canard à sourcils blancs et le canard souchet (*anas clypeata*) : tenez, voici le souchet, ce gros scélérat brun-noir dont le col est verdâtre et si coquettement irisé. Mais, monsieur, le canard siffleur était huppé, vous comprenez alors que je n'ai plus balancé. Il ne nous manque ici que le canard varié à calotte noire. Ces messieurs prétendent unanimement que ce canard fait double emploi avec le canard sarcelle à bec recourbé, quant à moi… Il fit un geste admirable qui peignit à la fois la modestie et l'orgueil des savants, orgueil plein d'entêtement, modestie pleine de suffisance. Je ne le pense pas, ajouta-t-il. Vous voyez, mon cher monsieur, que nous ne nous amusons pas ici. Je m'occupe en ce moment de la monographie du genre canard. Mais je suis à vos ordres.

En se dirigeant vers une assez jolie maison de la rue de Buffon, Raphaël soumit la Peau de chagrin aux investigations de monsieur Lavrille.

— Je connais ce produit, répondit le savant après avoir braqué sa loupe sur le talisman ; il a servi à quelque dessus de boîte. Le chagrin est fort ancien ! Aujourd'hui les gainiers préfèrent se servir de galuchat. Le galuchat est, comme vous le savez sans doute, la dépouille du *raja sephen*, un poisson de la mer Rouge...

— Mais ceci, monsieur, puisque vous avez l'extrême bonté...

— Ceci, reprit le savant en interrompant, est autre chose : entre le galuchat et le chagrin, il y a, monsieur, toute la différence de l'océan à la terre, du poisson à un quadrupède. Cependant la peau du poisson est plus dure que la peau de l'animal terrestre. Ceci, dit-il en montrant le talisman, est, comme vous le savez sans doute, un des produits les plus curieux de la zoologie.

— Voyons, s'écria Raphaël.

— Monsieur, répondit le savant en s'enfonçant dans son fauteuil, ceci est une peau d'âne.

— Je le sais, dit le jeune homme.

— Il existe en Perse, reprit le naturaliste, un âne extrêmement rare, l'onagre des anciens, *equus asinus*, le *koulan* des Tatars, Pallas est allé l'observer, et l'a rendu à la science. En effet, cet animal avait longtemps passé pour fantastique. Il est, comme vous le savez, célèbre dans l'Écriture sainte ; Moïse avait défendu de l'accoupler avec ses congénères. Mais l'onagre est encore plus fameux par les prostitutions dont il a été l'objet, et dont parlent souvent les prophètes bibliques. Pallas, comme vous le savez sans doute, déclare, dans ses *Act. Pétrop.*, tome II, que ces excès bizarres sont encore religieusement accrédités chez les Persans et les Nogaïs comme un remède souverain contre les maux de reins et la goutte sciatique. Nous ne nous doutons guère de cela, nous autres pauvres Parisiens. Le Muséum ne possède pas d'onagre. Quel superbe animal ! reprit le savant. Il est plein de mystères ; son œil est muni d'une espèce de tapis réflecteur auquel les Orientaux attribuent le pouvoir de la fascination, sa robe est plus élégante et plus polie que ne l'est celle de nos plus beaux chevaux ; elle est sillonnée de bandes plus ou moins fauves, et ressemble beaucoup à la peau du zèbre. Son lainage a quelque chose de moelleux, d'ondoyant, de gras au toucher ; sa vue égale en justesse et en précision la vue de l'homme ; un peu plus grand que nos plus beaux ânes domestiques, il est doué d'un courage extraordinaire. Si, par hasard, il est surpris, il se défend avec une supériorité remarquable contre les bêtes les plus féroces ; quant à la rapidité de sa marche, elle ne peut se comparer qu'au vol des oiseaux ; un onagre, monsieur, tuerait à la course les meilleurs chevaux arabes ou persans. D'après le père du consciencieux docteur Niebuhr[1], de qui, comme vous le savez sans doute, nous déplorons la perte récente, le terme moyen du pas ordinaire de ces admirables créatures est de sept mille pas géométriques[2] par heure. Nos ânes dégénérés ne sauraient donner une idée de cet âne indépendant et fier. Il a le port leste, animé, l'air spirituel, fin, une physionomie gracieuse, des mouvements pleins de coquetterie ! C'est le roi zoologique de l'Orient. Les superstitions turques et persanes lui donnent même une mystérieuse origine, et le nom de Salomon se mêle aux récits que les conteurs du Thibet et de la Tartarie font sur les prouesses attribuées à ces nobles animaux. Enfin un onagre apprivoisé vaut des sommes

1. Auteur d'une *Description de l'Arabie.* Son fils a publié une *Histoire romaine* entre 1811 et 1832.
2. Un pas correspond à 1,2 mètre.

immenses ; il est presque impossible de le saisir dans les montagnes, où il bondit comme un chevreuil, et semble voler comme un oiseau. La fable des chevaux ailés, notre Pégase, a sans doute pris naissance dans ces pays, où les bergers ont pu voir souvent un onagre sautant d'un rocher à un autre. Les ânes de selle, obtenus en Perse par l'accouplement d'une ânesse avec un onagre apprivoisé, sont peints en rouge, suivant une immémoriale tradition. Cet usage a donné lieu peut-être à notre proverbe : Méchant comme un âne rouge. À une époque où l'histoire naturelle était très négligée en France, un voyageur aura, je pense, amené un de ces animaux curieux qui supportent fort impatiemment l'esclavage. De là, le dicton ! La peau que vous me présentez, reprit le savant, est la peau d'un onagre. Nous varions sur l'origine du nom. Les uns prétendent que *Chagri* est un mot turc, d'autres veulent que *Chagri* soit la ville où cette dépouille zoologique subit une préparation chimique assez bien décrite par Pallas, et qui lui donne le grain particulier que nous admirons ; monsieur Martellens m'a écrit que *Châagri* est un ruisseau.

— Monsieur, je vous remercie de m'avoir donné des renseignements qui fourniraient une admirable note à quelque Dom Calmet, si les bénédictins existaient encore ; mais j'ai eu l'honneur de vous faire observer que ce fragment était primitivement d'un volume égal… à cette carte géographique, dit Raphaël en montrant à Lavrille un atlas ouvert : or depuis trois mois elle s'est sensiblement contractée…

— Bien, reprit le savant, je comprends. Monsieur, toutes les dépouilles d'êtres primitivement organisés sont sujettes à un dépérissement naturel, facile à concevoir, et dont les progrès sont soumis aux influences atmosphériques. Les métaux eux-mêmes se dilatent ou se resserrent d'une manière sensible, car les ingénieurs ont observé des espaces assez considérables entre de grandes pierres primitivement maintenues par des barres de fer. La science est vaste, la vie humaine est bien courte. Aussi n'avons-nous pas la prétention de connaître tous les phénomènes de la nature.

— Monsieur, reprit Raphaël presque confus, excusez la demande que je vais vous faire. Êtes-vous bien sûr que cette Peau soit soumise aux lois ordinaires de la zoologie, qu'elle puisse s'étendre ?

— Oh ! certes. Ah ! peste, dit monsieur Lavrille en essayant de tirer le talisman. Mais, monsieur, reprit-il, si vous voulez aller voir Planchette, le célèbre professeur de mécanique, il trouvera certainement un moyen d'agir sur cette Peau, de l'amollir, de la distendre.

— Oh ! monsieur, vous me sauvez la vie.

Raphaël salua le savant naturaliste, et courut chez Planchette, en laissant le bon Lavrille au milieu de son cabinet rempli de bocaux et de plantes séchées. Il remportait de cette visite, sans le savoir, toute la science humaine : une nomenclature ! Ce bonhomme ressemblait à Sancho Pança racontant à Don Quichotte l'histoire des chèvres, il s'amusait à compter des animaux et à les numéroter. Arrivé sur le bord de la tombe, il connaissait à peine une petite fraction des incommensurables nombres du grand troupeau jeté par Dieu à travers l'océan des mondes, dans un but ignoré. Raphaël était content. — Je vais tenir mon âne en bride, s'écriait-il. Sterne avait dit avant lui : « Ménageons notre âne, si nous voulons vivre vieux. » Mais la bête est fantasque !

Planchette était un grand homme sec, véritable poète perdu dans une perpétuelle contemplation, occupé à regarder toujours un abîme sans fond, LE MOUVEMENT. Le vulgaire taxe de folie ces esprits sublimes, gens incompris qui vivent dans une admirable insouciance du luxe et du monde, restant des journées entières à fumer un cigare éteint, ou venant dans un salon sans avoir toujours bien exactement marié les boutons de leurs vêtements avec les boutonnières. Un jour, après avoir longtemps mesuré le vide, ou entassé des X sous des Aa — gG, ils ont analysé quelque loi naturelle et décomposé le plus simple des principes ; tout à coup la foule admire une nouvelle machine ou quelque haquet dont la facile structure nous étonne et nous confond ! Le savant modeste sourit en disant à ses admirateurs : — Qu'ai-je donc créé ? Rien. L'homme n'invente pas une force, il la dirige, et la science consiste à imiter la nature.

Raphaël surprit le mécanicien[1] planté sur ses deux jambes, comme un pendu tombé droit sous sa potence. Planchette examinait une bille d'agate qui roulait sur un cadran solaire, en attendant qu'elle s'y arrêtât. Le pauvre homme n'était ni décoré, ni pensionné, car il ne savait pas enluminer ses calculs. Heureux de vivre à l'affût d'une découverte, il ne pensait ni à la gloire, ni au monde, ni à lui-même, et vivait dans la science, pour la science.

— Cela est indéfinissable, s'écria-t-il. — Ah ! monsieur, reprit-il en apercevant Raphaël, je suis votre serviteur. Comment va la maman ? Allez voir ma femme.

— J'aurais cependant pu vivre ainsi ! pensa Raphaël qui tira le savant de sa rêverie en lui demandant le moyen d'agir sur le talisman, qu'il lui présenta. — Dussiez-vous rire de ma crédulité, monsieur, dit le marquis en terminant, je ne vous cacherai rien. Cette Peau me semble posséder une force de résistance contre laquelle rien ne peut prévaloir.

— Monsieur, dit-il, les gens du monde traitent toujours la Science assez cavalièrement, tous nous disent à peu près ce qu'un incroyable disait à Lalande en lui amenant des dames après l'éclipse : « Ayez la bonté de recommencer. » Quel effet voulez-vous produire ? La Mécanique a pour but d'appliquer les lois du mouvement ou de les neutraliser.

1. Spécialiste de physique mécanique.

Quant au mouvement en lui-même, je vous le déclare avec humilité, nous sommes impuissants à le définir. Cela posé, nous avons remarqué quelques phénomènes constants qui régissent l'action des solides et des fluides. En reproduisant les causes génératrices de ces phénomènes, nous pouvons transporter les corps, leur transmettre une force locomotive dans des rapports de vitesse déterminée, les lancer, les diviser simplement ou à l'infini, soit que nous les cassions ou les pulvérisions ; puis les tordre, leur imprimer une rotation, les modifier, les comprimer, les dilater, les étendre. Cette science, monsieur, repose sur un seul fait. Vous voyez cette bille, reprit-il. Elle est ici sur cette pierre. La voici maintenant là. De quel nom appellerons-nous cet acte si physiquement naturel et si moralement extraordinaire ? Mouvement, locomotion, changement de lieu ? Quelle immense vanité cachée sous les mots ! Un nom, est-ce donc une solution ? Voilà pourtant toute la science. Nos machines emploient ou décomposent cet acte, ce fait. Ce léger phénomène adapté à des masses va faire sauter Paris. Nous pouvons augmenter la vitesse aux dépens de la force, et la force aux dépens de la vitesse. Qu'est-ce que la force et la vitesse ? Notre science est inhabile à le dire, comme elle l'est à créer un mouvement. Un mouvement, quel qu'il soit, est un immense pouvoir, et l'homme n'invente pas de pouvoirs. Le pouvoir est un, comme le mouvement, l'essence même du pouvoir. Tout est mouvement. La pensée est un mouvement. La nature est établie sur le mouvement. La mort est un mouvement dont les fins nous sont peu connues. Si Dieu est éternel, croyez qu'il est toujours en mouvement ! Dieu est le mouvement, peut-être. Voilà pourquoi le mouvement est inexplicable comme lui ; comme lui profond, sans bornes, incompréhensible, intangible. Qui jamais a touché, compris, mesuré le mouvement ? Nous en sentons les effets sans les voir. Nous pouvons même le nier comme nous nions Dieu. Où est-il ?

Où n'est-il pas ? D'où part-il ? Où en est le principe ? Où en est la fin ? Il nous enveloppe, nous presse et nous échappe. Il est évident comme un fait, obscur comme une abstraction, tout à la fois effet et cause. Il lui faut comme à nous l'espace, et qu'est-ce que l'espace ? Le mouvement seul nous le révèle ; sans le mouvement, il n'est plus qu'un mot vide de sens. Problème insoluble, semblable au vide, semblable à la création, à l'infini, le mouvement confond la pensée humaine, et tout ce qu'il est permis à l'homme de concevoir, c'est qu'il ne le concevra jamais. Entre chacun des points successivement occupés par cette bille dans l'espace, reprit le savant, il se rencontre un abîme pour la raison humaine, un abîme où est tombé Pascal. Pour agir sur la substance inconnue que vous voulez soumettre à une force inconnue, nous devons d'abord étudier cette substance ; d'après sa nature, ou elle se brisera sous un choc, ou elle y résistera ; si elle se divise et que votre intention ne soit pas de la partager, nous n'atteindrons pas le but proposé. Voulez-vous la comprimer ? Il faut transmettre un mouvement égal à toutes les parties de la substance de manière à diminuer uniformément l'intervalle qui les sépare. Désirez-vous l'étendre ? nous devrons tâcher d'imprimer à chaque molécule une force excentrique égale ; car sans l'observation exacte de cette loi, nous y produirions des solutions de continuité. Il existe, monsieur, des modes infinis, des combinaisons sans bornes dans le mouvement. À quel effet vous arrêtez-vous ?

— Monsieur, dit Raphaël impatienté, je désire une pression quelconque assez forte pour étendre indéfiniment cette Peau…

— La substance étant finie, répondit le mathématicien, ne saurait être indéfiniment distendue, mais la compression multipliera nécessairement l'étendue de sa surface aux dépens de l'épaisseur ; elle s'amincira jusqu'à ce que la matière manque…

— Obtenez ce résultat, monsieur, s'écria Raphaël, et vous aurez gagné des millions.

— Je vous volerais votre argent, répondit le professeur avec le flegme d'un Hollandais. Je vais vous démontrer en deux mots l'existence d'une machine sous laquelle Dieu lui-même serait écrasé comme une mouche. Elle réduirait un homme à l'état de papier brouillard[1], un homme botté, éperonné, cravaté, chapeau, or, bijoux, tout…

— Quelle horrible machine !

— Au lieu de jeter leurs enfants à l'eau, les Chinois devraient les utiliser ainsi, reprit le savant sans penser au respect de l'homme pour sa progéniture.

Tout entier à son idée, Planchette prit un pot de fleurs vide, troué dans le fond, et l'apporta sur la dalle du gnomon ; puis il alla chercher un peu de terre glaise dans un coin du jardin. Raphaël resta charmé comme un enfant auquel sa nourrice conte une histoire merveilleuse. Après avoir posé sa terre glaise sur la dalle, Planchette tira de sa poche une serpette, coupa deux branches de sureau, et se mit à les vider en sifflant comme si Raphaël n'eût pas été là.

— Voilà les éléments de la machine, dit-il.

Il attacha par un coude en terre glaise l'un de ses tuyaux de bois au fond du pot, de manière à ce que le trou du sureau correspondît à celui du vase. Vous eussiez dit d'une énorme pipe. Il étala sur la dalle un lit de glaise en lui donnant la forme d'une pelle, assit le pot de fleurs dans la partie la plus large, et fixa la branche de sureau sur la portion qui représentait le manche. Enfin il mit un pâté de terre glaise à l'extrémité du tube en sureau, il y planta l'autre branche creuse, tout droit, en pratiquant un autre coude pour la joindre à la branche horizontale, en sorte que l'air, ou tel fluide ambiant donné, pût circuler dans cette machine

1. Papier filtre.

improvisée, et courir depuis l'embouchure du tube vertical, à travers le canal intermédiaire, jusque dans le grand pot de fleurs vide.

— Monsieur, cet appareil, dit-il à Raphaël avec le sérieux d'un académicien prononçant son discours de réception, est un des plus beaux titres du grand Pascal à notre admiration.

— Je ne comprends pas.

Le savant sourit. Il alla détacher d'un arbre fruitier une petite bouteille dans laquelle son pharmacien lui avait envoyé une liqueur où se prenaient les fourmis ; il en cassa le fond, se fit un entonnoir, l'adapta soigneusement au trou de la branche creuse qu'il avait fixée verticalement dans l'argile, en opposition au grand réservoir figuré par le pot de fleurs ; puis, au moyen d'un arrosoir, il y versa la quantité d'eau nécessaire pour qu'elle se trouvât égale bord à bord et dans le grand vase et dans la petite embouchure circulaire du sureau. Raphaël pensait à sa Peau de chagrin.

— Monsieur, dit le mécanicien, l'eau passe encore aujourd'hui pour un corps incompressible, n'oubliez pas ce principe fondamental, néanmoins elle se comprime, mais si légèrement que nous devons compter sa faculté contractile comme zéro. Vous voyez la surface que présente l'eau arrivée à la superficie du pot de fleurs.

— Oui, monsieur.

— Hé bien, supposez cette surface mille fois plus étendue que ne l'est l'orifice du bâton de sureau par lequel j'ai versé le liquide. Tenez, j'ôte l'entonnoir.

— D'accord.

— Hé bien, monsieur, si par un moyen quelconque j'augmente le volume de cette masse en introduisant encore de l'eau par l'orifice du petit tuyau, le fluide, contraint d'y descendre, montera dans le réservoir figuré par le pot de fleurs jusqu'à ce que le liquide arrive à un même niveau dans l'un et dans l'autre…

— Cela est évident, s'écria Raphaël.

— Mais il y a cette différence, reprit le savant, que si la mince colonne d'eau ajoutée dans le petit tube vertical y présente une force égale au poids d'une livre par exemple, comme son action se transmettra fidèlement à la masse liquide et viendra réagir sur tous les points de la surface qu'elle présente dans le pot de fleurs, il s'y trouvera mille colonnes d'eau qui, tendant toutes à s'élever comme si elles étaient poussées par une force égale à celle qui fait descendre le liquide dans le bâton de sureau vertical, produiront nécessairement ici, dit Planchette en montrant à Raphaël l'ouverture du pot de fleurs, une puissance mille fois plus considérable que la puissance introduite là.

Et le savant indiquait du doigt au marquis le tuyau de bois planté droit dans la glaise.

— Cela est tout simple, dit Raphaël.

Planchette sourit.

— En d'autres termes, reprit-il avec cette ténacité de logique naturelle aux mathématiciens, il faudrait, pour repousser l'irruption de l'eau, déployer, sur chaque partie de la grande surface, une force égale à la force agissant dans le conduit vertical ; mais à cette différence près, que si la colonne liquide y est haute d'un pied, les mille petites colonnes de la grande surface n'y auront qu'une très faible élévation. Maintenant, dit Planchette en donnant une chiquenaude à ses bâtons, remplaçons ce petit appareil grotesque par des tubes métalliques d'une force et d'une dimension convenables, si vous couvrez d'une forte platine mobile la surface fluide du grand réservoir, et qu'à cette platine vous en opposiez une autre dont la résistance et la solidité soient à toute épreuve, si de plus vous m'accordez la puissance d'ajouter sans cesse de l'eau par le petit tube vertical à la masse liquide, l'objet, pris entre les deux plans solides, doit nécessairement céder à l'immense action qui le comprime indéfiniment. Le moyen d'introduire constamment de l'eau par le petit tube est une niaiserie en mécanique, ainsi que le mode de transmettre la puissance de la masse liquide à une platine. Deux pistons et quelques soupapes suffisent. Concevez-vous alors, mon cher monsieur, dit-il en prenant le bras de Valentin, qu'il n'existe guère de substance qui, mise entre ces deux résistances indéfinies, ne soit contrainte à s'étaler ?

— Quoi ! l'auteur des *Lettres provinciales* a inventé... s'écria Raphaël.

— Lui seul, monsieur. La Mécanique ne connaît rien de plus simple ni de plus beau. Le principe contraire, l'expansibilité de l'eau, a créé la vapeur. Mais l'eau n'est expansible qu'à un certain degré, tandis que son incompressibilité, étant une force en quelque sorte négative, se trouve nécessairement infinie.

— Si cette Peau s'étend, dit Raphaël, je vous promets d'élever une statue colossale à Blaise Pascal, de fonder un prix de cent mille francs pour le plus beau problème de mécanique résolu dans chaque période de dix ans, de doter vos cousines, arrière-cousines, enfin de bâtir un hôpital destiné aux mathématiciens devenus fous ou pauvres.

— Ce serait fort utile, dit Planchette. Monsieur, reprit-il avec le calme d'un homme vivant dans une sphère tout intellectuelle, nous irons demain chez Spieghalter. Ce mécanicien distingué vient de fabriquer, d'après mes plans, une machine perfectionnée avec laquelle un enfant pourrait faire tenir mille bottes de foin dans son chapeau.

— À demain, monsieur.

— À demain.

— Parlez-moi de la Mécanique ! s'écria Raphaël. N'est-ce pas la plus belle des sciences ? L'autre avec ses onagres, ses classements, ses canards, ses genres et ses bocaux pleins de monstres, est tout au plus bon à marquer les points dans un billard public.

Le lendemain, Raphaël tout joyeux vint chercher Planchette, et ils allèrent ensemble dans la rue de la Santé, nom de favorable augure. Chez Spieghalter, le jeune homme se trouva dans un établissement immense, ses regards tombèrent sur une multitude de forges rouges et rugissantes. C'était une pluie de feu, un déluge de clous, un océan de pistons, de vis, de leviers, de traverses, de limes, d'écrous, une mer de fontes, de bois, de soupapes et d'aciers en barres. La limaille prenait à la gorge. Il y avait du fer dans la température, les hommes étaient couverts de fer, tout puait le fer, le fer avait une vie, il était organisé, il se fluidifiait, marchait, pensait en prenant toutes les formes, en obéissant à tous les caprices. À travers les hurlements des soufflets, les *crescendo* des marteaux, les sifflements des tours qui faisaient grogner le fer, Raphaël arriva dans une grande pièce, propre et bien aérée, où il put contempler à son aise la presse immense dont lui avait parlé Planchette. Il admira des espèces de madriers en fonte, et des jumelles en fer unies par un indestructible noyau.

— Si vous tourniez sept fois cette manivelle avec promptitude, lui dit Spieghalter en lui montrant un balancier de fer poli, vous feriez jaillir une planche d'acier en milliers de jets qui vous entreraient dans les jambes comme des aiguilles.

— Peste ! s'écria Raphaël.

Planchette glissa lui-même la Peau de chagrin entre les deux platines de la presse souveraine, et, plein de cette sécurité que donnent les convictions scientifiques, il manœuvra vivement le balancier.

— Couchez-vous tous, nous sommes morts, cria Spieghalter d'une voix tonnante en se laissant tomber lui-même à terre.

Un sifflement horrible retentit dans les ateliers. L'eau contenue dans la machine brisa la fonte, produisit un jet d'une puissance incommensurable, et se dirigea heureusement sur une vieille forge qu'elle renversa, bouleversa, tordit comme une trombe entortille une maison et l'emporte avec elle.

— Oh ! dit tranquillement Planchette, le chagrin est sain comme mon œil ! Maître Spieghalter, il y avait une paille dans votre fonte, ou quelque interstice dans le grand tube.

— Non, non, je connais ma fonte. Monsieur peut remporter son outil, le diable est logé dedans.

L'Allemand saisit un marteau de forgeron, jeta la Peau sur une enclume, et, de toute la force que donne la colère, déchargea sur le talisman le plus terrible coup qui jamais eût mugi dans ses ateliers.

— Il n'y paraît seulement pas, s'écria Planchette en caressant le chagrin rebelle.

Les ouvriers accoururent. Le contremaître prit la Peau et la plongea dans le charbon de terre d'une forge. Tous rangés en demi-cercle autour du feu, attendirent avec impatience le jeu d'un énorme soufflet. Raphaël, Spieghalter, le professeur Planchette occupaient le centre de cette foule noire et attentive. En voyant tous ces yeux blancs, ces têtes poudrées de fer, ces vêtements noirs et luisants, ces poitrines poilues, Raphaël se crut transporté dans le monde nocturne et fantastique des ballades allemandes. Le contremaître saisit la Peau avec des pinces après l'avoir laissée dans le foyer pendant dix minutes.

— Rendez-la-moi, dit Raphaël.

Le contremaître la présenta par plaisanterie à Raphaël. Le marquis mania facilement la Peau froide et souple sous ses doigts. Un cri d'horreur s'éleva, les ouvriers s'enfuirent, Valentin resta seul avec Planchette dans l'atelier désert.

— Il y a décidément quelque chose de diabolique là-dedans, s'écria Raphaël au désespoir. Aucune puissance humaine ne saurait donc me donner un jour de plus !

— Monsieur, j'ai tort, répondit le mathématicien d'un air contrit, nous devions soumettre cette Peau singulière à l'action d'un laminoir. Où avais-je les yeux en vous proposant une pression ?

— C'est moi qui l'ai demandée, répliqua Raphaël.

Le savant respira comme un coupable acquitté par douze jurés. Cependant, intéressé par le problème étrange que lui offrait cette peau, il réfléchit un moment et dit : — Il faut traiter cette substance inconnue par des réactifs. Allons voir Japhet, la Chimie sera peut-être plus heureuse que la Mécanique.

Valentin mit son cheval au grand trot, dans l'espoir de rencontrer le fameux chimiste Japhet à son laboratoire.

— Hé bien, mon vieil ami, dit Planchette en apercevant Japhet assis dans un fauteuil et contemplant un précipité, comment va la Chimie ?

— Elle s'endort. Rien de neuf. L'Académie a cependant reconnu l'existence de la salicine. Mais la salicine, l'asparagine, la vauqueline[1], la digitaline ne sont pas des découvertes.

— Faute de pouvoir inventer des choses, dit Raphaël, il paraît que vous en êtes réduits à inventer des noms.

— Cela est pardieu vrai, jeune homme !

— Tiens, dit le professeur Planchette au chimiste, essaie de nous décomposer cette substance, si tu en extrais un principe quelconque, je le nomme d'avance la *diaboline*, car en voulant la comprimer, nous venons de briser une presse hydraulique.

— Voyons, voyons cela, s'écria joyeusement le chimiste, ce sera peut-être un nouveau corps simple.

1. Strychnine actuelle.

— Monsieur, dit Raphaël, c'est tout simplement un morceau de peau d'âne.

— Monsieur ? reprit gravement le célèbre chimiste.

— Je ne plaisante pas, répliqua le marquis en lui présentant la Peau de chagrin.

La baron Japhet appliqua sur la Peau les houppes nerveuses de sa langue si habile à déguster les sels, les alcalis, les gaz, et dit après quelques essais : — Point de goût ! Voyons, nous allons lui faire boire un peu d'acide phthorique[1].

Soumise à l'action de ce principe, si prompt à désorganiser les tissus animaux, la Peau ne subit aucune altération.

— Ce n'est pas du chagrin, s'écria le chimiste. Nous allons traiter ce mystérieux inconnu comme un minéral et lui donner sur le nez en le mettant dans un creuset infusible où j'ai précisément de la potasse rouge.

Japhet sortit et revint bientôt.

— Monsieur, dit-il à Raphaël, laissez-moi prendre un morceau de cette singulière substance, elle est si extraordinaire...

— Un morceau ! s'écria Raphaël, pas seulement la valeur d'un cheveu. D'ailleurs essayez, dit-il d'un air tout à la fois triste et goguenard.

Le savant cassa un rasoir en voulant entamer la Peau, il tenta de la briser par une forte décharge d'électricité, puis il la soumit à l'action de la pile voltaïque, enfin les foudres de sa science échouèrent sur le terrible talisman. Il était sept heures du soir. Planchette, Japhet et Raphaël, ne s'apercevant pas de la fuite du temps, attendaient le résultat d'une dernière expérience. Le chagrin sortit victorieux d'un épouvantable choc auquel il avait été soumis, grâce à une quantité raisonnable de chlorure d'azote.

— Je suis perdu ! s'écria Raphaël. Dieu est là. Je vais mourir. Il laissa les deux savants stupéfaits.

1. Fluorhydrique.

— Gardons-nous bien de raconter cette aventure à l'Académie, nos collègues s'y moqueraient de nous, dit Planchette au chimiste après une longue pause pendant laquelle ils se regardèrent sans oser se communiquer leurs pensées.

Les deux savants étaient comme des chrétiens sortant de leurs tombes sans trouver un Dieu dans le ciel. La science ? Impuissante ! Les acides ? Eau claire ! La potasse rouge ? Déshonorée ! La pile voltaïque et la foudre ? Deux bilboquets !

— Une presse hydraulique fendue comme une mouillette ! ajouta Planchette.

— Je crois au diable, dit le baron Japhet après un moment de silence.

— Et moi à Dieu, répondit Planchette.

Tous deux étaient dans leur rôle. Pour un mécanicien, l'univers est une machine qui veut un ouvrier ; pour la chimie, cette œuvre d'un démon qui va décomposant tout, le monde est un gaz doué de mouvement.

— Nous ne pouvons pas nier le fait, reprit le chimiste.

— Bah ! pour nous consoler, messieurs les doctrinaires ont créé ce nébuleux axiome : Bête comme un fait.

— Ton axiome, répliqua le chimiste, me semble, à moi, fait comme une bête.

Ils se prirent à rire, et dînèrent en gens qui ne voyaient plus qu'un phénomène dans un miracle.

En rentrant chez lui, Valentin était en proie à une rage froide ; il ne croyait plus à rien, ses idées se brouillaient dans sa cervelle, tournoyaient et vacillaient comme celles de tout homme en présence d'un fait impossible. Il avait cru volontiers à quelque défaut secret dans la machine de Spieghalter, l'impuissance de la science et du feu ne l'étonnait pas ; mais la souplesse de la Peau quand il la maniait, mais sa dureté lorsque les moyens de destruction mis à la disposition de l'homme étaient dirigés sur elle, l'épouvantaient. Ce fait incontestable lui donnait le vertige.

— Je suis fou, se dit-il. Quoique depuis ce matin je sois à jeun, je n'ai ni faim ni soif, et je sens dans ma poitrine un foyer qui me brûle.

Il remit la Peau de chagrin dans le cadre où elle avait été naguère enfermée ; et, après avoir décrit par une ligne d'encre rouge le contour actuel du talisman, il s'assit dans son fauteuil.

— Déjà huit heures, s'écria-t-il. Cette journée a passé comme un songe.

Il s'accouda sur le bras du fauteuil, s'appuya la tête dans sa main gauche, et resta perdu dans une de ces méditations funèbres, dans ces pensées dévorantes dont le secret est emporté par les condamnés à mort.

— Ah ! Pauline, s'écria-t-il, pauvre enfant ! Il y a des abîmes que l'amour ne saurait franchir, malgré la force de ses ailes. En ce moment il entendit très distinctement un soupir étouffé, et reconnut par un des plus touchants privilèges de la passion le souffle de sa Pauline. — Oh ! se dit-il, voilà mon arrêt. Si elle était là, je voudrais mourir dans ses bras.

Un éclat de rire bien franc, bien joyeux, lui fit tourner la tête vers son lit, il vit à travers les rideaux diaphanes la figure de Pauline souriant comme un enfant heureux d'une malice qui réussit ; ses beaux cheveux formaient des milliers de boucles sur ses épaules ; elle était là semblable à une rose du Bengale sur un monceau de roses blanches.

— J'ai séduit Jonathas, dit-elle. Ce lit ne m'appartient-il pas, à moi qui suis ta femme ? Ne me gronde pas, chéri, je ne voulais que dormir près de toi, te surprendre. Pardonne-moi cette folie. Elle sauta hors du lit par un mouvement de chatte, se montra radieuse dans ses mousselines, et s'assit sur les genoux de Raphaël : De quel abîme parlais-tu donc, mon amour ? dit-elle en laissant voir sur son front une expression soucieuse.

— De la mort.

— Tu me fais mal, répondit-elle. Il y a certaines idées auxquelles, nous autres, pauvres femmes, nous ne pouvons nous arrêter, elles nous tuent. Est-ce force d'amour ou manque de courage ? Je ne sais. La mort ne m'effraie pas, reprit-elle en riant. Mourir avec toi, demain matin, ensemble, dans un dernier baiser, ce serait un bonheur. Il me semble que j'aurais encore vécu plus de cent ans. Qu'importe le nombre de jours, si, dans une nuit, dans une heure, nous avons épuisé toute une vie de paix et d'amour ?

— Tu as raison, le ciel parle par ta jolie bouche. Donne que je la baise, et mourons, dit Raphaël.

— Mourons donc, répondit-elle en riant.

Vers les neuf heures du matin, le jour passait à travers les fentes des persiennes ; amoindri par la mousseline des rideaux, il permettait encore de voir les riches couleurs du tapis et les meubles soyeux de la chambre où reposaient les deux amants. Quelques dorures étincelaient. Un rayon de soleil venait mourir sur le mol édredon que les jeux de l'amour avaient jeté par terre. Suspendue à une grande psyché, la robe de Pauline se dessinait comme une vaporeuse apparition. Les souliers mignons avaient été laissés loin du lit. Un rossignol vint se poser sur l'appui de la fenêtre, ses gazouillements répétés, le bruit de ses ailes soudainement déployées quand il s'envola, réveillèrent Raphaël.

— Pour mourir, dit-il en achevant une pensée commencée dans son rêve, il faut que mon organisation, ce mécanisme de chair et d'os animé par ma volonté, et qui fait de moi un individu *homme*, présente une lésion sensible. Les médecins doivent connaître les symptômes de la vitalité attaquée, et pouvoir me dire si je suis en santé ou malade.

Il contempla sa femme endormie qui lui tenait la tête, exprimant ainsi pendant le sommeil les tendres sollicitudes de l'amour. Gracieusement étendue comme un jeune enfant et le visage tourné vers lui, Pauline semblait le regarder encore en lui tendant une jolie bouche entrouverte par un souffle égal et pur. Ses petites dents de porcelaine relevaient la rougeur de ses lèvres fraîches sur lesquelles errait un sourire ; l'incarnat de son teint était vif, et la blancheur en était pour ainsi dire plus blanche en ce moment qu'aux heures les plus amoureuses de la journée. Son gracieux abandon si plein de confiance mêlait au charme de l'amour les adorables attraits de l'enfance endormie. Les femmes, même les plus naturelles, obéissent encore pendant le jour à certaines conventions sociales qui enchaînent les naïves expansions de leur âme ; mais le sommeil semble les rendre à la soudaineté de vie qui décore le premier âge : Pauline ne rougissait de rien, comme une de ces chères et célestes créatures chez qui la raison n'a encore jeté ni pensées dans les gestes, ni secrets dans le regard. Son profil se détachait vivement sur la fine batiste des oreillers, de grosses ruches de dentelle mêlées à ses cheveux en désordre lui donnaient un petit air mutin ; mais elle s'était endormie dans le plaisir, ses longs cils étaient appliqués sur sa joue comme pour garantir sa vue d'une lueur trop forte ou pour aider à ce recueillement de l'âme quand elle essaie de retenir une volupté parfaite, mais fugitive ; son oreille mignonne, blanche et rouge, encadrée par une touffe de cheveux et dessinée dans une coque de malines, eût rendu fou d'amour un artiste, un peintre, un vieillard, eût peut-être restitué la raison à quelque insensé. Voir sa maîtresse endormie, rieuse dans un songe, paisible sous votre protection, vous aimant même en rêve, au moment où la créature semble cesser d'être, et vous offrant encore une bouche muette qui dans le sommeil vous parle du dernier baiser ! voir une femme confiante, demi-nue, mais enveloppée dans son amour comme dans un manteau, et chaste au sein du désordre ; admirer ses vêtements épars, un bas de soie rapidement quitté la veille pour vous plaire, une ceinture dénouée qui vous accuse une foi infinie, n'est-ce pas une joie sans nom ? Cette ceinture est un poème entier ; la femme qu'elle protégeait n'existe plus, elle vous appartient, elle est devenue *vous* ; désormais la trahir, c'est se blesser soi-même. Raphaël attendri contempla cette chambre chargée d'amour, pleine de souvenirs, où le jour prenait des teintes voluptueuses, et revint à cette femme aux formes pures, jeunes, aimante encore, dont surtout les sentiments étaient à lui sans partage. Il désira vivre toujours. Quand son regard tomba sur Pauline, elle ouvrit aussitôt les yeux comme si un rayon de soleil l'eût frappée.

— Bonjour, ami, dit-elle en souriant. Es-tu beau, méchant !

Ces deux têtes empreintes d'une grâce due à l'amour, à la jeunesse, au demi-jour et au silence formaient une de ces divines scènes dont la magie passagère n'appartient qu'aux premiers jours de la passion, comme la naïveté, la candeur sont les attributs de l'enfance. Hélas ! ces joies printanières de l'amour, de même que les rires de notre jeune âge, doivent s'enfuir et ne plus vivre que dans notre souvenir pour nous désespérer ou nous jeter quelque parfum consolateur, selon les caprices de nos méditations secrètes.

— Pourquoi t'es-tu réveillée ? dit Raphaël. J'avais tant de plaisir à te voir endormie, j'en pleurais.

— Et moi aussi, répondit-elle, j'ai pleuré cette nuit en te contemplant dans ton repos, mais non pas de joie. Écoute, mon Raphaël, écoute-moi ! Lorsque tu dors, ta respiration n'est pas franche, il y a dans ta poitrine quelque chose qui résonne, et qui m'a fait peur. Tu as pendant ton sommeil une petite toux sèche, absolument semblable à celle de mon père qui meurt d'une phtisie. J'ai reconnu dans le bruit de tes poumons quelques-uns des effets bizarres de cette maladie. Puis tu avais la fièvre, j'en suis sûre, ta main était moite et brûlante. Chéri ! Tu es jeune, dit-elle en frissonnant, tu pourrais te guérir encore si, par malheur… Mais non, s'écria-t-elle joyeusement, il n'y a pas de malheur, la maladie se gagne, disent les médecins. De ses deux bras, elle enlaça Raphaël, saisit sa respiration par un de ces baisers dans lesquels l'âme arrive : — Je ne désire pas vivre vieille, dit-elle. Mourons jeunes tous les deux, et allons dans le ciel les mains pleines de fleurs.

— Ces projets-là se font toujours quand nous sommes en bonne santé, répondit Raphaël en plongeant ses mains dans la chevelure de Pauline ; mais il eut alors un horrible accès de toux, de ces toux graves et sonores qui semblent sortir d'un cercueil, qui font pâlir le front des malades et les laissent tremblants, tout en sueur, après avoir remué leurs nerfs, ébranlé leurs côtes, fatigué leur moelle épinière, et imprimé je ne sais quelle lourdeur à leurs veines. Raphaël abattu, pâle, se coucha lentement, affaissé comme un homme dont toute la force s'est dissipée dans un dernier effort. Pauline le regarda d'un œil fixe, agrandi par la peur, et resta immobile, blanche, silencieuse.

— Ne faisons plus de folies, mon ange, dit-elle en voulant cacher à Raphaël les horribles pressentiments qui l'agitaient.

Elle se voila la figure de ses mains, car elle apercevait le hideux squelette de la MORT. La tête de Raphaël était devenue livide et creuse comme un crâne arraché aux profondeurs d'un cimetière pour servir aux études de quelque savant. Pauline se souvenait de l'exclamation échappée la veille à Valentin, et se dit à elle-même : — Oui, il y a des abîmes que l'amour ne peut pas traverser, mais il doit s'y ensevelir.

Quelques jours après cette scène de désolation, Raphaël se trouva par une matinée du mois de mars assis dans un fauteuil, entouré de quatre médecins qui l'avaient fait placer au jour devant la fenêtre de sa chambre, et tour à tour lui tâtaient le pouls, le palpaient, l'interrogeaient avec une apparence d'intérêt. Le malade épiait leurs pensées en interprétant et leurs gestes et les moindres plis qui se formaient sur leurs fronts. Cette consultation était sa dernière espérance. Ces juges suprêmes allaient lui prononcer un arrêt de vie ou de mort. Aussi, pour arracher à la science humaine son dernier mot, Valentin avait-il convoqué les oracles de la médecine moderne. Grâce à sa fortune et à son nom, les trois systèmes entre lesquels flottent les connaissances humaines étaient là devant lui. Trois de ces docteurs portaient avec eux toute la philosophie médicale, en représentant le combat que se livrent la Spiritualité, l'analyse et je ne sais quel Éclectisme railleur. Le quatrième médecin était Horace Bianchon, homme plein d'avenir et de science, le plus distingué peut-être des nouveaux médecins, sage et modeste député de la studieuse jeunesse qui s'apprête à recueillir l'héritage des trésors amassés depuis cinquante ans par l'École de Paris, et qui bâtira peut-être le monument pour lequel les siècles précédents ont apporté tant de matériaux divers. Ami du marquis et de Rastignac, il lui avait donné des soins depuis quelques jours, et l'aidait à répondre aux interrogations des trois professeurs auxquels il expliquait parfois, avec une sorte d'insistance, les diagnostics qui lui semblaient révéler une phtisie pulmonaire.

— Vous avez sans doute fait beaucoup d'excès, mené une vie dissipée, vous vous êtes livré à de grands travaux d'intelligence ? dit à Raphaël celui des trois célèbres docteurs dont la tête carrée, la figure large, l'énergique organisation, paraissaient annoncer un génie supérieur à celui de ses deux antagonistes.

— J'ai voulu me tuer par la débauche après avoir travaillé pendant trois ans à un vaste ouvrage dont vous vous occuperez peut-être un jour, lui répondit Raphaël.

Le grand docteur hocha la tête en signe de contentement, et comme s'il se fût dit en lui-même :

— J'en étais sûr !

Ce docteur était l'illustre Brisset, le chef des organistes, le successeur des Cabanis et des Bichat, le médecin des esprits positifs et matérialistes, qui voit en l'homme un être fini, uniquement sujet aux lois de sa propre organisation, et dont l'état normal ou les anomalies délétères s'expliquent par des causes évidentes.

À cette réponse, Brisset regarda silencieusement un homme de moyenne taille dont le visage empourpré, l'œil ardent semblaient appartenir à quelque satyre antique, et qui, le dos appuyé sur le coin de l'embrasure, contemplait attentivement Raphaël sans mot dire. Homme d'exaltation et de croyance, le docteur Caméristus, chef des vitalistes, poétique défenseur des doctrines abstraites de Van Helmont, voyait dans la vie humaine un principe élevé, un phénomène inexplicable qui se joue des bistouris, trompe la chirurgie, échappe aux médicaments de la pharmaceutique, aux *x* de l'algèbre, aux démonstrations de l'anatomie, et se rit de nos efforts ; une espèce de flamme intangible, invisible, soumise à quelque loi divine, et qui reste souvent au milieu d'un corps condamné par nos arrêts, comme elle déserte aussi les organisations les plus viables.

Un sourire sardonique errait sur les lèvres du troisième, le docteur Maugredie, esprit distingué, mais pyrrhonien et moqueur, qui ne croyait qu'au scalpel, concédait à Brisset la mort d'un homme qui se portait à merveille, et reconnaissait avec Caméristus qu'un homme pouvait vivre encore après sa mort. Il trouvait du bon dans toutes les théories, n'en adoptait aucune, prétendait que le meilleur système médical était de n'en point avoir, et de s'en tenir aux faits. Panurge de l'école, roi de l'observation, ce grand explorateur, ce grand railleur, l'homme des tentatives désespérées, examinait la Peau de chagrin.

— Je voudrais bien être témoin de la coïncidence qui existe entre vos désirs et son rétrécissement, dit-il au marquis.

— À quoi bon ? s'écria Brisset.

— À quoi bon ? répéta Caméristus.

— Ah ! vous êtes d'accord, répondit Maugredie.

— Cette contraction est toute simple, ajouta Brisset.

— Elle est surnaturelle, dit Caméristus.

— En effet, répliqua Maugredie en affectant un air grave et rendant à Raphaël sa Peau de chagrin, le racornissement du cuir est un fait inexplicable et cependant naturel, qui, depuis l'origine du monde, fait le désespoir de la médecine et des jolies femmes.

À force d'examiner les trois docteurs, Valentin ne découvrit en eux aucune sympathie pour ses maux. Tous trois, silencieux à chaque réponse, le toisaient avec indifférence et le questionnaient sans le plaindre. La nonchalance perçait à travers leur politesse. Soit certitude, soit réflexion, leurs paroles étaient si rares, si indolentes, que par moments Raphaël les crut distraits. De temps à autre, Brisset seul répondait : « Bon ! bien ! » à tous les symptômes désespérants dont l'existence était démontrée par Bianchon. Caméristus demeurait plongé dans une profonde rêverie, Maugredie ressemblait à un auteur comique étudiant deux originaux pour les transporter fidèlement sur la scène. La figure d'Horace trahissait une peine profonde, un attendrissement plein de tristesse. Il était médecin depuis trop peu de temps pour être insensible devant la douleur et impassible près d'un lit funèbre ; il ne savait pas éteindre dans ses yeux les larmes amies qui empêchent un homme de voir clair et de saisir, comme un général d'armée, le moment propice à la victoire, sans écouter les cris des moribonds. Après être restés pendant une demi-heure environ à prendre en quelque sorte la mesure de la maladie et du malade, comme un tailleur prend la mesure d'un habit à un jeune homme qui lui commande ses vêtements de noces, ils dirent quelques lieux communs, parlèrent même des affaires publiques ; puis ils voulurent passer dans le cabinet de Raphaël pour se communiquer leurs idées et rédiger la sentence.

— Messieurs, leur dit Valentin, ne puis-je donc assister au débat ?

À ces mots, Brisset et Maugredie se récrièrent vivement, et, malgré les instances de leur malade, ils se refusèrent à délibérer en sa présence. Raphaël se soumit à l'usage en pensant qu'il pouvait se glisser dans un couloir d'où il entendrait facilement les discussions médicales auxquelles les trois professeurs allaient se livrer.

— Messieurs, dit Brisset en entrant, permettez-moi de vous donner promptement mon avis. Je ne veux ni vous l'imposer, ni le voir controversé : d'abord il est net, précis, et résulte d'une similitude complète entre un de mes malades et le sujet que nous avons été appelés à examiner ; puis je suis attendu à mon hospice. L'importance du fait qui y réclame ma présence m'excusera de prendre le premier la parole. *Le sujet* qui nous occupe est également fatigué par des travaux intellectuels... Qu'a-t-il donc fait, Horace ? dit-il en s'adressant au jeune médecin.

— Une théorie de la volonté.

— Ah ! diable, mais c'est un vaste sujet. Il est fatigué, dis-je, par des excès de pensée, par des écarts de régime, par l'emploi répété de stimulants trop énergiques. L'action violente du corps et du cerveau a donc vicié le jeu de tout l'organisme. Il est facile, messieurs, de reconnaître, dans les symptômes de la face et du corps, une irritation prodigieuse à l'estomac, la névrose du grand sympathique, la vive sensibilité de l'épigastre, et le resserrement des hypocondres. Vous avez remarqué la grosseur et la saillie du foie. Enfin monsieur Bianchon a constamment observé les digestions de son malade, et nous a dit qu'elles étaient difficiles, laborieuses. À proprement parler, il n'existe plus d'estomac ; l'homme a disparu. L'intellect est atrophié parce que l'homme ne digère plus. L'altération progressive de l'épigastre, centre de la vie, a vicié tout le système. De là partent des irradiations constantes et flagrantes, le désordre a gagné le cerveau par le plexus nerveux, d'où l'irritation excessive de cet organe. Il y a monomanie. Le malade est sous le poids d'une idée fixe. Pour lui cette Peau de chagrin se rétrécit réellement, peut-être a-t-elle toujours été comme nous l'avons vue ; mais, qu'il se contracte ou non, ce *chagrin* est pour lui la mouche que certain grand vizir avait sur le nez. Mettez promptement des sangsues à l'épigastre, calmez l'irritation de cet organe où l'homme tout entier réside, tenez le malade au régime, la monomanie cessera. Je n'en dirai pas davantage au docteur Bianchon ; il doit saisir l'ensemble et les détails du traitement. Peut-être y a-t-il complication de maladie, peut-être les voies respiratoires sont-elles également irritées ; mais je crois le traitement de l'appareil intestinal beaucoup plus important, plus nécessaire, plus urgent que n'est celui des poumons. L'étude tenace de matières abstraites et quelques passions violentes ont produit de graves perturbations dans ce mécanisme vital ; cependant il est temps encore d'en redresser les ressorts, rien n'y est trop fortement adultéré. Vous pouvez donc facilement sauver votre ami, dit-il à Bianchon.

— Notre savant collègue prend l'effet pour la cause, répondit Caméristus. Oui, les altérations si bien observées par lui existent chez le malade, mais l'estomac n'a pas graduellement établi des irritations dans l'organisme et vers le cerveau, comme une fêlure étend autour d'elle des rayons dans une vitre. Il a fallu un coup pour trouer le vitrail : ce coup, qui l'a porté ? Le savons-nous ? Avons-nous suffisamment observé le malade ? Connaissons-nous tous les accidents de sa vie ? Messieurs, le principe vital, l'*archée* de Van Helmont, est atteint en lui, la vitalité même est attaquée dans son essence, l'étincelle divine, l'intelligence transitoire qui sert comme de lien à la machine et qui produit la volonté, la science de la vie, a cessé de régulariser les phénomènes journaliers du mécanisme et les fonctions de chaque organe ; de là proviennent les désordres si bien appréciés par mon docte confrère. Le mouvement n'est pas venu de l'épigastre au cerveau, mais du cerveau vers l'épigastre. Non, dit-il en se frappant avec force la poitrine, non, je ne suis pas un estomac fait homme ! Non, tout n'est pas là. Je ne me sens pas le courage de dire que si j'ai un bon épigastre, le reste est de forme. Nous ne pouvons pas, reprit-il plus doucement, soumettre à une même cause physique et à un traitement uniforme les troubles graves qui surviennent chez les différents sujets plus ou moins sérieusement atteints. Aucun homme ne se ressemble. Nous avons tous des organes particuliers, diversement affectés, diversement nourris, propres à remplir des missions différentes, et à développer des thèmes nécessaires à l'accomplissement d'un ordre de choses qui nous est inconnu. La portion du grand tout, qui par une haute volonté vient opérer, entretenir en nous le phénomène de l'animation, se formule d'une manière distincte dans chaque homme, et fait de lui un être en apparence fini, mais qui par un point coexiste à une cause infinie. Aussi devons-nous étudier chaque sujet séparément, le pénétrer, reconnaître en quoi consiste sa vie, quelle en est la puissance. Depuis la mollesse d'une éponge mouillée jusqu'à la dureté d'une pierre ponce, il y a des nuances infinies. Voilà l'homme. Entre les organisations spongieuses des lymphatiques et la vigueur métallique des muscles de quelques hommes destinés à une longue vie, que d'erreurs ne commettra pas le système unique, implacable, de la guérison par l'abattement, par la prostration des forces humaines que vous supposez toujours irritées ! Ici donc, je voudrais un traitement tout moral, un examen approfondi de l'être intime. Allons chercher la cause du mal dans les entrailles de l'âme et non dans les entrailles du corps ! Un médecin est un être inspiré, doué d'un génie particulier, à qui Dieu concède le pouvoir de lire dans la vitalité, comme il donne aux prophètes des yeux pour contempler l'avenir, au poète la faculté d'évoquer la nature, au musicien celle d'arranger les sons dans un ordre harmonieux dont le type est en haut, peut-être !…

— Toujours sa médecine absolutiste, monarchique et religieuse, dit Brisset en murmurant.

— Messieurs, reprit promptement Maugredie en couvrant avec promptitude l'exclamation de Brisset, ne perdons pas de vue le malade…

— Voilà donc où en est la science ! s'écria tristement Raphaël. Ma guérison flotte entre un rosaire et un chapelet de sangsues, entre le bistouri de Dupuytren et la prière du prince de Hohenlohe ! Sur la ligne qui sépare le fait de la parole, la matière de l'esprit, Maugredie est là, doutant. Le *oui* et *non* humain me poursuit partout ! Toujours le *Carymary, Carymara* de Rabelais : je suis spirituellement malade, carymary ! ou matériellement malade, carymara ! Dois-je vivre ? Ils l'ignorent. Au moins Planchette était-il plus franc, en me disant : Je ne sais pas.

En ce moment, Valentin entendit la voix du docteur Maugredie.

— Le malade est monomane, eh bien, d'accord, s'écria-t-il, mais il a deux cent mille livres de rente, ces monomanes-là sont fort rares, et nous leur devons au moins un avis. Quant à savoir si son épigastre a réagi sur le cerveau, ou le cerveau sur son épigastre, nous pourrons peut-être vérifier le fait : quand il sera mort. Résumons-nous donc. Il est malade, le fait est incontestable. Il lui faut un traitement quelconque. Laissons les doctrines. Mettons-lui des sangsues pour calmer l'irritation intestinale et la névrose sur l'existence desquelles nous sommes d'accord, puis envoyons-le aux eaux : nous agirons à la fois d'après les deux systèmes. S'il est pulmonique, nous ne pouvons guère le sauver, ainsi…

Raphaël quitta promptement le couloir et vint se remettre dans son fauteuil. Bientôt les quatre médecins sortirent du cabinet. Horace porta la parole et lui dit : — Ces messieurs ont unanimement reconnu la nécessité d'une application immédiate de sangsues à l'estomac, et l'urgence d'un traitement à la fois physique et moral. D'abord un régime diététique, afin de calmer l'irritation de votre organisme.

Ici Brisset fit un signe d'approbation.

— Puis, un régime hygiénique pour régir votre moral. Ainsi nous vous conseillons unanimement d'aller aux eaux d'Aix en Savoie, ou à celles du Mont-Dore en Auvergne, si vous les préférez ; l'air et les sites de la Savoie sont plus agréables que ceux du Cantal, mais vous suivrez votre goût.

Là, le docteur Caméristus laissa échapper un geste d'assentiment.

— Ces messieurs, reprit Bianchon, ayant reconnu de légères altérations dans l'appareil respiratoire, sont tombés d'accord sur l'utilité de mes prescriptions antérieures. Ils pensent que votre guérison est facile et dépendra de l'emploi sagement alternatif de ces divers moyens… Et…

— Et voilà pourquoi votre fille est muette, dit Raphaël en souriant et en attirant Horace dans son cabinet pour lui remettre le prix de cette inutile consultation.

— Ils sont logiques, lui répondit le jeune médecin. Caméristus ment, Brisset examine, Maugredie doute. L'homme n'a-t-il pas une âme, un corps et une raison ? L'une de ces trois causes premières agit en nous d'une manière plus ou moins forte, et il y aura toujours de l'homme dans la science humaine. Crois-moi, Raphaël, nous ne guérissons pas, nous aidons à guérir. Entre la médecine de Brisset et celle de Caméristus, se trouve encore la médecine expectante ; mais pour pratiquer celle-ci avec succès, il faudrait connaître son malade depuis dix ans. Il y a au fond de la médecine négation comme dans toutes les sciences. Tâche donc de vivre sagement, essaie d'un voyage en Savoie ; le mieux est et sera toujours de se confier à la nature.

Un mois après, au retour de la promenade et par une belle soirée d'été, quelques-unes des personnes venues aux eaux d'Aix se trouvèrent réunies dans les salons du Cercle. Assis près d'une fenêtre et tournant le dos à l'assemblée, Raphaël resta longtemps seul, plongé dans une de ces rêveries machinales durant lesquelles nos pensées naissent, s'enchaînent, s'évanouissent sans revêtir de formes, et passent en nous comme de légers nuages à peine colorés. La tristesse est alors douce, la joie est vaporeuse, et l'âme est presque endormie. Se laissant aller à cette vie sensuelle, Valentin se baignait dans la tiède atmosphère du soir en savourant l'air pur et parfumé des montagnes, heureux de ne sentir aucune douleur et d'avoir enfin réduit au silence sa menaçante Peau de chagrin. Au moment où les teintes rouges du couchant s'éteignirent sur les cimes, la température fraîchit, il quitta sa place en poussant la fenêtre.

— Monsieur, lui dit une vieille dame, auriez-vous la complaisance de ne pas fermer la croisée ? Nous étouffons.

Cette phrase déchira le tympan de Raphaël par ces dissonances d'une aigreur singulière ; elle fut comme le mot que lâche imprudemment un homme à l'amitié duquel nous voulions croire, et qui détruit quelque douce illusion de sentiment en trahissant un abîme d'égoïsme. Le marquis jeta sur la vieille dame le froid regard d'un diplomate impassible, il appela un valet et lui dit sèchement quand il arriva : — Ouvrez cette fenêtre !

À ces mots, une surprise insolite éclata sur tous les visages. L'assemblée se mit à chuchoter, en regardant le malade d'un air plus ou moins expressif, comme s'il eût commis quelque grave impertinence. Raphaël, qui n'avait pas entièrement dépouillé sa primitive timidité de jeune homme, eut un mouvement de honte ; mais il secoua sa torpeur, reprit son énergie et se demanda compte à lui-même de cette scène étrange. Soudain un rapide mouvement anima son cerveau, le passé lui apparut dans une vision distincte où les causes du sentiment qu'il inspirait saillirent en relief comme les veines d'un cadavre chez lequel, par quelque savante injection, les naturalistes colorent les moindres ramifications ; il se reconnut lui-même dans ce tableau fugitif, y suivit son existence, jour par jour, pensée à pensée ; il s'y vit, non sans surprise, sombre et distrait au sein de ce monde rieur, toujours songeant à sa destinée, préoccupé de son mal, paraissant dédaigner la causerie la plus insignifiante, fuyant ces intimités éphémères qui s'établissent promptement entre les voyageurs parce qu'ils comptent sans doute ne plus se rencontrer ; peu soucieux des autres, et semblable enfin à ces rochers insensibles aux caresses comme à la furie des vagues. Puis, par un rare privilège d'intuition, il lut dans toutes les âmes : en découvrant sous la lueur d'un flambeau le crâne jaune, le profil sardonique d'un vieillard, il se rappela de lui avoir gagné son argent sans lui avoir proposé de prendre sa revanche ; plus loin il aperçut une jolie femme dont les agaceries l'avaient trouvé froid ; chaque visage lui reprochait un de ces torts inexplicables en apparence, mais dont le crime gît toujours dans une invisible blessure faite à l'amour-propre. Il avait involontairement froissé toutes les petites vanités qui gravitaient autour de lui. Les convives de ses fêtes ou ceux auxquels il avait offert ses chevaux s'étaient irrités de son luxe ; surpris de leur ingratitude, il leur avait épargné ces espèces d'humiliations : dès lors ils s'étaient crus méprisés et l'accusaient d'aristocratie. En sondant ainsi les cœurs, il put en déchiffrer les pensées les plus secrètes ; il eut horreur de la société, de sa politesse, de son vernis. Riche et d'un esprit supérieur, il était envié, haï; son silence trompait la curiosité, sa modestie semblait de la hauteur à ces gens mesquins et superficiels. Il devina le crime latent, irrémissible, dont il était coupable envers eux : il échappait à la juridiction de leur médiocrité. Rebelle à leur despotisme inquisiteur, il savait se passer d'eux; pour se venger de cette royauté clandestine, tous s'étaient instinctivement ligués pour lui faire sentir leur pouvoir, le soumettre à quelque ostracisme, et lui apprendre qu'eux aussi pouvaient se passer de lui. Pris de pitié d'abord à cette vue du monde, il frémit bientôt en pensant à la souple puissance qui lui soulevait ainsi le voile de chair sous lequel est ensevelie la nature morale, et ferma les yeux comme pour ne plus rien voir. Tout à coup un rideau noir fut tiré sur cette sinistre fantasmagorie de vérité, mais il se trouva dans l'horrible isolement qui attend les puissances et les dominations. En ce moment, il eut un violent accès de toux. Loin de recueillir une seule de ces paroles indifférentes en apparence, mais qui du moins simulent une espèce de compassion polie chez les personnes de bonne compagnie rassemblées par hasard, il entendit des interjections hostiles et des plaintes murmurées à voix basse. La Société ne daignait même plus se grimer pour lui, parce qu'il la devinait peut-être. — Sa maladie est contagieuse. — Le président du Cercle devrait lui interdire l'entrée du salon. — En bonne police, il est vraiment défendu de tousser ainsi. — Quand un homme est aussi malade, il ne doit pas venir aux eaux. — Il me chassera d'ici. Raphaël se leva pour se dérober à la malédiction générale, et se promena dans l'appartement. Il voulut trouver une protection, et revint près d'une jeune femme inoccupée à laquelle il médita d'adresser quelques flatteries; mais, à son approche, elle lui tourna le dos, et feignit de regarder les danseurs. Raphaël craignit d'avoir déjà pendant cette soirée usé de son talisman; il ne se sentit ni la volonté, ni le courage d'entamer la conversation, quitta le salon et se réfugia dans la salle de billard. Là, personne ne lui parla, ne le salua, ne lui jeta le plus léger regard de bienveillance. Son esprit naturellement méditatif lui révéla, par une intussusception, la cause générale et rationnelle de l'aversion qu'il avait excitée. Ce petit monde obéissait, sans le savoir peut-être, à la grande loi qui régit la haute société, dont la morale implacable se développa tout entière aux yeux de Raphaël. Un regard rétrograde lui en montra le type complet en Fœdora. Il ne devait pas rencontrer plus de sympathie pour ses maux chez celle-ci, que pour ses misères de cœur chez celle-là. Le beau monde bannit de son sein les malheureux, comme un homme de santé vigoureuse expulse de son corps un principe morbifique. Le monde abhorre les douleurs et les infortunes, il les redoute à l'égal des contagions, il n'hésite jamais entre elles et les vices : le vice est un luxe. Quelque majestueux que soit un malheur, la société sait l'amoindrir, le ridiculiser par une épigramme ; elle dessine des caricatures pour jeter à la tête des rois déchus les affronts qu'elle croit avoir reçus d'eux ; semblable aux jeunes Romaines du cirque, elle ne fait jamais grâce au gladiateur qui tombe, elle vit d'or et de moquerie ; *Mort aux faibles !* est le vœu de cette espèce d'ordre équestre institué chez toutes les nations de la terre, car il s'élève partout des riches, et cette sentence est écrite au fond des cœurs pétris par l'opulence ou nourris par l'aristocratie. Rassemblez-vous des enfants dans un collège ? Cette image en raccourci de la société, mais image d'autant plus vraie qu'elle est plus naïve et plus franche, vous offre toujours de pauvres ilotes, créatures de souffrance et de douleur, incessamment placées entre le mépris et la pitié : l'Évangile leur promet le ciel. Descendez-vous plus bas sur l'échelle des êtres organisés ? Si quelque volatile est endolori parmi ceux d'une basse-cour, les autres le poursuivent à coups de bec, le plument et l'assassinent. Fidèle à cette charte de l'égoïsme, le monde prodigue ses rigueurs aux misères assez hardies pour venir affronter ses fêtes, pour chagriner ses plaisirs. Quiconque souffre de corps ou d'âme, manque d'argent ou de pouvoir, est un Paria. Qu'il reste dans son désert ; s'il en franchit les limites, il trouve partout l'hiver : froideur de regards, froideur de manières, de paroles, de cœur ; heureux s'il ne récolte pas l'insulte là où pour lui devait éclore une consolation. Mourants, restez sur vos lits désertés. Vieillards, soyez seuls à vos froids foyers. Pauvres filles sans dot, gelez et brûlez dans vos greniers solitaires. Si le monde tolère un malheur, n'est-ce pas pour le façonner à son usage, en tirer profit, le bâter, lui mettre un mors, une housse, le monter, en faire une joie ? Quinteuses demoiselles de compagnie, composez-vous de gais visages ! Endurez les vapeurs de votre prétendue bienfaitrice ; portez ses chiens ; rivales de ses griffons anglais, amusez-la, devinez-la, puis taisez-vous ! Et toi, roi des valets sans livrée, parasite effronté, laisse ton caractère à la maison ; digère comme digère ton amphitryon, pleure de ses pleurs, ris de son rire, tiens ses épigrammes pour agréables ; si tu veux en médire, attends sa chute. Ainsi le monde honore-t-il le malheur : il le tue ou le chasse, l'avilit ou le châtre.

Ces réflexions sourdirent au cœur de Raphaël avec la promptitude d'une inspiration poétique ; il regarda autour de lui, et sentit ce froid sinistre que la société distille pour éloigner les misères, et qui saisit l'âme encore plus vivement que la bise de décembre ne glace le corps. Il se croisa les bras sur la poitrine, s'appuya le dos à la muraille, et tomba dans une mélancolie profonde. Il songeait au peu de bonheur que cette épouvantable police[1] procure au monde. Qu'était-ce ? Des amusements sans plaisir, de la gaieté sans joie, des

1. Organisation politique.

fêtes sans jouissance, du délire sans volupté, enfin le bois ou les cendres d'un foyer, mais sans une étincelle de flamme. Quand il releva la tête, il se vit seul, les joueurs avaient fui.
— Pour leur faire adorer ma toux, il me suffirait de leur révéler mon pouvoir ! se dit-il. À cette pensée, il jeta le mépris comme un manteau entre le monde et lui.

Le lendemain, le médecin des eaux vint le voir d'un air affectueux et s'inquiéta de sa santé. Raphaël éprouva un mouvement de joie en entendant les paroles amies qui lui furent adressées. Il trouva la physionomie du docteur empreinte de douceur et de bonté, les boucles de sa perruque blonde respiraient la philanthropie, la coupe de son habit carré, les plis de son pantalon, ses souliers larges comme ceux d'un *quaker*, tout, jusqu'à la poudre circulairement semée par sa petite queue sur son dos légèrement voûté, trahissait un caractère apostolique, exprimait la charité chrétienne et le dévouement d'un homme qui, par zèle pour ses malades, s'était astreint à jouer le whist et le trictrac assez bien pour toujours gagner leur argent.

— Monsieur le marquis, dit-il, après avoir causé longtemps avec Raphaël, je vais sans doute dissiper votre tristesse. Maintenant, je connais assez votre constitution pour affirmer que les médecins de Paris, dont les grands talents me sont connus, se sont trompés sur la nature de votre maladie. À moins d'accident, monsieur le marquis, vous pouvez vivre la vie de Mathusalem. Vos poumons sont aussi forts que des soufflets de forge, et votre estomac ferait honte à celui d'une autruche ; mais si vous restez dans une température élevée, vous risquez d'être très proprement et promptement mis en terre sainte. Monsieur le marquis va me comprendre en deux mots. La chimie a démontré que la respiration constitue chez l'homme une véritable combustion dont le plus ou moins d'intensité dépend de l'affluence ou de la rareté des principes phlogistiques amassés par l'organisme particulier à chaque individu. Chez vous, le phlogistique abonde ; vous êtes, s'il m'est permis de m'exprimer ainsi, suroxygéné par la complexion ardente des hommes destinés aux grandes passions. En respirant l'air vif et pur qui accélère la vie chez les hommes à fibre molle, vous aidez encore à une combustion déjà trop rapide. Une des conditions de votre existence est donc l'atmosphère épaisse des étables, des vallées. Oui, l'air vital de l'homme dévoré par le génie se trouve dans les gras pâturages de l'Allemagne, à Baden-Baden, à Tœplitz. Si vous n'avez pas d'horreur de l'Angleterre, sa sphère brumeuse calmera votre incandescence ; mais nos eaux situées à mille pieds au-dessus du niveau de la Méditerranée vous sont funestes. Tel est mon avis, dit-il en laissant échapper un geste de modestie ; je le donne contre nos intérêts, puisque, si vous le suivez, nous aurons le malheur de vous perdre.

Sans ces derniers mots, Raphaël eût été séduit par la fausse bonhomie du mielleux médecin, mais il était trop profond observateur pour ne pas deviner à l'accent, au geste et au regard qui accompagnèrent cette phrase doucement railleuse, la mission dont le petit homme avait sans doute été chargé par l'assemblée de ses joyeux malades. Ces oisifs au teint fleuri, ces vieilles femmes ennuyées, ces Anglais nomades, ces petites-maîtresses échappées à leurs maris et conduites aux eaux par leurs amants, entreprenaient donc d'en chasser un pauvre moribond débile, chétif, en apparence incapable de résister à une persécution journalière. Raphaël accepta le combat en voyant un amusement dans cette intrigue.

— Puisque vous seriez désolé de mon départ, répondit-il au docteur, je vais essayer de mettre à profit votre bon conseil tout en restant ici. Dès demain, j'y ferai construire une maison où nous modifierons l'air suivant votre ordonnance.

Interprétant le sourire amèrement goguenard qui vint errer sur les lèvres de Raphaël, le médecin se contenta de le saluer, sans trouver mot à lui dire.

Le lac du Bourget est une vaste coupe de montagnes tout ébréchée où brille, à sept ou huit cents pieds au-dessus de la Méditerranée, une goutte d'eau bleue comme ne l'est aucune eau dans le monde. Vu du haut de la Dent-du-Chat, ce lac est là comme une turquoise égarée. Cette jolie goutte d'eau a neuf lieues de contour, et dans certains endroits près de cinq pieds de profondeur. Être là dans une barque au milieu de cette nappe par un beau ciel, n'entendre que le bruit des rames, ne voir à l'horizon que des montagnes nuageuses, admirer les neiges étincelantes de la Maurienne française, passer tour à tour des blocs de granit vêtus de velours par des fougères ou par des arbustes nains, à de riantes collines ; d'un côté le désert, de l'autre une riche nature ; un pauvre assistant au dîner d'un riche ; ces harmonies et ces discordances composent un spectacle où tout est grand, où tout est petit. L'aspect des montagnes change les conditions de l'optique et de la perspective : un sapin de cent pieds vous semble un roseau, de larges vallées vous apparaissent étroites autant que des sentiers. Ce lac est le seul où l'on puisse faire une confidence de cœur à cœur. On y pense et on y aime. En aucun endroit vous ne rencontreriez une plus belle entente entre l'eau, le ciel, les montagnes et la terre. Il s'y trouve des baumes pour toutes les crises de la vie. Ce lieu garde le secret des douleurs, il les console, les amoindrit, et jette dans l'amour je ne sais quoi de grave, de recueilli, qui rend la passion plus profonde, plus pure. Un baiser s'y agrandit. Mais c'est surtout le lac des souvenirs ; il les favorise en leur donnant la teinte de ses ondes, miroir où tout vient se réfléchir. Raphaël ne supportait son fardeau qu'au milieu de ce beau paysage ; il y pouvait rester indolent, songeur et sans désirs. Après la visite du docteur, il alla se promener et se fit débarquer à la pointe déserte d'une jolie colline sur laquelle est situé le village de Saint-Innocent. De cette espèce de promontoire, la vue embrasse les monts de Bugey, au pied desquels coule le Rhône, et le fond du lac ; mais de là Raphaël aimait à contempler, sur la rive opposée, l'abbaye mélancolique de Haute-Combe, sépulture des rois de Sardaigne prosternés devant les montagnes comme des pèlerins arrivés au terme de leur voyage. Un frissonnement égal et cadencé de rames troubla le silence de ce paysage et lui prêta une voix monotone, semblable aux psalmodies des moines. Étonné de rencontrer des promeneurs dans cette partie du lac ordinairement solitaire, le marquis examina, sans sortir de sa rêverie, les personnes assises dans la barque, et reconnut à l'arrière la vieille dame qui l'avait si durement interpellé la veille. Quand le bateau passa devant Raphaël, il ne fut salué que par la demoiselle de compagnie de cette dame, pauvre fille noble qu'il lui semblait voir pour la première fois. Déjà, depuis quelques instants, il avait oublié les promeneurs, promptement disparus derrière le promontoire, lorsqu'il entendit près de lui le frôlement d'une robe et le bruit de pas légers. En se retournant, il aperçut la demoiselle de compagnie ; à son air contraint, il devina qu'elle voulait lui parler, et s'avança vers elle. Âgée d'environ trente-six ans, grande et mince, sèche et froide, elle était, comme toutes les vieilles filles, assez embarrassée de son regard, qui ne s'accordait plus avec une démarche indécise, gênée, sans élasticité. Tout à la fois vieille et jeune, elle exprimait par une certaine dignité de maintien le haut prix qu'elle attachait à ses trésors et à ses perfections. Elle avait d'ailleurs les gestes discrets et monastiques des femmes habituées à se chérir elles-mêmes, sans doute pour ne pas faillir à leur destinée d'amour.

— Monsieur, votre vie est en danger, ne venez plus au

Cercle, dit-elle à Raphaël en faisant quelques pas en arrière, comme si déjà sa vertu se trouvait compromise.

— Mais, mademoiselle, répondit Valentin en souriant, de grâce expliquez-vous plus clairement, puisque vous avez daigné venir jusqu'ici.

— Ah ! reprit-elle, sans le puissant motif qui m'amène, je n'aurais pas risqué d'encourir la disgrâce de madame la comtesse, car si elle savait jamais que je vous ai prévenu…

— Et qui le lui dirait, mademoiselle ? s'écria Raphaël.

— C'est vrai, répondit la vieille fille en lui jetant le regard tremblotant d'une chouette mise au soleil. Mais pensez à vous, reprit-elle, plusieurs jeunes gens qui veulent vous chasser des eaux se sont promis de vous provoquer, de vous forcer à vous battre en duel.

La voix de la vieille dame retentit dans le lointain.

— Mademoiselle, dit le marquis, ma reconnaissance…

Sa protectrice s'était déjà sauvée en entendant la voix de sa maîtresse qui, derechef, glapissait dans les rochers.

— Pauvre fille ! Les misères s'entendent et se secourent toujours, pensa Raphaël en s'asseyant au pied de son arbre.

La clef de toutes les sciences est sans contredit le point d'interrogation, nous devons la plupart des grandes découvertes au : Comment ? et la sagesse dans la vie consiste peut-être à se demander à tout propos : Pourquoi ? Mais aussi cette factice prescience détruit-elle nos illusions. Ainsi Valentin, ayant pris, sans préméditation de philosophie, la bonne action de la vieille fille pour texte de ses pensées vagabondes, la trouva pleine de fiel.

— Que je sois aimé d'une demoiselle de compagnie, se dit-il, il n'y a rien là d'extraordinaire : j'ai vingt-sept ans, un titre et deux cent mille livres de rente ! Mais que sa maîtresse, qui dispute aux chattes la palme de l'hydrophobie, l'ait menée en bateau, près de moi, n'est-ce pas une chose étrange et merveilleuse ? Ces deux femmes venues en

Savoie pour y dormir comme des marmottes, et qui demandent à midi s'il est jour, se seraient levées avant huit heures aujourd'hui pour faire du hasard en se mettant à ma poursuite ?

Bientôt cette vieille fille et son ingénuité quadragénaire fut à ses yeux une nouvelle transformation de ce monde artificieux et taquin, une ruse mesquine, un complot maladroit, une pointillerie de prêtre ou de femme. Le duel était-il une fable, ou voulait-on seulement lui faire peur ? Insolentes et tracassières comme des mouches, ces âmes étroites avaient réussi à piquer sa vanité, à réveiller son orgueil, à exciter sa curiosité. Ne voulant ni devenir leur dupe, ni passer pour un lâche, et amusé peut-être par ce petit drame, il vint au Cercle le soir même. Il se tint debout, accoudé sur le marbre de la cheminée, et resta tranquille au milieu du salon principal, en s'étudiant à ne donner aucune prise sur lui ; mais il examinait les visages, et défiait en quelque sorte l'assemblée par sa circonspection. Comme un dogue sûr de sa force, il attendait le combat chez lui, sans aboyer inutilement. Vers la fin de la soirée, il se promena dans le salon de jeu, en allant de la porte d'entrée à celle du billard, où il jetait de temps à autre un coup d'œil aux jeunes gens qui y faisaient une partie. Après quelques tours, il s'entendit nommer par eux. Quoiqu'ils parlassent à voix basse, Raphaël devina facilement qu'il était devenu l'objet d'un débat, et finit par saisir quelques phrases dites à haute voix. — Toi ? — Oui, moi ! — Je t'en défie ! — Parions ! — Oh ! il ira. Au moment où Valentin, curieux de connaître le sujet du pari, s'arrêta pour écouter attentivement la conversation, un jeune homme grand et fort, de bonne mine, mais ayant le regard fixe et impertinent des gens appuyés sur quelque pouvoir matériel, sortit du billard.

— Monsieur, dit-il d'un ton calme, en s'adressant à Raphaël, je me suis chargé de vous apprendre une chose que vous semblez ignorer : votre figure et votre personne déplaisent ici à tout le monde, et à moi en particulier ; vous êtes trop poli pour ne pas vous sacrifier au bien général, et je vous prie de ne plus vous présenter au Cercle.

— Monsieur, cette plaisanterie, déjà faite sous l'Empire dans plusieurs garnisons, est devenue aujourd'hui de fort mauvais ton, répondit froidement Raphaël.

— Je ne plaisante pas, reprit le jeune homme, je vous le répète : Votre santé souffrirait beaucoup de votre séjour ici : la chaleur, les lumières, l'air du salon, la compagnie nuisent à votre maladie.

— Où avez-vous étudié la médecine ? demanda Raphaël.

— Monsieur, j'ai été reçu bachelier au tir de Lepage à Paris et docteur chez Cérisier, le roi du fleuret.

— Il vous reste un dernier grade à prendre, répliqua Valentin, étudiez le Code de la politesse, vous serez un parfait gentilhomme.

En ce moment les jeunes gens, souriant ou silencieux, sortirent du billard. Les autres joueurs, devenus attentifs, quittèrent leurs cartes pour écouter une querelle qui réjouissait leurs passions. Seul au milieu de ce monde ennemi, Raphaël tâcha de conserver son sang-froid et de ne pas se donner le moindre tort ; mais son antagoniste s'étant permis un sarcasme où l'outrage s'enveloppait dans une forme éminemment incisive et spirituelle, il lui répondit gravement :
— Monsieur, il n'est plus permis aujourd'hui de donner un soufflet à un homme, mais je ne sais de quel mot flétrir une conduite aussi lâche que la vôtre.

— Assez ! assez ! Vous vous expliquerez demain, dirent plusieurs jeunes gens qui se jetèrent entre les deux champions.

Raphaël sortit du salon, passant pour l'offenseur, ayant accepté un rendez-vous près du château de Bordeau, dans une petite prairie en pente, non loin d'une route nouvellement percée par où le vainqueur pouvait gagner Lyon. Raphaël devait nécessairement ou garder le lit ou quitter les eaux d'Aix. La société triomphait. Le lendemain, sur les huit heures du matin, l'adversaire de Raphaël, suivi de deux témoins et d'un chirurgien, arriva le premier sur le terrain.

— Nous serons très bien ici, et il fait un temps superbe pour se battre, s'écria-t-il gaiement en regardant la voûte bleue du ciel, les eaux du lac et les rochers sans la moindre arrière-pensée de doute ni de deuil. Si je le touche à l'épaule, dit-il en continuant, le mettrai-je bien au lit pour un mois, hein ! docteur ?

— Au moins, répondit le chirurgien. Mais laissez ce petit saule tranquille ; autrement vous vous fatigueriez la main, et ne seriez plus maître de votre coup. Vous pourriez tuer votre homme au lieu de le blesser.

Le bruit d'une voiture se fit entendre.

— Le voici, dirent les témoins qui bientôt aperçurent dans la route une calèche de voyage attelée de quatre chevaux et menée par deux postillons.

— Quel singulier genre ! s'écria l'adversaire de Valentin, il vient se faire tuer en poste.

À un duel comme au jeu, les plus légers incidents influent sur l'imagination des acteurs fortement intéressés au succès d'un coup ; aussi le jeune homme attendit-il avec une sorte d'inquiétude l'arrivée de cette voiture qui resta sur la route. Le vieux Jonathas en descendit lourdement le premier pour aider Raphaël à sortir ; il le soutint de ses bras débiles, en déployant pour lui les soins minutieux qu'un amant prodigue à sa maîtresse. Tous deux se perdirent dans les sentiers qui séparaient la grande route de l'endroit désigné pour le combat, et ne reparurent que longtemps après : ils allaient lentement. Les quatre spectateurs de cette scène singulière éprouvèrent une émotion profonde à l'aspect de Valentin appuyé sur le bras de son serviteur : pâle et défait, il marchait en goutteux, baissait la tête et ne disait mot. Vous eussiez dit de deux vieillards également détruits, l'un par le temps, l'autre par la pensée ; le premier avait son âge écrit sur ses cheveux blancs, le jeune n'avait plus d'âge.

— Monsieur, je n'ai pas dormi, dit Raphaël à son adversaire.

Cette parole glaciale et le regard terrible qui l'accompagna firent tressaillir le véritable provocateur, il eut la conscience de son tort et une honte secrète de sa conduite. Il y avait dans l'attitude, dans le son de voix et le geste de Raphaël quelque chose d'étrange. Le marquis fit une pause, et chacun imita son silence. L'inquiétude et l'attention étaient au comble.

— Il est encore temps, reprit-il, de me donner une légère satisfaction ; mais donnez-la-moi, monsieur, sinon vous allez mourir. Vous comptez encore en ce moment sur votre habileté, sans reculer à l'idée d'un combat où vous croyez avoir tout l'avantage. Eh bien, monsieur, je suis généreux, je vous préviens de ma supériorité. Je possède une terrible puissance. Pour anéantir votre adresse, pour voiler vos regards, faire trembler vos mains et palpiter votre cœur, pour vous tuer même, il me suffit de le désirer. Je ne veux pas être obligé d'exercer mon pouvoir, il me coûte trop cher d'en user. Vous ne serez pas le seul à mourir. Si donc vous vous refusez à me présenter des excuses, votre balle ira dans l'eau de cette cascade malgré votre habitude de l'assassinat, et la mienne droit à votre cœur sans que je le vise.

En ce moment des voix confuses interrompirent Raphaël. En prononçant ces paroles, le marquis avait constamment dirigé sur son adversaire l'insupportable clarté de son regard fixe, il s'était redressé en montrant un visage impassible, semblable à celui d'un fou méchant.

— Fais-le taire, avait dit le jeune homme à son témoin, sa voix me tord les entrailles !

— Monsieur, cessez. Vos discours sont inutiles, crièrent à Raphaël le chirurgien et les témoins.

— Messieurs, je remplis un devoir. Ce jeune homme a-t-il des dispositions à prendre ?

— Assez, assez !

Le marquis resta debout, immobile, sans perdre un instant de vue son adversaire qui, dominé par une puissance presque magique, était comme un oiseau devant un serpent : contraint de subir ce regard homicide, il le fuyait, il revenait sans cesse.

— Donne-moi de l'eau, j'ai soif, dit-il à son témoin.

— As-tu peur ?

— Oui, répondit-il. L'œil de cet homme est brûlant et me fascine.

— Veux-tu lui faire des excuses ?

— Il n'est plus temps.

Les deux adversaires furent placés à quinze pas l'un de l'autre. Ils avaient chacun près d'eux une paire de pistolets, et, suivant le programme de cette cérémonie, ils devaient tirer deux coups à volonté, mais après le signal donné par les témoins.

— Que fais-tu, Charles, cria le jeune homme qui servait de second à l'adversaire de Raphaël, tu prends la balle avant la poudre.

— Je suis mort, répondit-il en murmurant, vous m'avez mis en face du soleil.

— Il est derrière vous, lui dit Valentin d'une voix grave et solennelle en chargeant son pistolet lentement sans s'inquiéter ni du signal déjà donné, ni du soin avec lequel l'ajustait son adversaire.

Cette sécurité surnaturelle avait quelque chose de terrible qui saisit même les deux postillons amenés là par une curiosité cruelle. Jouant avec son pouvoir, ou voulant l'éprouver, Raphaël parlait à Jonathas et le regardait au moment où il essuya le feu de son ennemi. La balle de Charles alla briser une branche de saule, et ricocha sur l'eau. En tirant au hasard, Raphaël atteignit son adversaire au cœur, et, sans faire attention à la chute de ce jeune homme, il chercha promptement la Peau de chagrin pour voir ce que lui coûtait une vie humaine. Le talisman n'était plus grand que comme une petite feuille de chêne.

— Eh bien, que regardez-vous donc là, postillons ? En route, dit le marquis.

Arrivé le soir même en France[1], il prit aussitôt la route d'Auvergne, et se rendit aux eaux du Mont-Dore. Pendant ce voyage, il lui surgit au cœur une de ces pensées soudaines qui tombent dans notre âme comme un rayon de soleil à travers d'épais nuages sur quelque obscure vallée. Tristes lueurs, sagesses implacables ! Elles illuminent les événements accomplis, nous dévoilent nos fautes et nous laissent sans pardon devant nous-mêmes. Il pensa tout à coup que la possession du pouvoir, quelque immense qu'il pût être, ne donnait pas la science de s'en servir. Le sceptre est un jouet pour un enfant, une hache pour Richelieu, et pour Napoléon un levier à faire pencher le monde. Le pouvoir nous laisse tels que nous sommes et ne grandit que les grands. Raphaël avait pu tout faire, il n'avait rien fait.

Aux eaux du Mont-Dore, il retrouva ce monde qui toujours s'éloignait de lui avec l'empressement que les animaux mettent à fuir un des leurs, étendu mort, après l'avoir flairé de loin. Cette haine était réciproque. Sa dernière aventure lui avait donné une aversion profonde pour la société. Aussi son premier soin fut-il de chercher un asile écarté aux environs des eaux. Il sentait instinctivement le besoin de se rapprocher de la nature, des émotions vraies et de cette vie végétative à laquelle nous nous laissons si complaisamment

1. La Savoie n'est annexée à la France qu'en 1860.

aller au milieu des champs. Le lendemain de son arrivée, il gravit, non sans peine, le pic de Sancy, et visita les vallées supérieures, les sites aériens, les lacs ignorés, les rustiques chaumières des Monts-Dore, dont les âpres et sauvages attraits commencent à tenter les pinceaux de nos artistes. Parfois, il se rencontre là d'admirables paysages pleins de grâce et de fraîcheur qui contrastent vigoureusement avec l'aspect sinistre de ces montagnes désolées. À peu près à une demi-lieue du village, Raphaël se trouva dans un endroit où, coquette et joyeuse comme un enfant, la nature semblait avoir pris plaisir à cacher des trésors ; en voyant cette retraite pittoresque et naïve, il résolut d'y vivre. La vie devait y être tranquille, spontanée, frugiforme comme celle d'une plante.

Figurez-vous un cône renversé, mais un cône de granit largement évasé, espèce de cuvette dont les bords étaient morcelés par des anfractuosités bizarres : ici des tables droites sans végétation, unies, bleuâtres, et sur lesquelles les rayons solaires glissaient comme sur un miroir ; là des rochers entamés par des cassures, ridés par des ravins, d'où pendaient des quartiers de lave dont la chute était lentement préparée par les eaux pluviales, et souvent couronnés de quelques arbres rabougris que torturaient les vents ; puis çà et là, des redans obscurs et frais d'où s'élevait un bouquet de châtaigniers hauts comme des cèdres, ou des grottes jaunâtres qui ouvraient une bouche noire et profonde, palissée de ronces, de fleurs, et garnie d'une langue de verdure. Au fond de cette coupe, peut-être l'ancien cratère d'un volcan, se trouvait un étang dont l'eau pure avait l'éclat du diamant. Autour de ce bassin profond, bordé de granit, de saules, de glaïeuls, de frênes, et de mille plantes aromatiques alors en fleurs, régnait une prairie verte comme un boulingrin anglais ; son herbe fine et jolie était arrosée par des infiltrations qui ruisselaient entre les fentes des rochers, et engraissée par les dépouilles végétales que les orages entraînaient sans cesse des hautes cimes vers le fond. Irrégulièrement taillé en dents de loup comme le bas d'une robe, l'étang pouvait avoir trois arpents d'étendue; selon les rapprochements des rochers et de l'eau, la prairie avait un arpent ou deux de largeur; en quelques endroits, à peine restait-il assez de place pour le passage des vaches. À une certaine hauteur, la végétation cessait. Le granit affectait dans les airs les formes les plus bizarres, et contractait ces teintes vaporeuses qui donnent aux montagnes élevées de vagues ressemblances avec les nuages du ciel. Au doux aspect du vallon ces rochers nus et pelés opposaient les sauvages et stériles images de la désolation, des éboulements à craindre, des formes si capricieuses que l'une de ces roches est nommée *le Capucin* tant elle ressemble à un moine. Parfois ces aiguilles pointues, ces piles audacieuses, ces cavernes aériennes s'illuminaient tour à tour, suivant le cours du soleil ou les fantaisies de l'atmosphère, et prenaient les nuances de l'or, se teignaient de pourpre, devenaient d'un rose vif, ou ternes ou grises. Ces hauteurs offraient un spectacle continuel et changeant comme les reflets irisés de la gorge des pigeons. Souvent, entre deux lames de lave que vous eussiez dit séparées par un coup de hache, un beau rayon de lumière pénétrait, à l'aurore ou au coucher du soleil, jusqu'au fond de cette riante corbeille où il se jouait dans les eaux du bassin, semblable à la raie d'or qui perce la fente d'un volet et traverse une chambre espagnole, soigneusement close pour la sieste. Quand le soleil planait au-dessus du vieux cratère, rempli d'eau par quelque révolution antédiluvienne, les flancs rocailleux s'échauffaient, l'ancien volcan s'allumait, et sa rapide chaleur réveillait les germes, fécondait la végétation, colorait les fleurs, et mûrissait les fruits de ce petit coin de terre ignoré. Lorsque Raphaël y parvint, il aperçut quelques vaches paissant dans la prairie; après avoir fait quelques pas vers l'étang, il vit, à l'endroit où le terrain avait le plus de largeur, une modeste maison bâtie en granit et couverte en bois. Le toit de cette espèce de chaumière, en harmonie avec le site, était orné de mousses, de lierres et de fleurs qui trahissaient une haute antiquité. Une fumée grêle, dont les oiseaux ne s'effrayaient plus, s'échappait de la cheminée en ruine. À la porte, un grand banc était placé entre deux chèvrefeuilles énormes, rouges de fleurs et qui embaumaient. À peine voyait-on les murs sous les pampres de la vigne et sous les guirlandes de roses et de jasmin qui croissaient à l'aventure et sans gêne. Insouciants de cette parure champêtre, les habitants n'en avaient nul soin, et laissaient à la nature sa grâce vierge et lutine. Des langes accrochés à un groseillier séchaient au soleil. Il y avait un chat accroupi sur une machine à teiller le chanvre, et dessous, un chaudron jaune, récemment récuré, gisait au milieu de quelques pelures de pommes de terre. De l'autre côté de la maison, Raphaël aperçut une clôture d'épines sèches, destinée sans doute à empêcher les poules de dévaster les fruits et le potager. Le monde paraissait finir là. Cette habitation ressemblait à ces nids d'oiseaux ingénieusement fixés au creux d'un rocher, pleins d'art et de négligence tout ensemble. C'était une nature naïve et bonne, une rusticité vraie, mais poétique, parce qu'elle florissait à mille lieues de nos poésies peignées, n'avait d'analogie avec aucune idée, ne procédait que d'elle-même, vrai triomphe du hasard. Au moment où Raphaël arriva, le soleil jetait ses rayons de droite à gauche, et faisait resplendir les couleurs de la végétation, mettait en relief ou décorait des prestiges de la lumière, des oppositions de l'ombre, les fonds jaunes et grisâtres des rochers, les différents verts des feuillages, les masses bleues, rouges ou blanches des fleurs, les plantes grimpantes et leurs cloches, le velours chatoyant des mousses, les grappes purpurines de la bruyère, mais surtout la nappe d'eau claire où se réfléchissaient fidèlement les cimes granitiques, les arbres, la maison et le ciel. Dans ce tableau délicieux, tout avait son lustre, depuis le mica brillant jusqu'à la touffe d'herbes blondes cachée dans un doux clair-obscur ; tout y était harmonieux à voir : et la vache tachetée au poil luisant, et les fragiles fleurs aquatiques étendues comme des franges qui pendaient au-dessus de l'eau dans un enfoncement où bourdonnaient des insectes vêtus d'azur ou d'émeraude, et les racines d'arbres, espèces de chevelures sablonneuses qui couronnaient une informe figure en cailloux. Les tièdes senteurs des eaux, des fleurs et des grottes qui parfumaient ce réduit solitaire, causèrent à Raphaël une sensation presque voluptueuse. Le silence majestueux qui régnait dans ce bocage, oublié peut-être sur les rôles du percepteur, fut interrompu tout à coup par les aboiements de deux chiens. Les vaches tournèrent la tête vers l'entrée du vallon, montrèrent à Raphaël leurs mufles humides, et se mirent à brouter après l'avoir stupidement contemplé. Suspendus dans les rochers comme par magie, une chèvre et son chevreau cabriolèrent et vinrent se poser sur une table de granit près de Raphaël, en paraissant l'interroger. Les jappements des chiens attirèrent au-dehors un gros enfant qui resta béant, puis un vieillard en cheveux blancs et de moyenne taille. Ces deux êtres étaient en rapport avec le paysage, avec l'air, les fleurs, la maison. La santé débordait dans cette nature plantureuse, la vieillesse et l'enfance y étaient belles ; enfin il y avait dans tous ces types d'existence un laisser-aller primordial, une routine de bonheur qui donnait un démenti à nos capucinades philosophiques, et guérissait le cœur de ses passions boursouflées. Le vieillard appartenait aux modèles affectionnés par les mâles pinceaux de Schnetz ; c'était un visage brun dont les rides nombreuses paraissaient rudes au toucher, un nez droit, des pommettes saillantes et veinées de rouge comme une vieille feuille de vigne, des contours anguleux, tous les caractères de la force, même là où la force avait disparu ; ses mains calleuses, quoiqu'elles ne travaillassent plus, conservaient un poil blanc et rare ; son attitude d'homme vraiment libre faisait pressentir qu'en Italie il serait peut-être devenu brigand par amour pour sa précieuse liberté. L'enfant, véritable montagnard, avait des yeux noirs qui pouvaient envisager le soleil sans cligner, un teint de bistre, des cheveux bruns en désordre. Il était leste et décidé, naturel dans ses mouvements comme un oiseau ; mal vêtu, il laissait voir une peau blanche et fraîche à travers les déchirures de ses habits. Tous deux restèrent debout en silence, l'un près de l'autre, mus par le même sentiment, offrant sur leur physionomie la preuve d'une identité parfaite dans leur vie également oisive. Le vieillard avait épousé les jeux de l'enfant et l'enfant l'humeur du vieillard, par une espèce de pacte entre deux faiblesses, entre une force près de finir et une force près de se déployer. Bientôt une femme âgée d'environ trente ans apparut sur le seuil de la porte. Elle filait en marchant. C'était une Auvergnate, haute en couleur, l'air réjoui, franche, à dents blanches, figure de l'Auvergne, taille d'Auvergne, coiffure, robe de l'Auvergne, seins rebondis de l'Auvergne, et son parler ; une idéalisation complète du pays, mœurs laborieuses, ignorance, économie, cordialité, tout y était.

Elle salua Raphaël, ils entrèrent en conversation ; les chiens s'apaisèrent, le vieillard s'assit sur un banc au soleil, et l'enfant suivit sa mère partout où elle alla, silencieux, mais écoutant, examinant l'étranger.

— Vous n'avez pas peur ici, ma bonne femme ?

— Et d'où que nous aurions peur, monsieur ? Quand nous barrons l'entrée, qui donc pourrait venir ici ? Oh ! nous n'avons point peur ! D'ailleurs, dit-elle en faisant entrer le marquis dans la grande chambre de la maison, qu'est-ce que les voleurs viendraient donc prendre chez nous ?

Elle montrait des murs noircis par la fumée, sur lesquels

étaient pour tout ornement ces images enluminées de bleu, de rouge et de vert, qui représentent la *Mort de Crédit*, la *Passion de Jésus-Christ* et les *Grenadiers de la Garde impériale* ; puis, çà et là, dans la chambre, un vieux lit de noyer à colonnes, une table à pieds tordus, des escabeaux, la huche au pain, du lard pendu au plancher, du sel dans un pot, une poêle ; et sur la cheminée, des plâtres jaunis et colorés. En sortant de la maison, Raphaël aperçut, au milieu des rochers, un homme qui tenait une houe à la main, et qui, penché, curieux, regardait la maison.

— Monsieur, c'est l'homme, dit l'Auvergnate, en laissant échapper ce sourire familier aux paysannes ; il laboure là-haut.

— Et ce vieillard est votre père ?

— Faites excuse, monsieur, c'est le grand-père de notre homme. Tel que vous le voyez, il a cent deux ans, Eh ben, dernièrement il a mené, à pied, notre petit gars à Clermont ! Ç'a été un homme fort ; maintenant, il ne fait plus que dormir, boire et manger. Il s'amuse toujours avec le petit gars. Quelquefois le petit l'emmène dans les hauts, il y va tout de même.

Aussitôt Valentin se résolut à vivre entre ce vieillard et cet enfant, à respirer dans leur atmosphère, à manger de leur pain, à boire de leur eau, à dormir de leur sommeil, à se faire de leur sang dans les veines. Caprice de mourant ! Devenir une des huîtres de ce rocher, sauver son écaille pour quelques jours de plus en engourdissant la mort, fut pour lui l'archétype de la morale individuelle, la véritable formule de l'existence humaine, le beau idéal de la vie, la seule vie, la vraie vie. Il lui vint au cœur une profonde pensée d'égoïsme où s'engloutit l'univers. À ses yeux, il n'y eut plus d'univers, l'univers passa tout en lui. Pour les malades, le monde commence au chevet et finit au pied de leur lit. Ce paysage fut le lit de Raphaël.

Qui n'a pas, une fois dans sa vie, espionné les pas et

démarches d'une fourmi, glissé des pailles dans l'unique orifice par lequel respire une limace blonde, étudié les fantaisies d'une demoiselle fluette, admiré les mille veines, coloriées comme une rose de cathédrale gothique, qui se détachent sur le fond rougeâtre des feuilles d'un jeune chêne ? Qui n'a délicieusement regardé pendant longtemps l'effet de la pluie et du soleil sur un toit de tuiles brunes, ou contemplé les gouttes de la rosée, les pétales des fleurs, les découpures variées de leurs calices ? Qui ne s'est plongé dans ces rêveries matérielles, indolentes et occupées, sans but et conduisant néanmoins à quelque pensée ? Qui n'a pas enfin mené la vie de l'enfance, la vie paresseuse, la vie du sauvage, moins ses travaux ? Ainsi vécut Raphaël pendant plusieurs jours, sans soins, sans désirs, éprouvant un mieux sensible, un bien-être extraordinaire, qui calma ses inquiétudes, apaisa ses souffrances. Il gravissait les rochers, et allait s'asseoir sur un pic d'où ses yeux embrassaient quelque paysage d'immense étendue. Là, il restait des journées entières comme une plante au soleil, comme un lièvre au gîte. Ou bien, se familiarisant avec des phénomènes de la végétation, avec les vicissitudes du ciel, il épiait le progrès de toutes les œuvres, sur la terre, dans les eaux ou dans l'air. Il tenta de s'associer au mouvement intime de cette nature, et de s'identifier assez complètement à sa passive obéissance, pour tomber sous la loi despotique et conservatrice qui régit les existences instinctives. Il ne voulait plus être chargé de lui-même. Semblable à ces criminels d'autrefois qui, poursuivis par la justice, étaient sauvés s'ils atteignaient l'ombre d'un autel, il essayait de se glisser dans le sanctuaire de la vie. Il réussit à devenir partie intégrante de cette large et puissante fructification : il avait épousé les intempéries de l'air, habité tous les creux de rochers, appris les mœurs et les habitudes de toutes les plantes, étudié le régime des eaux, leurs gisements, et fait connaissance avec les animaux ; enfin, il s'était si parfaitement uni à cette terre animée qu'il en avait en quelque sorte saisi l'âme et pénétré les secrets. Pour lui, les formes infinies de tous les règnes étaient les développements d'une même substance, les combinaisons d'un même mouvement, vaste respiration d'un être immense qui agissait, pensait, marchait, grandissait, et avec lequel il voulait grandir, marcher, penser, agir. Il avait fantastiquement mêlé sa vie à la vie de ce rocher, il s'y était implanté. Grâce à ce mystérieux illuminisme, convalescence factice, semblable à ces bienfaisants délires accordés par la nature comme autant de haltes dans la douleur, Valentin goûta les plaisirs d'une seconde enfance durant les premiers moments de son séjour au milieu de ce riant paysage. Il y allait dénichant des riens, entreprenant mille choses sans en achever aucune, oubliant le lendemain les projets de la veille, insouciant ; il fut heureux, il se crut sauvé. Un matin, il était resté par hasard au lit jusqu'à midi, plongé dans cette rêverie mêlée de veille et de sommeil, qui prête aux réalités les apparences de la fantaisie et donne aux chimères le relief de l'existence, quand tout à coup, sans savoir d'abord s'il ne continuait pas un rêve, il entendit, pour la première fois, le bulletin de sa santé donné par son hôtesse à Jonathas, venu, comme chaque jour, le lui demander. L'Auvergnate croyait sans doute Valentin encore endormi, et n'avait pas baissé le diapason de sa voix montagnarde.

— Ça ne va pas mieux, ça ne va pas pis, disait-elle. Il a encore toussé pendant toute cette nuit à rendre l'âme. Il tousse, il crache, ce cher monsieur, que c'est une pitié. Je me demandons, moi et mon homme, où il prend la force de tousser comme ça. Ça fend le cœur. Quelle damnée maladie qu'il a ! C'est qu'il n'est point bien du tout ! J'avons toujours peur de le trouver crevé dans son lit, un matin. Il est vraiment pâle comme un Jésus de cire ! Dame, je le vois quand il se lève, eh ben, son pauvre corps est maigre comme un cent de clous. Et il ne sent déjà pas bon tout de même ! Ça lui est égal, il se consume à courir comme s'il avait de la santé à vendre. Il a bien du courage tout de même de ne pas se plaindre. Mais, vraiment, il serait mieux en terre qu'en pré, car il souffre la passion de Dieu ! Je ne le désirons pas, monsieur, ce n'est point notre intérêt. Mais il ne nous donnerait pas ce qu'il nous donne que je l'aimerions tout de même : ce n'est point l'intérêt qui nous pousse. Ah ! mon Dieu ! reprit-elle, il n'y a que les Parisiens pour avoir de ces chiennes de maladies-là ! Où qui prennent ça, donc ? Pauvre jeune homme, il est sûr qu'il ne peut guère ben finir. C'te fièvre, voyez-vous, ça vous le mine, ça le creuse, ça le ruine ! Il ne s'en doute point. Il ne le sait point, monsieur. Il ne s'aperçoit de rien. Faut pas pleurer pour ça, monsieur Jonathas ! Il faut se dire qu'il sera heureux de ne plus souffrir. Vous devriez faire une neuvaine pour lui. J'avons vu de belles guérisons par les neuvaines, et je paierions bien un cierge pour sauver une si douce créature, si bonne, un agneau pascal.

La voix de Raphaël était devenue trop faible pour qu'il pût se faire entendre, il fut donc obligé de subir cet épouvantable bavardage. Cependant l'impatience le chassa de son lit, il se montra sur le seuil de la porte : — Vieux scélérat, cria-t-il à Jonathas, tu veux donc être mon bourreau ? La paysanne crut voir un spectre et s'enfuit.

— Je te défends, dit Raphaël en continuant, d'avoir la moindre inquiétude sur ma santé.

— Oui, monsieur le marquis, répondit le vieux serviteur en essuyant ses larmes.

— Et tu feras même fort bien, dorénavant, de ne pas venir ici, sans mon ordre.

Jonathas voulut obéir ; mais, avant de se retirer, il jeta sur le marquis un regard fidèle et compatissant où Raphaël lut son arrêt de mort. Découragé, rendu tout à coup au sentiment vrai de sa situation, Valentin s'assit sur le seuil de la porte, se croisa les bras sur la poitrine et baissa la tête. Jonathas, effrayé, s'approcha de son maître.

— Monsieur ?

— Va-t'en ! Va-t'en ! lui cria le malade.

Pendant la matinée du lendemain, Raphaël, ayant gravi les rochers, s'était assis dans une crevasse pleine de mousse d'où il pouvait voir le chemin étroit par lequel on venait des eaux à son habitation. Au bas du pic, il aperçut Jonathas conversant derechef avec l'Auvergnate. Une malicieuse puissance lui interpréta les hochements de tête, les gestes désespérants, la sinistre naïveté de cette femme, et lui en jeta même les fatales paroles dans le vent et dans le silence. Pénétré d'horreur, il se réfugia sur les plus hautes cimes des montagnes et y resta jusqu'au soir, sans avoir pu chasser les sinistres pensées si malheureusement réveillées dans son cœur par le cruel intérêt dont il était devenu l'objet. Tout à coup l'Auvergnate elle-même se dressa devant lui comme une ombre dans l'ombre du soir ; par une bizarrerie de poète, il voulut trouver, dans son jupon rayé de noir et de blanc, une vague ressemblance avec les côtes desséchées d'un spectre.

— Voilà le serein qui tombe, mon cher monsieur, lui dit-elle. Si vous restiez là, vous vous avanceriez ni plus ni moins qu'un fruit patrouillé. Faut rentrer. Ça n'est pas sain de humer la rosée, avec ça que vous n'avez rien pris depuis ce matin.

— Par le tonnerre de Dieu, s'écria-t-il, vieille sorcière, je vous ordonne de me laisser vivre à ma guise, ou je décampe d'ici. C'est bien assez de me creuser ma fosse tous les matins, au moins ne la fouillez pas le soir.

— Votre fosse ! Monsieur ! Creuser votre fosse ! Où qu'elle est donc, votre fosse ? Je voudrions vous voir bastant[1] comme notre père, et point dans la fosse ! La fosse ! Nous y sommes toujours assez tôt, dans la fosse.

— Assez, dit Raphaël.

— Prenez mon bras, monsieur.

— Non.

Le sentiment que l'homme supporte le plus difficilement est la pitié, surtout quand il la mérite. La haine est un tonique, elle fait vivre, elle inspire la vengeance ; mais la pitié tue, elle affaiblit encore notre faiblesse. C'est le mal devenu patelin, c'est le mépris dans la tendresse, ou la tendresse dans l'offense. Raphaël trouva chez le centenaire une pitié triomphante, chez l'enfant une pitié curieuse, chez la femme une pitié tracassière, chez le mari une pitié intéressée ; mais, sous quelque forme que ce sentiment se montrât, il était toujours gros de mort. Un poète fait de tout un poème, terrible ou joyeux, suivant les images qui le frappent ; son âme exaltée rejette les nuances douces et choisit toujours les couleurs vives et tranchées. Cette pitié produisit au cœur de Raphaël un horrible poème de deuil et de mélancolie. Il n'avait pas songé sans doute à la franchise des sentiments naturels, quand il désira se rapprocher de la nature. Lorsqu'il se croyait seul sous un arbre, aux prises avec une quinte opiniâtre dont il ne triomphait jamais sans sortir abattu par cette terrible lutte, il voyait les yeux brillants et fluides du petit garçon, placé en vedette sous une touffe d'herbes, comme un sauvage, et qui l'examinait avec cette enfantine curiosité dans laquelle il y a autant de raillerie que de plaisir, et je ne sais quel intérêt mêlé d'insensibilité. Le terrible : *Frère, il faut mourir*, des trappistes, semblait constamment écrit dans les yeux des paysans avec lesquels vivait Raphaël ; il ne savait ce qu'il craignait le plus de leurs paroles naïves ou de leur silence ; tout en eux le gênait. Un matin, il vit

1. Solide (archaïsme).

deux hommes vêtus de noir qui rôdèrent autour de lui, le flairèrent, et l'étudièrent à la dérobée ; puis, feignant d'être venus là pour se promener, ils lui adressèrent des questions banales auxquelles il répondit brièvement. Il reconnut en eux le médecin et le curé des eaux, sans doute envoyés par Jonathas, consultés par ses hôtes ou attirés par l'odeur d'une mort prochaine. Il entrevit alors son propre convoi, il entendit le chant des prêtres, il compta les cierges, et ne vit plus qu'à travers un crêpe les beautés de cette riche nature, au sein de laquelle il croyait avoir rencontré la vie. Tout ce qui naguère lui annonçait une longue existence lui prophétisait maintenant une fin prochaine. Le lendemain, il partit pour Paris, après avoir été abreuvé des souhaits mélancoliques et cordialement plaintifs que ses hôtes lui adressèrent.

Après avoir voyagé durant toute la nuit, il s'éveilla dans l'une des plus riantes vallées du Bourbonnais, dont les sites et les points de vue tourbillonnaient devant lui, rapidement emportés comme les images vaporeuses d'un songe. La nature s'étalait à ses yeux avec une cruelle coquetterie. Tantôt l'Allier déroulait sur une riche perspective son ruban liquide et brillant, puis des hameaux modestement cachés au fond d'une gorge de rochers jaunâtres montraient la pointe de leurs clochers ; tantôt les moulins d'un petit vallon se découvraient soudain après des vignobles monotones, et toujours apparaissaient de riants châteaux, des villages suspendus, ou quelques routes bordées de peupliers majestueux ; enfin la Loire et ses longues nappes diamantées reluisirent au milieu de ses sables dorés. Séductions sans fin ! La nature agitée, vivace comme un enfant, contenant à peine l'amour et la sève du mois de juin, attirait fatalement les regards éteints du malade. Il leva les persiennes de sa voiture, et se remit à dormir. Vers le soir, après avoir passé Cosne, il fut réveillé par une joyeuse musique et se trouva devant une fête de village. La poste était située près de la place. Pendant le temps que les postillons mirent à relayer sa voiture, il vit les danses de cette population joyeuse, les filles parées de fleurs, jolies, agaçantes, les jeunes gens animés, puis les trognes des vieux paysans gaillardement rougies par le vin. Les petits enfants se rigolaient[1], les vieilles femmes parlaient en riant, tout avait une voix, et le plaisir enjolivait même les habits et les tables dressées. La place et l'église offraient une physionomie de bonheur ; les toits, les fenêtres, les portes mêmes du village semblaient s'être endimanchés aussi. Semblable aux moribonds impatients du moindre bruit, Raphaël ne put réprimer une sinistre interjection, ni le désir d'imposer silence à ces violons, d'anéantir ce mouvement, d'assourdir ces clameurs, de dissiper cette fête insolente. Il monta tout chagrin dans sa voiture. Quand il regarda sur la place, il vit la joie effarouchée, les paysannes en fuite et les bancs déserts. Sur l'échafaud de l'orchestre, un ménétrier aveugle continuait à jouer sur sa clarinette une ronde criarde. Cette musique sans danseurs, ce vieillard solitaire au profil grimaud[2], en haillons, les cheveux épars, et caché dans l'ombre d'un tilleul, était comme une image fantastique du souhait de Raphaël. Il tombait à torrents une de ces fortes pluies que les nuages électriques du mois de juin versent brusquement et qui finissent de même. C'était chose si naturelle que Raphaël, après avoir regardé dans le ciel quelques nuages blanchâtres emportés par un grain de vent, ne songea pas à regarder sa Peau de chagrin. Il se remit dans le coin de sa voiture, qui bientôt roula sur la route.

Le lendemain il se trouva chez lui, dans sa chambre, au coin de sa cheminée. Il s'était fait allumer un grand feu, il avait froid ; Jonathas lui apporta des lettres, elles étaient toutes de Pauline. Il ouvrit la première sans empressement,

---

1. La forme pronominale est un archaïsme.
2. Maussade.

et la déplia comme si c'eût été le papier grisâtre d'une sommation sans frais, envoyée par le percepteur. Il lut la première phrase : « Parti, mais c'est une fuite, mon Raphaël. Comment ! Personne ne peut me dire où tu es ? Et si je ne le sais pas, qui donc le saurait ? » Sans vouloir en apprendre davantage, il prit froidement les lettres et les jeta dans le foyer en regardant d'un œil terne et sans chaleur les jeux de la flamme qui tordait le papier parfumé, le racornissait, le retournait, le morcelait.

Des fragments roulèrent sur les cendres en lui laissant voir des commencements de phrase, des mots, des pensées à demi brûlées, et qu'il se plut à saisir dans la flamme par un divertissement machinal.

« … Assise à ta porte… attendu… Caprice… j'obéis… Des rivales… moi, non !… ta Pauline… aime… plus de Pauline donc ?… Si tu avais voulu me quitter, tu ne m'aurais pas abandonnée… Amour éternel… Mourir… »

Ces mots lui donnèrent une sorte de remords : il saisit les pincettes et sauva des flammes un dernier lambeau de lettre.

« … J'ai murmuré, disait Pauline, mais je ne me suis pas plainte, Raphaël ! En me laissant loin de toi, tu as sans doute voulu me dérober le poids de quelques chagrins. Un jour, tu me tueras peut-être, mais tu es trop bon pour me faire souffrir. Eh bien, ne pars plus ainsi. Va, je puis affronter les plus grands supplices, mais près de toi. Le chagrin que tu m'imposerais ne serait plus un chagrin : j'ai dans le cœur encore bien plus d'amour que je ne t'en ai montré. Je puis tout supporter, hors de pleurer loin de toi, et de ne pas savoir ce que tu… »

Raphaël posa sur la cheminée ce débris de lettre noirci par le feu, il le rejeta tout à coup dans le foyer. Ce papier était une image trop vive de son amour et de sa fatale vie.

— Va chercher monsieur Bianchon, dit-il à Jonathas.

Horace vint et trouva Raphaël au lit.

— Mon ami, peux-tu me composer une boisson légèrement opiacée qui m'entretienne dans une somnolence continuelle, sans que l'emploi constant de ce breuvage me fasse mal ?

— Rien n'est plus aisé, répondit le jeune docteur ; mais il faudra cependant rester debout quelques heures de la journée, pour manger.

— Quelques heures, dit Raphaël en l'interrompant, non, non, je ne veux être levé que durant une heure au plus.

— Quel est donc ton dessein ? demanda Bianchon.

— Dormir, c'est encore vivre, répondit le malade.

— Ne laisse entrer personne, fût-ce même mademoiselle Pauline de Witschnau, dit Valentin à Jonathas pendant que le médecin écrivait son ordonnance.

— Hé bien, monsieur Horace, y a-t-il de la ressource ? demanda le vieux domestique au jeune docteur qu'il avait reconduit jusqu'au perron.

— Il peut aller encore longtemps, ou mourir ce soir. Chez lui, les chances de vie et de mort sont égales. Je n'y comprends rien, répondit le médecin en laissant échapper un geste de doute. Il faut le distraire.

— Le distraire ! monsieur, vous ne le connaissez pas. Il a tué l'autre jour un homme sans dire ouf ! Rien ne le distrait.

Raphaël demeura pendant quelques jours plongé dans le néant de son sommeil factice. Grâce à la puissance matérielle exercée par l'opium sur notre âme immatérielle, cet homme d'imagination si puissamment active s'abaissa jusqu'à la hauteur de ces animaux paresseux qui croupissent au sein des forêts, sous la forme d'une dépouille végétale, sans faire un pas pour saisir une proie facile. Il avait même éteint la lumière du ciel, le jour n'entrait plus chez lui. Vers les huit heures du soir, il sortait de son lit : sans avoir une conscience lucide de son existence, il satisfaisait sa faim, puis se recouchait aussitôt. Ses heures froides et ridées ne lui apportaient que de confuses images, des apparences, des clairs-obscurs sur un fond noir. Il s'était enseveli dans un profond silence, dans une négation de mouvement et d'intelligence. Un soir, il se réveilla beaucoup plus tard que de coutume, et ne trouva pas son dîner servi. Il sonna Jonathas.

— Tu peux partir, lui dit-il. Je t'ai fait riche, tu seras heureux dans tes vieux jours ; mais je ne veux plus te laisser jouer ma vie. Comment, misérable, je sens la faim ! Où est mon dîner ? Réponds.

Jonathas laissa échapper un sourire de contentement, prit une bougie dont la lumière tremblotait dans l'obscurité profonde des immenses appartements de l'hôtel ; il conduisit son maître redevenu machine à une vaste galerie et en ouvrit brusquement la porte. Aussitôt Raphaël, inondé de lumière, fut ébloui, surpris par un spectacle inouï. C'était ses lustres chargés de bougies, les fleurs les plus rares de sa serre artistement disposées, une table étincelante d'argenterie, d'or, de nacre, de porcelaines ; un repas royal, fumant, et dont les mets appétissants irritaient les houppes nerveuses du palais. Il vit ses amis convoqués, mêlés à des femmes parées et ravissantes, la gorge nue, les épaules découvertes, les chevelures pleines de fleurs, les yeux brillants, toutes de beautés diverses, agaçantes sous de voluptueux travestissements : l'une avait dessiné ses formes attrayantes par une jaquette irlandaise, l'autre portait la basquina lascive des Andalouses ; celle-ci demi-nue en Diane chasseresse, celle-là modeste et amoureuse sous le costume de mademoiselle de La Vallière, étaient également vouées à l'ivresse. Dans les regards de tous les convives brillaient la joie, l'amour, le plaisir. Au moment où la morte figure de Raphaël se montra dans l'ouverture de la porte, une acclamation soudaine éclata, rapide, rutilante comme les rayons de cette fête improvisée. Les voix, les parfums, la lumière, ces femmes d'une pénétrante beauté frappèrent tous ses sens, réveillèrent son appétit. Une délicieuse musique, cachée dans un salon voisin, couvrit par un torrent d'harmonie ce tumulte enivrant, et compléta cette étrange vision. Raphaël se sentit la main pressée par une main chatouilleuse, une main de femme dont les bras frais et blancs se levaient pour le serrer, la main d'Aquilina. Il comprit que ce tableau n'était pas vague et fantastique comme les fugitives images de ses rêves décolorés, il poussa un cri sinistre, ferma brusquement la porte, et flétrit son vieux serviteur en le frappant au visage.

— Monstre, tu as donc juré de me faire mourir ? s'écria-t-il. Puis, tout palpitant du danger qu'il venait de courir, il trouva des forces pour regagner sa chambre, but une forte dose de sommeil, et se coucha.

— Que diable ! dit Jonathas en se relevant, monsieur Bianchon m'avait cependant bien ordonné de le distraire.

Il était environ minuit. À cette heure, Raphaël, par un de ces caprices physiologiques, l'étonnement et le désespoir des sciences médicales, resplendissait de beauté pendant son sommeil. Un rose vif colorait ses joues blanches. Son front gracieux comme celui d'une jeune fille exprimait le génie. La vie était en fleurs sur ce visage tranquille et reposé. Vous eussiez dit d'un jeune enfant endormi sous la protection de sa mère. Son sommeil était un bon sommeil, sa bouche vermeille laissait passer un souffle égal et pur, il souriait transporté sans doute par un rêve dans une belle vie. Peut-être était-il centenaire, peut-être ses petits-enfants lui souhaitaient-ils de longs jours ; peut-être de son banc rustique, sous le soleil, assis sous le feuillage, apercevait-il, comme le prophète, en haut de la montagne, la terre promise, dans un bienfaisant lointain.

— Te voilà donc !

Ces mots, prononcés d'une voix argentine, dissipèrent les figures nuageuses de son sommeil. À la lueur de la lampe, il vit assise sur son lit sa Pauline, mais Pauline embellie par l'absence et par la douleur. Raphaël resta stupéfait à l'aspect de cette figure blanche comme les pétales d'une fleur des eaux, et qui, accompagnée de longs cheveux noirs, semblait encore plus blanche dans l'ombre. Des larmes avaient tracé leur route brillante sur ses joues, et y restaient suspendues, prêtes à tomber au moindre effort. Vêtue de blanc, la tête penchée et foulant à peine le lit, elle était là comme un ange descendu des cieux, comme une apparition qu'un souffle pouvait faire disparaître.

— Ah ! j'ai tout oublié, s'écria-t-elle au moment où Raphaël ouvrit les yeux. Je n'ai de voix que pour te dire : Je suis à toi ! Oui, mon cœur est tout amour. Ah ! jamais, ange de ma vie, tu n'as été si beau. Tes yeux foudroient. Mais je devine tout, va ! Tu as été chercher la santé sans moi, tu me craignais... Eh bien...

— Fuis, fuis, laisse-moi, répondit enfin Raphaël d'une voix sourde. Mais va-t'en donc ! Si tu restes là, je meurs. Veux-tu me voir mourir ?

— Mourir ! répéta-t-elle. Est-ce que tu peux mourir sans moi ? Mourir, mais tu es jeune ! Mourir, mais je t'aime ! Mourir ! ajouta-t-elle d'une voix profonde et gutturale en lui prenant les mains par un mouvement de folie.

— Froides, dit-elle. Est-ce une illusion ?

Raphaël tira de dessous son chevet le lambeau de la Peau de chagrin, fragile et petit comme la feuille d'une pervenche, et le lui montrant : — Pauline, belle image de ma belle vie, disons-nous adieu, dit-il.

— Adieu ? répéta-t-elle d'un air surpris.

— Oui. Ceci est un talisman qui accomplit mes désirs, et représente ma vie. Vois ce qu'il m'en reste. Si tu me regardes encore, je vais mourir…

La jeune fille crut Valentin devenu fou, elle prit le talisman, et alla chercher la lampe. Éclairée par la lueur vacillante qui se projetait également sur Raphaël et sur le talisman, elle examina très attentivement et le visage de son amant et la dernière parcelle de la Peau magique. En la voyant belle de terreur et d'amour, il ne fut plus maître de sa pensée : les souvenirs des scènes caressantes et des joies délirantes de sa passion triomphèrent dans son âme depuis longtemps endormie, et s'y réveillèrent comme un foyer mal éteint.

— Pauline, viens ! Pauline !

Un cri terrible sortit du gosier de la jeune fille, ses yeux se dilatèrent, ses sourcils violemment tirés par une douleur inouïe, s'écartèrent avec horreur, elle lisait dans les yeux de Raphaël un de ces désirs furieux, jadis sa gloire à elle ; mais à mesure que grandissait ce désir, la Peau, en se contractant, lui chatouillait la main. Sans réfléchir, elle s'enfuit dans le salon voisin dont elle ferma la porte.

— Pauline ! Pauline ! cria le moribond en courant après elle, je t'aime, je t'adore, je te veux ! Je te maudis, si tu ne m'ouvres ! Je veux mourir à toi !

Par une force singulière, dernier éclat de la vie, il jeta la porte à terre, et vit sa maîtresse à demi nue se roulant sur un canapé. Pauline avait vainement tenté de se déchirer le sein, et pour se donner une prompte mort, elle cherchait à s'étrangler avec son châle. — « Si je meurs, il vivra ! » disait-elle en tâchant vainement de serrer le nœud. Ses cheveux étaient épars, ses épaules nues, ses vêtements en désordre, et dans cette lutte avec la mort, les yeux en pleurs, le visage enflammé, se tordant sous un horrible désespoir, elle présentait à Raphaël, ivre d'amour, mille beautés qui augmentèrent son délire ; il se jeta sur elle avec la légèreté d'un oiseau de proie, brisa le châle, et voulut la prendre dans ses bras.

Le moribond chercha des paroles pour exprimer le désir qui dévorait toutes ses forces ; mais il ne trouva que les sons étranglés du râle dans sa poitrine, dont chaque respiration creusée plus avant semblait partir de ses entrailles. Enfin, ne pouvant bientôt plus former de sons, il mordit Pauline au sein. Jonathas se présenta tout épouvanté des cris qu'il entendait, et tenta d'arracher à la jeune fille le cadavre sur lequel elle s'était accroupie dans un coin.

— Que demandez-vous ? dit-elle. Il est à moi, je l'ai tué, ne l'avais-je pas prédit ?

Épilogue

Et que devint Pauline ?

— Ah ! Pauline, bien. Êtes-vous quelquefois resté par une douce soirée d'hiver devant votre foyer domestique, voluptueusement livré à des souvenirs d'amour ou de jeunesse en contemplant les rayures produites par le feu sur un morceau de chêne ? Ici la combustion dessine les cases rouges d'un damier, là elle miroite des velours ; de petites flammes bleues courent, bondissent et jouent sur le fond ardent du brasier. Vient un peintre inconnu qui se sert de cette flamme ; par un artifice unique, il trace au sein de ces flamboyantes teintes violettes ou empourprées une figure surnaturelle et d'une délicatesse inouïe, phénomène fugitif que le hasard ne recommencera jamais : c'est une femme aux cheveux emportés par le vent, et dont le profil respire une passion délicieuse : du feu dans le feu ! Elle sourit, elle expire, vous ne la reverrez plus. Adieu, fleur de la flamme, adieu, principe incomplet, inattendu, venu trop tôt ou trop tard pour être quelque beau diamant.

— Mais Pauline ?

— Vous n'y êtes pas ? Je recommence. Place ! place ! Elle arrive, la voici la reine des illusions, la femme qui passe comme un baiser, la femme vive comme un éclair, comme lui jaillie brûlante du ciel, l'être incréé, tout esprit, tout amour. Elle a revêtu je ne sais quel corps de flamme, ou pour elle la flamme s'est un moment animée ! Les lignes de ses formes sont d'une pureté qui vous dit qu'elle vient du ciel. Ne resplendit-elle pas comme un ange ? N'entendez-vous pas le frémissement aérien de ses ailes ? Plus légère que l'oiseau, elle s'abat près de vous et ses terribles yeux fascinent ; sa douce, mais puissante haleine attire vos lèvres par une force magique ; elle fuit et vous entraîne, vous ne sentez plus la terre. Vous voulez passer une seule fois votre main chatouillée, votre main fanatisée sur ce corps de neige, froisser ses cheveux d'or, baiser ses yeux étincelants. Une vapeur vous enivre, une musique enchanteresse vous charme. Vous tressaillez de tous vos nerfs, vous êtes tout désir, tout souffrance. Ô bonheur sans nom ! vous avez touché les lèvres de cette femme ; mais tout à coup une atroce douleur vous réveille. Ha ! ha ! votre tête a porté sur l'angle de votre lit, vous en avez embrassé l'acajou brun, les dorures froides, quelque bronze, un amour en cuivre.

— Mais, monsieur, Pauline !

— Encore ! Écoutez. Par une belle matinée, en partant de Tours, un jeune homme embarqué sur *la Ville d'Angers* tenait dans sa main la main d'une jolie femme. Unis ainsi, tous deux admirèrent longtemps, au-dessus des larges eaux de la Loire, une blanche figure, artificiellement éclose au sein du brouillard comme un fruit des eaux et du soleil, ou comme un caprice des nuées et de l'air. Tour à tour ondine ou sylphide, cette fluide créature voltigeait dans les airs comme un mot vainement cherché qui court dans la mémoire sans se laisser saisir ; elle se promenait entre les îles, elle agitait sa tête à travers les hauts peupliers ; puis, devenue gigantesque, elle faisait ou resplendir les mille plis de sa robe, ou briller l'auréole décrite par le soleil autour de son visage ; elle planait sur les hameaux, sur les collines, et semblait défendre au bateau à vapeur de passer devant le château d'Ussé. Vous eussiez dit le fantôme de la Dame des belles Cousines[1] qui voulait protéger son pays contre les invasions modernes.

— Bien, je comprends, ainsi de Pauline. Mais Fœdora ?

— Oh ! Fœdora, vous la rencontrerez. Elle était hier aux Bouffons, elle ira ce soir à l'Opéra, elle est partout, c'est, si vous voulez, la Société.

Paris, 1830-1831.

1. Héroïne du roman d'Antoine de la Sale, *Histoire du Petit Jehan de Saintré et de la dame des Belles-Cousines* (1481).

Ces objets qui nous envahissent… objets cultes, culte des objets

(anthologie)

I. Matérialité de l'objet et modes de production

Le programme : *Solides, maniables, pourvus de caractères propres, les objets sont notre création. Ils sont le résultat d'une réflexion qui a pu mener du prototype à la série. Ils sont le fruit d'un travail qui a engagé un choix de forme, un mode d'usinage, un système de commercialisation donnant à la matière première une valeur ajoutée.*

L'industrie produit et rend accessibles un nombre considérable d'objets. Emblèmes de la société de consommation, ils posent des problèmes de stockage, de recyclage : que faire des objets inutiles et désuets, des objets cassés ?

Le développement du numérique nous libère-t-il de cette invasion ? Jeux, livres, disques tendent à se dématérialiser. Mais ce phénomène nouveau nous affranchit-il de l'objet ou accroît-il, au contraire, notre besoin de posséder des objets concrets que nous prenons plaisir à voir, sentir, toucher ?

Étudier le thème de l'objet implique certes immédiatement d'examiner celui-ci selon l'aspect sous lequel il apparaît dans le monde ; toutefois, cette analyse est stérile si elle prend en considération l'objet seul, hors de toute présence humaine. Qu'il incite à la réflexion et à l'imagination (1), qu'il soit soumis à une métamorphose artisanale (2) ou qu'il dissimule une détresse derrière sa multiplicité (3), l'objet ne saurait exister sans l'homme en ce que c'est ce dernier qui lui donne une place, une forme et un sens déterminés.

De même, c'est la société qui insère l'objet dans un processus de fabrication industrielle et commerciale (4) au travers duquel la matérialité formatée des objets exacerbe les ambitions de ceux qui les vendent et la convoitise de ceux qui les achètent (5), engageant alors le développement moderne de la surconsommation et du gaspillage effrénés (6).

Il n'est pas jusqu'au corps humain qui ne soit englobé dans la fascination pour le paraître et le goût de la possession cristallisés par l'objet : les évolutions technologiques favorisent en effet parfois une forme de réification (chosification) du corps (7). Enfin, cette sollicitation d'une modernité souveraine va jusqu'à affecter des objets dont on pourrait penser qu'ils en sont pourtant préservés, telles les productions intellectuelles (8) ou privées (9).

1. Roland Barthes, *Mythologies*, Seuil, 1957 (« Points-Essais »)

Roland Barthes (1915-1980) est un critique et un sémiologue français. Ses travaux concernent essentiellement les rapports entre le langage et la société. Dans Mythologies, *il montre que la société moderne confère un statut de mythe à certains objets de la vie quotidienne.*

Ce chapitre évoque la fascination exercée par la diversité des formes que la malléabilité du plastique lui permet de prendre.

Le plastique

Malgré ses noms de berger grec (Polystyrène, Phénoplaste, Polyvinyle, Polyéthylène), le plastique, dont on vient de concentrer les produits dans une exposition, est essentiellement une substance alchimique. À l'entrée du stand, le public fait longuement la queue pour voir s'accomplir l'opération magique par excellence : la conversion de la matière ; une machine idéale, tubulée et oblongue[1] (forme propre à manifester le secret d'un itinéraire) tire sans effort d'un tas de cristaux verdâtres, des vide-poches brillants et cannelés. D'un côté la matière brute, tellurique[2], et de l'autre, l'objet parfait, humain ; et entre ces deux extrêmes, rien ; rien qu'un trajet, à peine surveillé par un employé en casquette, mi-dieu, mi-robot.

Ainsi, plus qu'une substance, le plastique est l'idée même de sa transformation infinie, il est, comme son nom vulgaire l'indique, l'ubiquité rendue visible ; et c'est d'ailleurs en cela qu'il est une matière miraculeuse : le miracle est toujours une conversion brusque de la nature. Le plastique reste tout imprégné de cet étonnement : il est moins objet que trace d'un mouvement.

Et comme ce mouvement est ici à peu près infini, transformant les cristaux originels en une multitude d'objets de plus en plus surprenants, le plastique est en somme un spectacle à déchiffrer : celui-là même de ses aboutissements. Devant chaque forme terminale (valise, brosse, carrosserie d'auto, jouet, étoffe, tuyau, cuvette ou papier), l'esprit ne cesse de poser la matière primitive comme un rébus. C'est que le frégolisme[3] du plastique est total : il peut former aussi bien des seaux que des bijoux. D'où un étonnement perpétuel, le songe de l'homme devant les proliférations de la

1. De forme plus longue que large.
2. Issue de la Terre.
3. Terme créé sur le nom de Leopoldo Fregoli, acteur italien (1867-1936) qui avait la capacité de jouer plusieurs personnages dans une seule pièce ; par extension ici, allusion à la capacité de transformation du plastique.

matière, devant les liaisons qu'il surprend entre le singulier de l'origine et le pluriel des effets. Cet étonnement est d'ailleurs heureux, puisqu'à l'étendue des transformations, l'homme mesure sa puissance, et que l'itinéraire même du plastique lui donne l'euphorie d'un glissement prestigieux le long de la Nature.

Mais la rançon de cette réussite, c'est que le plastique, sublimé comme mouvement, n'existe presque pas comme substance. Sa constitution est négative : ni dur ni profond, il doit se contenter d'une qualité substantielle neutre en dépit de ses avantages utilitaires : la *résistance*, état qui suppose le simple suspens d'un abandon. Dans l'ordre poétique des grandes substances, c'est un matériau disgracié, perdu entre l'effusion[1] des caoutchoucs et la dureté plate du métal : il n'accomplit aucun des produits véritables de l'ordre minéral, mousse, fibres, strates. C'est une substance *tournée* : en quelque état qu'il se conduise, le plastique garde une apparence floconneuse, quelque chose de trouble, de crémeux et de figé, une impuissance à atteindre jamais au lisse triomphant de la Nature. Mais ce qui le trahit le plus, c'est le son qu'il rend, creux et plat à la fois ; son bruit le défait, comme aussi les couleurs, car il semble ne pouvoir en fixer que les plus chimiques : du jaune, du rouge et du vert, il ne retient que l'état agressif, n'usant d'eux que comme d'un nom, capable d'afficher seulement des concepts de couleurs.

La mode du plastique accuse une évolution dans le mythe du *simili*. On sait que le *simili* est un usage historiquement bourgeois (les premiers postiches vestimentaires datent de l'avènement du capitalisme) ; mais jusqu'à présent, le *simili* a toujours marqué de la prétention, il faisait partie d'un monde du paraître, non de l'usage, il visait à reproduire à moindres frais les substances les plus rares, le diamant, la soie, la

1. Fait, pour un liquide, de se répandre.

plume, la fourrure, l'argent, toute la brillance luxueuse du monde. Le plastique en rabat, c'est une substance ménagère. C'est la première matière magique qui consente au prosaïsme ; mais c'est précisément parce que ce prosaïsme lui est une raison triomphante d'exister : pour la première fois, l'artifice vise au commun, non au rare. Et du même coup, la fonction ancestrale de la nature est modifiée : elle n'est plus l'Idée, la pure Substance à retrouver ou à imiter ; une matière artificielle, plus féconde que tous les gisements du monde, va la remplacer, commander l'invention même des formes. Un objet luxueux tient toujours à la terre, rappelle toujours d'une façon précieuse son origine minérale ou animale, le thème naturel dont il n'est qu'une actualité. Le plastique est tout entier englouti dans son usage : à la limite, on inventera des objets pour le plaisir d'en user. La hiérarchie des substances est abolie, une seule les remplace toutes : le monde entier *peut* être plastifié, et la vie elle-même, puisque, paraît-il, on commence à fabriquer des aortes en plastique.

Question : En quoi la matière plastique est-elle dotée dans ce chapitre d'une dimension artistique ?

2. Jean Baudrillard, *Le Système des objets*, Gallimard, 1968 (« Tel »)

Jean Baudrillard (1929-2007) est un philosophe et enseignant français très engagé dans les luttes sociales et politiques de son temps. Le Système des objets, *son premier ouvrage majeur, examine la relation entretenue par les classes moyennes de cette époque avec les objets qui les entourent.*

Il est question plus précisément ici de l'interdépendance qui s'établit entre l'homme et l'objet.

Le statut de l'outil ou de l'objet manuel ne change guère à travers les siècles. Or cette relation profonde, gestuelle, de l'homme aux objets, en laquelle se résume l'intégration de l'homme au monde et aux structures sociales, peut être d'une grande plénitude, que nous lisons dans leur beauté réciproque, leur « style ». Il reste que cette relation est une contrainte qui, parallèlement à celle des structures sociales, fait échec à une véritable productivité. Complexes de gestes et de forces, de symboles et de fonctions, illustrés, stylisés par l'énergie humaine — nous admirons ces faux, ces corbeilles, ces cruches, ces charrues qui épousaient les formes du corps, de l'effort et de la matière qu'ils transformaient, mais la splendeur de cette relation de conformité, demeure subordonnée à la contrainte relationnelle. L'homme n'est pas libre de ses objets, les objets ne sont pas libres de l'homme. Il faudra une révolution des sources d'énergie pour qu'avec la praxis[1] à distance, le stockage et le calcul de l'énergie devenue mobile, l'homme et l'objet soient entraînés dans un débat nouveau, objectif, une dialectique pleine de conflits qui n'était pas donnée dans leur finalité réciproque et leur relation contrainte. C'est par là que l'homme évolue vers un devenir social objectif, c'est par là aussi que l'objet tend vers sa vérité, qui est sa fonctionnalité multipliée par la libération de l'énergie.

Question : Notre époque est-elle parvenue à cette « révolution des sources d'énergie » qu'évoque Baudrillard en 1968, et par laquelle l'homme doit être plus « libre de ses objets » ?

---

1. Pratique, par opposition à la théorie (le mot est issu du grec signifiant « action »).

3. Samuel Beckett, *Oh les beaux jours*, Les Éditions de Minuit, 1963

Pièce en deux actes de l'écrivain irlandais francophone Samuel Beckett (1906-1989), Oh les beaux jours *paraît d'abord en anglais en 1961. Comme toute l'œuvre de Beckett, elle exprime — parfois avec un humour sombre — une perception profondément pessimiste de la condition humaine : médiocre et pathétique, celle-ci est condamnée à la déchéance. Incarnant cette perception, les deux personnages de la pièce, Winnie et Willie, se livrent chacun de son côté à des activités absurdes.*

Enterrée de plus en plus profondément dans un monticule de terre, s'adressant à Willie qui lui répond à peine, Winnie tire une joie inepte de la multitude d'objets hétéroclites dont elle s'encombre.

Commence ta journée, Winnie. *(Un temps. Elle se tourne vers le sac, farfouille dedans sans le déplacer, en sort une brosse à dents, farfouille de nouveau, sort un tube de dentifrice aplati, revient de face, dévisse le capuchon du tube, dépose le capuchon sur le mamelon, exprime non sans mal un peu de pâte sur la brosse, garde le tube dans une main et se brosse les dents de l'autre. Elle se détourne pudiquement, en se renversant en arrière et à sa droite, pour cracher derrière le mamelon. Elle a ainsi Willie sous les yeux. Elle crache, puis se renverse un peu plus.)* Hou-ou ! *(Un temps. Plus fort.)* Hou-ou ! *(Un temps. Elle a un tendre sourire tout en revenant de face. Elle dépose la brosse.)* Pauvre Willie — *(elle examine le tube, fin du sourire)* — plus pour longtemps — *(elle cherche le capuchon)* — enfin — *(elle ramasse le capuchon)* — rien à faire — *(elle revisse le capuchon)* — petit malheur — *(elle dépose le tube)* — encore un — *(elle se tourne vers le sac)* — sans remède — *(elle farfouille dans le sac)* — aucun remède — *(elle sort une petite glace, revient de face)* — hé oui — *(elle s'inspecte les dents dans la glace)* — pauvre cher Willie — *(elle éprouve avec le pouce ses incisives supérieures, voix indistincte)* — bon sang ! — *(elle soulève la lèvre supérieure afin d'inspecter les gencives, de même)* — bon Dieu ! — *(elle tire sur un coin de la bouche, bouche ouverte, de même)* — enfin — *(l'autre coin, de même)* — pas pis — *(elle abandonne l'inspection, voix normale)* — pas mieux, pas pis — *(elle dépose la glace)* — pas de changement — *(elle s'essuie les doigts sur l'herbe)* — pas de douleur — *(elle cherche la brosse à dents)* — presque pas — *(elle ramasse la brosse)* — ça qui est merveilleux — *(elle examine le manche de la brosse)* — rien de tel — *(elle examine le manche, lit)* — pure...quoi ? — *(un temps)* — quoi ? — *(elle dépose la brosse)* — hé oui — *(elle se tourne vers le sac)* — pauvre Willie — *(elle farfouille dans le sac)* — aucun goût — *(elle farfouille)* — pour rien — *(elle sort un étui à lunettes)* — aucun but — *(elle revient de face)* — dans la vie — *(elle sort les lunettes de l'étui)* — pauvre cher Willie — *(elle dépose l'étui)* — bon qu'à dormir — *(elle déplie les lunettes)* — don merveilleux — *(elle chausse les lunettes)* — rien de tel — *(elle cherche la brosse à dents)* — à mon avis — *(elle ramasse la brosse)* — je l'ai toujours dit — *(elle examine le manche de la brosse)* — que ne l'eussé-je ! — *(elle examine le manche, lit)* — véritable... pure...quoi ? — *(elle dépose la brosse)* — bientôt aveugle — *(elle enlève ses lunettes)* — enfin — *(elle dépose les lunettes)* — assez vu — *(elle cherche son mouchoir dans son corsage)*.

Question : Dans quelle mesure la profusion d'objets souligne-t-elle la misère morale de Winnie ?

4. Patrick Verley, *L'Échelle du monde: Essai sur l'industrialisation de l'Occident*, Gallimard, 1997 («Tel»)

Dans L'Échelle du monde, *Patrick Verley, professeur retraité d'histoire économique à l'Université de Genève, étudie l'émergence de l'industrialisation qui accélère la divergence de niveau de développement entre l'Occident et le reste du monde. Il insiste sur les déterminants de la consommation au* XIX*e siècle, sur les comportements d'imitation des classes supérieures de la part des ménages des classes moyennes qui incitent les industriels à fabriquer pour eux des produits ressemblants, de qualité moyenne, faits en série.*

L'importance d'une catégorie de biens qu'on pourrait appeler de «demi-luxe» dans la production industrielle du XIXe siècle s'expliquerait fort bien par l'idée d'une imitation des consommations de luxe des classes supérieures par la bourgeoisie moyenne ou petite, et plus généralement par des classes moyennes, voire une frange supérieure des classes populaires, au prix d'une dégradation progressive de la qualité des produits. En parvenant à faire baisser les prix de ces derniers, les fabricants visent à satisfaire une clientèle qui veut se différencier des classes populaires à moindre coût par des objets qui gardent leur valeur symbolique même s'ils ont perdu leur qualité esthétique. Les tissus de soie mélangée, l'orfèvrerie d'argent plaqué, les statuettes ou les surtouts[1] de table en alliages divers qui ont la prétention de ressembler au bronze doré, la bijouterie en faux étaient des «marqueurs» sociaux. Le dualisme des marchés préindustriels se dégrade en un clivage entre des produits de

1. Articles de vaisselle destinés à être posés sur une table comme éléments de décoration.

consommation courante et des produits de demi-luxe à l'usage d'une clientèle bourgeoise. À partir du premier tiers du XIXe siècle en Angleterre, dans la seconde moitié du siècle en France, les ménages ouvriers et même les ménages paysans essaieraient de gommer cette différence d'apparence que les classes moyennes ont accentuée pour marquer le clivage social, en adoptant les mêmes consommations, au prix peut-être d'une perte de leur culture antérieure. Le produit, qui a commencé objet de luxe chez les aristocrates, terminerait ainsi son cycle de vie comme objet banal, désormais dénué de toute signification sociale, au terme d'une évolution suscitée par les industriels, qui, par l'innovation technique, permettraient la chute de son prix. La consommation de luxe se maintient, soit par des produits traditionnels, inchangés, dont la valeur de leur matériau, or, argent, soierie, dentelle maintient le rôle de marqueur social, soit par des innovations, comme l'importation de produits nouveaux et très coûteux. Marginalement, le processus d'imitation peut fonctionner aussi à contre-courant, du confort bourgeois vers la consommation aristocratique.

Question : Quel est le phénomène sociologique à l'origine de la production d'objets d'imitation ?

5. Émile Zola, *Au Bonheur des Dames*, 1883 (repris en « Folioplus classiques »)

Écrivain français (1840-1902), Émile Zola est dès 1877 l'un des précurseurs du naturalisme, mouvement littéraire influencé par certaines techniques scientifiques et attentif aux questions sociales. Les romans de Zola sont construits à partir d'une observation rigoureuse de la société de l'époque afin de la décrire exactement telle qu'elle est, tout en accordant une part importante à l'imagination et à la créativité de l'écrivain. L'œuvre principale de Zola est le cycle des Rougon-Macquart *(sous-titré* Histoire naturelle et sociale d'une famille sous le second Empire*), vaste ensemble romanesque de vingt volumes parus entre 1871 et 1893 et d'où est issu* Au Bonheur des Dames.

Dans ce passage, Octave Mouret, directeur du grand magasin baptisé Au Bonheur des Dames, explique les raisons du succès de son commerce, que vient confirmer au même instant la frénésie d'achat de ses clientes.

Des chiffres sonnaient, tout un marchandage fouettait les désirs, ces dames achetaient des dentelles à pleines mains.

— Eh ! dit enfin Mouret, quand il put parler, on vend ce qu'on veut, lorsqu'on sait vendre ! Notre triomphe est là.

Alors, avec sa verve provençale, en phrases chaudes qui évoquaient les images, il montra le nouveau commerce à l'œuvre. Ce fut d'abord la puissance décuplée de l'entassement, toutes les marchandises accumulées sur un point, se soutenant et se poussant ; jamais de chômage, toujours l'article de la saison était là ; et, de comptoir en comptoir, la cliente se trouvait prise, achetait ici l'étoffe, plus loin le fil, ailleurs le manteau, s'habillait, puis tombait dans des rencontres imprévues, cédait au besoin de l'inutile et du joli. Ensuite, il célébra la marque en chiffres connus[1]. La grande révolution des nouveautés partait de cette trouvaille. Si l'ancien commerce, le petit commerce agonisait, c'était qu'il ne pouvait soutenir la lutte des bas prix, engagée par la marque. Maintenant, la concurrence avait lieu sous les yeux mêmes du public, une promenade aux étalages établissait les prix, chaque magasin baissait, se contentait du plus léger

1. Désigne le fait d'afficher le prix, stable, du produit sur le produit lui-même.

bénéfice possible ; aucune tricherie, pas de coup de fortune longtemps médité sur un tissu vendu le double de sa valeur, mais des opérations courantes, un tant pour cent régulier prélevé sur tous les articles, la fortune mise dans le bon fonctionnement d'une vente, d'autant plus large qu'elle se faisait au grand jour. N'était-ce pas une création étonnante ? Elle bouleversait le marché, elle transformait Paris, car elle était faite de la chair et du sang de la femme.

— J'ai la femme, je me fiche du reste ! dit-il dans un aveu brutal, que la passion lui arracha.

À ce cri, le baron Hartmann parut ébranlé. Son sourire perdait sa pointe ironique, il regardait le jeune homme, gagné peu à peu par sa foi, pris pour lui d'un commencement de tendresse.

— Chut ! murmura-t-il paternellement, elles vont vous entendre.

Mais ces dames parlaient maintenant toutes à la fois, tellement excitées, qu'elles ne s'écoutaient même plus entre elles. Mme de Boves achevait la description de la toilette de soirée : une tunique de soie mauve, drapée et retenue par des nœuds de dentelle ; le corsage décolleté très bas, et encore des nœuds de dentelle aux épaules.

— Vous verrez, disait-elle, je me fais faire un corsage pareil avec un satin...

— Moi, interrompait Mme Bourdelais, j'ai voulu du velours, oh ! une occasion !

Mme Marty demandait :

— Hein ? combien la soie ?

Puis, toutes les voix repartirent ensemble. Mme Guibal, Henriette, Blanche, mesuraient, coupaient, gâchaient. C'était un saccage d'étoffes, la mise au pillage des magasins, un appétit de luxe qui se répandait en toilettes jalousées et rêvées, un bonheur tel à être dans le chiffon, qu'elles y vivaient enfoncées, ainsi que dans l'air tiède nécessaire à leur existence.

Mouret, cependant, avait jeté un coup d'œil vers le salon. Et, en quelques phrases dites à l'oreille du baron Hartmann, comme s'il lui eût fait de ces confidences amoureuses qui se risquent parfois entre hommes, il acheva d'expliquer le mécanisme du grand commerce moderne. Alors, plus haut que les faits déjà donnés, au sommet, apparut l'exploitation de la femme. Tout y aboutissait, le capital sans cesse renouvelé, le système de l'entassement des marchandises, le bon marché qui attire, la marque en chiffres connus qui tranquillise. C'était la femme que les magasins se disputaient par la concurrence, la femme qu'ils prenaient au continuel piège de leurs occasions, après l'avoir étourdie devant leurs étalages. Ils avaient éveillé dans sa chair de nouveaux désirs, ils étaient une tentation immense, où elle succombait fatalement, cédant d'abord à des achats de bonne ménagère, puis gagnée par la coquetterie, puis dévorée. En décuplant la vente, en démocratisant le luxe, ils devenaient un terrible agent de dépense, ravageaient les ménages, travaillaient au coup de folie de la mode, toujours plus chère. Et si, chez eux, la femme était reine, adulée et flattée dans ses faiblesses, entourée de prévenances, elle y régnait en reine amoureuse, dont les sujets trafiquent, et qui paye d'une goutte de son sang chacun de ses caprices.

Question : Indiquez les trois principes qui fondent l'éclatante réussite de ce grand magasin.

6. Gilles Lipovetsky, *L'Empire de l'éphémère. La mode et son destin dans les sociétés modernes*, Gallimard, 1987 (« Folio essais »)

Professeur agrégé de philosophie, Gilles Lipovetsky travaille sur les questions du luxe, de la consommation et de l'individualisme dans les sociétés modernes occidentales. L'Empire de l'éphémère *aborde la notion de mode appliquée à plusieurs domaines de la vie sociale en Occident, depuis la fin du Moyen Âge jusqu'à la fin du XX*e *siècle.*

L'extrait suivant a pour sujet la nouveauté permanente qui codifie les circuits de distribution.

Un objet comme il vous plaira

Forme mode qui se manifeste dans toute sa radicalité dans la cadence accélérée des changements de produits, dans l'instabilité et la précarité des choses industrielles. La logique économique a bel et bien balayé tout idéal de permanence, c'est la règle de l'éphémère qui gouverne la production et la consommation des objets. Désormais la temporalité courte de la mode a phagocyté[1] l'univers de la marchandise, métamorphosé, depuis la Seconde Guerre mondiale, par un procès de renouvellement et d'obsolescence[2] « programmée » propice à relancer toujours plus la consommation. Nous pensons moins à tous ces produits étudiés pour ne pas durer — kleenex, couches, serviettes, bouteilles, briquets, rasoirs, vêtements bon marché — qu'au processus général contraignant les firmes à innover, à lancer sans cesse de nouveaux articles tantôt de conception vraiment inédite, tantôt, et

1. Détruit.
2. Fait d'être démodé.

c'est le plus souvent, comportant de simples petits perfectionnements de détail donnant un « plus » aux produits dans la compétition marchande. Avec la mode achevée, le temps bref de la mode, sa désuétude[1] systématique, sont devenus des caractéristiques inhérentes à la production et à la consommation de masse. La loi est inexorable, une firme qui ne crée pas régulièrement de nouveaux modèles perd en force de pénétration sur le marché et affaiblit son label de qualité dans une société où l'opinion spontanée des consommateurs est que, par nature, le nouveau est supérieur à l'ancien. Les progrès de la science, la logique de la concurrence, mais aussi le goût dominant pour les nouveautés, concourent à l'établissement d'un ordre économique organisé comme la mode. L'offre et la demande fonctionnent au Nouveau, notre système économique est entraîné dans une spirale où l'innovation grande ou petite est reine, où la désuétude s'accélère : certains spécialistes en marketing et en innovation peuvent assurer que, dans dix ans, 80 à 90 % des produits actuels seront déclassés, ils se présenteront sous une forme nouvelle et un conditionnement nouveau.

Question : Quelle est la principale motivation de l'attrait des consommateurs pour la nouveauté permanente ?

7. Anne de Marnhac, *Avant, après. Les visages de la beauté*, Éditions Balland, 2004

Anne de Marnhac est ancienne élève de l'École normale supérieure et travaille dans l'édition ; elle a publié de nombreux ouvrages

1. Synonyme d'obsolescence.

sur l'esthétique du corps féminin, sur l'art de séduire ou encore sur les diverses nuances du sentiment d'amour.

Les Visages de la beauté *revient sur les définitions successives de la beauté féminine depuis la Renaissance jusqu'à notre* XXIe *siècle. Ce passage traite justement de la manière dont les techniques utilisées aujourd'hui dans la publicité produisent des représentations idéales de la femme, assimilant parfois cette dernière à un objet.*

L'esthétique publicitaire contemporaine

Aujourd'hui, une double manipulation se trouve, de fait, être à l'œuvre dans les images publicitaires ainsi que dans les images des « beautés » les plus médiatisées (actrices, *top models*) : la chirurgie des corps ; la chirurgie des images. Toutes deux soulèvent la question de la réalité du sujet photographié et de la réception de l'image de la beauté. Cette femme que je vois là, est-elle le résultat, « la somme », d'opérations ou d'interventions esthétiques (bouche, nez, pommettes, front, ventre, seins) ; est-elle le résultat, « la somme » d'opérations numériques ? Un ensemble de métamorphoses esthétiques obtenu par des logiciels qui lissent les peaux, colorent des pupilles, gomment des hanches, greffent des seins, allongent des jambes… bref, réécrivent complètement la réalité du sujet. C'est le vertige d'images qui se donnent pour vraies et qui sont cependant des simulacres. Est-ce encore de la photographie, soit la saisie analogique d'une personne, ou est-ce une création numérique ? Est-ce encore une vraie personne, c'est-à-dire une femme que l'on pourrait « voir » ainsi, sous cette enveloppe corporelle là, ou est-ce une créature fictive, une *digital beauty*, soit une créature virtuelle faite de polygones et de pixels ? Il y a une sorte d'étrangeté dans les images publicitaires actuelles, si factices techniquement, mais qui revendiquent pourtant un statut réaliste. Car elles ne sont pas gratuites et viennent s'inscrire dans un dispositif commercial. En effet, elles ne se contentent pas d'illustrer un produit esthétique ; elles sont aussi censées l'incarner. Elles en démontreraient les effets et les bienfaits : l'image photographique est ainsi investie du statut de preuve. Dans une relation qui frôle souvent l'absurde : de très jeunes filles, pour promouvoir et « illustrer » des crèmes antirides ; des jeunes femmes sculpturales, pour défendre et « illustrer » les bienfaits de telle crème minceur. Les visuels mettent en scène des mannequins selon les canons actuels : la jeunesse, la minceur, le lissé des traits. Les critères d'âge, de taille, de mensurations, en vigueur dans les agences, stéréotypent les silhouettes présentées. Ces beautés vantant cosmétiques et soins présentent donc un étrange air de similitude, comme si elles répétaient, par clonage, un idéal de beauté donné. Cette uniformisation coupe évidemment la beauté féminine de toute réalité, non seulement parce que de tels critères ne sont possédés que par un nombre restreint de femmes, mais aussi parce qu'ils nient toute diversité et toute différence humaine.

Question : Dans quelle mesure les techniques publicitaires contemporaines transforment-elles le corps féminin en objet ?

8. Entretien entre Ivan Jablonka et Roger Chartier, « Les Mutations de l'objet livre », laviedesidees.fr, 29 septembre 2008

Roger Chartier est ancien élève de l'École normale supérieure, agrégé d'histoire, professeur au Collège de France ; il est spécialiste d'histoire culturelle et plus particulièrement des questions liées au livre, à l'écriture et à la lecture des textes. À ce moment de l'entretien, il est interrogé sur les transformations subies par l'objet que nous connaissons sous le nom de livre.

Le premier problème, c'est : qu'est-ce qu'un livre ? C'est une question que posait Kant[1] dans la seconde partie des *Fondements de la métaphysique des mœurs*, et il définissait très clairement ce qu'est un livre. D'un côté, c'est un objet produit par un travail de manufacture, quel qu'il soit — copie manuscrite, impression ou éventuellement production électronique —, et qui appartient à celui qui l'acquiert. En même temps, un livre, c'est aussi une œuvre, un discours. Kant dit que c'est un discours adressé au public, qui est toujours la propriété de celui qui l'a composé et qui ne peut être diffusé qu'à travers le mandat[2] qu'il donne à un libraire ou à un éditeur pour le mettre dans l'aire de la circulation publique.

Tous les problèmes de la réflexion tiennent à cette relation complexe entre le livre comme objet matériel et le livre comme œuvre intellectuelle ou esthétique, parce que, jusqu'à aujourd'hui, la relation s'est toujours établie entre ces deux catégories, entre ces deux définitions — d'un côté, des œuvres qui ont une logique, une cohérence, une complétude[3] et, de l'autre, les formes matérielles de leur inscription, qui pouvait être, dans l'Antiquité et jusqu'au premier siècle de notre ère, le rouleau. Dans ce cas-là, très souvent, l'œuvre est disséminée entre plusieurs objets. À partir de l'invention du codex (c'est-à-dire du livre tel que nous le connaissons encore, avec des cahiers, des feuillets et des

---

1. Philosophe allemand (1724-1804). *Fondements de la métaphysique des mœurs* (1785) s'intéresse à la question de la morale (théorie du bien et du mal) et pose l'hypothèse d'un devoir moral inspiré par la volonté libre.
2. Ici, document écrit par lequel une personne en autorise une autre à faire quelque chose en son nom et en sa faveur.
3. Qualité de ce qui est achevé.

pages), une situation inverse apparaît : un même codex[1] pouvait, et c'était même la règle, contenir différents livres au sens d'œuvre.

La nouveauté du présent, c'est que cette relation entre des classes d'objet et des types de discours se trouve brisée, puisqu'il y a une continuité textuelle qui est donnée à lire sur l'écran et que l'inscription matérielle sur cette surface illimitée ne correspond plus à des types d'objet (les rouleaux de l'Antiquité, les codex manuscrits ou le livre imprimé à partir de Gutenberg). Ceci entraîne des discussions qui peuvent avoir des aspects juridiques, sur le plan du droit ou de la propriété. Comment maintient-on les catégories de propriété sur une œuvre, à l'intérieur d'une technique qui ne délimite plus l'œuvre comme le faisait l'objet, le rouleau ancien ou le codex ? Ceci peut aussi avoir des conséquences sur la reconnaissance des statuts d'autorité scientifique. À l'époque du codex, une hiérarchie des objets pouvait indiquer plus ou moins une hiérarchie dans la validité des discours. Il y avait une différence immédiatement perceptible entre l'encyclopédie, le livre, le journal, la revue, la fiche, la lettre, etc., qui étaient matériellement donnés à lire, à voir, à manier, et qui correspondaient à des registres de discours qui s'inscrivaient dans cette pluralité de formes.

Or, aujourd'hui, le seul objet — il y en a un sur ce bureau — est l'ordinateur, qui porte tous les types de discours, quels qu'ils soient, et qui rend absolument immédiate la continuité entre les lectures et l'écriture. On peut alors entrer dans les réflexions contemporaines, mais en revenant à cette dualité que l'on oublie souvent. Le problème du livre électronique se trouve posé, avec une rematérialisa-

1. L'un des ancêtres du livre dans l'Antiquité et au Moyen Âge : ensemble de feuilles cousues et reliées, sur lesquelles un texte était écrit.

tion dans un ordre d'objets, tels que l'*e-book* ou l'ordinateur portable, qui sont des objets uniques pour toutes les classes de textes. À partir de là, la relation est posée dans des termes nouveaux.

Question : Quel est le problème principal causé par l'invention du livre numérique ?

9. Benoît Melançon, *Sévigné@Internet : remarques sur le courrier électronique et la lettre*, Éditions Fides, 1996 (« Les grandes conférences »)

Benoît Melançon est professeur de littérature à l'université de Montréal ; ses recherches portent notamment sur la littérature épistolaire du XVIIIe siècle. Dans cet extrait, il fait observer la dépersonnalisation de la correspondance électronique.

Aucun Rodolphe[1] ne peut jeter de gouttes d'eau sur son écran pour simuler la douleur, geste devant lequel celui de *Madame Bovary* n'hésitait pas. On n'embrasse pas plus son Macintosh qu'on ne pleure sur son IBM.

Le fétichisme qui caractérise la lettre n'a pas cours électroniquement : on ne saurait reconnaître la calligraphie[2] dans une adresse électronique ; le message ne vient recouvert d'aucune enveloppe troublante de parfum ou mystérieuse par la surcharge de ses timbres exotiques ; personne n'est là pour, en mains propres, transmettre un objet que l'autre a touché le premier ; plusieurs logiciels de communi-

1. L'un des personnages de *Madame Bovary* ; Rodolphe est l'un des deux amants de l'héroïne.
2. Manière de former les lettres de l'alphabet.

cation insèrent à la fin des messages une signature qui est identique pour n'importe quel destinataire ; les usagers sont forcés d'avoir recours à une seule police de caractères, aux mêmes styles rudimentaires, aux mêmes interlignages, et ils sont donc obligés de se soumettre aux contraintes techniques de leur machine. Même leur grammaire leur est dictée par cette machine, ainsi que le savent ceux qui ont essayé d'accentuer leurs messages, comme ceux qui se sont penchés sur l'orthographe électronique, quelle que soit la langue employée. Les limites physiques de l'écran, elles aussi imposées par l'ordinateur, déterminent les conditions d'écriture et de lecture d'une manière qui n'a rien à voir avec le choix d'un papier et d'une mise en pages ; les manuels d'étiquette électronique n'enjoignent-ils pas les utilisateurs de ne pas envoyer de messages dépassant un certain nombre d'écrans s'ils désirent être lus ?

Question : Cette dépersonnalisation vous semble-t-elle regrettable, inévitable ou sans importance ?

2. *Fonction des objets*

Le programme : *La majorité des objets qui nous entourent a une destination précise, clairement identifiable. Utiles, ils étendent le pouvoir de l'homme et facilitent la vie quotidienne ; fruits des innovations technologiques, ils alimentent aussi le mythe du progrès constant de l'humanité.*

Cependant, les objets ne semblent pas toujours répondre à un besoin prédéfini. S'agit-il pour autant seulement de gadgets superflus, auxquels nous serions attachés sous l'influence de stratégies commerciales ? Ne constate-t-on pas que l'objet crée son usage ou que les utilisateurs inventent a posteriori des fonctions qui le rendent indispensable, comme c'est parfois le cas dans le domaine des nouvelles technologies ?

Les objets peuvent aussi être détournés de leur destination initiale, matérielle et utilitaire, par tout un chacun comme par les artistes. Les dimensions esthétique ou ludique occultent alors la finalité première de l'objet. À quelles fonctions les objets sont-ils assignables ?

La relation de l'homme et de l'objet devient plus étroite si l'on considère que l'objet montre aussi sa capacité d'aider l'homme à affirmer sa présence dans le monde : de fait, l'objet domestique peut aider l'individu à avoir prise sur son environnement quotidien et l'objet esthétique peut combler son goût artistique (10). Par ailleurs, certains objets sont créés pour fournir un confort légitime ou bien, hors de tout contexte industriel ou commercial, pour satisfaire le désir simple de profiter des joies offertes par les richesses de la nature ou par l'ingéniosité humaine (11).

Dans un contexte psychique, les objets peuvent apporter leur concours à la communication entre les êtres lorsque les pensées sont trop insaisissables pour être exprimées par les mots (12). Soumis à la fonction que l'humain veut lui donner, un objet peut encore être dissocié du rôle concret pour lequel il a été produit et être en ce cas intégré au fonctionnement d'une personnalité, afin de contribuer à la construction de son monde intérieur (13).

Dès lors, l'objet est investi d'une signification artistique : le poète recrée sa réalité première en le dotant d'une fonction symbolique (14) ou en révélant sa beauté insoupçonnée (15). L'objet seconde aussi le romancier, pour caractériser un personnage dont les traits sont reflétés par l'objet auquel il est associé : l'objet rend ainsi la description encore plus expressive qu'un portrait moral ou physique direct du personnage (16). Dans le domaine des arts plastiques, l'objet peut enfin illustrer l'évolution de la dextérité et de l'inventivité humaines, capables de découvrir et de mettre en œuvre des moyens toujours plus élaborés de reproduire des objets toujours plus perfectionnés (17). Si bien que l'on constate chez l'artiste plasticien de l'ère moderne une nouvelle forme d'habileté et une manière inédite de comprendre l'art, dont rendent compte des créations étonnantes car elles conduisent l'artiste à représenter le monde tel que le conçoit son imaginaire personnel plutôt que de le restituer tel qu'il est (18). La modernité en art montre également ses limites et ses dérives lorsqu'elle laisse l'industrie, l'économie ou le commerce se mêler d'avoir des prétentions artistiques et se croire la capacité de déterminer ce qui est beau ou ne l'est pas (19).

10. Jean Baudrillard, *Le Système des objets*, Gallimard, 1968 («Tel»)

Voici la différence qu'un individu, selon Baudrillard, établit entre un objet dont il se sert et un objet qui lui appartient.

L'objet abstrait de sa fonction

Si j'utilise le réfrigérateur à fin de réfrigération, il est une médiation[1] pratique: ce n'est pas un objet, mais un réfrigérateur. Dans cette mesure, je ne le possède pas. La possession n'est jamais celle d'un ustensile, car celui-ci me renvoie au monde, c'est toujours celle de l'objet *abstrait de sa fonction et devenu relatif au sujet.* À ce niveau, tous les objets possédés participent de la même *abstraction* et renvoient les uns aux autres dans la mesure où ils ne renvoient qu'au sujet. Ils se constituent alors en système grâce auquel le sujet tente de reconstituer un monde, une totalité privée.

Tout objet a ainsi deux fonctions: l'une qui est d'être pratiqué, l'autre qui est d'être possédé. La première relève du champ de totalisation[2] pratique du monde par le sujet, l'autre d'une entreprise de totalisation abstraite du sujet par lui-même en dehors du monde. Ces deux fonctions sont en raison inverse[3] l'une de l'autre. À la limite, l'objet strictement pratique prend un statut social: c'est la machine. À l'inverse, l'objet pur, dénué de fonction, ou abstrait de son usage, prend un statut strictement subjectif: il devient objet de collection. Il cesse d'être tapis, table, boussole ou bibelot

1. Intermédiaire.
2. Ici, fait de se représenter une réalité dans tous ses aspects.
3. Locution exprimant un rapport entre deux quantités, rapport selon lequel lorsque l'une des deux quantités augmente, l'autre diminue.

pour devenir « objet ». Un « bel objet » dira le collectionneur, et non pas une belle statuette. Lorsque l'objet n'est plus spécifié par sa fonction, il est qualifié par le sujet : mais alors tous les objets s'équivalent dans la possession, cette abstraction passionnée. Un seul n'y suffit plus : c'est toujours une succession d'objets, à la limite une série totale qui en est le projet accompli. C'est pourquoi la possession d'un objet quel qu'il soit est toujours si satisfaisante et si décevante à la fois : toute une série la prolonge et l'inquiète.

Question : Quelle différence faites-vous entre un objet dont vous vous servez dans votre vie quotidienne et un objet que vous collectionnez ?

11. Voltaire, *Le Mondain*, 1736 (repris dans *Mélanges*, Gallimard, « Bibliothèque de la Pléiade »)

De son vrai nom François-Marie Arouet, Voltaire (1694-1778) est un philosophe et écrivain français ; fermement attaché à l'indépendance d'esprit, à la liberté d'expression et à la tolérance, hostile au clergé, il avance ses convictions avec une franchise et une ironie qui lui valent de nombreux démêlés avec le pouvoir et la censure. Le Mondain *célèbre le confort matériel et les agréments de tous ordres offerts par la civilisation.*

Regrettera qui veut le bon vieux temps,
Et l'âge d'or et le règne d'Astrée[1],

1. Fille de Zeus et de la déesse Thémis, Astrée quitte le monde mortel lorsque prend fin l'âge d'or (l'âge d'or est le nom d'une période de la mythologie antique ayant eu lieu sous le règne du dieu Saturne, et caractérisée par une prospérité parfaite dans le monde).

Et les beaux jours de Saturne[1] et de Rhée[2].
Et le jardin de nos premiers parents[3],
Moi, je rends grâce à la Nature sage,
Qui, pour mon bien, m'a fait naître en cet âge
Tant décrié par nos pauvres docteurs[4].
Ce temps profane est tout fait pour mes mœurs.
J'aime le luxe, et même la mollesse,
Tous les plaisirs, les arts de toute espèce,
La propreté[5], le goût, les ornements :
Tout honnête homme a de tels sentiments.
Il est bien doux pour mon cœur très immonde[6]
De voir ici l'abondance à la ronde,
Mère des arts et des heureux travaux.
Nous apporter de sa source féconde,
Et des besoins et des plaisirs nouveaux.
L'or de la terre et les trésors de l'onde,
Leurs habitants et les peuples de l'air,
Tout sert au luxe, aux plaisirs de ce monde.
Ah ! le bon temps que ce siècle de fer[7] !
Le superflu, chose très nécessaire,
A réuni l'un et l'autre hémisphère.
Voyez-vous pas ces agiles vaisseaux
Qui du Texel[8], de Londres, de Bordeaux,
S'en vont chercher, par un heureux échange,
De nouveaux biens, nés aux sources du Gange,
Tandis qu'au loin, vainqueurs des musulmans.
Nos vins de France enivrent les sultans ?
Or, maintenant, Monsieur du *Télémaque*[9],

1. Dieu romain des Semailles et de la Vigne.
2. Déesse appelée aussi Rhéa, épouse de Saturne.
3. Adam et Ève.
4. Ici, savants.
5. Ici, élégance.
6. Ici, impur sur le plan moral.
7. Époque violente dans la mythologie antique (opposée au siècle d'or).
8. Île des Pays-Bas.
9. Fils d'Ulysse et héros des *Aventures de Télémaque*, roman de Fénelon (1699).

Vantez-nous bien votre petite Ithaque[1],
Votre Salente[2] et ces murs malheureux
Où vos Crétois, tristement vertueux,
Pauvres d'effet et riches d'abstinence,
Manquent de tout pour avoir l'abondance :
J'admire fort votre style flatteur
Et votre prose, encor qu'un peu traînante ;
Mais, mon ami, je consens de grand cœur
D'être fessé dans vos murs de Salente
Si je vais là pour chercher mon bonheur.
Et vous, jardin de ce premier bonhomme,
Jardin fameux par le Diable et sa pomme,
C'est bien en vain que, tristement séduits,
Huet[3], Calmet[4], dans leur savante audace,
Du Paradis ont recherché la place :
Le Paradis terrestre est où je suis.

Question : Faites des recherches sur la France de Voltaire : en quoi le poème est-il aussi une satire de la religion chrétienne de cette époque ?

12. Nathalie Sarraute, *Le Planétarium*, Gallimard, 1959 (« Folio »)

Nathalie Sarraute (1900-1999) est une écrivaine française d'origine russe. Son premier ouvrage, L'Ère du soupçon *(1956), marque sa volonté d'expérimenter un style d'écriture qui rompe*

1. Île grecque, qu'Homère choisit pour patrie à Ulysse dans l'*Odyssée*.
2. Ville italienne fondée dans la mythologie grecque par le roi de Crète Idoménée, qui y instaure un mode de vie fondé sur la sagesse et la modération.
3. Évêque et intellectuel français (1630-1721).
4. Moine et intellectuel français (1672-1757). Voltaire était particulièrement opposé à ses théories métaphysiques.

avec les codes habituels du roman : elle souhaite décrire les imperceptibles et fugitives impressions que l'être humain éprouve sans toujours parvenir à les exprimer, les analyser ou même en avoir conscience ; c'est ce que Sarraute dénomme « la sous-conversation ».

Le Planétarium *se situe dans cette perspective : la narration observe les relations complexes des membres d'une famille bourgeoise. Dans le passage qui suit, la mère de Gisèle critique l'époux de celle-ci.*

« J'ai pensé à cette histoire de bergère[1]. Je sais bien que c'est naturel jusqu'à un certain point d'aimer les jolies choses, mais chez lui... » La pauvre petite enfant pâlit, on dirait que le sol se dérobe sous elle, elle a peur, elle fait pitié... c'est désolant, c'est déchirant de la voir dans cet état, mais il faut continuer, ce n'est pas le moment de s'arrêter, il faut avoir le courage de débrider la plaie, tôt ou tard on en viendra là... « Chez Alain c'est une passion, c'est de la frénésie... quand il s'y met, ça devient une idée fixe... J'en ai dit un mot à son père un jour, il ne m'a pas dit non, je suis sûre qu'il était de mon avis... c'est pour ça que son travail n'avance pas comme il veut, que sa thèse n'est pas terminée... C'est une façon de s'oublier, de se rattraper sur des futilités... Un homme a d'autres chats à fouetter, il se moque de ces choses-là, des bergères Louis XV, des fauteuils... qu'ils soient comme ça ou autrement... pourvu qu'il y ait quelque chose de confortable où l'on soit bien assis, où on puisse se reposer... Je sais ce que tu vas me dire, qu'il aime ce qui est beau... Je comprends ça très bien... Qu'il aille dans les musées, qu'il regarde de beaux vieux meubles, des tableaux, des œuvres d'art, il n'y aurait rien à redire à ça... mais ces

1. Fauteuil vaste et capitonné dont le siège est garni d'épais coussins.

courses chez les antiquaires, ce besoin d'acheter… il faut absolument que ce soit à lui… ces efforts… comme tante Berthe qui passe son temps à fignoler des petits détails comme si elle devait recevoir le pape, quand elle n'a jamais été capable d'offrir une tasse de thé à une amie… Tout ça, vois-tu, non… ce n'est pas ça… »

Ce n'est pas l'homme qui devait donner son bras à la jolie mariée, un homme calme, fort, pur, détaché, préoccupé de choses graves et compliquées qui leur échappent à elles faibles femmes, le regard fixé au loin, son bras solide la conduisant par degrés, la faisant avancer avec lui à longues foulées vers la fortune ? la gloire ?… « Il faut regarder les choses en face. » Elles regardent. Comme elle est loin de coller à l'image qu'elles avaient évoquée, celle de cet enfant gâté, exigeant et capricieux, gaspillant ses forces dans des futilités, tandis que le temps passe… les années les plus précieuses… son travail n'avance pas assez, ils vivent dans un petit logement étriqué… « Je comprends encore si vous aviez un bel appartement, il pourrait s'amuser à le meubler avec des bergères d'époque… Mais chez vous, rends-toi compte, mon petit, c'est de la vraie manie… »

Question : En quoi les objets représentent-ils pour la mère de Gisèle un moyen d'émettre ses griefs à l'encontre de son gendre ?

13. Joris-Karl Huysmans, *À rebours*, 1884 (repris en « Folio classique »)

Huysmans (1848-1907) est un écrivain français ; d'abord proche du naturalisme, il se rallie ensuite au décadentisme, mouvement littéraire de la toute fin du XIX*e siècle exprimant l'ennui de vivre et le dégoût de la vulgarité du monde.*

*Le héros — ou plutôt l'anti-héros — d'*À rebours, *Des Esseintes, est ainsi un personnage en rupture avec la société qui l'entoure, réfugié dans sa somptueuse demeure ; guidé par son goût de l'artifice, il y crée une atmosphère élégante et se met en quête de sensations subtiles, de plaisirs sophistiqués et d'objets originaux, comme cet orgue à liqueurs qui le plonge dans des réflexions au cours desquelles il associe alcools et musique.*

Il s'en fut dans la salle à manger où, pratiquée dans l'une des cloisons, une armoire contenait une série de petites tonnes[1], rangées côte à côte, sur de minuscules chantiers[2] de bois de santal, percées de robinets d'argent au bas du ventre.

Il appelait cette réunion de barils à liqueurs, son orgue à bouche.

Une tige pouvait rejoindre tous les robinets, les asservir à un mouvement unique, de sorte qu'une fois l'appareil en place, il suffisait de toucher un bouton dissimulé dans la boiserie, pour que toutes les cannelles[3], tournées en même temps, remplissent de liqueur les imperceptibles gobelets placés au-dessous d'elles.

L'orgue se trouvait alors ouvert. Les tiroirs étiquetés « flûte, cor, voix céleste » étaient tirés, prêts à la manœuvre. Des Esseintes buvait une goutte, ici, là, se jouait des symphonies intérieures, arrivait à se procurer, dans le gosier, des sensations analogues à celles que la musique verse à l'oreille.

Du reste, chaque liqueur correspondait, selon lui, comme goût, au son d'un instrument. Le curaçao sec, par exemple,

1. Ici, réservoirs plus grands et plus larges que des tonneaux, fabriqués avec des planches qui sont jointes par des cercles en bois ou en métal.

2. Ici, épaisses planches destinées à ce que l'on y place des tonneaux.

3. Robinets faits de bois ou de cuivre, installés sur un tonneau d'où ils servent à extraire le liquide à l'aide d'une clef.

à la clarinette dont le chant est aigrelet et velouté ; le kummel[1] au hautbois dont le timbre sonore nasille ; la menthe et l'anisette, à la flûte, tout à la fois sucrée et poivrée, piaulante et douce ; tandis que, pour compléter l'orchestre, le kirsch sonne furieusement de la trompette ; le gin et le whisky emportent le palais avec leurs stridents éclats de pistons et de trombones, l'eau-de-vie de marc fulmine avec les assourdissants vacarmes des tubas, pendant que roulent les coups de tonnerre de la cymbale et de la caisse frappés à tour de bras, dans la peau de la bouche, par les rakis de Chio[2] et les mastics[3] !

Question : Retrouvez le passage de L'écume des jours *(roman de Boris Vian) où le héros présente à un ami l'objet qu'il a inventé : quelles sont les similitudes entre cet objet et celui que possède Des Esseintes ?*

14. Charles Baudelaire, *Les Fleurs du mal*, 1861 (repris en « Folioplus classiques »)

Poète français, Baudelaire (1821-1867) est divisé dans sa vie comme dans son œuvre par une continuelle hésitation entre le bien et le mal, la pureté et la débauche ; hésitation qui indique une pensée tourmentée par des questionnements existentiels tels que, dans « L'Horloge », la fuite du temps.

---

1. Digestif parfumé au cumin ; son nom est le mot allemand qui signifie *cumin.* (Le cumin est une plante aromatique, dont l'odeur rappelle celle du citron.)
2. Le raki est une eau-de-vie orientale parfumée à l'anis ; Chio est une île grecque.
3. Le mastic est une résine provenant de Chio et dont se composent certaines liqueurs, dont le raki.

L'Horloge

Horloge ! dieu sinistre, effrayant, impassible,
Dont le doigt nous menace et nous dit : « *Souviens-toi !*
Les vibrantes Douleurs dans ton cœur plein d'effroi
Se planteront bientôt comme dans une cible ;

Le Plaisir vaporeux[1] fuira vers l'horizon
Ainsi qu'une sylphide[2] au fond de la coulisse ;
Chaque instant te dévore un morceau du délice
À chaque homme accordé pour toute sa saison […]

Souviens-toi que le Temps est un joueur avide
Qui gagne sans tricher, à tout coup ! c'est la loi.
Le jour décroît ; la nuit augmente ; *souviens-toi !*
Le gouffre a toujours soif ; la clepsydre[3] se vide.

Tantôt sonnera l'heure où le divin Hasard,
Où l'auguste Vertu, ton épouse encor vierge,
Où le Repentir même (oh ! la dernière auberge !),
Où tout te dira : Meurs, vieux lâche ! il est trop tard ! »

Question : Comment l'écriture poétique estompe-t-elle au fil des vers la nature d'objet de l'horloge ?

---

1. Incertain, comme apparaissant à travers une vapeur.
2. Esprit féminin des airs, caractérisé par sa grâce et sa minceur délicate.
3. Horloge inventée dans l'Antiquité égyptienne ; elle fonctionnait avec de l'eau qui s'en écoulait en mesurant le temps (selon un principe similaire à celui du sablier).

15. Francis Ponge, *Le Parti pris des choses*, Gallimard, 1942 (« Folioplus classiques »)

Francis Ponge (1899-1988), auteur français de poèmes en prose, s'attache à travers le langage poétique à montrer la très grande importance que prennent dans l'ordre du monde les choses en apparence les plus insignifiantes ; c'est précisément ce à quoi il s'emploie dans « Le pain ».

Le pain

La surface du pain est merveilleuse d'abord à cause de cette impression quasi panoramique qu'elle donne : comme si l'on avait à sa disposition sous la main les Alpes, le Taurus[1] ou la Cordillère des Andes.

Ainsi donc une masse amorphe en train d'éructer[2] fut glissée pour nous dans le four stellaire[3], où durcissant elle s'est façonnée en vallées, crêtes, ondulations, crevasses… Et tous ces plans dès lors si nettement articulés, ces dalles minces où la lumière avec application couche ses feux, — sans un regard pour la mollesse ignoble sous-jacente.

Ce lâche et froid sous-sol que l'on nomme la mie a son tissu pareil à celui des éponges : feuilles ou fleurs y sont comme des sœurs siamoises soudées par tous les coudes à la fois. Lorsque le pain rassit ces fleurs fanent et se rétrécissent : elles se détachent alors les unes des autres, et la masse en devient friable…

Mais brisons-la : car le pain doit être dans notre bouche moins objet de respect que de consommation.

---

1. Ensemble montagneux situé en Asie Mineure.
2. Ce verbe est ici employé pour évoquer la libération du gaz carbonique par la levure chimique pendant la cuisson du pain.
3. Relatif aux étoiles. (En latin, *stella* signifie *étoile*.)

Question : En quoi y a-t-il ici transformation poétique d'un simple aliment ?

16. Gustave Flaubert, *Madame Bovary*, 1857 (repris en « Folioplus classiques »)

Flaubert est un romancier français (1821-1880) ; son style littéraire laisse transparaître les deux aspects de sa personnalité, partagée entre emballement de la sensibilité et réalisme exact. La publication de Madame Bovary *lui attire un procès pour « immoralité », mais il est acquitté et connaît alors la consécration littéraire. Le roman retrace le destin de la jeune Emma, éprise de romans sentimentaux avec lesquels elle confond la vie réelle. Épousant le médecin Charles Bovary dans l'espoir d'une vie conforme à ses illusions, elle juge rapidement Charles comme un être stupide et quelconque. Emma s'enlise alors dans un quotidien décevant et frustrant qu'elle finit par ne plus supporter, et se suicide.*

L'extrait suivant, qui ouvre le roman, est la première apparition de Charles au lecteur : à travers le regard moqueur de ses camarades de classe, le personnage est d'emblée présenté comme un être ridicule et fade.

Nous étions à l'étude, quand le Proviseur entra, suivi d'un *nouveau* habillé en bourgeois et d'un garçon de classe qui portait un grand pupitre. Ceux qui dormaient se réveillèrent, et chacun se leva comme surpris dans son travail.

Le Proviseur nous fit signe de nous rasseoir ; puis, se tournant vers le maître d'études :

« Monsieur Roger, lui dit-il à demi-voix, voici un élève que je vous recommande, il entre en cinquième. Si son travail et sa conduite sont méritoires, il passera *dans les grands*, où l'appelle son âge. »

Resté dans l'angle, derrière la porte, si bien qu'on l'apercevait à peine, le *nouveau* était un gars de la campagne, d'une quinzaine d'années environ, et plus haut de taille qu'aucun de nous tous. Il avait les cheveux coupés droit sur le front, comme un chantre[1] de village, l'air raisonnable et fort embarrassé. Quoiqu'il ne fût pas large des épaules, son habit veste[2] de drap vert à boutons noirs devait le gêner aux entournures et laissait voir, par la fente des parements[3], des poignets rouges habitués à être nus. Ses jambes, en bas bleus, sortaient d'un pantalon jaunâtre très tiré par les bretelles. Il était chaussé de souliers forts[4], mal cirés, garnis de clous.

On commença la récitation des leçons. Il les écouta, de toutes ses oreilles, attentif comme au sermon, n'osant même croiser les cuisses, ni s'appuyer sur le coude, et, à deux heures, quand la cloche sonna, le maître d'études fut obligé de l'avertir, pour qu'il se mît avec nous dans les rangs.

Nous avions l'habitude, en entrant en classe, de jeter nos casquettes par terre, afin d'avoir ensuite nos mains plus libres ; il fallait, dès le seuil de la porte, les lancer sous le banc, de façon à frapper contre la muraille, en faisant beaucoup de poussière ; c'était là le *genre*.

Mais, soit qu'il n'eût pas remarqué cette manœuvre ou qu'il n'eût osé s'y soumettre, la prière était finie que le *nouveau* tenait encore sa casquette sur ses deux genoux. C'était une de ces coiffures d'ordre composite, où l'on retrouve les

1. Chanteur dans une cérémonie religieuse.
2. Vêtement masculin doté d'une veste beaucoup plus courte sur le devant que sur l'arrière.
3. Revers situés aux extrémités des manches.
4. Ici, épais et inélégants.

éléments du bonnet à poil, du chapska[1], du chapeau rond, de la casquette de loutre et du bonnet de coton, une de ces pauvres choses, enfin, dont la laideur muette a des profondeurs d'expression comme le visage d'un imbécile. Ovoïde[2] et renflée de baleines, elle commençait par trois boudins circulaires ; puis s'alternaient, séparés par une bande rouge, des losanges de velours et de poil de lapin ; venait ensuite une façon de sac qui se terminait par un polygone cartonné, couvert d'une broderie en soutache[3] compliquée, et d'où pendait, au bout d'un long cordon trop mince, un petit croisillon de fils d'or, en manière de gland. Elle était neuve ; la visière brillait.

« Levez-vous », dit le professeur.

Il se leva : sa casquette tomba. Toute la classe se mit à rire.

Il se baissa pour la reprendre. Un voisin la fit tomber d'un coup de coude ; il la ramassa encore une fois.

« Débarrassez-vous donc de votre casque », dit le professeur, qui était un homme d'esprit.

Il y eut un rire éclatant des écoliers qui décontenança le pauvre garçon, si bien qu'il ne savait s'il fallait garder sa casquette à la main, la laisser par terre ou la mettre sur sa tête. Il se rassit et la posa sur ses genoux.

Question : Que dit la casquette sur son propriétaire, mieux que le ferait n'importe quelle description du personnage ?

1. Coiffure militaire haute, d'origine polonaise.
2. En forme d'œuf.
3. Ruban épais servant à décorer un vêtement.

17. Walter Benjamin, *L'Œuvre d'art à l'époque de sa reproductibilité technique*, Gallimard, 1955 (trad. de M. de Gandillac, « Folioplus philosophie »)

Écrivain allemand, Walter Benjamin (1892-1940) fut aussi philosophe et critique d'art. Dans L'Œuvre d'art à l'époque de sa reproductibilité technique, *Benjamin expose l'idée selon laquelle les techniques de reproduction modernes de l'œuvre d'art, en permettant sa distribution plus étendue et son industrialisation, lui ont ôté ce qu'il nomme son aura, c'est-à-dire ce qui fait son originalité. Mais cette perte engendre, selon le critique, une manière inédite de créer et de comprendre l'œuvre d'art : refusant les critères esthétiques que les conventions sociales considèrent comme éternels et vénérables, celle-ci, par sa plus grande démocratisation, s'affranchit du contrôle exercé par la politique ou la religion, et acquiert ainsi une fonction sociopolitique. En outre, elle invite le public à se départir de son admiration respectueuse et à exercer sa réflexion.*

Dans ce premier chapitre de son essai, Benjamin passe en revue les différentes manières de reproduire une œuvre d'art qui ont eu cours à travers les âges.

Il est du principe de l'œuvre d'art d'avoir toujours été reproductible. Ce que des hommes avaient fait, d'autres pouvaient toujours le refaire. Ainsi, la réplique fut pratiquée par les élèves dans l'apprentissage de l'art, par les maîtres pour la diffusion de leurs œuvres, enfin par des tiers par amour du gain. Par rapport à ces procédés, la reproduction technique de l'œuvre d'art représente quelque chose de nouveau, un phénomène qui se développe de façon intermittente au cours de l'histoire, par bonds successifs séparés par de longs intervalles, mais avec une intensité croissante. Les Grecs ne connaissaient que deux procédés techniques de reproduction : la fonte et l'empreinte. Les bronzes, les terres cuites et les monnaies étaient les seules œuvres d'art qu'ils pouvaient reproduire en série. Les autres ne comportaient qu'un seul exemplaire et ne se prêtaient à aucune technique de reproduction. Avec la gravure sur bois, on réussit pour la première fois à reproduire le dessin, bien longtemps avant que l'imprimerie permît la reproduction de l'écriture. On connaît les immenses transformations introduites dans la littérature par l'imprimerie, c'est-à-dire par la reproduction technique de l'écriture. Mais, quelle qu'en soit l'importance exceptionnelle, elles ne représentent qu'un cas particulier du phénomène que nous envisageons ici à l'échelle de l'histoire universelle. Le Moyen Âge ajoutera à la gravure sur bois la gravure sur cuivre, au burin[1] et à l'eau-forte[2], le début du XIXe siècle la lithographie.

Avec la lithographie, les techniques de reproduction atteignent un stade fondamentalement nouveau. Le procédé beaucoup plus direct, qui distingue l'exécution du dessin sur une pierre de son incision dans un bloc de bois ou sur une planche de cuivre, permit pour la première fois à l'art graphique de mettre ses produits sur le marché, non seulement en masse (comme il le faisait déjà), mais sous des formes chaque jour nouvelles. Grâce à la lithographie, le dessin put accompagner désormais la vie quotidienne de ses illustrations. Il commençait à marcher au même pas que l'imprimerie. Mais à peine quelques dizaines d'années s'étaient-elles écoulées depuis la découverte de la lithographie que la pho-

1. Sorte de ciseau en acier permettant de graver sur le métal.
2. Technique de gravure utilisant un mélange d'acide nitrique et d'eau ; la gravure elle-même.

tographie, à son tour, allait la supplanter dans ce rôle. Avec elle pour la première fois, dans le processus de la reproduction des images, la main se trouva déchargée des tâches artistiques les plus importantes, lesquelles désormais furent réservées à l'œil rivé sur l'objectif.

Question : Dans le domaine de la reproduction technique, quelles sont les trois innovations majeures successivement rappelées par le texte ?

18. *Dictionnaire de l'objet surréaliste* (sous la direction de Didier Ottinger), « Le Déjeuner en fourrure », Emmanuel Guigon, Gallimard / Centre Pompidou, 2013

Directeur adjoint du Musée d'art moderne de Paris et critique d'art, Didier Ottinger a été le commissaire de l'exposition « Le Surréalisme et l'objet » organisée au Centre Pompidou à Paris du 30 octobre 2013 jusqu'au 3 mars 2014 ; son Dictionnaire *sert de guide à cette exposition, qui se donne pour but de rappeler le rapport du surréalisme aux objets : ceux-ci sont envisagés par lui en dehors de leur fonction utilitaire ou économique, révélant plutôt les conceptions surréalistes de l'art, des idées et de l'existence en général.*

L'article suivant d'Emmanuel Guigon, directeur des musées de Besançon, revient sur les circonstances de la création et sur la signification du Déjeuner en fourrure *(1936), œuvre de l'artiste surréaliste suisse d'origine allemande Méret Oppenheim (1913-1985).*

En 1936, lors de sa première exposition personnelle, à Bâle, Max Ernst écrit : « Qui a recouvert la cuillère à soupe de fourrure précieuse ? C'est la petite Méret. Qui nous échappe maintenant ? C'est la petite Méret. » À dix-sept ans, sur son *Cahier d'écolière*, elle regroupe quelques dessins mêlés de collages autour d'une équation où X = un lapin rouge. Un tour de prestidigitation qui peut aussi porter sur de la porcelaine. Rien ne s'oppose plus désormais à ce qu'un objet quelconque ait une poussée de poils. L'objet-fétiche de Méret Oppenheim le plus souvent cité, c'est cette trouvaille exceptionnelle : un service à thé recouvert de fourrure. L'objet fut présenté à l'« Exposition surréaliste d'objets » de la galerie Charles Ratton[1] et acheté la même année par Alfred Barr Jr.[2] pour le Museum of Modern Art. Dans une lettre adressée au musée, elle suggéra de conserver sa tasse avec des boules de naphtaline. Méret en a souvent rappelé la genèse : elle se trouve au Café de Flore[3] en compagnie de son amie Dora Maar[4] et de Picasso. Ce jour-là, elle porte un bracelet qu'elle a conçu pour Schiaparelli[5] : un tube de métal dans lequel est enchâssée de la fourrure. Elle provoque l'admiration de tous. Picasso est d'avis que l'on pourrait ainsi recouvrir n'importe quoi. Et Méret de répliquer : « Aussi bien cette assiette-ci que cette tasse-là. » Le titre *Le Déjeuner en fourrure*, c'est André Breton[6] qui l'a trouvé en contractant celui de deux œuvres célèbres, *Le Déjeuner sur*

1. Collectionneur, marchand d'art et galeriste français (1895-1986).
2. Historien d'art américain (1902-1985). Il a été le premier directeur du Museum of Modern Art, musée new-yorkais connu aussi sous son abréviation MoMA.
3. Ce café parisien de Saint-Germain-des-Prés fut le point de ralliement des intellectuels durant l'entre-deux-guerres.
4. Photographe et peintre française (1907-1997). Très engagée politiquement, elle fut pourtant surtout connue pour avoir été la muse et la maîtresse de Picasso.
5. Créatrice de mode italienne (1890-1973), elle a travaillé avec de nombreux artistes surréalistes dans les années 1930.
6. Célèbre écrivain surréaliste français (1896-1966).

l'herbe de Manet et *La Vénus à la fourrure* de Sacher-Masoch[1]. « Moi, précise Méret, je ne cherchais pas si loin. J'avais donné comme titre : *Assiette, tasse et cuiller recouvertes de fourrure* ». Au-delà de l'allusion érotique, *Le Déjeuner en fourrure* joue sur la frustration du spectateur auquel l'usage de la tasse est rendu difficile, sinon impossible. Tout objet recouvert de poils est en soi un objet dépaysant, comme l'indique l'expression populaire « venir comme des cheveux sur la soupe » évoquant un événement incongru. En 1970, Méret réalisa un multiple qu'elle baptisa *Souvenir du déjeuner en fourrure*, version kitsch qui renvoie ironiquement à la pièce de musée de 1936, avec une fourrure d'imitation et un faux edelweiss, le tout enclos tel un vrai souvenir sous un verre bombé.

Question : Pourquoi l'objet créé par Méret Oppenheim mérite-t-il l'appellation d'œuvre d'art ?

19. Raymond Loewy, *La laideur se vend mal*, Gallimard, 1953 (trad. de M. Cendrars, « Tel »)

Raymond Loewy (1893-1986) est un dessinateur industriel français (naturalisé américain), dont le domaine est plus particulièrement l'esthétique industrielle. On lui doit plusieurs logos publicitaires (LU, Shell, Coca-Cola, Lucky Strike, Monoprix...).

Comme son titre l'indique, La laideur se vend mal *défend l'argument selon lequel pour être commercialisé un produit doit posséder un attrait esthétique travaillé par l'inventivité de son*

1. Écrivain autrichien (1836-1895). Son œuvre porte essentiellement sur la guerre des sexes, au sein de laquelle la femme est envisagée comme une créature impitoyable et inhumaine ; c'est de la conception qu'a cet écrivain des rapports homme-femme que vient le nom de *masochisme*.

créateur ; Loewy propose ici une réponse aux raisons du succès économique de deux voitures qu'il juge fort laides, succès qui vient donc contredire sa thèse.

Et maintenant, la grande question classique :

Si la Laideur se vend mal, m'a-t-on souvent demandé, comment expliquez-vous le succès phénoménal de la Volkswagen et de la 2 CV Citroën ?

Le lecteur me permettra d'avancer une théorie, que je n'essaie d'ailleurs d'imposer à personne. Reconnaissons tout d'abord que ces monstruosités esthétiques ont un succès de vente inouï et continu basé en grande partie sur le prix raisonnable, la qualité remarquable, le confort, l'économie et le service impeccable. Cela cependant n'explique pas tout, car beaucoup d'ingénieurs de l'automobile pourraient vous citer plusieurs voitures concurrentes étrangères qui sont tout aussi bonnes, beaucoup moins laides, mais qui se vendent mal. Non, il doit y avoir autre chose.

Cherchons plutôt du côté psychologie. Les psychanalystes nous disent que le complexe dit du masochisme est extrêmement répandu dans le monde. Ceci consiste, comme on le sait, à trouver du plaisir dans la souffrance que l'on s'inflige *soi-même*. Un autre complexe tout aussi en vogue est celui appelé complexe de culpabilité. Enfin, il y a le complexe d'acquisition, bien connu.

Pourrait-on par conséquent penser que l'acheteur d'une 2 CV Citroën est affecté par ces trois aberrations fort courantes ?

M. Dupont, un très brave homme aux moyens financiers modestes, a une envie féroce d'acheter une automobile (complexe d'acquisition) ; il pense que cela serait au-dessus de ses moyens (culpabilité), mais il ne peut résister à la tentation. Il va donc abdiquer, mais, ce faisant, il désire se punir (masochisme) et il s'inflige ouvertement, en pleine vue du public, une 2 CV Citroën gris sale. De plus il sait qu'il se couvrira de ridicule chaque fois qu'il arrêtera sa voiture et tournera la direction à fond, soit à droite soit à gauche, car elle s'inclinera immédiatement et fortement, mettant un genou à terre tel un chameau s'offrant servilement au fardeau.

Mais, dans le fond, M. Dupont est humain, donc un peu lâche, et il sait très bien que s'il souffre mentalement devant tout le monde, il ne souffrira nullement dans sa personne physique car la machine est fort confortable. Au cas où il serait en état de nouvelle crise de masochisme, il pourra immédiatement se punir ; il lui suffira de regarder sa voiture. Il sait même qu'il pourra souffrir très longtemps, car le chameau a la vie dure et il est bien bâti.

Connaissant la grande qualité, l'intelligence brillante des ingénieurs de chez Citroën, on me permettra de suspecter la préméditation. Il est parmi eux, j'en suis certain, des psychologues distingués qui ont pensé à tout cela, car nul ne croira qu'ils eussent réussi, autrement, à créer spontanément un tel monstre. Non, cette tâche, j'en suis persuadé, a demandé tous leurs efforts et toute leur concentration. Il eût été si facile, autrement, de créer un véhicule tout aussi bon et moins laid.

Quant à la Volkswagen, c'est probablement la même histoire, avec une différence : si la Citroën est laide, la Volkswagen l'est également mais, de plus, elle a l'air bête. C'est donc une automobile réservée pour les cas de masochisme avancé.

Question : Un objet issu de l'esthétique industrielle et une œuvre d'art sont-ils comparables ?

3. Valeur des objets

Le programme : *La valeur d'un objet ne peut se réduire à sa fonction ou au besoin qu'il satisfait. D'autres facteurs interviennent : ergonomie, design, prestige lié à la qualité des matériaux, à la marque, à la mode, à la dimension esthétique…*

Cette valeur n'est pas toujours mesurable. Elle tient aussi au regard que les individus, à titre personnel ou collectif, portent sur l'objet, en raison d'un attachement sentimental ou d'une relation particulière (objets sacrés, patrimoniaux, objets cultes d'une génération). Une telle valeur fait donc de l'objet bien plus qu'une simple chose inanimée, posée devant un sujet. Comment l'appréhender ? Dans quels cas pourra-t-on parler de fétichisme ou de lien irrationnel engendré par nos désirs et nos frustrations ?

Accumulés tout au long d'une vie, collectionnés avec passion, entassés avec indifférence, que disent les objets de ceux qui les possèdent ? De quoi sont-ils les signes ? Et aussi bien, que dit leur absence ? Est-elle signe de pauvreté, de dépouillement ou de liberté ?

L'objet prend une importance toute particulière dans sa relation à l'humanité lorsqu'il est extrait de sa matérialité ou de sa fonction pragmatique. Sur un plan sociologique, le rapport des hommes aux objets renseigne par exemple sur l'identité collective d'une époque (20), d'une catégorie sociale (21) ou d'un pays (22) : l'objet acquiert en cela une charge symbolique, au travers de laquelle c'est moins l'objet qui est considéré que les valeurs communes qu'il traduit. Dans cette perspective, l'objet peut être le signe — paradoxalement immatériel — du rapport de l'individu seul à la société, lorsque celle-ci engendre des modèles auxquels il tente de se conformer (23) ou bien lorsqu'elle encourage son désir d'autonomie (24).

L'objet peut aussi dramatiser ce lien entre l'individuel et le collectif, dont la victime est alors toujours l'être humain, broyé par un ensemble de structures et de principes complexes qui exploitent les faiblesses de son tempérament en lui montrant l'existence des richesses (25) ou du pouvoir (26) et en créant en lui le besoin irrépressible de les posséder, infligeant du même coup les pires obsessions autodestructrices aux plus fragiles devant la tentation et la frustration.

Mais le rapport entre la personne et l'objet peut aussi s'établir sur un mode plus serein car détaché de toute préoccupation cupide, un rapport où intervient l'unique dimension affective : soit que le souvenir des objets chers constitue une manière de les préserver et de conserver en même temps les moments et les êtres dont ces objets sont eux-mêmes la trace (27), soit que leur présence immédiate contribue à déclencher le mécanisme de la mémoire et lui permette de retrouver un précieux passé oublié (28), soit au contraire que cette présence de l'objet favorise la remémoration douloureuse de ce passé dont on ne veut pas se rappeler qu'on l'a perdu (29). En définitive, c'est peut-être en ce qu'ils figurent cette reviviscence d'une existence quotidienne et d'un univers familier (30) que les objets acquièrent leur valeur véritable.

20. Philippe Ariès, *L'Homme devant la mort*, volume I, Seuil, 1977

Historien français, Philippe Ariès (1914-1984) a travaillé sur le thème de la famille ou encore, comme dans le présent ouvrage, sur celui de la mort, en les reliant à la notion d'inconscient collectif. Dans le passage suivant, il étudie plus spécifiquement le lien qui se noue dans le XVe siècle occidental entre les hommes et les objets.

Quel musée de la vie quotidienne pourrait-on constituer à l'aide des peintures où toutes les occasions ont été bonnes de représenter les objets avec amour ! Objets précieux : au XVe siècle, coupes d'orfèvrerie remplies de pièce d'or que les mages offrent à un enfant Jésus ravi par toutes ces richesses, ou que le diable offre, cette fois en vain, au Christ dans le désert (cette dernière scène devenant moins fréquente comme si l'iconographie du temps préférait les étalages de l'Épiphanie[1], le luxe de Marie Madeleine à l'indifférence ou au mépris du Christ tenté) ; pièces somptueuses qui ornent la table des grands seigneurs et où on reconnaît l'un des célèbres joyaux de la collection du duc de Berry[2] (Très Riches Heures), bijoux des portraits flamands de femmes ou même d'hommes, colliers de Memling[3] et de Petrus Christi[4], dignes par leur précision d'un catalogue d'orfèvre ; tapis d'Orient, miroirs, lustres ; objets plus simples, mais parfois ornés, objets de table qui décorent la Cène de

1. Fête chrétienne qui célèbre l'incarnation de Dieu en Jésus.
2. Prince issu de la dynastie des Capétiens (1340-1416), il fut notamment mécène et commanda entre autres œuvres d'art les *Très Riches Heures*, un manuscrit enluminé.
3. Peintre flamand (1433-1494).
4. Peintre flamand (1425-1475).

Thierri Bouts[1], écuelles à bouillie des Vierges à l'enfant, cuves et bassins où sont baignés les nouveau-nés des naissances saintes ; livres entassés dans les niches des prophètes ou dans l'ermitage de saint Jérôme ; livres d'heures[2] lus par la Vierge ou par les modèles de portraits ; liasses de papier et livres de comptes (Gossaert[3], Philadelphie), objets ordinaires et rustiques, chasse-mouches et simple vaisselle de terre. Les objets les plus humbles ont profité de l'attention désormais apportée aux plus riches. Ils sortaient de l'anonymat de leur finalité pour devenir des formes aimables et belles, quelles que soient leur matière ou leur simplicité.

Cet art, aussi bien « gothique », flamand qu'italien, célébrait dans les simples choses le signe d'une aisance domestique dont la pauvreté évangélique ne pouvait se passer sans inconvenance. Comme les moines dans leur cellule, la Sainte Famille avait droit, dans son dénuement, à la compagnie de quelques objets. Ainsi se sont-ils multipliés autour des personnages et emplissent-ils les espaces des salles où l'artiste s'est enfermé avec eux, comme pour mieux les grouper : pièces de la Térence des Ducs[4] trop petites pour les personnages et les choses qu'elles contiennent, chambres des Nativités.

Dans la seconde moitié du XVe siècle, on dirait que les objets remplissaient trop les scènes à personnages, il fallut donc qu'elles s'en détachassent et elles devinrent alors sujets de peinture à part entière. Ainsi naquit la nature morte proprement dite.

---

1. Peintre hollandais (1415-1475). La Cène est l'ultime repas qui rassembla Jésus et ses apôtres ; ce passage de la Bible a inspiré de très nombreux peintres.
2. Recueils de prières.
3. Peintre flamand (1478-1535).
4. Manuscrit enluminé des œuvres du poète latin Térence ; ce manuscrit date approximativement de 1405.

La première nature morte « indépendante et entièrement dépourvue de tout caractère religieux symbolique », « la première en date (…) dans la peinture occidentale depuis l'Antiquité, qui corresponde à la conception moderne de ce genre de peinture », serait la porte d'une armoire à pharmacie. Elle représente une autre armoire en trompe l'œil, et en dessous, des livres, des bouteilles ; sur une gourde, Panofski[1] a déchiffré l'inscription allemande : *Für Zamme* (pour le mal de dents).

Désormais, et pour plus de deux siècles, non seulement les choses mais leur représentation picturale appartiendront au décor familier de la vie. L'amour qu'on leur porte a donné naissance à un art qui puisait en elles des sujets et une inspiration.

Nous avons peine aujourd'hui à comprendre l'intensité du rapport ancien entre les hommes et les choses. Il subsiste pourtant toujours chez le collectionneur qui nourrit pour les objets de sa collection une passion réelle, qui aime les contempler. Cette passion n'est d'ailleurs jamais tout à fait désintéressée ; même si les objets pris isolément peuvent être sans valeur, le fait de les avoir réunis en une série rare leur en a donné une. Un collectionneur est donc nécessairement un spéculateur. Or, contemplation et spéculation qui caractérisent la psychologie du collectionneur, sont aussi les traits spécifiques du protocapitaliste, tel qu'il apparaît dans la seconde moitié du Moyen Âge et à la Renaissance. Trop en deçà du capitalisme, les choses ne méritaient pas encore d'être vues, ni retenues, ni désirées. C'est pourquoi le premier Moyen Âge a été plutôt indifférent. Bien que le commerce n'ait jamais déserté l'Occident, qu'on n'ait jamais cessé d'y tenir foires et marchés, la richesse n'apparaissait pas comme la possession des choses, elle était confondue

1. Historien de l'art américain d'origine allemande (1892-1968).

avec le pouvoir sur les hommes — comme la pauvreté avec la solitude. Aussi le moribond de la chanson de geste ne pense-t-il pas comme celui de l'*ars*[1] à son trésor, mais à son seigneur, à ses pairs, à ses hommes.

Pour s'imposer au désir du mourant, il a fallu que les biens matériels soient devenus à la fois moins rares et plus recherchés, qu'ils aient acquis une valeur d'usage et d'échange.

Trop en avant dans l'évolution capitaliste, l'aptitude à la spéculation est conservée, mais le penchant à la contemplation a disparu et il n'y a plus de lien sensuel entre l'homme et ses richesses. Un bon exemple est donné par la voiture. Malgré son énorme pouvoir sur le rêve, la voiture, une fois acquise, ne nourrit plus longtemps la contemplation. L'objet du sentiment actuel n'est plus cette voiture-là, mais le modèle plus récent qui l'a déjà remplacée dans le désir. Ou encore, on aime moins cette voiture-là que la série, la marque à laquelle elle appartient et qui remporte toutes les performances. Nos civilisations industrielles ne reconnaissent plus aux choses une âme « qui s'attache à notre âme et la force d'aimer ». Les choses sont devenues des moyens de produire, ou des objets à consommer, à dévorer. Ils ne constituent plus un « trésor ».

L'amour d'Harpagon pour sa cassette serait aujourd'hui un signe de sous-développement, d'arriération économique. Les biens ne sauraient plus être désignés par les mots denses du latin : *substantia, facultates*[2].

Peut-on dire d'une civilisation qui a ainsi vidé les choses

---

1. Référence à l'*Ars moriendi* (littéralement « art de mourir ») : il s'agit du titre de deux textes latins parus l'un en 1415, l'autre en 1540, et dont le but est d'aider le lecteur à bien mourir, c'est-à-dire en suivant les préceptes du christianisme tel qu'il est compris alors. Ces deux ouvrages ont donné lieu jusqu'au XIXe siècle en Europe de l'Ouest à un très grand nombre de traités portant sur ce même thème.

2. *Substantia* désigne la réalité d'une chose ; *facultates* désigne entre autres l'abondance de biens, les richesses.

qu'elle est matérialiste ? C'est le second Moyen Âge, jusqu'au début des temps modernes, qui était matérialiste ! Le déclin des croyances religieuses, des morales idéalistes et normatives, n'aboutit pas à la découverte d'un monde plus matériel. Les savants et les philosophes peuvent revendiquer la connaissance de la matière, l'homme quelconque, dans sa vie quotidienne, ne croit pas plus à la matière qu'à Dieu. L'homme du Moyen Âge croyait à la fois à la matière et à Dieu, à la vie et à la mort, à la jouissance des choses et à leur renoncement. Le tort des historiens est d'avoir essayé d'opposer des notions en les affectant à des époques différentes, alors que ces notions étaient en fait contemporaines et d'ailleurs aussi complémentaires qu'opposées.

Question : Pourquoi l'importance accordée par les Occidentaux du XV*e* *siècle aux objets ne peut-elle être accusée de matérialisme au sens moderne du terme ?*

21. Jacques-Bénigne Bossuet, « Sermon du mauvais riche », 1662, in *Sermons*, Gallimard (« Folio classique »)

Bossuet (1627-1704) appartient au courant intellectuel français appelé « classicisme », qui a cours entre 1660 et 1685. Les écrivains et les théoriciens dits classiques défendent des valeurs traditionnelles en matière religieuse, philosophique, morale et artistique, et croient en la nécessité de règles inspirées des textes antiques. Il leur importe également d'exprimer leurs idées par le beau langage, un style riche et travaillé, et composent ainsi de véritables œuvres littéraires.

Bossuet est élevé par une famille très pieuse qui le destine à la prêtrise ; son ordination, la cérémonie catholique au cours de laquelle un homme est fait prêtre, a lieu en 1652. Ses dons d'orateur lorsqu'il prêche à l'église lui assurent une grande renommée, si bien qu'il est nommé évêque en 1669 et précepteur du Dauphin entre 1670 et 1680. Sa position l'autorise à prendre parti dans les débats politiques et culturels de son époque. Bien qu'il prenne grand soin de donner une perfection littéraire à ses textes, l'homme d'Église se consacre avant tout à transmettre le message évangélique : ses sermons sont empreints de la volonté de convaincre.

Ce sermon parmi les plus connus de Bossuet revient sur le mépris chrétien des richesses matérielles, accusées de pervertir l'âme.

Je ne m'en étonne pas, Chrétiens ; d'autres pauvres plus pressants et plus affamés ont gagné les avenues les plus proches, et épuisé les libéralités[1] à un passage plus secret. Expliquons-nous plus nettement : je parle de ces pauvres intérieurs qui ne cessent de murmurer, quelque soin qu'on prenne de les satisfaire, toujours avides, toujours affamés dans la profusion et dans l'excès même ; je veux dire nos passions et nos convoitises. C'est en vain, ô pauvre Lazare[2] ! que tu gémis à la porte, ceux-ci sont déjà au cœur ; ils ne s'y présentent pas, mais ils l'assiègent ; ils ne demandent pas, mais ils arrachent. Ô Dieu ! quelle violence ! Représentez-vous, Chrétiens, dans une sédition[3], une populace furieuse, qui demande arrogamment, toute prête à arracher si on la refuse : ainsi dans l'âme de ce mauvais riche ; et ne l'allons pas chercher dans la parabole, plusieurs le trouveront dans leur conscience. Donc, dans l'âme de ce mauvais riche et de

1. Générosités.
2. Dans une parabole de saint Luc, homme pauvre et malade assis devant la porte d'un homme immensément riche lui-même dénommé dans cette parabole « le mauvais riche ».
3. Émeute.

ses cruels imitateurs, où la raison a perdu l'empire, où les lois n'ont plus de vigueur, l'ambition, l'avarice, la délicatesse, toutes les autres passions, troupe mutine[1] et emportée, font retentir de toutes parts un cri séditieux, où l'on n'entend que ces mots: «*Apporte, apporte; Dicentes*[2]*: affer, affer*»; apporte toujours de l'aliment à l'avarice, apporte une somptuosité plus raffinée à ce luxe curieux et délicat; apporte des plaisirs plus exquis à cet appétit dégoûté par son abondance. Parmi les cris furieux de ces pauvres impudents et insatiables, se peut-il que vous entendiez la voix languissante des pauvres qui tremblent devant vous, qui, accoutumés à surmonter leur pauvreté par leur travail et par leurs sueurs, se laissent mourir de faim plutôt que de découvrir leur misère? C'est pourquoi ils meurent de faim, oui, Messieurs, ils meurent de faim dans les villes, dans les campagnes, à la porte et aux environs de vos hôtels: nul ne court à leur aide; hélas! ils ne vous demandent que le superflu, quelques miettes de votre table, quelques restes de votre grande chère[3]. Mais ces pauvres que vous nourrissez trop bien au-dedans épuisent tout votre fonds. La profusion, c'est leur besoin; non seulement le superflu, mais l'excès même leur est nécessaire; et il n'y a plus aucune espérance pour les pauvres de Jésus-Christ, si vous n'apaisez ce tumulte et cette sédition intérieure et cependant ils subsisteraient, si vous leur donniez quelque chose de ce que votre prodigalité répand, ou de ce que votre avarice ménage. Mais sans être possédé de toutes ces passions violentes, la félicité toute seule, et je prie que l'on entende cette vérité, oui, la félicité toute seule est capable d'endurcir le cœur de l'homme. L'aise, la joie, l'abondance remplissent l'âme de

1. Révoltée.
2. «Ils disent.»
3. Festin.

telle sorte qu'elles en éloignent tout le sentiment de la misère des autres, et mettent à sec, si l'on n'y prend garde, la source de la compassion. C'est ici la malédiction des grandes fortunes ; c'est ici que l'esprit du monde[1] paraît le plus opposé à l'esprit du christianisme : car qu'est-ce que l'esprit du christianisme ? esprit de fraternité, esprit de tendresse et de compassion, qui nous fait sentir les maux de nos frères, entrer dans leurs intérêts, souffrir de tous leurs besoins. Au contraire l'esprit du monde, c'est-à-dire l'esprit de grandeur, c'est un excès d'amour-propre, qui, bien loin de penser aux autres, s'imagine qu'il n'y a que lui…

Ah ! Dieu est juste et équitable. Vous y viendrez vous-même, riche impitoyable, aux jours de besoin et d'angoisse. Ne croyez pas que je vous menace du changement de votre fortune[2] : l'événement[3] en est casuel[4] ; mais ce que je veux dire n'est pas douteux. Elle viendra au jour destiné[5], cette dernière maladie, où, parmi un nombre infini d'amis, de médecins et de serviteurs, vous demeurerez sans secours, plus délaissé, plus abandonné que ce pauvre qui meurt sur la paille, et qui n'a pas un drap pour sa sépulture.

Question : En quoi le fait que ce sermon soit prononcé devant Louis XIV et sa Cour, qui plus est pendant la période du carême, lui donne-t-il un retentissement particulier ?

1. Ici, la Cour.
2. Destin.
3. Ici, aboutissement.
4. Imprévu.
5. C'est-à-dire prévu par Dieu.

22. Michel Pastoureau, « Le Coq gaulois », in *Les Lieux de mémoire* (sous la direction de Pierre Nora), Gallimard, 1997 (repris en « Quarto », vol. 3)

Michel Pastoureau est un historien et archiviste-paléographe français, spécialiste du Moyen Âge occidental ; il consacre ses recherches à l'étude des symboles, en particulier ceux relatifs aux couleurs ou aux animaux. L'extrait qui suit explique pourquoi, malgré diverses contestations, le coq continuera peut-être à incarner la France.

Malgré ce déclin multiforme, et en dépit de ces différents handicaps, les chances du coq pour redevenir officiellement l'emblème de la France — de la Nation sinon de l'État — ne sont pas totalement nulles. Notamment parce que la France, qu'elle le veuille ou non, sera à court ou moyen terme obligée sur le plan diplomatique et protocolaire de se choisir une figure emblématique complétant son drapeau. Or le choix de cette figure apparaît comme extrêmement délicat. Tous les anciens emblèmes que l'histoire de la France pouvait légitimer dans ce rôle sont aujourd'hui trop marqués d'un point de vue politique et idéologique pour faire l'unanimité. Cela est évidemment vrai des fleurs de lis, du bonnet de la liberté, de l'aigle, des abeilles, de la francisque[1] mais aussi des faisceaux de licteurs[2] (dont l'image est désormais liée aux mouvements fascistes), de la

1. Hache de guerre à l'époque des Francs, que le gouvernement de Vichy avait choisie pour emblème.

2. Dans l'Antiquité romaine, les licteurs étaient les gardes du corps des magistrats détenant l'*imperium* (le pouvoir de punir), qu'ils faisaient appliquer. Les faisceaux, assemblages de branches dont sortait une hache, étaient leur symbole : ils représentaient ce pouvoir de punir.

croix de Lorraine[1] et du buste de Marianne. Tous connotent trop fortement un parti ou une idée et suscitent, à droite ou à gauche, des réticences, voire un rejet pur et simple. La chance du coq, si chance il y a, pourrait être d'apparaître à la longue comme un emblème de compromis. La volaille de basse-cour, l'aigle du pauvre, l'oiseau paysan et gaulois, venu du fond des siècles et ayant traversé tous les régimes sans trop se compromettre avec aucun, pourrait bien constituer une solution de repli, un choix « par soustraction » en quelque sorte, ne satisfaisant pleinement personne mais ne heurtant pas non plus trop ouvertement telle ou telle sensibilité. À l'étranger, nous l'avons vu, le choix semble déjà entériné. En Belgique, par exemple, la communauté culturelle de langue française a très officiellement adopté l'oiseau en 1975 : le coq gaulois fait pendant au lion flamand. Pour tous les voisins de la France, l'affaire semble entendue. Mais celle-ci hésite et rechigne encore. Ce qui reste en soi un document d'histoire culturelle important.

Question : Quelles raisons l'auteur donne-t-il de choisir le coq comme symbole de la France ?

23. Georges Perec, *Les Choses*, Julliard, 1965 (repris en « Pocket »)

Georges Perec est un écrivain français (1936-1982). Les choses *est son premier succès littéraire. Comme ses romans ultérieurs, celui-ci, sous-titré* Une histoire des années 60, *est une critique sociale. Il dénonce en l'occurrence le désir obsédant*

1. L'un des symboles de la Résistance, choisi pour marquer un contraste avec la croix gammée.

des richesses matérielles, représenté par un jeune couple qui passe à côté de sa vie à force de viser à une réussite sociale et financière qu'il identifie au bonheur.

C'est ce que montre en particulier le passage suivant.

Leur goût se forma lentement, plus sûr, plus pondéré. Leurs désirs eurent le temps de mûrir ; leur convoitise devint moins hargneuse. Lorsque, se promenant aux abords de Paris, ils s'arrêtaient chez les antiquaires de village, ils ne se précipitaient plus vers les assiettes de faïence, vers les chaises d'église, vers les bonbonnes de verre soufflé, vers les chandeliers de cuivre. Certes, il y avait encore, dans l'image un peu statique qu'ils se faisaient de la maison modèle, du confort parfait, de la vie heureuse, beaucoup de naïvetés, beaucoup de complaisance[1] : ils aimaient avec force ces objets que le seul goût du jour disait beaux : ces fausses images d'Épinal, ces gravures à l'anglaise, ces agates[2], ces verres filés[3], ces pacotilles néo-barbares, ces bricoles para-scientifiques, qu'en un rien de temps ils retrouvaient à toutes les devantures de la rue Jacob, de la rue Visconti. Ils rêvaient encore de les posséder ; ils auraient assouvi ce besoin immédiat, évident, d'être à la page, de passer pour connaisseurs. Mais cette outrance mimétique[4] avait de moins en moins d'importance, et il leur était agréable de penser que l'image qu'ils se faisaient de la vie s'était lentement débarrassée de tout ce qu'elle pouvait avoir d'agressif, de clinquant, de puéril parfois. Ils avaient brûlé ce qu'ils avaient adoré : les miroirs de sorcière, les

1. Plaisir de s'obstiner à ressentir ou à faire quelque chose, souvent, comme ici, par vanité.
2. Billes.
3. Objets en verre filé, c'est-à-dire faits d'un verre que l'on étire en fils en le chauffant ; ces objets sont des objets d'art.
4. Lié au fait d'imiter.

billots[1], les stupides petits mobiles, les radiomètres[2], les cailloutis[3] multicolores, les anneaux de jute[4] agrémentés de paraphes[5] à la Mathieu[6]. Il leur semblait qu'ils maîtrisaient de plus en plus leurs désirs : ils savaient ce qu'ils voulaient ; ils avaient des idées claires. Ils savaient ce que seraient leur bonheur, leur liberté.

Et pourtant, ils se trompaient ; ils étaient en train de se perdre. Déjà, ils commençaient à se sentir entraînés le long d'un chemin dont ils ne connaissaient ni les détours ni l'aboutissement. Il leur arrivait d'avoir peur. Mais, le plus souvent, ils n'étaient qu'impatients : ils se sentaient prêts ; ils étaient disponibles : ils attendaient de vivre, ils attendaient l'argent.

Question : Pourquoi les rêves du jeune couple sont-ils vains ?

24. Gilles Lipovetsky, *L'Empire de l'éphémère. La mode et son destin dans les sociétés modernes*, Gallimard, 1987 (« Folio essais »)

Le philosophe fait remarquer ici qu'au XXe siècle la consommation obéit à des considérations d'ordre psychique plutôt qu'à un désir de posséder les choses ; désormais, celles-ci comptent moins que les satisfactions morales qu'elles apportent et le recentrage sur soi que cela permet.

---

1. Blocs de bois.
2. Appareil qui servait à mesurer l'intensité des rayons lumineux.
3. Revêtement de sol constitué de petits cailloux broyés et assemblés.
4. Textile grossier, résistant et rêche.
5. Signatures abrégées.
6. Peintre abstrait français (1921-2012).

Le fétichisme de l'objet signe appartient davantage au passé qu'au présent, nous sommes de plain-pied dans l'âge de la valeur d'usage, de la fiabilité, des garanties d'usage, des tests, des rapports qualité-prix. Nous voulons avant tout des appareils qui marchent, qui assurent une bonne qualité de confort, de durabilité, d'opérativité. Ce qui ne veut pas dire que la consommation ne soit pas associée à de nombreuses dimensions psychologiques et *images*. L'image de produit, pas le signe de classe qui n'est qu'un trait d'image parmi d'autres. Nous consommons, au travers des objets et des marques, du dynamisme, de l'élégance, de la puissance, du dépaysement, de la virilité, de la féminité, de l'âge, du raffinement, de la sécurité, du naturel, autant d'images qui influent sur nos choix et qu'il serait simpliste de rabattre sur les seuls phénomènes d'appartenance sociale quand précisément les goûts ne cessent de s'individualiser. Avec le règne des images hétérogènes[1], polymorphes[2], démultipliées, on sort du primat de la logique des classes, c'est l'âge des motivations intimes et existentielles, de la gratification psychologique, du plaisir pour soi-même, de la qualité et de l'utilité des choses qui a pris la relève. Même la bonne santé des produits griffés ne s'explique pas tout uniment par la contrainte du standing, elle témoigne aussi de la tendance néo-narcissique à se faire plaisir, d'un appétit croissant de qualité et d'esthétique dans des catégories sociales élargies qui se privent dans certains domaines et s'offrent ailleurs un « coup de folie », le plaisir de l'excellence technique, de la qualité et du confort absolus.

On gémit souvent sur le matérialisme de nos sociétés. Pourquoi ne souligne-t-on pas que, dans le même temps, la mode achevée contribue à détacher l'homme de ses objets ?

---

1. De natures différentes.
2. Qui possèdent plusieurs formes.

Dans l'empire de la valeur d'usage, on ne s'attache plus aux choses, on change facilement de maison, de voiture, de mobilier ; l'âge qui sacralise socialement les marchandises est celui dans lequel on se sépare sans douleur de ses objets. On n'aime plus les choses pour elles-mêmes ou pour le statut social qu'elles confèrent, mais pour les services qu'elles rendent, pour le plaisir qu'on en tire, pour une fonctionnalité parfaitement échangeable. En ce sens, la mode déréalise[1] les choses, elle les *désubstantialise* au travers du culte homogène de l'utilité et de la nouveauté. Ce que nous possédons, nous le changerons : plus les objets deviennent nos prothèses et plus nous sommes indifférents à eux, notre relation aux choses relève maintenant d'un amour abstrait, paradoxalement désincarné. Comment continuer à parler d'aliénation dans un temps où, loin d'être dépossédé par les objets, ce sont les individus qui s'en dépossèdent ? Plus la consommation se développe et plus les objets deviennent des moyens désenchantés, des instruments, rien que des instruments, ainsi va la démocratisation du monde matériel.

Question : À la fin du XXe siècle, quelle valeur nouvelle accorde-t-on, selon l'auteur, aux objets ?

25. Molière, *L'Avare*, 1668 (repris en « Folioplus classiques »)

Le théâtre de Molière (pseudonyme de Jean-Baptiste Poquelin, 1622-1673) se fixe un double objectif : distraire les spectateurs en leur présentant des situations exagérées et des personnages

1. Fait perdre sa réalité.

caricaturaux, à travers lesquels ils puissent néanmoins reconnaître leurs propres défauts et y réfléchir, voire s'en corriger.

Figure centrale de L'Avare, Harpagon incarne ainsi le goût extrême de l'argent ; ce goût déploie toute sa démesure dans la scène suivante, qui montre le personnage en proie à un véritable désespoir lorsqu'il constate que sa cassette pleine d'argent a disparu.

Scène 7

HARPAGON,

Il crie au voleur dès le jardin,
et vient sans chapeau.

Au voleur ! au voleur ! à l'assassin ! au meurtrier ! Justice, juste Ciel ! je suis perdu, je suis assassiné, on m'a coupé la gorge, on m'a dérobé mon argent. Qui peut-ce être ? Qu'est-il devenu ? Où est-il ? Où se cache-t-il ? Que ferai-je pour le trouver ? Où courir ? Où ne pas courir ? N'est-il point là ? N'est-il point ici ? Qui est-ce ? Arrête. Rends-moi mon argent, coquin... *(Il se prend lui-même le bras.)* Ah ! c'est moi. Mon esprit est troublé, et j'ignore où je suis, qui je suis, et ce que je fais. Hélas ! mon pauvre argent, mon pauvre argent, mon cher ami ! on m'a privé de toi ; et puisque tu m'es enlevé, j'ai perdu mon support, ma consolation, ma joie ; tout est fini pour moi, et je n'ai plus que faire au monde ; sans toi, il m'est impossible de vivre. C'en est fait, je n'en puis plus ; je me meurs, je suis mort, je suis enterré. N'y a-t-il personne qui veuille me ressusciter, en me rendant mon cher argent, ou en m'apprenant qui l'a pris ? Euh ? que dites-vous ? Ce n'est personne. Il faut, qui que ce soit qui ait fait le coup, qu'avec beaucoup de soin on ait épié l'heure ; et l'on a choisi justement le temps que je parlais à mon traître de fils. Sortons. Je veux aller quérir[1] la justice, et faire donner la question[2] à toute la maison : à servantes, à valets, à fils, à fille, et à moi aussi. Que de gens assemblés ! Je ne jette mes regards sur personne qui ne me donne des soupçons, et tout me semble mon voleur. Eh ! de quoi est-ce qu'on parle là ? De celui qui m'a dérobé ? Quel bruit fait-on là-haut ? Est-ce mon voleur qui y est ? De grâce, si l'on sait des nouvelles de mon voleur, je supplie que l'on m'en dise. N'est-il point caché là parmi vous ? Ils me regardent tous, et se mettent à rire. Vous verrez qu'ils ont part sans doute au vol que l'on m'a fait. Allons vite, des commissaires, des archers[3], des prévôts[4], des juges, des gênes[5], des potences et des bourreaux. Je veux faire pendre tout le monde ; et si je ne retrouve mon argent, je me pendrai moi-même après.

(Acte IV)

Question : En quoi cette scène comique comporte-t-elle également un aspect tragique ?

26. Honoré de Balzac, *La Peau de chagrin*, 1831

Balzac (1799-1850) est essentiellement l'auteur de La Comédie humaine, *œuvre comptant 95 nouvelles et romans parus entre*

1. Chercher.
2. Torturer ; la question était un supplice que, depuis le XIIIe siècle, la justice et l'Église catholique faisaient subir aux accusés pour obtenir leurs aveux.
3. Agents de police.
4. Magistrats.
5. Instruments de torture.

1829 et 1848. Son style littéraire mêle des éléments du romantisme et du réalisme, traitant de réalités sociales et économiques contemporaines tout en les rehaussant de réflexions morales, mystiques ou philosophiques. S'inspirant de certaines méthodes des sciences naturelles, Balzac entend répertorier ses personnages — qui symbolisent à ses yeux des catégories psychologiques et sociales de l'humanité — sur le modèle de la classification des espèces vivantes. En outre, l'écrivain ne veut pas uniquement que son œuvre représente mais encore qu'elle expose le fonctionnement de la société et des comportements humains : cette fonction explicative doit être assumée par le romancier en raison de la focalisation omnisciente qu'il adopte sur son récit et ses personnages. Balzac donne ainsi une structure ferme à chacun de ses romans, dont chaque personnage principal — là encore selon un procédé emprunté à certaines théories scientifiques — est en corrélation constante avec son environnement socio-économique.

Au nombre des premiers romans de Balzac, également l'un de ses premiers à employer le registre fantastique, La Peau de chagrin *aborde l'un des thèmes dominants de l'œuvre : le danger des désirs trop grands.*

Se trouvant ruiné, le jeune et ambitieux Raphaël remarque au hasard d'une mélancolique promenade une peau en cuir grené, qu'on appelle « peau de chagrin », dans la boutique d'un antiquaire : celui-ci lui dévoile les dons étranges de cet objet.

Je vais vous révéler en peu de mots un grand mystère de la vie humaine. L'homme s'épuise par deux actes instinctivement accomplis qui tarissent les sources de son existence. Deux verbes expriment toutes les formes que prennent ces deux causes de mort : VOULOIR et POUVOIR. Entre ces deux termes de l'action humaine, il est une autre formule dont s'emparent les sages, et je lui dois le bonheur et ma longévité. *Vouloir* nous brûle et *Pouvoir* nous détruit ; mais SAVOIR laisse notre faible organisation dans un perpétuel état de calme. Ainsi le désir ou le vouloir est mort en moi, tué par la pensée ; le mouvement ou le pouvoir s'est résolu par le jeu naturel de mes organes. En deux mots, j'ai placé ma vie, non dans le cœur qui se brise ; non dans les sens qui s'émoussent, mais dans le cerveau qui ne s'use pas et qui survit à tout. Rien d'excessif n'a froissé ni mon âme ni mon corps. Cependant j'ai vu le monde entier. Mes pieds ont foulé les plus hautes montagnes de l'Asie et de l'Amérique, j'ai appris tous les langages humains, et j'ai vécu sous tous les régimes. J'ai prêté mon argent à un Chinois en prenant pour gage le corps de son père, j'ai dormi sous la tente de l'Arabe sur la foi de sa parole, j'ai signé des contrats dans toutes les capitales européennes, et j'ai laissé sans crainte mon or dans le wigwam[1] des sauvages, enfin j'ai tout obtenu parce que j'ai tout su dédaigner. Ma seule ambition a été de voir. Voir n'est-ce pas savoir ? Oh ! savoir, jeune homme, n'est-ce pas jouir intuitivement ? N'est-ce pas découvrir la substance même du fait et s'en emparer essentiellement ? Que reste-t-il d'une possession matérielle ? Une idée. Jugez alors combien doit être belle la vie d'un homme qui, pouvant empreindre toutes les réalités dans sa pensée, transporte en son âme les sources du bonheur, en extrait mille voluptés idéales dépouillées des souillures terrestres. La pensée est la clef de tous les trésors, elle procure les joies de l'avare sans en donner les soucis. Aussi ai-je plané sur le monde, où mes plaisirs ont toujours été des jouissances intellectuelles. Mes débauches étaient la contemplation des mers, des peuples, des forêts, des montagnes ! J'ai tout vu, mais tranquillement, sans fatigue ; je n'ai jamais rien désiré, j'ai tout attendu. Je me suis promené dans l'univers comme dans le jardin d'une habitation qui m'appartenait. Ce que les hommes

1. Habitation des Indiens d'Amérique du Nord.

appellent chagrins, amours, ambitions, revers, tristesse, sont pour moi des idées que je change en rêveries ; au lieu de les sentir, je les exprime, je les traduis ; au lieu de leur laisser dévorer ma vie, je les dramatise, je les développe, je m'en amuse comme de romans que je lirais par une vision intérieure. N'ayant jamais lassé mes organes, je jouis encore d'une santé robuste. Mon âme ayant hérité de toute la force dont je n'abusais pas, cette tête est encore mieux meublée que ne le sont mes magasins. Là, dit-il en se frappant le front, là sont les vrais millions. Je passe des journées délicieuses en jetant un regard intelligent dans le passé, j'évoque des pays entiers, des sites, des vues de l'Océan, des figures historiquement belles ! J'ai un sérail imaginaire où je possède toutes les femmes que je n'ai pas eues. Je revois souvent vos guerres, vos révolutions, et je les juge. Oh ! comment préférer de fébriles, de légères admirations pour quelques chairs plus ou moins colorées, pour des formes plus ou moins rondes ! comment préférer tous les désastres de vos volontés trompées à la faculté sublime de faire comparaître en soi l'univers, au plaisir immense de se mouvoir sans être garrotté[1] par les liens du temps ni par les entraves de l'espace, au plaisir de tout embrasser, de tout voir, de se pencher sur le bord du monde pour interroger les autres sphères, pour écouter Dieu ! Ceci, dit-il d'une voix éclatante en montrant la Peau de chagrin, est le *pouvoir* et le *vouloir* réunis. Là sont vos idées sociales, vos désirs excessifs, vos intempérances[2], vos joies qui tuent, vos douleurs qui font trop vivre ; car le mal n'est peut-être qu'un violent plaisir. Qui pourrait déterminer le point où la volupté devient un mal et celui où le mal est encore la volupté ? Les plus vives lumières du monde

1. Attaché très solidement comme avec un garrot (un garrot est un morceau de bois passé dans une corde).

2. Dérèglements.

idéal ne caressent-elles pas la vue, tandis que les plus douces ténèbres du monde physique la blessent toujours ? Le mot de Sagesse ne vient-il pas de savoir ? et qu'est-ce que la folie, sinon l'excès d'un vouloir ou d'un pouvoir ?

Question : Pourquoi « Savoir » est-il plus important que « Vouloir » et « Pouvoir » ?

27. Alphonse de Lamartine, « Milly ou la Terre natale », *Harmonies poétiques et religieuses*, 1830 (in *Œuvres poétiques*, Gallimard, « Bibliothèque de la Pléiade »)

Poète romantique et homme politique français, Lamartine (1790-1869) imprime à toute son œuvre un lyrisme à la fois fervent et méditatif, auquel s'entrelace l'engagement social et civique. C'est ici le lyrisme qui l'emporte, dans cette évocation de souvenirs intimes.

Milly ou la Terre natale

POURQUOI le prononcer ce nom de la patrie ?
Dans son brillant exil mon cœur en a frémi ;
Il résonne de loin dans mon âme attendrie,
Comme les pas connus ou la voix d'un ami.

Montagnes que voilait le brouillard de l'automne,
Vallons que tapissait le givre du matin,
Saules dont l'émondeur[1] effeuillait la couronne,
Vieilles tours que le soir dorait dans le lointain,

1. Élagueur, personne chargée d'élaguer — c'est-à-dire de raccourcir — les branches des arbres.

Murs noircis par les ans, coteaux, sentier rapide,
Fontaine où les pasteurs accroupis tour à tour
Attendaient goutte à goutte une eau rare et limpide,
Et, leur urne à la main, s'entretenaient du jour,

Chaumière où du foyer étincelait la flamme,
Toit que le pèlerin aimait à voir fumer,
Objets inanimés, avez-vous donc une âme
Qui s'attache à notre âme et la force d'aimer ?

Question : Comment le traitement poétique des lieux réussit-elle à leur donner une réalité vivante dans l'imagination du lecteur ?

28. Marcel Proust, *Du côté de chez Swann*, 1922 (repris en « Folioplus classiques »)

À la recherche du temps perdu, *l'œuvre principale de Proust (1871-1922),* est — *comme celle de Zola ou celle de Balzac — une vaste construction romanesque : elle comporte sept tomes publiés entre 1913 et 1927 ; le lecteur y découvre une analyse très fine des rapports entre l'art, la conscience et le temps, enrichie par l'immense érudition proustienne (littérature, musique, peinture, philosophie). L'ensemble ainsi formé est le récit introspectif du narrateur, à partir de son enfance. Comme Balzac, Proust affermit sa créativité par un incessant travail de réécriture ; son œuvre est d'abord taxée de snobisme par les éditeurs car Proust, issu de la haute bourgeoisie parisienne et fréquentant l'aristocratie, y décrit le mode de vie de ces milieux qu'il connaît parfaitement. Mais il y dépeint en fait surtout — parfois avec une certaine cruauté lucide — certains traits de la nature humaine, sous forme tantôt d'étude de caractères tantôt de critique sociale ; il observe aussi les variations successives d'une même pensée au gré des événements de l'existence ; l'œuvre est enfin la chronique d'une époque bouleversée par la menace puis l'éclatement de la Première Guerre mondiale.*

Nous sommes ici dans la première partie du premier tome, dans lequel le narrateur retrace son enfance, inspirée pour une part des propres souvenirs de Proust : bonheur de vivre auprès d'une famille tendrement aimée, de découvrir les beautés de l'art et les charmes de la campagne. C'est dans cette section que prend place le célébrissime épisode de la madeleine : avalant une bouchée du gâteau qu'il vient de tremper dans du thé, le narrateur retrouve des souvenirs qu'il croyait disparus.

Il y avait déjà bien des années que, de Combray, tout ce qui n'était pas le théâtre et le drame de mon coucher, n'existait plus pour moi, quand un jour d'hiver, comme je rentrais à la maison, ma mère, voyant que j'avais froid, me proposa de me faire prendre, contre mon habitude, un peu de thé. Je refusai d'abord et, je ne sais pourquoi, me ravisai. Elle envoya chercher un de ces gâteaux courts et dodus appelés Petites Madeleines qui semblent avoir été moulés dans la valve[1] rainurée[2] d'une coquille de Saint-Jacques. Et bientôt, machinalement, accablé par la morne journée et la perspective d'un triste lendemain, je portai à mes lèvres une cuillerée du thé où j'avais laissé s'amollir un morceau de madeleine. Mais à l'instant même où la gorgée mêlée des miettes du gâteau toucha mon palais, je tressaillis, attentif à ce qui se passait d'extraordinaire en moi. Un plaisir délicieux m'avait envahi, isolé, sans la notion de sa cause. Il m'avait aussitôt rendu les vicissitudes[3] de la vie indifférentes, ses désastres inoffensifs, sa brièveté illusoire, de la même

1. L'une des deux parties de la coquille de certains crustacés.
2. Légèrement entaillée sur la longueur.
3. Alternance constante entre des événements agréables et des événements désagréables.

façon qu'opère l'amour, en me remplissant d'une essence précieuse: ou plutôt cette essence n'était pas en moi, elle était moi. J'avais cessé de me sentir médiocre, contingent[1], mortel. D'où avait pu me venir cette puissante joie? Je sentais qu'elle était liée au goût du thé et du gâteau, mais qu'elle le dépassait infiniment, ne devait pas être de même nature. D'où venait-elle? Que signifiait-elle? Où l'appréhender? Je bois une seconde gorgée où je ne trouve rien de plus que dans la première, une troisième qui m'apporte un peu moins que la seconde. Il est temps que je m'arrête, la vertu du breuvage semble diminuer. Il est clair que la vérité que je cherche n'est pas en lui, mais en moi. Il l'y a éveillée, mais ne la connaît pas, et ne peut que répéter indéfiniment, avec de moins en moins de force, ce même témoignage que je ne sais pas interpréter et que je veux au moins pouvoir lui redemander et retrouver intact, à ma disposition, tout à l'heure, pour un éclaircissement décisif. Je pose la tasse et me tourne vers mon esprit. C'est à lui de trouver la vérité. Mais comment? Grave incertitude, toutes les fois que l'esprit se sent dépassé par lui-même; quand lui, le chercheur, est tout ensemble le pays obscur où il doit chercher et où tout son bagage ne lui sera de rien. Chercher? pas seulement: créer. Il est en face de quelque chose qui n'est pas encore et que seul il peut réaliser, puis faire entrer dans sa lumière.

Et je recommence à me demander quel pouvait être cet état inconnu, qui n'apportait aucune preuve logique, mais l'évidence de sa félicité, de sa réalité devant laquelle les autres s'évanouissaient. Je veux essayer de le faire réapparaître. Je rétrograde par la pensée au moment où je pris la première cuillerée de thé. Je retrouve le même état, sans une clarté nouvelle. Je demande à mon esprit un effort de

1. Non nécessaire, sans importance.

plus, de ramener encore une fois la sensation qui s'enfuit. Et, pour que rien ne brise l'élan dont il va tâcher de la ressaisir, j'écarte tout obstacle, toute idée étrangère, j'abrite mes oreilles et mon attention contre les bruits de la chambre voisine. Mais sentant mon esprit qui se fatigue sans réussir, je le force au contraire à prendre cette distraction que je lui refusais, à penser à autre chose, à se refaire avant une tentative suprême. Puis une deuxième fois, je fais le vide devant lui, je remets en face de lui la saveur encore récente de cette première gorgée et je sens tressaillir en moi quelque chose qui se déplace, voudrait s'élever, quelque chose qu'on aurait désancré, à une grande profondeur ; je ne sais ce que c'est, mais cela monte lentement ; j'éprouve la résistance et j'entends la rumeur des distances traversées.

Certes, ce qui palpite ainsi au fond de moi, ce doit être l'image, le souvenir visuel, qui, lié à cette saveur, tente de la suivre jusqu'à moi. Mais il se débat trop loin, trop confusément ; à peine si je perçois le reflet neutre où se confond l'insaisissable tourbillon des couleurs remuées mais je ne peux distinguer la forme, lui demander, comme au seul interprète possible, de me traduire le témoignage de sa contemporaine, de son inséparable compagne, la saveur, lui demander de m'apprendre de quelle circonstance particulière, de quelle époque du passé il s'agit.

Arrivera-t-il jusqu'à la surface de ma claire conscience, ce souvenir, l'instant ancien que l'attraction d'un instant identique est venue de si loin solliciter, émouvoir, soulever tout au fond de moi ? Je ne sais. Maintenant je ne sens plus rien, il est arrêté, redescendu peut-être ; qui sait s'il remontera jamais de sa nuit ? Dix fois il me faut recommencer, me pencher vers lui. Et chaque fois la lâcheté qui nous détourne de toute tâche difficile, de toute œuvre importante, m'a conseillé de laisser cela, de boire mon thé en pensant simplement à mes ennuis d'aujourd'hui, à mes désirs de demain qui se laissent remâcher sans peine.

Et tout d'un coup le souvenir m'est apparu. Ce goût c'était celui du petit morceau de madeleine que le dimanche matin à Combray (parce que ce jour-là je ne sortais pas avant l'heure de la messe), quand j'allais lui dire bonjour dans sa chambre, ma tante Léonie m'offrait après l'avoir trempé dans son infusion de thé ou de tilleul. La vue de la petite madeleine ne m'avait rien rappelé avant que je n'y eusse goûté ; peut-être parce que, en ayant souvent aperçu depuis, sans en manger, sur les tablettes des pâtissiers, leur image avait quitté ces jours de Combray pour se lier à d'autres plus récents ; peut-être parce que de ces souvenirs abandonnés si longtemps hors de la mémoire, rien ne survivait, tout s'était désagrégé ; les formes — et celle aussi du petit coquillage de pâtisserie, si grassement sensuel, sous son plissage sévère et dévot[1] — s'étaient abolies, ou, ensommeillées, avaient perdu la force d'expansion qui leur eût permis de rejoindre la conscience. Mais, quand d'un passé ancien rien ne subsiste, après la mort des êtres, après la destruction des choses, seules, plus frêles mais plus vivaces, plus immatérielles, plus persistantes, plus fidèles, l'odeur et la saveur restent encore longtemps, comme des âmes, à se rappeler, à attendre, à espérer, sur la ruine de tout le reste, à porter sans fléchir, sur leur gouttelette presque impalpable, l'édifice immense du souvenir.

Et dès que j'eus reconnu le goût du morceau de madeleine trempé dans le tilleul que me donnait ma tante (quoique je ne susse pas encore et dusse remettre à bien plus tard de découvrir pourquoi ce souvenir me rendait si

1. Qualifie une personne qui a de très fortes convictions religieuses ou bien, dans un emploi péjoratif, qui simule hypocritement ces convictions ; c'est cette seconde nuance de sens qu'il faut comprendre ici, par l'opposition de *dévot* à *sensuel*.

heureux), aussitôt la vieille maison grise sur la rue, où était sa chambre, vint comme un décor de théâtre s'appliquer au petit pavillon, donnant sur le jardin, qu'on avait construit pour mes parents sur ses derrières (ce pan tronqué que seul j'avais revu jusque-là) ; et avec la maison, la ville, depuis le matin jusqu'au soir et par tous les temps, la Place où on m'envoyait avant déjeuner, les rues où j'allais faire des courses, les chemins qu'on prenait si le temps était beau. Et comme dans ce jeu où les Japonais s'amusent à tremper dans un bol de porcelaine rempli d'eau, de petits morceaux de papier jusque-là indistincts qui, à peine y sont-ils plongés s'étirent, se contournent, se colorent, se différencient, deviennent des fleurs, des maisons, des personnages consistants et reconnaissables, de même maintenant toutes les fleurs de notre jardin et celles du parc de M. Swann, et les nymphéas[1] de la Vivonne[2], et les bonnes gens du village et leurs petits logis et l'église et tout Combray et ses environs, tout cela qui prend forme et solidité, est sorti, ville et jardins, de ma tasse de thé.

Question : Pourquoi un objet est-il parfois le seul recours capable de raviver des souvenirs chers ?

29. Georges Perros, *Une vie ordinaire*, Gallimard, 1967 (« Poésie / Gallimard »)

De son vrai nom Georges Poulot (1923-1978), Perros est l'auteur de plusieurs recueils de poèmes en prose ainsi que d'une

---

1. Nénuphars de couleur blanche.
2. Cours d'eau fictif : en réalité, Vivonne est une commune de la région Poitou-Charente.

correspondance avec de nombreux écrivains ; ont été également publiés des extraits de son journal intime, des notes critiques sur la littérature, des maximes ou des citations : autant de genres littéraires qui témoignent de son goût pour les formes brèves.

Le poème suivant décrit certains de ses souvenirs d'enfance resurgis grâce à un ruban de machine à écrire.

J'ai sur ma table en ce moment
un panier d'où pend un ruban
de machine à écrire Il vient
d'un tiroir que je connais bien
il me fascinait tout petit
Les enfants aiment les tiroirs
Ils y trouvent de quoi rêver
de quoi se faire mal prenant
une pince pour un oiseau
Mes parents ont gardé les meubles
que j'escaladais tout enfant
si tant est que se prête aux pieds
une commode en acajou
style 1900 c'est horrible
Mais mon père est mort maintenant
et ma mère m'a envoyé
ce qu'il avait laissé dedans
le fameux tiroir Elle dit
que si ça pouvait me servir
on ne sait jamais ils sont vieux
mais toi qui écris c'est très cher
ces souples rubans rouge et noir
Le deuil que je n'ai pas porté
n'est ni rouge ni noir Lancinant[1]
Mon père est mort accompagné
par trois ou quatre survivants
au désastre qui nous attend

1. Ici au sens figuré, qualifie une douleur morale aiguë et obsédante.

dans le cimetière de Fruges[1]
bled où naquit maman voilà
soixante-dix ans de cela
ou presque Je n'ai pas mémoire
des dates ni des almanachs
Je vis dans un monde sans heures
sans jours sans ans c'est difficile
à dire Mais j'aimais le zan
quand j'allais à l'école avant
que mon père soit dans la tombe
et m'ait donné du même coup
un peu plus envie de mourir
ou de vivre plus fortement
comme si rien ne comptait plus

Question : Le poète est-il heureux de se rappeler les images de son passé ?

30. Martin Heidegger, « L'origine de l'œuvre d'art », *Chemins qui ne mènent nulle part*, 1950 (repris en « Tel »)

Philosophe allemand qui compte parmi les plus brillants penseurs du XXe siècle, Heidegger (1889-1976) s'interroge en particulier sur la signification de l'existence humaine. « L'origine de l'œuvre d'art » *marque une étape importante de sa réflexion : il s'intéresse alors à de nouveaux sujets, comme l'art ou la domination de la technique.*

Prenant l'exemple des tableaux de Vincent Van Gogh qui représentent des souliers, Heidegger démontre dans le passage qui

1. Commune du Pas-de-Calais.

suit que l'art est l'expression d'une vérité (ce qu'il appelle son « essence »), grâce à laquelle une œuvre dépasse son statut d'objet pour accéder au rang d'œuvre d'art.

Dans l'obscure intimité du creux de la chaussure est inscrite la fatigue des pas du labeur. Dans la rude et solide pesanteur du soulier est affermie la lente et opiniâtre foulée à travers champs, le long des sillons toujours semblables, s'étendant au loin sous la bise. Le cuir est marqué par la terre grasse et humide. Par-dessous les semelles s'étend la solitude du chemin de campagne qui se perd dans le soir. À travers ces chaussures passe l'appel silencieux de la terre, son don tacite du grain mûrissant, son secret refus d'elle-même dans l'aride jachère du champ hivernal. À travers ce produit repasse la muette inquiétude pour la sûreté du pain, la joie silencieuse de survivre à nouveau au besoin, l'angoisse de la naissance imminente, le frémissement sous la mort qui menace. Ce produit appartient à la *terre*, et il est à l'abri dans le *monde* de la paysanne. Au sein de cette appartenance protégée, le produit repose en lui-même.

Tout cela, peut-être que nous ne le lisons que sur les souliers du tableau. La paysanne, par contre, porte tout simplement les souliers. Mais ce « tout simplement » est-il si simple ? Quand, tard au soir, la paysanne bien fatiguée, met de côté ses chaussures ; quand chaque matin à l'aube elle les cherche, ou quand, au jour de repos, elle passe à côté d'elles, elle sait tout cela, sans qu'elle ait besoin d'observer ou de considérer quoi que ce soit. L'être-produit du produit réside bien en son utilité. Mais celle-ci à son tour repose dans la plénitude d'un être essentiel du produit. Nous l'appelons la solidité (*die Verlässlichkeit*). Grâce à elle, la paysanne est confiée par ce produit à l'appel silencieux de la terre ; grâce au sol qu'offre le produit, à sa solidité, elle est soudée à son monde. Pour elle, et pour ceux qui sont avec elle comme elle, monde et terre ne sont là qu'ainsi : dans le produit. Nous disons « ne… que », mais ici la restriction a tort. Car c'est seulement la solidité du produit qui donne à ce monde si simple une stabilité bien à lui, en ne s'opposant pas à l'afflux permanent de la terre.

Question : Quel élément exprime l'« essence » de cette paire de souliers de paysanne ?

Table des textes

Du tableau à

La Peau de chagrin

Alain Jaubert

Du tableau à *La Peau de chagrin*

Le Désespéré de Gustave Courbet

… *C'est un autoportrait de Gustave Courbet…*

Un homme nous regarde de très près, les yeux écarquillés, la bouche entrouverte. Il a les cheveux longs et noirs. Il porte le bouc et la moustache. D'une main, il se saisit d'une mèche comme pour l'arracher, de l'autre il laboure le sommet de son crâne dans un geste d'interrogation anxieuse. Il est vêtu d'une chemise claire, au col grand ouvert retenu par une écharpe. La lumière qui vient de la gauche n'éclaire qu'une partie de son front, la pommette droite et l'arête du nez. Le reste du visage est dans l'ombre. C'est un tableau de taille modeste, 45 centimètres sur 54. Il est peint à l'huile sur toile dans une gamme de gris où percent à peine quelques zones légèrement nuancées : rose des joues et des lèvres, bleu pâle de la peau et des ombres, bleu sombre de l'écharpe. Seule touche stridente, agressive même dans cette symphonie de gris, celle de la signature peinte en rouge orangé, en bas à gauche, *Courbet*, précédée d'une date : *41.* Il est possible que cette signature ait été ajoutée des années après et que la date soit fausse. Le tableau daterait plutôt en effet de 1843.

C'est un autoportrait de Gustave Courbet (1819-

1877), vers l'âge de vingt-quatre ans, et, s'il a été intitulé *Le Désespéré*, il ne correspond à aucune situation réelle de la vie du peintre à cette époque. Courbet partage alors sa vie entre son atelier du Quartier latin, l'hiver, et son village natal, Ornans dans le Doubs, l'été. Il continue à apprendre son métier de peintre tout en essayant de faire accepter certaines de ses œuvres au Salon, l'exposition annuelle par laquelle doit passer tout artiste pour se faire connaître et avoir des commandes officielles. L'autoportrait est donc à la fois un exercice technique d'atelier et une façon de mettre en scène un scénario pour le Salon.

… *les yeux fixés sur le spectateur…*

L'autoportrait naît vraiment à la Renaissance lorsque le peintre, sortant de sa condition de travailleur manuel méprisé, devient un personnage considéré, une sorte de bourgeois lettré, parfois plus savant même que ses commanditaires. Conscient de son talent et de sa valeur, il n'hésite pas à consacrer des tableaux entiers à sa propre personne. *L'Homme au turban rouge* est peut-être un autoportrait de Van Eyck, un peintre fier et réputé qui ose aussi faire le portrait de sa propre femme. Mais avant même que les peintres ne se prennent comme l'unique sujet de leurs peintures, ils ont commencé par se faufiler discrètement dans leurs grandes compositions. Le Toscan Masaccio, au début du XVe siècle, raconte la vie de saint Pierre sur les parois de la chapelle Brancacci, dans l'église Santa Maria del Carmine de Florence. Dans l'embrasure d'une porte, un grand brun à la tignasse bouclée, à l'œil sévère, à la bouche un peu amère, regarde vers nous : c'est le peintre lui-même. L'architecte, peintre et historien Giorgio Vasari raconte, un siècle et demi plus tard, que Masaccio a pu faire cet autoportrait « *a lo specchio* », au miroir. Et le personnage est si réussi, dit Vasari, « qu'il a l'air vivant ».

Le Florentin Botticelli est aussi blond et amène que Masaccio était sombre et maussade : dans une fameuse *Adoration des Mages*, aujourd'hui à la galerie des Offices à Florence, il s'installe à l'aise auprès des Médicis déguisés en Rois mages, et au premier plan, afin que son visage soit très présent, les yeux fixés sur le spectateur. Ce ne sont là que deux exemples. Tous les peintres ou presque, à partir de la fin du XVe siècle, vont s'adonner à l'autoportrait qui devient un genre en soi. Parfois l'artiste est présent dans un groupe ou une scène à titre accidentel ou anecdotique. Et, dans ce cas, il peut se représenter sous le déguisement d'un personnage symbolique, par exemple en saint Luc peignant la Vierge (Dirk Bouts, Rogier van der Weyden, Jan Gossaert) ou en Christ (de Dürer à Gauguin). Ou bien le peintre se montrera au travail, en cadre large ou moyen devant son chevalet au milieu de l'atelier (le cas le plus célèbre étant *Les Ménines* de Vélasquez), ou en cadre plus serré, avec palette et pinceaux (d'Artemisia Gentileschi à Van Gogh). Enfin, on trouve le portrait en soi, détaché de tout contexte religieux ou professionnel, et qui ne s'intéresse qu'à la nudité du visage et aux émotions.

Il y a des peintres réservés qui ne donneront qu'un ou deux autoportraits comme pour se plier malgré tout à la tradition et laisser une trace de leur visage : c'est le cas de Holbein, de Poussin, de Chardin. Et d'autres, au contraire, plus narcissiques, qui toute leur vie scruteront leur visage et reprendront avec obstination leurs traits sur la toile : c'est le cas de Dürer, plus de cinquante fois, ou de Rembrandt, plus d'une centaine de fois, peintures, dessins et gravures cumulés. Mais aussi de Caravage, de Rubens, de Goya, de Gauguin, de Van Gogh, de Cézanne, de Picasso, de Warhol, de Bacon.

… La plus grande collection d'autoportraits au monde se trouve à Florence…

La plus grande collection d'autoportraits au monde, un bon millier, se trouve à Florence. Certains parmi les plus célèbres — Dürer, Raphaël, Rembrandt — sont exposés dans la galerie des Offices. Les autres sont accumulés sur les murs du corridor de Vasari, ce couloir surélevé qui joint la galerie au palais Pitti, à un kilomètre de là. Le corridor longe l'Arno sur de hauts piliers, traverse en étage le Ponte Vecchio, contourne une tour sur des consoles, se glisse entre les maisons, franchit les rues par des ponts voûtés avant de finir dans la grotte maniériste de Buontalenti puis au palais Pitti, lui-même aujourd'hui littéralement truffé de tableaux. Ce couloir étonnant a été construit en 1565 par Vasari à la demande de Cosme Ier de Médicis. Sur ses murs, l'essentiel de l'originale collection initiée par le cardinal Léopold de Médicis (1617-1675). Les autoportraits du Primatice, du Bernin, de Raphaël, de Vélasquez, de Reynolds, et aussi de centaines de peintres obscurs de toutes les provinces d'Italie, voisinent avec ceux de Mengs, d'Ingres, de David, de Corot, de Delacroix. Car bien après l'extinction des Médicis au XVIIIe siècle, la galerie des Offices a continué à collectionner les autoportraits et le XXe siècle est ainsi représenté par des peintres comme Böcklin, Boldini ou Ensor…

Dans la collection florentine, un tableau très étrange, très troublant, dit tout sur le mécanisme diabolique de l'autoportrait. Il est de Johann Anton Gumpp, un peintre né en 1626 et dont on ne sait pas grand-chose. Gumpp se peint à l'âge de vingt ans. Il est de dos en habit sombre. À sa gauche, le miroir où se reflète son visage juvénile. À sa droite, le même visage, celui qu'il est en train de peindre. Tout le dispositif est donc figuré : le personnage, son reflet dans le miroir, son image sur la toile. Seule différence entre les deux images, évidemment, la direction du regard. Sur la toile, les yeux du modèle sont dirigés vers l'extérieur, c'est-à-dire vers nous, les spectateurs. En bas du tableau, dans l'ombre, au dos du peintre, un chat hérissé face à un chien grondant. Une petite fable en marge, une façon de nous mettre en garde : l'image est irréductible à son modèle. Et puis, aux trois Gumpp qui figurent sur le tableau, il faut ajouter un quatrième partenaire, le spectateur, dont seul le regard peut faire vivre la toile.

... les paradoxes liés au miroir...

Les peintres découvriront aussi tous les paradoxes liés au miroir. S'ils copient strictement ce qu'ils voient, ils retrouvent leur gauche et leur droite permutées, c'est-à-dire qu'ils tiennent désormais le pinceau de la main gauche. Or, jusqu'à une époque récente, être gaucher était considéré comme une tare. Les peintres devaient donc tricher. Autre paradoxe, lorsque l'artiste se figure dans son atelier, les tableaux accrochés au mur sont eux aussi vus inversés. C'est le cas de Gauguin qui se représente dans son atelier parisien de la rue Vercingétorix devant une de ses toiles tahitiennes. Ou de Caillebotte qui se campe devant son chevalet avec, sur le mur du fond, les tableaux qu'il possède, parmi lesquels

Le Moulin de la Galette de Renoir qu'on met un certain temps à reconnaître parce qu'il est inversé.

L'histoire séculaire de l'autoportrait et la démonstration de Gumpp nous ramènent à Courbet. Le miroir est l'accessoire principal du peintre dans son atelier. Il lui permet de limiter son image par un cadre rectangulaire, de s'approcher ou de s'éloigner, de choisir une inclinaison appropriée. L'autoportrait est aussi la solution économique pour celui qui n'a pas de modèle sous la main. Il est une façon facile, rapide, solitaire d'explorer les lignes du visage, les modalités de l'expression. Courbet y a souvent recours dans ses années de formation.

Il est d'ailleurs admis au Salon pour la première fois en 1844 avec un autoportrait dit *Courbet au chien noir* (Paris, musée du Petit Palais). Beau, les traits fins, les pommettes saillantes, portant une chevelure noire immense, Courbet se représente souvent dans ces années-là : *Les Amants dans la campagne, L'Homme blessé, L'Homme à la ceinture de cuir, Le Violoncelliste, Portrait de l'auteur, L'Homme à la pipe.* De profil, de face, renversé en arrière, les yeux fermés ou mi-clos, regardant de haut… ces tableaux forment déjà tout un catalogue d'expressions, autant de recherches d'une identité forte chez un jeune peintre encore incertain. Amoureux, souffrant, langoureux, artiste, mélancolique, rêveur, poète, musicien… il tâtonne dans un registre qu'on peut qualifier de « romantique ». Il s'en moquera plus tard, mais sans doute ressent-il alors qu'il doit passer par tous les stades de cet idéalisme sentimental avant d'affronter ce qui sera sa vraie voie picturale.

Avec *Le Désespéré,* il pousse encore plus loin puisqu'il expérimente là une situation extrême qu'il n'a sans doute pas encore connue. Peut-être celle du Raphaël de *La*

Peau de chagrin. L'homme proche du suicide, qui ne voit plus d'issue, qui se trouve, comme on dit, « au bord du gouffre ». D'ailleurs Courbet va reprendre sous le même titre la pose de son personnage (Oslo, Galerie nationale) mais en montrant tout son corps, en extérieur cette fois (on reconnaît au fond les falaises du Jura), tombant ou plongeant en avant, dans une position tout à fait déséquilibrée, insolite. Comme le tableau est inachevé, et qu'il a été peint par-dessus une nature morte, on ne sait pas si le gouffre qui s'ouvre aux pieds du désespéré est un véritable ravin à peine ébauché ou une simple lacune par-dessus laquelle le peintre aurait ensuite prolongé sa prairie.

… impliquer le spectateur, faire naître chez lui de nouvelles interrogations…

Il y a dans *Le Désespéré* première manière une démarche solitaire en atelier qu'on peut reconstituer simplement en analysant l'image. Courbet a représenté son visage, grandeur nature, en travaillant très près d'un miroir assez large. Il a dû reprendre la pose très souvent pour libérer sa main droite, celle qui peint, celle qui apparaît donc comme une main gauche dans l'image finale. Et il a tenté de reproduire les traits d'une expression extrême, plutôt rare. Il a donc agi comme Rembrandt l'avait fait le premier et de façon très systématique devant son miroir. Rembrandt expérimente, en peinture ou en gravure, toutes sortes d'expressions, depuis celles où il se montre beau, calme, gracieux, souriant, rêveur, jusqu'à celles où il est laid, vulgaire, ronchon, coléreux, furibard. Il va même jusqu'à se figurer en idiot, la bouche ouverte, le menton tombant. Ou bien en ahuri, étonné, renfrogné, effrayé, hagard. Ou encore criant, grognant, montrant les dents, riant à gorge déployée… Une expérimentation menée tout au long de sa vie et littéralement stupéfiante. Courbet a vu au moins cette gravure de 1630 où Rembrandt, les yeux ronds, la bouche pincée, joue un immense étonnement. Il a certainement vu aussi les gravures de Charles Le Brun, le peintre de Louis XIV, montrant l'expression des diverses émotions (1668) : elles circulaient partout dans les écoles d'art et étaient devenues en quelque sorte des codifications académiques des grandes métamorphoses du visage humain. Et parmi celles-ci, la colère ou la peur…

Le visage de Courbet rappelle aussi le personnage qui occupe exactement le centre du grand tableau de David, *Les Sabines.* C'est une femme. Elle regarde vers l'extérieur du tableau, droit vers le spectateur. Elle est effrayée. Elle lève ses deux bras comme pour se protéger d'une menace. Tout le tableau de David est une variation sur le thème du regard. Et la peur ou l'inquiétude que reflètent les visages des personnages sont voulues : il s'agit pour David d'impliquer le spectateur, de faire naître chez lui de nouvelles interrogations. Mais que reflète vraiment le jeune homme de Courbet ? L'artiste s'est presque collé à son miroir, il a franchi la limite qui nous permettrait de lire, de comprendre ce visage. Il est si proche de nous que nous avons du mal à accepter notre position, à trouver la « bonne distance » dont parlait Diderot dans un de ses *Salons.* Il nous faut reculer, gênés par tant d'intimité, par tant de proximité.

… ces yeux hallucinés qui semblent regarder en dedans d'eux-mêmes…

S'arracher les cheveux était un geste qui appartenait à l'extrême théâtre du désespoir antique ou aux gesticulations des pleureuses professionnelles dans le monde méditerranéen. Même à l'époque romantique, ces gestes étaient bien oubliés. Et ces yeux hallucinés qui semblent regarder en dedans d'eux-mêmes, ce n'est pas tellement le désespoir ou la peur qu'ils paraissent refléter. Plutôt une sorte de folie ou d'extase. D'ailleurs, l'autre *Désespéré*, l'inachevé, où Courbet se peint en pied, au bord d'une falaise, a été aussi nommé *Le Fou de peur*. On a suggéré que les tableaux de Zurbarán (1598-1664) présents à Paris à l'époque dans la collection espagnole de Louis-Philippe auraient pu influencer Courbet. Et en particulier plusieurs toiles consacrées à l'extase de saint François, représenté lui aussi la bouche entrouverte. Le traitement de la chemise du personnage doit beaucoup aux fameux empâtements blancs des robes de moines de Zurbarán. Le tableau fait enfin penser à la série des « Portraits de fous » de Géricault. Et donc à l'interprétation physiognomonique des visages, encore très à la mode vers 1840. Selon Lavater (1741-1801), un des derniers théoriciens de cette doctrine occulte, les qualités ou les défauts de l'âme peuvent se lire dans la morphologie du visage. Balzac lui-même était un adepte de Lavater.

« Reniant l'idéal faux et conventionnel, en 1848 j'arborai le drapeau du réalisme, qui seul met l'art au service de l'homme », déclarera plus tard Courbet. L'année même de la révolution, il abandonne en effet ces déguisements et ces postures romantiques. *Une après-dînée à Ornans, Les Casseurs de pierres, L'Enterrement à Ornans* inaugurent un tout autre genre. Courbet n'en a pas fini pour autant avec l'autoportrait. Il est le peintre cheminant, chevalet, pliant et attirail sur le dos dans *La Rencontre*, la petite silhouette qui salue l'horizon marin dans *La Mer à Palavas*, le peintre massif et souverain au centre de *L'Atelier*, enfin le prisonnier de Sainte-Pélagie en 1872. Membre actif de la Commune, il a été rendu responsable de la destruction de la colonne Vendôme. La justice qui se réveille après la tourmente va lui faire payer très cher son engagement. Procès, amendes, saisies le poussent à l'exil.

Une photographie nous montre Courbet en 1877, à la veille de sa mort. Il n'est pas si vieux : cinquante-huit ans seulement. Mais il est énorme, gonflé par l'hydropisie et la cirrhose du foie, le visage ravagé, barbe et cheveux envahis de blanc. Il est à La Tour-de-Peilz en Suisse. La plupart de ses tableaux ont été saisis et dispersés dans des ventes aux enchères. Cependant il a gardé avec lui son *Désespéré* peint trente-six ans plus tôt. En le regardant, il mesure peut-être combien son visage a changé. La situation qu'il imaginait et mimait si bien alors devant son miroir, cette fois, il peut sans doute la reconnaître et la faire sienne…

La Peau de chagrin

en perspective

Guillaume Kichenin

Mouvement littéraire

« Une révolution en plein mouvement romantique » selon Baudelaire

LORSQUE PARAÎT *LA PEAU DE CHAGRIN* en 1831, c'est pour Balzac le début de la gloire. Succès commercial et éditorial dès le départ, ce « roman philosophique » comme il l'appelle n'est pourtant pas son premier ouvrage. Il a déjà publié des romans, sous différents pseudonymes et récemment sous son nom. Il s'est par ailleurs bâti une notoriété certaine par ses articles dans différents journaux. Pourtant le public reconnaît dans ce nouvel ouvrage aux allures de conte oriental « toute une époque », son époque, peinte sans concession. *La Peau de chagrin* sent le soufre. Baudelaire y voit quelques années plus tard « une révolution en plein mouvement romantique ». Évoquerait-il l'irruption du réalisme, étiquette dont on affuble très souvent Balzac, au milieu d'écrivains romantiques ? Ce serait facile et en partie faux. Si les romans réalistes existent déjà dans la littérature populaire, le concept de « réalisme » n'est pas encore créé. Du reste, l'art d'un auteur naît rarement par génération spontanée. Il emprunte et renouvelle.

1.

La fièvre romantique

En 1831, le romantisme est le mouvement de la modernité, même pour le futur auteur de *La Comédie humaine. La Peau de chagrin* a d'ailleurs été qualifié de « plus romantique des romans de Balzac ». Le mouvement est capable de susciter les conflits les plus passionnés, lors de la première d'*Hernani* de Victor Hugo, par exemple. N'est-ce pas surprenant sachant que la sensibilité romantique est apparue à la fin du XVIIIe siècle ?

1. *Individu et nature*

Le romantisme est né d'une nouvelle vision de l'homme et de la société. Les Lumières, dont la philosophie aboutit à la *Déclaration des droits de l'homme,* ont mis l'individu au centre des préoccupations. Mais depuis Jean-Jacques Rousseau (1712-1778), l'homme est un être sentant et non plus seulement pensant comme l'écrivait au XVIIe siècle le philosophe René Descartes. Ses sentiments lui permettent d'accéder à une connaissance du réel (visible et invisible) beaucoup plus complète qu'avec la raison seule. Le poète n'a pas peur de l'exaltation lyrique, de dire je. Et il trouve dans une Nature sublime le miroir de son âme. L'Angleterre invente le mot *romanticism,* qui qualifie les paysages et les sentiments qu'on trouve dans les romans. Ses plus grands poètes sont lord Byron et Percy Shelley. L'Allemagne fait aussi école : le *Sturm und Drang,* derrière Goethe et *Les Souffrances du jeune Werther* (1774).

Raphaël est l'héritier de cette tradition psychologique. Au début du roman, il rappelle le héros créé par Byron, Manfred, auquel la narration fait plusieurs fois référence. Cet aristocrate en haut des sommets des Alpes, solitaire, maudit, qui meurt à la fin du poème dramatique, est devenu le mythe de toute une génération. À son image, Raphaël est un jeune héros. Au Palais-Royal, son apparition fait abonder antithèses et hyperboles, figures privilégiées du romantisme. C'est un être double et supérieur, mélange de vice et de vertu, de jeunesse et d'usure : « Un secret génie scintillait au fond de ces yeux voilés. » Dans la tradition religieuse, Raphaël est archange, mais ici c'est un « ange sans rayon », brisé. « J'ai été Byron puis rien », confesse-t-il. En héros romantique, il est seul au milieu de la multitude, « comme au milieu d'un désert, coudoyé par des hommes qu'il ne voyait pas », « un véritable zéro social ». Il correspond à l'image de l'artiste que les romantiques donnent, ce prophète capable avec sa *Théorie de la volonté* d'illuminer le monde. Seule la nature est en accord avec son être intérieur. Les nuages lui conseillent de mourir car « chaque suicide est un poème sublime de mélancolie ». En une phrase, les mots clés du romantisme apparaissent. Le « sublime » romantique, c'est l'élan du héros par-delà une vie étriquée. Et la « mélancolie », l'échec de cet élan. Balzac rappelle ici la définition du romantisme donnée par Mme de Staël (*De la littérature*, 1800) : « Ce que l'homme a fait de plus grand, il le doit au sentiment douloureux de l'incomplet de sa destinée. »

Le héros romantique est un héros tragique. Pourtant, à la fin du roman, Raphaël se rend au lac du Bourget pour une cure, comme l'avait fait Lamartine avant lui, ce dont le poème « Le Lac » porte la trace dans les *Méditations poétiques* (1820). Mais le récit en perturbe la réécriture. Certes, une magnifique description en est faite. Il est pittoresque, apaisant, « le seul où l'on puisse faire une confidence de cœur à cœur ». C'est tout à la fois *La Nouvelle Héloïse* (1761) de Rousseau et le poème de Lamartine. C'est un paysage sentimental qui rappelle les descriptions dans *Corinne* de Mme de Staël (1807). Cependant, une autre barque vient interrompre la méditation du héros. La société le retrouve avec ses mensonges et sa mesquinerie. Elle le chasse du lac. Au Mont-Dore où il se rend ensuite, de nouvelles descriptions s'étendent, au sujet du paysage. Il n'a pas toutefois la dimension métaphysique que lui confèrent habituellement les auteurs de « poésies peignées » que critique Balzac. Cette nature « n'avait d'analogie avec aucune idée, ne procédait que d'elle-même, vrai triomphe du hasard ». Et une fois encore, le héros est chassé de cet univers. Le paysage ne parle pas, pas plus qu'il ne sauve Raphaël. Il ne l'accompagne pas non plus dans la mort comme les Alpes le font pour le Manfred de Byron.

2. *Art et société*

Le romantisme est devenu français en deux temps. La France avait connu un préromantisme, mais le mouvement se développe hors de son territoire. Il sert à affirmer les identités nationales alors que la France (napoléonienne surtout) tente d'imposer un ordre transeuropéen. Montesquieu émettait l'idée en 1748 d'une influence du climat sur les peuples *(De l'esprit des lois)*. Germaine de Staël, exilée sous l'Empire, reprend cette idée dans *De l'Allemagne* (1813), stimulée par la présence d'intellectuels (August Wilhelm von Schlegel, Benjamin Constant) dans son château de Coppet. Pour elle, les nations de l'Europe du Nord (l'Angleterre et l'Allemagne) ont une sensibilité différente qu'on appelle romantique et qui se démarque de la culture classique du Sud, française et italienne. François-René de Chateaubriand, avec le *Génie du christianisme* et *René* (1802), s'est déjà fait le promoteur de cette modernité.

La défaite de Napoléon permet aux États de retrouver approximativement leurs contours d'avant les conquêtes et le romantisme se diffuse en Europe. Sentiment national, il devient cosmopolite. Les *Méditations poétiques* de Lamartine, publiées en 1820, sont considérées comme la première œuvre romantique française. Sous la Restauration, la vieille génération royaliste rêve d'un retour aux valeurs classiques, politiques et esthétiques. La jeunesse se sent cependant étrangère à cet ancien monde. Son enfance a été bercée par le mythe napoléonien. Rien ne pourra être comme avant. À l'origine, le mouvement soutient la royauté restaurée (Chateaubriand est ministre des Affaires étrangères sous Charles X). Magnifier l'histoire, l'héritage, redonne de la légitimité à un monarque assis sur des bases fragiles. Mais Victor Hugo, notamment, se rend compte que la modernité romantique dans les arts doit s'accompagner d'un renouveau politique et social. N'écrit-il pas dans sa préface à *Hernani* que le romantisme est le « libéralisme en littérature » ? Le romantisme se gauchit donc. Car, au XIXe siècle, être libéral, c'est prôner la liberté des individus. C'est vouloir partager le pouvoir et la prospérité née de la révolution industrielle au moins avec les bourgeois, au mieux avec tous. Ainsi, en 1830, se battre au Théâtre-Français à cause d'*Hernani*, drame romantique qui pulvérise la forme classique de l'alexandrin et propose une vision fort ambiguë du futur empereur Charles Quint, c'est entamer une révolution des esprits. Du reste, quelques mois plus tard, un soulèvement a lieu à

Paris lors de ce qu'on appelle les Trois Glorieuses, du 28 au 30 juillet 1830. Le roi est renversé mais c'est le duc d'Orléans, son cousin, Louis-Philippe Ier, qui le remplace. La République dont rêvaient bon nombre d'émeutiers avorte. Les libéraux sociaux sont aussi déçus par cette monarchie qui est avant tout une monarchie bourgeoise. Le drapeau tricolore de 1789 qu'avait abandonné la Restauration au profit du drapeau blanc, royaliste, est de retour. C'est tricolore qu'il est brandi par la femme allégorique que peint Delacroix en 1830, cette *Liberté guidant le peuple.* Pourtant la révolution n'est qu'un leurre. Les grands bourgeois ont remplacé les aristocrates, mais ils se comportent comme eux. Sont au pouvoir les plus malins, une fois encore.

2.

Erreur dans les remèdes

1. *Le style comme donnée historique*

C'est ainsi que commencent à se dessiner les limites du romantisme. Sa vigueur venait de son opposition avec le classicisme, qui pour lui est double : politique et esthétique. Paul Valéry (1871-1945) explique à juste titre que ce qui différencie le classique du romantique, c'est une différence de « métier » : le classique l'a appris. Tout auteur, sous l'Ancien Régime, a été éduqué aux humanités gréco-romaines (mythologie, langue, littérature, rhétorique) et exploite cette culture. Pour le romantique, le métier ne suffit pas à définir sa qualité d'écrivain. Son ouverture personnelle au monde, son intimité avec la langue forgent son style. « Un romantique qui a appris son art devient un classique », ajoute Valéry. Toutes ces images, ces figures de style, ces sentiments à déployer risquent tôt ou tard de fonctionner à vide, de n'être que des imitations de sentiments, de sonner faux. Ainsi, en 1831, le foisonnement romantique fascine Balzac, mais il sait qu'un mouvement ne peut durer indéfiniment sans se raidir. Par ailleurs, la monarchie bourgeoise qui s'est mise en place a une tout autre vision de la langue et de la culture. D'un point de vue littéraire, elle est conservatrice comme les ultras sous la Restauration qui huaient *Hernani*, mais elle n'en a pas toujours la formation intellectuelle. Se met peu à peu en place un français normé, ce que l'écrivain Charles Nodier, ami de Balzac, appelle une « langue commune ». Et il s'agit d'écrire dans cette langue commune qui parle à la société nouvelle, parce qu'elle s'exprime comme elle.

2. *Le bazar de l'histoire*

Le tout jeune drame romantique prétend œuvrer sur la scène politique. Il est implicitement héritier d'une philosophie de l'histoire qui associe trois noms : l'Italien Vico au XVIIIe, l'Allemand Hegel et bientôt le Français Auguste Comte pour le XIXe siècle. Selon eux, l'histoire se répète avec des variations. Dès lors, représenter la politique des siècles passés, c'est peut-être dire quelque chose de la politique actuelle, et agir pour la modifier. Néanmoins, Balzac pressent que ce rapport à la réalité est insuffisant. Le romantisme, s'il a conquis la scène après avoir mis en avant la poésie, est resté poétique sur les planches. Une chose est certaine : le XIXe siècle a vu naître un grand engouement pour l'histoire. Elle s'est écrite sous les yeux des individus.

Quelques décennies ont suffi à faire et défaire des structures politiques différentes, comme si le temps s'accélérait. Mais, pour Balzac, les romans historiques — ceux de l'Écossais Walter Scott (*Ivanhoé*) ou *Notre-Dame de Paris* de Hugo publié en 1831 — ne s'attaquent pas à la réalité telle qu'elle est. Les œuvres romantiques sont au goût du jour, plus peut-être pour leur côté pittoresque que parce qu'elles ont un pouvoir véritable sur la société. Balzac en sourit : « La MODE est la fixité même en comparaison des vertigos dont notre littérature est saisie. Hier c'était l'Orient; le mois passé, ce fut l'Espagne ; demain ce sera l'Italie », écrit-il en mai 1830. Il existe une « girouette littéraire » et l'histoire risque bien de n'être qu'un décor.

Dans le magasin d'antiquités de *La Peau de chagrin*, les objets amoncelés forment un bric-à-brac à la fois historique et géographique. Tout y est, et le narrateur se plaît à nous les décrire. Raphaël est même placé en situation de rêveur sur l'histoire puisque chaque objet est le point de départ d'une résurrection de l'époque dont il est la trace. Là réside la vision romantique du temps. Est historique ce qui a existé, disparu, susceptible d'être ravivé par le travail de l'imagination. Ce que fait Raphaël dans la boutique n'est pas loin de la méthode que revendique Michelet, nommé en 1831 chef de la section historique aux Archives nationales et qui publie la même année une *Introduction à l'Histoire universelle.* Il résume ainsi sa méthode, véritable résurrection du passé à partir des documents d'archives (*Histoire de France*) :

> Et à mesure que je soufflais sur leur poussière, je les voyais se soulever. Ils tiraient du sépulcre qui la main, qui la tête, comme dans le Jugement dernier de Michel-Ange, ou dans la Danse des morts. Cette danse galvanique qu'ils menaient autour de moi, j'ai essayé de la reproduire en ce livre.

Balzac, pour sa part, compare ce qui se passe dans la boutique à l'œuvre du paléontologue Cuvier : « Soudain les marbres s'animalisent, la mort se vivifie, le monde se déroule. » Néanmoins, cette célébration du passé n'est qu'une étape dans la visite de cette caverne d'Ali Baba. Le magasin est sur trois niveaux qui symbolisent chacun un espace différent. Au rez-de-chaussée, les objets appellent une réflexion sur l'histoire, au premier étage, chaque antiquité est ramenée à sa valeur marchande, au second, Raphaël contemple des œuvres d'art au milieu desquelles se trouve la fameuse Peau. Tout se passe comme si la visite des lieux dessinait un parcours initiatique : on abandonne l'histoire révolue, mobilier des romans de Walter Scott, pour pénétrer dans l'espace de l'argent, qui définit le monde de Balzac, au sommet duquel se trouve l'art, notamment sa création originale : la Peau. Il met en scène le passé pour le dépasser par le présent et peut-être le rendre mythique, c'est-à-dire proposer une signification du monde vraie, tout le temps.

3. *La chronique ou l'histoire au présent*

Comment donc concilier la mode littéraire et sa propre conception de la littérature ? Balzac et Stendhal, chacun à sa manière, tentent de surmonter cette difficulté. Ce dernier publie en 1830 *Le Rouge et le Noir*, qu'il sous-titre « Chronique de 1830 ». Balzac en 1829 s'est lui aussi essayé au roman historique plus proche de son temps. Ce sont *Les Chouans ou la Bretagne en 1799*, qui ne connaissent pas un franc succès malgré leur valeur. Mais *La Peau de chagrin* s'inscrit dans le temps présent, l'actualité encore chaude.

Balzac n'était pas à Paris lors de la révolution de

juillet 1830 et le roman ne la montre pas en train de se faire. Pourtant la chronologie de l'intrigue se mêle à l'actualité la plus brûlante. Lorsque Raphaël et ses amis se retrouvent, ils parlent de le « canoniser comme un héros de juillet ». Le roman s'ouvre « vers la fin du mois d'octobre dernier » ; il s'agit de 1830. La débauche du héros correspond aux bouleversements de l'été. L'agonie commence « dans les premiers jours de décembre ». Sa mort se situe fin juillet au plus tard, au moment où Balzac publie le roman. Le temps de l'écriture du roman coïncide avec le temps de l'histoire, le temps de la lecture est le prolongement du temps du récit.

Il ne faudrait pas opposer un romantisme peu intéressé par la réalité à Balzac ou Stendhal, attentifs, quant à eux, à l'histoire en marche ; mais les moyens pour transformer le réel, qui les préoccupent tous, diffèrent. Pour Balzac, il faut rendre lisible le présent en le montrant tel qu'il est, tel qu'on le connaît. Dans cette perspective, le roman abonde en références (histoire événementielle et histoire des idées). Elles peuvent être d'ordre politique (par exemple, l'épisode des quatre sergents de La Rochelle dont la mort a bouleversé l'opinion), philosophique, artistique ou scientifique. Balzac s'est documenté, il reproduit parfois quelques passages d'ouvrages de référence. *La Peau de chagrin* ne cultive pas de passéisme. Il est le roman d'une génération, avec sa culture, qui aboutit à une modification de la doctrine romantique.

3.

« La senteur cadavérique d'une société qui s'éteint »

1. *L'« école du désenchantement »*

Dans l'un de ses articles de 1830 à propos « Des mots à la mode », Balzac note qu'« actualité » et « aujourd'hui » en font partie tandis que « libéralisme » est déjà un mot vieilli. Ce terme, brandi par Hugo comme un étendard lors de la bataille d'*Hernani*, est dépassé dans la mesure où, depuis près d'un an, l'imposture libérale est patente. Balzac, au sujet de son ami Nodier, parle de l'« école du désenchantement ». Alfred de Musset reprend l'expression dans sa *Confession d'un enfant du siècle*, parue en 1836, et explique que cette désespérance est la fin de tout idéal : l'échec et la mort de Napoléon, le vieillissement des pères qui ont combattu, les rêves de grandeur avortés chez les jeunes parce qu'il n'y a plus de conquête à mener, la perte des mythes et de la foi. Tout se passe comme si « l'humanité en léthargie avait été crue morte par ceux qui lui tâtaient le pouls ». Et Musset résume le problème ainsi :

> Toute la maladie du siècle présent vient de deux causes ; le peuple qui a passé par 93 et par 1814 porte au cœur deux blessures. Tout ce qui était n'est plus ; tout ce qui sera n'est pas encore. Ne cherchez pas ailleurs le secret de nos maux.

Faire la chronique du temps présent permet une satire du pouvoir en place. Le polylogue qui s'instaure lorsque Raphaël retrouve ses amis et se poursuit chez Taillefer en est l'exemple le plus marquant. Le changement de roi, les modifications constitutionnelles qu'il a opérées apparaissent comme des leurres. Le bon peuple de France a été mystifié « avec des mots nouveaux et de vieilles idées ».

> Il est bien plus heureux de payer douze cents millions trente-trois centimes à la patrie représentée par messieurs tels et tels, que onze cents millions neuf centimes à un roi qui disait moi au lieu de dire nous.

2. *L'or roi et le désir*

Depuis 1830, il est manifeste que l'argent est le véritable roi au-dessus de Louis-Philippe, qu'il peut même donner de l'esprit au banquier Taillefer, et que l'ascension des grands bourgeois n'a pas réalisé les espérances libérales. Le gouvernement est une « aristocratie de banquiers et d'avocats ». La presse semble toute-puissante : le « pouvoir s'est transporté [...] des Tuileries chez les journalistes », « les idées s'échangent et se vendent à tant la ligne ». L'individualisme avide ne garantit pas la libération des êtres et de la société. Mais le scepticisme a gagné les cœurs. Perte de la foi, d'autant que la monarchie ne se proclame plus de droit divin, perte des idéaux politiques (un « pauvre saint-simonien », c'est-à-dire partisan d'une politique sociale, est raillé parce qu'il est « assez naïf pour croire en sa doctrine »). Le roman imite le *Faust* de Goethe (traduit en 1828 par le poète Gérard de Nerval) et *Melmoth, l'homme errant* de Maturin (traduit en 1821 en français), œuvres dualistes. Pourtant, l'antiquaire a tout à la fois la « figure du Père éternel » et le « masque rieur de Méphistophélès ». À son image, le talisman semble diabolique. Il est pourtant relié au cachet de Salomon qui porte le nom secret de Dieu et le texte, inscrit de manière magique sur la peau, fait par deux fois référence à Dieu. Les valeurs sont brouillées. De la même manière, Balzac, avant Nerval et Baudelaire, met en scène certaines des thèses de Swedenborg, philosophe suédois du XVIIIe siècle, qui pense que le monde physique est en exacte correspondance avec un monde spirituel et que chaque être procède d'une double nature. Ce rôle est dévolu à Pauline. Elle est à la fois une femme-fée et un vampire. C'est le désir que Raphaël éprouve pour elle qui le tue. Ils se dévorent l'un l'autre. Elle lui prend sa vie, il lui mord le sein dans un dernier soupir. La vision du désir n'est plus exactement romantique. Dans un texte célèbre, Chateaubriand définit ainsi le « vague des passions », ce mal du siècle (*Génie du christianisme*) :

> On est détrompé sans avoir joui ; il reste encore des désirs, et l'on n'a plus d'illusions.

Le talisman et Pauline sont là pour assouvir les désirs du héros. Raphaël, délié des conventions bourgeoises, n'attend pas son mariage avec Pauline pour la posséder. Leur dernière étreinte est fortement sexualisée. En fait, le drame du désir dans le roman, c'est qu'il doit être compté. Le corps est une limite en même temps qu'il permet la réalisation de la volonté. Le romantique est un héros empêché, « un dieu tombé qui se souvient des cieux » (Lamartine). Il est métaphysiquement incomplet. Raphaël n'a pas de ciel ni de salut. Son drame est un pur problème économique, la limite du corps et du fluide vital : durer sur cette terre le plus longtemps possible ou se dépenser sans compter, telle est la question.

La Peau de chagrin construit un héros romantique pour le désenchanter au contact de la révolution et des nouvelles valeurs. La réalité est devenue un sujet romanesque et non pas simplement un horizon d'action pour l'artiste. Pourtant, il s'agit, pour Balzac, d'une période transitoire. La clairvoyance portée sur le réel ne doit pas conduire au pessimisme le plus noir. Lors du banquet, le narrateur omniscient mesure la valeur des êtres dans le temps et conclut : « [...] cinq avaient de l'avenir, une dizaine devaient obtenir une gloire posthume. » Balzac critique la société, mais la considère dans son mouvement. En cela réside la différence fondamentale entre la réalité désenchantée selon Balzac et le naturalisme fin-de-siècle à la Zola. Ici, la société est « crue morte ». Là, elle est disséquée, parce qu'elle est un cadavre, déjà.

Quelques lectures complémentaires

Pierre BARBERIS, *Une mythologie réaliste*, Paris, Larousse, 1971.

Paul BÉNICHOU, *Le Sacre de l'écrivain (1750-1830)*, Paris, Gallimard 1977.

— *Le Temps des prophètes, doctrines romantiques*, Paris, Gallimard 1977.

— *L'École du désenchantement*, Paris, Gallimard, 1992.

Albert BÉGUIN, *L'Âme romantique et le rêve*, Paris, José Corti, 1991.

Georges GURSDORF, *L'Homme romantique*, Paris, Payot, 1984.

Marcel REBOUSSIN, *Balzac et le mythe de Fœdora*, Paris, Nizet, 1966.

L'Esthétique romantique en France, une anthologie, textes présentés par Claude Millet, Paris, Pocket, 1994.

Quelques textes fondateurs

Alfred de MUSSET, *La Confession d'un enfant du siècle*, 1836.

Germaine de STAËL, *De l'Allemagne*, 1813.

STENDHAL, *Racine et Shakespeare*, 1824.

Genre et registre

Roman philosophique, roman « phosphorique »

POUR LA SOCIÉTÉ DE 1831, le roman n'est pas le genre littéraire le plus noble. Il existe bel et bien, mais passe pour populaire, destiné à un public moins averti. Quand il est choisi par les romantiques, il s'apparente à une prose poétique. Ce n'est pas ce que recherche Balzac. Même si d'autres genres sont à la mode, le récit fantastique notamment, on s'interroge sur la portée d'un roman, historique ou philosophique. Dans son article de 1829 sur l'édition française des *Contes* d'Hoffmann, Walter Scott reconnaît le génie de l'écrivain allemand mais estime qu'il aurait pu exercer son talent à d'autres sujets, sa rencontre avec Napoléon en 1813 par exemple, et épargner au public l'une de ses *diableries.* Jeune, Balzac se promettait d'être philosophe. Cette envie est demeurée malgré le passage des réflexions abstraites à la fiction. Dès la première édition, *La Peau de chagrin* est un *Roman philosophique.* Parallèlement, l'auteur semble lassé des formes littéraires trop rigides et défend un art héritier du *Gargantua* de François Rabelais (1483-1553) et du *Tristram Shandy* de Laurence Sterne (1713-1768), c'est-à-dire fantaisiste, excentrique : une esthétique du disparate, « phosphorique ». En fait, *La Peau de chagrin* est la combinaison de plusieurs genres et donc de plusieurs registres : le conte fantastique, le roman à caractère autobiographique et le roman philosophique.

1.

« Un cercle de magie » (Philarète Chasles)

Le fantastique est à la mode en 1831 grâce au roman gothique anglais (Ann Radcliffe, Matthew Lewis), aux récits de Nodier et à la traduction en français des *Contes fantastiques* d'Hoffmann. En 1830, Berlioz fait jouer sa *Symphonie fantastique.* Balzac s'approprie cet héritage. Dans le magasin d'antiquités, il parvient à réconcilier histoire et magie puisqu'il met en scène les siècles passés dans une atmosphère fantasmagorique. Goethe, lecteur de *La Peau de chagrin*, note dans son *Journal* (11 octobre 1831) que cette œuvre « se distingue par l'énergie et par le goût avec lesquels elle se meut entre le possible et l'impossible ».

1. *Une mise en scène*

Étymologiquement, le merveilleux commence par la perception (*mirabilia* signifie « choses étonnantes ») et le narrateur justifie abondamment les tableaux fantastiques qui nous sont montrés par l'état dans lequel est le héros : analyses physiologiques, psychologiques, ou justifications techniques, optiques même, tout est bon pour rationaliser l'épisode. Le langage crée le merveilleux : verbes d'action qui prêtent un mouvement aux choses, adjectifs, comparaisons. Balzac construit une série d'*ekphrasis* (descriptions d'œuvres d'art) qui s'animent grâce à Raphaël qui laisse aller son imagination. Il y a fantastique grâce à la pluralité des points de vue, parce que au même instant le personnage croit voir des prodiges tandis que le narrateur les nie en tant que phénomènes surnaturels. Ce narrateur qui en sait toujours plus démystifie. Il rappelle que la boutique est sur le quai Voltaire, « dieu de l'incrédulité française », que la scène se passe « au dix-neuvième siècle [...] où la magie devait être impossible ». Le héros l'imite plus tard en trouvant la cause naturelle aux rayons que la Peau projette. Et c'est pourtant à ce moment précis que le pacte se conclut entre le vieillard et le sceptique.

Le texte est submergé par le discours direct. Le narrateur n'est plus présent pour nous dire qui il faut croire. Peu à peu, le lecteur a été amené à accepter l'existence de cette peau et son caractère magique car la scène dans la boutique a utilisé l'arsenal surnaturel traditionnel des romans gothiques (squelette, momies, fantômes, apparitions et bruits étranges) pour le nier, le réduire à un tour de passe-passe langagier. Un climat de vraisemblance a été instauré par une habile collaboration du narrateur et des personnages. Le piège s'est refermé sur nous, lecteurs.

Goethe avait vu juste. Il ajoute dans son *Journal* que le merveilleux est employé avec « logique » et « conséquence ». Puisque le vieillard a dit vrai au sujet de la Peau, alors le roman peut mettre en scène l'accomplissement des vœux de Raphaël. Au départ, il s'agit presque d'une coïncidence, mais la scène d'orgie est en réalité construite par symétrie avec les souhaits émis dans la boutique. Puis la magie de la Peau s'avère, parce que Raphaël la voit rétrécir à plusieurs reprises. Lorsque la Peau disparaît, Pauline en est aussi témoin. Tous les autres réduisent la merveille à un simple phénomène ou bien la tournent en dérision. Cependant, chacun ne voit qu'un état de la Peau. Le héros est seul à en avoir une appréciation historique, parce qu'elle va de pair avec sa propre vie, qu'il partage avec Pauline à la fin du roman. La magie de la Peau est bien vraisemblable et la prophétie du vieil antiquaire était vraie. Mais ce ne pourrait être aussi qu'une production de l'imagination de Raphaël et de Pauline, puisqu'elle l'aime... Le fantastique naît de l'opposition entre la conscience d'un individu et l'avis de la société qui l'environne, matérialiste et sceptique. Il fonctionne ainsi comme « un cercle de magie », selon l'expression du préfacier de Balzac, Philarète Chasles. Il crée les conditions qui rendent possibles le déclin du héros et la démonstration philosophique de Balzac.

2. *Une tonalité*

Le fantastique permet en outre de faire alterner une langue exotique, colorée (mots importés, références pittoresques, langue étrangère avec le texte en arabe écrit sur la Peau), et une langue technique (jargon scientifique, médical, goût de la classification, utilisation du présent et des généralisations, présence de discours explicatif). Dans ce roman qui nous parle d'Inde, où des coups de théâtre jugés invraisemblables rendent compte de l'évolution des personnages, on discute argent en comptable. Le désir est exprimé crûment pour l'époque — pour la première fois sans doute. Les contemporains de Balzac, charmés par l'aspect oriental du roman, trouvaient, au contraire, tout ce prosaïsme très laid. Cette dualité des registres de langue se retrouve lors de l'orgie. La description du repas, les courtisanes sensuelles comme dans un sérail forment deux tableaux orientaux où est injecté le vocabulaire du fantastique. Mais les conversations politiques (à la tonalité cynique et burlesque) sont là par contraste. Enchantement et désenchantement.

2.

Des confessions sans prêtre

1. *Un nouveau Jean-Jacques*

Le romantisme, qui a mis le moi en avant, a été moins marqué par une profusion d'autobiographies que par des fictions contaminées par l'expérience personnelle. *La Peau de chagrin* est dans ce cas, comme avaient pu l'être dans une plus grande mesure encore *René* de Chateaubriand, *Oberman* de Senancour, *Adolphe* de Benjamin Constant ou comme le sera *La Confession d'un enfant du siècle* de Musset qui commence ainsi : « Pour écrire l'histoire de sa vie, il faut d'abord avoir vécu ; aussi n'est-ce pas la mienne que j'écris. »

Retenons les ressemblances les plus frappantes entre l'auteur et son personnage. Le père de Balzac s'assimile à celui de Raphaël par sa formation intellectuelle et son destin financier. Ils viennent tous deux du sud de la France. Le prénom de la mère du héros, Barbe-Marie, est celui de la grand-mère de Balzac. Raphaël tout comme l'auteur ont fait du droit, ont habité dans une mansarde, avec un piano, dans le Quartier latin. D'après le témoignage de sa sœur, Balzac avait entamé une « Théorie de la Volonté » lorsqu'il était au collège. Ils partagent tous deux le même goût du luxe et ne conçoivent l'amour que dans sa version élitiste. Dans l'épilogue, un couple voyage sur *La Ville d'Angers*, rappel du voyage en Touraine de Balzac et de son amante, Mme de Berny.

Mais à ce moi qui s'expose par fiction interposée, répond Raphaël qui s'épanche dans la deuxième partie de *La Peau de chagrin*, intitulée « La femme sans cœur ». On y apprend ce qui l'a conduit à l'état de désespoir dans lequel le roman l'a trouvé à ses débuts. Ce récit rétrospectif s'assimile à une confession en écho à Rousseau. Le héros habite à l'hôtel Saint-Quentin, lieu de résidence du philosophe. Il dit « je » et s'adresse à Émile (le nom d'un des personnages que porte un ouvrage de Rousseau, *Émile ou De l'éducation*) qui lui déclare : « Confesse-toi, ne mens pas. » Sincère et chronologique, le récit est mêlé d'analyses morales (lexique de la loi et de la faute, présent de vérité générale, maximes) car « ne vouloir connaître de sa vie que les événements matériels, c'est faire de la chronologie, l'histoire des sots ». Raphaël s'épanche, mais ce gigantesque monologue, très artificiel, essaie de ne pas faire oublier son rapport avec le récepteur. Des adresses au destinataire ponctuent régulièrement le récit.

2. *Un anti-Rousseau*

Pourtant, cette confession est tournée en dérision par le montage burlesque dans lequel elle s'inscrit. Ce narrateur second est censé être ivre, même si ses répliques restent fort construites pour assurer la vraisemblance du récit rétrospectif. En revanche, Émile est saoul et désinvolte. Il lui coupe la parole, lui demande d'abréger, critique cette confession, « exigeant comme un lecteur et prêt de dormir ». Malgré les apparences, l'enchâssement de cette confession n'éloigne pas de l'intrigue principale. Pour le héros, il s'agit d'un tableau :

« embrasser en un instant toute ma vie ». Il se raconte, tel le peintre italien dont il porte le nom, Raphaël. Dans le magasin d'antiquités, une toile du peintre était en face de la Peau. De la même manière, la métaphore picturale est suivie de cette remarque : « Vue à distance, ma vie est comme rétrécie par un phénomène moral. »

D'un point de vue narratif, la Peau contient toute la vie de Raphaël puisque le récit de sa formation ne se produit que lorsque le héros est déjà sous l'influence du talisman. Elle est une « métaphore de la Vie ». Pourtant le ton moralisant que Raphaël emploie n'est pas le signe de sa rédemption. La troisième partie qui commence, lorsque ce récit enchâssé se clôt, s'intitule *L'Agonie*. Juste avant sa mort, une vieille Auvergnate l'assimile à Jésus-Christ. La Peau se trouvait d'ailleurs en face d'un *Christ* de Raphaël. Mais le héros n'a rien appris. Sa mort ne sert à rien. « Raphaël avait pu tout faire, il n'avait rien fait. » Le héros désenchanté est un être avorté. Cette confession sans but permet de désamorcer le lyrisme du récit rétrospectif, et le tragique de l'agonie, tonalités également instaurées par le lexique. Cette Peau matérialisant une destinée inéluctable, le héros, comme soumis, ne se bat pas. En cela il n'est pas tragique, simplement pathétique.

3.

Raphaël, fils du *Candide* ?

Même si Balzac s'affiche en tant que conteur, il s'agit bien d'un roman et non d'un conte. Le roman est cette forme ouverte dans laquelle verser tous les ingrédients d'une fantaisie littéraire. On le voit bien, dans *La Peau de chagrin,* temps de l'histoire et temps du récit s'articulent de manière complexe. Plusieurs personnes assument la parole. Tout cela n'est pas l'esprit du conte, ce qu'aurait pu permettre la Peau à elle seule en tant qu'objet magique et oriental. En revanche, la dimension philosophique de ce roman le rapproche de la structure voltairienne.

1. *Des idées...*

La portée philosophique du texte est visible par l'alternance de la fiction et des idées. Soit le récit s'interrompt pour laisser la place à un commentaire à valeur généralisante (choix des déterminants, présent de vérité générale, vocabulaire abstrait), soit c'est la description qui est tirée du côté de la généralité. Chaque description de Balzac est un tableau, comme si la signification ne pouvait venir que de la clôture et de la condensation. Un objet ou une personne est décrit. Puis la phrase suivante allégorise. Le narrateur nous fait passer à un autre niveau de réalité, morale. C'est là une manifestation de la doctrine de la double vue chère à Balzac : la réalité est à plusieurs épaisseurs. Par exemple, à partir de « visages hâves » qui révèlent des « appétits physiques » bestiaux et froids, le narrateur nous conduit dans le monde des mœurs et des généralités. Il en fait le « réveil du vice sans vêtements ni fard ». Le lexique les personnifie grâce aux verbes et aux images, les dote d'un corps. L'utilisation de la majuscule participe également de l'allégorie : au début du roman, la salle de jeu engendre « le Jeu ». Puis le texte dit d'un vieillard qu'il décrit : « C'était le Jeu incarné. » On ne sait pas toujours ce qui vient en premier dans le texte de Balzac : le concept ou l'être de chair.

Dans son introduction à l'édition de 1834, Félix Davin explique la différence entre les « Études de mœurs » et les « Études philosophiques » dans lesquelles *La Peau de chagrin* est rangée : « Dans les premières assises de cette construction sont pressées et foulées les individualités typisées ; dans la seconde se dressent des types individualisés. » Un type, c'est le représentant d'une classe. Balzac a une vision scientifique de la société : il écrit dans son avant-propos à *La Comédie humaine* :

> Il a donc existé, il existera donc de tout temps des Espèces Sociales comme il y a des Espèces Zoologiques.

Les deux courtisanes Euphrasie et Aquilina incarnent deux façons d'appréhender la vie : dépenser ses forces ou les économiser. Deux attitudes qui font écho à Rastignac, véritable flambeur, et au vieil antiquaire hors d'âge qui, lui, ne s'est pas épuisé à désirer. Ce sont également deux facettes de la vie du héros. L'intrigue elle-même est construite par symétrie : dans « La Femme sans cœur », la débauche de Raphaël c'est Euphrasie ; sa vie ascétique, c'est Aquilina, « L'Agonie ». D'ailleurs, ces deux directions données à la vie du personnage sont exprimées dans les mêmes termes. L'acquisition de la Peau se fait selon un modèle faustien : dans le poème dramatique de Goethe, le docteur Faust vend son âme à Méphisto en échange de toutes les jouissances. Or Raphaël compare le dissipateur qu'il était à ceux qui « ont vendu leur âme au diable ». Surendetté, il sent son « âme emprisonnée dans le portefeuille d'un banquier ». Les différents médecins convoqués pour soigner Raphaël incarnent différents courants de cette discipline, de même que le naturaliste, le physicien et le chimiste représentent différentes sciences contre lesquelles se heurte la magie de la Peau. Pauline est la femme-ange, double inversé de Fœdora. À la femme spirituelle s'oppose la femme terrestre. La dernière phrase du roman est claire sur la dimension allégorique de Fœdora : « [...] vous la rencontrerez. Elle était hier aux Bouffons, elle ira ce soir à l'Opéra, elle est partout, c'est, si vous voulez, la Société. » Le récit de Raphaël en avait déjà fait un type : « La femme sans cœur » l'abstrayait de l'histoire particulière, et une multitude de formules comme « C'était plus qu'une femme, c'était un roman » ou « Fœdora, c'est la fortune », montraient que cette femme cristallise bien plus que le désir amoureux. Elle *est* l'or, le spectacle mondain continuel (sauf lorsque Raphaël fait le voyeur dans sa chambre), l'insensibilité à l'état pur. Le désir de Raphaël pour cette femme est en fait le désir de l'artiste pour la Vie en société, avec tout ce qu'elle comporte.

> Fœdora. Mais ce nom, cette femme n'étaient-ils pas le symbole de tous mes désirs et le thème de ma vie ?

2. *... des hommes...*

Balzac tente d'individualiser ces types par une langue qui leur est propre. Ses romans postérieurs développeront davantage encore le procédé. Mais, déjà, Rastignac a le goût du bon mot, ses répliques sont empreintes de cynisme. L'accent étranger d'une Alsacienne ou les tournures rustiques, mêlées d'archaïsmes, des paysans auvergnats sont parodiés. Raphaël est un phraseur, on sent en lui le plaideur. Il est lyrique et analytique, poète et scientifique. Pauline a une utilisation de la langue plus sentimentale, ainsi le mot « chagrin » ne cesse de revenir dans sa bouche. Fœdora parle très peu au style direct, comme si la fascination qu'elle exerce ne pouvait exister que dans le regard de Raphaël. L'entendre parler, c'est s'exposer à la déception, car ses phrases sont courtes, utilitaires, mondaines et, en même temps, elles traduisent la roturière : son vocabulaire est économique. Les deux seuls moments où elle se lance dans une tirade, c'est pour mettre une distance entre le héros et elle.

Les convives de Taillefer ne sont pas fortement individualisés par leur ton, mais davantage par les points de vue qu'ils développent. Ils forment à eux tous un panorama des idées politiques en 1830, et la mise à niveau de toutes leurs répliques, l'absence d'incises, parfois, donnent l'impression d'une voix collective, d'un bruissement où ne prédomine pas une opinion sur une autre. Un montage sceptique en quelque sorte. L'enchaînement des répliques crée même le burlesque puisque se mélangent des propos de table (sur les asperges, sur les petits pois : *La Peau de chagrin* est « un roman où l'on mange ») avec des considérations politiques. On aurait pu s'attendre à un banquet philosophique ; on pouvait au moins espérer que cette beuverie soit rabelaisienne et qu'elle symbolise une naissance. Mais c'est une orgie décadente. La philosophie du roman se situe à un autre niveau. Aucun personnage ne la revendique et ne l'incarne à lui seul. Les êtres de papier sont toujours en position d'infériorité par rapport au système tout entier qu'assume le narrateur.

Balzac annonçait que ses « Études philosophiques » devaient montrer les causes profondes des comportements qu'il mettait en scène dans ses « Études de mœurs ». Sa théorie, qui domine toute *La Comédie humaine* et qu'on retrouve dans *Louis Lambert* (1835), est que chaque individu a une certaine quantité d'énergie qu'il doit

« gérer », comme un bien financier. Notre mort survient lorsque tout a été dépensé. Cette énergie se consomme lorsque nous pensons, c'est-à-dire lorsque se forment en nous des désirs que nous voulons satisfaire et qui nous poussent à l'action. Le vieil antiquaire parle de trois verbes : savoir, vouloir, pouvoir.

> Vouloir nous brûle et Pouvoir nous détruit ; mais Savoir laisse notre faible organisation dans un perpétuel état de calme.

La Peau de chagrin, qui associe désir et puissance magique, est le symbole de la dépense, de ce que Rastignac appelle le « Système dissipationnel ». Ce n'est pas la Peau par elle-même qui tue Raphaël mais l'utilisation qu'il en fait. Comme une jauge, elle permet de mesurer ce qu'il lui reste de cette énergie vitale dont il ne dispose qu'en quantité finie. Lorsque Raphaël tente d'étendre la surface de la Peau par tous les moyens, elle résiste. Il n'y a pas de seconde donne. Cependant, la morale de ce récit philosophique est ambiguë : on ne sait pas finalement si Balzac préconise cette économie de soi qui assèche, qui fait perdre à Raphaël tout héroïsme ou s'il ne vaut pas mieux être un flambeur, du moment que l'on agit. Par ailleurs, si Pauline est l'idéal, Fœdora fascine le héros et Balzac lui-même. Il peint avec lucidité un monde désenchanté. Pourtant, son pessimisme est mêlé de désir pour une société fausse mais attirante, si on a les moyens de jouer avec ses règles (argent, nom, position, beauté). Le poète doit savoir quitter sa mansarde.

3. *... et des mythes*

Si Balzac est présenté comme réaliste, on s'aperçoit qu'il essaie plutôt de dégager des lois invisibles derrière les êtres. Ses fictions, et notamment *La Peau de chagrin*, ont une ambition mythique. Pour l'énoncer simplement, un mythe est un récit qui tente de répondre à de grandes questions sur l'homme et d'expliquer le monde. D'un abord aisé en apparence, il fonctionne avec des symboles et sa signification est inépuisable, parce qu'il est traversé de zones d'ombre. Tout n'y est pas dit et c'est pour cela qu'un récit mythique peut survivre à travers les générations. « Se réduire comme peau de chagrin » est une expression encore utilisée. On la doit à l'influence du roman de Balzac, qui pensait certainement, dans ce portail de *La Comédie humaine*, créer un mythe fondateur, permettant de comprendre la société dans laquelle il vivait et, au-delà, l'homme. À ce titre, cette œuvre n'est pas réductible à un simple roman à thèse, une vaste allégorie. Le roman à thèse déçoit généralement parce qu'il n'est ni vraiment romanesque ni suffisamment philosophique. Mais le point de départ de Balzac n'est pas une simple idée à laquelle il donnerait forme par une histoire et des personnages. Son préfacier, Philarète Chasles, reconnaît qu'« avoir vivifié [le fantastique] sans tomber dans la froideur de l'allégorie, c'est chose méritoire, c'est le témoignage d'un rare talent ». Ce qui fait l'intérêt du roman est sans doute l'objet qui lui a donné son titre. La Peau de chagrin est une « Peau symbolique ». Au XIXe siècle, *symbole* et *allégorie* sont souvent interchangeables. L'allégorie comme le symbole associent deux univers : le concret et l'abstrait. Pourtant, des nuances les séparent. On trouve dans le symbole une justification particulière. La Peau de chagrin est le symbole de l'existence, parce qu'elle se rétrécit *comme* l'espérance de vie de Raphaël. En outre, le symbole est inépuisable. Il signifie plus que ce qu'on pourrait attendre. À lire la *Correspondance* de Balzac, la

Peau est devenue un mythe personnel mais aussi un mythe romanesque autour duquel gravite toute *La Comédie humaine.* Muette, elle fonctionne comme un personnage vivant dans l'intrigue, signifiant *et* attachant.

Pour en apprendre plus sur l'esthétique de Balzac

Éric BORDAS, *Balzac, discours et détours. Pour une stylistique de l'énonciation romanesque*, Toulouse, Presses universitaires du Mirail, 1997.

Régine BORDERIE, *Balzac peintre de corps. « La Comédie humaine » ou le sens du détail*, Paris, SEDES, 2002.

Jean-Daniel GOLLUT et Joël ZUFFEREY, *Construire un monde. Les phrases initiales de « La Comédie humaine »*, Lausanne-Paris, Delachaux et Niestlé, 2000.

Collectif, *Balzac et « La Peau de chagrin »*, Paris, CDU, SEDES, 1979, études réunies par Claude Duchet.

Collectif, *Nouvelles lectures de « La Peau de chagrin »*, Faculté des Lettres de Clermont-Ferrand II, 1979.

Collectif, *Balzac, une poétique du roman*, sous la direction de Stéphane Vachon, Actes du colloque de mai 1994, Presses universitaires de Vincennes, XYZ éditeur.

Collectif, *Balzac et le style*, Paris, SEDES, 1998.

L'Année balzacienne, notamment les volumes de 1969, 1993, 2001.

Lire un roman à thèse

Germaine de STAËL, *Corinne ou l'Italie*, 1807.

L'écrivain à sa table de travail

Les chagrins du romancier

BALZAC A LAISSÉ L'IMAGE d'un terrible besogneux à qui l'on reprochait presque unanimement de mal écrire. S'il écrit toujours dans l'urgence, par besoin d'argent et nécessité intérieure, s'il semble écrire et se préoccuper du style après coup, il ne faudrait pas pour autant croire que le choix des mots et la forme de ses phrases ne sont pas également le fruit d'une méditation.

Les manuscrits de Balzac sont légendaires car ils témoignent d'une écriture qui se cherche et s'affine peu à peu. Qui plus est, sans doute parce qu'il a été aussi pendant un temps imprimeur, Balzac a besoin de voir son texte typographié pour se rendre compte de ses imperfections. C'est ainsi qu'à un manuscrit original s'adjoignent des placards et des épreuves sur lesquels l'auteur retouche directement, où dont parfois il fait sous-traiter les modifications à apporter.

1.

Le livre-peau

Notre enquête, malheureusement, ne peut être qu'incomplète dans la mesure où se sont perdus le manuscrit original et presque toutes les épreuves, qui devaient constituer les versions intermédiaires du texte. Nous possédons pour d'autres romans le jeu complet de ces modifications successives, pour la plupart conservées à la Bibliothèque de l'Institut de France, dans le fonds Lovenjoul. À partir d'exemples complets, nous pouvons imaginer sa méthode pour *La Peau de chagrin.* Ce travail d'écriture et de réécriture ne s'arrêtait pas néanmoins à la publication de l'ouvrage. À partir de 1831, Balzac n'a de cesse de retoucher le texte publié. Il le fera toujours. Pourtant, *La Peau de chagrin* est sans doute le roman qu'il a le plus modifié, en raison de son succès considérable mais aussi de la portée philosophique qu'il donne à l'ensemble de *La Comédie humaine.* Hormis des ébauches, avant que l'idée du roman dans sa totalité n'ait été conçue (l'épisode du Palais-Royal, par exemple, a paru sous le titre « Le dernier Napoléon »), on compte huit états du texte, dans des éditions différentes, que Balzac a pu contrôler librement avant de mourir. En 1831, le roman est réédité chez Gosselin, puis en mars 1833. Werdet le publie en 1835 avant Delloye et Lecou en 1838, dans une édition alors illustrée de gravures. C'est au tour de Charpentier en 1839. Enfin, l'éditeur Furne publie avec ses associés l'ensemble de *La Comédie humaine* en 1845. Balzac opère des corrections sur son exemplaire personnel. C'est ce que les spécialistes appellent pour plus de facilité le « Furne corrigé ».

Pour Balzac, publier un livre ce n'est pas le livrer au public et perdre le pouvoir qu'il avait sur son œuvre. D'une certaine manière, le roman publié n'est qu'un manuscrit de plus qu'il faut retravailler. Les extraits de quelques lettres mettent en valeur ce statut très particulier du livre (janvier 1833) :

> Je travaille dix-huit heures par jour. Je me suis aperçu des défauts de style qui déparent *La Peau de chagrin* ; je la corrige pour la rendre irréprochable ; mais après deux mois de travail, la Peau réimprimée, je découvre encore une centaine de fautes. Ce sont des chagrins de poète.

En bon français, Balzac devrait écrire : « je *le* corrige », puisqu'il parle du livre, du roman (tous des masculins). Mais tout laisse à penser qu'il prend son roman pour une peau. Le titre est fragmenté : d'un côté la peau, de l'autre les chagrins du poète. Balzac joue avec les mots (autonymie et calembour). Le livre est devenu parchemin. Balzac l'avoue plus explicitement un an après, en août 1834, à son amie Mme Hanska :

> Nous savonnerons à nous deux [il parle d'un employé chez son éditeur] *La Peau de chagrin.* Il faut que dans cette édition, il n'y ait plus de fautes.

Il ajoute quelques jours après :

> [...] je fais le dernier travail de style sur *La Peau de chagrin.* Je la réimprime et j'enlève les dernières taches.

Taches, savonner, Balzac métaphorise. Ces mots nous rappellent le Moyen Âge, lorsqu'on écrivait sur des peaux de bêtes que l'on rendait propres à l'écriture d'abord par un bain de lait de chaux pour enlever plus facilement les poils. Symbole créateur de l'intrigue du roman, la Peau est aussi pour Balzac dans sa *Correspondance* le symbole de l'acte de créer. Le roman nous mettait déjà sur cette voie, puisqu'il y a aussi un texte écrit sur le talisman. Si le manuscrit original nous fait défaut, que nous apprennent les corrections apportées au fil des rééditions durant ces heures de veille où Balzac buvait le moka contenu dans une cafetière, désormais légendaire ?

2.

De l'utilité d'une cafetière

Entre la première édition et le Furne corrigé, l'incipit du roman a subi une modification en apparence anodine : le numéro de la rue affecté au tripot est passé de 39 à 36. Balzac s'est en effet aperçu qu'il n'y avait pas de maison de jeu au Palais-Royal sous ce numéro. Par souci de vraisemblance, il corrige. De même, un ami lui apprend en 1832 qu'à Aix, où le héros fait une cure, il n'y a pas de casino mais un cercle. Balzac rectifie donc. La fiction emprunte au réel certaines de ses figures marquantes : Victor Hugo et Lamartine. Ils sont remplacés par des personnages inventés, Canalis et Nathan. Les lieux et les références temporelles sont le fondement de l'« effet de réel ». En revanche, les êtres ne doivent appartenir qu'à un seul monde, la fiction. Cet espace s'étoffe, s'affiche comme un monde clos. Balzac invente un nouveau procédé à partir de 1834 lorsqu'il rédige *Le Père Goriot* : le retour de personnages d'un roman à l'autre. Les anonymes prennent une identité, créatrice de cohérence : dans l'édition de 1838, le banquier devient Taillefer, Mmes de N. et de V. se transforment en Nuncingen et Restaud. Anonyme à l'origine, la femme qui accompagne Rastignac au théâtre acquiert une identité, Mme de Nuncingen dans le Furne corrigé.

Faire un roman d'actualité, c'est prendre le risque qu'il perde de son sel lorsque quelques années passent et que l'actualité s'est fanée. Le roman balzacien est conçu pour que son contemporain comprenne tout, que le réel ne lui soit pas opaque. Balzac s'adapte donc au vieillissement de son livre, et aux modifications des goûts de ses lecteurs. C'est dans le style que se remarque la mutation des goûts. Le « romantisme flamboyant » de la première édition — manifeste dans l'emploi de mots étranges, de jeux de mots, de paradoxes faciles — s'estompe peu à peu. Balzac ne touche pas aux images mais au vocabulaire. La « sentence talismanique » devient « orientale », « cacique » est remplacé par « trône », une « charmante sirène » devient une « personne ». Le mot-valise de l'incipit, « budgétifiante », formé sur budget et bêtifiante, est remplacé par « imposable » en 1838. En revanche, l'auteur qui, en 1835, a rencontré un orientaliste en Autriche lors d'un voyage avec sa compagne Mme Hanska, fait figurer la traduction en arabe (et non en sanscrit comme le texte le prétend) de l'inscription sur la Peau. Dans le Furne corrigé, il s'autorise un nouveau mot-valise : « incalcuttable ». Le vocabulaire se fait plus précis, pour coller davantage aux choses et aux sentiments. D'une certaine manière, il se censure. À la fin du roman, il remplace le souhait de Raphaël, « Je veux mourir en toi », par « Je veux mourir à toi » : l'érotisme se fait plus discret. Lorsque le même mot revient trop souvent, Balzac le reformule. Par exemple, « Puissant(e) » se transforme en 1834 en « accablante », « indestructible », « religieux », « impérieux », « exorbitant ». Se mettent peu à peu en place les caractéristiques de la prose réaliste, de cette « langue commune », bourgeoise, dont parle Nodier.

L'actualité est donc enrichie par l'intelligence que

lui apporte le recul. Critiquer la monarchie de Juillet en 1831 n'est pas la même chose que lire cette même critique dix ans après. Certaines des retouches du texte contribuent à donner un tour plus sombre à la vision politique du roman, parce que l'évolution du pouvoir rend pessimiste. En 1834, Balzac insère la phrase « Les hommes et les événements ne sont rien, il n'y a en politique et en philosophie que des principes et des idées » au milieu d'une réplique. De même, il retouche une fin de phrase qui affirme qu'« il s'élève partout des riches », et que les cœurs sont « pétris par l'opulence ou nourris par l'aristocratie ». La polémique hausse le ton. Les derniers mots du roman, « c'est, si vous voulez, la Société », sont rajoutés dans le Furne corrigé. Balzac assume la dimension allégorique du texte et la satire des mœurs de son temps.

3.

Une peau et plusieurs sens

Balzac a trouvé son titre dès le départ, trouvaille qui a engendré le roman. On a pu se demander si l'ambiguïté du terme (le mot désigne, outre le sentiment de tristesse, un cuir grenu) n'était qu'une coïncidence ou s'il y avait plus. On l'a dit, Balzac aime les calembours, les mots-valises, mais il se refrène au fil de ses corrections. L'une de ses censures les plus importantes est la disparition de la Moralité qui concluait l'édition Gosselin où figure une allusion aux Thélémites, « grands menagiers [soucieux] de leur peau et sobres de chagrins ». Balzac fait une fausse citation de Rabelais mais sa Moralité établit grâce au calembour un lien entre l'auteur de la Renaissance et lui-même, comme si la Peau avait préexisté au roman. On peut d'ailleurs voir un lien entre l'utopie de l'abbaye de Thélème, que Rabelais a créée et dont la maxime est « Fais ce que voudras », et le pouvoir que donne le talisman. L'auteur fait plusieurs fois référence à Rabelais, qui incarne le modèle que Balzac veut imiter. Mais Balzac a dû juger que le calembour n'est pas très heureux et il le supprime dans ses éditions suivantes. Il n'empêche, la Moralité prouve que l'auteur entendait bien le lien entre deux peaux (celle de l'animal, celle de l'homme) et deux chagrins (le cuir, le sentiment). Une lecture attentive du roman révèle des jeux subtils autour du titre auxquels Balzac ne touche pas.

Les deux chagrins ont des origines très différentes, pourtant Balzac semble leur trouver des correspondances. L'un est un mot turc, ainsi que l'explique le zoologiste Lavrille. L'autre est un mot composé de *chat* (l'animal, selon toute vraisemblance) et du verbe *grigner*, d'origine francique, qui signifie « grincer des dents, faire une grimace, plisser les lèvres, être maussade ». Le mot a donc au Moyen Âge un sens très concret. Il désigne un effet qui a une cause précise et ponctuelle. D'après l'étymologie du mot, le sentiment est lisible sur le corps : l'intérieur et la surface sont liés. Et c'est bien ce que révèle le titre : la peau dit la surface, le chagrin est la souffrance du cœur. À deux reprises, Balzac montre ce lien. Le visage de Raphaël au début de « L'Agonie » porte « l'empreinte d'un violent chagrin comme un vieux parchemin qui se tord dans le feu ». Lorsque son père meurt, le héros comprend « tous les chagrins dont l'empreinte flétrissait la figure de [s]on père ».

Le talisman est lié à trois couleurs : il est noir, placé sur un tableau à fond blanc, et Raphaël dessine régulièrement les contours de la Peau en rouge pour en mesurer le rétrécissement. Lorsque le jeune marquis retrouve l'antiquaire au théâtre, le visage du vieillard est ravaudé grâce aux cosmétiques. Ses cheveux sont teints en noir et ses rides sont comblées par d'« épaisses couches de rouge et blanc ». Le narrateur parle d'ailleurs de ce visage comme d'une « enluminure ». Enluminer est un terme de copiste médiéval qui désigne l'action de décorer un manuscrit. La peau du vieillard est un parchemin sur lequel sont écrits ses sentiments, en l'occurrence « la ruse et l'inquiétude ». Balzac est très sensible aux rides, au relief, qui vaut, là aussi, transition entre le dedans et le dehors. C'est ce qui avait immédiatement intrigué Raphaël qui s'intéressait au « grain du chagrin ». Balzac joue d'ailleurs avec les sonorités des deux mots en les rapprochant par deux fois dans le texte. C'est une « peau d'âne », comme le conte de Perrault du même nom. Et l'âne du roi, comme le talisman, est source de richesse. Dépecé, l'animal occulte la véritable nature de la princesse qui s'en revêt. Mais alors que Perrault, auquel Balzac fait allusion, oppose l'apparence miteuse et la valeur véritable, le talisman est un symbole physiognomonique. L'expression « peau de chagrin » associe la surface physique et la profondeur morale. Il s'agit d'une redondance délibérée. Le chagrin est déjà un cuir. Seuls les scientifiques du roman parlent généralement du *chagrin*, comme il se devrait. Il y a donc une dénomination scientifique et une formulation romanesque.

4.

De la mélancolie au chagrin

Tout semble indiquer que le mot « chagrin » remplace la mélancolie des romantiques. Raphaël a, exceptionnellement, « la mélancolie peinte sur son front ». Ailleurs, on préfère le « chagrin ». Ces deux termes sont-ils exactement synonymes ? La mélancolie, c'est le vague des passions. C'est un sentiment diffus qui n'a pas de cause précise. Le chagrin n'est pas un état de l'âme. Il est un mouvement ponctuel du cœur. Pour Balzac, ses causes sont souvent économiques : dans *Le Lys dans la vallée*, il parle de « chagrins d'argent », préoccupations dont la *Peau* n'est pas éloignée. Le père du héros meurt « de chagrin » parce qu'il ne laisse aucun héritage à sa progéniture. On pourrait également voir un véritable calembour lorsque Raphaël s'exclame : « Quand je les aurai [les deux cent mille francs de rente], tu verras la diminution de tout mon chagrin. » Chagrin et fortune sont liés ; la Peau offre l'or — elle en était d'ailleurs recouverte chez l'antiquaire —, en même temps que la souffrance. Les chagrins sont opposés à plusieurs reprises aux « plaisirs ». La Peau contente tous les désirs, mais Raphaël, à cause de cette même peau, végète.

Dès la première édition, les apparitions du mot « chagrin » dans la bouche de Pauline sont déjà présentes. Balzac, qui tente ailleurs de trouver des synonymes pour ne pas répéter toujours le même mot, ne changera rien. On trouve le « chagrin » — au sens de « sentiment » — à vingt reprises dans le roman. Parmi ces occurrences, trois apparaissent lors des retrouvailles de Pauline et de Raphaël dans la mansarde (qui occupent deux pages du roman), quatre au retour du héros à Paris et à la lecture d'une lettre de Pauline (deux pages également). Ne pas corriger, c'est donc donner à la répétition une signification supplémentaire. Dans le cas présent, la lettre de la femme aimée fait écho à la Peau elle-même. Raphaël la jette au feu, la voit se racornir, se rétrécir et en retire un fragment sur lequel figure la répétition du mot clé de l'œuvre. C'est en cela que Balzac crée un symbole mythique et non pas une simple allégorie. Les mots du symbole sont disséminés dans le texte, en échos discrets. Les caractéristiques de l'objet se retrouvent dans d'autres lieux du texte (visages, objets, images verbales). Dès lors sa signification est enrichie, déborde son acception première. Il n'est pas sûr que nous la comprenions entièrement. En créant la Peau de chagrin, en développant tout un réseau sémantique autour de ce symbole, Balzac se démarque de la psychologie romantique. Privilégier le chagrin à la mélancolie — le terme est rare dans le roman —, c'est donner au mal-être des causes précises (l'absence d'éducation de Pauline qui chagrine sa mère, la vanité de Fœdora, l'or trompeur). C'est rendre la mélancolie mondaine. Non plus le mal du siècle, mais le mal d'une société.

Groupement de textes

Portraits fantastiques au XIXe siècle : écriture et réécriture

L'EXTRÊME HABILETÉ avec laquelle Balzac introduit la Peau de chagrin dans son roman, la façon dont il la décrit dans une atmosphère fantastique nous a donné envie de la rapprocher d'autres textes qui l'ont inspirée, et d'autres encore qui à leur tour s'en sont inspirés. *La Peau de chagrin* hérite ouvertement d'un roman anglais de Charles Robert Maturin, *Melmoth, l'homme errant*, qui connaît un véritable succès dès sa traduction en français en 1821. Le talisman fonctionne de manière inversée par rapport au pacte que Melmoth a contracté avec les forces obscures. Raphaël comme Melmoth peuvent tout, mais ce pouvoir écourte la vie de l'un tandis que l'autre est momentanément immortel. Balzac d'ailleurs publie en 1835 *Melmoth réconcilié*, qui donne une fin au roman anglais dont il reprend le personnage principal. L'extrait du *Portrait de Dorian Gray* d'Oscar Wilde, paru en 1890, semble être une véritable réécriture du texte du révérend Maturin. Pourtant, entre les deux, la vision que l'on pouvait avoir de l'individu et de l'art s'est modifiée — ce que permet de mesurer l'extrait du « Portrait ovale » recueilli dans les *Nouvelles histoires extraordinaires* d'Edgar Allan Poe et que Baudelaire traduit en 1857. Ces trois textes ont en commun d'être des œuvres écrites en langue anglaise, au XIXe siècle, d'avoir considérablement marqué leur temps, de s'être inspirés les uns des autres. Ce sont des narrations qui intègrent une tonalité fantastique. Dans deux des récits, le héros a pactisé avec une force supérieure pour conserver quelque chose : la vie, la jeunesse. Chacun à sa manière met en scène le thème du double grâce à un objet symbolique, une peinture. On pourra s'interroger sur les différences de traitement du fantastique et sur la signification que la dualité prend dans chacun des textes.

Charles Robert MATURIN

Melmoth, l'homme errant (1820)

(Éditions Pauvert, 1965,
traduction de Jacqueline Marc-Chadourne)

Quand Melmoth eut achevé la lecture du manuscrit, il se pencha sur la table devant laquelle il était assis; sa tête était appuyée sur ses mains. Il avait les sens comme égarés, et l'esprit dans un état où la stupeur se mêlait à l'irritation. Au bout de quelques instants, il se leva avec un tressaillement involontaire, et il vit le portrait qui semblait le regarder fixement. Il était placé à fort peu de distance du tableau, et cette distance paraissait encore diminuée par la lumière forte dont il était éclairé. Melmoth crut pour un moment que la peinture allait ouvrir la bouche, et lui expliquer la mystérieuse existence de son original.

Il contempla à son tour le portrait; le plus profond silence régnait dans la maison : ils étaient seuls ensemble. À la fin, l'illusion se dissipa; et comme l'esprit passe facilement d'un extrême à l'autre, Melmoth se rappela l'ordre que son oncle lui avait donné. Il saisit le portrait. Sa main trembla dans le premier moment; mais la toile usée semblait faciliter ses efforts. Il l'arracha du cadre avec un cri moitié effrayant, moitié triomphant. Le portrait tomba à ses pieds, et il frémit en le voyant tomber. Il s'attendait que des sons plaintifs, des soupirs d'une horreur prophétique et inexplicable suivissent le sacrilège qu'il commettait en enlevant des murs paternels le portrait d'un de ses ancêtres. Il s'arrêta pour écouter : aucun bruit ne frappa son oreille ; mais par un effet du raccourci, les plis que forma la toile, en tombant à terre, donnèrent au portrait l'apparence du sourire. Melmoth éprouva à cette vue une horreur inconcevable. Il releva le tableau, courut dans la chambre voisine, le coupa en lanières, le jeta au feu, et ne le quitta point qu'il n'en eût vu consumer le dernier débris. Il se jeta alors sur son lit, dans l'espoir de réparer ses fatigues par un sommeil profond ; mais il lui fut impossible de dormir. La lumière triste des tourbes qui continuaient à brûler dans le foyer, le troublait à chaque instant, en jetant une teinte rougeâtre sur tous les meubles de la chambre. Le vent était très élevé ; et chaque fois que la porte craquait, Melmoth croyait entendre tourner la serrure, et un pied se poser sur le seuil. Tout à coup, soit en songe soit en réalité, Melmoth n'en acquit jamais la certitude, il crut voir à cette même porte l'image de son ancêtre. Elle hésitait, comme la nuit de la mort du vieux Melmoth. Elle approcha enfin de son lit, et lui dit à l'oreille :

— Vous m'avez donc brûlé ? Mais je puis survivre à ces flammes : j'existe, je suis à vos côtés.

Melmoth tressaille ; il saute à bas de son lit, et voit le jour. Jetant les yeux autour de lui, il n'aperçoit personne dans la chambre ; il éprouve seulement une légère douleur dans le poignet droit. Il y regarde, et voir une marque bleue comme celle d'une main qui l'aurait pressé avec force. (chapitre III).

La forme du roman est extrêmement complexe. Un premier récit encadre l'ouvrage : John Melmoth est l'héritier de son oncle. Il se rend compte qu'un de leurs ancêtres communs, Melmoth, est toujours vivant, cent cinquante ans après sa mort attendue. Le roman est construit de manière à susciter le désir. Des bribes d'informations nous sont livrées d'abord par un portrait (celui de l'extrait), un manuscrit lacunaire, puis par quatre récits enchâssés, la narration d'un jeune Espagnol, Monçada, narration qui contient trois autres récits gigognes : le Conte des Indiens, le Conte de la famille Guzmán et le Conte des amants. Ils montrent comment cet être maudit, qui a pactisé avec le Mal pour vivre cent cinquante ans de plus, ne parvient pas à échanger sa malédiction avec un autre. Il sème le malheur autour de lui. Melmoth, d'abord spectre, acquiert au fil du roman des degrés de réalité croissants pour apparaître « en chair et en os » à la fin, avant de disparaître. Il a vieilli brusquement puisqu'il est parvenu à l'échéance fixée par son pacte diabolique. Sa cravate posée sur une pierre flotte au-dessus de la mer : « Ce fut là la dernière trace de l'Homme errant. » Est-il mort ou bien erre-t-il encore ?

La tonalité fantastique de l'extrait naît de la préparation psychologique du personnage. Ses sens sont égarés. Étymologiquement, le merveilleux implique la perception d'un sujet, ce qu'assument de nombreux verbes. La focalisation interne permet de créer l'hésitation fantastique parce qu'elle fonctionne sur une double énonciation. Pour le jeune homme, ce n'est que le fruit de son imagination (« croire », « illusion »), mais la narration fait comme s'il s'agissait d'une réalité. « Il contempla à son tour le portrait » donne du crédit à cette hallucination. Cette formule met en scène le thème du double, de différentes façons. L'objet du regard devient sujet grammatical des verbes et les rôles s'inversent. Le portrait prend vie et est mis sur le même plan que le héros, avec lequel il s'associe pour constituer la troisième personne du pluriel. Le portrait représente son ancêtre dont il porte le nom. En tant qu'œuvre d'art, il n'est qu'une imitation, mais il tient lieu d'ancêtre invisible, avant la rencontre avec l'« original » à l'extrême fin du roman. Le personnage sacralise l'image comme chez les peuples primitifs qui estiment qu'elle *est* la personne.

Puis la narration reprend un point de focalisation zéro, marquant de nouveau une distance et une supériorité du narrateur sur John Melmoth. S'opposent le fait objectif, « l'apparence du sourire » provoqué par le pli de la toile, et son retentissement subjectif : l'horreur et le trouble. Pourtant, cette brève transition n'est qu'un leurre qui amène au véritable morceau fantastique. Le narrateur est toujours au-dessus de son personnage. L'hésitation (« soit en songe soit en réalité ») dépend bien de la perception du héros Melmoth, mais la parenthèse qui suit (« n'en acquit jamais la certitude ») inscrit le personnage dans le temps. L'omniscience du narrateur refuse d'interpréter les faits. Le lecteur doit se contenter d'une prosopopée, puisque le fantôme parle, d'un fait brut, tandis que son interprétation est rejetée dans l'univers du possible par une comparaison et l'utilisation du conditionnel passé.

Maturin écrit ici une très belle page qui hérite, avec l'intervention d'un spectre dangereux, du roman gothique anglais en l'intégrant au mythe (symbole, sacré, questions universelles). La peinture crée le double d'un héros qu'on ne verra pas avant quelques centaines de pages. Maintenir le suspense, ne pas le reléguer à une existence de papier et de voix que créent les récits imbriqués, telle est la fonction de cette scène. L'homme errant peut ainsi être le héros du roman alors qu'il n'apparaît véritablement qu'une fois.

Edgar Allan POE

« Le Portrait ovale »

Nouvelles histoires extraordinaires (1842)

(traduction de Charles Baudelaire)

Les rayons des nombreuses bougies (car il y en avait beaucoup) tombèrent alors sur une niche de la chambre que l'une des colonnes du lit avait jusque-là couverte d'une ombre profonde. J'aperçus dans une vive lumière une peinture qui m'avait d'abord échappé. C'était le portrait d'une jeune fille déjà mûrissante et presque femme. Je jetai sur la peinture un coup d'œil rapide, et je fermai les yeux. Pourquoi, — je ne le compris pas bien moi-même tout d'abord. Mais pendant que mes paupières restaient closes, j'analysai rapidement la raison qui me les faisait fermer ainsi. C'était un mouvement involontaire pour gagner du temps, et pour penser, — pour m'assurer que ma vue ne m'avait pas trompé, — pour calmer et préparer mon esprit à une contemplation plus froide et plus sûre. Au bout de quelques instants, je regardai de nouveau la peinture fixement. Je ne pouvais pas douter, quand même je l'aurais voulu, que je n'y visse alors très nettement ; car le premier éclair du flambeau sur cette toile avait dissipé la stupeur rêveuse dont mes sens étaient possédés, et m'avait rappelé tout d'un coup à la vie réelle.

Le portrait, je l'ai déjà dit, était celui d'une jeune fille. C'était une simple tête, avec des épaules, le tout dans ce style qu'on appelle, en langage technique, style de vignette ; beaucoup de la manière de Sully dans ses têtes de prédilection. Les bras, le sein, et même les bouts de cheveux rayonnant, se fondaient insaisissablement dans l'ombre vague mais profonde qui servait de fond à l'ensemble. Le cadre était ovale, magnifiquement doré et guilloché dans le goût moresque. Comme

> œuvre d'art, on ne pouvait rien trouver de plus admirable que la peinture elle-même. Mais il se peut bien que ce ne fût ni l'exécution de l'œuvre ni l'immortelle beauté de la physionomie, qui m'impressionna si soudainement et si fortement. Encore moins devais-je croire que mon imagination, sortant d'un demi-sommeil, eût pris la tête pour celle d'une personne vivante. — Je vis tout d'abord que les détails du dessin, le style de vignette, et l'aspect du cadre auraient immédiatement dissipé un pareil charme, et m'auraient préservé de toute illusion même momentanée. Tout en faisant ces réflexions et très vivement, je restai, à demi étendu, à demi assis, une heure entière peut-être, les yeux rivés sur ce portrait. À la longue, ayant découvert le vrai secret de son effet, je me laissai retomber sur le lit. J'avais deviné que le *charme* de la peinture était une expression vitale absolument adéquate à la vie elle-même qui d'abord m'avait fait tressaillir, et finalement m'avait confondu, subjugué, épouvanté.

La nouvelle de Poe, extrêmement brève, est construite en trois parties : la mise en place du cadre, l'événement fantastique et son explication. La structure en est explicitement allégorique. *Life in Death* était le premier titre de l'œuvre. À la différence du *Melmoth*, le portrait fait l'objet d'une description très détaillée. L'art n'est pas simplement le moyen du fantastique, il en est également la cause. Paradoxalement, cette tonalité fantastique naît de l'analyse rationnelle. Préparation psychologique et optique au surgissement, perception, retentissement émotionnel, l'ordre traditionnel est respecté à cette exception près que l'on ne sait pas en quoi consiste cette émotion : il y a ellipse. La narration à la première personne nous met sur un plan d'égalité avec le personnage narrateur. Puisqu'il ne comprend pas, le lecteur non plus. Ici, le fantastique ne provient pas d'une hésitation entre le rêve et la réalité, mais du fait de ne pas savoir. L'art est merveilleux. Il n'est pas seulement imitatif, il est la vie même.

Dans la troisième partie, on apprend que l'artiste a peint sa femme qui posait pour lui. Absorbé par son travail, il ne l'a pas vue s'étioler et mourir au fur et à mesure que la toile prenait vie. La magie de l'art, ce « charme » qui envoûte le créateur et provoque l'oubli de tout ce qui est terrestre, est à rapprocher du *Chef-d'œuvre inconnu* de Balzac, paru dans un journal la même année que *La Peau de chagrin*. Le récit est construit autour de trois peintres (Poussin, Porbus, Frenhofer) d'âges différents, qui incarnent trois états de l'art et trois rapports entre l'artiste et son œuvre. Frenhofer est reclus depuis dix ans parce qu'il peint une Belle-Noiseuse, toile avec laquelle il entretient une relation proche de celle de Pygmalion avec sa statue. Lorsque les deux autres peintres pénètrent dans sa demeure, ils s'aperçoivent que la toile du vieil homme est illisible, à force de retouches. Seul un pied a réchappé à son aveuglement : « un pied délicieux, un pied vivant ». Pour Balzac, l'artiste ne doit pas s'abstraire du monde, comme a pu le faire Raphaël en vivant dans sa mansarde : c'est prendre le risque de s'éloigner irrémédiablement de la réalité et de sombrer dans la folie. À la fin du conte, on apprend que Frenhofer s'est donné la mort après avoir brûlé ses toiles. Le Chef-d'œuvre restera donc inconnu. Cette référence permet de mieux saisir la position de Poe. Le portrait existe bel et bien du seul fait que le narrateur le voit. Il le caractérise « à la manière de Sully », dont l'auteur a admiré une toile à l'origine du conte. La fascination que l'objet exerce sur le narrateur lui confère une dimension tragique, non dénuée d'ambiguïté : le narrateur est à la fois « confondu, subjugué, épouvanté ». Le texte de Poe est la manifestation d'un idéalisme de l'art triomphant. Pour lui, l'art est une imitation du réel. Mais tandis que pour le philosophe l'œuvre d'art peut s'apparenter à un sous-produit, à une illusion mensongère, Poe la magnifie. John Melmoth faisait parler le double, à défaut de l'original. Ici, le double exprime l'original. Dans le roman de Maturin, le fantastique naissait du désir de voir. Ici, la merveille surgit inopinément.

Oscar WILDE

Le Portrait de Dorian Gray (1890)

(Trad. J. Gattégno, Folio n° 2360)

Au moment où il tournait la poignée de la porte, son regard tomba sur son portrait peint par Basile Hallward. Il sursauta et recula, comme saisi d'étonnement. Puis il passa dans sa chambre, l'air quelque peu perplexe. Après qu'il eut ôté la fleur qui décorait la boutonnière de sa jaquette, il parut hésiter. Finalement, il rebroussa chemin, s'approcha du tableau et l'examina. Éclairé par le peu de lumière que laissaient filtrer les stores de soie crème, le visage lui parut légèrement changé. L'expression avait l'air différente. On aurait dit que la bouche présentait une touche de cruauté. C'était assurément étrange.

Il se retourna, et, allant jusqu'à la fenêtre, il releva le store. L'éclat de l'aube inonda la pièce et chassa vers les recoins obscurs les ombres fantastiques, qui s'y immobilisèrent, frissonnantes. Mais l'expression étrange qu'il avait remarquée sur le visage du portrait semblait y persister, s'y intensifier même. La lumière du jour, ardente, palpitante, lui montrait les plis de cruauté autour de la bouche aussi clairement que s'il s'était regardé dans un miroir après avoir commis une action détestable.

> Il tressaillit et, prenant sur la table une glace ovale encadrée de cupidons d'ivoire, un des multiples cadeaux de Lord Henry, il jeta un regard rapide sur ses profondeurs polies. Aucun pli semblable n'abîmait ses lèvres rouges. Qu'est-ce que cela signifiait ?
> Il se frotta les yeux, vint tout près du tableau, et l'examina de nouveau. Lorsqu'il observait le portrait lui-même, il ne remarquait aucun indice de changement, et cependant l'expression tout entière s'était indubitablement modifiée. Ce n'était pas simple imagination de sa part. Le fait était atrocement visible.

Oscar Wilde radicalise ce qui était en germe dans la nouvelle de Poe : l'art n'est pas seulement la vie, il est mieux que la vie. Dorian Gray, d'une indicible beauté, a demandé, au détour d'une conversation, de rester toujours jeune. Il est exaucé sans qu'on sache quelle puissance comble ses désirs. Dans cet extrait, il prend conscience pour la première fois de la réalisation de son vœu. La nuit précédente, il a rompu avec une jeune comédienne juive qu'il prétendait épouser. Elle s'est tuée dans la nuit, ce qu'il apprend dans les pages qui suivent l'extrait. L'art semble devancer l'expérience vécue puisque le portrait qui avait été abondamment décrit précédemment dans l'atelier du peintre représente l'être moral du jeune homme. Il est sa conscience et le dégage de toute culpabilité, le révèle à lui-même en même temps qu'il assume le mensonge que sera désormais sa vie. Le roman ravive le précepte grec du « beau et bon » : les Anciens ne pouvaient concevoir un désaccord entre la surface et l'intériorité, pensée dans laquelle s'inscrit Balzac, puisqu'il la croit motivée scientifiquement. Mais Wilde souligne le caractère artificiel de la société qu'il peint et dans laquelle il vit. L'ère victorienne a engendré une hypocrisie morale redoutable, qu'il met en scène grâce au fantastique. Alors que la

Peau de chagrin suit la destinée de Raphaël — elle rétrécit comme il se meurt —, le portrait fonctionne de manière inversée. La réalité reprend ses droits dans le roman de Wilde puisque Dorian Gray devient, à la fin du roman, ridé et repoussant. Son être moral coïncide avec son apparence et l'œuvre d'art retrouve ses droits : « Ils découvrirent, accroché au mur, un superbe portrait de leur maître tel qu'ils l'avaient vu pour la première fois, dans toute la splendeur de sa jeunesse et de sa beauté exquises. »

L'art retrouve à la fin son innocence originelle lorsque Dorian, qui n'a pas compris ce rapport symbolique, ce « miroir » de lui-même, déchire la toile, geste qui le tue.

Chronologie

Balzac et son temps

1.

Un provincial à l'assaut de Paris

Issu d'une famille d'origine paysanne enrichie sous l'Empire et appauvrie par la Restauration, Honoré de Balzac naît le 20 mai 1799 à Tours. Élevé en nourrice, il est externe dans un établissement scolaire de Tours à partir de 1804 avant de devenir pensionnaire du collège de Vendôme jusqu'en 1813. Sa famille se déplace en 1814 à Paris, où il poursuit ses études dans le Marais : il est au collège Charlemagne en classe de rhétorique. Il achève ses études secondaires et, en 1816, entre comme clerc chez un avoué tout en s'inscrivant à la faculté de droit. Durant ses études supérieures, il rédige des *Notes sur la philosophie et la religion* et ébauche un essai sur l'immortalité de l'âme. Il est reçu à son examen de droit en 1819, mais refuse de devenir notaire. Tandis que sa famille déménage à Villeparisis, il s'installe le 4 août dans une mansarde, au 9 rue Lesdiguières. Il y poursuit ses recherches en philosophie sur Descartes, Malebranche, et rédige une *Dissertation sur l'Homme.* Il s'intéresse également à l'écriture dramatique et, en 1820, achève une tragédie en vers, *Cromwell.* On tente de le décourager de devenir écrivain. Il s'essaie au roman par lettres, *Sténie ou les Erreurs philosophiques*, fait paraître en 1822 ses premiers romans, sous différents pseudonymes, lord R'Hoone et Horace de Saint-Aubin, par exemple. Commence alors une liaison entre Balzac et Mme de Berny, qui durera treize ans. En 1825, il s'associe à l'éditeur Urbain Canel pour la publication d'éditions compactes et illustrées des *Œuvres complètes* de Molière et La Fontaine. Balzac séduit la duchesse d'Abrantès et devient l'ami du critique Philarète Chasles. Il se lie avec les membres du Cénacle, cercle de romantiques dont fait partie Hugo. Il déménage et s'installe confortablement rue Cassini, où il mène grand train. Il achète en 1826 une imprimerie et crée l'année suivante avec Urbain Canel une société pour l'exploitation d'une fonderie de caractères d'imprimerie. Cette entreprise commerciale est un désastre. Elle est liquidée en 1828. Balzac a contracté d'énormes dettes, à hauteur de soixante mille francs de l'époque.

1799-1804	Coup d'État du 18-Brumaire par Bonaparte. Consulat, instauration du premier Empire.
1800	Volta invente la pile électrique.
1802	Publication du *Génie du christianisme* de Chateaubriand.
1804-1814	Napoléon empereur.
1815	Première Restauration. Retour de Bonaparte au pouvoir : les Cent-Jours. Nouvelle abdication.
1815-1824	Restauration de la monarchie. Retour des Bourbons sur le trône avec Louis XVIII, qui fonde une monarchie constitutionnelle appuyée sur la Charte.

1819 Géricault peint *Le Radeau de la « Méduse »*.
1822 Découverte des principes de la photographie par Nicéphore Niépce.
1824-1830 Charles X succède à Louis XVIII. Il s'agit d'un règne réactionnaire, les ultras sont au pouvoir.
1824 Eugène Delacroix peint les *Massacres de Scio*.
1827 Hugo rédige la préface de *Cromwell*.

2.

Vers la gloire littéraire

Balzac part pour Fougères, où il écrit en six semaines ce qui deviendra *Les Chouans*, roman historique publié en 1829. C'est le premier roman qu'il signe de son nom. L'accueil est mitigé. Travaillant comme un forçat, il édite aussi sa *Physiologie du mariage*, qui ne rencontre pas le succès, et, en 1830, les *Scènes de la vie privée*. Cette année-là, il engage une activité journalistique intense dans différentes revues. Il prend part à la bataille d'*Hernani* le 25 février et signe néanmoins un article peu favorable au drame de Hugo. Il descend en Touraine avec Mme de Berny, tous deux naviguent sur la Loire. Ils ne sont de retour à Paris que le 10 septembre, date à laquelle la monarchie de Juillet est déjà mise en place : ce régime servira de cadre à l'ensemble de sa production littéraire.

En 1831, Balzac publie *La Peau de chagrin*, dont il avait certainement commencé la rédaction dès la fin de l'année précédente. C'est un succès retentissant. Balzac l'avait d'ailleurs préparé en orchestrant une « campagne médiatique » autour de son roman. Il est réédité la même année avec douze contes philosophiques qui avaient paru dans des revues. Parmi eux, *Le Chef-d'œuvre inconnu* est certainement le plus notable. Balzac est désormais un écrivain à la mode. Il publie plusieurs romans en 1832, dont *Le Colonel Chabert* et *Le Curé de Tours.* La même année, il se présente aux élections législatives mais échoue. Il fait la connaissance de la marquise de Castries et, pour lui plaire, se rallie au parti légitimiste. En réalité, s'il est monarchiste, c'est moins par vénération de la royauté que par souci d'ordre social qu'à ses yeux seul un souverain peut apporter.

Le 11 mars 1832, une femme signant « L'Étrangère » lui adresse une lettre, postée d'Odessa. Il s'agit de la riche comtesse russe Ève Hanska, avec laquelle il entretiendra une abondante correspondance et qui deviendra dix-huit ans plus tard sa femme. Son œuvre romanesque gagne en cohérence puisque, en octobre 1833, il signe un contrat pour la publication d'une collection intitulée « Études de mœurs au XIXe siècle ». Cette même année, *La Peau de chagrin* est rééditée chez Gosselin dans les *Romans et contes philosophiques.*

1829	Début de la publication des *Contes fantastiques* d'Hoffmann traduits par Loève-Veimars.
1830-1848	À la suite de la révolution des Trois Glorieuses (27-29 juillet), mise en place de la monarchie de Juillet. Louis-Philippe Ier est roi des Français. La grande bourgeoisie est au pouvoir.
1830	Bataille entre les ultras et la Jeune-France à la première d'*Hernani* de Hugo au Théâtre-français. Publication du roman de Stendhal *Le Rouge et le Noir.* Berlioz compose la *Symphonie fantastique.*
1833	Michelet publie son *Histoire de France.*

3.

Naissance d'une œuvre-monde

Mais c'est 1834 qui constitue l'année charnière de son activité littéraire puisque son œuvre se subdivisera en trois pans : Études de mœurs, Études philosophiques et Études analytiques (partie qui demeurera quasiment vide). Il retrouve Mme Hanska. *La Peau de chagrin* est éditée pour la quatrième fois, chez Werdet. Ces années sont marquées par la publication de ses romans les plus notables : *Eugénie Grandet*, fin 1833, *Louis Lambert*, qui fait écho à *La Peau de chagrin*, *La Recherche de l'absolu* en 1834, *Le Père Goriot* en 1835. Dans cette histoire, pour la première fois, Balzac fait revenir des personnages utilisés dans d'autres romans, notamment Rastignac qui apparaît pour la première fois dans *La Peau de chagrin*. *Le Père Goriot* met en scène ses débuts à Paris. Les fictions qu'il crée se répondent pour créer un monde clos, concurrent de la vraie vie. Citons également *Le Lys dans la vallée* en 1836 et *Les Illusions perdues* (le début en 1837). Il achève cette année-là ses Études de mœurs.

Parallèlement, il est actionnaire majoritaire d'un journal politique et littéraire, *La Chronique de Paris*, mais il fait faillite une fois encore, ce qui lui vaut la poursuite de ses éternels créanciers dont il se cache. Il ne renonce pas pour autant aux entreprises financières. Il projette d'exploiter les scories de mines de plomb argentifère en Sardaigne. Il achète une vaste propriété près de Paris, où il rêve de cultiver l'ananas. Nouvel échec. Éternellement soucieux d'argent, il ne ralentit pas la cadence de ses productions et milite pour la protection de la propriété intellectuelle et la défense des droits d'auteur en s'associant à la Société des gens de lettres, qu'il préside en 1839. Sa candidature à l'Académie française échoue la même année. Il fait rééditer la somme de ses romans de jeunesse, sous le pseudonyme désormais inutile d'Horace de Saint-Aubin, et s'essaie de nouveau au théâtre avec plusieurs pièces, refusées ou interdites. En 1840, il s'installe à Passy, rue Raynouard, où l'on peut visiter aujourd'hui « La Maison de Balzac ».

1834	Révolte des canuts à Lyon. Musset écrit *Lorenzaccio.*
1835-1840	Alexis de Tocqueville écrit *De la démocratie en Amérique.*
1838	Première locomotive en France.
1839	Publication de *La Chartreuse de Parme* de Stendhal. Balzac écrit un article à son sujet.
1840	Ministère de Thiers. Retour des cendres de Napoléon.

4.

L'auteur de *La Comédie humaine*

L'année de naissance officielle de *La Comédie humaine* est 1841, lorsque Furne associé à d'autres éditeurs passe un contrat avec Balzac pour la publication de ses *Œuvres complètes,* sous ce titre. Le mari de Mme Hanska meurt cette même année, mais le mariage est rendu impossible par le régime tsariste qui menace de confisquer ses biens en cas de mariage avec un étranger. Il la rejoint néanmoins en 1843 à Saint-Pétersbourg, après huit ans de séparation. Tous deux voyagent. Désormais, il se partage entre Paris et l'Ukraine. Balzac est à Paris lorsque la révolution de février 1848 éclate dans la capitale, provoquée par une crise économique et le refus des réformes par le gouvernement Guizot. Pendant ce temps, dix-sept volumes de ses œuvres ont paru entre 1842 et 1848, auxquels s'ajoutent en 1855 trois autres tomes à titre posthume. Le classement en triptyque a été maintenu. Les Études de mœurs sont subdivisées en Scènes de la vie privée, Scènes de la vie de province, Scènes de la vie parisienne, Scènes de la vie politique, Scènes de la vie militaire et Scènes de la vie de campagne. Un avant-propos signé de Balzac explique la fonction de son écriture et son rapport avec la Société. Les publications se poursuivent, dont, parmi les plus importantes, l'édition complète des *Illusions perdues* en 1843, *Splendeurs et misères des courtisanes*, *Le Cousin Pons* et *La Cousine Bette* entre 1847 et 1848.

Le tsar accepte finalement la conservation des propriétés de la comtesse en cas de mariage. Balzac épouse Mme Hanska le 14 mars 1850. Mais il est malade depuis plusieurs années, souffre d'une hypertrophie du cœur. Le couple rentre à Paris et Balzac meurt le 24 juillet de la même année. Victor Hugo rend hommage à son génie lors de son inhumation au cimetière du Père-Lachaise.

1840-1848	Ministère de François Guizot.
1842	Eugène Sue publie *Les Mystères de Paris.*
1843	Morse invente le télégraphe électrique.
1843	Dostoïevski traduit *Eugénie Grandet* en russe. Parution des *Trois Mousquetaires* d'Alexandre Dumas.
1848-1851	Révolution libérale à l'échelle européenne. Chute de Louis-Philippe en France, de Metternich en Autriche. Louis-Napoléon est président de la IIe République française.
1848	Marx et Engels publient le *Manifeste du parti communiste.* Mort de Chateaubriand.
1849	Expérience sur la vitesse de la lumière.
1848-1850	Parution en feuilleton des *Mémoires d'outre-tombe* de Chateaubriand.

Éléments pour une fiche de lecture

Regarder le tableau

- Selon les dimensions du tableau, le visage de l'homme est-il représenté grandeur nature ?
- Prenez à votre tour la pose du personnage : de quoi avez-vous besoin pour vérifier qu'il ne manque rien à votre expression ?
- Étudiez la palette des couleurs utilisées.
- Dans « Du tableau à *La Peau de chagrin* », d'Alain Jaubert, est esquissée une petite histoire de l'autoportrait en peinture. Cherchez sur Internet la reproduction des tableaux cités, choisissez celui que vous préférez et, à votre tour, faites une lecture d'image. Vous serez attentif aux couleurs, à la place du personnage dans le tableau, au cadrage et à l'expression choisie.

À propos de l'intrigue

- Pourquoi Raphaël veut-il se suicider ?
- Où se trouve la boutique de l'antiquaire ? Que pensez-vous de son emplacement ?
- En quoi la rencontre de Raphaël et de l'antiquaire pourrait-elle être caractérisée de méphistophélique ?

- Que signifie « chagrin » dans le roman ?
- Dans la scène du banquet, qui est le véritable profiteur, Taillefer ou ses invités ?
- De quelle nature est la relation entre Fœdora et Raphaël ?
- Quels changements la présence de la Peau opère-t-elle dans la vie de Raphaël ?
- Quelles sont les causes du duel entre Raphaël et le jeune homme ?
- Raphaël aime-t-il réellement Pauline ?
- Pourquoi Raphaël meurt-il ?
- Qu'est devenue Pauline d'après l'épilogue ?

À propos de la signification

- Comptez le nombre d'aristocrates véritables dans le roman.
- Raphaël parle du talisman comme d'une « peau symbolique ». Que faut-il comprendre ?
- Raphaël est-il un héros romantique ?
- Pensez-vous que la critique de Balzac sur la société soit une critique uniquement parisienne ?
- Quelles mutations politiques Raphaël voit-il durant sa vie ?
- « Raphaël et Pauline ont un destin inversé : l'un est un ange déchu, l'autre prend son envol. » Que pensez-vous de cet avis ?

À propos du style

- Le narrateur de *La Peau de chagrin* est-il toujours omniscient ?
- Balzac était friand de jeux de mots. Les corrections

apportées entre 1831 et sa mort en ont fait disparaître. Trouvez ceux qui ont pu rester.

- Trouvez dans le texte :
  — une allégorie
  — une personnification
  — un symbole
  — une typification.
- Peut-on dire que *La Peau de chagrin* soit un roman à thèse ?
- Les personnages de Balzac parlent-ils tous de la même manière ?
- Pensez-vous que Balzac ait été esclave des modes littéraires ?
- Cherchez dans le dictionnaire qui sont Gall et Lavater. Quels rôles ont-ils joué dans le style de Balzac ?

Sujets d'exposé et de dissertation

- Le désir dans *La Peau de chagrin.*
- La religion dans *La Peau de chagrin.*
- L'art dans *La Peau de chagrin.*
- Les scientifiques dans *La Peau de chagrin* forcent-ils le respect et l'admiration ?
- Pensez-vous que Balzac ait exagéré en qualifiant son roman de « fantaisie orientale » ?
- Flaubert a écrit : « Mme Bovary c'est moi. » Pensez-vous que Balzac aurait pu en dire autant de Raphaël de Valentin ?
- « *La Peau de chagrin* est un roman fétide et putride », écrit Sainte-Beuve. En quoi ce roman a-t-il pu choquer ?

« Ces objets qui nous envahissent... »

en perspective

Marjolaine Forest

Maîtriser les différents sens et emplois d'un même terme

1.

Les mots-clefs

« Artisanat, industrie, prototype, série, imprimante 3D, dématérialisation, objets connectés ;
Consommation, bien de consommation, marchandise, produit, article, produit dérivé, gadget ;
Don, troc, récupération, recyclage, brocante, bric-à-brac, vide-greniers ;
Accumulation, conservation, collection, inventaire, cabinet de curiosités ;
Chose, symbole, objet de culte, objet d'art, ready-made, nature morte ;
Broutille, bibelot, bijou, cadeau, fétiche, objet de désir, objet transitionnel, etc. »

2.

Comprendre les mots-clefs

- En vous aidant de dictionnaires de langue française, d'encyclopédies et/ou de ressources Internet, retrouvez l'étymologie des termes et l'origine des expressions constituant les mots-clefs du programme.

- Indiquez ceux d'entre eux qui sont polysémiques, c'est-à-dire qui possèdent plusieurs sens possibles.

3.

Analyser les mots-clefs

Pour chacun des mots ou expressions de la liste, déterminez :

- le siècle auquel ils apparaissent. Reliez chaque mot ou expression à un ou plusieurs des textes de l'anthologie.
- ceux dont le sens s'est conservé avec le temps, puis ceux dont le sens a évolué avec le temps. Indiquez ceux dont l'emploi vous paraît rare de nos jours.
- leur(s) contexte(s) d'emploi (ex. : privé, professionnel, spécialisé).

Objets en musique

1. Étudiez *L'Apprenti sorcier*, poème de Goethe (1797) traduit par Gérard de Nerval et mis en musique par Paul Dukas (1897)

« Le vieux maître est enfin sorti, et je prétends que ses génies fassent aussi ma volonté. J'ai bien remarqué les signes et les paroles qu'il emploie, et j'aurai bien la hardiesse de faire comme lui des miracles.

« Allons ! allons ! vite à l'ouvrage : que l'eau coule dans ce bassin, et qu'on me l'emplisse jusqu'aux bords !

« Approche donc, vieux balai : prends-moi ces haillons ; depuis longtemps, tu es fait au service, et tu te soumettras aisément à devenir mon valet. Tiens-toi debout sur deux jambes, lève la tête, et va vite, va donc ! me chercher de l'eau dans ce vase.

« Allons ! allons ! vite à l'ouvrage : que l'eau coule dans ce bassin, et qu'on me l'emplisse jusqu'aux bords ! »

Tiens ! le voilà qui court au rivage !... Vraiment, il est au bord de l'eau !... Et puis il revient accomplir mon ordre avec la vitesse de l'éclair !... Une seconde fois ! Comme le bassin se remplit ! comme les vases vont et viennent bien sans répandre !

« Attends donc ! attends donc ! ta tâche est accomplie ! » Hélas ! mon Dieu ! mon Dieu !... j'ai oublié les paroles magiques !

Ah ! ce mot, il était à la fin, je crois ; mais quel était-il ? Le voilà qui revient de nouveau ! « Cesseras-tu, vieux balai ?... » Toujours de nouvelle eau qu'il apporte plus vite encore !... Hélas ! quelle inondation me menace !

Non, je ne puis plus y tenir... Il faut que je l'arrête... Ah ! l'effroi me gagne !... Mais quel geste, quel regard me faut-il employer ?

« Envoyé de l'enfer, veux-tu donc noyer toute la maison ? Ne vois-tu pas que l'eau se répand partout à grands flots ? » Un imbécile de balai qui ne comprend rien ! « Mais, bâton que tu es, demeure donc en repos !

« Tu ne veux pas t'arrêter, à la fin !... Je vais, pour t'apprendre, saisir une hache, et te fendre en deux ! »

Voyez-vous qu'il y revient encore ! « Comme je vais me jeter sur toi, et te faire tenir tranquille !... » Oh ! oh ! ce vieux bâton se fend en craquant !... C'est vraiment bien fait : le voici en deux, et, maintenant, je puis espérer qu'il me laissera tranquille.

Mon Dieu ! mon Dieu ! les deux morceaux se transforment en valets droits et agiles !... Au secours, puissance divine !

Comme ils courent ! Salle, escaliers, tout est submergé ! Quelle inondation !... Ô mon seigneur et maître, venez donc à mon aide !... Ah ! le voilà qui vient ! « Maître, sauvez-moi du danger : j'ai osé évoquer vos esprits, et je ne puis plus les retenir.

— Balai ! balai ! à ton coin ! et vous, esprits, n'obéissez désormais qu'au maître habile, qui vous fait servir à ses vastes desseins. »

- À la lecture du poème, comment définiriez-vous la relation qui s'y établit entre l'homme et les objets ?
- Écoutez, par exemple sur Internet, un enregistrement de *L'Apprenti sorcier* tout en relisant le poème de Goethe : identifiez les moments où les différentes harmonies suggèrent les péripéties vécues par l'apprenti sorcier face aux objets. Vous trouverez, par exemple, l'enregistrement du NBC Symphony Orchestra dirigé par Arturo Toscanini en 1951, celui du London Symphony Orchestra dirigé par Pierre Monteux en 1961 ou celui de l'Orchestre national de France dirigé par Kurt Masur en 2011.

2. Écoutez *La Complainte du progrès* dont voici un extrait (1956, Boris Vian/Alain Goraguer)

Autrefois pour faire sa cour
On parlait d'amour
Pour mieux prouver son ardeur
On offrait son cœur
Maintenant c'est plus pareil
Ça change ça change
Pour séduire le cher ange
On lui glisse à l'oreille

Ah Gudule, viens m'embrasser, et je te donnerai...

Un frigidaire, un joli scooter, un atomixer
Et du Dunlopillo
Une cuisinière, avec un four en verre
Des tas de couverts et des pelles à gâteau ! [...]

- Retrouvez l'intégralité des paroles sur internet et faites la liste des objets répertoriés.

- Procédez à des recherches documentaires sur les circonstances socio-économiques de la création de cette chanson : en quoi les paroles sont-elles une critique de cette période ?
- Vous paraissent-elles d'actualité ?
- Relevez quelques indices de l'inventivité poétique déployée dans la dénomination des objets.
- Écoutez, par exemple sur Internet, cette chanson dans son interprétation par Boris Vian : en la comparant avec la composition de Dukas, décrivez la manière dont la musique évoque les objets énumérés par le texte.

S'exercer avec les textes

1.

Objets et industrie

- Chaque objet que vous rencontrez au quotidien est-il toujours le résultat d'une intervention humaine ?
- L'industrie est-elle nécessairement soumise à l'exigence de productivité, à la tyrannie du désir, ainsi qu'à leurs conséquences de (sur)consommation et de gaspillage ? Ne peut-elle aussi contribuer à l'amélioration de la qualité de vie ? Industrie et morale sont-elles radicalement incompatibles ?

2.

Objets et civilisation

- La méfiance à l'égard du progrès technologique et des objets qu'il crée est-elle toujours un gage d'indépendance d'esprit ?
- Un objet d'art doit-il nécessairement correspondre aux jugements esthétiques de l'environnement socio-

culturel dans lequel il apparaît pour en être apprécié ?

3.

Objets et humanité

- Dans quelle mesure des raisons sentimentales justifient-elles le vif attachement porté à une chose matérielle ?
- Notre besoin des objets court-il nécessairement le risque de se muer en dépendance ?
- Le désintérêt pour la dimension matérielle de l'existence est-il toujours conciliable avec les passions propres à la nature humaine ?

4.

Un sujet pour s'entraîner

Première partie : Synthèse (40 points)

Vous rédigerez une synthèse concise, objective et ordonnée des documents suivants :
Document 1 : *Au Bonheur des Dames,* Émile Zola
Document 2 : « Le Déjeuner en fourrure », Emmanuel Guigon
Document 3 : *La laideur se vend mal,* Raymond Loewy
Document 4 : *Le Système des objets,* Jean Baudrillard

Deuxième partie : Écriture personnelle (20 points)

Selon vous, un bel objet est-il nécessairement un objet inutile ?

Vous répondrez à cette question d'une façon argumentée en vous appuyant sur les documents du corpus, vos lectures de l'année et vos connaissances personnelles.

Pour aller plus loin

Le matérialisme : aux origines d'une notion

DEPUIS 1873, LE TERME « MATÉRIALISME » désigne l'intérêt porté avant tout aux satisfactions physiques ou aux biens mercantiles. Restreint à cette dimension matérielle, il connaît un appauvrissement de sens car les origines de son emploi se situent au croisement de la philosophie et de la science. Le terme « matérialisme » (qui apparaît dans la langue française vers 1702) est formé sur l'adjectif « matériel » : son étymologie indique que les théories du matérialisme reposent sur l'importance première de la matière, entendue comme une substance possédant une masse et de laquelle est faite chaque chose (la matière peut être, par exemple, de nature végétale, animale ou minérale). Pour les matérialistes, seule compte cette matière que l'être peut voir, sentir, toucher autour de lui, par ses sens, contrairement à l'existence divine qui n'est que superstition.

Parmi les premiers penseurs matérialistes, l'Histoire retient notamment le philosophe et poète latin Lucrèce (98-55 av. J.-C.). Lucrèce est l'auteur d'une seule œuvre, un long poème intitulé *De natura rerum* (littéralement : « Au sujet de la nature des choses »), dans lequel il présente l'enseignement de son maître, le philosophe grec Épicure, dont il partage les idées. L'ouvrage de Lucrèce traite de physique, de biologie et d'anthropologie, tout en les combinant avec ses convictions qui attribuent à l'origine de l'univers des raisons pragmatiques : le monde et les êtres sont le résultat d'un rassemblement aléatoire d'atomes et non une création divine. Étant le fruit du hasard, l'existence n'a ni importance ni signification particulières, l'être humain ne doit donc avoir d'autres ambitions que de rechercher une vie paisible, harmonieuse et sans souffrances, et d'atteindre la paix de l'esprit : pour cela, il doit savoir modérer ses désirs, se satisfaire des seuls besoins indispensables et apprécier les bonheurs offerts par le quotidien, sans nostalgie du passé ni peur de l'avenir. Lucrèce proteste également, à la suite d'Épicure, contre l'emprise de la religion sur les individus, qu'elle enferme dans l'angoisse de la mort et des dieux et rend incapables d'être parfaitement heureux.

LUCRÈCE

De la nature

(trad. par A. Ernout, Les Belles Lettres, repris en « Tel »)

Après avoir montré que toute chose du monde est composée d'une matière visible, voici que Lucrèce va tenter d'expliquer à son lecteur que l'univers est aussi composé d'une matière invisible.

Ainsi, je viens de te montrer que les choses ne peuvent être créées de rien, ni une fois nées retourner au néant. Cependant pour que tu n'ailles point me refuser créance par la raison que les éléments des corps ne peuvent être perçus par nos yeux, entends maintenant citer dans la nature des corps dont tu dois toi-même confesser à la fois l'existence et l'invisibilité.

En premier lieu la force déchaînée du vent fouette l'océan, fait naufrager les plus grands vaisseaux, déchire et emporte les nuées ; d'autres fois, parcourant les plaines en tourbillons ravageurs, elle les jonche de grands arbres, ou bien elle s'en prend au sommet des montagnes qu'elle balaie de ses souffles, fléau des forêts : tant est redoutable sa fureur, quand elle s'accompagne de sifflements aigus et de grondements pleins de menaces. Les vents sont donc évidemment des corps invisibles, qui balaient et la mer et les terres, et les nuages, qu'ils chassent et emportent soudain dans leur tourbillon. Leurs courants se répandent et sèment la ruine à la façon d'un fleuve aux molles ondes qui soudain s'emporte et sort de son lit, grossi par les larges torrents que du haut des montagnes précipitent les pluies abondantes, entraînant avec lui des débris de forêts et des arbres tout entiers. Les ponts les plus solides ne peuvent supporter le choc soudain de l'eau qui s'avance, tant le courant, troublé par les grandes pluies, se rue avec violence contre les assises de pierre ; il les fait écrouler avec fracas, roule dans ses ondes des blocs énormes, et renverse tout ce qui fait obstacle à ses flots. C'est donc ainsi que doivent être emportés les souffles du vent. Lorsque, tel un fleuve puissant, ils se sont abattus sur quelque endroit, ils bousculent et renversent tout devant eux de leurs assauts répétés, ou bien encore ils saisissent les choses dans leurs tourbillons, et soudain les emportent en trombe. Aussi, je le répète encore, les vents sont des corps invisibles, puisqu'ils se révèlent et par leurs actes et par leurs caractères les rivaux des grands fleuves, qui sont, eux, d'une substance visible.

Questions :

1. Faites des recherches sur la période à laquelle ont vécu Lucrèce et Épicure : en quoi leur philosophie pouvait-elle présenter un caractère subversif ?

2. Faites des recherches sur d'autres penseurs matérialistes des époques ultérieures : en quoi leurs idées étaient-elles elles aussi subversives par rapport à leur époque ?

3. En quoi notre définition de l'épicurisme et sa définition originaire sont-elles similaires ? En quoi sont-elles différentes ?

Collège

Combats du 20e siècle en poésie (anthologie) (161)
Fabliaux (textes choisis) (37)
Gilgamesh et Hercule (217)
La Bible (textes choisis) (49)
La Farce de Maître Pathelin (146)
La poésie sous toutes ses formes (anthologie) (253)
Le Livre d'Esther (249)
Les Quatre Fils Aymon (208)
Les récits de voyage (anthologie) (144)
Mère et fille (Correspondances de Mme de Sévigné, George Sand, Sido et Colette) (anthologie) (112)
Poèmes à apprendre par cœur (anthologie) (191)
Poèmes pour émouvoir (anthologie) (225)
Schéhérazade et Aladin (192)
ALAIN-FOURNIER, *Le grand Meaulnes* (174)
Jean ANOUILH, *Le Bal des voleurs* (113)
Marcel AYMÉ, Ray BRADBURY, Dino BUZZATI, *3 nouvelles sur le temps* (240)
Honoré de BALZAC, *L'Élixir de longue vie* (153)
Henri BARBUSSE, *Le Feu* (91)
Joseph BÉDIER, *Le Roman de Tristan et Iseut* (178)
Lewis CARROLL, *Les Aventures d'Alice au pays des merveilles* (162)
Blaise CENDRARS, *Faire un prisonnier* (235)
Samuel de CHAMPLAIN, *Voyages au Canada* (198)
CHRÉTIEN DE TROYES, *Le Chevalier au Lion* (2)
CHRÉTIEN DE TROYES, *Lancelot ou le Chevalier de la Charrette* (133)
CHRÉTIEN DE TROYES, *Perceval ou Le Conte du Graal* (195)
COLETTE, *Dialogues de bêtes* (36)

DANS LA MÊME COLLECTION

Joseph CONRAD, *L'Hôte secret* (135)
Pierre CORNEILLE, *Le Cid* (13)
Charles DICKENS, *Un chant de Noël* (216)
Roland DUBILLARD, *La Leçon de piano et autres diablogues* (160)
Alexandre DUMAS, *La Tulipe noire* (213)
ÉSOPE, Jean de LA FONTAINE, Jean ANOUILH, *50 Fables* (186)
Georges FEYDEAU, *Feu la mère de Madame* (188)
Georges FEYDEAU, *Un fil à la patte* (226)
Gustave FLAUBERT, *Trois Contes* (6)
Romain GARY, *La promesse de l'aube* (169)
Théophile GAUTIER, *3 contes fantastiques* (214)
Jean GIONO, *L'Homme qui plantait des arbres + Écrire la nature* (anthologie) (134)
Nicolas GOGOL, *Le Nez. Le Manteau* (187)
Jacob et Wilhelm GRIMM, *Contes* (textes choisis) (72)
Ernest HEMINGWAY, *Le vieil homme et la mer* (63)
HOMÈRE, *Iliade* (265)
HOMÈRE, *Odyssée* (18)
Victor HUGO, *Claude Gueux* suivi de *La Chute* (15)
Victor HUGO, *Jean Valjean (Un parcours autour des Misérables)* (117)
Victor HUGO, *L'Intervention* (236)
Thierry JONQUET, *La Vie de ma mère !* (106)
Charles JULIET, *L'Année de l'éveil* (243)
Joseph KESSEL, *Le Lion* (30)
Jean de LA FONTAINE, *Fables* (34)
Maurice LEBLANC, *Arsène Lupin, gentleman-cambrioleur* (252)
J. M. G. LE CLÉZIO, *Mondo et autres histoires* (67)

DANS LA MÊME COLLECTION

Gaston LEROUX, *Le Mystère de la chambre jaune* (4)
Jack LONDON, *Loup brun* (210)
Guy de MAUPASSANT, *9 nouvelles légères* (251)
Guy de MAUPASSANT, *12 contes réalistes* (42)
Guy de MAUPASSANT, *Boule de suif* (103)
MOLIÈRE, *Les Fourberies de Scapin* (3)
MOLIÈRE, *Le Médecin malgré lui* (20)
MOLIÈRE, *Trois courtes pièces* (26)
MOLIÈRE, *L'Avare* (41)
MOLIÈRE, *Les Précieuses ridicules* (163)
MOLIÈRE, *Le Sicilien ou l'Amour peintre* (203)
MOLIÈRE, *George Dandin ou Le Mari confondu* (218)
MOLIÈRE, *Le Malade imaginaire* (227)
Alfred de MUSSET, *Fantasio* (182)
Alfred de MUSSET, *Les Caprices de Marianne* (245)
George ORWELL, *La Ferme des animaux* (94)
OVIDE, *Les Métamorphoses* (231)
Amos OZ, *Soudain dans la forêt profonde* (196)
Louis PERGAUD, *La Guerre des boutons* (65)
Charles PERRAULT, *Contes de ma Mère l'Oye* (9)
Edgar Allan POE, *6 nouvelles fantastiques* (164)
Jacques PRÉVERT, *Paroles* (29)
Jules RENARD, *Poil de Carotte* (66)
Jules RENARD, *Poil de Carotte, Comédie en un acte* (261)
J.-H. ROSNY AÎNÉ, *La guerre du feu* (254)
Antoine de SAINT-EXUPÉRY, *Vol de nuit* (114)
George SAND, *La Marquise* (258)
Mary SHELLEY, *Frankenstein ou Le Prométhée moderne* (145)
John STEINBECK, *Des souris et des hommes* (47)

Robert Louis STEVENSON, *L'Étrange Cas du docteur Jekyll et de M. Hyde* (53)
Jean TARDIEU, *9 courtes pièces* (156)
Michel TOURNIER, *Vendredi ou La Vie sauvage* (44)
Fred UHLMAN, *L'Ami retrouvé* (50)
Jules VALLÈS, *L'Enfant* (12)
Paul VERLAINE, *Fêtes galantes* suivi de *Poèmes saturniens* (38)
Jules VERNE, *Le Tour du monde en 80 jours* (32)
H. G. WELLS, *La Guerre des mondes* (116)
Oscar WILDE, *Le Fantôme de Canterville* (22)
Oscar WILDE, *Le Portrait de Dorian Gray* (255)
Richard WRIGHT, *Black Boy* (199)
Marguerite YOURCENAR, *Comment Wang-Fô fut sauvé et autres nouvelles* (100)
Émile ZOLA, *3 nouvelles* (141)
Stefan ZWEIG, *Nouvelle du jeu d'échecs* (263)

Lycée

Série Classiques

Anthologie du français du 20e siècle (220)
Écrire en temps de guerre (1914-1949), Correspondances d'écrivains (anthologie) (260)
Écrire sur la peinture (anthologie) (68)
Encyclopédie ou *Dictionnaire raisonné des sciences, des arts et des métiers* (textes choisis) (142)
La poésie symboliste (anthologie) (266)
La poésie baroque (anthologie) (14)
Les grands manifestes littéraires (anthologie) (175)
Le sonnet (anthologie) (46)
Le Sport, miroir de la société ? (anthologie) (221)
L'intellectuel engagé (anthologie) (219)

Nouvelles formes du récit. Anthologie de textes des 50 dernières années (248)
Paroles, échanges, conversations, et révolution numérique (textes choisis) (237)
Guillaume APOLLINAIRE, *Alcools* (238)
Honoré de BALZAC, *La Peau de chagrin* (11)
Honoré de BALZAC, *La Duchesse de Langeais* (127)
Honoré de BALZAC, *Le roman de Vautrin* (textes choisis dans *La Comédie humaine*) (183)
Honoré de BALZAC, *Le Père Goriot* (204)
Honoré de BALZAC, *La Recherche de l'Absolu* (224)
René BARJAVEL, *Ravage* (95)
Charles BAUDELAIRE, *Les Fleurs du Mal* (17)
Charles BAUDELAIRE, *Le Spleen de Paris* (242)
BEAUMARCHAIS, *Le Mariage de Figaro* (128)
Jacques-Henri BERNARDIN DE SAINT-PIERRE, *Paul et Virginie* (244)
Aloysius BERTRAND, *Gaspard de la Nuit* (207)
André BRETON, *Nadja* (107)
Albert CAMUS, *L'Étranger* (40)
Albert CAMUS, *La Peste* (119)
Albert CAMUS, *La Chute* (125)
Albert CAMUS, *Les Justes* (185)
Albert CAMUS, *Caligula* (233)
Albert CAMUS, *L'Envers et l'endroit* (247)
Louis-Ferdinand CÉLINE, *Voyage au bout de la nuit* (60)
René CHAR, *Feuillets d'Hypnos* (99)
François-René de CHATEAUBRIAND, *Mémoires d'outre-tombe* (Livres IX à XII) (118)
Pierre CHODERLOS DE LACLOS, *Les Liaisons dangereuses* (5)

DANS LA MÊME COLLECTION

Driss CHRAÏBI, *La Civilisation, ma Mère !...* (165)
Paul CLAUDEL, *L'Échange* (229)
Albert COHEN, *Le Livre de ma mère* (45)
Benjamin CONSTANT, *Adolphe* (92)
Pierre CORNEILLE, *Le Menteur* (57)
Pierre CORNEILLE, *Cinna* (197)
Denis DIDEROT, *Paradoxe sur le comédien* (180)
Madame de DURAS, *Ourika* (189)
Marguerite DURAS, *Un barrage contre le Pacifique* (51)
Marguerite DURAS, *La douleur* (212)
Marguerite DURAS, *La Musica* (241)
Paul ÉLUARD, *Capitale de la douleur* (126)
Paul ÉLUARD, MAN RAY, *Les Mains libres* (256)
Annie ERNAUX, *La place* (61)
Marie FERRANTI, *La princesse de Mantoue* (262)
Gustave FLAUBERT, *Madame Bovary* (33)
Gustave FLAUBERT, *Écrire Madame Bovary (Lettres, pages manuscrites, extraits)* (157)
André GIDE, *Les Faux-Monnayeurs* (120)
André GIDE, *La Symphonie pastorale* (150)
Victor HUGO, *Hernani* (152)
Victor HUGO, *Mangeront-ils ?* (190)
Victor HUGO, *Pauca meae* (209)
Eugène IONESCO, *Rhinocéros* (73)
Eugène IONESCO, *Macbett* (250)
Philippe JACCOTTET, *À la lumière d'hiver* (222)
Sébastien JAPRISOT, *Un long dimanche de fiançailles* (27)
Charles JULIET, *Lambeaux* (48)
Franz KAFKA, *Lettre au père* (184)
Eugène LABICHE, *L'Affaire de la rue de Lourcine* (98)
Jean de LA BRUYÈRE, *Les Caractères* (24)

DANS LA MÊME COLLECTION

DANS LA MÊME COLLECTION

Marcel PROUST, *Du côté de chez Swann* (246)
Raymond QUENEAU, *Zazie dans le métro* (62)
Raymond QUENEAU, *Exercices de style* (115)
Pascal QUIGNARD, *Tous les matins du monde* (202)
François RABELAIS, *Gargantua* (21)
Jean RACINE, *Andromaque* (10)
Jean RACINE, *Britannicus* (23)
Jean RACINE, *Phèdre* (151)
Jean RACINE, *Mithridate* (206)
Jean RACINE, *Bérénice* (228)
Raymond RADIGUET, *Le Bal du comte d'Orgel* (230)
Rainer Maria RILKE, *Lettres à un jeune poète* (59)
Arthur RIMBAUD, *Illuminations* (193)
Edmond ROSTAND, *Cyrano de Bergerac* (70)
SAINT-SIMON, *Mémoires* (64)
Nathalie SARRAUTE, *Enfance* (28)
Jorge SEMPRUN, *L'Écriture ou la vie* (234)
William SHAKESPEARE, *Hamlet* (54)
William SHAKESPEARE, *Macbeth* (259)
SOPHOCLE, *Antigone* (93)
SOPHOCLE, *Œdipe roi + le personnage d'Œdipe* (anthologie) (264)
STENDHAL, *La Chartreuse de Parme* (74)
STENDHAL, *Vanina Vanini et autres nouvelles* (200)
Michel TOURNIER, *Vendredi ou les limbes du Pacifique* (132)
Vincent VAN GOGH, *Lettres à Théo* (52)
VOLTAIRE, *Candide ou l'Optimisme* (7)
VOLTAIRE, *L'Ingénu* (31)
VOLTAIRE, *Micromégas* (69)
Émile ZOLA, *Thérèse Raquin* (16)
Émile ZOLA, *L'Assommoir* (140)

DANS LA MÊME COLLECTION

François JACOB, *Le programme* et *La structure visible*, extraits de *La logique du vivant* (176)

Emmanuel KANT, *Des principes de la raison pure pratique*, extrait de *Critique de la raison pratique* (87)

Emmanuel KANT, *Idée d'une histoire universelle au point de vue cosmopolitique* (166)

Étienne de LA BOÉTIE, *Discours de la servitude volontaire* (137)

G.W. LEIBNIZ, *Préface aux Nouveaux Essais sur l'entendement humain* (130)

Claude LÉVI-STRAUSS, *Race et histoire* (104)

Nicolas MACHIAVEL, *Le Prince* (138)

Nicolas MALEBRANCHE, *La Recherche de la vérité* – « De l'imagination, 2 et 3 » (81)

MARC AURÈLE, *Pensées* – « Livres II à IV » (121)

Karl MARX, *Feuerbach. Conception matérialiste contre conception idéaliste* (167)

Maurice MERLEAU-PONTY, *L'Œil et l'Esprit* (84)

Maurice MERLEAU-PONTY, *Le cinéma et la nouvelle psychologie* (177)

John Stuart MILL, *De la liberté de pensée et de discussion*, extrait de *De la liberté* (122)

Friedrich NIETZSCHE, *La « faute », la « mauvaise conscience » et ce qui leur ressemble (Deuxième dissertation)*, extrait de *La Généalogie de la morale* (86)

Friedrich NIETZSCHE, *Vérité et mensonge au sens extra-moral* (139)

Blaise PASCAL, *Trois discours sur la condition des Grands* et six liasses extraites des *Pensées* (83)

PLATON, *La République* – « Livres 6 et 7 » (78)

PLATON, *Le Banquet* (109)

DANS LA MÊME COLLECTION

PLATON, *Apologie de Socrate* (124)
PLATON, *Gorgias* (159)
Jean-Jacques ROUSSEAU, *Discours sur l'origine et les fondements de l'inégalité parmi les hommes* (82)
SAINT AUGUSTIN, *La création du monde et le temps* – « Livre XI, extrait des *Confessions* » (88)
Baruch SPINOZA, *Lettres sur le mal* – « Correspondance avec Blyenbergh » (80)
Alexis de TOCQUEVILLE, *De la démocratie en Amérique I* – « Introduction, chapitres 6 et 7 de la deuxième partie » (97)
Simone WEIL, *Les Besoins de l'âme*, extrait de *L'Enracinement* (96)
Ludwig WITTGENSTEIN, *Conférence sur l'éthique* (131)

Pour plus d'informations,
consultez le catalogue à l'adresse suivante :
http ://www.gallimard.fr

Composition Rosa Beaumont
Impression Novoprint
à Barcelone, le 3 juin 2014.
Dépôt légal : juin 2014.
ISBN : 978-2-07-45948-3 / Imprimé en Espagne.

268651